rowohlt
BERLIN

Szczepan Twardoch

DEMUT

ROMAN

Aus dem Polnischen
von Olaf Kühl

ROWOHLT · BERLIN

Die polnische Originalausgabe erschien 2020 unter dem Titel
«Pokora» bei Wydawnictwo Literackie, Krakau.

Deutsche Erstausgabe
Veröffentlicht im Rowohlt · Berlin Verlag, März 2022

Satz aus der Bely bei Pinkuin Satz und Datentechnik, Berlin
Druck und Bindung GGP Media GmbH, Pößneck, Germany
ISBN 978-3-7371-0121-9

2. Auflage März 2022

Die Rowohlt Verlage haben sich zu einer nachhaltigen Buchproduktion verpflichtet. Gemeinsam mit unseren Partnern und Lieferanten setzen wir uns für eine klimaneutrale Buchproduktion ein, die den Erwerb von Klimazertifikaten zur Kompensation des CO_2-Ausstoßes einschließt.
www.klimaneutralerverlag.de

FSC
www.fsc.org
MIX
Papier aus verantwortungsvollen Quellen
FSC® C014496

DEMUT

1
DEUTSCHLAND MUSS STERBEN, DAMIT WIR LEBEN KÖNNEN

An dein Gesicht denke ich, wenn am schwarzen Himmel, noch tief über dem Horizont, der erste weiße Stern aufblinkt. Die weiche Linie von Kiefer, Wangen, Nase, Mund und Augen. Du, Agnes. Die Geometrie deiner Züge, tief in mein Hirn gebrannt, tiefer als die Gesichter meiner Eltern.

Der Stern des Schrapnells zerfällt in Kaskaden. Kurz darauf hallt von weitem ein Donnern her. «Ist noch nicht so weit, wir warten noch», flüstere ich den Männern zu, die ich liebe, flüstere, als das Donnern verstummt, flüstere zu ihren von Helmen bekuppelten Silhouetten, erkenne kaum ihre Umrisse in dem von Mondlicht übergossenen Graben. Mond, nicht gut, wolkenloser Flandernhimmel, lieber würde ich in der Dunkelheit des Neumonds gehen, doch darüber entscheide nicht ich. Ich entscheide so gut wie gar nichts, kein Mensch bin ich, nur ein kleiner Teil eines großen Organismus, mein Zug in meiner dem Stab zugeordneten Divisionskompanie, die Division in der Armee, die Angriffspfeile auf den Stabskarten, die Front, die langen Versorgungslinien, es gibt mich nur an dem Ort und in der Funktion dieser Maschinerie, jenseits dieses Ortes und dieser Funktion existiere ich nicht.

An deine Hände, Agnes, denke ich, wenn ich auf die phosphoreszierenden Zeiger der Uhr im Lederetui schaue, die nach militärischer Mode an den Ärmel der Uniformbluse geschnallt ist, es ist drei Uhr siebenundzwanzig. Drei Uhr siebenundzwanzig, dreiundzwanzigster Oktober, Agnes.

Es ist noch nicht so weit. Noch nicht so weit. «Ruhe, Männer», sage ich, und sie verharren reglos, gespannt wie lebende Bögen, die jederzeit losschnellen können. Ich höre, wie dem neben mir knienden Schützen namens Gusinda die Zähne klappern. «Ruhe, Männer, Ruhe.»

Hoch über uns pfeift der Himmel und blitzen gleich darauf neue Sterne und donnern, und ich denke an deine Hände, daran, wie du mir die rechte zum Kuss reichtest, als ich dich das letzte Mal sah, vor sechs Monaten und drei Tagen. Ich hätte nicht geglaubt, dass du mir die Hand reichst, ich stand an der Tür und hatte schon die Handschuhe übergezogen, als du mir deine entgegenstrecktest, hastig streifte ich diese Armeehandschuhe wieder ab, du hieltest mich mit einem einzigen Blick auf, und ich begriff, dass du gar nicht wolltest, dass ich deine Hand ergreife, gar nicht wolltest, dass ich sie an die Lippen führe. Du hobst die Hand nicht hoch, du bist viel kleiner als ich, ich musste mich also bücken, ich faltete die Hände hinter dem Rücken und drückte einen Kuss auf deine Hand, gleich neben den goldenen Ring. Ich roch dein Parfüm, erst damals. Ich weiß, was für ein Duft das ist, du hattest ihn wenige Monate zuvor von mir bekommen, hast ihn selbst ausgesucht, eine französische Vorkriegsnote, natürlich Caron Narcisse Noir, Bergamotte und Orangenblüte, Zibet und Moschus und Sandelholz, eine Rarität in der Kriegswirtschaft, die meine Finanzen viele Monate lang strapazierte. Jetzt gab ich dir das Heft als Geschenk, ich hatte es in der Tasche eines englischen Leutnants gefunden, der bei unserem Artillerieangriff den Kopf verlor. Ich sprach nicht davon, dass der Kopf des Leutnants, noch immer im flachen Helm, neben seinen Füßen gelegen hatte. Das Heft trug den Titel *Prufrock and Other Observations*, es war von einem mir zuvor unbekannten Dichter namens Eliot, darin fand ich ein Gedicht mit dem Titel *The Love Song of J. Alfred Prufrock*, das großen Eindruck auf mich machte. Ich wollte diesen Eindruck mit dir teilen. Du nahmst das Büchlein wortlos entgegen. Zogst die Hand nicht sofort zurück, und ich verharrte so, mit den Lippen auf deiner Haut, einem Hauch deiner Parfümdüfte. Durch mehrere offene Türen der Enfilade sah ich deinen Mann im Hausrock und in Pantoffeln, ostentativ im Sessel sitzend und hinter dem *Oberschlesischen Wanderer* verschanzt, er musste uns sehen und so tun, als sähe er uns nicht. Kurz darauf löstest du die Hand von meinen Lippen und strichst mir mit den Fingern übers Haar, so wie man einen zottigen Hund zaust, erst da richtete ich mich auf und sah dich an. Du sahst mich an mit einem Lächeln, in dem Zärtlichkeit und Spott sich mischten, und ich wagte nicht zu gehen, Agnes, und wusste, wenn ich es tun würde, wenn ich dich aus den Augen verlöre, würde ich dich jetzt für immer verlieren.

Trotz seiner Anwesenheit dort war alles, was sich hinter den Türen deiner Wohnung befand, Abgrund, dunkel, leer. Alles, was ich begehrte, was ich zu begehren wagte, war, dein Gesicht zu sehen. Sterben wollte ich mit dem Blick auf dein Gesicht, Agnes, und du ließest schließlich diese zwei Worte fallen, mit plötzlich scharfer, preußischer Stimme, dem mir nur zu gut vertrauten Unteroffizierston, «Geh jetzt!», und wandtest dich ab, und ich, mit einem Mal aufgeklärt, verstand: Es war geschehen, ich musste jetzt gehen, drehte mich also auch um, öffnete die Tür und trat hinaus in den Abgrund des Treppenhauses, hinaus in die Leere der Straße, in die Dunkelheit einer Welt, die nicht du bist, Agnes, in der es dich nicht gibt.

Eine Welt, in der es dein Gesicht nicht gibt, Agnes, weder deinen Blick noch die raren und kurzen Momente, da du mich für eine Sekunde deine Haut berühren ließest, wie gerade eben.

Eine Welt, in der ich seit vier Jahren genau weiß, was das Ziel meiner Existenz ist, welcher Sache und wem ich diene, zum ersten Mal im Leben, doch bringt es mir nicht mehr so viel Erleichterung und Freude wie einst, ganz zu Anfang des Krieges.

Schwer stieg ich die Treppe hinab, trat langsam aus dem Tor und blieb auf der Straße stehen, gegenüber dem Café Kaiserkrone, ich zog den Handschuh ab und berührte meinen Mund, die Lippen, die vor einem Augenblick deine Hand geküsst hatten. Ich schaute auf die Uhr und dachte, ich müsse mich von deinem Fluch befreien, Agnes, auch wenn ich damals so gut wie heute weiß, das ist unmöglich. Ich muss mich von dir befreien, Agnes, dabei will ich es gar nicht. Ich ließ die Straßenbahn vorbei, dann ging ich hinüber und setzte mich draußen, im Garten, an ein Tischchen, der Kellner kam sofort herbeigeeilt, als er die Offiziersuniform sah und das Band des Eisernen Kreuzes zweiter Klasse, denn das war damals eine andere Welt, diese sechs Monate zuvor, eine andere Ära, da war noch nicht alles auseinandergeflogen, zumindest in Schlesien spuckten die Leute noch nicht aus beim Anblick einer Offiziersuniform, was mich jetzt eigentlich wundert, denn Grund dazu hatten sie damals genau wie heute. Ich bestellte ein Bier, Brühwurst und ein Viertel Schnaps, so wie mein Vater es getan hätte, vor dem Krieg, bei jenen seltenen Anlässen, bei denen das aushäusige Essen ihm trotz seiner Knausrigkeit vertretbar erschien. Bier, Wurst, ein Viertel Schnaps. Ich aß ohne Appetit, die Wurst war ein abscheulicher Ersatz aus Geschlinge, nach dem Aufschneiden des Darms ergoss sich eine graue Masse auf den Teller, und ich dachte etwas, für das ich erschossen worden wäre, hätte ich es laut gesagt: So sieht unsere kommende Niederlage aus, so die britische Blockade. Niederlage hin oder her, ich aß es, weil ich hungrig war, aß in Gedanken an meinen Vater, trank das Bier und den Schnaps, wenigstens Bier und Schnaps schmeckten noch so, wie sie sollten. Ich versuchte mich zu erinnern, wie oft ich hier vorbeigekommen war, am Café Kaiserkrone. Vor zehn, fünfzehn Jahren hatten die Gartentische noch an einem Flüsschen gestanden, das später zugeschüttet wurde, aber die kleine Allee heißt zur Erinnerung daran weiter die Wilde Klodnitz, Dzika Kłodnica. Ich kam hier vorbei, als ich noch aufs Gymnasium ging, und später, wenn ich Gleiwitz besuchte, immer in Gedanken an dich, Agnes.

Ich erinnere mich, wie wir vor dem Krieg mit meinem Studienfreund Dionizy Braun-Towiański in diesem Garten saßen, du schlossest dich mit einem gewissen Heinrich Gottrop an, der zuvor in das Studentenzimmer bei euch gezogen war, mein altes Zimmer, und dich schon damals anhimmelte, dir aber noch keinen Antrag gemacht hatte. Das muss 1913 gewesen sein, der letzte Herbst vor dem Krieg, später Oktober, aber noch warm, wir aßen zu Mittag, dann saßen wir ganze Nachmittage hier herum, bis zur Dämmerung, tranken Schnaps, waren fröhlich und laut. Die Damen schauten, missbilligend, dass du in lärmiger männlicher Gesellschaft sitzt, selbst trinkst und eine Matrosenbluse und einen Rock im Suffragetten-Stil anhast, etwas, was man sonst auf den provinziellen Gleiwitzer Straßen nicht sah. Das amüsierte uns ebenso wie dich, *épater les bourgeois.* Dionizy stieg betrunken auf den Stuhl und deklamierte auf Französisch Verlaines *Chanson d'automne*, eine empörte Familie mit zwei pummligen Kindern verließ demonstrativ das Lokal. Wir waren glücklich damals, sogar als Gottrop dich nach Hause begleitete und Dionizy mich überreden wollte, ein Bordell aufzusuchen, und sehr enttäuscht war von meinem entschiedenen Nein, mich daraufhin stehenließ und für den Rest der Nacht verschwand, ich weiß bis heute nicht, wohin.

Das war eine andere Welt, und an dem Tag, an dem ich dich das letzte Mal gesehen habe, vor sechs Monaten und drei Tagen, stand ich, satt gegessen und getrunken, auf, zog die graue Feldbluse straff, steckte mir eine Zigarette an und ging zum Gleiwitzer Bahnhof, um in die wirkliche Welt zurückzufahren, die ganze Zeit donnerten nicht etwa die Geschütze mir im Kopf, nicht die explodierenden Granaten, sondern deine Worte, «Geh jetzt, geh!».

«Geh jetzt», höre ich sogar jetzt, «geh jetzt», ein halbes Jahr, drei Tage und acht Stunden später. «Geh jetzt.»

Jemand berührt mich an der Schulter.

Ich drehe mich um, es ist Kiesel. «Es ist so weit», flüstert er, «es ist so weit.» Sie sind in Gedanken, aber es ist Zeit. Guter, lieber Kiesel.

Die Uhr – drei Uhr dreißig. Es ist Zeit. Ich schaue auf die Zeiger, noch fünfzehn Sekunden, ich fühle, wie meine Innereien sich verkrampfen, plötzlich ein heftiger Druck auf den Schließmuskel, alles da drinnen wird zusammengepresst, als wollte jemand einen Lappen auswringen. Der Sekundenzeiger springt auf die Zwölf, ich drücke die Augen zu. Habe Angst, furchtbare Angst, wie immer vor dem Sturm.

«Los, Männer, los, los, los!»

«Los, los, los», brülle ich flüsternd, leise, wir gehen, Männer, ich höre diesen Befehl aus meinem Mund, als hätte nicht ich ihn gesprochen. «Los, los, los», sage ich sehr leise, kein Geschrei, keine Pfiffe.

Die Angst raubt mir den Verstand und den Atem, aber wir brechen auf, sie brechen auf, springen über die Randverschalung des Schützengrabens, gebückt, dicht am Boden, vor dem heller werdenden Himmel die Helmkuppen meiner Männer, an jedem rechten Arm, länglich: der Gewehrlauf und der Stiel des Spatens, die wichtigste Grabenwaffe nach der Granate. Sie ziehen in Kolonne los, in den rechten Händen die Granaten, die Stahlkapseln schon abgedreht, auch ich habe die Granate in der Rechten, in der Linken die Pistole, im Herzen und im Bauch die hüpfende Kugel des Grauens, die nicht verschwinden wird, bis wir zurück sind, bis man uns aus den Schützengräben ins Hinterland verlegt, man lässt nicht locker, lässt uns keinen Augenblick normal atmen, gucken, denken, leben.

Wir schreiten an der Spitze der ganzen Kompanie. Das Wetter ist günstig für uns, der Boden nicht zu schlammig, es hat nicht geregnet, wir treten sicher auf, rutschen nicht im Modder aus, waten nicht. Wir gehen. Hinter mir Kiesel mit der Kugelspritze. Hinter Kiesel Mamok, Kubitza und Heinz mit dem Maschinengewehr, meine Stütze. Ich liebe jeden Soldaten meines Zuges, mehr als seinerzeit Brüder und Schwester, und jetzt gehen wir, und ich weiß doch, nicht alle von uns werden zurückkommen. Ich beschleunige den Schritt, schließe auf zur Spitze des Zuges, Kiesel hinter mir, Kubitza und Heinz bleiben zurück.

Ich habe Angst. Wir gehen. Neben uns weitere Züge, unsere ganze Kompanie ist in Bewegung, geduckt, in meiner Nähe ziehen drei gebeugte Silhouetten, bespannt wie Zugpferde, einen kleinen Minenwerfer. Weiter auf dem rechten Flügel die Gardekompanie der Totenkopf-Pioniere, die erst gestern an unseren Abschnitt verlegt worden ist, schreckenerregende, kampferprobte Kerls mit aufgenähten Totenköpfen am rechten Ärmel und Gardelitzen am Kragen, darunter Soldaten, die mit der schrecklichsten Handwaffe bewaffnet sind, die ich an der Front gesehen habe, Schläuchen mit feuerspeienden Lanzen, auf dem Rücken Kanister mit brennbarer Flüssigkeit.

Die ersten Drahtverhaue, auf meinen Befehl geht der Zug in die Hocke, Reich, Bonk und Seifert wissen auch ohne mein Kommando, was zu tun ist, Seifert guckt nur über die Schulter, erheischt meine Zustimmung, ich nicke kurz, sie ziehen die Schere vom Gürtel und zerschneiden das Gestrüpp der stachligen Rollen, drücken es zur Seite, der Weg ist frei. Plötzlich halte ich alle an. Auf die Knie, zu Boden. Ich suche Kiesels Augen. Weise ihn wortlos auf den Weg vor uns hin. Er versteht auf Anhieb, ohne ein Wort. Minen? Er überlegt eine Sekunde, nein, keine Minen, schüttelt er den Kopf. Wenn Kiesel das sagt, dann ist es so. Hätte er sich je geirrt, dann wäre er jetzt nicht hier, und er ist schon vier Jahre hier und am Leben. Wenn Kiesel das sagt, dann gibt es keine Minen. Ich gebe ein Zeichen, wir gehen weiter. Und geflüstert: «Los, los, los.»

Wir gehen. Der Himmel zischt wieder, und am dunkelblauen Horizont zerspritzen weitere prächtige, weiße Sterne, wir aber gehen in ihrem Getöse und schweigen.

Wir gehen im ganzen Bataillon, verstärkt durch die Totenkopf-Kompanie, aber das ist kein richtiger Angriff, keine Offensive.

Seit August befinden wir uns im Rückzug, wir schnappen jetzt nur wie eine zurückweichende Bestie, denn genau das sind wir, Zähne und Klauen einer großen Bestie, eines von französischen, britischen, neuseeländischen, amerikanischen und weiß Gott was für Hunden umzingelten Behemoths. Der umzingelte Behemoth, der deutsche Drache, klappert jetzt gerade mit dem Maul, das ist unser stiller Marsch, doch hinter uns zerfrisst ein furchtbarer Krebs die Eingeweide der Bestie, die Arterien der Eisenbahnlinien verstopfen, das Blut im Körper transportiert immer weniger Nährstoffe, der Verdauungstrakt zieht sich zusammen, der Organismus, dessen Teil wir sind, fault, und sein Gehirn, unser Gehirn, wird allmählich von einem stillen Wahn ergriffen.

Ich erinnere mich noch, Agnes, an den süßen Geschmack der Frühlingsoffensive, als ich dich vor einem halben Jahr, drei Tagen und acht Stunden im April in Gleiwitz besuchte, das Pionier-Bataillon Nr. 6, in dem ich einen Zug führe, focht schwere Kämpfe bei La Bassée, unsere Kompanie wurde abgelöst, wir bekamen Urlaub, und ich fuhr nach Hause, die Bestie war so satt, wie es nur ging, wir hatten so viel verschlingen können, wie es der Bestie schon lange nicht mehr gelungen war, unsere Front stand schon vor Montdidier, jeder von einer Granate zerrissene, vom Schrapnell getötete, im Bunker oder Schützengraben verschüttete oder an Grippe verstorbene Kamerad war der lohnende Preis – glaubte ich, dumm, wie ich damals war – dafür, dass unsere Front so weit vorn stand. Damals waren auch wir satt, die kleinen Zellen im großen Leib des Behemoths, denn die Einnahme der englischen Gräben brachte große, schöne Beute, Fleisch aßen wir direkt aus den Büchsen, rosig saftiges Corned Beef, das die Tommys angeblich aus dem fernen Argentinien bezogen, ihre Schiffe beherrschten ja die Weltmeere, und ihr weiches weißes Brot, wir tranken ihren Wein, den Whisky und die Kondensmilch, das schmeckte wahnsinnig gut und erfüllte uns doch mit Bitterkeit beim Gedanken an unsere ausgehungerte Bestie, die vom Welthandel abgeschnitten war.

Ich fuhr also damals zu dir, so satt, wie ein Drache nur sein kann, kehrte dann zurück, später griffen diese ewig satten Angelsachsen uns an, und wir zogen uns bis zur Schelde zurück, und heute gehen wir durch Drahtverhau, zu ihren Gräben, mit einem ganz anderen Geschmack im Mund.

Ich habe Angst. Aber wir gehen, wir sind im Vorkommando. Hinter uns erhellt sich langsam der Himmel, auch wenn es noch weit ist bis zum Sonnenaufgang, unsere Silhouetten werden zu sehen sein, aber wir gehen.

Kiesel tippt mir auf die Schulter. «Warten wir», flüstert mein guter, unfehlbarer Feldwebel Kiesel. Ich gebe ein Zeichen, der Zug kniet erneut nieder, alle im gleichen Augenblick, wie brave Kirchgänger in Pilchowice auf des Pfarrers vertraute Geste. Kiesel zeigt in eine Richtung, ich sehe es, ja, ein britischer Horchposten, drei flach behelmte Soldaten. Ich gebe Kiesel ein Zeichen, wir kriechen zu ihm, der Zug bleibt auf mein Zeichen zurück. Wir haben Glück, die Aufmerksamkeit der Engländer gilt nicht unserer Richtung, sondern der Bewegung der dritten Kompanie unseres Bataillons, wir nähern uns ihrer Flanke. Kiesel fragt stumm, blickt auf die Granaten. Ich sage nein, ebenso stumm, Kiesel versteht, wir ziehen uns zurück, robbend, zum Zug. So leise flüsternd, wie ich kann, teile ich drei Soldaten ein,

Steinmetz, Deventer und Gusinda, sie sind nicht zufrieden, müssen sie auch nicht sein, sie tun, was verlangt wird. Setzen Helme und Gewehre ab, knöpfen Schaufeln und Brotbeutel ab, unter den Achseln die Beutel mit Granaten, nur eine Granate am Gurt behält jeder, sie ziehen die Grabendolche und kriechen auf den englischen Horchposten zu. Ich postiere derweil meinen Zug für den Fall, dass die Jungs es nicht schaffen sollten. Kubitza und Heinz bereiten das leichte Maschinengewehr vor, die Männer bleiben reglos am Boden, bereit, auf meinen Befehl loszustürmen, Granaten zu werfen.

Ich bin ruhig, doch die Eingeweide sind verdreht wie eine Schnur. Ich spüre, wie die Scheiße gegen den Schließmuskel drängt, hätte große Lust, ein Stück wegzukriechen, die Hose aufzuknöpfen, runterzulassen und mich zu erleichtern, aber ich kann nicht. Dennoch bin ich ruhig und denke an dein strahlend helles Gesicht, Agnes, diese Helligkeit, die ich mein halbes siebenundzwanzigjähriges Leben schon als stummer Trabant umkreise, und die erste Hälfte, ohne dich, war noch gar kein Leben. Mein Leben bist du, Agnes.

Durch die Wolle der Uniformbluse ertaste ich das Medaillon, das ich am Hals trage. Nein, nicht von dir habe ich es bekommen, habe es selbst gekauft, schon 1914, bei Ludwig in der Tarnowitzer Straße. Deine sorgsam ausgeschnittene Photographie habe ich hineingetan, habe auch um ein Büschel von deinem Haar gebeten, was du mir lachend verweigert hast. Auch das Photo musste ich mir gegen deinen Willen besorgen, Agnes, ich habe es dir nie gestanden. Und für dieses kleine Geheimnis schäme ich mich mehr als dafür, dass ich dein ausdrückliches Verbot missachtet habe.

Steinmetz, Deventer und Gusinda sind schon beim

Horchposten. Ich berühre das Medaillon mit deiner Photographie, die Jungs kriechen, wie sie das immer tun, und plötzlich springen sie auf, stürzen sich von hinten auf die Engländer, packen ihre Helmränder, ziehen daran, reißen Köpfe hoch, legen Gurgeln frei, stechen und schneiden mit den Grabendolchen. Die Engländer schreien, doch was ist ein Schrei, er ertönt und verweht, zerfließt in der dichten Luft, die von keinem Schuss und keinem Granatenknall zerrissen wird.

Die Jungs kommen zurück, Deventer hat es trotz der Eile geschafft, einem toten Engländer die Feldflasche zu entwenden, ich gucke böse, lasse sie ihm aber, danke ihnen still, klopfe ihnen auf die Schultern, Gusinda, meinem Liebling, raufe ich sogar zärtlich das lockig rote Haar. Die Männer legen rasch ihre Ausrüstung an, die Stahlhelme, Heinz und Kubitza packen das MG zusammen, der Zug zieht weiter, wieder hast du mir Glück gebracht, Agnes.

Wir gehen, «Los, los, los», langsam, leise, gebückt, dicht am Boden.

Plötzlich ein Ruck, der Körper reagiert rascher auf das Krachen des Schusses als das Bewusstsein, schon liege ich flach im Dreck, weil vor uns eine Lewis losbellt. Ich erkenne am Krachen, ob es eine Lewis ist, die schießt, oder eine keuchende, mit zunehmender Temperatur Fahrt aufnehmende Vickers oder ein langsam hämmerndes Chauchat oder unsere Nullachtfünfzehn oder noch etwas anderes, es ist wichtig, das zu unterscheiden, wenn man leben will, und ich will leben, denn ich will dich noch sehen, Agnes.

Die Schießerei beginnt, mein Maschinengewehr erwidert das Feuer, ich gebiete Stille, Schießen hat keinen Zweck, die Mannschaft gräbt sich ein, ohne auf den Befehl dazu zu warten, die Schaufeln reißen den lehmigen Boden auf, ich schaue Kiesel an, der verneint, und ich bin auch der Meinung. Wir haben schon zu viel verloren. Wir stürmen nicht. Wir warten auf die Totenköpfe. Ich schicke den kleinen Berliner Gusinda mit der Meldung nach hinten, und wir graben uns liegend ein, ich genauso wie jeder, die Erde unter dem Brustkorb nach vorn, gerade genug, um die Silhouette zu decken, später, wenn die Zeit reicht, wird tiefer gegraben und noch tiefer, dann werden die einzelnen Gruben zu einem Graben verbunden, aber nicht jetzt. Die Lewis schießt ungenau, zu kurz, und bevor sie sich einschießt, werden wir verborgen und unsichtbar sein. «Schneller, Männer, schneller graben», rufe ich nur, damit sie wissen, dass ich da bin, auf sie aufpasse. Gusinda kommt zurück, der Kompanieführer befiehlt den Sturm.

«Gut, dann stürmen wir eben, aber erst warten wir, bis die Totenköpfe unseren rechten Flügel erreicht haben. Das Feuer hat dich aufgehalten, Gusinda, du verstehst? Deshalb warten wir.»

«Jawohl, Herr Leutnant.»

«Wir sind in den Sturmangriff gegangen, sobald du mit dem Befehl zurück warst, stimmt's?»

«Natürlich, Herr Leutnant.»

«Kiesel, geh nachsehen, ob die Leute gut eingegraben sind.»

Er geht, robbt an unserer Position entlang.

Kiesel ist der wichtigste Mann in meinem Zug, wichtiger sogar als ich, der Führer. Ich gebe die Befehle, Kiesel aber sorgt dafür, dass sie umgesetzt werden, ihm ist es zu verdanken, dass der Zug wie ein geölter Mechanismus funktioniert, er löst Konflikte, er weiß am besten, welcher Mann wo dienen sollte.

Ich liebe ihn, wie alle anderen auch, ihn aber ganz besonders. Die Mannschaft liebe ich, wie ich meine eigenen Kinder lieben würde, wenn ich welche hätte, ihn aber liebe ich, als hätte ich ihn selbst geboren. Er kommt aus Hamburg, seine Mutter ist ledig, die Leute flüstern, sein Vater sei ein französischer Seemann gewesen und Kiesel zum Heer geflohen, weil er Angst vor dem Meer hatte. Im Alter von zwölf Jahren ging er an Bord eines Walfängers, hatte einiges zu ertragen und hasste danach die See mehr als alles andere auf der Welt, deshalb meldete er sich, sobald er siebzehn war, freiwillig zur Armee, denn nur als Freiwilliger konnte er darauf zählen, dass man ihm die Entscheidung überließ, wo er dienen wollte. Wie er dann zu den schlesischen Pionieren kam, habe ich nicht gefragt. Beim Wehrersatzamt hätten sie ihn zweifellos am liebsten zur Marine geschickt, er aber hatte sich geschworen, das Meer nie wiederzusehen. So diente er seine paar Jahre ab und beschloss, in der Armee zu bleiben, als Kapitulant, als Berufssoldat. Wie er es geschafft hatte, nicht zu dem Übelsten in unserer Armee zu werden, dem stumpfsinnigen preußischen Unteroffizier, dem nur aus Grausamkeit und Dummheit bestehenden Feldwebel, weiß ich nicht, das grenzt an ein Wunder.

Mag sein, dass er früher, als Berufssoldat in Friedenszeiten, so einer gewesen ist und erst der Krieg ihn zum Menschen gemacht, den Menschen aus ihm herausgeholt hat. Ich kannte Kiesel seit gerade mal einem Jahr, ich weiß nicht, wie er früher war. Der Kiesel, den ich kenne, ist jedenfalls ein Mensch. Um Drill oder Uniformvorschriften schert sich bei uns längst niemand mehr, als Schlesisches Pionier-Bataillon Nr. 6 sind wir offiziell keine Sturmtruppe, dennoch tragen alle bei uns Wickelgamaschen statt der hohen Stiefel, denn das ist bequemer. Kiesel sorgt dafür, dass die von den Wehrersatzämtern geschickten neuen Rekruten sich

Lederflicken auf Knie und Ellbogen nähen, denn er weiß, eine durchgescheuerte Uniform ist schlimmer als der Regelverstoß. Kiesel achtet darauf, dass sie aufessen, die Läuse ausmerzen, Kiesel nimmt so einen frischen Rekruten sogar in den Arm, wenn er unter der Decke heult und nach der Mama ruft. Und wenn einer heult vor Angst, das Gewehr wegwirft und weglaufen will, könnte Kiesel ihn melden, und weiß Gott, wie das endet, doch Kiesel hebt stattdessen das Gewehr auf, stellt es ab, führt den Jungen weg, wenn der sich das gefallen lässt, er tröstet ihn, gibt ihm zu essen und zu trinken.

Er sorgt für sie, als wäre er Vater und Mutter gleichzeitig, und so liebe auch ich sie alle. Kiesel weint, wenn sie sterben, und jammert über jene, die neu ankommen, um mit uns zu sterben. Er diktiert ihnen Briefe an die Mütter, Ehefrauen und Mädchen, die dort angeblich auf sie warten, und Kiesels Briefe sind wunderschön, aufrichtig, aber so, dass die Zensur nichts streichen muss, erhebend und dennoch nicht verlogen, reich dazu, denn Kiesel, der deutsche Feldwebel Kiesel, ist ein leidenschaftlicher Leser, liest nicht nur Goethe oder Löns, auch Rilke, den du so magst, Agnes, ich erinnere mich an dieses Bändchen in grünem Leinen, das du selten beiseitelegst. Kiesel würde dir gefallen, Zitate von Rilke schreibt er den Jungs in die Briefe, und die Mütter wundern sich, dass ihr strohdummer blonder Bauernsohn plötzlich Gedichte aus dem Schützengraben schickt.

Kiesel hat auch einen Vornamen, Johann, aber hier ist er Kiesel. Ich sehe gern zu, wie er sich entspannt, wenn wir im Hinterland sind, wie er rasch Schnaps auftreibt, erst für mich, dann für die Mannschaft und am Ende für sich selbst. Ich sehe gern zu, wie sein Gesicht sich rötet über dem gefüllten Teller, am Feuer, wenn er trotz seines Hasses auf die See *De Hamborger Veermaster* vor sich hin summt, und wenn er das tut, findet einer der Jungs immer ein Akkordeon, und schon spielt und singt Kiesel, mit rotem Gesicht, schnauzbärtig und schön, soweit ein deutscher Unteroffizier denn schön sein kann, singt mit kräftiger Stimme dieses Seemannslied, die Verse auf Plattdeutsch, ich verstehe kein Wort, und dazu noch dieser in unserem Krieg, unseren Schützengräben, unverfroren englische Refrain, *«blow, boys, blow, for Californi-oooo, there is plenty of gold, so I am told, on the banks of Sacrament-oooo»*, und die Mannschaft hört zu, isst, wenn es was zu essen gibt, trinkt, wenn es was zu trinken gibt, und empfindet, was niemand begreift, der nicht mit dem Kameraden Suppe aus demselben Kessel gelöffelt, nicht unter zwei Mänteln aneinandergeschmiegt im Graben geschlafen hat, weil es so wärmer ist; der nicht mit ihm gelebt hat und gestorben ist.

So einer ist Kiesel. *There is plenty of gold, so I am told, on the banks of Sacramento.* Jetzt kommt er zu mir zurück, gibt mir mit einem Schulterklopfen zu erkennen, dass alles gut ist. Hätte 1914 ein Feldwebel den Offizier auf die Schulter geklopft ... Die Welt von damals gibt es nicht mehr, und ich bin froh darüber, Agnes, ich weiß nur noch nicht, wie die neue Welt sein soll; aber es wird sie geben, da bin ich sicher.

Wir warten. Ich fürchte ein bisschen, der Kompanieführer könnte zur Sicherheit einen weiteren Sturmbefehl schicken, dann würde ich den Zug sofort hochreißen und so tun müssen, als wäre Gusinda vor einer Sekunde erst eingetroffen. Ich sehe mich um, zum Glück ist kein Meldegänger in Sicht.

Der Himmel hinter uns hell von der aufgehenden Sonne.

Der Himmel vor uns hell von den weißen Sternen der Schrapnelle und über uns schwarzer, tintenblauer Himmel.

Erbarme dich unser, Gott, den es nicht gibt. Gleich werden wir aufbrechen, erbarme dich unser, Herr, erbarme dich meiner, Agnes, meine Herrin, Licht meines Lebens.

Und plötzlich von vorn, von rechts, noch immer im Dunkeln, spritzen Flammen auf, lange, tropfende Feuerzungen, eine nach der anderen, und die Lewis bellt nicht mehr, hinter ihnen melden sich die MGs, die dumpfen Schläge der Granaten, also «Los, los, los, Männer!». Es gibt auf der Welt keine andere Schönheit mehr und kann sie nicht geben, keine Schönheit als den Kampf und die langen Flammenzungen, wenn sie die Haut durch die verbrannte Uniformwolle liebkosen.

«Los, los», schreie ich, schreie jetzt schon, und wir laufen, die Granaten in den Händen, vor uns ist noch immer die kurzatmige Vickers zu hören, und ich höre die Geschosse weich in die Körper meiner Jungs klatschen, so als würde jemand mit feuchten Erdbrocken schmeißen, «In Deckung, in Deckung!». Und wieder am Boden graben wir, graben, zu weit für die Granaten, «Heinz hat was abgekriegt!», brüllt auf Polnisch Kubitza, wir graben uns ein, Kubitza schießt jetzt aus der automatischen Nullachtfünfzehn. Kiesel liegt bei mir, schaut mich fragend an, ich weiß, dass ich entscheiden muss, ich gebe mir noch zehn Sekunden, da spritzt eine weitere Feuerzunge aus dem Werfer der Totenköpfe mit furchtbarem, ohrenbetäubendem Geräusch und ergießt sich in den englischen Graben, die Vickers verstummt, brennende Silhouetten, Engländer, springen aus dem Graben. Einer läuft in unsere Richtung, eine lebende Fackel, die Arme erhoben, und von diesen Armen lodern Flammen, er ähnelt jetzt einem Feueradler, er läuft, man hört ihn heulen.

Gusinda nimmt das Gewehr von den Schultern, ohne Befehl, lädt durch, legt an. Er will nicht, dass der Engländer leidet. Gusinda ist der beste Schütze der ganzen Kompanie, er wird ihm die Qual verkürzen, selbst um den Preis des Ungehorsams. Doch da legt ihm Kiesel sanft und zärtlich die Hand auf den Gewehrverschluss, er lässt es nicht zu.

«Lass. Soll der Engländer brennen», sagt mein guter, süßer Kiesel, und der kleine Berliner Gusinda schießt nicht. Der Engländer rennt, dann fällt er und brennt noch einen Augenblick, rührt sich nicht mehr.

«Los, los, looos!»

Wir springen hoch, laufen, der erste Graben, «Granaten!». Wir reißen an den Schnüren, werfen im tausendmal geübten Rhythmus, erst vier, dann vier und noch einmal vier, eine Serie von Schlägen, jetzt Kiesel mit der Kugelspritze ganz vorn, als Erster, kurze Serien, «Los, los, los», die Messer, ich schieße dreimal mit der Pistole auf den Rücken eines fliehenden Engländers, beim vierten Mal treffe ich, er stürzt aufs Gesicht, ich laufe über ihn hinweg, trete ihn in den Schlamm, «Los, los, los, Männer», Granaten, Schläge, kurze Serien, Atem, das Herz hämmert, die Schläfen pulsieren, wo ist Kiesel?

Nach links, zeigt er, gut, «Los, los, los», da läuft ein Engländer mit aufgepflanztem Bajonett auf mich zu. Ich schieße einmal, zweimal, dreimal, verfehle ihn jedes Mal, ducke mich im letzten Moment weg, ganz in der Nähe die dumpfen Einschläge der Granaten, vereinzelte Schüsse, wir lassen uns zusammen nach unten in den Graben fallen, er drückt mir das Gewehr auf den Hals, will mich würgen, hat vergessen, dass ich eine Pistole habe, ich reiße die Hand mit der Nullachter hoch, setze sie an seine Rippen, drücke ab, will noch einmal schießen, aber die Pistole schießt kein zweites Mal. Ich wälze den zuckenden Engländer von mir, der Kniegelenkverschluss der Pistole steht ab, die Nullacht ist leer, keine Zeit zum Magazinwechsel, ich werfe sie weg und hebe das Gewehr des Engländers, hebe es auf und steche zu, das Bajonett dringt in den Körper ein, schabt an den Rippen, so lasse ich es, es ragt aus dem Körper, wie in die Erde gerammt. Ich hebe die verdreckte, leere Pistole auf, wische, so gut es geht, den Schlamm ab, puste den Lauf frei, wechsle das Magazin, die Nullacht kriegt keine Ladehemmung, keine Angst, ich ziehe die nächste Granate, wo ist die Mannschaft, da ist sie, gut, wo ist Kiesel?

Es wird Tag.

«Kiesel? Kiesel?» Die Mannschaft zeigt hin, wir kehren um, ich gehe nach rechts, Kiesel, da ist er, sitzt unten im Graben, an die Wand gelehnt, und versucht mit einer Hand, die Stümpfe beider Beine zu umfangen, die es ihm abgerissen hat, eins, denn das andere hängt noch, nur an der Haut. «Mine?», frage ich jemanden. «Sprengfalle?»

Kiesel sagt nichts, Augen und Mund weit aufgerissen, ganz weiß das Gesicht, vom Schnurrbart läuft ihm ein Faden Blut, als hätte jemand den Hahn aufgedreht, die Uniform von Splittern durchlöchert, mein guter, kleiner Kiesel, Hamburger, der die See hasste. Die Mannschaft steht da und schweigt, ich weiß, dass wir hier nicht so stehen können, weiß auch, dass es sinnlos ist, ihn in die Etappe zu bringen in diesem Zustand. Ich lasse mir Deckung geben, Posten, knie bei Kiesel nieder, ziehe den Flachmann, setze ihn an seine Lippen, sage nichts, Kiesel trinkt.

«Deutschland muss sterben», sagt Kiesel mit schwacher Stimme.

«Was?», frage ich. Ich verstehe nicht.

«Deutschland muss sterben, damit wir leben können», wiederholt er.

Aus den Oberschenkelstümpfen spritzt das Blut, am

Ende versiegt es sehr rasch, und es gibt keinen Kiesel mehr, doch der Sturm wartet nicht auf uns. Deutschland muss sterben, damit wir leben können. Um zu leben, muss Deutschland uns fressen, unsere Leiber, uns auffressen und in den Schlamm der Gräben scheißen. Solange Deutschland lebt, werden wir weiter sterben.

Deutschland muss sterben, muss untergehen, von der Erde getilgt werden. Plötzlich begreife ich das. Ich begreife und vergesse es sofort, denn ich sollte, ich kann nicht länger daran denken. Ich darf nicht.

Ich hebe die Kugelspritze. «Los, Männer. Los.» Die Mannschaft weint. Die Tränen graben helle Spuren in die verdreckten Gesichter im Schatten der Helme, alte Kerle rotzen sich die hängenden, tabakgelben Schnauzbärte voll, die Mannschaft beweint ihren guten Vater und ihre gute Mutter, Kiesel, doch wir müssen weiter, «Los, los», da stößt ein Meldegänger von der Kompanie zu uns, «Rückzug», wir gehen zurück, es gibt Gefangene, «Zurück, zurück, Leute», nur Kiesel geht nicht mehr zurück, auch Heinz, Schubert, Gorgoń und Pisula nicht.

Wir ziehen uns durch unseren Gang im Drahtverhau zurück, im Laufschritt, schnell, geduckt, etwas weiter sind andere Züge im Rückzug, die Helme in Tarnfarbe gestrichen, es geht zurück, da pfeift der Himmel, ganz anders als unsere Schrapnelle hoch über den Köpfen pfeifen, ein Pfiff, ich werfe mich zu Boden, und noch bevor ich ihn berühre, spüre ich einen Schlag, als hätte jemand mit einem Fünf-Kilo-Bergmannshammer gegen meinen Stahlhelm gedonnert, und spüre nichts mehr, da ist nur noch Finsternis.

Und in der Finsternis, Agnes, leuchten dein Gesicht und dein spöttisches Lächeln, und deine Worte klingen.

«Geh jetzt, Alois. Geh.»

2

KOMM, LOJZIK, WIR GEHEN

Im Dunkel dieser Augenblick, da ich dich das erste Mal sehe.

Du stehst an dem großen Fenster im Kinderzimmer, mit der Hüfte ans Fensterbrett gelehnt, das Profil zu mir gewandt. Du liest einen Brief. Trägst ein weiß-blaues Kleid mit spitzengesäumtem Ausschnitt, bauschigen ellbogenlangen Ärmeln, einem hohen, den Hals säumenden Spitzenkragen, sehr eng in der Taille, um sich unten dezent zu weiten, zu den blauen Schnallenschuhen. Die Sonne hat sich schon fast hinter dem Dach des Hauses auf der anderen Straßenseite versteckt, du stehst im flammend roten Licht, und ich erstarre, versteinere wortlos mit meinem Pappkoffer, der Gymnasiastenmütze, in meinem einzigen, an Ellbogen und Knien schon arg abgewetzten Anzug. Es ist das Jahr 1906, ich bin fünfzehn und erwarte mir nichts Gutes von der Welt und vom Leben, ich habe dazu keinen Grund.

Du zähltest neunzehn Jahre, und deine Schönheit, Agnes, war schon damals, vor zwölf Jahren, zur Gänze erblüht und weiblich. Das kastanienbraune Haar nach damaliger Mode in prächtige Wellen gelegt und im Nacken mit einer blauen Spange verbunden, die vollen Lippen, großen Augen, die makellos weiße Haut, auf den entblößten Unterarmen Konstellationen von Leberflecken und zarte, durchsichtige Härchen.

Deine Schönheit – aufgeblüht und weiblich, Agnes; aber das Wort «Schönheit» passte nicht zu dir.

Du bist ja nicht groß, schon damals war ich etwas größer als du, jetzt einen ganzen Kopf. Wäre ich nicht größer als du, dann hätte mich vielleicht das Schrapnell verfehlt, dessen Schlag mich in die Dunkelheit gesperrt hat.

Stattdessen hat es mich getroffen.

Nein, nichts Hässliches ist an dir, nur dass deine fraglose Ansehnlichkeit sich nicht zu Schönheit zusammenfügt. Du warst und bist weiterhin ein hübsches Mädchen mit vollen Hüften, schmaler Taille und recht stattlichem Busen, nicht mehr wusste ich damals, vor zwölf Jahren, von dir, Agnes, und war dennoch sprachlos. Ich wusste nichts davon, was dich zu dir macht, zur Sonne meines Lebens, zu seinem Zentrum, der Achse meiner Welt, doch etwas muss ich damals schon geahnt haben.

Vielleicht kommt mir das nur heute so vor, vielleicht hätte mich Fünfzehnjährigen damals jedes neunzehnjährige Fräulein in solch einen Zustand versetzt? Ich war Mädchen noch fast gar nicht begegnet, ging an ihnen vorbei, unsichtbar, auf der Straße, mehr nicht.

«Agnes, das ist der Junge, von dem ich gesprochen habe», sagte Herr Gustaw Novack, dein Vater, in diesem seinem makellosen, raffinierten Deutsch, das er nur vergisst, wenn er sich betrinkt, dann hört man plötzlich den Berliner bei ihm heraus, er ist ja in der Hauptstadt aufgewachsen, obwohl du schon in Gleiwitz geboren bist, was ich damals, 1906, auch noch nicht wusste.

Keineswegs hobst du sofort den Blick von dem Brief und gabst so deutlich zu verstehen, was du für wichtiger hieltest. Ich wusste damals noch nicht, dass du das absichtlich tatest. Dass du immer weißt, was du tust, die Bedeutung jeder deiner Gesten und jedes Wortes kennst, sowohl für dich selbst als auch für den, der dich ansieht und dir zuhört, Agnes, ich dagegen weiß gar nichts, mir kam es damals so vor, als hätte ich keine meiner Extremitäten unter Kontrolle. Und sogar heute, jetzt, bevor das Schrapnell auf meinen Stahlhelm geschlagen ist, sogar jetzt in der Offiziersuniform habe ich es nie verstanden, mich stilvoll an einen Kaffeehaustisch zu setzen, mit jener Grazie, mit der andere Offiziere sich setzen, die aus dem alten Korps, aus den alten Familien, die mit dem «von» im Namen. Sie scheinen sich ihres Körpers, ihrer Stimme immer absolut bewusst zu sein; die meine bricht, wenn sie nicht soll, ich spreche zu leise oder zu laut und habe immer den Eindruck, ich redete Unsinn, und wenn ich am Tisch ein Bein über das andere schlage, dann sieht das jedes Mal dumm aus, und ich nehme es sofort wieder herunter, was ebenso dumm wirkt. Deshalb halte ich mich lieber bei der Mannschaft auf, was natürlich sehr schlecht ankommt, bei der Mannschaft fühle ich mich ebenso fehl am Platze, denn schließlich ist im Krieg kein Graben tiefer als der zwischen Soldaten und Offizieren, jedenfalls aber komme ich mir bei ihnen nicht schlechter und dümmer vor.

Ich besitze keinerlei Nonchalance und würde sie doch so gern haben.

Du hast sie und hattest sie schon damals, wie es einem Fräulein aus deiner Klasse geziemt, deshalb hast du den Brief zu Ende gelesen, ihn dann zusammengefaltet und dich langsam umgedreht, ich weiß noch, wie du dich umgedreht und mich mit deinem Blick beehrt hast, und damals, in dem Moment, begann ich zu verstehen, dass nicht die Schönheit dich zu dem macht, was du bist.

Was ist ein Blick? Nichts durchschneidet doch die Luft, nichts verbindet zwei Augenpaare außer den Lichtstrahlen, die vom anderen Gesicht zurückgeworfen werden und sich in meinen oder deinen Augen zu einem Gesicht zusammenfügen, zur Bedeutung eines Gesichts.

Du gewährtest mir also die Ehre deines Blicks, und ich spürte im Bauch dasselbe wie vor dem Sturmangriff, die Eingeweide gewrungen wie ein Lappen.

Ich weiß, wer ich bin, deshalb habe ich Angst, denn ich bin ein Niemand. Sofort senke ich den Blick. Ich war fünfzehn damals und einen Meter achtzig groß, wog einen Zentner und zwanzig Pfund, mein einziger, billiger Anzug war zu kurz und abgewetzt. Deutsch sprach ich schon sehr gut, obwohl mir immer noch eine Spur von slawischem Akzent anzuhören war; den werde ich erst im Studium ablegen.

«Guten Abend, Fräulein», stammele ich und glotze auf meine Schuhspitzen. Zu mehr bin ich nicht in der Lage. Und du hast gelacht, Agnes.

Du hast gelacht, ich wusste damals nicht, ob du über mich lachst oder über etwas anderes, ich wusste nur, du hast mich ganz sicher nicht angelacht. Dein Lachen war wie ein Peitschenhieb. Dein Vater rügte dich behutsam: «Aber Agnes, was für ein Benehmen, was für Manieren! Na gut, Junge, folge mir bitte, ich werde dich in dein Zimmer führen.» Und ich ging. «Die Grundsätze des Zusammenlebens in unserem Haus sind folgende», hob Herr Novack an und zählte sie dann auf, die Liste ist länger als die Hausordnung meines Königlich Katholischen Gymnasiums in Gleiwitz, OS, und das Königlich Katholische Gymnasium in Gleiwitz hat eine sehr lange Hausordnung. Die Schüler haben nicht die Erlaubnis, in eine Konditorei oder ein Restaurant zu gehen, es sei denn in Begleitung der Eltern oder Betreuer, außer den Schülern der Prima und Secunda, die dies mit Erlaubnis der Eltern oder Betreuer tun dürfen. Den Schülern ist es verboten, öffentliche Bibliotheken zu benutzen, allein die Schulbibliothek ist ihnen gestattet. Den Schülern ist es verboten, sich zusammenzuschließen. Ein Schüler, der einen Revolver in die Schule mitbringt, wird von der Schule verwiesen.

Im Hause des Herrn Novack, in dem schönen, modernen Mietshaus an der Wilhelmstraße 34, gelten noch kompliziertere Grundsätze. Befindet der Hausherr sich im Salon, darf man ohne Klopfen nicht eintreten. Die Hausbibliothek darf ich nicht benutzen, denn sie enthält Bücher, die für Jungen meines Alters nicht angemessen sind. Herr Novack wird mir jedoch einmal in der Woche ein Buch aushändigen, das ich anschließend zu lesen habe, um dann eine knappe Beschreibung zu geben und sie Herrn Novack vorzulegen. Wird sie von Herrn Novack bestätigt, so trage ich diese Beschreibung in ein spezielles Lektüreheft ein. Es wird sich um Lektüren für Jungen meines Alters handeln, moralisch aufbauend und sittlich. Das Frühstück wird um sechs Uhr gereicht, das Mittagessen um dreizehn, das Abendessen um achtzehn Uhr. Die Nachtruhe gilt ab einundzwanzig Uhr, das Licht darf bis einundzwanzig Uhr dreißig anbleiben. Sollten Herr Novack und Frau Novack, die, wie ich von Anfang an merkte, von ihm drangsaliert wurde, je Alkoholgeruch bei mir feststellen, so werde ich mit sofortiger Wirkung aus der Pension verwiesen.

«Und das wollen wir doch nicht, Junge, oder? Nach deinen letzten Abenteuern.»

«Ja, besonders nach meinen letzten Abenteuern, Herr Novack», sage ich und achte sorgfältig auf meinen Akzent und die deutsche Aussprache.

Und du, Agnes, hast laut gelacht, hast dich umgedreht und bist gegangen. Du hast mir nicht die Hand gereicht, mich überhaupt gar nicht begrüßt. Ich wusste damals noch nicht, was das bedeutet. Ich dachte, du magst mich einfach nicht, verachtest mich, so wie jede groß gewordene, erwachsene Neunzehnjährige, der die Herren Offiziere der Gleiwitzer Garnison in ihren wunderschönen blauen Uniformen mit roten Aufschlägen, die Ulanenoffiziere, den Hof machen, den Halbwüchsigen mit erstem Oberlippenflaum, Stimmbruch und linkischen Bewegungen verachtet.

Du wusstest, Agnes, du wusstest sofort, dass ich nicht zur Welt der bürgerlichen Stabilität gehöre, die in der Wohnung deines Vaters herrschte. Ich gehörte nicht zu dieser Wohnung, so wie ein aus dem Stall gebrachtes Schwein nicht hierhergehört hätte.

Ich gehörte nicht zu dieser Wohnung mit meinem dunkelgrauen, dreiteiligen und billigen Anzug, der vergangenes Jahr, in der Tertia, im Kaufhaus Schnitzer am Markt für mich gekauft worden und aus dem ich in diesem einen Jahr herausgewachsen war, ohne den Mut zu haben, um einen neuen zu bitten, während ich mich der allzu kurzen Hose und Ärmel immer mehr schämte. Ich passte nicht zu dieser Wohnung mit meinem slawischen Akzent, meinem armseligen Wortschatz, der einfältigen Syntax und den ungeschickten Tischmanieren. Von meinen neun lebenden Geschwistern war ich als Einziger durch Zutun des Pilchowitzer Pfarrers aufs Gymnasium gekommen. Menschen deiner Kreise, Agnes, bekommen nicht so viele Kinder.

Vielleicht gehen deshalb alle Jungs aus deinen Kreisen aufs Gymnasium. Aber vermutlich doch eher aus vielen anderen Gründen.

Als ich dich das erste Mal sah, Agnes, war ich in der Obertertia.

Dem Alter nach hätte ich in der Secunda sein müssen, aber ich kam ein Jahr später aufs Gymnasium als die anderen Jungen.

Mein Vater war überhaupt dagegen, dass ich aufs Gymnasium ging.

Nicht weil er es mir nicht gegönnt hätte. «Der Tatulek liebt dich sehr», sagte Mamulka immer, wenn ich verheult zu ihr gelaufen kam und das Gesäß von den väterlichen Gürtelschlägen brannte. «Er liebt dich so sehr, deshalb muss er dich strafen, damit du zu einem Menschen heranwächst. Wer sein Kind liebt, schenkt ihm manchen Gürtelhieb. Der Papa versteht nicht, dass du anders bist als deine Brüderchen und deine Schwester.»

Damals wusste ich so gut wie gar nichts über ihn, davon, was für ein Mensch er war, denn für mich war er nur diese Schreckensfigur, ich erinnere mich aus der damaligen Zeit an seinen schlaffen, grauen und von der Pfeife vergilbten Schnauzbart, die sehnigen Arme, knotigen Hände mit sehr rauer Haut und vom Kohlenstaub schwarz geränderten Nägeln. Einen ähnlichen Rand hatte er meist um die Augen. Er wirkte sehr groß auf mich, doch ich hatte ihn bald überholt, als ich schon auf dem Gymnasium war und wir uns selten sahen, erst damals verstand ich, dass mein Vater von mittlerem Wuchs und eher mager war, er hat auch im Alter nicht zugenommen.

Er war die schiere Macht, die leibhaftige Autorität, sein Wort war das Wort Gottes oder mehr, denn schon damals schien mir Gott vor allem ein Schweigender zu sein, mein Vater dagegen sprach. Nicht viel, aber er sprach.

Heute, da ich vom Splitter am Helm getroffen und in Dunkelheit versunken bin, heute, mit siebenundzwanzig Jahren, im Schlesischen Pionier-Bataillon Nr. 6 im niedrigsten Offiziersrang des Leutnants, der im Polnischen dem Unterleutnant entspricht, umgekehrt als im Deutschen, wo es den Leutnant und den Oberleutnant gibt, heute verstehe ich erheblich mehr. Mein Vater war 1849 in Nieborowitz geboren als dritter von sieben Söhnen des Hintersassen Franz Pokora. In Nieborowice gab es auch andere Pokoras, die aus Schönwald hergezogen, aber nicht mit uns verwandt waren. 1870 zog mein Vater in den Krieg. Ein Jahr später kam er gereift zurück, gefestigt sowohl in seinem preußischen Charakter als auch in seinem bitteren Hass auf den preußischen Staat. Vielleicht war es damals, im Frankreichkrieg, dass sich alles bis auf den Zorn aus meinem Vater verflüchtigt hat und er nur noch aus Zorn bestand, der ihn antrieb wie der verdichtete Dampf die Turbine, will sagen, nicht in einer einmaligen Eruption, nein, der Zorn meines Vaters blieb kontrolliert, in die Druckkammer seines Inneren gesperrt, gleichmäßig abgelassen, und verlieh ihm diese schreckliche Kraft, die ihn alles ertragen und bekämpfen ließ, wenn er nur die Möglichkeit eines Sieges sah. Der Zorn meines Vaters war der des armen Schluckers, der für den Reichen schuftet. Der Zorn des Gefreiten, der auf Befehl des Generals sein Leben in die Waagschale des Schicksals legt. Der Zorn des armen Teufels, des Sohns und Enkels von armen Teufeln, die für die Väter und Großväter des reichen Herrn geschuftet hatten. Der Zorn meines Vaters war der eines Mannes, der in einer Welt lebte, die fest gefügt war und keine Hoffnung, keine Aussicht auf

Veränderung bot. Da gab es den König, später den Kaiser in Berlin. Es gab den Landrat in Gleiwitz, und fast das ganze Leben meines Vaters war das ein und derselbe Mensch – er hieß Gemander. Es gab den Pfarrer in Żernica. Die Welt dachte gar nicht daran, aufzumucken, also musste man den Zorn in sich einschließen, ihn fest einsperren, komprimieren, gleichzeitig aber durfte man niemandem auf den Leim gehen, der Opfer für irgendwelche Ideale forderte.

Mein Vater glaubte an nichts. Er akzeptierte die Existenz von Kirche, Staat und König, später Kaiser, glaubte aber den Priestern, Landräten und Offizieren kein einziges Wort, auch die kaiserlichen Erklärungen glaubte er nicht. Es lag nicht in seiner Natur, über die Existenz Gottes zu befinden, «Grüß Gott» sagte er aus Gewohnheit wie jeder Bergmann, er betete mit allen um die Fürsprache der heiligen Barbara vor der Schicht, auch wenn er für drei Ave-Marias nicht mehr zur Kirche ging. Glauben tat er an nichts. Er glaubte kein einziges Wort des auf Deutsch erscheinenden *Oberschlesischen Wanderers*, glaubte kein polnisches Wort im *Katholik*, glaubte weder den Polen noch den Deutschen, weder den Kommunisten noch den Sozialdemokraten, ich weiß nicht einmal, ob er sie damals unterschied, er glaubte der Zentrumspartei nicht, den Hakatisten, den Evangelen und Katholiken nicht, jedoch hasste er sie alle in der richtigen Annahme, niemand außer ihm selbst kümmere sich um den Hintersassen, Schlepper und späteren Hauer Anton Pokora aus Nieborowitz, und wer von seinem Wohlergehen rede, der lüge. Der Zorn meines Vaters hatte Geiz zur Folge, ewige Verbitterung, denn mein Vater lächelte niemals, dieser Zorn hatte aber auch Selbstdisziplin und Fleiß zur Folge.

Eine einzige Freude hatte mein Vater im Leben, eine Erholung und ein Vergnügen – mein Vater machte gern Kinder.

Es geht hier nicht allein um den Verkehr, auch wenn er mit der Gewissenhaftigkeit eines Bahnwärters verkehrte, der täglich die Schranke am Übergang öffnet, er verkehrte mit der Mutter jeden Abend nach dem Löschen des Lichts, mit Ausnahme des Freitags, denn Freitag ist der Todestag des Herrn Jesus, und am Freitag wollte meine Mutter nicht verkehren, was mein Vater widerwillig akzeptierte. Nicht der Geschlechtsverkehr war für meinen Vater das Ziel, und auch wenn er ihm gewiss Vergnügen bereitete, gab er sich dieser Tätigkeit nicht aus Lust so systematisch hin, mein Vater war weder lüstern noch hedonistisch, nicht der Tropismus der Lust lenkte ihn, sondern der Zorn. Mein Vater wollte möglichst viele Kinder machen. Nicht weil die Gesellschaft von Kindern, ihr Zwitschern und Lachen sein Herz mit Freude erfüllt hätten, nein. Kinder sind Weibersache, pflegte er zu sagen und kümmerte sich überhaupt nicht um die Erziehung, abgesehen von der strengen Bestrafung jeglicher Missetaten, was ihm kein Vergnügen, sondern unangenehme Notwendigkeit war, denn so verstand er seine väterliche Pflicht.

Wenn er von der Arbeit heimkam und nach Bad und Essen noch Zeit blieb, pflegte er sich mit der Pfeife in die Laube zu setzen und zu schmöken, manchmal las er Zeitung und fluchte leise in sich hinein, wenn er einen Artikel beendet hatte, und jeder von uns jungen Pokoras wusste, dass es für das Stören des Vaters beim ersten Mal eins aufs Maul gab, beim zweiten Mal Gürtelhiebe auf den Hintern, deshalb wagte das niemand von uns. Ungefragt trauten wir uns nie, ihn anzusprechen, er wiederum sprach uns von sich aus fast nie an, was hätte es ihn interessieren sollen, was wir, der Nachwuchs, zu sagen haben. Er hob uns nicht auf seinen Schoß, streichelte oder tröstete uns nicht und legte uns nicht schlafen, was nicht heißt, dass er uns nicht geliebt hätte. Anton Pokoras Liebe bemaß sich danach, dass er uns ernährte, uns einigermaßen kleidete und uns ein Dach über dem Kopf bot. Seine Liebe bemaß sich daran, dass er keinen von uns verjagte, was er hätte tun können.

Nein, Kinder machten nicht Anton Pokoras Lebensfreude aus, er hoffte auch nicht, dass eine zahlreiche Nachkommenschaft ihm ein ruhiges Alter sichern würde, er hatte nämlich eine sehr schlechte Meinung von den Menschen und der Welt und hielt seine Nachkommen keineswegs für etwas Edleres oder Besseres als den Rest der menschlichen Gattung. Sein ruhiges Alter sah er bei Bismarck und seiner Pension besser aufgehoben.

Anton Pokora zeugte Kinder, weil er eine Wut auf die Welt hatte. Seine Nachkommen waren der Fehdehandschuh, den er der Welt hinwarf, Schimpftirade und Rache in einem.

Erkannte er, dass jede weitere Schwangerschaft die Hölle für seine Frau, meine Mutter Pauline, geborene Magnor, war? Ja, natürlich, Tatulek war nicht dumm. Es tat ihm sogar leid, denn er hatte schon Gefühle für die Mamulka, er hielt sie auch für eine gute und ehrliche Frau. Ihm tat es leid wegen der Hölle der Schwangerschaften, doch betrachtete er das Schicksal der Mamulka als naturgegeben, so wie die Jahreszeiten, wie Dürre und Gewitter, Winterstürme und Herbstschlamm. Ich glaube, Mamulka teilte diesen Fatalismus. Dem täglichen Verkehr ergab sie sich wortlos und ohne Gestöhn, auch Vater schwieg dabei, wurde höchstens am Ende einmal lauter.

Sie war neunzehn Jahre jünger als Vater, heiratete ihn mit achtzehn, und was Vater in den fünfzehn Jahren tat, die zwischen seiner Heimkehr aus dem Krieg, von dem er gelegentlich sprach, und ihrer Hochzeit lagen, von der Mamulka oft sprach, das weiß ich nicht. Nie erwähnte er diese Jahre, verheiratet war er vorher nicht, bei der Hochzeit war er siebenunddreißig und schon Hintersasse in Nieborowitz, er besaß ein rotes Ziegelhaus und einen Morgen Land, auf dem er Kartoffeln zog, und arbeitete erst als Schlepper, später als Hauer, erst auf der Luise, später, als sie die Schächte des Bergwerks Delbrück gruben, dort.

Nach der Hochzeit kam Franz zur Welt, fünf Jahre früher als ich. Ein Jahr nach Franz Johann, ein Jahr nach Johann Erich, nach dem kleinen Erich kam ein sehr schwaches Mädchen, das Vater selbst auf den Namen Martha taufte, denn er sah, sie würde nicht überleben. Tatsächlich starb sie fünf Tage nach ihrer Geburt.

Mama weinte angeblich sehr, hat mir Franz erzählt, obwohl er sich unmöglich daran erinnern konnte, Mama weinte sehr, und Vater ging zur Arbeit; als er zurück war, nahm er ein Bad, Mama gab ihm sein Essen, danach saß er in der Laube und rauchte sein Pfeifchen, ohne zu weinen. «Weibsgeplärr und Sommerregen sind kein Grund, sich aufzuregen», grummelte er.

Ein Jahr nach Martha wurde Konrad geboren, ein Jahr nach Konrad wiederum, 1891, kam ich auf die Welt.

Ungefähr zu der Zeit muss Mama meinem Vater erklärt haben, dass sie nicht mehr in Deutsch Zernitz zur Kirche gehen würde, zu deren Pfarrgebiet Nieborowitz gehörte, sondern von nun an in Pilchowitz; der Pilchowitzer Pfarrer predige so schön, der in Żernica nicht.

Vater hatte kein Fünkchen Respekt vor derartigen Extravaganzen, das waren Herrschaftsallüren, nichts Menschliches. Da er aber alles Kirchliche zugleich als Frauensache betrachtete, opponierte er nicht. Er blieb unerschüttert.

Dass die Nachbarn uns Pokoras scheel ansahen, weil wir zum Gottesdienst nach Pilchowitz gingen, war ihm egal. Ihn interessierte die Meinung anderer Leute nicht, zu sehr war er mit seinem stummen Zorn beschäftigt. Darin unterschied er sich zweifellos grundsätzlich von den Vätern meiner Kameraden auf der Volksschule, denen die Meinung anderer im Dorf oder in der Bergarbeiter-Gemeinschaft wichtiger war als alles Menschen- oder Gottesrecht, und diese innere Unabhängigkeit war vermutlich der einzige Charakterzug, der ihn mit meiner Mutter verband; das hatte er ihr, die so viel jünger war, beibringen können.

Als ich fast zwei war, brachte meine Mama nach längerer Pause als sonst, im Jahre 1893, einen schwächlichen Jungen zur Welt. Wieder taufte Vater ihn zu Hause, und nach einem Monat starb dieser Junge. Er hieß Simon, was für sein kurzes Dasein, ein Leben, das sich seiner Eigenständigkeit nicht einmal bewusst wurde, natürlich bedeutungslos war. Zum Glück kann ich mich gar nicht daran erinnern, Franz aber sagte, dieses Mal habe Mama überhaupt nicht geweint, Vater sei zur Arbeit gegangen, und nach der Arbeit, nach Bad und Essen, das Mutter trotz des Todes des kleinen Simons wie jeden Tag zubereitet hatte, habe er wie üblich in der Laube gesessen und Pfeife geraucht.

1895 wurde Wilhelm geboren, 1897 Karl, und seine Geburt ist die erste, an die ich mich erinnere, die kleinen Fäustchen, die ich ihm aus dem dicken Steckkissen hervorwühlen half, das ihn in der Krippe beengte.

Zwei Jahre nach dem kleinen Karl wurde Ana geboren, die ich bis heute am meisten von allen Geschwistern liebe.

Nach Ana wurde der nach Vater benannte Anton geboren, das war im Jahr 1902, als ich aufs Gymnasium ging und nicht mehr zu Hause wohnte. Franz und Johann malochten damals schon mit Vater im Delbrück-Werk als Schlepper.

Nach Anton kam August zur Welt, ich war in der Tertia und wohnte im Konvikt und kannte dich noch nicht, meine liebe, geliebte, ferne Agnes.

Nach August wurde 1909 Isidor geboren. Davon erfuhr ich aus einem Brief der zehnjährigen Ana, als ich selbst schon in Breslau studierte. Was weiter geschah, weiß ich nicht, seit 1914 habe ich keinen Kontakt mit zu Hause, mit niemandem aus der Familie. Ich hatte meine Gründe dafür und habe sie weiterhin, wenn ich jetzt, in der Dunkelheit, überhaupt sagen kann, dass ich irgendetwas habe.

Ich fragte mich so manches Mal, wie Mamulka ausgesehen haben mochte, früher, vor mir und meinen Geschwistern. Immer war sie zierlich, mit zarten Zügen, kleiner Nase, dunklen Augen und Haaren, ich schließe nicht aus, dass sie in ihrer Jugend schön gewesen wäre, wenn sie diese Schönheit nicht unter schweren Bauernkleidern verborgen hätte.

Vater und sie haben sich auf der Hochzeitsfeier von Tatuleks Cousin in Deutsch Zernitz kennengelernt. Mama war damals achtzehn, ich weiß nicht, wie sie aussah, auch kurz danach, als sie heirateten, denn sie haben kein Hochzeitsphoto machen lassen, das war eine zu große Ausgabe. Das erste Photo von Mama stammt aus einer Zeit, an die ich mich gut erinnere, von der Hochzeit meines älteren Bruders Franz, wenige Wochen bevor ich dir begegnete, Agnes, ausgerechnet zu jener Zeit, als ich Ärger im Konvikt hatte. Auf dieser Aufnahme ist Mamulka schon beinahe vierzig und hat zwölf Schwangerschaften hinter sich, man sieht ihr die Jahre und die Schwangerschaften an, gekleidet ist sie nach Bauernart, nie habe ich sie im herrschaftlichen Aufzug gesehen, das Haar ist straff zusammengesteckt. Ich habe diese Photographie bei mir, trage sie im Portemonnaie, in einer Uniformtasche, das einzige Photo, das ich vor vier Jahren mit in den Krieg genommen habe.

Wir alle, ich und meine zwölf Geschwister, die lebenden und die, die nicht überlebt haben, waren Früchte des verdichteten Zorns meines Vaters, der ihn antrieb wie Dampf. Wir waren, wir sind, zumindest diejenigen von uns, die leben, denn ich weiß nicht, wie viele meiner Brüder der Krieg dahingerafft hat, wir also waren, sind der Fehdehandschuh, den er der Welt hinwarf, sein stummer Schrei.

Wir sind auch, waren, das jahrelange Martyrium meiner Mutter, ein Martyrium, das mein Vater wahrnahm, so wie er das furchtbare Leben des Pferdes sah, das unter Tage die Wagen mit dem Fördergut zog, und zum Leid meiner Mutter hatte er ein ähnliches Verhältnis wie zu dem des Pferdes – er litt mit, hielt dieses Martyrium aber für naturgegeben, dagegen konnte man sich so wenig auflehnen wie gegen den Tod. Es war natürlich nicht Vater, der mich aufs Gymnasium geschickt hatte. Auf diese exzentrische Idee kam der Pilchowitzer Pfarrer Scholtis, ein ansehnlicher, gut gebauter Mann, damals Anfang vierzig, ruhig, kräftig und selbstbewusst, der sich im Deutschen ebenso gewandt ausdrückte wie im Hochpolnischen und in unserer Sprache.

Er kannte mich, denn durch das Zutun meiner Mutter wurde mir als einzigem von uns Kindern die Ehre zuteil, Messdiener zu sein, und zwar in Pilchowitz, wo Mama – noch ehe sie mich zur Welt brachte – nun zur Kirche ging, nicht mehr in Deutsch Zernitz, unserer eigentlichen Pfarrgemeinde.

Sehr rasch lernte ich, wann man mit den Messkännchen von der Seite der Lesungen zur Evangelien-Seite gehen, wann man beim Hinübergehen auf zwei Knien niederknien und den Kopf senken, wann man dagegen nur auf ein Knie gehen musste; wie die Finger des Priesters nach dem Offertorium mit Wasser zu benetzen waren, wenn ein Ministrant diente, und wie, wenn es zwei Ministranten waren. Ich wusste sofort, dass nach dem «Sanctus» dreimal zu läuten war, und läutete nie zu laut oder zu lange, nahm mir die Belehrungen des Priesters sehr zu Herzen, dass ich nicht zu meinem Vergnügen, sondern zum Lobe des Herrn läute. Ich wusste, wie ich mir auf die Brust schlage beim *Nobis quoque peccatoribus* und dass ich nicht mit *«Miserere nobis»* antwortete, denn das – sagte der Priester – ist überflüssig. Ich lernte lesen und schreiben, noch bevor ich auf die Schule kam, mit Mamulkas Hilfe, dem Gebetbuch und Vaters Zeitungen, ich eignete mir mit Leichtigkeit alle lateinischen Antworten an. Ich wusste, wann *«Suscipiat Dominus sacrificium de manibus ...»* und wann *«Gratias agamus Domino Deo nostro»* gesagt werden musste, wusste, dass wir im *Paternoster* sagen *«sed libera nos a malo»* und so weiter. Pfarrer Scholtis schien nicht erstaunt, manchmal übersetzte er mir nach dem Gottesdienst beim Ablegen der liturgischen Gewänder in der Sakristei lateinische Wörter, was sie auf Polnisch heißen, und erklärte mir sogar komplizierte grammatische Regeln, um mich das später ein wenig abzufragen, und zum wöchentlich wachsenden Erstaunen des Pfarrers merkte ich mir alles auf Anhieb. Er hielt mich auch zum Deutschlernen an, was mir nicht so gut gelang, denn ich hatte niemanden, mit dem ich Deutsch sprechen konnte.

Mein Vater Anton konnte sehr gut Deutsch, ich glaube, noch von der Armee, aber mit Vater unterhielt ich mich ja nicht; mit Mutter sprach er auch nicht viel, und wenn, dann Wasserpolnisch.

Besonders deutlich, deutlicher als an die ganze übrige

Kindheit, erinnere ich mich an ein Gespräch mit dem Pfarrer, als er schon umgekleidet aus der Sakristei aufs Pfarrhaus zustrebte und ich ihn noch ein Stück begleiten sollte, damit er mich lateinische Sentenzen abfragen konnte, die er mir eine Woche zuvor zu lernen aufgegeben hatte. Nachdem ich diese kleine Prüfung, wie üblich, bestanden hatte, sagte Pfarrer Scholtis, nun könne ich ihn fragen, was ich wollte. Ich fragte daher, ob der Herrgott streng sei wie mein Papa. Oder eher wie der Kaiser zu den Chinesen, die er alle umbringen ließ, weil sie auf unseren Botschafter geschossen hatten, Papa hätte das in der Zeitung gelesen und Mama erzählt, ich hätte es gehört.

Der Pfarrer lächelte und sagte auf Deutsch, diese Frage gehe von vielen unausgesprochenen Annahmen aus, die ich für offensichtlich hielte, die für ihn aber keineswegs offensichtlich seien, sodass er mir darauf nicht antworten könne, was ich erstaunlicherweise verstand. Daher fragte ich, was das für Annahmen seien, und überraschte wiederum den Pfarrer. Er sagte eine Weile gar nichts, dann, auf der Treppe zum Pfarrhaus, erwiderte er schließlich sehr leise, zunächst einmal müsse man sich fragen, ob es den Herrgott gebe oder ob es nicht vielmehr die Angst vor allen Vätern und Kaisern dieser Welt sei, die uns an jemanden glauben lasse, der größer ist als sie, und den sie ebenso fürchten müssen oder sollten, wie wir sie fürchten. Ich verstand diesen Satz nicht als Verneinung der Gottesexistenz, eher als eine weitere sprachliche Herausforderung, aber damit ließ der Pfarrer mich dann stehen.

Schließlich kündigte Pfarrer Scholtis 1901, als ich in der vierten Volksschulklasse war, seinen Besuch bei uns an. Vater war natürlich keineswegs begeistert, er mochte Gäste nicht und Priester schon gar nicht, aber der Pfarrer war immerhin Pfarrer, von Autorität ließ sich Vater auf seine verbockte, zornige Art ebenso widerwillig wie zuverlässig beeindrucken, also kam Pfarrer Scholtis und setzte sich bei uns an den Tisch. Vater scheuchte alle Kinder aus dem Haus, damit sie den Pfarrer nicht störten, doch als auch ich ihnen nachlaufen wollte, sagte der Pfarrer in einem Ton, der keinen Widerspruch duldete, Alois solle bleiben und zuhören. «Wenn der Pfarrer das sagt, soll es so sein», stimmte Vater mit einer Kopfbewegung zu. Ich blieb in der Stube, setzte mich auf einen Hocker, zog einen in den Farben des Leobschützer Regiments bemalten Bleihusaren aus der Tasche, den ich mal von Mama zum Geburtstag bekommen hatte, und tat so, als wären meine Knie eine grüne Wiese, über die dieser ebenso grüne Husar nach Leibeslust galoppieren durfte, ich ließ ihn reiten und schnalzte leise mit der Zunge im Rhythmus des Galopps, ta-ta, ta-ta, ta-ta, Gras und Erdbrocken spritzten unter den Hufen des Rosses hervor, es war, als würde ich selbst auf diesem Pferd galoppieren, die Welt schien mir schön und einfach, während ich über die Wiese ritt, zur Sonne, zur Sonne, ta-ta, ta-ta, ta-ta.

Vater setzte sich zum Pfarrer an den Tisch, stellte einen halben Liter Wodka hin, schenkte in die grünen Gläser ein, Mama trug ein paar Scheiben Brot, Schmalz und ein wenig Wurst auf.

Mama setzte sich ebenfalls, Vater gefiel das nicht, doch Mama machte sich nichts aus seinen schiefen Blicken, schließlich ging es um ihren Sohn, mir scheint, ich habe das damals richtig verstanden, deshalb blieb sie, denn bei Vaters Kameraden traute sie sich das nicht und wollte sich auch gar nicht dazusetzen.

Der Pfarrer trank ein Glas Wodka, und sie begannen, auf Polnisch zu reden, aber so normal, wie bei uns zu Hause gesprochen wurde, das heißt Wasserpolnisch, nicht so, wie sie im *Katholiken* schreiben. «Hören Sie, Pokora, Ihr Junge da muss zur Schule», sagte der Pfarrer. «Nach Gleiwitz, aufs Gymnasium. Was lernen.» – «So ein Unsinn», erwiderte Vater auf Deutsch, um seriöser zu wirken. Pfarrer Scholtis wechselte also auch ins Deutsche, «Hören Sie, Pokora, der Junge ist ungewöhnlich intelligent, er liest und schreibt ausgezeichnet, er fängt schon mit Latein an, Deutsch spricht er noch nicht so gut, aber das kriegen wir hin, er ist sehr aufnahmefähig, könnte Pfarrer werden oder Lehrer oder Steiger, vielleicht sogar Ingenieur.»

Papa lachte gekünstelt. «So was gab's noch nicht», fuhr er auf Deutsch fort, «dass jemand von uns auch nur Steiger geworden wäre. Das ist was für Städter, für die Deutschen. Ganz bestimmt nichts für meinen Sohn, den armen Kerl. Uns elenden Schluckern ist ein anderes Leben bestimmt, Mühsal, frühe Staublunge oder die Kugel in irgendeinem Krieg der Herren.»

«Unsinn, Pokora», erwiderte der Pfarrer, «bin ich etwa anders? Ich komme aus der gleichen Armut, Pokora, mein Vater war sogar ärmer als Sie, er besaß keinen Morgen Feld, nichts als eine Hütte mit Ställen in einem Dorf bei Prudnik, und trotzdem habe ich fürs Pfarramt studieren können, aus mir ist etwas geworden. Und Sie haben immerhin einen Morgen.»

«Ja, schon, aber was für Boden, Sand und Steine, keine dreißig Zentner Kartoffeln krieg ich da geerntet, verkaufen kann man auch nicht viel, und Teufel, wie man sich dafür abrackert», knurrte Vater.

«Ein Morgen ist ein Morgen, Pokora, mein Vater besaß nichts, Mohrrüben und Kohl hinter der Hütte konnte er pflanzen», widersprach der Pfarrer.

«Na ja, gut, gut», winkte Papa ab, «wenn der Hundsfott so schlau ist, dann soll er was lernen, möchte nur wissen, wer das bezahlen wird, denn ich habe kein Geld. Keinen Pfennig werde ich für solche Spinnereien ausgeben. Ich habe noch andere Kinder.»

«Ich zahle», erklärte Pfarrer Scholtis. «Ich bezahle für das Gymnasium und die Unterbringung, falls nötig, dort wird auch bald das Konvikt fertiggestellt, da kann er billiger wohnen als auf einem Zimmer.»

«Warum wollen Sie denn für den Unterricht meines Bengels zahlen?», fragte Vater argwöhnisch, und etwas lag in der Luft zwischen ihnen, ein unausgesprochener Verdacht. An diese Stimmung erinnere ich mich bis heute.

Jeder wusste natürlich, dass manche Priester, wenn sie Kinder zu sehr mochten, sie auf die Knie nahmen und an sich drückten. Dagegen unternahm man nichts. Ein anderer Vater hätte es nicht mal gewagt, den Pfarrer so argwöhnisch anzusehen und die Frage zu stellen, er hätte sich diesen Verdacht sogar in Gedanken verboten, aber kein anderer Vater, glaube ich, trug so viel verdichteten Zorn und so viel zähe Bitterkeit in sich wie meiner.

Deshalb fragte mein Vater.

Und der Pfarrer antwortete, einfach und überzeugend. Er antwortete ohne diese priesterliche Schöntuerei, ohne das Falten der fleischigen Händchen, dem zum Himmel aufgeworfenen Blick, nicht in diesem süßlich klebrigen Stimmchen, mit dem die Mehrzahl der Priester spricht. Mein ganzes Leben, bis zum Jahre 1914, habe ich mehr als genug von diesen beseelten Stimmchen gehört, habe genug entrückte Blicke und verdrehte Augen gesehen. Pfarrer Scholtis war anders.

Pfarrer Scholtis antwortete schlicht und überzeugend.

«Auch mir hat jemand geholfen. Hat mir aus der Armut geholfen, mir das Gymnasium und den Unterhalt bezahlt, und ich habe diese Schuld nie zurückzahlen können», sagte der Pfarrer, «jetzt kann ich es. Nicht meinem Wohltäter, aber Ihrem Sohn, Herr Pokora. Ich verstehe Ihre Befürchtungen, aber meine Absichten sind lauter.»

Mama schwieg, natürlich, sie hätte nicht gewagt, sich einzumischen, wenn der Pfarrer mit Tatulek redet, aber ich sah, dass sie unruhig war und nervös mit dem Absatz auf die Fußbodenbohlen klopfte.

Vater goss sich und dem Pfarrer Wodka ein. Da stand Mama auf, griff nach einem Glas und stellte es auf den Tisch. Vater wunderte sich, protestierte aber nicht, er wollte ja keine Szene machen vor dem Pfarrer, ich weiß es noch heute, ich weiß heute überhaupt alles ganz genau, also goss er auch Mama Wodka ein. Mama trank. «Soll er auf die Schule gehen», sagte sie leise, auf Polnisch, extra schön auf Polnisch. Vater winkte ab zum Zeichen, dass er einverstanden war. «Wenn der Pfarrer bezahlt, soll er gehen, was schert's mich.» Stand auf und ging die Schweine füttern.

Pfarrer Scholtis stand ebenfalls auf, legte meiner Mama einen Augenblick die Hand auf den Arm und sagte, morgen würde er mich mit der Bahn nach Gleiwitz mitnehmen, Mama solle mich zum Bahnhof bringen, denn er würde in Pilchowitz in die Kleinbahn steigen, ich bei uns in Nieborowice. Mamulka sagte, sie müsse mich nicht hinbringen, ich schaffte das allein, und am nächsten Tag fuhr ich mit dem Pfarrer in der Schmalspurbahn nach Gleiwitz, wir stiegen in Trynek aus und gingen in die Stadt, zu dem Heilig-Kreuz-Gymnasium hinter der Kirche, neben dem sich das Gebäude des Konvikts befand, in dem ich später wohnte und wo die Affäre ausbrach, die mich zu dir geführt hat, Agnes.

Alles hat mich zu dir geführt.

Wir betraten das dunkle Kabinett, dessen Wände mit Eichenpaneel verkleidet waren, an einer von ihnen hing ein riesiges geschnitztes Kruzifix mit einem sehr realistischen Christus. Ich konnte den Blick nicht von dem Blut wenden, das aus seinen Wunden floss. Damals glaubte ich noch an Christus, so wie an den Kaiser – beide kannte ich nur von Abbildungen, beide erschienen mir ebenso fern wie real. Christi Hände, seine Füße und Seite waren durchstoßen, und vom Kaiser sagten die Jungs auf der Schule, seine linke Hand sei behindert und kürzer als die rechte, deshalb stütze er sie auf Photographien immer auf den Säbelgriff, halte sie in der Tasche oder verberge sie in der rechten Hand. Viel später sah ich mir jedes Photo des Kaisers an, das ich fand, und tatsächlich, der Kaiser tat nie etwas mit seiner linken Hand.

Hinter dem Schreibtisch saß ein dicklicher Priester, damals wusste ich noch nicht, dass er Peter hieß, Peter wie der Vorname, aber sein Vorname war Franz. Pfarrer Scholtis setzte sich, höflich aufgefordert von Pfarrer Peter, ich blieb stehen. Die Geistlichen plauderten eine Weile auf Deutsch über ihre Pfarrangelegenheiten, die ich nicht verstand, Klatsch über Dekane und Prälaten, wer mit wem und was Bischof Kopp dazu sagt, ich stand schweigend daneben, war für die beiden selbstverständlich wie Luft. Dann erzählte Pfarrer Scholtis, noch immer auf Deutsch, von mir, weiterhin so, als wäre ich gar nicht vorhanden, und Pfarrer Peter musterte mich, wie Papa ein Ferkel mustert, bevor er es kauft, ob es gesund ist; oder so, als betrachtete er nur mein Bild, nicht mich selbst.

Er fragte Pfarrer Scholtis, warum der Junge nicht aufs Lehrerseminar in Pilchowitz gehen könne. Das sei erstens billiger als das Gymnasium und passe auch besser zu einem Kind aus dem Volk, selbst wenn es begabt ist, als das Gymnasium. Er werde die Volksschule absolvieren, zum Präparandum gehen, nach drei Jahren dann aufs eigentliche Seminar, und nach weiteren drei Jahren sei dieser Knirps, wenn er das Examen bestehe, Diplom-Lehrer ersten Grades, ein handfestes Fach, dafür gebe es Arbeit, er könne Organist werden oder auch Lehrer, zum Beispiel an der Volksschule, die er selbst besucht hat. Was habe ein Kind aus dem Volk auf dem Gymnasium verloren. Zu hohe Hürde, er würde sich nicht wohlfühlen unter den Bürgerkindern, dort schicke doch sogar der niedrigere Adel seine Söhne hin, und dann so ein Bauernsohn.

Pfarrer Scholtis gab sich nicht geschlagen: «Mein lieber Priester, das ist ein unerhört begabtes Kind, aus dem soll mehr werden als ein Dorforganist, fragen Sie ihn einmal ab.»

Pfarrer Peter stellte mir also ein paar Fragen auf Deutsch, aus dem Katechismus, ich antwortete, so gut ich konnte, wie Pfarrer Scholtis es mir beigebracht hatte. Dann sprachen beide Pfarrer wieder untereinander deutsch, bis Pfarrer Peter sich auf Polnisch an mich wandte.

«Denk daran, Junge, es ist ein großes Wunder und eine Gnade Gottes, wenn ein Junge aus dem Volke die Möglichkeit bekommt, zu lernen und etwas zu werden», sagte im Jahre 1901 Pfarrer Peter, Katechet am Gleiwitzer Gymnasium, zu mir, er sprach polnisch, aber nicht so, wie bei uns zu Hause geredet wurde, sondern schön, und ich war zehn Jahre alt, stand vor ihm, knetete die Mütze in den Händen und schwieg. «Alles verdankst du Pfarrer Scholtis, deinem Wohltäter, vergiss das nie.»

Es war mir lange nicht gegeben, das zu vergessen.

«Vergiss das nie», wiederholte Katechet Peter. «Für das Gymnasium scheinst du geeignet zu sein, wenn Pfarrer Scholtis das behauptet, aber wir können dich nicht aufnehmen, wenn du so schlecht und mit Akzent Deutsch sprichst. Es wäre eine Schande und ein schlechtes Beispiel für die anderen Schüler, wenn jemand den bestimmten Artikel falsch dekliniert. Gutes Deutsch ist die Basis.» Pfarrer Scholtis stand hinter mir, ich spürte, wie er die Hand um meine Schulter schloss, auch jetzt spüre ich das noch.

Warum erinnere ich mich an all das so deutlich? Wie lange habe ich mich später an diesen Augenblick erinnert? Vielleicht ein Jahr oder zwei, doch danach gar nicht mehr, ich kehrte in Gedanken nicht zu diesem Moment zurück, weder im Pfarrhaus bei Scholtis noch in der Hölle des Konvikts noch bei dir in der Wohnung, Agnes, noch auf meinen diversen Studentenbuden in Breslau, weder bei den Übungen in der Armee noch an der Front noch auf der Offiziersschule, niemals. Sicher, ich wusste, dass Scholtis und ich bei Peter gewesen waren, aber ich wäre nie, keinen Augenblick lang imstande gewesen, die Worte wiederzugeben, die über Bischof Kopp fielen, nichts davon. Jetzt dagegen, in der Dunkelheit, erinnere ich mich an alles hell und klar.

«Und wie steht es um deine patriotische Erziehung, Junge?» Pfarrer Peter wechselte ins Deutsche. «Selbst wenn ihr zu Hause Polnisch sprecht, heißt das ja nicht, dass ihr keine guten Untertanen des Kaisers sein könnt, gute Deutsche. Wir lassen uns doch nicht sagen, dass ein deutscher Katholik ein schlechterer Patriot wäre als die Protestanten. Wir sind überhaupt nicht schlechter. Glaube und Politik, das ist zweierlei.»

«Sein Vater ist Veteran des letzten Krieges. Er hat im Gleiwitzer Ulanenregiment von Katzler gedient. Für den Krieg 1870 ausgezeichnet mit dem Eisernen Kreuz und Verwundetenabzeichen», erwiderte Pfarrer Scholtis, und ich hörte damals zum ersten Mal, dass Vater irgendwelche Kreuze bekommen hatte.

«Und was macht der Vater?», fragte Pfarrer Peter.

«Er arbeitet in der Grube und bewirtschaftet einen Morgen Land», erwiderte Pfarrer Scholtis, und Pfarrer Peter nickte, und sogar ich als Zehnjähriger begriff, dass es geradezu skandalös war, dass der Sohn von einem, der in der Grube arbeitet und einen Morgen Land bewirtschaftet, aufs Gymnasium gehen sollte. «Es ist eine gute, anständige Familie», fügte Pfarrer Scholtis hinzu, schon mit leichter Unsicherheit in der Stimme.

«Hat er ein eigenes Gespann?», wollte Pfarrer Peter wissen.

Pfarrer Scholtis verneinte wahrheitsgemäß. «Aber das ist ja unwichtig, darum geht es nicht.» – «Das ist richtig, aber mit diesem Deutsch eignet er sich nicht einmal für die Sexta», sorgte sich der Gleiwitzer Katechet.

«Ich nehme ihn für ein Jahr zu mir», sagte der Pilchowitzer Pfarrer. «Er wird bei mir wohnen. Wird mir bei der Messe dienen, und bei mir im Pfarrhaus wird nicht Polnisch gesprochen, meine Hauswirtschafterin ist aus Ohlau, die kann überhaupt kein Polnisch, Deutsch dagegen spricht sie sehr gut, ohne Akzent, reines Hochdeutsch. Der Junge wird es lernen, ich kümmere mich auch um seine Manieren und den gesellschaftlichen Schliff, damit er nicht zu sehr hinter seinen künftigen Kameraden zurückbleibt.»

Alles verstand ich damals unterschwellig und hatte große Angst, wusste aber auch, dass ich sie nicht zeigen durfte.

Ich wusste das von meinem Tatulek, von meiner Mamulka, von den älteren Brüdern. Niemand sprach das laut aus, aber alle lebten so. Man durfte weder Angst noch Trauer noch Freude zeigen, denn geäußerte Emotionen sind ein Zeichen von Schwäche, und Schwäche wird bestraft. In bester Absicht bestraft, denn so ist die Welt, böse und gnadenlos gegenüber den Schwachen. Deshalb ist es die Rolle der Eltern, Schwäche auszutreiben, damit das schwache Kind zu einem starken Menschen werde.

Ich wusste damals noch nicht, Agnes, dass einmal du zur Herrin meiner Freuden, Ängste und meiner Traurigkeit würdest, zum Quell meiner Stärke, und mich lehren würdest, mein eigenes Herz zu verstehen.

Damals, im Jahre 1901, war ich nur ein verängstigter Zehnjähriger, der spürte, wie ihm der Boden unter den Füßen wegglitt, als würde er mit den Wurzeln aus dieser Welt herausgerissen werden, die er verstand und kannte. Einer Welt, die sich zwischen Haus, Feld, Hühnerstall und Schweinestall im Hinterhaus erstreckte, zwischen Volksschule, Kirchen in Zernitz und Pilchowitz, Brüdern und der Schwester, Klipp-Spielen und dem Fangen von Fröschen an der Mühle von Nieborowitz, die wir dann mit dem Strohhalm aufbliesen und in den Teich setzten.

Jahre später musste ich an diese graugrünen Frösche denken, Agnes, denen wir den Strohhalm in den Hintern steckten und die wir aufbliesen, als ich die gedunsenen, faulenden Körper unserer Kameraden sah, wie sie pfurzten und die grünlichen Feldgrau-Blusen sprengten.

Damals aber, im Kabinett von Pfarrer Peter, war ich erst zehn.

Zum Abschied fragte Pfarrer Peter Pfarrer Scholtis, ob ich das Gefallenendenkmal für 1870 auf dem Neumarkt gesehen habe. «Hast du? Nein. Dann geht es euch angucken, der Sohn des Veteranen dieses glanzvollen Krieges soll das Denkmal sehen. Das wird gewiss seine patriotischen Gefühle aufbauen. Wir müssen die Erinnerung an den großartigen Sieg bei Sedan pflegen, das ist unsere patriotische Pflicht gegenüber Vaterland und Kaiser.»

Also gingen wir, das heißt fuhren mit der Kutsche, denn Pfarrer Scholtis war nie ein Anhänger langer Spaziergänge, wir fuhren die Klosterstraße hinunter, kamen am Stadttheater vorbei, am Kino und den Biergärten, dann an den alten Stadtmauern der Niederwallstraße, von der wir in die Wilhelmstraße einbogen, die 1901 noch nicht so dicht bebaut war wie 1906, als ich dich das erste Mal sah, und erst recht nicht wie 1918, die ganze linke Straßenfront vor der Kłodnica war fast frei, dort war Wiese, danach überquerten wir, ich erinnere mich jetzt genau, die kleine Wilde Kłodnica, auch Wiedenka oder Wiener Bach genannt, an deren Ufer die Tische des Cafés und Restaurants Kaiserkrone standen, während auf der anderen Straßenseite ein Mietshaus sich erhob, in dem sich schon damals deine Wohnung befand, bestimmt hast du in deinem Zimmer oder Spielzimmer gesessen, als Vierzehnjährige, mit Puppen wirst du nicht mehr gespielt haben, vielleicht hast du gelesen ...? Das kann ich nicht wissen. Als ich dich das erste Mal sah, schütteten sie gerade die Wilde Kłodnica zu, und als ich die Brühwurst in der Kaiserkrone mit Wodka und Bier runterspülte, vor einem halben Jahr, als ich dich das letzte Mal sah, war keine Spur mehr von dem Flüsschen, die Tische der Kaiserkrone standen unter Markisen an der breiten Allee. Aber als ich 1901 in der Kutsche mit Pfarrer Scholtis fuhr, kamen wir erst an der Kłodnica, dann an der Wiedenka vorbei und fuhren dann über den Kłodnica-Kanal, den Flusshafen zur

Rechten. Die Barken und Dampfschlepper dort gefielen mir damals sehr.

Dann bogen wir nach rechts ab und erreichten den Neumarkt, den niemand bei seinem offiziellen Namen, Germaniaplatz, nannte, er war umgeben von Häusern, Betrieben, einem Restaurant und einer Kneipe, und auf der Mitte befand sich ein Fleckchen Grün, und auf diesem Grün, schmiedeeisern umzäunt, stand auf einem Sockel eine Frauengestalt in drapiertem Gewand, mit dem Schwert in der einen, dem Kranz in der anderen Hand.

«Na, jetzt guck mal, hier, und sag mir», fragte Scholtis auf Wasserpolnisch, «baut der Anblick dieses Weibs in ihrem Bettlaken deine Vaterlandsliebe auf?» Heute weiß ich, dass seine Frage zynisch gemeint war, damals wusste ich es nicht und verkniff mir die Antwort, der Pfarrer ließ also den Kutscher zum Bahnhof der Kleinbahn fahren, die uns zurück nach Hause brachte.

Unterwegs, in der Kutsche und im Waggon der Kleinbahn, bekam ich Angst davor, bei Pfarrer Scholtis im Pfarrhaus in Pilchowice zu wohnen, ohne Mamulka und meine Brüder, ohne meine Schwester, aber mehr noch fürchtete ich mich, aufs Gymnasium zu gehen, wo ganz andere Jungs waren, herrschaftliche Jungs, die nichts mit der Welt meines Vaters, meiner Brüder gemein hatten, deshalb war ich froh, dass dieses grausame Urteil aufgeschoben war und ich noch ein Jahr in Sicherheit wäre, wenn auch nicht mehr bei mir zu Hause.

Dann gab es noch ein Gespräch bei uns zu Hause. Mamulka weinte. Vater nicht.

Zwei Tage darauf machte Mamulka auf dem Herd Wasser heiß, goss es in eine große Schüssel, stellte mich nackt hinein und scheuerte mich ganz mit Seife ab, trotz meiner halbherzigen Proteste. Überall, die Achselhöhlen, die Fingernägel, den Hintern, das Haar, sogar noch mehr als an den Samstagen. Dann packte Mama mir einen Pappkoffer, darin mein Sonntagsanzug, zwei Hemden und zwei Paar Unterhosen, kurze Hosen und ein alter Wintermantel, drei Paar Strümpfe, mit einem Wort, alle Anziehsachen, die ich besaß. Ich selbst zog meine Alltagskleidung an, setzte die Mütze auf, Mama nahm mich fest bei der Hand, in die andere nahm ich den Pappkoffer, und wir gingen hinaus.

Vater war nicht da, er schuftete in der Grube. Auch Franz und Johann waren weg, sie arbeiteten ebenfalls dort, und es war Sommer. Die übrigen Geschwister, das heißt der dreizehnjährige Erich, der elfjährige Konrad, die kleinen Wilik und Karlik und die kleine, zweijährige Ana, tobten alle draußen – Erich als Einziger in Schuhen, die übrigen vier dreckig und barfuß. Ich weiß noch genau, sie fingen ein Huhn der Nachbarn und versuchten, die kleine Ana draufzusetzen, Mama schimpfte laut, erst auf Erich, der ja der Älteste war und auf seine Geschwister aufpassen sollte. Konrad musste das Huhn wegtragen, es riss sich aber los und lief gackernd und flügelschlagend auf die Straße.

Ich weiß noch, wie Mama die Hände rang, «Was wird nur werden, wenn die Pikulikowa davon erfährt», dann nahm sie sich zusammen, stellte meine Brüder und die Schwester in einer Reihe auf und hielt so etwas wie eine Rede. Ich habe sie nur einmal so reden hören, ein einziges Mal in ihrem ganzen Leben.

«Verabschiedet euch jetzt von Lojzik, Kinder, Lojzik wird nicht mehr bei uns wohnen», sagte Mama.

Erich und Konrad, älter als ich, kniffen die Lippen zusammen und guckten zu Boden. Wilik und Karlik weinten sofort los, groß genug, um zu begreifen, dass sie ihren Bruder verlieren würden, aber nicht groß genug zu wissen, dass man niemals weinen darf. Ana reagierte gar nicht, sie war völlig damit beschäftigt, Erde zu essen.

«Weint nicht, Jungs», sagte Mama. «Lojzik wird es dort gut haben, beim Pfarrer.» Karlik riss sich plötzlich los aus der Reihe, stürzte auf mich zu, umarmte mich mit seinen kleinen Ärmchen und weinte noch lauter. «Geh nicht, Lojzik, geh nicht.»

Erich drehte uns den Rücken zu, Konrad schluckte nervös und kniff die Lippen noch fester zusammen, bis sie gar nicht mehr zu sehen waren. Mama kniete nieder, ohne meine Hand loszulassen, umarmte Karlik, flüsterte ihm etwas ins Ohr, ich hörte die Worte nicht, und stand wieder auf.

«Komm, Lojzik, wir gehen», sagte sie.

Erst da weinte ich los.

«Heul nicht!», brüllte Erich und drehte sich plötzlich zu mir, «heul nicht!», rief er, «du wirst ein besseres Leben haben, weil du klüger, besser bist als wir. Was sind wir, nichts, was halten die herrschaftlichen Kinder von uns oder die aus der Stadt, nichts.»

Damals verstand ich nicht richtig, was mein großer Bruder meinte. Bis heute staune ich, dass er es so rasch begriffen hat, mit gerade erst dreizehn Jahren.

Ich kam mir damals nicht besser vor als meine Brüder und meine Schwester. Francek und Hõnsik imponierten mir, Erich und Konrad waren meine besten Spielkameraden, Erich nahm mich zudem immer in der Volksschule in Schutz. Ich war einer von ihnen, ich war so wie sie, und dass ich besser Deutsch konnte, besser rechnen, was hieß das schon, Erich prügelte sich besser als ich, Konrad lief schneller und konnte mit dem Messer werfen wie ein Zirkusartist, bis Vater uns im Garten dabei beobachtete, uns das Messer wegnahm und jedem zwanzig Hiebe aufs Gesäß gab.

«Komm, Lojzik, wir gehen», sagt Mamulka, und wir gehen, denselben Weg wie immer zur Kirche, auf zwei kleinen Brücken über die Bierawka, dann durch den Wald und die Felder nach Pilchowice, am Kloster vorbei, an der Kirche und zum Pfarrhaus, eine Dreiviertelstunde, und kommen an. Mama steigt die fünf Stufen hoch, klopft, die Hauswirtschafterin öffnet, guckt uns sehr argwöhnisch an, grüßt uns nicht, wir sind ihres Grußes nicht würdig, sie ruft auf Deutsch den Pfarrer.

Der kommt in Hausschuhen herunter, begrüßt Mama, dann wendet er sich zu mir.

«Jetzt wirst du bei uns wohnen», sagt er auf Deutsch, und so kam es. Ich zog bei ihnen ein.

Nie wieder habe ich in meinem Elternhaus gewohnt. Hatte nie wieder eine Familie. Damals, als ich unser rotes Ziegelhaus in Nieborowitz verließ, das einzige Haus, das ich hatte im Leben, mit dem Pappkoffer in der Hand, damals wurde ich zum Nomaden, der ich bis heute bin, bis zu dem Augenblick, als der Treffer gegen meinen Stahlhelm mir das Bewusstsein raubte. Ich wohnte im Pfarrhaus, im Konvikt, zur Untermiete im Haus deines Vaters, Agnes, ich wohnte auf Studentenbuden in Breslau, in Kasernen, ich hockte in Höhlen, die wir uns in wassertriefenden Schützengräben gruben, wo mir 1917 der linke Fuß anfaulte, den mir ein guter Doktor im Feldlazarett wie durch ein Wunder retten konnte, und dann wieder in Kasernen, sogar in Hotels, aber nie mehr danach hatte ich ein Haus, nie wieder schlief ich an einem Platz, den ich nicht innerhalb einer Viertelstunde verlassen konnte, ohne etwas dort zu vermissen.

Ich bin ein Nomade, ich habe kein Zuhause, nur einen Lagerplatz.

Ich sehe Mamulka schniefen.

«Geh, Lojzik, und höre in allem auf den Pfarrer», sagt Mama. «Wir sehen uns bald, ich komme vorbei», fügt sie hinzu, dreht sich um und geht, ohne noch ein Wort zu sagen.

Mir ist zum Heulen.

«Hier bist du kein Lojzik mehr, hier gibt es keine Lojziks, Franceks, Hõnsiks oder Wiliks, hier bist du nur Alois, Alois Pokora», sagt der Pfarrer auf Deutsch, und als ich das höre, breche ich in Tränen aus. Lojzik gibt es nicht mehr, nur Alois. Lojzik ist gestorben und mit ihm seine Blutsbande, ich habe weder Brüderchen noch Schwester, keine Mamulka und keinen Tatulek mehr, ich bin Alois Pokora und bin allein.

Der Pfarrer nimmt mich an der Hand, führt mich ins Haus, die Hauswirtschafterin wirft mir einen unangenehmen Blick zu. Damals wusste ich nur das, unangenehm, heute weiß ich, dass sie mich ansah, wie man ein Bauernkind ansieht, ein dreckiges und ungehobeltes Bauernkind, obwohl Mama mich doch so gründlich gewaschen hatte, die Wirtschafterin des Pfarrers, Frau Greta, sah eine andere Art Dreck in mir. Sie ekelte sich vor meiner ärmlichen Kleidung, auch wenn sie selbst arm war. Sie ekelte sich nicht, weil sie meinte, selbst etwas Besseres verdient zu haben – sie ekelte sich vor meiner ärmlichen Kleidung gewissermaßen stellvertretend für Pfarrer Scholtis.

Sie fand mich seiner Aufmerksamkeit unwürdig, wie jeder richtige Diener, der die Würde seines Herrn zu seiner Ehrensache macht. Sie selbst fühlte sich nicht besser als irgendwer, sie hielt sich nur für die Hüterin des gesellschaftlichen Status ihres Brotgebers, wenn nicht der Menschheit insgesamt.

Frau Greta war nicht gut zu mir, zugleich erlaubte aber die Autorität des Pfarrers ihr nicht, schlecht zu mir zu sein, und das genügte mir.

Das Jahr war gut, trotz des Verbots, im Pfarrhaus auf unsere Art zu sprechen. Wenn ich etwas wollte, musste ich diesen Wunsch auf Deutsch ausdrücken, was zur Folge hatte, dass ich diese Sprache tatsächlich immer besser beherrschte. Pfarrer Scholtis kümmerte sich sehr um meine Ausbildung. Ich ging nicht mehr zur Volksschule, weder zu meiner alten in Nieborowice noch zu der in Pilchowice, der Pfarrer hatte das mit den Rektoren abgemacht, ich lernte jetzt jeden Tag vier Stunden lang mit dem Pfarrer Mathematik, Naturkunde, Deutsch, die Grundlagen des Lateins, ich las Gedichte und lernte sie auswendig, der Pfarrer schickte mich auch zum Klavierunterricht, den ich nicht mochte, ich strengte mich aber dennoch an, so gut es ging.

Die Verpflegung beim Pfarrer war besser als zu Hause. Frau Greta kochte fett und schmackhaft, die Portionen waren reichlich, und am Tisch saßen nicht drei Bergarbeiter, die aus verständlichen Gründen als Erste drankamen, weil sie die schwere körperliche Arbeit hungrig nicht geschafft hätten.

Ich hatte im Pfarrhaus so gut wie keine Verpflichtungen und konnte mich anfangs nicht daran gewöhnen. Zu Hause hatte es für mich immer irgendeine Arbeit gegeben. Untätigkeit war mir schon damals als etwas Herrschaftliches erschienen, das nicht zu Kindern aus Häusern wie dem meinen passte. Zu meinen Pflichten, als ich noch bei den Eltern wohnte, gehörte zum Beispiel die Begleitung von Vater und den älteren Brüdern, wenn nicht bis zum Eingang des Bergwerks, dann mindestens bis Knurow, wo sich eine größere Gruppe von Bergleuten sammelte und mein Vater mich, Erich und Konrad verabschiedete, um sich selbst den Hauern anzuschließen, denn selbstredend teilten sich die Gruppen nach dem Status in der Grubenhierarchie, kein Schlepper hätte sich den «Herren Bergleuten» für ebenbürtig gehalten, also gingen sie je für sich, zuerst die Hauer, darunter mein Vater, danach die Schlepper. Wir kehrten in Eile zurück, etwas essen, dann zur Schule, nach der Schule Wasser für Vaters Bad heiß machen, und wenn wir nicht schnell genug waren und das Wasser zu kalt, dann setzte es Prügel. Auch um die Lampen vom Vater und von den großen Brüdern musste man sich kümmern: reinigen, den Spiegel polieren, den Docht überprüfen, Öl nachgießen, denn damals gab es noch keine Karbidlampen, die erst in den Bergwerken auftauchten, als ich schon auf dem Gymnasium war. Meist kümmerte ich mich um die Lampen, Erich und Karl putzten die hohen Stiefel unserer Bergleute und rieben sie mit Fischöl ein. Auch an die Hühner musste man denken, das Schwein mit Abfällen füttern, Mutter und Vater bei der Bestellung des Feldes helfen, auf dem wir Kohl, Zwiebeln und Kartoffeln anbauten.

Im Pfarrhaus musste ich nichts tun außer lernen und mein Zimmer sauber halten. Beim Pfarrer gab es Bücher. Im Licht meiner Öllampe las ich also die Geschichten von Karl May in Büchern und in Ausgaben der Zeitschrift *Der Gute Kamerad*, die der Pfarrer für mich abonnierte. Meine ganze Freizeit verbrachte ich lesend. Wenn ich meine Hausaufgaben gemacht hatte, durfte ich raus, oft nahm ich mir deshalb einen Roman, ging zu Fuß nach Wielepole, einem nahe gelegenen Weiler, vorbei an seinen Gebäuden und dem Kreuz an der dreifachen Weggabelung, weiter in den Wald, der bis Groß Rauden reichte, und suchte mir einen gemütlichen, mit dicken, dunkelgrünen Mooskissen gepolsterten Platz, lehnte mich sitzend an den Stamm einer alten Eiche oder Buche und las, bis die Dämmerung mich vertrieb. Der Pfarrer schimpfte nie deswegen mit mir, auch wenn ich in der Dunkelheit nach Hause kam.

Nur manchmal hatte ich Sehnsucht nach Mamulka, dann lief ich nach Hause, nach Nieborowice. Mama empfing mich immer sehr feierlich, gab mir zu essen, fragte mich aus, lobte meine reinliche Kleidung und die Schuhe und wollte, dass ich auf Tatulek warte.

Tatulek aber interessierte sich überhaupt nicht für mich. Als wäre ich plötzlich aus seiner Welt herausgefallen. Er war nicht feindselig, er war uninteressiert. Mir scheint – ich habe ihn nie danach gefragt –, das hatte mit dem Bergwerk zu tun.

Mein Vater hasste das Bergwerk mehr als alles andere, womit er unter seinen Kameraden allein war. Sein Großvater, der alte Wentzel Pokora, hatte noch Frondienst geleistet, war gestorben, als ich vier war, nachdem er seinen Sohn Johann um mehr als dreißig Jahre überlebt hatte; Johann leistete keine Fron mehr, zahlte dafür Pacht an das Schloss, und sein Leben unterschied sich wenig von Wentzels Leben, abgesehen davon, dass es kürzer war, denn er starb 1863 bei einem Grubenunfall.

Meine erste Erinnerung, der erste Moment, in dem der kleine, vierjährige Lojzik Pokora sich seiner Existenz bewusst wurde, ist mit dem alten Wentzel Pokora verbunden – der hockt auf einem Stuhl am Ofen, umgeben von uns, den auf dem Boden sitzenden Gören, und erzählt, wie sie vor fünfzig Jahren, während der Typhusepidemie, mit den Kameraden zur Schicht in die Luisengrube fuhren und im

Winter mitten in der Nacht fertig waren, da mussten sie mit der Fackel in der einen und der Bergmannsaxt in der anderen zurückkehren, um sich der hungrigen Wölfe zu erwehren, manchmal mussten sie, mit den Schultern zueinander, einen Kreis bilden, abgemagerte Menschen gegen ausgemergelte, ausgehungerte Wölfe, und jeder hielt nur die Fackel und zerschmetterte den Wölfen mit der Axt Schädel und Rücken. Die Erwachsenen winkten ab und lachten über des alten Wentzels Geschichten, er spinne, sagten sie, ich aber erwachte in der Nacht und sah am Fenster Wolfsaugen, weinte vor Angst, bis Mamulka mich in den Schlaf herzte oder bis Tatulek hereinstürzte und brüllte, ich solle das Maul halten, sonst würde er seinen Gürtel holen.

Das Leben meines Tatuleks, der es gleich nach dem Krieg seinem Vater nachtat und in der Grube malochen ging, war schon ein ganz anderes als das Wentzel Pokoras.

Nicht von Anfang an natürlich, auch wenn zu seiner Zeit niemand mehr etwas von Wölfen in Schlesien gehört hatte. Zuerst, als Schlepper, war er noch ein Niemand, aber er hatte sein eigenes Geld, viel mehr, als er aus diesem Morgen Land bezogen hätte. Zehn Jahre später wurde er zum Hauer, und damit war Vater, nunmehr Herr Bergmann, schon ein Jemand.

Stolz erzählte er, wie er im Bergwerk Ludwigsglück mit dem Obersteiger gesprochen hatte, der ihm gutes Geld bot und sagte, sie hätten keine Schlepper, und die Hauer müssten selbst aufladen, worauf mein Vater angeblich, wie er behauptete, erst die Figur der heiligen Barbórka ansah, die für ihn so etwas wie eine zugeneigte Göttin war, dann den Obersteiger und wieder die Barbórka, dann noch einmal den Steiger und dann seine Papiere zurückforderte, er sei nicht zehn Jahre Schlepper gewesen, um die eigene Arbeit jetzt geringzuschätzen. Der Obersteiger lachte, ach wo, er habe nur Vaters Honorigkeit auf die Probe gestellt, natürlich werde er nicht laden. Darauf mein Vater, hart, «Gib die Papiere her», und der Obersteiger verstand, dass er mit diesem Versuch übertrieben hatte, und gab die Papiere zurück.

Ja, Vater war ein Ehrenmann, der Bergmann war für ihn eine Respektsperson. Kein Steiger durfte ihm sagen, wie er seine Arbeit machen sollte, und genau dafür achteten ihn die Steiger. Er sah sich so, wie wir ihn sahen, wenn wir ihm entgegenliefen bei gutem Wetter, wenn die Gruppe der Hauer aus Nieborowice und Pilchowice von der Mysia Góra kamen, schwarz und erschöpft, aber doch lebendig nach einem weiteren Arbeitstag, und siegreich, die Herren Bergleute.

Trotz dieser Honorigkeit, trotz seines Stolzes darauf, ein Herr Bergmann zu sein, hasste mein Vater die Grube. Er verstand sehr wohl, für wen er arbeitete. Wer die Früchte seines Schweißes erntete.

In diesem Sinne war mein Vater ein unbewusster Marxist oder auch Sozialist, was die Diagnose der Wirklichkeit angeht, ein finsterer Konservativer dagegen, was die empfohlene Abhilfe betrifft. Er benutzte nicht diese Terminologie, aber mir scheint heute, Agnes, dass er die Substanz dieser zwei gesellschaftlichen Deutungsversuche nicht schlechter verstand als der an der Universität Breslau die neueste Philosophiegeschichte lehrende Doktor Hönigswald, bei dem ich Vorlesungen über Hegel, Marx und andere hörte. Vater fasste das in einfachen Worten und, wie mir auch jetzt hier scheint, am treffendsten: Eine bessere Welt ist nicht möglich.

Ich wiederum, der ich nach einem Jahr Aufenthalt bei Pfarrer Scholtis aufs Gymnasium kam, war von der Herrschaft der Grube erlöst. Als ich die runde Gymnasiastenmütze aufsetzte, die ich vom Pfarrer bekommen hatte, war klar, dass ich niemals den Bergmann-Tschako tragen würde. All meinen Brüdern war die Grube vorbestimmt, was meinem Vater aufgrund seiner düsteren, marxistisch-konservativen Sicht der Welt Genugtuung verschaffte. «Das Los des Bergmanns ist ein schreckliches, aber ein besseres werdet ihr hier nicht finden, Söhnchen.» Es verlieh dem Vater außerdem Ansehen, so viele Bergarbeiter-Söhne zu haben, elf Söhne in der Grube, das gereichte zur Bergmanns-Zierde. Vor dem Krieg waren es drei, nach Franz und Johann ging Erich in die Grube, danach bestimmt auch noch Konrad, 1907, doch damals war ich nicht mehr zu Hause.

Damals war ich schon aus jener Welt geflohen oder vielmehr aus ihr ausgestoßen worden, wider Willen.

Nach einem Jahr Heimunterricht bei Pfarrer Scholtis hatte mein Deutsch sich gewaltig verbessert, ich begann schon auf Deutsch zu denken, und als jemand, der deutsch sprach und dachte, war ich jemand anders als vorher, als ich das bei uns zu Hause übliche Wasserpolnisch benutzte. Mir kam es damals so vor, als wäre ich auf Deutsch vornehmer und intelligenter.

Dennoch lag dieser neue, in Gedanken mit sich selbst auf Deutsch redende Alois Pokora deutlich hinter den übrigen Schülern der Sexta zurück.

Am ersten Schultag schnallte ich die neuen Bücher mit dem Gürtel zusammen, setzte die Gymnasiastenmütze auf, steckte mein geliebtes und im Grunde einziges Spielzeug ein, den berittenen Bleihusaren in grünen Farben aus Leobschütz, und fuhr mit der Kleinbahn nach Gliwice. Begleitet wurde ich von Pfarrer Scholtis, meiner schwangeren Mamulka, dem fünfjährigen Karlik und der dreijährigen Ana, beide Kinder in festlichen Kleidern. Die übrigen Geschwister waren auf Schicht oder in der Volksschule. Sie begleiteten mich zu viert bis ans Tor des neoklassizistischen Gymnasiums, Mama machte mir ein Kreuz auf die Stirn, der Pfarrer drückte mir die Hand, ebenso Karlik, und nur Ana drückte sich an mich, weil man ihr noch nicht beigebracht hatte, dass sich das nicht gehört. Ich trat ein, voller Befürchtungen, aber guter Dinge, fand die Sexta und bemerkte beim Blick auf die übrigen Schüler sofort, dass ich der ärmste war und dass alle anderen Schüler das ebenfalls sahen.

Mamulka und Pfarrer Scholtis hatten ordentliche Kleider und Schuhe für mich besorgt, doch die Armut verriet sich in meinen Gesten, meinem slawischen Akzent, meinem ängstlichen Blick, meinen frischen, noch ungeschliffenen Manieren, an denen Pfarrer Scholtis schwer gearbeitet und gewiss dabei an die eigene Kindheit gedacht hatte und daran, wie man ihm diese dicke Rinde aus Rohheit abgeschält hatte. Aus diesem Grunde begannen meine Kameraden, Vor- und Zunamen will ich gar nicht nennen, gleich am ersten Tag, mich zu drangsalieren.

Wie Piranhas.

Von den Piranhas hatte ich in Reiseberichten im *Guten Kamerad* gelesen, in phantastisch illustrierten Artikeln über die Expeditionen tapferer deutscher Entdecker nach Amazonien, darüber, wie der Mediziner Karl von den Steinen zu den Quellen des Flusses Xingu aufgebrochen war. Dort setzten die deutschen Entdecker über einen Fluss, und eines ihrer Maultiere, zuvor von einem Blutegel gebissen, blutete heftig aus dem Hinterlauf. Wenn Piranhas auch nur die geringste Spur von Blut im Wasser wittern, stürzen sie sich sofort auf ihr Opfer. So geschah es auch dem Maultier des Karl von den Steinen. Dutzende, Hunderte blutrünstiger Fische überfielen den Lastesel und zerfetzten das unglückliche Tier in einem brodelnden Wirbel. Ich sehe die Radierung bis heute vor mir, als wäre sie mir ins Hirn gebrannt: der Fluss, die Tropenhelme der tapferen deutschen Entdecker, ihre kurzen Hemden, Hosen und Jagdflinten und das Lasttier, das im Fluss zappelt, das Maul weit aufgerissen im stummen Schrei, die entsetzten Augen, die hageren Läufe im Wasser, umzingelt von Hunderten kleiner, spitzzahniger Mäuler.

Piranhas können sogar große Tiere zerreißen, und ich war noch nicht mal ein großes Tier, ich war nur ein erschrockener Elfjähriger, mit mir hätte es schon ein einziger Piranha aufnehmen können, und von diesen Menschenpiranhas, meinen Schulkameraden, gab es ein gutes Dutzend. Ich hasste sie damals, hasse sie auch heute noch, nur dass ich sie heute nicht mehr fürchte. Wie oft habe ich dir von diesem Hass erzählt, Agnes, manchmal hast du Mitgefühl gezeigt und mir erzählt, was dir selbst von deinen Freundinnen angetan wurde, manchmal, wenn ich dich in hartherziger Stimmung antraf, hast du mich, meine Schwäche, auch ausgelacht und mir neue Erniedrigungen zugefügt, aber die Erniedrigungen durch dich schmeckten ganz anders als jene auf der Schule.

Der Unterricht fiel mir leicht. Ob Latein aus dem Grammatikbuch von Kühn oder Französisch, das wir nach der Ploetz'schen Methode lernten, die Geometrie nach Kambly, Physik aus Krügers Lehrbuch, Rechnungswesen, die biblische, die allgemeine und schließlich die deutsche Geschichte oder Schönschreiben. Polnischunterricht, sechs Stunden die Woche, gab es auf unserem Gymnasium auch, aber erst für die drei oberen Klassen, die Obertertia, Secunda und Prima.

Mir lag auch gar nichts daran, Polnisch zu lernen, korrektes Polnisch, so wie ich es hier im Dunkeln an dich schreibe, Agnes, wenngleich du doch kein Wort Polnisch verstehst, dieses Polnisch habe ich erst später gelernt und schriftlich besser als mündlich. Dass ich mich hier an dich wende, Agnes, heißt keinesfalls, dass diese Worte für dich bestimmt sind, das würdest du sehr gut verstehen.

Damals, in der Sexta, hätte ich lieber so getan, als könnte ich kein Wort Polnisch, denn dafür und für meine Ärmlichkeit bekam ich am meisten ab. Meine Kameraden stammten aus unterschiedlichen Familien, alle aus meiner Klasse sprachen zu Hause ausschließlich Deutsch, manche Eltern kannten noch unser Wasserpolnisch, diese lädierte Sprache, die ich zu Hause mit meinen Eltern sprach, aber die Eltern meiner Kameraden hätten es nie gewagt, mit ihren Kindern Wasserpolnisch zu reden, um ihnen ihr Deutsch nicht zu verderben, ohne das man es nicht weit brachte. Auf dem ganzen Gymnasium waren ein paar solcher Jungs wie ich, aber niemand von uns wollte etwas mit den anderen zu tun haben, hätten wir zusammengehalten, hätte das nur unser Anderssein betont, und das war das Letzte, was wir wollten.

Die Drangsalierung begann schon am ersten Tag, gleich nach der Aufnahmefeier.

Ich habe dir nie davon erzählt, Agnes. Könntest du mich hören, ich würde auch jetzt nicht davon sprechen.

Nie habe ich aufgehört, mich dafür zu schämen. Dafür, wer ich damals war und mit welcher Leichtigkeit sie meine unfertige Würde zertraten, die so zerbrechlich war, wie sie nur sein kann, wenn man der Sohn eines armen Schluckers ist, ein Niemand, Sohn eines Niemands. Selbst die Würde haben sie mir genommen, und ich wehrte mich nicht.

Es begann damit, dass einer der Klassenkameraden mich

auf Deutsch fragte, wie ich heiße, wo ich wohne, was mein Vater macht und wie viel Geld er hat. Ich machte zum ersten Mal den Mund auf, antwortete, ich heiße Alois Pokora, wohne in Pilchowitz im Pfarrhaus bei Pfarrer Scholtis, mein Vater ist Bergmann und war im Krieg in Frankreich.

Das mit dem Krieg ergänzte ich ungefragt, um meinem Vater Würde und Ansehen zu verleihen, doch es half nichts. Mein Quälgeist, ein riesiger Rüpel, dessen Vor- und Zunamen ich gar nicht nennen will, gab mir ohne Vorwarnung einen Kinnhaken, der mich auf dem Hintern zu Boden gehen ließ, dann trat er mir in den Bauch und sagte, das sei nicht wahr, ich hieße nicht Alois, sondern weiche Scheiße und sei ein Bauer, der nicht gut Deutsch kann, Sohn eines Scheiß-Bauern, der auch weiche Scheiße heißt und im Scheißhaus arbeitet, und wenn ich morgen hier im Gymnasium auftauche, dann werde er mich töten.

Ich wehrte mich nicht. Ich wusste damals nicht, warum, schließlich prügelte ich mich öfter, ich hatte ältere Brüder, Kameraden, alle Streitigkeiten trugen wir mit den Fäusten aus, manchmal gewann, manchmal verlor ich, aber ich fürchtete diese kindliche Gewalt nicht. Ich begriff damals, mit elf Jahren, nicht, warum ich nichts tat, warum ich mich nicht auf meinen Verfolger stürzte.

Die anderen Jungs lachten fröhlich. Jemand warf einen Apfelgrutzen nach mir, dann blieb ich allein, stand auf und schleppte mich nach Hause, das heißt zum Kleinbahnhof und weiter nach Pilchowitz, zum Pfarrhaus, das heißt ins Nirgendwo, denn ein Zuhause besaß ich nicht. Einen Ort zum Wohnen hatte ich schon, aber mein Haus war das nie gewesen. Damals und bis heute bin ich obdachlos geblieben.

In der Nacht konnte ich nicht schlafen. Ich hatte Angst, dieser Rüpel, größer als ich, könnte mich tatsächlich umbringen, und all die Mühen, die Mamulka und Tatulek dareingelegt hatten, mich aufzuziehen und zu ernähren, könnten vergebens gewesen sein, das Geld vertan, das der Pfarrer für die Schule, für Kleidung und Schuhe bezahlte.

Am nächsten Morgen beim Frühstück erzählte ich Pfarrer Scholtis alles und fürchtete sehr, eine Strafpredigt dafür zu bekommen, so wie ich sie zweifellos samt Prügel von Tatulek bekommen hätte, wenn ich ihn damit belästigt hätte, dass mich jemand in der Schule verkloppt hat.

Pfarrer Scholtis schnauzte nicht. Er hob auch die Hand nicht gegen mich, weder damals noch jemals zuvor oder danach. Als ich ihm von der Prügel in der Schule erzählt hatte, strich er mir über den Kopf, seufzte schwer, als könne er sehr gut nachvollziehen, was mir passiert war, und sagte leise, auf Deutsch, mein Leben werde ein ewiger Kampf sein, schon jetzt, da ich noch gar nicht zu kämpfen gelernt habe. Am Anfang würde ich Niederlagen einstecken müssen. Er könne mir nicht helfen, ich müsse dieses Leid allein durchstehen und die Erniedrigungen ertragen, er könne nichts dagegen tun. Ich könne davor nicht weglaufen. Weglaufen geht nicht. Allein der Kampf, auch wenn der Kampf am Anfang darin besteht, Schläge einzustecken.

Ich fragte, ob ich mich prügeln sollte. Der Pfarrer zuckte mit den Schultern und fragte, ob ich mich mit allen prügeln wolle. «Den Krieg gegen alle gewinnst du nie», sagte er. Und ich erzählte ihm von meiner Ohnmacht, dass ich überhaupt nicht in der Lage war, mich dem großen Rüpel aus meiner neuen Schule zu widersetzen, worauf Pfarrer Scholtis nickte. «Ja, mein Junge, ja, so ist das eben, wenn das Unbekannte uns angreift. Gegenüber dem Unbekannten ist sogar der tapferste Krieger wehrlos.»

Am Tag darauf tötete der Rüpel, gegen sein Versprechen,

mich keineswegs. Sein Vor- und Zuname erfüllt mich selbst heute, nach allem, was ich im Schützengraben erlebt habe, mit Grauen. Die Bezeichnung Rüpel passt. Genau das war er, ein Riesenkerl von einem Jungen, ein großer, ungelenker Bengel, kräftig wie ein Athlet. Der Rüpel also verdrosch mich nach dem Unterricht, viel schmerzhafter als am Vortag, sodass das Blut aus der Nase mir den ganzen Schulanzug versaute. Während der Prügel fiel mir der grüne Husar aus der Jackentasche. Der Rüpel hob ihn interessiert auf, musterte ihn, grinste breit und steckte ihn in seine Tasche.

Ich protestierte jämmerlich. «Gib ihn zurück, gib», sagte ich unter Tränen. Der Rüpel lachte nur. «Gib ihn mir, er ist von meiner Mamulka.»

«Deine Mamulka!», lachte der Rüpel. «Deine Mamulka ist genauso Scheiße wie du!»

Als ich zum Pfarrhaus zurückkam, blutbefleckt und ohne meinen Husaren, öffnete mir Frau Greta und bemerkte sofort, dass mein Anzug, der den Pfarrer und Mamulka so viel gekostet hatte, verschmutzt war. Sie schlug mich nicht, heute weiß ich, dass der Pfarrer ihr verboten hatte, die Hand gegen mich zu erheben, viele Jahre später hat sie mir das gestanden. Sie schlug mich also nicht, auch wenn ich mich sofort unter ihrem Blick duckte. Sie biss die Lippen zu einem schmalen Strich zusammen, ließ mich ein und flüsterte auf Deutsch, ich sei der übelste Schmarotzer, ein Fluch, den wohl der Teufel diesem heiligen Mann auf den Hals geschickt habe. Pfarrer Scholtis sagte nichts.

Heute würde ich gern glauben, dass er mehr Mitleid mit mir hatte, als ich dachte. Entstammte er doch einer Generation, die es für schädlich hielt, den Kindern zu viel Gefühl zu zeigen, schädlich für sie und irgendwie unanständig. Er strafte mich also nicht für die blutbesudelte Kleidung, Frau

Greta kümmerte sich um die Reinigung, Pfarrer Scholtis war in seine Lektüre versunken, ich saß auch da, allerdings versunken in eine unendliche Traurigkeit. Es kam mir vor, als sei ich der einsamste Junge der Welt, heute weiß ich, dass das nicht stimmt, doch welche Bedeutung hat es, wenn ich heute weiß, dass meine damalige Einsamkeit nicht absolut war?

Prügel gab es jeden Tag. Andere Kameraden halfen dem Rüpel, in den Pausen oder im Unterricht sprach niemand auch nur ein Wort mit mir, abgesehen von Beschimpfungen. Ich versuchte zu fliehen, wegzukommen, statt von der Coseler Straße huschte ich zwischen den Hinterhäusern auf die Höfe und kam auf der Raudener Straße heraus, aber die Helfer des Rüpels spürten mich bald auf, wie bei einer Treibjagd, und genau wie bei einer Treibjagd rührten sie selbst mich nicht an, sie umringten mich an der Mauer oder in einem Hauseingang und warteten, bis er, heftig keuchend, kommen und mich verdreschen würde, woraus er, wie ich heute glaube, eine geradezu körperliche Befriedigung zog.

Es gab üblere Dinge als die Prügel. Einmal hieß er mich auf allen vieren gehen und bellen. Ich weigerte mich, da schlug er mich so, dass ich hinfiel, trat mir in den Bauch und hieß mich wieder bellen, wieder weigerte ich mich, da trat er mir zwischen die Beine, wartete ab, bis mein Schmerzgeheul verstummte, und wiederholte den Befehl. «Bell!»

Und ich tat es. Er lachte breit und schrie, er habe einen Hund, einen schönen Hund, er werde ihm das Apportieren beibringen und ihn zur Jagd mit Papas Flinte mitnehmen, damit er die geschossenen Enten bringt.

So ging das monatelang. Dazwischen gab es schöne Tage, wenn der Rüpel aus irgendeinem Grund kein Interesse hatte, mich zu quälen. Einige Male gelang es mir, der Hetzjagd zu entfliehen, ich lief leichten Fußes zum Pfarrhaus, beflügelt von meinem kleinen Sieg, am nächsten Tag bekam ich dafür doppelt Senge. Einmal hielt es der Rüpel, wütend, dass ihm das Vergnügen am Vortag entgangen war, für angebracht, auf mich, der ich aus Lippen und Nase blutend auf dem Boden lag, zu pinkeln, was sogar seine Jagdhelfer entsetzte, sie wandten sich angewidert von dieser Grenzüberschreitung ab. Mich ohne den Beifall der Gruppe leiden zu lassen, verschaffte dem Rüpel nicht die Befriedigung, die er in meiner Drangsal suchte, deshalb verzichtete er am nächsten Tag auf das Urinieren, dafür trat er mir nach der Prügel mit solcher Wucht in den Bauch, dass ich mich aufs Straßenpflaster erbrach. Die Treiber jaulten vor Ekel über mich und vor Anerkennung für den Rüpel, dann zogen sie fort, und ich blieb allein, wie immer.

Ich hatte nicht einmal Kraft genug, aufzustehen, so lag ich einfach da, blutig und zerschlagen. Ich weinte über mein Schicksal und meine Einsamkeit, wartete, dass der juckende Schmerz aus meinem von den Schlägen tauben Gesicht wich.

Da berührte jemand meinen Kopf und sagte auf Deutsch mit sehr süßer Stimme, ich solle aufstehen.

Das war meine erste Begegnung mit Smilo von Kattwitz.

Am Anfang war er für mich nicht mehr als diese schönen, auf Hochglanz polierten schwarzen Lederschuhe und gepflegten Fingernägel, nur so viel sah ich in dem Augenblick, als wir uns das erste Mal begegneten. Ich wagte es nicht, den Kopf zu heben. Knöchelhohe Schuhe, Strümpfe, karierte Pumphose, die Hand.

Sofort dachte ich: Diese Hand, die der Junge mir da reicht, ist nie mit Arbeit befleckt worden. Ich hob den Blick und erfasste seine ganze Gestalt, er war groß für sein Alter, von einer Magerkeit, die der vorzüglich sitzende Anzug unterstrich, ich sah seine traurigen blauen Augen und das schöne, glatte, schwarze und glänzende Haar.

Schon damals konnte man sehen, dass er zu einem schönen Jüngling, einem schönen Mann heranwachsen würde. Damals hatte ich natürlich keine Ahnung davon, ich wusste nicht, wozu welche Jungs heranwachsen, aber schon damals, 1902, sah man Smilo von Kattwitz seine künftige Schönheit an.

Ich weiß auch, dass man schon damals voraussehen konnte, zu wem ich heranwachsen würde. Ich war nicht groß, kleiner als meine Kameraden auf dem Gymnasium, ich machte erst später einen Schuss, in der Obertertia und Secunda, plötzlich war ich der Größte in der Klasse, ich wuchs nach allen Seiten, groß und ungelenk, aber schon damals, im Jahre 1902, als kleiner Junge, zeigte sich jene Grobheit der Züge und des Knochenbaus, die Unbeholfenheit eines Menschen, der seinen zu großen Körper trägt wie den Anzug des großen Bruders.

Smilo sagte: «Steh auf», und ich stand auf, wischte mir mit dem Taschentuch die blutige Nase, achtete darauf, die Schuluniform nicht weiter zu versauen, klopfte mir die Knie ab. Er fragte, warum sie mir nachstellen, und ich hatte keine Antwort darauf, er fragte also weiter, wie ich heiße, diese Antwort gelang mir, ich stotterte ein bisschen, noch immer erschüttert, beschämt von der Erniedrigung, zumal Smilo Zeuge dieser Erniedrigung war, nicht ihr Urheber. Schon damals begriff ich, dass der Täter sich selbst kein Publikum sein kann, das Publikum aber, selbst wenn es nur aus einer Person besteht, verleiht der Erniedrigung eine zusätzliche Dimension, nach der es meinen Täter ganz offensichtlich verlangte.

Geduldig hörte er sich mein Gestotter an, Alois Pokora heiße ich und sei aus Nieborowitz. Er selbst stellte sich mit der langen, adligen Litanei seiner Vornamen vor: Smilo Walther Hinko Oskar Constantin Wilhelm Freiherr von Kattwitz. Er fragte, ob meine Eltern einfache Leute seien, was ich bejahte, da lud er mich zu einem Spaziergang ein. Ja, er lud ein, auf ganz erwachsene Art, und ich war bereit, denn dass er sich für jemanden wie mich interessierte, adelte mich, ich konnte das damals noch nicht in Worten ausdrücken, aber ich spürte es mit meinem ganzen Wesen.

Wir gingen die Coseler Straße hinunter, hinter den Sportplatz und das damals noch unvollendete Konvikt, in das ich ein Jahr später ziehen sollte, und dann weiter, über die Wiesen an die Kłodnica, die damals so nah an der Stadt noch unreguliert war. Am Ufer des Flusses setzten wir uns ins Gras. Wir schwiegen. Smilo warf Steinchen ins Wasser, das gefiel mir auf Anhieb, und ich tat es auch. Dann holte er ein Taschenmesser und einen Apfel heraus und teilte ihn in zwei Hälften, wir aßen schweigend, schließlich erklärte er, wir würden auf einen Kaffee ins Café gehen.

Nie zuvor hatte ich echten Kaffee getrunken, war in keinem Café gewesen. Nicht nur, weil die Vorschriften unseres Gymnasiums den Lokalbesuch verbaten. Es war einfach undenkbar, dass jemand wie ich, Sohn von einem wie meinem Vater, ins Café ging und dort herumsaß, klein und schwarz unter den großen Herrschaften, und am Kaffee nippte.

«Wir dürfen doch nicht ins Café», sagte ich unsicher. Er zuckte nur mit den Schultern und sagte, der Kellner sei noch nicht geboren, der einen von Kattwitz aus dem Café werfen wollte, und so gingen wir, an der Mühle vorbei, dann die Großmühle-Straße über den Fleischmarkt auf den Marktplatz, blieben dort vor dem unter einer Markise verborgenen Schaufenster der kleinen Konditorei Wrak stehen, an der Hausnummer 1, in einem alten, zweistöckigen Mietshaus neben dem Handelshaus der Brüder Markus. Hinter dem Glas waren Kuchen unterschiedlicher Farben und Geschmäcker ausgestellt, Käsekuchen, Streusel, mit Kirschglasur verzierte Torten, Windbeutel und Kräppel. Ich bestaunte das alles, das weiß ich noch heute, mit aufgerissenem Mund.

Smilo öffnete die Tür und ließ mich mit vornehmer Geste vor.

Die dort versammelten Bürger wandten die Köpfe und erblickten zwei Jungs in Gymnasiastenuniform, einer schön, der andere ein trampeliger Bergmannslümmel, verkleidet in einem Anzug, dessen er nicht würdig war. Der schöne Smilo nahm an einem Tischchen Platz und verlangte nach zwei Kaffee und zwei Kuchen. Die Leute musterten uns mit spürbarer Missbilligung, ich knickte auch sofort ein und war überzeugt, man würde uns mit einem Tritt hinausbefördern, doch der Kellner kannte den jungen von Kattwitz offenbar, denn er brachte uns Kaffee und Kuchen mit einem höflichen Lächeln, wischte die Marmorplatte ab und verbeugte sich. Das unterwürfige Verhalten des Kellners brachte die übrigen Café-Besucher zu dem Schluss, aus irgendeinem Grunde dürften ausgerechnet diese beiden Gymnasiasten am Tisch im Konditorei-Café Wrak Platz nehmen, obwohl die Schulvorschriften das ausdrücklich verboten. Aber da sie dort saßen, galt offensichtlich eine Ausnahme für sie, nach deren Gründen zu suchen sich nicht lohnte.

Der Kaffee schmeckte abscheulich, er hatte nichts mit dem Ersatzkaffee gemein, den ich zu Hause und in der Pfarrei trank, doch Smilo belehrte mich, dass sei ein ausgezeichneter Kaffee, ich solle trinken und nicht meckern. Der Kuchen schmeckte mir auch ohne Belehrung. Ich schwieg, genoss die Süße, doch zusammen mit der fettig-süßen Masse schluckte ich auch die Scham und das unerträgliche Gefühl, völlig fehl am Platz zu sein.

Ich war falsch im Café, falsch am Gymnasium, beide Orte hatte ich nicht verdient.

Dann trennten wir uns, ich kehrte mit der Kleinbahn zum Pfarrhaus zurück, und am folgenden Tag, als mich der Rüpel mit seinen Jungs in der Schule verprügeln wollte, verbat Smilo ihm das schlicht und einfach. So hat er es gesagt: «Ich verbiete euch, Alois zu schlagen, mein Papa sagt, wenn wir einen Kameraden aus dem einfachen Volk haben, dann verdient er trotzdem unseren Respekt. Also verbiete ich es.» Das sagte er mit einer Stimme, die Gehorsam gewohnt war. Der Rüpel verriet weder Enttäuschung noch Angst, ich konnte an seinen Augen ablesen, dass ich diesmal Glück gehabt hatte und er, der Rüpel, sich damit abfand und geduldig auf die nächste Gelegenheit warten würde.

Von nun an hatte ich es in der Schule etwas leichter. Es kam weiterhin zu Quälereien, wenn Smilo mit seinen Eltern irgendwohin fuhr und Hauslehrer seinen Unterricht übernahmen oder wenn er krank war, und er war von schwächlicher Gesundheit. Dann verdrosch der Rüpel mich manchmal, aber eher ohne Publikum, denn Smilo genoss unter den Jungs mehr Respekt als dieser sehr in die Länge geschossene Sohn des Apothekers Piontek.

Als ich Pfarrer Scholtis von meinem neuen Freund erzählte, sagte der nur: *«Timeo Danaos.»* Als ich fragte, was das bedeute, erwiderte er, ich solle das herausfinden, was ich mit Hilfe einer Sammlung lateinischer Sentenzen auch tat, doch warum ich Smilo von Kattwitz fürchten sollte, verstand ich damals nicht, und der Pfarrer geruhte nicht, es mir zu erklären.

Waren die Geschenke, die ich von Smilo bekam, das verbrannte Troja nicht wert? Damals stellte ich mir oft die Trojaner vor, wie sie endlich die List der Achäer durchschauen, die Krieger aus dem Trojanischen Pferd springen und die Tore öffnen sehen, Troja steht in Flammen, und dennoch ist das Pferd, dieses Holzpferd, so schön, dass es den Verlust der Stadt und des Lebens lohnt.

Timeo Danaos.

Im April 1903, als ich schon in der Quinta war, erklärte Pfarrer Scholtis, es sei nun Zeit, dass ich in das Konvikt in der Nähe des Gymnasiums umziehe, wodurch ich mehr Zeit zum Lernen hätte und die Kosten für die Bahnfahrkarten entfielen. Die Eröffnung sei in wenigen Tagen, einziehen könnte ich bald darauf. Der jährliche Unterhalt im Konvikt koste vierhundert Mark, aber für Schüler aus armen Familien, wie der meinen, gebe es erhebliche Nachlässe, der Pfarrer habe schon mit Präfekt Münzberg gesprochen und ihn davon überzeugt, dass ich umsonst im Konvikt wohnen dürfe.

Ich begriff nicht sogleich, wie sehr das mein Leben verändern sollte. Das neue Gebäude wurde mit großem Pomp eröffnet, es gab ein Militärorchester, Porträts unseres geliebten Kaisers wurden aufgehängt, und die Schüler der Tertia und Secunda unseres Gymnasiums stellten Szenen aus der *Heldin von Transvaal* nach, was ich ungemein interessant fand und mir deshalb diese kuriosen Darbietungen leicht neidisch anschaute.

Das Konvikt stand an der Ecke Coseler Straße und Katzlerstraße, hatte drei Stockwerke aus rotem Ziegel, einen großen Speisesaal, eine große Kapelle mit Orgel, einen gemeinsamen Schlafsaal für die kleineren Jungen und einen kleineren Schlafsaal für die älteren, im Erdgeschoss Wohnungen für die Nonnen, die kochten, wuschen und aufräumten. Alles war elektrisch erleuchtet, anders als in meinem Elternhaus oder im Pfarrhaus in Pilchowitz, wo die Elektrizität erst viel später hinkam, als ich schon in Breslau wohnte. Im Keller befand sich die Küche, aus der die Gerichte mit einer Seilwinde in den Speisesaal im Erdgeschoss fuhren, neben der Küche ein Waschraum, die Lager und der Heizkeller, wo ein nur gebrochen Deutsch sprechender Heizer namens Bienek arbeitete und wo sich all das ereignen sollte, was zur Folge hatte, dass ich in ein Zimmer im Haus deiner Eltern zog, Agnes.

Als ich das neue Konvikt unseres Gymnasiums am Tage seiner feierlichen Eröffnung besichtigte, erschien es mir schön wie eine Kirche und ebenso würdevoll mit seinem bekrönten gotischen Eingangsportal, den weiß gestrichenen, spitalähnlichen Fluren und den Sälen mit ihren hohen Fenstern und Gewölben. Als ich aber eine Woche später mein Pappköfferchen auf das mir zugewiesene Bett legte und der Pfarrer und Mamulka, die mich begleitet hatten, nach innigem Abschied das Konvikt verließen, erfasste mich plötzlich zunehmendes Grauen.

Vorher hatte ich keine große Angst gehabt, abgesehen von den möglichen Begegnungen mit dem Rüpel. Ich hatte keine Angst, als ich mit Mama und dem Pfarrer in der Kleinbahn von Pilchowitz herfuhr, und auch nicht, als wir vom Bahnhof zum Konvikt gingen. In Gleiwitz begann der Frühling, und ich weiß noch, dass ich eifrig nach den ersten grünen Blättern Ausschau hielt. Ich war ruhig und zufrieden sogar dann, als wir das Konvikt betreten hatten und der Pfarrer mit der hübschen, lächelnden Schwester Consolata, einer damals wohl fünfzigjährigen Nonne, besprach, welches Bett meins sein sollte. Angst erfasste mich erst in dem Augenblick, als Mama die Tür hinter sich schloss. Ich hörte ihre Schritte auf dem Korridor und begriff, dass sie und der Pfarrer nun gingen und ich allein bleiben würde.

Das Grausen stieg in mir auf wie eine Flüssigkeit, die mein Inneres restlos erfüllte und für immer bleiben würde.

Die erste halbe Stunde glaubte ich vor Angst den Verstand zu verlieren. Den Verstand verlor ich nicht, aber auch die Angst hat mich nie mehr verlassen. Sie hielt die ganzen zwei Jahre an, die ich im Konvikt verbrachte, und lief dann sehr langsam aus mir heraus, Agnes, aber nie ganz, sie schwappt bis jetzt irgendwo in mir herum, obwohl ich doch endlich sicher bin, dass mir nichts mehr droht.

Bei Pfarrer Scholtis ging es mir besser als im Elternhaus, das Pfarrhaus und der umgebende Garten ließen mich aufatmen nach den Schikanen, denen ich im Gymnasium ausgesetzt war; ich hatte Verpflegung, Wäsche und keinerlei Verpflichtungen, der Pfarrer unterhielt sich gern mit mir über Bücher und die Welt, er antwortete mit unerschöpflicher Geduld auf meine Fragen, wir sprachen über die alten Griechen und Römer, über die Entdecker in der Wildnis Afrikas und Südamerikas, über Dampfmaschinen und darüber, wie das Automobil funktioniert, als so ein junger Schnösel mit Ledermütze, Schutzbrille und einem «von» im Namen damit durch Pilchowitz gefahren war.

Ich erinnere mich also, wie ich auf einer grauen Decke auf dem weiß bezogenen neuen Bett saß und mich fürchtete.

Dann hörte ich hinter mir die grobe Stimme des Rüpels.

Seine Schritte hatte ich nicht gehört, er musste absichtlich lautlos hereingekommen sein, um jetzt zu fragen: «Wen haben wir denn hier, hoho?»

Ich wagte nicht, mich umzudrehen. Mein Entsetzen nahm neue Farben und Dimensionen an, es blühte, wuchs, schäumte auf. Ich spürte ein plötzliches Wühlen in den Eingeweiden. Hier hatte ich ihn nicht erwartet, das Konvikt sollte schließlich nur den Gymnasiasten außerhalb von Gleiwitz dienen, der Rüpel, Sohn eines Gleiwitzer Apothekers, wohnte jedoch mitten im Zentrum, an der Ecke Kirch- und Wilhelmstraße, gegenüber der Synagoge. Offenbar wollten seine Eltern ihn nicht zu Hause haben. Ich verstand sie sehr gut. Meine Erfahrung hatte mir einen sechsten Sinn dafür vermittelt, in welchen Situationen ich geschlagen werden würde und in welchen nicht, der Schutz, den Smilo von Kattwitz mir im nahe gelegenen Gymnasium gewährte, reichte nicht bis ins Konvikt.

Er bewahrte mich nicht vor der ersten Prügel, die mir der Rüpel wenige Minuten nach seinem dröhnenden «Hoho» im Konvikt verpasste.

Er bewahrte mich nicht vor der banalen, routinemäßigen Verfolgung, den Tritten in den Hintern, wenn ich in Reichweite irgendeines Stiefels vorbeiging; nicht davor, dass die Wäsche von meinem frischbezogenen Bett gerissen oder die an den Schnürsenkeln zusammengebundenen Schuhe auf eine für mich unerreichbar hohe Lampe geworfen wurden. Von Kattwitz' Schutz bewahrte mich nicht vor Kopfnüssen oder Ohrfeigen, ausgeteilt für nichts und wieder nichts oder einfach dafür, dass es mich gab, dass ich mich nicht wehrte, dass ich arm und schwach war, und dafür, dass ich als Sohn aus armer Familie von den Konviktgebühren befreit war, was der Rüpel rasch in Erfahrung brachte, niemand machte ein Geheimnis daraus. Der Präfekt und alle Schwestern außer Schwester Consolata sprachen ganz offen darüber. Viele Zöglinge des Konvikts zahlten nur die halbe

Gebühr, ganz befreit davon war einzig und allein ich, dank Pfarrer Scholtis natürlich, der ohnehin für meinen Unterhalt aufkam, für Kleidung, Lehrbücher, Schuhe.

Jeder wusste, dass der kleine Bergmannssohn Alois Pokora umsonst im Konvikt war. Der Rüpel sorgte dafür. «Aber ihr wisst, nichts ist umsonst!», sagte er. «Wer zahlt dafür, dass Pokora zu fressen hat? Unsere Eltern! Und wenn unsere Eltern dafür zahlen, dann verlieren wir Geld, das wir einst erben sollten! Pokora frisst auf unsere Kosten! Wollen wir ihn das vergessen lassen?»

Manchmal, wenn ihm nach raffinierteren Quälereien zumute war, verbat er mir das Essen. Das verkündete er morgens, kurz nach dem Wecken, sobald die Schwester gegangen war. «Pokora wird heute nichts fressen, er hat es nicht verdient! Klar?» Alle nickten. Er zahlt nicht, also isst er nichts. Ich traute mich dann nicht, irgendetwas anzurühren, auch wenn ich von der aufsichtführenden Schwester beim Abendbrot dafür gerüffelt wurde. Ich flüsterte nur, ich sei nicht hungrig, senkte den Kopf, starrte in den Teller voller Kartoffeln und Klopse und aß nichts, auch wenn sich mir vor Schmerz die Eingeweide zusammenzogen und der Duft des Essens verlockender schien als alles auf der Welt.

Manchmal glaube ich, Agnes, ich bin dort, im Konvikt, auf die Welt gekommen. Diese drei Jahre reinen Leidens waren meine Geburt. Es gab kurze Momente des Aufatmens, wenn Smilo in seiner unendlichen Gnade seinen Schutzschirm über mir aufspannte oder wenn ich den Pfarrer oder meine Eltern besuchte, aber abgesehen davon bildeten Angst und Einsamkeit den Inhalt meines Lebens. Damals begriff ich, dass ich völlig allein bin und es einzig von mir abhängt, was ich aus mir mache, wer ich werde.

Früher hatte ich gedacht, ich habe Brüder und Schwester, Tatulek und Mamulka, das Schicksal habe mir sogar in Pfarrer Scholtis einen Freund gesandt – doch das alles ist nicht wahr. Ich war immer allein. Die, die mich nicht verfolgten, wandten den Blick ab, wenn der Rüpel und seine Anhänger mich quälten. Pfarrer Scholtis sagte nur, er verstehe mich, wenn ich ihm bei einem Besuch gestand, was mir widerfuhr, auch er habe einst damit zu kämpfen gehabt. Das sei eine harte und schmerzhafte Schule, sagte er, mein kleines Golgotha, durch das ich hindurchgehen müsse und das ich abgehärtet und stark verlassen würde, als jemand, der gut versteht, was die Welt und das Leben sind. «Herr Jesus hat Golgotha nicht überlebt», erwiderte ich bitter, und der Pfarrer lachte, lobte mich für meine Schlagfertigkeit. Das war mir kein Trost.

Überhaupt, Agnes, war es denn tatsächlich so? Haben mir wirklich alle Kameraden Verachtung und Abneigung bezeigt? Oder hat nur der Rüpel mich gequält? Hat er das wirklich jeden Tag getan, oder erinnere ich mich im Rückblick all der Jahre nur daran, was mir wie eine Narbe ins Gedächtnis gebrannt ist? Gab es zwischen den kurzen Momenten des Leidens und der Erniedrigung nicht auch längere Pausen?

Nein, die Erinnerung trügt mich nicht, gerade jetzt, in diesem seltsamen Moment, den ich nicht verstehe, erinnere ich mich an alles, sogar an Dinge, die ich vergessen hatte. Ich stelle nur meine damalige Fähigkeit, die Situation einzuschätzen, in Frage. Vielleicht hat meine Angst meine Wahrnehmung der Beziehungen zu den Gleichaltrigen entstellt? Gewiss, ich wurde drangsaliert, gewiss, ich stieß auf große Abneigung, weil ich ein Kind armer Leute war, weil ich Deutsch immer noch mit hörbarem Akzent sprach, der zum Nachäffen einlud, und auch weil ich gute Noten hatte und Bücher mich mehr interessierten als dumme Jungenstreiche. Aber vielleicht hätte ich damals auch einen Freund unter den Zöglingen des Konvikts finden können, jemand, der mir wie Smilo auf dem Gymnasium ein Verbündeter gewesen wäre und mich vor dem Rüpel hätte schützen können? Und der mir nicht, wie Smilo, diese herrenmäßige Überlegenheit gezeigt hätte, die ihm so naturgegeben war wie mir der slawische Akzent? Vielleicht sogar noch natürlicher, denn während ich hart daran arbeitete, den Akzent loszuwerden, verströmte er diese Überlegenheit geradezu.

Nicht ausgeschlossen also, dass ich jemanden hätte finden können, einen Freund oder Verbündeten, aber so kam es nicht, Agnes, ich hatte niemanden, bis ich dich kennenlernte, auch wenn ich es nie wagen würde, dich als Freundin zu bezeichnen.

Deshalb suchte ich, solange ich im Konvikt wohnte, eher die Einsamkeit.

Mit mir allein konnte ich nur auf dem Klosett sein. Oft suchte ich diese Zuflucht und nutzte die Tatsache, dass man die Türen vor den Porzellanschüsseln von innen mit einem Haken verschließen konnte. Ich suchte dort Zuflucht, weil ich sehr einsam und zugleich nie allein war. Ich wünschte mir Nähe, sehnte mich nach der Mamulka, nach meinen Geschwistern, nach Pfarrer Scholtis und sogar nach Tatuleks schweigsamer Präsenz und träumte davon, nicht immer mit anderen zu sein, mit Schul- und Konviktkameraden, unter den Augen des Rüpels, der Lehrer und Schwestern, nie allein. Deshalb ging ich so oft auf die Toilette, wie ich konnte, nicht nur wenn ich musste, und gerade dann, wenn ich allein sein musste. Ich schloss die Tür hinter mir, weinte, träumte, hatte Sehnsucht, manchmal gelang es mir, ein Buch vom Pfarrer durchzuschmuggeln, dann las ich dort so lange, bis mich jemand vertrieb. Bisweilen schloss ich mich sogar nachts dort ein, nur um allein zu sein, umgeben von vier engen Wänden, abgeschieden durch sie und besser vor Blicken und Berührungen geschützt als in der Dunkelheit.

Ich war damals zwölf und hatte vor kurzem entdeckt, dass Bücher interessanter sind als Menschen. Als ich ins Konvikt zog, fehlte mir am meisten die Bibliothek des Pfarrers, zu der ich, solange ich dort wohnte, ungehinderten Zugang hatte, auch wenn das Frau Greta nicht gefiel. Pfarrer Scholtis versprach mir jedoch, ich dürfe ihn einmal in der Woche besuchen, mich mit ihm unterhalten und ein Buch ausleihen. Erst viele Jahre später, beim Studium in Breslau, wurde mir klar, dass viele dieser Bücher auf dem Index standen – von Zola bis Hume, von Rousseau bis Milton.

Die zwei Jahre, die ich im Konvikt verbracht habe, verschwimmen in meiner Erinnerung zu einem großen Ganzen.

Schwester Consolata, die uns mit einem Handglöckchen weckte, die gemeinsame Morgentoilette, die ranken Leiber meiner Kameraden, das Getrieze, das ich während der Toilette von ihnen zu erdulden hatte, die Morgenandacht, die Schwestern, die streng auf die Disziplin beim Gebet achteten. Die Körperstrafen, die mich nicht trafen, war ich doch der Bravste der Braven, ich sah jedoch, wie manche Kameraden Hiebe aufs nackte Gesäß bekamen, darunter sehr oft der Rüpel, der sich danach an mir rächte. Nach den Andachten das gemeinsame Frühstück, dann, ebenfalls gemeinsam, der kurze Spaziergang zu dem hundert Meter entfernten Gymnasium, der Unterricht, später, nach der Rückkehr, das Mittagessen und dann die gemeinsamen Hausaufgaben und das Lernen, bei dem ich weiter getriezt wurde, zum Beispiel, indem mir Tinte aufs Bett gekippt wurde, dann die nächste gemeinsame Mahlzeit, die sogenannte Freizeit, die einzige Zeit, in der ich etwas tun konnte, das mir Spaß machte, Abenteuerromane lesen, anschließend das Löschen des Lichts und das geheime, nächtliche Leben eines Schlafsaals voller Jungen. Bisweilen kam eine der Schwestern zu einer unangemeldeten Kontrolle herein, schaltete das elektrische Licht ein und rief auf Deutsch: «Hände sofort auf die Decke, ihr Ferkel, sonst wachsen euch Haare da drauf!» Ich verstand damals noch nicht, was sie meinte, und traute mich natürlich nicht zu fragen.

Ich sagte schon, Agnes, dass ich im Konvikt keinen einzigen Verbündeten hatte. Doch heute frage ich mich, ob ich darin Schwester Consolata nicht unrecht tue. Sie war als Einzige gut zu mir. Wenn sie Zeugin von Quälereien wurde, schritt sie sofort ein und strafte die Täter. Sie sagte, ich müsse mich nicht schämen, dass ich der einzige Junge sei, der nichts fürs Konvikt zahle, man müsse sich nicht schämen, in einer armen Familie geboren zu sein, schämen müsse man sich für böse Taten. Sie lobte mich für meine guten Noten, dafür, dass ich fleißig lernte, manchmal brachte sie mir einen Apfel, setzte sich in der Nacht auch bisweilen an meinen Bettrand und strich mir übers Haar.

In der Obertertia und Secunda schoss ich plötzlich in die Höhe, ich war bald der Größte in der Klasse. Smilo nahm mich mit in die Cafés, in der Quarta lud er mich auch einmal zu sich nach Hause ein, als er mein Deutsch für ausreichend befunden hatte, um mich seinen Eltern zu zeigen. Von den Demütigungen im Konvikt sagte ich ihm nie etwas, ich schämte mich, es war bereits der Keim jener Scham, die ich bis heute empfinde und die mich trotz meines Abiturs mit Auszeichnung, meines Studiums in Breslau, meiner

Meldung als Freiwilliger zur Armee, der Ernennung zum Offizier, trotz meiner Auszeichnung für den Mut, das Eiserne Kreuz, trotz der Verwundungen nicht verlassen will.

Ich habe später nicht mehr an dieses Leben vor dir, Agnes, gedacht, überhaupt nicht, bis heute.

Vielleicht bin ich erst auf die Welt gekommen, zu mir selbst geworden, als ich dich kennenlernte, nicht im Konvikt, wie ich vorher meinte? Vielleicht bist du meine Mutter, und das Konvikt ist mein Vater?

Im Konvikt war ich schwach, hilflos und gedemütigt, und als ich ihn verließ, wuchs in mir die Entschlossenheit, nie wieder schwach zu sein, nie wieder diese entsetzliche Hilflosigkeit zu spüren und den beißenden Geschmack der Erniedrigung im Mund zu haben.

Was ich später aus deinen heiligen Händen empfing, Agnes, hat mir nie diesen beißenden Geschmack hinterlassen. Du hast mich nicht hilflos gemacht, du hast mich zu dir gehörig gemacht. Deine Wechselhaftigkeit, die mit Gleichgültigkeit durchwirkte Anteilnahme, sogar deine Spötteleien und dein Gelächter gehörten zu einer völlig anderen Ordnung als jene Erniedrigungen, denn ich ging immer davon aus, Agnes, dass dein Spiel mit mir ein Liebesspiel sei. Indem du mich scheinbar erniedrigst, erhebst du mich, machst mich zu dem, der ich sein wollte – einem, der von deiner Hand alles erträgt, aber keine Erniedrigung von irgendjemand anderem.

Was zwischen uns vorgegangen ist, habe ich nie auch nur für einen Augenblick vergessen. Auch wenn ich dich monatelang nicht sah, monatelang keine Nachricht von dir bekam, habe ich doch jeden Tag und zu jeder Zeit an dich gedacht. An das Leben vor der Zeit, als ich dich kennenlernte, denke ich erst jetzt, und doch war es in mir und ich ganz daraus gemacht. Was weiß ich noch von diesem Leben? So würdest du fragen, könntest du mich hören, aber wenn dem so wäre, würde ich keines dieser Worte aussprechen. An was also erinnere ich mich?

Ich erinnere mich an die Wiesen bei Gleiwitz, über die Smilo und ich stundenlang streiften, wenn Smilo sonntags einmal Ausgang hatte. Oft nahm er eine Flobert mit, wir schossen damit auf Vögel, trafen fast nie, nur einmal gelang es uns, eine Taube zu schießen, die sich als kostbarer Rassevogel erwies, als der Besitzer uns bei dieser Missetat erwischte. Er packte mich am Ohr, obwohl es doch Smilo war, der geschossen hatte, zeterte herum und drohte, das sei kriminell und was für die Polizei. Smilo zielte daraufhin mit seiner ungeladenen Flobert auf ihn, hieß ihn Maul halten und mich loslassen, was der Taubenzüchter fast reflexartig tat. Smilo gab ihm daraufhin die Adresse seiner Eltern und empfahl ihm, sich um Entschädigung für den geschossenen Vogel an sie zu wenden. Smilo von Kattwitz' Worte hatten solche Macht, auch wenn sie von einem Vierzehnjährigen kamen. Smilos Eltern zahlten, ohne mit der Wimper zu zucken, sogar mehr als verlangt, und mein Freund bekam nicht mal einen Rüffel, denn Smilos Vater fürchtete die schädlichen Folgen städtischer Erziehung und war froh, dass sein eher schmalbrüstiger Sohn die Zeit auf den Wiesen verbrachte, wie es sich für einen echten deutschen Adligen gehörte, den es zur Jagd zieht, in den Sattel, zum Hundegebell und zu männlicher Kameraderie über dem erlegten Wild.

Ich besuchte auch mein Elternhaus und spürte bei jedem Mal deutlicher, wie ich mich von meinen Brüdern und Schwestern entfernte. Die Jüngeren bewunderten mich, die älteren, Franz, Johann und Erich, beäugten mich neidisch, aber wenig zugewandt. 1906, kurz bevor ich dich kennenlernte, heiratete Francek ein nettes Mädchen aus Żernica. Damals fuhr ich für drei Tage nach Hause, zum Polterabend, zur Hochzeit und zur Nachfeier. Seit ich mein Elternhaus verlassen hatte, hatte ich nicht mehr so viel Zeit dort verbracht, höchstens einmal eine Nacht zu Weihnachten. Beglückt sah ich Franz unter seinem langen Schnauzer lächeln, als am Polterabend die Kameraden aus Nieborowitz und Pilchowitz, die von seiner Auserwählten schwärmten, in ohnmächtiger Wut die ihren Müttern stibitzten Teller und Vasen zertrümmerten, für die sie anschließend saftig bezahlen würden, und Franceks Braut die glückbringenden Scherben aufsammelte. Wütend waren sie, weil Francek sich das schönste Mädchen aus ganz Nieborowitz genommen hatte, Maryjka aus der Familie Baron, ein nicht sehr groß gewachsenes, dunkles Wesen mit großen braunen Augen und einem Leib, von dem niemand etwas wusste, denn sie versteckte ihn unter einer festlichen Jacke und Zierschürze mit Kissen, die um die Hüften gebunden werden und die mädchenhafte Figur einer Pyramide ähnlich machten. Schon damals, nach drei Jahren im Konvikt und vieren im Gymnasium, konnte ich die schlesische Volkstracht nur als Entstellung der Mädchen verstehen, wenn ich sie mit den taillierten Stadtkleidern verglich, die zum Beispiel du trugst, Agnes.

Francek störte das alles natürlich gar nicht, und aus der Art, wie er seine junge Braut ansah, wie sie seine Hand manchmal flüchtig berührte, konnte ich mir denken, dass Francek schon sehr gut wusste, was sich unter Zierschürze und Leibchen verbarg.

Zufrieden war er auch damit, dass der Brautvater dem jungen Paar eine Wohnung versprochen hatte und die Braut vier Morgen guten Bodens als Mitgift bekam.

Ich freute mich also mit den anderen, dass es nicht regnete, denn das verhieß eine glückliche Ehe, ich freute mich, dass die Braut auf der Hochzeit keine Sekunde lang lächelte, erstens, weil sie zur Ernsthaftigkeit und Ruhe erzogen war, und zweitens, weil die Überlieferung besagte, dass, wenn die Braut auf der Hochzeitsfeier lacht, sie später in der Ehe weinen wird. Ich sang mit allen, bekam sogar Bier zu trinken, und da ich auf dem Gymnasium Musik hatte, wurde mir eine Gitarre in die Hand gedrückt, auf der ich etwas vorspielte.

Ich war unter meinesgleichen, aber nicht mehr am rechten Ort. Ich sah, dass Mamulka, damals mit August schwanger, irgendwie stolz auf mich war, auf ihren Lojzik im hübschen, städtischen Anzug und mit der Gymnasiastenmütze auf dem Kopf, was sie sich natürlich nie hätte anmerken lassen, Tatulek war weder stolz, noch schämte er sich, Tatulek zürnte auf die Welt, und ich war Teil dieser Welt.

Ich sah, dass meine Brüder und meine Schwester, der festlich zurechtgemachte und mit einem Einsteckblümchen geschmückte Bräutigam Franz, der ein Jahr jüngere Hōnsik und Erich mich schon wie einen Fremden betrachteten. Für sie war ich nicht mehr Lojzik, ich war der Gymnasiast Alois Pokora mit Gymnasiastenmütze. Sogar der elfjährige Wilik und der neunjährige Karlik verstanden das schon, sie wussten sehr gut, dass sie mir nicht nacheifern könnten, keiner von ihnen würde zur Schule gehen. Sie wollten das auch gar nicht, sie träumten davon, es Vater nachzutun, dem Herrn Bergmann, dem wahren Hauer, und den großen Brüdern, die noch Schlepper waren, aber dem verdienten Hauertitel immer näher kamen.

Ungetrübte Freude und Liebe zu mir empfanden nur Ana und Tonik, sieben und vier Jahre alt, noch rein und nicht in die Welt der zwischenmenschlichen Wirrungen hineingezogen, in die Wirrsal von Nähe und Fremdheit, Liebe und Hass, Antipathie und Sympathie, Vorwürfen und Dankbarkeit. Als die beiden am Bahnhof in Nieborowitz, wo sie mit Mama warteten, auf mich zustürzten und mich umarmten, fühlte ich mich aufrichtig geliebt und gewollt, so wie nie zuvor und auch danach nicht mehr, nicht einmal mit dir, Agnes, denn deine Liebe, das weißt du, war anders, sie speiste sich nicht aus Nähe und Wärme, sondern aus etwas anderem.

Weder bei diesem noch bei anderen Besuchen schenkte Tatulek mir besondere Aufmerksamkeit, er war so wie immer, weder nah noch freundschaftlich, immer zürnend, wütend, Mama aber, wenn sie mich zum Bahnhof begleitete, sagte manchmal, Vater sei sehr froh, mich, sein Söhnchen, so gut lernen zu sehen. Liebe von ihm bekam ich gerade so viel, wie Mamulka mir ausrichtete.

Ich lernte tatsächlich sehr gut, ungeachtet meiner deutlichen Mängel in Deutsch schrieb ich immer bessere Aufsätze, auch in Geometrie, Naturkunde, Statistik und Geschichte war ich sehr gut. Rasch lernte ich Schönschreiben, in meinem Jahrgang schrieb nur Smilo schöner als ich. Die Lehrer hielten mich den anderen Schülern als Vorbild vor und betonten dabei immer meine bescheidene Herkunft und die Armut, unter der meine Familie litt. «Und ihr?», fragten sie, «ihr kommt aus guten Häusern, in denen euch alles vorgesetzt wird, wo euch die Dienerin morgens das Hemd für die Schule bügelt, ihr habt Bibliotheken und Klaviere, und dennoch macht keiner von euch solche Fortschritte im Latein wie Alois, der Sohn eines bescheidenen Bergmanns, der gewiss nicht einmal richtig lesen kann.»

Ich wagte damals nicht zu sagen, dass mein Tatulek sehr

gut lesen konnte, und zwar nicht nur Zeitungen, denn dem Lehrer zu widersprechen war ein Unding. Dem «Rechtor», wie Mamulka gesagt hätte.

Und dann eines Nachts, von Sonntag auf Montag, im Herbst 1906, erwachte ich nach Mitternacht, schlich mich, so leise ich konnte, aus dem Schlafsaal, stieg in den Keller des Konvikts hinunter in der Hoffnung, einen Ort zu finden, an dem ich lesen konnte, denn Pfarrer Scholtis hatte mir beim Sonntagsbesuch Mays *Im Reiche des silbernen Löwen* gegeben, und ich wünschte mir nichts mehr als Ruhe zum Lesen.

Erinnerst du dich, Agnes, wie du mich einige Monate später zum ersten Mal den Fragebogen im Poesiealbum ausfüllen ließest, in dem du fleißig die Antworten von Freundinnen, Cousins und Cousinen, Eltern, Onkeln und Tanten, aber auch von diversen jungen Männern sammeltest? Was schrieb ich damals auf die Frage: «Was ist für dich der Traum vom Glück?»

Bis heute spüre ich diese brennende Klinge, die mein Inneres zerschnitt, als ich mich in dein Heft eingetragen hatte und du mir anbotest, bestimmte Seiten zu lesen, auf denen mir unbekannte Jünglinge mit den Namen Bertram, Heinrich, Udo und Frederik, älter als ich, dir gestanden, was sie in der Frau suchen, was im Manne, und ich betrachtete die auf eine der Seiten geklebte Photographie Frederiks, eines schicken Kavaliers im Burschenschafts-Deckel und Gehrock, in weißen Handschuhen mit langen Manschetten und Schläger in der Hand. Du wolltest, dass ich das sehe, und ich sah es.

Sein Traum vom Glück: «Deine Schultern küssen, Agnes.» Das hat er geschrieben.

Mein Traum vom Glück: «Ruhe zum Lesen haben.» Das habe ich geschrieben. Damals, als ich nachts in den Keller des Konvikts ging, war das wahr, denn ich hatte dich noch nicht kennengelernt. Als ich es in dein Heft eintrug, Agnes, war es bereits eine Lüge.

Auf der Kellertreppe kam mir der angeheiterte Heizer Bienek entgegen, der ungeschickt versuchte, eine Schnapsflasche vor mir zu verbergen, und sich nicht den Kopf darüber zerbrach, was ein Zögling des Konvikts mitten in der Nacht im Keller suchte. Das freute mich. Wenn Bienek eine Flasche hatte, hieß das, er würde sich irgendwo zurückziehen, eine Zigarette anstecken, die Flasche leeren und einschlafen, womöglich die Öfen ausgehen lassen, was ihm öfter passierte. Der Präfekt drohte ihm dafür mit Entlassung. Für mich hieß das, dass ich im Heizraum sitzen und lesen konnte. Ich hatte sogar vor, selbst im Ofen nachzulegen, damit der Präfekt den Heizer Bienek nicht entließ und der seinen Arbeitsplatz nachts noch lieber verließe und mir den Platz räumte, damit ich ruhig, warm und gefahrlos lesen konnte.

Ich fragte mich nicht, warum im Heizraum das Licht brannte. Ich öffnete die Tür und erblickte den Rüpel, er war splitternackt und presste im Stehen die splitternackte Schwester Consolata gegen die Wand, die ihre Beine um sein Gesäß schlang und mit den Armen an seinem Hals hing. Ganz in ihre Sache vertieft, bemerkten sie mich nicht, und ich zog mich eilig zurück, nur um auf der Treppe erneut dem Heizer Bienek zu begegnen.

Der kam diesmal ganz bedröppelt die Treppe herunter, ließ den Kopf hängen wie ein Hund, der vom Herrchen bei einem unwürdigen Streich erwischt worden ist. Ihn begleitete Präfekt Münzberg in Nachthemd und Schlafmütze, purpurrot im Gesicht vor Wut. Die noch unentkorkte

Schnapsflasche, die er Bienek weggenommen hatte, trug er in der Hand.

«Du hast hier gerade noch gefehlt, Pokora!», rief er, als er mich mit dem Buch im Kellergang stehen sah.

«Was soll das bedeuten? Der Heizer treibt sich mit einer Flasche im Konvikt herum, im Keller ein Schüler mit Buch, der schlafen sollte, was soll das alles heißen?! Ab ins Bett, und Sie, Bienek, an die Arbeit, damit ich anständig ausschlafen kann!»

Der Präfekt machte auf dem Fuße kehrt und ging zur Treppe, während ich begriff, dass mir eine Sekunde zur Reaktion blieb. Wenn ich jetzt aktiv werde, dann kann sich etwas in meinem Leben ändern. Die Entscheidung, vor der ich stand, war mir so klar, als stünde ich an einem Scheideweg und wüsste, wohin beide Richtungen führen. Ich konnte den Rüpel und Schwester Consolata auffliegen lassen. Ich wusste nicht, welche Konsequenzen ihnen für den Verkehr im Heizungskeller drohten, doch war ich sicher, dass sie furchtbar sein würden.

Oder ich konnte mich beim Präfekten entschuldigen und in mein Bett im Hauptschlafsaal abmarschieren. Bei dem Rüpel hätte ich einiges dafür gut. Bei Schwester Consolata ebenfalls. Aber würden sie sich je revanchieren? Würde der Rüpel dafür aufhören, mich zu drangsalieren? Wenn ich ihm morgen sagen würde, dass ich ihn mit Schwester Consolata im Heizungskeller gesehen hatte, was würde passieren? Ich konnte ihn ja nicht einmal erpressen, er würde mich für alle Zeiten verdreschen.

Schwester Consolata, die Einzige, die mir Güte gezeigt hatte, in der Umarmung des Rüpels. Ich verstand das damals nicht, Agnes, und fühlte mich doch so betrogen. Du weißt selbst, wie sehr.

Dann sagte ich die Worte, die mich zu dir führen sollten.

«Im Heizungskeller ist Schwester Consolata mit einem Jungen», sagte ich sehr laut und in sehr gutem Deutsch.

Präfekt Münzberg wandte sich um, sah mich begriffsstutzig an. «Was redest du da, Junge?»

«Im Heizungskeller ist Schwester Consolata mit einem Jungen», wiederholte ich. «Sie fassen sich an.»

Präfekt Münzberg bewegte sich zur Kellertür und riss sie weit auf.

Sie versuchten gerade in Eile, sich anzuziehen, schafften es aber nicht. Der Rüpel fing idiotisch mit dem Hemd an, stand deshalb ohne Hose da, obgleich das Hemd glücklicherweise verdeckte, was zu verdecken war. Schwester Consolata gelang es auch nicht, ihre Nacktheit zu verbergen. Sie presste den Habit an die Brust, das Nackteste an ihr war jedoch der unverschleierte Kopf mit den kurzen, zerwühlten hellen Haaren. Sie hatten meine Worte gehört. Sie sahen mich durch die geöffnete Tür, hinter dem Präfekten. Sie wussten, dass ich sie verraten hatte.

Ich weiß nicht, was dann aus Schwester Consolata geworden ist, die gut zu mir war. Ich habe sie nie wiedergesehen, heute kann ich mir ihr Schicksal in Klausur oder noch übleren Umständen nur ausmalen.

Der Vater des Rüpels war nur ein wenig vermögender Apotheker, niemand Wichtiges, das Gymnasium und das Konvikt bedeuteten für ihn ohnehin große Ausgaben, er hatte weder genug Einfluss noch Macht, um die Entfernung seines Sohnes von der Schule und aus dem Konvikt zu verhindern. Der Rüpel trat nicht zum Abitur an. Ich war überzeugt, dass er mich früher oder später finden und mindestens ordentlich versohlen würde, doch nichts dergleichen geschah. Sein Vater verkaufte die Apotheke und zog nach Kattowitz, ich weiß nicht, was aus ihm geworden ist, seit jener Nacht habe ich ihn nie mehr gesehen.

Mich rief zwei Tage später der Präfekt in sein Kabinett. Dort fand ich den niedergeschlagenen Pfarrer Scholtis. Der Präfekt erklärte, ich solle das nicht als Strafe verstehen, ich hätte nichts Verwerfliches getan, aber nach dem Vorfall könne ich nicht im Konvikt bleiben, er befürchte Auswirkungen des traumatischen Ereignisses, an dem ich unfreiwillig beteiligt war, auf andere Zöglinge, besonders auf die jüngeren. Daher würde ich zur Untermiete in die Stadt ziehen. Ein Bekannter des Präfekten, der Bauunternehmer und Kaufmann Gustaw Novack, habe gerade ein Zimmer frei, nicht teuer, und Pfarrer Scholtis sei bereit, das zu bezahlen. Sie seien zwar Protestanten, aber das sei ja kein Problem.

Scholtis seufzte tief, stimmte aber mit einem Nicken zu.

Der Rüpel verschwand aus meinem Leben, und das hatte ich bewirkt, ich, ein Niemand, Sohn eines Niemands. Ich, Alois Pokora. Ich hatte gesiegt. Der Preis dafür war, dass ich das Leben von Schwester Consolata kaputtgemacht hatte, ich bedaure das, aber Schwester Consolata war nicht nur ihrem Klostereid untreu geworden. Sie hatte auch mich betrogen und dafür ihre gerechte Strafe bekommen.

Damals, im Heizungskeller des Jungenkonvikts in der Coseler Straße in Gleiwitz, spürte ich zum ersten Mal im Leben, was Macht ist.

Ich hatte gesiegt. Doch alles, was ich von meinem Quälgeist ertragen musste, hat mich keineswegs stärker, keineswegs härter gemacht. Viele Jahre später, im Studium, begann ich Nietzsche zu lesen und versuchte, mich in den Weisheiten des Zarathustra zu finden, heute weiß ich, dass ich mir etwas vorgemacht habe. Etwas vorgemacht habe ich mir auch, wenn ich glaubte, den Rüpel vergessen zu haben, alle mit ihm verbundenen Erinnerungen verdrängt zu haben, so als hätten sie nie existiert, als müsste ich nie mehr an den Alois Pokora denken, der auf Befehl des Rüpels mit einem Bein auf dem Stuhl steht, in der Mitte des Schlafsaals im Konvikt, und auf Befehl des Rüpels laut nachspricht, dass er ein Stück Scheiße ist. Das konnte nicht ich gewesen sein. Das war nicht ich, Alois Pokora, der gesiegt hatte, das sagte ich mir mein ganzes Leben, so sehr wollte ich es vergessen, als hätte jemand anders auf diesem Stuhl gestanden, und doch war ich selbst es, niemand anders, auf dem Stuhl im großen Schlafsaal des Konvikts. Heute weiß ich und verstehe das.

«Herr Leutnant, der Krieg ist vorbei.»

Wer spricht zu mir? Wie: Der Krieg ist vorbei? Wie hat er aufgehört?

«Herr Leutnant, der Krieg ist vorbei.» Jemand berührt mein Gesicht, meine Arme, ich spüre eine zarte, fürsorgliche Hand.

«Der Krieg ist vorbei.»

Ich öffne die Augen.

3

DER KRIEG IST VORBEI

Erster Gedanke: du, Agnes. Du bist mein Gedanke, du füllst mich aus. Immer du, Agnes.
Ich öffne die Augen.

Wo bin ich?

Alles weiß. Hohe Fenster, über mir ein Kreuzgewölbe, draußen die fast nackten Baumkronen, an den Zweigen letzte braune Blätter. Alles ist weiß und hell der Tag. Ich liege in frischer, rauer Bettwäsche auf einem Bett, das Kopfende aus gebogenem Stahlrohr. Im Saal stehen sieben solcher Betten, doch alle leer. An der weißen Wand steht in schwarzen Buchstaben:

Fürchte dich nicht, glaube nur.

Das Einzige, woran ich glaube, bist du, Agnes. Wo bist du?

Wo ist das Konvikt und wo das Königliche Gymnasium?

Wo ist die Universität Breslau? Ich bin kein Junge mehr, kein Gymnasiast aus Gleiwitz, OS. Bin kein Student mehr. Ich hebe die Hände, sie sind sauber. Ich sehe mich um. Wo ist die Uniform, wo sind die Schützengräben, wo ist Kiesel, wo die Mannschaft, wo Gusinda? Weg.

Kiesel auf der Erde sitzend, die Granate hatte ihm die Beine abgerissen, das Blut spritzt aus den Stümpfen, er trinkt aus meiner Feldflasche, Kiesel gibt es nicht mehr.

Ich fasse mir ins Gesicht. Stopplige Wangen, ich hatte nie einen starken Bartwuchs, daher gab ich nach dem wenig erfolgreichen Versuch, mir einen imponierenden Schnauzer stehen zu lassen, auf und rasierte mich in der Armee immer glatt, und jetzt diese Stoppeln auf den Wangen. Meine Hand abgemagert, das sehe ich sofort. Auf der Stirn eine Bandage.

«Sie haben sehr lange geschlafen, Herr Leutnant», sagt eine Frauenstimme. Ich wende den Kopf, der Nacken ist steif. An meinem Bett steht eine hochgewachsene Frau im weißen Kittel über der schwarzen Ordenstracht; auf dem Ärmel trägt sie eine weiße Binde mit dem roten Kreuz, auf dem Kopf einen schwarz-weißen Schleier. Ich erkenne die evangelische Diakonisse in ihr. In der Hand hält sie ein Thermometer.

Wo bin ich? Wo bin ich?, will ich fragen, doch meine Stimme kratzt nur in der Kehle, ich huste. «Wo bin ich?», frage ich.

«Sie sind im Bethanien. Im Krankenhaus. In Berlin.»

«Wie lange war ich bewusstlos?»

«Sie waren überhaupt nicht bewusstlos, Herr Leutnant.»

«Wie jetzt?»

«Sie haben sehr gefiebert. Sie haben etwas auf Polnisch gerufen. Sind Sie Pole, Leutnant?»

«Nein», erwidere ich, «ich bin aus Oberschlesien.»

«Ach, und ich dachte, Sie sind vielleicht aus Posen. Mein Cousin hat ein Mädchen aus Posen geheiratet. Später hat er das bereut, denn mit den Katholiken, Sie wissen ja ... Aber ich sehe, es geht endlich besser, Leutnant. Man hat Sie hergebracht, nach Berlin, weil dort an der Front niemand wusste, was mit Ihnen ist, ein hoffnungsloser Fall waren Sie auch nicht, deshalb wurden Sie hierhergeschickt. Hier sollte ein bedeutender Neurologe Sie untersuchen, Professor Gebert, aber er hat es nicht hergeschafft und wird wohl auch nicht mehr kommen. Ich jedenfalls würde nicht auf ihn warten.»

Ich versuche mich zu konzentrieren. Etwas kommt da zurück, die Trage, Blut, das Feldlazarett, der Zug. Kommt es zurück, oder bilde ich es mir ein? Ich weiß nicht.

Die Diakonisse lächelt, reicht mir das *Berliner Tageblatt*. «Sie haben das Ende der Welt verschlafen, Herr Leutnant.»

Ich setze mich auf, mein Kopf tut weh, ich bin sehr schwach. Ich sehe die Titelseite. Elfter November. Von heute? Ja. Nichts von den neunzehn Tagen, die mich vom letzten Datum trennen, an das ich mich erinnere, dem dreiundzwanzigsten Oktober, als ich den Angriff meines Zugs an der Schelde führte, ist mir in Erinnerung.

Auf der ersten Seite vermeldet die Zeitung in großen Lettern, dass die Bedingungen des Waffenstillstands angenommen wurden. Ich lese den Artikel nicht, ich überfliege nur die weiteren Schlagzeilen.

Das Kaiserpaar ist nach seiner Abdankung nach Holland geflohen. Die Eisenbahnarbeiter unterstützen die Revolutionsregierung. Arbeiter- und Soldatenräte. Das Programm der sozialistischen Regierung.

Ich glaube weder an Gott noch an den Menschen, dennoch entfährt mir ein schwaches «Guter Gott ...».

«Vom Herrgott werden Sie jetzt nicht viel hören», sagt die Diakonisse mit deutlichem Berliner Akzent.

Ich sehe sie an. Um die fünfzig, trockenes, lächelwilliges Gesicht, helle Augen.

«Herr Liebknecht hat vorgestern die sozialistische Republik Deutschland ausgerufen. Vom Schlossbalkon. Jetzt wird es keinen Herrgott mehr geben, nur Marx, Herr Leutnant. Kein schlechter Tausch», lacht sie. «Beide mit Bart.»

Ich habe das Ende der Welt verschlafen. Kein Kaiser mehr. Kein Krieg. Kein Gott. Wir hatten natürlich verloren.

«Versuchen Sie sich aufzusetzen, Herr Leutnant», sagt die Diakonisse.

«Wo ist meine Uniform?»

«Uniform, Herr Leutnant?»

«Ja, meine Uniform, Bluse, Hemd, Hose, Stiefel, schließlich bin ich ja nicht nackt hergebracht worden oder im Krankenhemd?»

«Natürlich. Ich werde danach suchen, Herr Leutnant.»

Die Diakonisse geht, ich bleibe allein. Der bandagierte Kopf schmerzt. Ich bin sehr schwach, stehe dennoch auf, warte kurz ab, bis der erste Schwindel vorüber ist, trete ans Fenster.

Gut kenne ich Berlin nicht, aber ich weiß schon, wo ich bin. Der Name Bethanien allein hat mir nicht viel gesagt, jetzt erkenne ich das Viertel, ich bin in Kreuzberg, am Mariannenplatz. Die Fenster meines Saals gehen mitten auf den Platz, links sehe ich im Augenwinkel die große evangelische Thomaskirche, erkenne ihre zwei charakteristischen Türme, dort kam ich ein paar Mal vorbei, bei einem meiner Berlin-Urlaube, in einer Welt, die es nicht mehr gibt. Damals stieg ich am Schlesischen Bahnhof aus, ich weiß noch, ich hatte schon den Offiziersrang, ging über die Schillingbrücke, es war ein wunderbarer Sommer, also bummelte ich den Kanal entlang bis zum Engelbecken, am Mariannenplatz vorbei, dann trieb ich mich in den kleinen Straßen herum, bis zum Märkischen Provinzialmuseum, darin habe ich mir die gotischen Rüstungen und Folterwerkzeuge angesehen.

Das war in einer anderen Welt, die es nicht mehr gibt. Dennoch hat der Mariannenplatz sich überhaupt nicht verändert.

Jetzt kommt aus der Muskauer Straße langsam ein Lastwagen auf den Mariannenplatz gerollt, ich sehe ihn durch die blätterlosen Platanen, ein Büssing, Fünftonner, Fahrerhaus wie ein Zeitungskiosk, mit senkrechter Frontscheibe und langem, eckigem Kühlergrill, Militärbraun, der wie ein kurzer Sarg den dröhnenden Motor bedeckt, offene Ladefläche. Die Militärreifen rattern furchtbar – die Kontinentalblockade hat Gummi zur Mangelware gemacht, deshalb zieht man an Autos und Lastkraftwagen Stahlreifen auf, bei denen ein Strauß von Federn die Nabe mit dem Reifenersatz, der stählernen Felge, verbindet, was die Fahrt etwas dämpft, aber auf dem Pflasterstein scheppert, als hätte man einer Horde Affen Hackbretter in die Pfoten gegeben.

Auf der Ladefläche stehen Männer, manche in Uniform, andere in Zivil, mit Armee- und Marinemützen, Schirmmützen und Hüten, Matrosen, Soldaten, Arbeiter, allesamt bewaffnet, sie schreien, fuchteln mit den Waffen, halten sich an den Brettern der Bordwand fest, über ihnen wehen vier große rote Standarten, auf dem Dach des Fahrerhauses haben sie ein Maschinengewehr montiert. Den Kühler verdeckt ein aus Brettern gezimmertes, weiß gestrichenes Schild, auf dem in roten Buchstaben steht: *Die ganze Macht den A.-u.S.-Räten!* Die Macht den Arbeiter- und Soldatenräten.

Ich bin in einer anderen Welt erwacht.

Vier Jahre lang lebte ich in dem einfachen Universum der grauen Uniform. In die Armee war ich als Freiwilliger eingetreten, noch 1914, zum großen Erstaunen meines damals engsten Breslauer Freundes, Dionizy Braun, der sich gemeinhin als Dionizy Braun-Towiański vorstellte. Das war noch eins der weniger drastischen Symptome seiner Geisteskrankheit, aber ich will jetzt nicht an Braun-Towiański denken, Agnes, seine Welt habe ich längst verlassen, wie du weißt, und du warst mit diesem Abgang damals sehr zufrieden, erinnerst du dich? Ungeachtet manch netter Augenblicke, die wir zu viert, mit ihm und dem dich damals vergötternden Heinrich Gottrop verbracht hatten, gewöhnlich an einem Tisch in der Gleiwitzer Kaiserkrone.

Das alles war damals sehr schön und irgendwie belebend, mich erregte die Aussicht auf eine plötzliche Umkehrung der Hierarchie, sodass ich niemandem mehr beweisen müsste, dass ich ein guter Deutscher bin, mich plötzlich nicht mehr anstrengen müsste, denn da ist die Idee von Polen, von etwas Unbestimmtem, etwas, das weder Staat, weder Polizei noch Armee oder Flotte besitzt, keine Schulen und keine Ministerien, keine Bahn, nur die Idee, die schöne Menschen entflammt, denn alle von dieser Idee Entflammten, die ich in Breslau kennengelernt habe, waren auf ihre eigene Weise schön.

Ich weiß nicht, ob du dich erinnerst, was ich dir damals von ihnen erzählt habe, ich weiß auch nicht, was mit dir ist, ob du noch immer in Gleiwitz bist, in der Wohnung deines Vaters, im ersten Stock des Mietshauses an der Wilhelmstraße, an die ich aus irgendeinem Grunde doch wie an «unsere» Wohnung denke, auch wenn ich keinen Anteil daran habe, weder als Eigentümer – das ist klar – noch, ganz praktisch, als Bewohner. Aber vielleicht erinnerst du dich, am Anfang hat dich das sehr interessiert, solange du meinen polnischen Selbstbildungszirkel als etwas Aufrührerisches betrachtetest, etwas, das die, wie uns damals schien, ewige Dauer des preußischen Deutschtums unterminieren konnte, du hast es damals bemerkenswert gefunden, später aber festgestellt, dass es derselbe Betrug sei wie preußischer Drill und preußische Werte, sich nur durch die Verpackung unterscheide, und hast mir geraten, die Freundschaft mit Dionizy Braun aufzulösen. Es sei nicht die Zeit für diese Freundschaft.

Dionizy erwartete, dass ich mit ihm nach Krakau fahren würde, um mich Piłsudskis Legionen anzuschließen und im Feuer des Krieges für die polnische Sache zu arbeiten, in mir jedoch spielte die Musik patriotischer Dressur, schon auf der Volksschule, um dann im Gymnasium und im Gleiwitzer Turnverein aufzublühen, dem ich vor dem Umzug nach Breslau angehörte, und beim Klang dieser Marschmusik wirkten Dionizy und sein Polen auf mich wie ein lachhaftes Hobby, wie die Engländer sagen, ein Zeitvertreib wie Tennis oder Fußball, dem ich mich im Turnverein ebenfalls widmete. Derlei taugt für Friedenszeiten, wenn aber ein Krieg heraufzieht, wer wollte da nach dem Ball treten oder polnische Bücher lesen, wie könnte so etwas an das patriotische Fieber heranreichen, das 1914 plötzlich unsere Köpfe erfasste. Der Kaiser ruft. Das Vaterland ruft. Zeit, es den treulosen Franzosen zu zeigen, ihnen eine heftige Abreibung zu verpassen, wie sie ihnen vor vierundvierzig Jahren unter anderem durch meinen Vater verpasst wurde.

So war das damals, vor vier Jahren.

Der mit den Spiralfederreifen rasselnde Büssing mit den Revolutionären bog links ab, kam am Denkmal des Chirurgen Wilms vorbei und verschwand aus meinem Blick, als er in die Waldemarstraße einbog. Hinter dem Lastwagen liefen einige Halbwüchsige her, einer von ihnen hielt ein altes

Gewehr mit langem Bajonett in der Hand, die Waffe war länger als der ganze junge Revolutionär, und gleich darauf verschwanden auch sie aus meinem Blick.

Erinnerst du dich, Agnes, wie ich zu dir kam, einen Tag bevor ich mich freiwillig meldete, wenige Tage vor Kriegsausbruch? Warum solltest du? Ich sollte mich erinnern.

Das war vor vier Jahren.

Ich wollte mich von meinen Eltern verabschieden, von Pfarrer Scholtis und von dir und mich dann als Freiwilliger melden, bevor sie mich einziehen würden. Mit dem Zug fuhr ich bis Gleiwitz, dann direkt mit der Kleinbahn nach Nieborowitz, zu den Eltern. Konrad und Wilik waren schon in der Armee; Francek, Hōnsik und Erich schützte noch das Bergwerk, doch bald schon würde der Krieg sie alle holen. Franz war schon achtundzwanzig und hatte vier Kinder, nach ihnen würde der Kaiser seine gierige Hand erst später ausstrecken.

Mamulka, wiewohl schon sechsundvierzig, war wieder guter Hoffnung. Vater sollte demnächst in Rente gehen, er wurde bald fünfundsechzig. Ana war fünfzehn und wuchs zu einem hübschen Fräulein heran, Mamulka erlaubte ihr, sich städtisch zu kleiden, Papa mischte sich in derlei Angelegenheiten nicht mehr ein. Meine jüngsten Brüder, Tōnik, Gustlik und Isidorek, waren zwölf, neun und fünf Jahre alt.

Ich sagte Vater, dass ich zur Armee gehen würde, als Freiwilliger.

«So gebildet und so dumm», sagte Vater und äußerte sich dann gar nicht mehr.

«Was willst du dort, Söhnchen, hast du dafür studiert, damit dich jetzt irgendjemand wie einen räudigen Hund über den Haufen schießt?», jammerte Mamulka. Ich zuckte mit den Schultern, was sollte ich auch sagen, ich glaubte damals, Mamulka verstünde von solchen Sachen nichts, wie sollte sie verstehen, was das heißt – dem Kaiser die Treue schwören?

Als ich das Elternhaus verließ, trug ich einen eleganten Anzug aus dünner Wolle, den ich mir selbst verdient hatte, ohne mir die Hände schmutzig zu machen, durch Nachhilfe für die beschränkten Gören der Reichen, und Tatulek trat hinter mir in die Laube.

«Du gehörst nicht mehr zu mir», sagte Tatulek. «Du bist nicht mehr mein Sohn.»

Das waren die letzten Worte, die ich von ihm hörte. Warum hatte er das gesagt? Womit hatte ich ihn beleidigt? Alles, was ich geworden war, mein ganzes Sein als jemand, der aus der Welt von Bergwerk und einem Morgen unfruchtbaren Landes ausgestoßen worden war, war eine Zumutung für ihn.

Ich weiß das nicht, ich habe nicht gefragt, habe mich umgedreht und bin wortlos in Richtung Kleinbahnhof gegangen. Stolz war ich nicht auf dieses Schweigen, es war ein eher machtloses Schweigen, ein Schweigen der Zurückweisung und des Scheiterns, wenn es nichts mehr zu sagen gibt.

Ich habe Tatulek seither nicht wiedergesehen. Schon mehr als vier Jahre. Sein Gesicht ist verwischt, ich sehe nur nebelhafte Konturen, wenn ich es mir in Erinnerung zu rufen versuche, die Worte «Du bist nicht mehr mein Sohn» dagegen habe ich sehr gut in Erinnerung.

Seit jener Zeit war ich nicht in meinem Elternhaus. Habe weder meinen Tatulek noch meine Geschwister gesehen.

Auch Mamulka habe ich seit damals nicht gesehen und werde sie auch nicht mehr sehen. Drei Monate später schrieb Pfarrer Scholtis in einem Brief, sie sei an einem Fieber gestorben, nachdem sie Zwillinge zur Welt gebracht hatte, zwei völlig gesunde Jungen, die auf die Namen Paul und Peter getauft wurden, nach den Schutzpatronen der gleichnamigen neuen Kirche in Gleiwitz. Der Pfarrer ging nicht darauf ein, wer die Jungen großziehen würde, ich konnte mir aber denken, dass dies auf Anas Schultern ruhte. Im selben Schreiben beantwortete Pfarrer Scholtis meine frühere Frage, wenn das mein Traum sei und die Regimentsführung in Anbetracht meines Abiturs und des fast abgeschlossenen Studiums zustimme, dann stehe meiner Teilnahme am Offizier-Aspiranten-Kurs, der Schulung zum Fahnenjunker in Döberitz, nichts im Wege. So kam es dann auch mit Genehmigung der Führung. Als Soldat war ich strebsam und gehorsam und musste ein paar Mal daran denken, dass Mamulka stolz auf mich gewesen wäre, wenn sie mich in der Uniform des Fahnenjunkers gesehen hätte. Doch das hat sie nie.

Was ging damals in mir vor, Agnes, als ich diesem traurig lakonischen Brief des Pfarrers entnahm, dass meine Mamulka tot war? Der Kommandeur hatte angekündigt, mich nicht zur Beerdigung zu lassen, deshalb beantragte ich erst gar keinen Urlaub, fuhr nicht nach Schlesien, wollte damals übrigens auch weder Vater noch sonst jemanden aus der Familie sehen.

Nachdem ich Mamulka und Tatulek das letzte Mal gesehen hatte, drückte ich Ana und die Jungen, stieg in die Kleinbahn und fuhr zu dir nach Gleiwitz, Agnes.

Wir sahen uns mehrere Monate nicht, einige Monate vor dem Krieg verließ ich Breslau nicht, hatte für nichts Zeit, erteilte Nachhilfeunterricht und versuchte erfolglos, mein Studium abzuschließen, aber wir schrieben einander oft, besser gesagt, ich schrieb oft, denn auf vier Briefe von mir kam einer von dir. Vor meiner Anreise teiltest du mir brieflich mit, dass dein hartnäckiger Verehrer Heinrich Gottrop dir einen Heiratsantrag gemacht habe und du ihn angenommen habest. Ich las diesen Brief die ganze Nacht, immer und immer wieder, geplagt von furchtbarer Eifersucht, stellte mir deinen Verehrer in meinem alten Zimmer vor, in meinem Bett, so nah bei dir, stellte mir vor, was du ihm gestattest, da ihr ja schon verlobt wart, und spürte, wie die Säure der Eifersucht mich von innen zerfrisst, wartete nur, dass sie mein Bauchfell auflöst und sich nach außen ergießt, die Welt verbrennt.

Das tat sie nicht.

Am Morgen, kaum hatte das Postamt geöffnet, telegraphierte ich dir die Frage, die dumme Frage, ob es mir gestattet sei, dich in der nächsten Zeit zu besuchen. Die Antwort kam per Telegramm am selben Tag. Du bestimmtest Datum und Uhrzeit des Besuchs und fügtest hinzu, du könntest mich für eine halbe Stunde empfangen, zum Tee, denn die Nachmittage würdest du mit deinem Verlobten verbringen. Ich besuchte also erst mein Elternhaus in Nieborowitz, stieg danach im Hüttengasthaus an der Hüttenstraße 2 ab, dem billigen Gästehaus des Gleiwitzer Bergwerks. Mehr als diese bescheidene Unterkunft konnte ich mir nicht leisten als Nachhilfelehrer und mit den geringen Honoraren für Artikel, die ich gelegentlich unter Pseudonym für die in Poznań erscheinende Zeitschrift *Der wahre Glaube Polens* schrieb, anfangs auf Deutsch, übersetzt von Braun-Towiański oder jemandem aus der Redaktion, später auf Polnisch. Ich kehrte also in mein bescheidenes Zimmerchen zurück, um mich umzuziehen, denn damals besaß ich schon drei Anzüge, musste sie besitzen: einen dunkelgrauen aus englischem Flanell für den Winter, einen zweiten, leichten für den Sommer, aus dünner, luftiger Wolle, und einen mittleren, einen Zweireiher aus blauem Garbadine zum Ausgehen. Braun-Towiański erklärte mir immer, die Haltung sei das Wichtigste, denn die Menschen beurteilten einander nach dem ersten Eindruck. Kleider machen Leute, heißt es ja. Ich zog also den Ausgehanzug mit frischem Kragen und Manschetten an, band mir eine Krawatte um und setzte die Melone auf, dann jedoch stellte ich fest, dass ich im dunklen Anzug um vierzehn Uhr nachmittags etwas blöd aussehen würde, zog doch den sommerlichen Fresco an und setzte statt der Melone einen Kreissäge-Strohhut auf. Vor dem Besuch ging ich in das Weinlager von Troplowitz am Markt und kaufte einen teuren, süßen Tokaier, im Blumengeschäft einen Strauß Rosen. Du wohntest immer noch dort, wo ich dich kennengelernt hatte und wo ich die letzten drei Gymnasialjahre ebenfalls gewohnt hatte, deine Eltern lebten nicht mehr. In der Wohnung warst du allein, dein neuer Verlobter hatte Erledigungen in der Stadt zu machen. Du empfingst mich im Kinderzimmer, hattest nur einen leichten, in der Taille gegürteten Seidenschlafrock mit japanischem Muster an, aus dem deine nackten Waden herausschauten. Du warst göttlich. Ich überreichte dir Blumen und Wein, die du keines Blickes würdigtest. Du batest mich nicht, den Wein zu öffnen, worauf ich gerechnet hatte, ich wollte diesen Tokai probieren, für mich allein hätte ich nie so eine teure Flasche gekauft. Die Blumen stelltest du nicht in die Vase, legtest sie auf eine Konsole an der Wand. Am Mittelfinger deiner linken Hand funkelte unübersehbar der Verlobungsring mit Brillant, den ich nie hätte bezahlen können, nicht einmal, wenn ich all mein im Leben verdientes Geld durch ein Wunder auf einmal zur Verfügung gehabt hätte.

Lange fordertest du mich nicht auf, mich zu setzen, also

stand ich da, du wandtest dich von mir ab und gingst, ohne mich weiter zu beachten, zu dem nagelneuen Grammophon, drehtest an der Kurbel, legtest anschließend eine schwarze Platte auf den grünen Stoff des Tellers, löstest die Feder, und die Platte begann sich zu drehen; du ließest sanft die Nadel sinken, und aus dem großen Schallrohr erklangen die ersten Takte von Ravels *Shéhérazade.* Du drehtest dich erst um, als das vom Sopran gesungene «*Asie, Asie* ...» erklang. Dann nahmst du auf der Ottomane Platz, legtest ein Bein über das andere und schautest mich einen Augenblick lang an, dann einen weiteren Augenblick, schweigend, und noch einen, weiterhin schweigend. Du maßest mich mit dem Blick, und ich kam mir sehr blöd vor mit diesen Blumen auf der Konsole und dem ungeöffneten Tokai, was war dieser Tokai gegen den Brillantring, ich fühlte mich blöd in meinem Sommeranzug, blöd mit dem billigen Strohhut in den Händen.

Du hast gelächelt, kalt und unangenehm.

Ich stand da. Konnte deinem Blick nicht standhalten, Agnes, weißt du noch? Ich senkte den Kopf. Da erst, nach einem weiteren Augenblick, sagtest du, ich könnte mich setzen. Vor vier Jahren.

«Gehen Sie lieber vom Fenster weg, sie könnten schießen», sagt die Diakonisse.

«Gestern haben sie eine Serie aus dem Maschinengewehr abgegeben, drei Fenster sind hinüber, ich weiß nicht, wie ich die jetzt verglasen lassen soll. Aber ich habe Ihnen Ihre Uniform gebracht. Wollen Sie das Spital schon verlassen, Leutnant?»

Will ich raus? Ich schaue aus dem Fenster, schönes Wetter, Sonne, nur offensichtlich kalt. «Ich würde gern raus, sicher. Muss mich nicht ein Doktor untersuchen?»

«Gewiss müsste er, nur wissen Sie, Herr Leutnant, es ist Revolution. Die jungen Ärzte sind auf der Straße, die alten sitzen zu Hause, vernageln ihre Fenster und fürchten die Spartakusleute und sonstigen Bolschewiken. Dass sie kommen, ihre Frauen und Töchter vergewaltigen und das Tafelsilber rauben. Weiß Gott, was von beidem sie härter treffen würde.»

Ich frage die Schwester nach meinem Gesundheitszustand. Die Diakonisse zuckt mit den Schultern. «Ich bin keine Ärztin, Leutnant. Wäre ich gern, bin ich aber nicht, hatte keine Möglichkeit.»

Da stehe ich und schaue auf den Mariannenplatz hinaus. Aus der Wrangelstraße kommt ein Zug Soldaten in Feldmänteln und Stahlhelmen, angeführt von einem jungen Offizier mit Parabellum in der Hand. An den Gürteln Handgranaten, über den Hals gehängt Bandeliere mit Zusatzmunition, als bereiteten sie sich auf einen Sturm vor. Ich vermute, das sind Regierungssoldaten, mit einem Offizier, Disziplin, Uniform und ohne rote Fahnen. Was heißt jetzt Regierung? Vor meinen Augen lösen sich zwei Soldaten aus dem Zug, kehren um, laufen, der Offizier hält die Abteilung an, schreit ihnen nach, wagt aber nicht zu schießen. Er geht weiter. Der Rest der Soldaten folgt. Sie marschieren, aber ich sehe, wie viel Zweifel in ihrem Marsch ist.

«Schwester», frage ich, «wenn der Kaiser abgedankt hat, wer regiert denn jetzt?»

Die Diakonisse zuckt mit den Schultern. «Woher soll ich das wissen, Herr Leutnant. Ebert soll ja Kanzler sein und hat vorgestern verkündet, dass Deutschland eine Republik ist.»

«Ebert?», wundere ich mich. «Der Ebert? Nicht irgendein neuer von Ebert, sondern dieser alte Ebert von der SPD?»

«Ja, Leutnant. Der alte Ebert von der SPD ist Kanzler geworden.»

Ebert, der Sattler. Schneiderssohn. Ein Mensch, ein Mensch wie du und ich, Alois Pokora. Ein Mensch, keine Spur schlechter als ich, wird Kanzler. Ein Mensch ohne ein «von» im Namen, kein Offizier, kein Junker, kein Preuße, ein gewöhnlicher Schneiderssohn aus Heidelberg. Niemals zuvor im Reich ist jemand mit so bescheidenen Wurzeln so hoch gekommen.

«Aber wie ich Ihnen schon sagte, Leutnant, Liebknecht hat ebenfalls die Republik ausgerufen, nur eben eine sozialistische. Gleich nach Ebert, vom Schlossbalkon. Ich weiß also nicht, wer regiert, was kann ich schon wissen. Vielleicht zum Beispiel Hindenburg mit Ludendorff. Und gestern im Zirkus Busch war eine Versammlung der Arbeiter- und Soldatenräte, sechs Volksdelegierte wurden gewählt, darunter eben Ebert, Scheidemann und Landsberg von der SPD, Haase, Dittmann und Barth von der USPD.»

«USPD, sind das diese sozialistischen Kriegsgegner, Schwester? Die Unabhängigen? Unabhängige Sozialdemokratische Partei Deutschlands?»

«Ja, ja, Leutnant. Sie interessieren sich wohl gar nicht für Politik, was?»

«Im Krieg gab's keine Politik, Schwester», antworte ich, auch wenn ich weiß, dass das nicht stimmt, aber es klingt so gut, dass es wahr sein könnte.

Es gibt keine Politik im Krieg. So hätte ich mein Kriegstagebuch betiteln können, wenn ich an der Front Aufzeichnungen gemacht hätte. Habe ich aber nicht.

Die Diakonisse legt mir die Uniform aufs Bett. «Das ist alles, was ich gefunden habe.»

Eine Bluse also, verdreckt von Schlamm und von fremdem Blut. Vermutlich von dem des Engländers, den ich getötet habe, oder von Kiesel. Am Rücken vielleicht mein eigenes. Eine Hose der Gebirgsinfanterie, mit Lederflicken auf Knien und auf dem Gesäß, Unterhose, ein Hemd, Schuhe mit kniehohen Ledergamaschen. Die Mütze, der Gürtel mit dem Holster für die Parabellum, ich sehe gleich nach, und da ist keine Parabellum, das Holster ist leer. Bajonett, Kartentasche, Uhr und Fernglas fehlen ebenfalls. So wie der Mantel. Und das Medaillon, in dem ich dein Photo hatte, Agnes, gerechte Strafe dafür, dass ich es ohne deine Erlaubnis bei mir trug. In der Bluse die Brieftasche, ich erinnere mich, dass ich Geld darin hatte, auch das ist weg, was soll's, Füllhalter und Bleistift ebenso. Die Papiere sind noch da, da haben die Diebe sich erbarmt. Gelassen haben sie mir auch die Photographie von meiner Familie, von Franz' Hochzeit 1906, durchweicht, verschmutzt, kaum noch erkennbare Gesichter, aber für einen Moment betrachte ich meine Geschwister, Franz, Hōnsik, Erich, Konrad, Wilik, Karlik, die kleine Ana, den noch kleineren Tōnik und Gustlik, meine Mamulka und das verbissene Gesicht von Tatulek und Pfarrer Scholtis in der Soutane, der ebenfalls auf dem Bild ist.

Dazu ein kleines, elegantes Etui, das nicht mir gehört.

«Wo ist meine Waffe? Der Mantel? Ich hatte auch ein Medaillon ...»

«Ich weiß nicht, Herr Leutnant. Bestimmt gestohlen. Wenn Sie Geld hatten, ist es sicher auch weg. Erstaunlich, dass sie diese schönen Stiefel und Ledergamaschen nicht genommen haben.»

«Aber dieses Etui gehört mir nicht, Schwester.»

«Aber sicher, Herr Leutnant. Das ist das Eiserne Kreuz erster Klasse. Sie haben es bekommen, als Sie hier im Fieber lagen. Ein Major kam und hat Sie dekoriert, im Namen irgendeines Generals, ich weiß nicht mehr, wie er hieß, von irgendeiner Division, Sie wissen bestimmt besser, von welcher. Ich habe es in das Etui getan, weil ich dachte, was wollen Sie hier mit dem Orden am Hemd liegen. Und hier dazu das Diplom, bitte.»

Ich greife danach. Oben das Konterfei des Kaisers. Darunter wird in Schönschrift bescheinigt, dass «Im Namen des Kaisers und Königs von Preußen» Herr General Walter Freiherr Schmidt von Schmidtseck, Kommandeur der 11. Infanterie-Division, mir den Orden für ungewöhnliche Tapferkeit beim Angriff auf die befestigten Positionen des Feindes verleiht.

«Ich habe das Eiserne Kreuz erster Klasse bekommen», staune ich.

«So sieht es aus. Meinen Sie, Sie haben es nicht verdient?»

«Ich weiß nicht, Schwester. Ich weiß es wirklich nicht. Ich weiß nicht, ob ich es verdient habe, vielleicht haben alle es verdient oder keiner. Und ich weiß nicht, was ich mit diesem Kreuz soll.»

«Jetzt wahrscheinlich nichts mehr. Früher hätten Sie ein paar warme Blicke der Damen dafür geerntet.» Ich zucke mit den Schultern. «Ich lasse Sie allein, Herr Leutnant. Wenn Sie etwas brauchen, ich bin hier, im Dienstraum am Ende des Flurs.»

«Warten Sie, Schwester. Was soll ich jetzt tun?»

«Ich weiß nicht. Ich bin ja nur Diakonisse im Spital, nicht wahr? Bestimmt sollten Sie zu Ihrer Einheit zurück, Herr Leutnant. Sie wissen besser als ich, dass Sie zur Einheit zurückkehren sollten. Alles andere wäre Fahnenflucht, nicht wahr?»

«Aber der Kaiser hat doch abgedankt. Ich habe auf den

Kaiser geschworen, und er hat abgedankt, wozu soll ich zurück?»

«Erst mal ist er nach Holland geflohen, eine Abdankungsurkunde gibt es wohl nicht, aber natürlich läuft das aufs Gleiche hinaus. Dann gehen Sie nach Hause. Wo ist Ihr Zuhause?»

«Ich habe kein Zuhause, Schwester.»

«Seltsam, Sie sind doch Offizier. Aber das geht mich nichts an. Ich lasse Sie jetzt, damit Sie sich anziehen können. Haben Sie wirklich kein Zuhause? Wartet Ihre Mutter, Ehefrau, Verlobte nicht auf Sie? Woher sind Sie?»

«Aus Oberschlesien.»

«Und nicht einmal dort wartet jemand auf Sie, Herr Leutnant?»

«Nein, Schwester.»

«Wissen Sie was, Herr Leutnant. Ich hab Sie irgendwie ins Herz geschlossen. Gehen Sie zu meiner Schwester, die betreibt eine kleine Kneipe in der Elisabethstraße 15, Pilsator-Eck, so wie das hiesige Bier, Pilsator. Das ist nicht weit vom Polizeipräsidium. Vielleicht hilft sie Ihnen. Aber bestimmt gibt sie Ihnen zu essen. Denn hier im Spital, das sage ich offen, gibt es nichts mehr zu essen. Passen Sie nur auf, dort kommen oft Polizisten vorbei, auf ein Bier und was zu essen.»

«Warum sollte ich auf Polizisten aufpassen?»

«Ich weiß nicht, aber passen Sie auf. Berufen Sie sich dort auf mich. Meine Schwester heißt Greta Nowotny, ich bin Stefanie Panzenböck.»

«Warum tun Sie das?», frage ich.

Die Diakonisse lächelt. Ich täte ihr leid, sagt sie.

«Und warum sollte Ihre Schwester mir helfen ...?»

«Sie hatte einen Mann aus Oberschlesien, verstehen Sie.

Aus Scharley oder irgendwie so. Ewald hieß er, Ewald Nowotny. Sie wohnten in Bochum, später, als er im Krieg gefallen war, 1916, da ist Greta nach Berlin zurück, sie wohnt im Wedding und führt eine Kneipe in Mitte.»

«Und deshalb sollte sie mir helfen, weil ihr Mann aus Scharley war und ich, so wie er, aus Schlesien?»

«Wenn man jemandem helfen will, ist jeder Grund gut genug, nicht? Gehaben Sie sich wohl, Leutnant.»

Sie reicht mir die Hand, dreht sich um und geht.

Ich ziehe das Krankenhemd aus, stehe nackt da, sehe im Fensterglas mein Spiegelbild. Ich bin sehr hager und sehr blass. Sämtliche Rippen stehen vor, der Bauch ist eingefallen, sogar die Beckenknochen stehen heraus.

Damals, vor vier Jahren, saß ich dir gegenüber, Agnes, ich wog bestimmt an die zwanzig Kilo mehr als heute, hatte sogar ein kleines Bäuchlein, die Weste wölbte sich nett, denn bei meinen Breslauer Wirtinnen gab es vielleicht nicht erlesen zu essen, aber viel und gut, fett. Auch wenn ich gut aussah, endlich wie ein Mann und nicht wie ein schmächtiger Kommaknirps, ich hatte mir sogar den ersten erwachseneren Schnurrbart stehen lassen, kam ich mir dennoch albern vor in meinem Sommeranzug, mit dem Wein und den Blumen.

Schließlich fragtest du, was mich zu dir führe. Erst dann fand ich den Mut, etwas zu sagen. Ich zöge in den Krieg, als Freiwilliger, erklärte ich, und wollte dich noch einmal sehen. Bevor ich ginge. Du hast losgeprustet, und ich wand mich innerlich vor Schmerz.

Dann wurdest du ernst und fragtest, ob ich mich um die Gunst anderer Frauen bewerbe oder ob ich dir treu bleiben wolle.

Das schmerzte noch mehr, doppelt. Erstens wegen des

Verlobungsrings an deinem Finger, zweitens und vor allem, weil du doch wusstest, dass ich dir treu war, du wusstest es.

Möglich, dass ich es nicht unbedingt wollte, aber keines der einfachen Mädel, denen ich in den Breslauer Studentenkneipen begegnete, keine Schankwirtin, keine Straßendirne und keines der Mädchen aus den bürgerlichen Häusern, in denen ich Nachhilfe erteilte, keine, keine, keine konnte sich mit dir messen, Agnes. Wenn ich sie ansah, bisweilen sogar einen Hauch von Gefühl ihrerseits bemerkte, stand mir sofort dein leuchtend helles Gesicht vor Augen, Agnes, und ich fand die anderen sofort abstoßend. Die anderen, mehr aber noch mich selbst, weil ich überhaupt an eine andere Frau als dich denken konnte, Agnes, da ich doch einmal, vor langer Zeit, entschieden hatte, dass ich nur für dich existiere.

Ich war dein, Agnes, nur dir konnte ich gehören, du aber warst nicht mein und wirst es nie sein.

Deshalb antwortete ich wahrheitsgemäß, du wüsstest gut, dass ich dir treu bin, wüsstest es sogar besser, als ich selbst es wissen könne. Und deine Frage treffe mich sehr. Zumal ich wisse, dass du gerade deshalb fragst, um mich zu verletzen.

Da erst wurdest du sanfter, hast freundlich gelächelt, ich vermochte nach all den Jahren schon das subtilste Zittern deiner Gefühle zu entziffern und bemerkte diese seltenen Momente der Herzlichkeit sofort, ich gierte danach wie nach Wasser in der Sahara, wie nach Schutz mitten im Schneesturm am Pol, so kostbar waren sie mir, kostbar und selten zugleich. Diese flüchtige Wärme, die du mir zeigtest, Agnes, war das einzig Gute und Glückliche in meinem Leben, sie netzte mich wie die ersten Tropfen die sonnenverbrannte Erde, tat mir gut wie der erste Atemzug nach einem langen Tauchgang.

Du sagtest damals, wenn ich die Absicht hätte, mich für all diese Halunken in Uniform, mit dem Kaiser an der Spitze, umbringen zu lassen, dann zeuge das vor allem von meiner Dummheit, ebenso aber von einem edlen Herzen, und dafür verdiente ich eine Belohnung.

Schwer ertrug ich damals, wie du über den Kaiser redetest, heute, nach allem, was ich gesehen habe und was im letzten Jahr geschehen ist, amüsiert mich meine damalige Empörung. Nichts anderes als ein uniformierter Halunke mit einem verkürzten Händchen war dieser Kaiser je gewesen.

Vor vier Jahren schien er mir jemand Übermenschliches zu sein, eine Gestalt, die menschliche Maßstäbe überragt und übernatürliche Autorität ausstrahlt, deshalb die schmerzliche Empörung, die jedoch verging, sehr rasch verging, als ich dich von einer Belohnung sprechen hörte.

Du hast mich überrascht. Nie hattest du für mich jemals Belohnungen, abgesehen von einem raren guten Wort, einem Lächeln. Ich wusste nicht, was du meinen mochtest.

Noch überraschter war ich, als du, ohne dich vom Fleck zu rühren, den Gürtel deines Schlafrocks löstest und seine Schöße ausbreitetest und ich dich zum ersten Male nackt sah. Dein Körper war ganz weiß, du ließest mich die Brüste sehen, die Falten auf dem Bauch, den Nabel, die nach unten, zum dunklen Schoßhaar verlaufende dünne Linie der Härchen, die weißen Schenkel.

Weder zuvor noch danach hatte ich etwas Schöneres gesehen, ich schaute hin und erinnere mich an alles, als hätte ich eine Photographie im Kopf. Viele Male habe ich dich, Agnes, später skizziert in dieser Pose, aus dem Gedächtnis, und obwohl ich recht gut zeichne, reichten die Skizzen nie auch nur annäherungsweise an das heran, was mir damals zu sehen gegeben war, deshalb habe ich keine aufgehoben, habe alle gleich nach ihrer Fertigstellung verbrannt. Keine meiner Zeichnungen verdiente es, als dein Ebenbild bezeichnet zu werden.

Ich schaute hin, du hattest es ja erlaubt, und in mir wuchs eine Begierde, die zu stillen ich nicht hoffen konnte. Du lächeltest mich herzlich an, ich glaubte zurücklächeln zu dürfen. Ich fragte, ob ich dich küssen dürfe. Genauer, ob ich Sie küssen dürfe, immer sagte ich Sie zu dir, nur auf Polnisch wende ich mich in der zweiten Person an dich. «Darf ich Sie küssen, Fräulein Novack?»

Lange schwiegest du, und ich kam mir mit jeder Sekunde alberner vor. Was hatte ich mir gedacht. Küssen, ich dich? – Was für eine idiotische Idee.

Mich traf jedoch kein Unheil. Kein Spott von dir. Du sahst nur her, und meine Frage hing in der Luft.

Am Ende hast du doch geantwortet. «Ja, du darfst.» Immer hast du mich in der zweiten Person angesprochen. Und noch immer sitzend, hast du mir den Fuß hingestreckt, wie die Hand zum Kusse.

Ich wusste, ich darf dich nicht warten lassen, nach drei Sekunden kniete ich schon vor dir, erst auf dem einen, dann auf beiden Knien, weil ich anders deinen Fuß nicht erreichen konnte. Ich kniete und küsste. Da bist du aufgestanden und standest über mir, während ich kniete, vor meinem Gesicht dein nackter Bauch und der Schoß, ich wagte aber nicht hinzusehen, ich senkte den Blick, und du zaustest mein Haar, wie man einen Hund krault. Immer die gleiche Zärtlichkeit. Ich wagte nicht, dich erneut zu berühren, weder mit den Lippen noch mit den Händen.

Dann hast du dich umgedreht, den Schlafrock zugebunden und gesagt, ich solle jetzt gehen, gleich würde dein

Verlobter kommen und du müsstest dich vorbereiten. «Ich werde mit ihm den Wein trinken, den du gebracht hast», hast du gesagt. «Und du, Alois, sei jetzt ein guter kleiner Deutscher. Gut?»

«Ja, Fräulein. Gut.»

«Und tritt mir nicht wieder unter die Augen, solange du nicht die Offiziersuniform trägst», hast du hinzugefügt.

Und tatsächlich, ich habe dich nicht um einen Besuch zu bitten gewagt, solange ich die Bluse mit den geflochtenen Epauletten nicht trug, ein Jahr nach Abschluss des ungewöhnlich anspruchsvollen Offizier-Aspiranten-Kursus in Döberitz. Ich hatte gehofft, die Fähnrichsprüfung mit dem höchsten Ergebnis zu bestehen, was die sofortige Beförderung zum Leutnant zur Folge gehabt hätte, doch fehlten mir einige wenige Punkte, deshalb diente ich in diesem halben Jahr als Fähnrich, und selbst als Fähnrich wagte ich es nicht, dir einen Besuch anzutragen, eingedenk deiner Worte, ich sollte dir ohne Offiziersuniform nicht unter die Augen treten. Wir sahen uns damals lange nicht, schließlich aber erhielt ich die Beförderung und wurde zum vollwertigen Offizier. Das alte Berufskorps sah natürlich auf diese Kriegsoffizierspatente herab, aber das war mir egal, nicht für sie war ich Leutnant geworden. So rasch wie möglich bestellte ich mir eine Uniform mit Offiziersschulterstücken, um dich möglichst bald treffen zu können, Agnes.

Jetzt ziehe ich diese Offiziersuniform an, aber nur, weil ich keine anderen Kleidungsstücke habe. Unterhose, wollenes Hemd, Gebirgshose, Bluse, der Gürtel mit leerem Holster, Mütze, Stiefel, Ledergamaschen. Mir wird schwindlig, aber ich weiß, ich muss los. Das Eiserne Kreuz erster Klasse hefte ich mir nicht an die Bluse, aber das Band des Kreuzes zweiter Klasse, inzwischen verdreckt, lasse ich da, wo es ist.

Als ich schon angekleidet bin, betritt die Diakonisse den Saal. Unter der Achsel hält sie einen Gehstock, in der Hand eine Schüssel mit Wasser. «Ich habe Ihnen einen Stock gebracht, Herr Leutnant. Der wird nützlich sein. Und ich helfe Ihnen beim Rasieren, Sie können doch nicht struppig wie ein Räuber auf die Straße, stimmt's? Ihre Haare schneide ich nicht, da fehlt mir die richtige Schere, aber bei den Bartstoppeln kann ich Ihnen helfen.»

Ich setze mich auf den Stuhl, die Schwester zieht ein Rasiermesser, einen Dachshaarpinsel und Seife aus der Schürzentasche, schäumt ihn in dem Schälchen ein, wetzt rasch das Messer, seift mir die Wangen ein und fährt mit der schmalen Klinge darüber. «Soll der Schnurrbart bleiben, Herr Leutnant?»

«Nein, bitte glatt.»

Sie wischt mir das Gesicht mit dem Handtuch ab. «Ich habe kein Kölnisch Wasser, Herr Leutnant.»

«Macht nichts.»

Sie reicht mir den Gehstock.

Ohne mich zu zieren, ergreife ich ihn, denn ich merke, dass ich den Stock brauchen werde, mir ist schwindlig, «Danke». Wir verabschieden uns.

«Denken Sie daran, Leutnant, die Hochbahn und die U-Bahn fahren nicht, ebenso die Straßenbahnen. Und es gibt eine Ausgangssperre, ab acht Uhr. Kommen Sie nicht mehr hierher zurück, Herr Leutnant.»

Ausgangssperre, ich versuche mich zu erinnern, wie das auf Polnisch heißt, es fällt mir nicht ein, ich trete hinaus auf den weißen, gotisch überwölbten Korridor, weiter gehe ich blindlings voran, bis ich den von einem Holzdach überdeckten Innenhof erreiche, der auf zwei Etagen von Kreuzgängen umrundet ist wie in einem Renaissanceschloss, auf den korinthischen Säulenköpfen aparte Bögen, unten sehe ich eine große Tür, die auf den Mariannenplatz führt, ich gehe also ins Parterre, komme an der Treppe an einem Mann in zu großer Uniform vorbei, der die rechte Hand in Gips hat, er schläft, mit dem Kopf an die Wand gelehnt. Ich gehe wortlos vorüber, er öffnet die Augen nicht.

Es ist ein Montagmorgen, November, kalt, wenn auch sonnig. Auf den Straßen sollten sich wie üblich die Menschenmengen der Stadt drängen, Leute, die zur Arbeit eilen, doch es ist ziemlich leer. Keine Straßenbahn fährt auf der Waldemarstraße, dabei hätte sie es tun sollen, wäre die Welt die Welt gewesen, die ich kannte, und Berlin das Berlin, die wilhelminische Hauptstadt, die ich einige Male im Leben besucht hatte. Doch jetzt bin ich in einer anderen Stadt.

Ich bin ein straff geflochtener Kranz aus Verzweiflung, Angst, Einsamkeit und Verlorenheit. Über mir ist kein Gott, in mir kein Gott, keine Menschen sind neben mir, kein Mensch in mir. Ich habe niemanden.

Das Gymnasium hat mir die Welt weggenommen, in der ich am rechten Platz gewesen wäre. Bergmann wäre ich gewesen, später vielleicht sogar Herr Bergmann, sie hätten mich zur Armee eingezogen, oder die Grube hätte Anspruch auf mich erhoben, ich hätte in der Mannschaft gedient, alles ganz normal, umgebracht hätten sie mich oder nicht, hätten mir das Eiserne Kreuz gegeben oder nicht, aus dem Krieg wäre ich in die Grube zurückgekehrt, so wie meine Brüder, hätte mir einen buschigen Schnauzer stehen lassen, hätte mich sonntags nach dem Hochamt mit der Pfeife in die Laube gesetzt und geraucht und zugesehen, wie meine Kinder draußen herumliefen. Ich wäre an meinem Platz gewesen, Alois Pokora, genannt Lojzik oder Lojza, dort, wo ich hingehörte.

Aber wäre ich das? Mit dem, was ich im Kopf hatte, dem ewigen unstillbaren Hunger und meiner Neugier auf die Welt? Damit, dass ich immer mehr wollte? Hätte ich mich, so wie mein Vater und meine Brüder, mit den achtzig Pfennig Tageslohn zufriedengegeben, mit dem roten Ziegelhaus oder der Wohnung in einer der Werkssiedlungen von Zaborze oder Orzegow? Oder wäre ich ohnehin in die Politik geraten, wäre Sozialist oder «großer Pole» geworden oder hätte wie ein altes Weib devot den Rosenkranz hergebetet, um mit diesem Mantra das entsetzliche Heulen zu übertönen, das ich immer vernehme, wenn ich in mich hineinlausche und nichts als Leere finde?

Nie werde ich das erfahren, es gibt für mich kein Zurück in diese Welt, fremd bin ich im eigenen Haus, der Familie entrissen, der gesellschaftlichen Klasse, hineingeworfen in eine andere, der ich niemals angehören werde.

Ich hebe das Gesicht zum spätherbstlichen Nachkriegshimmel. Ich bin achtundzwanzig und fühle mich alt. Viel habe ich erlebt. Ich bin achtundzwanzig, einen Meter achtzig groß, hager, die Uniform schlabbert an mir, als hätte ich mir einen Sack um die Hüfte geschnürt. Ich bin glatt rasiert, war aber lange nicht beim Friseur, mein aschbraunes Haar ist zerzaust und von getrocknetem Blut in lästigen Büscheln verklebt, Läuse habe ich auch. Ich versuche, die Offiziersmütze aufzusetzen, sie passt schwer über die Bandage, also reiße ich die Bandage ab und merke sofort, dass der Hinterkopf feucht wird, aus der nicht verheilten Wunde rinnt etwas Blut, das die Haare noch mehr verklebt. Macht nichts.

Macht nichts.

An der Ecke Wrangelstraße steht ein alter, schnauzbärtiger Veteran ohne rechten Arm und ohne jedes Distinktionsabzeichen an der grauen Uniform. An der Front wurden die auf die Schulterstücke genähten Regimentsnummern schon lange unter grauen Futteralen verdeckt, er jedoch hatte seine Schulterstücke vollständig abgetrennt, so wie die Tressen vom Kragen. An die Mütze hatte er statt der schwarz-weiß-roten kaiserlichen Kokarde ein rotes Band geheftet, so als hätte jemand ihm die Stirn durchschossen. Einen Mantel hat er ebenso wenig wie ich, und ich sehe, dass ihm kalt sein muss, so wie mir auch, sehr kalt. Ich trete an ihn heran, grüße, er knurrt nur zurück, dabei sieht er doch die Offiziersuniform. Das sollte mich verwundern, tut es aber nicht. Auf dem einen, ihm verbliebenen Unterarm hat er einen Ring billigster Würstchen hängen, die bestimmt kein Gramm Schweinefleisch enthalten, aber dennoch sehr lecker aussehen, ich würde gern einige kaufen, bin hungrig, bis mir einfällt, dass ich keinen Pfennig in der Tasche habe. Nichts.

Ich erinnere mich, dass schon 1917, bei meinem letzten Urlaub in Berlin, als die Kontinentalblockade ihre schreckliche und für die Menschen sichtbare Spur in unserer Wirtschaft hinterlassen hatte, Krämer mit Würsten auf den Straßen standen, besonders einen sehe ich noch vor mir, nicht weit von dem Hotel, in dem ich damals abgestiegen war, an der Friedrichstraße, ein Bursche war das, stattlich wie ein Gardegrenadier, er trug eine Melone, ein Monokel und einen gewachsten, geschwärzten, gesträubten Schnurrbart, über dem schwarzen Anzug eine weiße Schürze, um den Hals hing ihm ein am Bauch lehnendes blechernes Kochgefäß mit der Aufschrift *Wurst*, aus diesem Topf verkaufte er Bockwurst, schon weniger fett als vor dem Krieg und viel teurer, aber er verkaufte sie, und ich konnte es mir leisten, ich kaufte mir jedes Mal eine, wenn ich an ihm vorbeikam, blieb dann neben ihm stehen und aß sie, wobei ich mich viel mehr darüber freute, dass ich mir diese Wurst leisten konnte, als über die Wurst selber, die mir gar nicht so gut schmeckte.

Jetzt kann ich mir nicht einmal die kalte Ersatzwurst leisten, die dieser einarmige Veteran verkauft, ich kann mir gar nichts leisten.

So arm war ich nicht gewesen, seit ich in der letzten Gymnasialklasse mit Nachhilfe hinzuverdiente. Ich hatte den Wert des Geldes gut kennengelernt, den Wert jeder Mark, jedes Pfennigs, ich weiß, wie viel mein Tatulek und meine Brüder für ihren Lohn schuften mussten. Aber ich hatte immer mehr gewollt. Mehr Geld, mehr davon, was ich dafür kaufen konnte. Ich wollte nicht jeden Pfennig sparen, aus Sparsamkeit die Streichhölzer spalten, billigsten Tabak rauchen, ich wollte nicht all das tun, was mein Vater tat, weil er dazu gezwungen war.

Reich bin ich nie geworden, natürlich, dazu hatte ich keine Zeit, aber indem ich während des Studiums, so gut es ging, hinzuverdiente, schaffte ich es wenigstens, mich besser zu kleiden, als mein Vater und meine Brüder es je konnten. Ich hatte die drei Anzüge, später, im Krieg, bestellte ich mir eine anständige Ausgehuniform, die ich auf Urlaub anzog. Ich konnte es mir leisten, ab und zu ein ordentliches Restaurant zu besuchen, eine Flasche Wein zu kaufen, eine günstige Armbanduhr, einen Füllfederhalter. Für all das habe ich hart, zu hart arbeiten müssen, habe Erniedrigungen von den Eltern der zügellosen Breslauer Gymnasiasten und viele Entbehrungen ertragen, aber die Streichhölzer habe ich nicht in zwei Hälften geteilt, und in der Uniformtasche trug ich die Zigaretten in einem Etui, das nicht aus Silber, aber massiv und elegant versilbert war.

Bis es mir im Lazarett gestohlen wurde, was mich zu dem armen Schlucker gemacht hat, der ich jetzt bin.

«Nieder mit dem Krieg, nieder mit der Regierung!», brüllte der schnauzbärtige Veteran auf einmal, und zwar zu mir, provokativ, ohne Furcht vor meinem Holster, obwohl er nicht wissen konnte, dass es leer war. Er brüllte mich an, weil er den Offizier in mir sah. Das war die alte Losung der Antikriegsdemonstrationen, von denen ich in der Zeitung gelesen hatte, im flackernden Kerzenlicht der Unterkunft, die wir aus der Wand des Schützengrabens gehauen hatten. «Nieder mit dem Krieg, nieder mit der Regierung», sollen zwanzigtausend Arbeiter unter der Führung Liebknechts auf dem Potsdamer Platz geschrien haben. In meiner Offiziersuniform, mit dem Band meines Kreuzes, bestimmt sogar in Ledergamaschen statt der Wollwickel, hatte der Gefreite Regierung und Krieg erkannt, beides in einem. Damals, in den Schützengräben, spürte ich Bitterkeit, als ich diese Losungen las. Jetzt, hier, hungrig, ohne einen Groschen auf dem Berliner Pflaster stimme ich dem Gefreiten zu. Nieder mit dem Krieg, nieder mit der Regierung.

Ich habe Kopfschmerzen, fühle mich schwach, aber ich weiß, dass ich gehen muss. Wenn ich mich recht erinnere, muss ich nach Norden, um in die Nähe des Polizeipräsidiums zu kommen, muss die Schillingbrücke über die Spree nehmen und dann nach links, am Fluss entlang, und dann nach rechts in die Alexanderstraße. Wo genau die Elisabethstraße und die Kneipe sind, von der die Diakonisse gesprochen hat, weiß ich nicht; aber ich glaube, wenn ich das Polizeipräsidium finde, ein großes, rotes Backsteingebäude, an das ich mich gut erinnere, denn als ich das letzte Mal in Berlin war, hatte ich dort etwas zu erledigen, dann bin ich in der richtigen Gegend, kann mich durchfragen.

Anderthalb Stunden brauche ich für den Weg, auch wenn es nur etwa drei Kilometer sind, doch ich gehe langsam, schwankenden Schritts, habe Kopfschmerzen und merke, dass ich sehr schwach bin. Die Stadt um mich herum nehme ich kaum wahr, und was ich wahrnehme, erkenne ich nicht.

Der natürliche Lauf des städtischen Organismus ist zum Erliegen gekommen. Straßenbahnen fahren keine, nicht einmal Kutschen sind zu sehen, keine Polizisten. Viele Geschäfte sind geplündert, die Schaufenster eingeschlagen, die Türen aus den Angeln gehoben. Kaum Passanten auf den Straßen, jedenfalls hier, wo ich gehe, denn irgendwo in der Ferne, vom Schloss und Unter den Linden her, höre ich die Geräusche eines Menschenauflaufs wie das Rauschen eines fernen Flusses.

An der Holzmarktstraße gegenüber der Pumpstation stoße ich auf einen Laden mit der Aufschrift *J. Tischler, Fleisch, Schinken, Würste.* Aus dem Laden weht ein verführerischer Duft herüber, vielleicht kommt es mir auch nur so vor, irgendeine Synästhesie, weil ich das Fleischgenuss verheißende Schild gesehen habe? Da niemand das eingeschlagene Schaufenster bewacht, trete ich ein in der Hoffnung, etwas Essbares zu finden, ich spüre nämlich, dass ich gleich zusammenklappe. Der Laden ist jedoch so gründlich geleert, dass ich nichts finde, keinen elenden Rest, keinen Pfennig. Als ich mich umdrehe, um auf die Straße zurückzugehen, kommt mir der Besitzer in der Tür entgegen. In der Hand einen Hammer, unter dem Arm mehrere Bretter. Bei meinem Anblick wirft er die Bretter hin, hebt den Hammer, beginnt zu schreien, ganz nach Berliner Art, mich als Bolschewisten, als Dieb, als Pest zu beschimpfen, es gebe hier nichts mehr, alles gestohlen, und er werde mich hier gleich zusammendreschen, wie das jeder Bolschewik verdient habe.

Ich weiß, ich habe keine Chance, der Fleischer ist gut genährt, kräftig gebaut, ein Berliner mit roter Fresse, wiegt bestimmt doppelt so viel wie ich. Ich bitte also eilfertig um Entschuldigung, ich sei nur aus Neugier hereingekommen, rede weiter, aber der Fleischer hört nicht zu, er hat meine Offiziersschulterstücke, das Band des Eisernen Kreuzes bemerkt und guckt ungläubig.

«Herr Offizier? Dass Sie hier ...» Er glaubt den eigenen Augen nicht.

«Hören Sie, ich war verwundet, bin gerade aus dem Spital entlassen, man hat mich bestohlen, ich habe keinen Groschen, bin hungrig.»

Der geplünderte Fleischer legt den Hammer ab, und ich ziehe langsam das Etui mit dem Eisernen Kreuz erster Klasse aus der Tasche. «Sehen Sie, während ich im Spital lag, haben sie mir für den letzten Sturmangriff das Kreuz verliehen. Bitte lassen Sie mich gehen. Es tut mir leid, dass ich Ihr Geschäft betreten habe. Ich bin sehr hungrig.»

Der Fleischer tritt zurück, lässt mich wortlos hinaus, und ich gehe beziehungsweise hinke die Holzmarktstraße weiter entlang. Komme an der Pumpstation und dem Gaswerk vorbei, nehme zur Rechten kaum die Fassaden der Mietshäuser wahr, laufe unter der Überführung durch, auf der die Stadtbahn fährt, mir ist schwindlig, ich drehe mich um und sehe, dass du neben mir gehst, Agnes, du schwebst nackt über dem Bürgersteig und lächelst mir zu mit deinem süßesten Lächeln, und ich weiß, ich habe Halluzinationen, denn du könntest zwar nackt über dem Berliner Bürgersteig schweben, aber so anlächeln würdest du mich nie, mit meinem bandagierten Kopf, am Stock.

Aus der Ferne sind vereinzelte Gewehrschüsse zu hören, dann zwei kurze Salven aus dem Maschinengewehr. Hinter mir höre ich einen Motor knurren und Reifen auf dem Pflaster rattern, kurz darauf überholt mich ein Laster, ein Dreitonnen-Daimler, der hat noch Gummireifen und ist mit roten Fahnen verziert, jedoch ohne Leute auf der Ladefläche, im scheibenlosen Führerhaus sitzt nur ein einziger Mann. Ich schlurfe weiter, erreiche nach einer Viertelstunde den Bahnhof Jannowitzbrücke, und dort kommt derselbe Laster an mir vorbei, er biegt aus der Holzmarktstraße in die Alexanderstraße ab.

Diesmal jedoch ist die Ladefläche voller Leute in grauer Uniform ohne Abzeichen, in Marineuniformen und in Zivil, alle haben sich rote Bänder an die Soldaten-, Matrosen- und zivilen Mützen gesteckt. Die meisten sind junge Männer, auch ein paar Veteranen, einige bewaffnete Frauen und ein Mann in einer sehr abgetragenen englischen Uniform, bestimmt ein kürzlich entlassener Kriegsgefangener.

Über den Revolutionären wehen rote Flaggen. Ich drehe mich nach ihnen um. «Halt, halt!», ruft jemand von der Ladefläche dem Fahrer zu. Der Laster hält an, und du, Agnes, verschwindest nicht, ich glaube dich weiter zu sehen, so wie damals, als du mich deinen Fuß küssen ließest und ich vor dir kniete und du mein Haar zerwühltest.

Von der Ladefläche springt ein Junge in Zivil mit zu kurzen Hosenbeinen und Ärmeln, die mich an meine engen Anzüge am Gymnasium erinnern. Seine Jacke und die Hose sind jedoch nur zu kurz, was die Weite betrifft, wirken sie sogar zu groß, der Junge ist ganz dünn, hat eingefallene Wangen und kaputte, graue Hände. Ein rotes Band an dem zu großen Hut, ein roter Streif am Oberarm. Das Band am Arm sieht aus, als wäre es aus einem Vorhang genäht, man erkennt ein Muster darauf. Ich weiß nicht, wie alt der Junge ist, aber sicher ist er in diesem seltsamen Jahrhundert geboren, das ganz anders hätte aussehen sollen.

Hinter dem Jungen steigt ein schwerfälliger Matrose in zweireihiger Marinejacke und mit einer Mütze mit der Aufschrift *Küsten-Artillerie* von dem Lastwagen, er ist bewaffnet wie zum Sturmangriff, außer Handgranaten, ledernen Patronengürteln und grobleinenen Schulterriemen mit Munition hat er sich noch einen alten, kurzen Infanterie-Halbsäbel an den Gürtel gehängt. Beide, der Junge und der Matrose, tragen lange Gewehre in den Händen. Keiner von ihnen salutiert, ich erwarte auch gar keinen Salut, die Welt der Salute und des Hackenknallens ist dahin, und das geschieht ihr recht.

«Waffe her», sagt der Junge, sein Stimmchen hat einen Berliner Akzent.

«Ich habe keine Waffe», antworte ich. «Ist gestohlen.» Doch greife ich nicht zum Holster, um zu demonstrieren, dass nichts darin ist, denn zu meiner Verblüffung wird mir klar, dass ich keineswegs sterben will. Sie sind vielleicht so schießwütig, dass sie, wenn ich zum Holster greife ... wer weiß. Und ich will nicht, dass sie mich erschießen. Ich hebe die Arme und sage: «Schaut selbst nach. Ich habe keine Waffe.»

Der Matrose knöpft mein Holster auf, bestätigt mit einem Kopfnicken, dass ich nicht gelogen habe. Er zieht den Kurzsäbel aus der Scheide.

Die Angst, mit der ich die letzten Jahre verbracht habe, kehrt zurück. Es ist eine andere Angst als die, die ich bei den Quälereien des Rüpels hatte, sie ist einfacher, tierischer, elementarer. Ich fürchte nicht den Schmerz, fürchte nicht, dass die Säbelklinge in meinen Bauch oder meine

Brust eindringen könnte, ich fürchte, dass ich, wenn das geschieht, aufhöre zu sein. Und sein will ich, Agnes. Will leben, um dich noch einmal sehen zu können.

Das ist der erste Grund. Aber ich will leben, existieren, um stärker zu sein, mehr zu sein. Will der Welt, dir, meinem Vater, allen zeigen, wer ich in Wahrheit bin. Das habe ich bislang zu wenig getan. Zu wenig. Auf der Offiziersschulterklappe trage ich keinen einzigen Oberleutnantsstern und werde ihn auch nicht bekommen, ihn mir nicht verdienen, denn der Krieg ist aus. Also muss ich, wer ich bin, wie groß und wertvoll ich sein kann, auf anderen Beeten dieses unkrautüberwucherten Gartens zeigen, der mein Leben ist.

«In unserer sozialistischen Republik ist das Tragen der alten kaiserlichen Zeichen verboten.»

«Das wusste ich nicht», erwidere ich. «Bin gerade aus dem Spital entlassen. Ich war bewusstlos. Ich wusste nicht, dass hier eine sozialistische Republik ist.»

«Aber ja, sie ist ausgerufen! Und in ihr gibt es keine Offiziere mehr», sagt der Matrose. «Nieder mit den Offizieren!»

«Das ist gut», erwidere ich. «Ich wollte kein Offizier sein», lüge ich, denn ich habe Angst. Ich wollte Offizier sein, um dich wiederzusehen, Agnes, doch mich selbst in Offiziersuniform wollte ich auch sehen. Ich bin schließlich nicht ganz frei von Ehrgeiz. Doch davon kein Wort. Ich sage die Wahrheit, aber nicht die ganze, sage, dass ich der Sohn eines armen Bergmanns aus Oberschlesien bin, kein «von und zu». Sie haben mich zum Leutnant gemacht, aber mich nie geachtet, nie war ich für sie so echt wie irgendein Junker.

«Aber dem Kaiser hast du die Treue geschworen!», brüllt der Junge und springt auf mich zu, jäh erhitzt, bereit, das Bajonett dicht an meiner Brust.

«Wir alle haben dem Kaiser Treue geschworen, du Scheißer», sagt der Matrose und schiebt den Jungen beiseite.

«Sag ‹Nieder mit dem Kaiser›! Sag ‹Es lebe die sozialistische Republik›!», schreit der schäumende Junge, und ich muss daran denken, wie der Rüpel mich zum Bellen gezwungen hat.

«Nieder mit dem Kaiser!», rufe ich. «Es lebe unsere sozialistische Republik! Nieder mit dem Kaiser!», rufe ich, der noch vor kurzem auf das Regimentsbanner geschworen hat, beim allmächtigen und allwissenden Gott geschworen hat, dem preußischen König Wilhelm II. treu zu Wasser und zu Lande zu dienen.

Und jetzt, «Nieder mit dem Kaiser», rufe ich und spüre Erniedrigung und Erleichterung zugleich. Der Matrose säbelt mir die Epauletten ab, reißt das Band des Eisernen Kreuzes herunter, bittet mich sanft und respektvoll, die Mütze abzusetzen, von der er die preußische Kokarde abschneidet.

«Nieder mit dem Kaiser!», rufe ich, aber ich rufe es gern.

Ich habe kein Mitleid mit dem Kaiser. Kein Mitleid mit Preußen, den Junkern, ihren Monokeln, ihrer geschlagenen Armee, von der ich Teil war. Nieder mit dem Kaiser. Leid tut mir Deutschland, ja, ich mache mir Sorgen um Deutschland, denn durch Flandern bin ich diesem Deutschland eingegliedert, bin in das Deutsche hineingezogen und zum Deutschtum zugelassen worden. Nicht zu jener preußischen Junker- und Magnatengemeinschaft, aber zum Beispiel, fällt mir ein, zum Deutschtum eines Herrn Ebert schon, der ist ein einfacher Mann wie ich und Kanzler geworden.

«Gehaben Sie sich wohl, Herr Leutnant», sagt der Matrose zu mir, auf einmal per Sie. Er salutiert nicht. Ich sehe, dass der Junge, der mich rufen hieß, gern noch etwas anstellen würde, doch der Matrose scheucht ihn mit einem strengen Blick auf die Ladefläche, und ich knöpfe die runde Klammer meines Offiziersgürtels auf, reiche ihn mit dem daran gehefteten Holster dem Matrosen. «Den werde ich nicht mehr brauchen. Und für Sie wird er nützlich sein, wenn Sie eine Pistole finden, die werden Sie ja nicht an einer Schnur tragen», sage ich. Der Matrose nimmt das Geschenk schweigend an. Er betrachtet das Monogramm «WII», das in die Klammer graviert ist. «Die kaiserlichen Buchstaben können Sie abschleifen», sage ich, «schließlich ist es ein guter Gürtel.» Ich frage, ob er nicht etwas zu essen hat.

Er schüttelt den Kopf. «Dafür habe ich etwas anderes für dich, Kamerad.» Er greift in die Tasche und reicht mir ein Flugblatt.

Die nächsten Ziele unseres Kampfes, lese ich. Sehr interessant, aber satt werde ich davon nicht.

Wieder höre ich Schüsse, sie sind weit weg, dennoch zuckt etwas vor Angst in mir, als würden die Kugeln dicht über meinen Kopf pfeifen.

Eine Frau mittleren Alters, barhäuptig, kommt mir entgegen, sie schiebt einen Kinderwagen. Als unsere Blicke sich begegnen, sehe ich den hellen Wahn in ihren Augen. Das Kind im Wagen weint laut.

«Ich habe Hunger. Mein Kind hat Hunger», sagt sie. «Ich habe nur Kartoffeln, das Kind ist zu klein, um Kartoffeln zu essen. Ich habe keine Milch mehr», sagt sie, ohne mich anzusehen, so als spräche sie zu einem Unsichtbaren, als spräche sie zu Gott, den Göttern oder dem Kaiser, den preußischen Junkern, Maximilian von Baden, Ludendorff und Hindenburg, vielleicht Ebert und Noske, vielleicht gar

Liebknecht, Rosa Luxemburg und dem ganzen Spartakusbund.

«Ich habe auch Hunger», sage ich und biege in die Alexanderstraße ab, hinke weiter, lese unterwegs das Flugblatt.

Arbeiter und Soldaten! Soldaten- und Arbeiterräte!
Befolgt die Befehle eurer Offiziere nicht!
Schießt nicht auf eure Brüder!
Baut engste Beziehungen zum internationalen Proletariat auf, besonders zu der Revolution in Russland!
Es lebe die sozialistische Republik!
Es lebe die Internationale!
Gezeichnet: Gruppe Internationale (Spartakusgruppe)

Ich stecke das Flugblatt in die Tasche, als ich die roten Mauern und den grünen, mit Kupferblech gedeckten Turm des Polizeipräsidiums erkenne. Auf dem Dach sind auch aus der Ferne die Kuppen der Stahlhelme über den dicken Rohren der MG-Kühler zu sehen. Vor dem Eingang eine kleine Barrikade aus mit Stacheldraht verbundenen Böcken, dahinter zwei junge und erschrockene Polizisten in langen Mänteln, die Gewehre geschultert, die sich, das sehe ich sofort, beim ersten Anzeichen von Gefahr hinter die mächtige Tür ins Gebäude zurückziehen werden. Daneben steht ein eckiges, elektrisches Polizeifahrzeug mit einem Führerhaus wie ein Kutschenaufbau. Die Blicke und die Gewehre der Wärter verscheuchen mich sofort, ich biege rasch nach links in die Kaiserstraße ab, hier ist mehr los, Halbwüchsige treiben sich dort herum, vier abgemagerte Arbeiter stehen mit Bierkrügen an einem Fass, mir zieht sich der Magen zusammen beim Anblick des Bieres, doch ich gehe hin, frage nach der Elisabethstraße, dem Pilsator-Eck. Sie messen mich mit dem Blick, lange, als wollten sie nicht antworten, bis schließlich der eine mir zeigt: «Dort hinten nach rechts, dreihundert Meter, da finden Sie auf der linken Seite die Kneipe.»

So gehe ich los. Rechts der Kirchenfriedhof, auf der Straßenmitte die Tramgleise, aber die Bahnen fahren nicht, dafür überholt mich das lautlose Polizeiauto, das ich vor dem Präsidium gesehen habe, darin der ängstliche Fahrer und Polente, drei ängstliche Beamte mit Gewehren. Polente, so nennt man in Berlin die Polizei, das weiß ich von dem rothaarigen Gusinda aus meinem Zug. Seine Eltern waren aus Beuthen, aber er ist im Wedding geboren und groß geworden, und als wir in der Etappe waren, versuchte er uns das Berlinern beizubringen, davon ist mir nur die Polente in Erinnerung geblieben.

Vor der Tür des Pilsator-Ecks bleibe ich stehen. Eine ganz normale Berliner Eckkneipe, über dem Eingang eine große Reklame des im Böhmischen Brauhaus in Friedrichshain gebrauten Bieres, dem die Kneipe ihren witzlosen Namen verdankt. Auf den Glasfenstern schmuddelige, glanzlose Bierreklame, bis auf halbe Höhe mit Brettern zugenagelt, Eingang an der Ecke, Doppeltür, ebenfalls verglast, anstelle der einen Milchglasscheibe Ersatz aus Pappe.

Da stehe ich und habe Angst, ohne einen Pfennig in der Tasche hineinzugehen. Doch es ist kalt, ich bin hungrig und schwach und habe Kopfschmerzen.

Ich hinke die zwei flachen Stufen hoch, drücke die Klinke und trete ein.

Die übliche Inneneinrichtung, dunkle Holztäfelung, die Bar ebenfalls aus solchem Holz, sieben runde Tische mit leicht fleckigen Decken, ein großer Stammtisch mit Zierkranz, an dem niemand sitzt, an der Decke vier elektrische

Kronleuchter, nur die Hälfte davon brennt, trotz der Düsternis.

Gegenüber vom Eingang eine rechtwinklig gebrochene, zweiflüglige Bar mit großem verziertem Zapfhahn, sehr jugendstilhaft, mit einer Brauerfigur oben, Blumenzierrat und eleganten kleinen Hähnen. Hinter der Bar niemand, nur die Regalwand für den Alkohol, jetzt ziemlich leer, und der Durchgang zu den Hinterräumen.

An der einen Seite der Bar sitzen zwei junge Mädchen, die sich sehr ähneln, bestimmt Zwillinge, schmal, sehr modern gekleidet und frisiert: das Haar stark gelockt, dabei ziemlich kurz geschnitten, knapp unter den Ohren. Sie tragen hochsitzende Röcke, die gerade einmal bis unter die Knie reichen, in die Röcke sind Blusen gesteckt, ich kann mich nicht erinnern, irgendwann vor dem oder während des Krieges eine Frau so angezogen gesehen zu haben. Bei meinem Eintritt beugen sie sich zueinander und flüstern, kichern aber nicht, werden nicht rot, lachen nicht albern und senden auch keine verführerischen Blicke aus, verhalten sich also überhaupt nicht so, wie ich aus meiner bescheidenen Erfahrung hätte erwarten dürfen. Die Mädchen haben zwei volle, noch nicht angerührte Gläser Sekt vor sich.

Sie scheinen mir nicht in diese Kneipe zu passen, sind, selbst nach Vorkriegsmaßstäben, zu gut gekleidet. Dennoch sitzen sie hier. Sie passen auch nicht in diese Zwischenzeit, in die ich geraten bin, in der man keine schönen, gut gekleideten Mädchen sieht, weil auf der Straße nur solche grauen Mausmenschen wie ich irdischen Dingen wie der Sicherung ihres Überlebens nachjagen.

Am anderen Flügel der Bar nehmen drei Männer Platz. Einer von ihnen ist ziemlich groß und dürr, in Uniform, die zwei anderen trotz des Kriegshungers immer noch gut im Futter. Sie sitzen über Dünnbier, und als sie meine Schritte hören, drehen sich alle drei wie auf Kommando um. Sie wirken wie trunkene Repräsentanten der sozialen Klassen.

Der eine in Zivil, kahl wie ein Knie, trägt einen billigen Anzug, das Hemd bis zum Hals zugeknöpft. Ihm muss der zerknitterte Hut am Garderobenständer gehören. Er könnte ein Handwerker sein oder ein kleiner Ladenbesitzer, nach einem Arbeiter sieht er nicht aus.

Der Zweite trägt einen Dreiteiler, sehr abgetragen, aber von guter Qualität, am Stehkragen eine sorgfältig gebundene gepunktete Fliege, aus der Westentasche ragt eine goldene Uhrkette, unter der Nase ein Strohwisch, so gesträubt, als entwachse er nicht der Oberlippe, sondern geradewegs den Nasenlöchern. Ihm gehört, darauf wette ich, die steife Melone am Garderobenständer.

Der dritte, hagere und große Gast ist Offizier, vermutlich der Reserve, dem Alter nach zu urteilen. Auch er hat einen Schnurrbart, aber im englischen Stil, einen sorgfältig zugeknöpften Waffenrock der Kavallerie mit den Einstichlöchern der Auszeichnungen auf der linken Brust, auf den Schulterstücken die zwei Sterne des Rittmeisters. Am Hals baumelt ihm der Blaue Max, der Pour le Mérite, der höchste preußische Orden. Der Schädel ordentlich kahl geschoren, zur Vollständigkeit fehlte ihm nur noch das beschissene Monokel, aber da ist keines, weder steckt es in der Augenhöhle, noch baumelt es an der Kette.

Ich bin gelähmt vor Angst und rühre mich nicht. Habe wohl vergessen, wie man sich an solchen Orten benimmt. Ich weiß, natürlich weiß ich, man geht an die Bar, bestellt etwas zu trinken und trinkt es, aber abgesehen davon, dass ich kein Geld habe, komme ich mir plötzlich linkisch vor, für menschliche Proportionen ungeeignet, gleichsam zu groß, um mich an den Tisch zu setzen, zu klein für den Barhocker, zu dünn oder zu breit, so als hätte jemand einen Affen in meine Uniform gesteckt und ließe ihn Mensch spielen.

Der Offizier stiert mich an, und ich weiß, er sieht die Fetzen der abgerissenen Schulterstücke und der preußischen Kokarde an der Mütze, die ich gerade absetze. Sein Blick verrät Abscheu, aber ich gehe nicht weg, und da ich nicht gehe, rutscht er vom Hocker, legt einen Schein auf die Theke, setzt die Mütze auf, auf der die preußische Kokarde noch steckt, und geht ostentativ an mir vorbei. Als er die Tür öffnet, höre ich ihn etwas murmeln, dass ein Offizier sich nicht einfach so die Schulterstücke vom rebellierenden Mob abreißen lassen dürfe. Ich fühle mich jetzt geläutert von der Hilflosigkeit des Rittmeisters außer Dienst, seinem Rückzug, der Schwäche von einem, um dessen Gunst ich mich vor wenigen Monaten noch nach Kräften bemüht hätte, ohne jemals mehr zu erreichen, als die elementare Höflichkeit diesem Menschen gebietet.

Jetzt denke ich nur daran, wie sie ihn schnappen und ihm mit dem Bajonett oder Kurzsäbel die Schulterstücke oder was weiß ich noch abschneiden.

So stehe ich weiter da, an die Bar traue ich mich nicht, kann ja nicht mal für ein Glas Wasser bezahlen. Aus der Tür zum Magazin tritt eine Frau, in der ich sofort die Schwester der Diakonisse im Spital erkenne. Zwillinge sind es nicht, ihre Ähnlichkeit ist schwer greifbar, aber nicht zu bestreiten. Sind es vielleicht die hellen Augen? Sie scheint ein wenig älter als die Diakonisse, untersetzter, kräftiger gebaut, die Falten in ihrem trockenen Gesicht tiefer. Sie trägt ein einfaches dunkles Kleid und eine weiße Schürze, die Haare sind im Nacken zu einem simplen Dutt zusammengesteckt. Ich glaube, sie geht auf die sechzig zu.

«Frau Nowotny?», frage ich.

«Wer fragt?», knurrt Frau Nowotny zurück und blickt nicht einmal auf, sondern wischt Biergläser.

Ich antworte. Mein Name sei Alois Pokora, das Leutnant lasse ich weg. Ich sei verwundet gewesen, habe im Bethanien gelegen, dort gebe es nichts mehr zu essen, und ich hätte kein Geld, keinen Pfennig, sei bestohlen worden, hätte weder Brotkarten noch andere Essenskarten, denn an der Front sei ich natürlich auf Armeeverpflegung gewesen, doch die Diakonisse Stefanie Panzenböck habe gesagt, ich solle hierherkommen, die Frau Nowotny könnte mir was zu essen geben.

Beim Namen der Diakonisse schüttelt Frau Nowotny mit nachsichtigem Ärger den Kopf, und ich begreife sofort, dass ich nicht der Einzige bin, den ihre Schwester hierhergeschickt hat.

«Na ja, komm», sagt sie und weist mir einen Platz an der Bar, geht raus und kommt mit einem Teller zurück. Den stellt sie vor mich hin. Reicht mir einen Löffel. «Iss», duzt sie mich. «Iss, was anderes gibt es nicht.» Im Teller eine dünne Kartoffelsuppe, das heißt Wasser, ein paar Fettaugen, Kartoffelstückchen. Wie an der Front.

Ich esse. Frau Nowotny legt ein Stück schwarzes Kommissbrot neben den Teller. Sie hat die abgearbeiteten Hände von jemandem, der sein ganzes Leben geschuftet hat. Ich tauche das Brot in die Suppe und beiße ab, es knirscht zwischen den Zähnen, Frau Nowotny schaut mir sehr genau dabei zu, als könnte meine Art, Suppe und Brot zu essen, ihr etwas Wichtiges über mich sagen.

Die zwei Gäste zu meiner Rechten schweigen, schlürfen

ihr Bier, starren geradeaus in die Luft, als würden sie sich nicht kennen.

«Du warst Offizier», fragt Frau Nowotny oder stellt es eher fest. Sie berlinert so, dass ich sie kaum verstehe, aber ich nicke, denn den Mund habe ich voll. Dass ich Offizier war, ist kaum zu übersehen, das erkennt man auch bei abgerissenen Insignien an der Uniform.

«Aber ein Junker bist du nicht, stimmt's?»

Auch das erkennt man also auf den ersten Blick. Vielleicht daran, wie ich die Suppe esse? Ich weiß nicht, wie sie es festgestellt hat.

Ich schlucke, bestätige, kein Junker.

«Pokora heißt du, ja? Aus Schlesien vielleicht?»

«Ja, ja», nicke ich, «ich bin Bergmannssohn, aus Oberschlesien, bei Gleiwitz.» Hätte dank priesterlicher Gunst das Gymnasium besucht, Abitur gemacht, in Breslau studiert, mich dann zur Armee gemeldet, sei nach der Ausbildung Offizier geworden, zweimal verwundet, beim zweiten Mal mit einem Splitter in den Helm, habe seit dem dreiundzwanzigsten Oktober im Fieber oder bewusstlos gelegen, erinnere mich nicht einmal, wie sie mich nach Berlin gebracht haben. Heute sei ich aufgewacht.

Frau Nowotny langt zu dem Jugendstilzapfhahn und füllt ein Glas mit Bier, reicht es mir, als hätte ich es bestellt.

«Ich habe kein Geld», erinnere ich sie. Frau Nowotny winkt ab.

«Geld, Geld, was ist heute Geld», wendet sich einer der Gäste von der Bar zu mir, der mit dem gelben Schnurrbart. Er hat ein aufgedunsenes Gesicht. «Was ist das, Geld, wenn ein Pfund Butter, lieber Kamerad, heute dreißig Mark kostet. Hab ich gestern gesehen, für so viel wurde sie verkauft. Wenn ein Pfund Butter dreißig Mark kostet, heißt das, unser ganzes Leben war eine Lüge, alles, Kaiser, Staat, Recht, Polizei, alles Lüge, wenn ein Pfund Butter dreißig Mark kostet.»

«Dreißig Mark wollen sie für ein Pfund Butter wegen der Revolution, die Lieferungen stocken, die Wucherer spekulieren, das wird sich legen und zack, zack auf zwölf fallen», sagt Frau Nowotny.

«Und wie viel waren es vor dem Krieg, erinnern Sie sich? Fünfzig Pfennig. Oder vielleicht eine Mark?»

«Eine Mark vierzig», druckst Frau Nowotny.

«Na, sind dann die zwölf Mark, die wir uns alle wünschen, zwölf Mark für ein Pfund Butter, da kommen Sie nicht dran vorbei, Frau Nowotny, sind die dann nicht auch ein Beweis, dass das ganze Leben eine Lüge war, und dafür, liebe Frau Nowotny, dass es keinen Gott gibt?»

Die Mädchen am anderen Flügel flüstern über mich, ganz unverhohlen, aber ich verstehe kein Wort. Vielleicht auch gar nicht über mich, sondern über die Rede des neben mir sitzenden Herrn.

Der fährt fort und spricht mich jetzt direkt an. «Heute kriegt man für vier Pfund Butter einen Mantel. Einen Mantel, verstehen Sie, guter Mann? So einen ordentlichen, für hundert Mark. Haben Sie so was gesehen? Geld ist nichts, lieber Kamerad. Papier. Alles Betrug. Die Wahrheit, lieber Kamerad, schlummert woanders. Früher hab ich geglaubt, die Wahrheit ist im Herrn. Ihm müsse man trauen. Aber wenn ein Pfund Butter dreißig Mark kostet, meinetwegen auch nur zwölf, dann kann es keinen Gott geben, richtig? Gott würde es nicht zulassen, dass die Butter zwölf Mark kostet, ganz zu schweigen von dreißig.»

Die Mädchen gegenüber platzen plötzlich heraus, ich weiß nicht, ob sie über diese Ansprache lachen oder über einen Witz, den sie sich gerade zugeflüstert haben, oder über etwas ganz anderes.

Empört von ihrem Gegacker, taucht der erlauchte Herr die vergilbten Schnurrhaare ins Glas, trinkt, leckt sich den Schaum vom Schnurrbart, wischt mit dem Ärmel drüber, ziemlich eklig kommt mir das vor, doch er vollführt es mit ruhiger Würde.

«Geld, Herr Stauber», sagt Frau Nowotny, ohne die kichernden Mädchen zu beachten, «ist ein Mittel, mit dessen Hilfe die Kapitalisten, die über die Produktionsmittel verfügen, sich den Mehrwert der Arbeit aneignen.»

«Ach», winkt der schnauzbärtige Herr Stauber ab, «Sie und Ihr Bolschewismus, Frau Nowotny. Wozu hat man diesen Joffe und andere Sowjetdiplomaten ausgewiesen, wenn wir Sie hier haben. Sie werden diese Revolution besser als Lenin und Trotzki hinkriegen.»

«Vielleicht ist es Zeit für eine Revolution, Herr Stauber?», fragt Frau Nowotny.

In das Gespräch schaltet sich der neben Herrn Stauber sitzende kahlköpfige Handwerker ein. Er solle bloß Frau Nowotny und den Bolschewismus in Ruhe lassen, sagt er. Jetzt herrsche hier eine neue Ordnung. Die Revolution. «Verstehen Sie, Revolution», ereifert er sich, steht auf. «Jetzt wird die Welt sich ändern und die Gerechtigkeit triumphieren, niemand wird von der Arbeit anderer leben», schwadroniert er fuchtelnd wie ein Parteifunktionär auf der Straße.

«Ja, ja, gut jetzt, ihr Suffköppe», unterbricht Frau Nowotny ihn, «agitieren Sie hier nicht, Herr Galuschka, hier ist nicht der Zirkus Busch, wo sich die Delegierten der Arbeiter- und Soldatenräte versammeln. Das hier ist eine Kneipe. Hier wird getrunken, reden über Politik meinetwegen, aber vor allem wird getrunken.»

Der kahle Herr Galuschka erschlafft plötzlich, verliert den Mut, kehrt gehorsam zu seinem Barhocker zurück und trinkt, kippt sein Pilsator in einem Zug runter.

Frau Nowotny schenkt ihm ein neues Glas ein, mich fragt sie, ob ich irgendwo einen Schlafplatz habe. «Unter der Brücke vielleicht», erwidere ich. «Oder ich hänge mich auf oder gehe ins Wasser, nicht mal vor den Zug kann man sich schmeißen, fährt ja nichts. Nicht mal die Tram.» Sie nickt betrübt. Ich solle es im ehemaligen Café Luna am Kurfürstendamm versuchen. Ob man sich dort gut aufhängen könne, frage ich. Sie lacht und sagt, nein, im Ernst, dort werde angeblich ein Demobilisierungsbüro eröffnet, man wolle den Veteranen ins Zivilleben zurückhelfen.

Ich aß auf, wischte den Teller mit dem Brot sauber, schluckte auch das Brot, gab den Teller zurück. Trank das dünne Ersatzbier aus, das mir dennoch sofort im Kopf rauschte, ich hatte lange keinen Alkohol mehr getrunken. Vielleicht weckte dieses Rauschen jenes Ehrgefühl in mir, von dem ich früher keinen Funken besaß und das erst in mir wuchs, seitdem ich vor neun Jahren von Gleiwitz zum Studium nach Breslau gezogen war, mein eigenes Zimmer hatte, mir mit Nachhilfe etwas hinzuverdiente und mein erstes eigenes Geld bekam. In Breslau stellte mir niemand nach, ich fing quasi bei null an, als hätten die Jahre der Erniedrigung keinen Abdruck auf mir hinterlassen, wären nicht an meinem Blick, meinem Gesicht abzulesen gewesen. In Breslau war ich ein neuer Mensch, ein Neugeborener. In Breslau hatte ich Freunde, in Breslau hatte ich ein Leben, Passionen, beim Studium in Breslau war ich ein Mensch. Ich hatte das Recht auf Würde, und du, Agnes, hast mich in dieser Würde bestärkt, wann immer ich die Chance hatte, dich zu besuchen, sogar wenn ich mir etwas über deine

Verehrer anhören musste oder du mir eine Strafe für eine Verfehlung auferlegtest. Die Erniedrigung vor dir, Agnes, tat meiner Würde keinen Abbruch, meine Hingabe an dich hat den Mann in mir gefestigt.

Ich las damals viel über die höfische Liebe des Mittelalters, die Minnesänger, ritterliche Hingabe an die Damen, die die Verehrer nicht in ihr Bett ließen und von jenen trotzdem besungen wurden, trotz der Prüfungen, denen sie ihre Verehrer unterwarfen. Das war lautere Liebe, eine Liebe, in der Charakterstärke und reine Verehrung über die Begierde triumphierten, Beispiel dafür das nackte Paar, das eine Nacht lang nur durch das Schwert im Bett getrennt ist.

Du hast mich zu einem besseren, vollkommeneren Menschen gemacht, Agnes, und tust das weiterhin.

In Erinnerung an dich fühlte ich mich eben in meiner Würde getroffen, bin schließlich kein Bettler, auch wenn ich keinen Pfennig besitze. Da ich keinen besitze, werde ich mir einen besorgen, ich bin ein Mann, habe das Notabitur, war Student, war Offizier, bin jemand, kann mir meinen Lebensunterhalt verdienen. Muss nicht betteln.

Ich werde zu diesem Demobilisierungsbüro am Kurfürstendamm gehen, auch wenn das für einen geschwächten, humpelnden Rekonvaleszenten eine ganze Ecke ist. Aber vielleicht werde ich dort wieder zu einem Teil dieses großen Mechanismus, dieser nunmehr zum Stillstand gebrachten Maschine der Westfront, einem Teil, den man demontieren und nach Hause schicken muss. Ich habe kein Zuhause, weder in Breslau noch in Gleiwitz, nichts hält mich in Berlin, aber vielleicht zahlen sie mir den ausstehenden Sold oder eine Beihilfe, geben mir Brotkarten, eine Fahrkarte. In Breslau schulden mir ein paar alte Kameraden Geld, vielleicht geben sie es mir zurück, und wenn nicht, dann leihen mir andere vielleicht etwas, ich fahre nach Gleiwitz, finde eine normale Arbeit, bin schließlich Offizier, Veteran mit Auszeichnung, in der Welt muss Platz sein für jemanden wie mich. Ich danke Frau Nowotny für Mahlzeit und Bier, stehe auf, mache vor den noch immer an der Bar sitzenden Mädchen eine für mein Gefühl sehr elegante Verbeugung und gehe.

Ich will nicht erneut am Polizeipräsidium vorbei und wende mich daher in Richtung Landsberger Straße, biege dort links ab und gehe, immer geradeaus, über den Alexanderplatz mit den jetzt irgendwie absurden Reklamen, die das Kaufhaus Hermann Tietz zieren. Die Uhr unter dem Globus, der das große, verglaste Gebäude krönt, geht nicht mehr.

Hier hatte ich diese schönen roten Hirschlederhandschuhe gekauft, die mit einem Dutzend Knöpfen hochgeschlossen wurden und die ich dir wenige Tage später geschenkt hatte, als ich Ende 1916 zum Urlaub nach Gleiwitz kam, weißt du noch, Agnes?

Ganze zehn Urlaubstage verbrachte ich damals dort, ohne nach Hause zu fahren oder Pfarrer Scholtis in Pilchowitz zu besuchen, wir korrespondierten damals nicht mehr, des Pfarrers Briefe wurden nach Mamulkas Tod spröde und knapp, den letzten hatte ich nicht beantwortet, weitere kamen nicht. Mir wurde klar, dass der Pfarrer mich nicht mehr in seinem Leben haben wollte. Das schmerzte wie alles, aber der Krieg hatte mich damals unempfindlich für die Tragödien des Zivillebens gemacht. Ich brauchte niemanden als dich, Agnes, Familie waren für mich die Kameraden aus dem Zug.

Die Handschuhe, die ich dir bei Tietz in Berlin gekauft hatte, hast du angenommen, nicht gesagt, ob sie dir gefallen, aber angenommen hast du sie, und ich war darüber so glücklich, erinnerst du dich? Ich weiß nicht, ob du sie je getragen hast. Du warst damals schon mit Heinrich Gottrop verheiratet, ihr wohntet im Hause deines Vaters, dein Mann war nicht zu Hause, als du mich empfingst, in mir glomm die Hoffnung, du würdest mich belohnen wollen wie beim letzten Mal, aber nein. Wir unterhielten uns eine Stunde, hauptsächlich über Kautskys *Weg zur Macht*, dessen Lektüre du mir in einem Brief empfohlen hattest, und ich bin dir gefolgt.

Du hattest mir die Schrift empfohlen, als wäre kein Krieg, als würde nicht das Eisen der englischen und französischen, bisweilen auch unserer eigenen Artillerie auf mich niederregnen, und ich hatte gehorsam gelesen.

Du hast mich ein bisschen abgefragt, wie eine Lehrerin, die prüfen will, ob der Schüler den Stoff beherrscht, wieder ganz so, als hätte ich gar nicht im flackernden Kerzenlicht in einem Erdloch gelesen, du wolltest ein bisschen meine Meinung zu Kautskys Debatte mit den Revolutionskonzepten bei Rosa Luxemburg hören und hast mit keinem Wort nach dem Krieg gefragt, dafür war ich dir damals ungemein dankbar, Agnes, dass du mit keinem Wort nach dem Krieg gefragt hast, denn wovon hätte ich dir erzählen sollen? Davon, dass drei Tage vor unserer Ablösung ein Schrapnell einem meiner liebsten Soldaten das Gesicht wegriss und ich die Fetzen dieses Gesichts abbekam?

Die Lektüren, die du mir aufgabst, die Besuche bei dir waren meine einzige Zuflucht vor dem Krieg, Agnes. Damals war wohl meine schwerste Zeit. Hättest du mich damals nach dem Krieg gefragt, ich wäre vielleicht sogar verrückt geworden.

Aber das ist nicht geschehen. Vielleicht weil du wusstest,

dass man nicht nach dem Krieg fragt. In dieser Stunde mit dir kam der Krieg nicht vor, Agnes.

Jetzt betrete ich den dreieckigen Alexanderplatz und weiß nicht, ob hier noch Krieg ist oder nicht. Die große Berolina-Skulptur vor dem Kaufhaus trägt einen roten Stofflappen auf der ausgestreckten Linken, eine große rote Flagge, mit der sie aussieht wie eine Stoffhändlerin. Ich mag diese klobige, schwerfällige Alte nicht, hab sie nie gemocht.

Ich wende mich in Richtung Stadtschloss und Marstall, gehe vorbei am Roten Rathaus, rot sind nicht nur die Ziegel, sondern auch die wehenden Fahnen, dann über die Brücke, auch über dem Schloss und dem königlichen Neuen Marstall weht es rot, vor dem Marstall schnauzbärtige Matrosen, mehrere Dutzend auf einem Haufen, Bajonettspitzen ragen über die runden Matrosenmützen, ich mache einen großen Bogen um sie, Bewaffnete meide ich, so gut es geht. Hinter dem Schloss biege ich ab, gehe über den Platz und mache mich so klein wie möglich, fast unsichtbar, einer von Zehntausenden bedeutungsloser Leutnants ohne Rangabzeichen humpelt am Stock über das Berliner Pflaster, Unter den Linden gehe ich vorbei an Zeughaus, Kronprinzenpalais, Oper, Staatsbibliothek, russischer Botschaft und Innenministerium, alles verrammelt, über manchen Gebäuden rote Fahnen, über anderen nicht, und was fehlt, sind vor allem die schönen Berliner auf den Straßen. Es herrscht Ausnahmezustand.

Jetzt trifft man Unter den Linden keine einzige schön gekleidete Dame, keinen einzigen preußischen Gentleman im jahreszeitgemäßen Anzug, eleganten Mantel und Homburg, mit dem etwas aus der Mode gekommenen, gestutzten Spitzbart, keinen Jungen in hübschen Schuhen und Matrosenanzug, kein Mädchen im feinen Mäntelchen.

Keine Privatautos mit Chauffeur und Herrschaften auf dem Rücksitz, keine Kutschen.

Doch leer ist die Straße nicht, oh nein.

Auf der Straße sind Menschen wie ich, zerlumpt, schwach, obdachlos, schäumend vor Wut, nachdem sie alles verloren haben. Soldaten, durch die englische Blockade ausgehungerte Arbeiter, Mädchen aus weniger gutem Hause, Halbwüchsige in zu engen oder zu weiten Klamotten. Alle zornig, alle erregt. Auch in mir glimmt der Zorn, aber sehr tief, noch lodert er nicht. Ich gehe.

Langsam wird es dunkel, vor mir geht die Novembersonne unter, auch in mir bricht die Dämmerung ein.

Drei betrunkene Soldaten kommen an mir vorbei, ohne Gürtel, ohne Waffen, ohne Mützen. Sie gehen zum Schloss. Die Krägen hochgestellt, aber die Mäntel aufgeknöpft, und in ihren Augen sehe ich, was ich selbst empfinde: hoffnungslose Freiheit.

Aber bestimmt denke ich mir das einfach nur beim Anblick dieser betrunkenen Soldaten mit Schnapsflasche.

Als sie vorbeigehen, dreht sich einer zu mir und fragt: «Kamerad, trinkst du mit uns?»

Das tue ich. Ich halte an, sie reichen mir die Flasche, ich nehme einen scheußlichen Schluck, gebe sie zurück, wir umarmen uns, ich wünsche viel Glück und gehe weiter, die Soldaten fassen sich an den Schultern und singen, brüllen, schreien in die Welt hinaus, zu Botschaften, Palais und Ministerien:

«Wacht auf, Verdammte dieser Erde, die stets man noch zum Hungern zwingt!»

Die Internationale singe ich nicht mit, gehe weiter, durchs Brandenburger Tor, am Reichstag vorbei, über den Königsplatz mit der Siegessäule, an deren Sockel eine Holzfigur von Hindenburg höchstselbst steht, genannt der Eiserne Hindenburg, eine von vielen Nagelfiguren, in die Nägel zu schlagen jedem die Ehre zukam, der für die Kriegsanstrengungen des Reiches gespendet hatte. Alle Spenden waren, wie man sah, vergeblich gewesen, doch aus dem Rücken des Eisernen, wenngleich aus Holz gefertigten Hindenburg strahlt Licht wie aus den Scheinwerfern der Flugabwehr, die den Himmel über meinen Schützengräben abtasteten, nur sucht dieses hier keine feindlichen Flieger, es beleuchtet vielmehr die geflügelte goldene Viktoria auf der Spitze der Säule, die Viktoria des siegreichen Krieges meines Tatulek, die Viktoria des vereinten Deutschlands, die Viktoria der Proklamation des Kaiserreichs, die heute angesichts unseres und meines Scheiterns ziemlich idiotisch im Scheinwerferlicht glänzt. Ich verstehe nicht, warum das Licht des Sieges weiter brennt trotz unserer ganzen Niederlage, aber es brennt. Es gibt so vieles, das ich nicht verstehe. Ich bin nicht zum Besichtigen und Staunen hier, ich gehe heute nicht im Tiergarten spazieren, ich gehe zwischen nackten Zweigen und vertrocknetem Rasen, vorbei an den Denkmälern preußischer Könige und Kaiser, vorbei an Teichen, in denen Goldfische schwimmen, erstaunlich, dass man sie noch nicht aufgegessen hat, ich gehe langsam, die Krücke hilft mir sehr.

Unter meinen Augen der Kies auf den Alleen und meine schmutzigen Schuhe.

Am leeren Großen Stern biege ich in die Fasanerieallee ein, denn von meinen wenigen Spaziergängen im Tiergarten weiß ich noch, dass die Straße mich über den Landwehrkanal zum Kurfürstendamm führen sollte, doch da trügt meine Erinnerung, denn ich sehe schon die Mauern des Zoologischen Gartens, gehe also den Kanal entlang, über die Brücke, und schon bin ich da.

Am Kurfürstendamm ist besseres Licht, in der einbrechenden Dunkelheit und Kälte gehen die Laternen an, nur jede dritte brennt, um Kohle zu sparen. In den Schaufenstern der schönen Läden hängen elegante Anzüge aus Ersatzstoff, in den Cafés gibt es Ersatzkaffee aus gerösteten Eicheln, und nur die Männer des Ersatzkorps sind dort geblieben, von wo man mich mit dem Zug hergebracht hatte.

Plötzlich erinnere ich mich, wie ich im Fieber auf der harten Pritsche lag, auf dünnem Stroh, das Rattern der Räder auf den Schienen und du, die Gedanken an dich, Agnes, dein Gesicht in meinem Kopf.

Ich komme am Hotel Eden vorbei, das mir auf einmal als ein ganz besonderer und sehr schöner Ort erscheint, gleichzeitig irgendwie beängstigend, deshalb sehe ich mir einen Augenblick die Fassade an, die hellen Fenster, sogar den Zylinder des Portiers, der in bodenlangem Mantel vor dem Eingang steht und in seine fröstelnden Hände haucht, sicher wütend, dass in diesen Zeiten keine bessere Gesellschaft im Hotel Eden absteigt und er deshalb nichts verdient. Ich gehe weiter.

Die Straßen sind fast leer, wenige Passanten, andere als auf der anderen Seite des Tiergartens, hier sind sie etwas eleganter, mehr Charlottenburg, hier ist die Revolution noch nicht richtig angekommen. Schließlich bleibe ich vor dem geschlossenen Café Luna stehen. Drücke die Klinke, trete ein. Drinnen mehrere Schreibtische, nur an einem sitzt ein Mann in dreiteiligem Zivil, Fliege am steifen Kragen, Drahtbrille, und trägt mit dem Füller eifrig etwas in ein großes Register im Folioformat ein. Er hört meine Schritte, hebt den Blick nicht von der Zahlentabelle. «Ich kann Ihnen nicht helfen», sagt er einfach, noch bevor ich gefragt habe.

Daher sage ich: «Ich bin Leutnant Alois Pokora, bin am

dreiundzwanzigsten Oktober verwundet worden, in Flandern, war im Spital, in Bethanien, und weiß jetzt nicht, wohin, zurück zu meinem Regiment oder nicht, weiß nicht einmal, wo mein Regiment steht.»

Der Beamte hebt schließlich den Blick. Rundes Gesicht, glattrasierte Wangen, ordentlicher Vorkriegsanzug.

«Ich kann Ihnen nicht helfen, mein Herr.»

Ich sage: «Ich habe kein Geld, keine Brotkarten, auch keine Zugfahrkarte.»

«Welchen Teil des Satzes verstehen Sie nicht? Ich kann Ihnen nicht helfen», sagt er.

«Soll das hier nicht das Demobilisierungsbüro sein?», frage ich also, und der Beamte erwidert, schon, dennoch könne er mir nicht helfen, denn es gebe noch keine Verfahrensweisen.

«Kommen Sie in zwei, drei Wochen wieder. Mit Ihren Papieren. Dann vielleicht.»

«Was soll ich jetzt tun?», frage ich so nachdrücklich, wie ich kann.

Der Beamte schlägt sein Register mit einer Geste zu, die seinen ganzen Ärger zum Ausdruck bringen soll. «Ich bitte Sie, das weiß ich auch nicht. Ich weiß nicht, wer Sie sind. Nur weil Sie Uniform tragen ...»

«Ich habe es Ihnen gesagt. Ich bin Leutnant Alois Pokora, war verwundet ...»

«Hören Sie. Da kann jeder kommen und behaupten, er wäre dieser oder jener Leutnant.»

Ich höre seine Worte und spüre, wie meine Hoffnung schwindet, wie sie ersäuft in Angst. Das war mein Plan für die Zukunft. Es hat mich viel Kraft gekostet, mich hierherzuschleppen, zu dem Demobilisierungsbüro, wo man mich aus der Armeemaschine, deren Teilchen ich war, herausziehen, für mich sorgen, sich so um mich kümmern sollte, wie man es die letzten vier Jahre getan hatte, für meine Verpflegung sorgen und entscheiden, wo ich sein und was ich tun solle.

Mir fällt die Verleihungsurkunde des Eisernen Kreuzes erster Klasse ein. Auf einmal hellt sich die Welt auf. Nicht alles ist verloren. Ich ziehe das Papier aus der Tasche, lege es dem Beamten vor die Nase und sage «Ich bin Alois Pokora, Leutnant, hier steht es geschrieben, lesen Sie, ich habe einen Orden bekommen, hier ist er», während ich das Etui mit dem Kreuz hervorhole, «schauen Sie und sagen Sie mir, was ich jetzt tun soll.»

«Ich kann Ihnen nicht helfen.»

Ich stecke Kreuz und Papier weg, langsam, zelebriere jede Bewegung. «Ich gehe hier nicht weg», sage ich am Ende. «Ich gehe nicht. So wie ich nicht wegkonnte und auch meinen Zug nicht in Sicherheit bringen konnte, als die Granaten auf uns niedergingen und wir unter MG-Feuer standen, so gehe ich auch jetzt nicht, erst wenn Sie mir helfen.»

Der Beamte guckt gequält. «Ich gebe Ihnen fünf Mark, aber dann gehen Sie, ich habe keine Zeit.»

Ich verstehe nicht. «Was? Was sagen Sie?»

«Ich sage, ich gebe Ihnen fünf Mark, aber dann sollen Sie gehen.»

«Ich will Ihre Scheiß-Fünf-Mark nicht, ich bin kein Bettler!», schreie ich. Ohnmächtiger Zorn pocht in mir. «Ich muss demobilisiert werden!»

Der Beamte seufzt schwer, steht vom Schreibtisch auf. Er ist größer als ich, gut genährt. Setzt die Brille ab, kommt auf mich zu und fasst mich am Arm, behutsam, aber entschieden.

«Ich lass mich von niemandem rumschubsen», schreie ich oder denke es nur, weiß nicht mehr, hebe den Stock gegen ihn, schlage ihn auf den Arm, schwach, ungeschickt, da dreht er sich um, er ist viel stärker, entreißt mir den Stock, packt mich am Kragen und befördert mich mit einem Tritt aus dem Demobilisierungsbüro, ich stolpere über die Stufen, falle hin. Den Stock wirft er mir nach.

«Hätten die Scheiß-Fünf-Mark nehmen sollen!», schreit er und knallt die Tür zu.

Ich liege auf dem Bürgersteig. Mein Ellbogen schmerzt. Mit Mühe rappele ich mich auf.

Ich sollte zurückgehen, Genugtuung fordern, ihn mit dem Stock schlagen, aber dann wird er mir erst recht etwas tun. Ich habe es nie gemocht, mich zu prügeln, im Schützengraben, das war etwas anderes, vom Gymnasium war ich früh auf die Universität gegangen und Offizier geworden, um mich nicht prügeln zu müssen, nie mehr, niemand sollte es wagen, mich mit der Faust zu schlagen, außerdem bin ich schwach und habe Kopfschmerzen und merke, dass meine Wunde am Hinterkopf aufgeplatzt ist und mir Blut durch die Haare rinnt.

Ich stehe auf, setze die Mütze auf, hebe den Stock und gehe, gehe davon, gehe vor mich hin, kehre um, gehe wieder, setze mich auf eine Bank, die Dunkelheit bricht ein, ich streune, weiß nicht, wohin. Weiß nicht, was tun. Es ist kalt. Ich friere. Ich habe weder Handschuhe noch Mantel. Gehe vor mich hin, biege ab, sehe die Stadt um mich herum nicht, sehe die Menschen nicht, komme vorbei an Restaurants und Cafés und Kaufhäusern, bis mir klarwird, dass ich wieder am Kurfürstendamm bin.

Ich weiß, mir bleibt nur noch ein Ausweg. Unter einer Straßenlaterne nehme ich das Eiserne Kreuz aus dem Etui und halte es auf ausgestreckter Hand hin. Nehme die Mütze ab und lege sie auf den Boden. Ich bin ein Bettler.

Als Bettler werde ich unsichtbar, die Leute gehen an mir vorbei wie an einem Zaun, einem Laternenpfahl.

Also spreche ich die Passanten an.

«Ich bin Veteran, war verwundet. Habe kein Geld. Will nach Hause.» Eine Münze fällt in die Mütze. Ein Aluminiumpfennig. Ich senke den Blick, will dem, der sie geworfen hat, nicht in die Augen schauen.

So stehe ich da, weiß nicht, wie lange, denn ich habe keine Uhr, ich stehe einfach. Auf den Pfennig folgen zwei weitere Münzen, noch ein Pfennig und ein kupfernes Zweipfennigstück. Vier Pfennig habe ich, die mir nicht helfen. Ich habe Geld, für das ich mir nichts kaufen kann.

Ich bin steif vor Kälte, habe Schüttelfrost.

«Haben sie dir in dem Büro nicht geholfen, Junge?»

Eine bekannte Stimme. Ich hebe den Blick. Frau Nowotny. Sie trägt Mantel und Hut.

«Hab mir schon gedacht, dass du hier irgendwo bist. Sie haben dir nicht geholfen, was?»

Ich weiß nicht, was ich antworten soll, also sage ich nichts. Senke den Blick, beschämt. Frau Nowotny bückt sich, hebt meine Mütze auf, steckt mir meine vier Pfennig in die Tasche, schließt das Etui mit dem Eisernen Kreuz auf meiner Hand.

«Komm mit, Junge, komm.»

Also folge ich ihr. Sie ist so schnell, dass ich kaum mithalten kann.

Wir gehen lange, erst durch den Tiergarten, dann über Wege, die ich nicht kenne, durch die Arbeiterstraßen von Moabit, vorbei an Fabriken und Kasernen, über Kanäle. Ich bin jetzt schon sehr schwach, weiß nicht, ob wir eine Stunde oder sechs unterwegs sind, frage, ob es noch weit ist, sie antwortet, wir gehen in den Wedding, zu ihrer Wohnung, in der Nähe der St.-Joseph-Kirche.

Da sind wir, ganz plötzlich, als wären wir gar nicht gegangen, ich sehe den Namen einer mir unbekannten Straße und die Hausnummer: Burgsdorfstraße 1. Durch das Tor auf den Hof, dunkle Treppe im Hinterhaus, ich taste mich fast die Stufen hoch, mit dem Rest meiner Kräfte. Im dritten Stock öffnet Frau Nowotny die Tür, lässt mich ein, zündet eine Petroleumlampe an. Die Wohnung ist klein und sehr bescheiden, sie besteht aus einer einzigen Stube, länglich, Fenster am Ende. In der Stube ein kleiner Küchenofen, ein schmales Bett, am Fenster ein Tisch mit Rahmen und anderen Gerätschaften zum Zigarrenwickeln, daneben mehrere Schachteln mit fertigen Zigarren, unter dem Tisch ein Korb mit Tabakblättern. Am Tisch der einzige Stuhl. Daneben, auf einem niedrigen Tischchen, eine Schüssel und ein Wasserkrug. Eine kleine Anrichte, mit Ölfarbe gestrichen. Auf der Anrichte ein gerahmtes Photo von Frau Nowotnys Mann, wie ich annehme, einem dicken, griesgrämigen Kerl mit Pickelhaube, Gewehr und großem Schnauzbart.

«Ist zwar eng hier, aber wenigstens wohne ich allein. Das Klo ist auf der Treppe, für alle, manchmal muss man morgens warten, aber egal, Hauptsache, ich wohne allein, in Bochum hatten wir eine größere Wohnung, in Berlin müsste ich untervermieten, da weiß man nie, wen man sich reinholt», erzählt Frau Nowotny, während sie herumkramt. «Kinder hat uns der Herrgott nicht geschenkt, mein Ewald ist vor zwei Jahren gefallen, seitdem bin ich allein. Abends verdien ich mir was dazu, durch Zigarrendrehen, Rauchen wollen die Leute immer, auch wenn es nichts zu essen gibt.»

Ich stehe an der Tür, weiß nicht, ob ich mich setzen darf.

«Kannst du den Ofen anheizen?», fragt sie mich.

«Natürlich kann ich.»

«Natürlich kannst du, klar, bist kein Prinz auf der Erbse, obwohl eigentlich Offizier.»

«Kein Prinz, Frau Nowotny, und auch kein Offizier mehr. Höchstens Deserteur.»

«Dann heiz mal ein, hier hast du noch ein bisschen Kohle und ein paar Scheite, Streichhölzer liegen dort, aber pass auf, sind nur noch wenige, ich gehe runter und hole Wasser und vielleicht was zu essen, die Nachbarin unter mir hat mir was versprochen.»

Frau Nowotny nimmt den Blecheimer und geht. Ich setze mich auf den Hocker und mache Feuer mit einer zerknüllten Seite des *Berliner Tageblatts* und ein paar dünnen Scheiten, freue mich, dass es beim ersten Mal angeht, der Ofen ist gut, er hat Zug und ist ordentlich gereinigt. Ich lege noch Holz nach, schütte dann ein bisschen Kohle auf den Rost, sparsam, so wie Tatulek und meine Brüder es mir beigebracht haben, die den wahren, in Mark und Pfennig nicht auszudrückenden Wert jedes schwarzen Klumpens kannten.

Ich wärme mir die Hände am Feuer. Frau Nowotny ist bald zurück, mit einem vollen Wassereimer und einem Päckchen, dem sie mehrere Kartoffeln, eine Zwiebel, ein Stück Brot und Speckschwarte entnimmt. Sie lobt mich dafür, dass ich so gut angeheizt habe, und das freut mich genauso wie das flackernde Feuer selbst.

In der engen Stube wird es fast augenblicklich warm. Frau Nowotny lässt mich die Kartoffeln schälen, setzt Wasser auf, schneidet Zwiebeln, schabt gründlich allen Speck von der Schwarte ab und brät darin die Zwiebel, setzt Kartoffeln auf.

Dann essen wir Kartoffeln mit einer Spur Schmalz, trinken Getreidekaffee dazu. Frau Nowotny sagt, man müsse mich mal so richtig waschen, mir die Haare schneiden, mit so einer wüsten Mähne würde mir nichts Gutes blühen, sie werde noch etwas Wasser holen. «Das heizen wir auf und bringen dich in Ordnung.»

Mit zwei vollen Eimern kommt sie zurück, legt ein bisschen Kohle nach, erhitzt das Wasser in dem speziellen Behälter und sagt, ich solle mich ausziehen, was ich auch tue, bis auf die Unterhose. Frau Nowotny gießt heißes Wasser in eine Schüssel, wäscht mir den Kopf, sie will mir die Haare schneiden, ich bin einverstanden, dabei war das keine Frage. Sehr geschickt schneidet sie mir im Licht einer zweiten Petroleumlampe das Haar, rasiert den Nacken und die Seiten mit einer Handmaschine aus, oben lässt sie es etwas länger.

Sie habe ihrem Mann immer die Haare geschnitten, sagt sie, aus Sparsamkeit, denn er sei ein sehr sparsamer Mensch gewesen. Sie holt Schere, Rasiermesser, Pinsel und ein Stück Seife aus der Anrichte, das sei noch von ihrem Mann, sagt sie, so gute Seife kriegt man heute nirgends, deshalb hebe sie sie auf, für spezielle Anlässe. Das Messer wetzt sie am Gurt und rasiert mich, rasiert mir dann Nacken und Seiten mit dem Messer, seift mir die Wangen ein und rasiert die Bartstoppeln, die gewachsen sind, seit mich die Schwester im Spital rasiert hat. Ich wische mir danach das Gesicht, Frau Nowotny fegt die Haare zusammen, sagt, ich solle die Unterhose ausziehen, sie wolle sie einweichen, ich solle sie dann waschen, zusammen mit dem Hemd.

Mir ist peinlich, mich vor ihr auszuziehen, sie merkt das, ich solle mich nicht so anstellen, sagt sie, sie sei nicht mehr die Jüngste und habe schon einiges im Leben gesehen.

Ich ziehe die Unterhose aus, Frau Nowotny stellt eine

Schüssel mit warmem Wasser auf den Boden, lässt mich hineinsteigen und wäscht mich dann mit einem rauen Schwamm. «Das will ein Mann sein, so dürr wie ein Jüngelchen, hier hast du, wasch dich selbst.» Sie reicht mir den Schwamm, also tue ich das, und Frau Nowotny reicht mir das Handtuch, ebenso rau, ich trockne mich ab. «Und jetzt leg dich ins Bett, Junge, ruh dich aus, ich dreh hier noch Zigarren.»

Ich lege mich nackt hin, ziehe die dicke Decke über mich und merke, dass ich gleich einschlafen werde, doch bevor der Schlaf kommt, denke ich an dich, Agnes, daran, was du zu mir sagen würdest, zu dieser Frau aus dem Volk, die sich um mich kümmert wie um ein Kind, wie um den Sohn, den sie nie gehabt hat. Ich denke auch an die Gleichgültigkeit, die mich erfüllt. Noch vor wenigen Stunden, im angeblichen Demobilisierungsbüro, hatte ich geglaubt, ich hätte etwas vor, wäre getrieben, wollte zurück zu dem Zuhause, das ich nicht habe, oder wenigstens nach Breslau oder nach Gleiwitz, müsste tätig werden.

Jetzt, in dem schmalen Bett der Frau Nowotny, weiß ich nicht, was mir das Morgen bringt, will nichts, verlange nichts, ersehne nichts, Agnes, außer dir und dem Schlaf. Dich habe ich nicht und werde dich nicht haben, deshalb lausche ich beim Einschlafen dem Rascheln der Tabakblätter. Dann höre ich sie noch waschen, obwohl sie doch vorhin gesagt hat, ich sollte das morgen selbst tun.

Mich weckt eine Berührung, leise Worte auf Deutsch, rück mal ein Stück, Junge, auf dem Boden werde ich nicht schlafen, ich rücke zur Wand, Frau Nowotny legt sich hin, kriecht unter das Federbett, im Halbschlaf spüre ich die Wärme eines Frauenleibes. Ich spüre Frau Nowotnys Hand auf meiner Brust, dann tiefer, auf dem Bauch. Ich liege regungslos, stelle mich schlafend, Frau Nowotnys Hand wandert noch weiter nach unten.

Mein Herz schlägt immer schneller, aber nicht vor Erregung. Ich stelle mich schlafend. Denke an dich, Agnes, was ich sagen würde, wenn du mich einmal wieder fragst, ob ich dir treu gewesen bin.

Ich habe dich doch nie belogen.

Ich denke auch daran, dass ich noch nie mit einer Frau geschlafen habe, nicht weiß, wie ein Frauenkörper schmeckt, nicht einmal weiß, wie Frauenlippen schmecken, und plötzlich begreife ich, dass das jetzt passieren könnte, ausgerechnet jetzt, hier im dritten Stock eines Arbeiterhinterhauses im Wedding, in der kleinen, mit Kohle geheizten und mit Petroleum erhellten Stube der Schankwirtin Nowotny.

Das Herz hämmert, ich kneife die Augen zusammen, es ist mir peinlich, ich schäme mich, dass ich einen Körper habe und ein männliches Glied dort unten, zwischen den Beinen, Frau Nowotnys Hand fasst mich so an, wie ich selbst mich manchmal anfasse, auch dafür, dass ich mich angefasst habe, schäme ich mich, doch mein Körper reagiert nicht so, wie Frau Nowotny es gern hätte. Auch das ist ein Grund zur Scham. Gleich darauf lässt sie von mir ab, seufzt tief, schmiegt sich mit ihrem warmen Leib an mich und fällt fast sofort darauf in den Schlaf, während ich noch lange wach liege und daran denke, was für ein miserabler und ungenügender Mann ich bin. Was für ein grotesker Gedanke es war, du könntest mich begehren, Agnes.

Ich bedaure alles, was hier geschehen ist. Bedaure, dass sie mich angefasst hat, denn wenn du fragst, Agnes, werde ich dir das sagen müssen, und bedaure auch, wozu es nicht gekommen ist, denn hinter dieser von mir nie überschrittenen Barriere ahne ich ein Geheimnis, das mich zu einem anderen Menschen machen könnte, eine Welt, die ich mir nicht vorstellen kann.

Schließlich schlafe ich ein, und dann weint Alois Pokora im Schlaf, weil ihm das Donnern aus den Schützengräben durch den Kopf rollt, das Krachen der Granaten, die in provisorischen Erdhöhlen ertragenen Artillerieangriffe, ich nehme die Hände wahr, die unter dem Helm die Ohren zuhalten, um Alois Pokora vor den englischen Granaten zu verstecken, und das Heulen und die Beinstümpfe von Kiesel, der unten im schlammigen Schützengraben sitzt, und dein Fehlen, Agnes, dein absolutes Fehlen, das Fehlen deines Gesichts, deiner Hände, nur schwarze, männliche Gesichter, gesträubte Schnauzbärte, das in der Dunkelheit leuchtende Weiß aufgerissener Augen, die durchnässte Uniform, tierische Angst, das Warme, das über die Hosenbeine läuft, der dumpfe Aufschlag von Kugeln und Splittern auf lebendem Fleisch, Angst und Zorn, deshalb weint Alois Pokora, zum ersten Mal seit vielen Jahren drückt jemand Alois Pokora an sich, umarmt seine nach Berührung hungernde Einsamkeit, die so groß und so gewöhnlich ist, Alois so restlos ausfüllt, dass Alois sie beinahe nicht bemerkt, erst in den wärmenden Armen von Frau Nowotny beginnt Alois' Einsamkeit zu zittern wie ein zorniges Vieh, um sich zu schlagen, und Alois weint, schluchzt, schreit, und Frau Nowotny drückt ihn an sich, als drückte sie das Kind, das sie nie hatte, und zugleich den Mann, den sie hatte, aber nicht mehr hat.

Dann schlafe ich ein, dann weckt mich Frau Nowotny, schon angezogen. «Aufstehen, Junge, an die Arbeit, umsonst schläfst und isst du hier bei mir nicht.»

Draußen ist es dunkel.

Frau Nowotny reicht mir Hemd und Unterhose, sauber, über dem Ofen getrocknet. «Hab ich dir gewaschen, du hast ja nur die einen, dachte ich, und wenn ich Kohle nachlege, trocknen sie bis zum Morgen, hier hast du, sauber und trocken. Nur müssen wir heute Kohle kaufen, und du hast ganze vier Pfennig. Ich bin nicht geizig und nicht habgierig, aber zwei füttere ich nicht allein durch. Du kannst bei mir wohnen, ich sehe ja, dass du ein anständiger Junge bist, aber helfen musst du.» Sie reicht mir ein Stück Brot mit Marmelade und einen Becher Getreidekaffee.

«Wie kann ich denn helfen, Frau Nowotny?», frage ich, als wäre in der Nacht nichts vorgefallen. Schließlich war ja, wie ich gleich darauf feststelle, im Grunde auch nichts vorgefallen. Also wie kann ich helfen?

«Du kannst meine Zigarren verkaufen. Ich hab eine spezielle Schachtel dafür. Du gehst mit mir nach Mitte, dort ist die bessere Kundschaft, heftest dir dein Kreuz an, von wegen Veteran, und verkaufst vor meiner Kneipe. Die Hälfte von deinen Einnahmen gibst du mir für Unterkunft und Verpflegung, die andere behältst du. Sparst auf deine Fahrkarte nach Schlesien. Essen kriegst du von mir, wenn es regnet, kommst du rein, vielleicht kauft dir drinnen auch einer eine Zigarre ab.»

Ich ziehe meine Uniform an. Sie ist säuberlich gebürstet, Frau Nowotny hat mir sogar die Schuhe geputzt. Ich schäme mich.

«Sie brauchen nicht für mich zu waschen und sauber zu machen», sage ich. «Sie tun schon genug für mich, geben mir zu essen und einen Schlafplatz. Und ich kann mich doch gar nicht erkenntlich zeigen.»

«Gut, schon gut, Junge. Hab mich daran erinnert, wie das ist, einen Kerl zu Hause zu haben, hab Sehnsucht nach meinem Ewald bekommen. Obwohl, so jeden Tag würde ich das auch nicht wollen, bin zu alt dafür, zu erschöpft. Zu viel Arbeit mit so einem Kerl. Aber sonst ist es schön, wird irgendwie so warm, wenn ein lebendiger Mensch in der Nähe ist, für den man was tun kann. Ohne ist das Leben leer, wenn man alles nur für sich selbst ...»

Ich sitze auf dem schmalen Bett, ziehe die Schuhe an, knöpfe die Ledergamaschen zu. «Als ich zum Leutnant befördert wurde», sage ich, «stand mir ein Offiziersbursche zu. Ich hatte so einen, sehr nett, aus Oberglogau, was mich freute, weil ich ab und zu in unserer Sprache mit ihm reden konnte, er war achtzehn, hieß Karlik, wie mein Bruder, und sollte sich um meine Sachen kümmern, Schuhe putzen, Besorgungen machen. Aber ich kam damit nicht zurecht, dass jemand mir die Schuhe putzt. Warum sollte er das tun, nicht ich selbst? Später fiel er, und ich wollte keinen neuen Burschen, auch wenn alle mich auslachten, ‹Was für ein Offizier bist du, dass du dir die Schuhe selber putzt›.»

«Gut, gut, du bist eben ein guter Junge, einer von uns, wie wir alle hier, kein Junkerlein», sagt Frau Nowotny, «netter Plausch war das, jetzt müssen wir los, vermutlich fährt noch nichts, also müssen wir zu Fuß nach Mitte, das sind an die sechs Kilometer, also los, Junge, auf.»

Frau Nowotny reicht mir eine flache, grellrot gestrichene Schachtel, die hat Riemen, mit denen ich sie mir um den Hals hängen kann. Darin sind Zigarren, eine jede in Wachspapier mit Aufkleber gewickelt. Sie reicht mir auch eine volle Schachtel Streichhölzer. Die soll ich nicht verkaufen: «Aber wenn ein Kunde Feuer braucht, kannst du ihm die Zigarre für einen Pfennig anzünden. Ich weiß, was du denkst, Junge, mach dir nichts draus, Arbeit schändet nicht.»

«Ich denke das gar nicht, Frau Nowotny», sagt Alois.

«Mein Vater, den wir Tatulek nannten, sagte immer, Schande sei nur, wenn man stiehlt und hurt, Arbeit schändet nie.» Das sagt Alois, in Wahrheit schämt er sich.

«Dann ist ja gut», erwidert Frau Nowotny. «Denn weißt du, Söhnchen, normalerweise mag das so sein, für einen großen Herrn mit Abitur und in Offiziersuniform mag das eine Schande sein, aber heute ist nichts mehr normal, mein Junge. Die Welt steht Kopf. Und du brauchst doch ein paar Mark für die Heimreise, richtig? Eine Zigarre kostet zwanzig Pfennig, als Gewinn nach Abzug des Tabaks haben wir etwa zehn Pfennig, du nimmst dir also von jeder verkauften Zigarre drei Pfennig Verdienst, weitere drei Pfennig sind dein Beitrag für Unterkunft, Verpflegung und Wäsche bei mir, und vier sind für mich. In Ordnung?»

Frau Nowotny scheint mir allzu großzügig. Schließlich kostet mein Aufenthalt bei ihr unabhängig davon, wie viele Zigarren ich verkaufe. Ich sage ihr das.

Frau Nowotny zieht aus dem unteren Teil der Anrichte einen alten schwarzen Wollmantel, einen Zweireiher. «Der war von meinem Ewald, bevor er eingezogen wurde. Nimm ihn dir, Junge, wird bestimmt nicht gut passen, denn Ewald war klein und dick, nicht mal an der Front hat er viel abgenommen, gutem Essen konnte er nie widerstehen, und du armes Würstchen, ganz im Gegenteil, bist Offizier und so dürre, aber nimm, besser dieser als gar kein Mantel.»

Ich ziehe den Mantel an, die Ärmel sind zu kurz, er ist breit, aber ja, besser als gar keiner. Frau Nowotny reicht mir noch einen dicken karierten Schal, bindet ihn mir sogar um.

Wir treten hinaus ins morgendliche Dunkel. Marschieren eine gute Stunde, vorbei an Gardekasernen, Museen, am Humboldtgymnasium, die Straßenlaternen erlöschen. Ehe wir das Pilsator-Eck erreichen, wird es hell. Frau Nowotny schließt ihr Etablissement auf, und ich stelle mich an die Elisabethstraße Ecke Kleine Friedrichstraße mit meiner Zigarrenkiste, friere trotz Mantel und Schal, aber ich bleibe stehen.

Das ist jetzt das Leben von Alois Pokora.

Alois Pokora ist jetzt Zigarrenverkäufer. In Berlin ist Revolution, Frau Nowotny fegt den Boden der Kneipe, die schließlich nicht ihr gehört, heizt den Ofen an, Alois Pokora verkauft Tabak ans revolutionäre Berlin.

«Vielleicht eine Zigarre, werter Herr?», sagt Alois Pokora beschämt, leise, den Blick abgewandt, als verkaufte er keinen Tabak, sondern verkupple minderjährige Mädchen.

Es läuft schlecht, bis zum Mittag habe ich gerade mal eine Mark in der Tasche, davon sind fünfzehn Pfennig mein Anteil. Zum Mittag gibt es gekochte Kartoffeln im Pilsator-Eck, zwar ohne jedes Fett, weil das zu einigermaßen vernünftigen Preisen nicht zu kaufen ist, aber danach gibt Frau Nowotny Alois ein Gläschen Pfirsichschnaps zum Aufwärmen.

Das ist jetzt mein Leben.

Abends kehren wir zurück, kaufen unterwegs noch ein bisschen Kohle zum Wucherpreis, ich heize den Ofen an, zum Abendbrot essen wir schlechtes Kommissbrot mit Marmelade. Frau Nowotny zieht eine kleine Flasche Schnaps aus der Tasche und schenkt zwei Gläser ein. «Keine Angst, Junge, keine Angst, werde dich nicht belästigen nach diesem Schnaps, wir trinken einfach einen, was bleiben uns sonst für Vergnügen in dieser miesen Zeit?»

Nach dem einen Gläschen gehen wir schlafen, wärmen uns gegenseitig mit unseren Körpern, im Herd legen wir nicht nach, Kohle ist teuer, und wir müssen sparen, am nächsten Morgen wird es kalt sein, aber morgens muss man sowieso raus, wozu die leere Wohnung heizen. Im Bett greift Frau Nowotny nicht mehr nach dem, was ohnehin nicht funktioniert hat. Sie sagt nur, und nur das sagt sie, dass sie sehe, dass ich noch nie mit einer Frau war, also wenn der Krieg verblasst und mir aus dem Kopf schwindet, dann könne ich, wenn ich wollte, zu ihr, sie würde gut zu mir sein und sanft, ich könnte, müsse aber nicht, nichts mit Gewalt. Denn wenn ich zum Beispiel Jungs vorziehe, dann habe sie natürlich Verständnis dafür und könnte mich sogar mit einem bekannt machen.

Was sie weniger leicht verstehen könnte, Agnes, ist, dass ich weder Mädchen noch Jungs vorziehe, einfach nur dich will.

Mit Frau Nowotny komme ich nie mehr auf dieses Thema zurück. Mit jedem Tag richte ich mich ein bisschen mehr in diesem neuen Leben ein. Im Verkaufen bin ich nicht gut, doch Frau Nowotny macht keinen Druck, dass ich mehr verkaufen sollte, ich habe den Eindruck, dieser ganze Handel, die Abrechnungen, all das dient Frau Nowotny nur dazu, in ihren eigenen Augen nicht als bedauernswerte, nach menschlicher Nähe und Wärme hungernde Frau dazustehen. Es soll diese Beziehung ökonomisch rechtfertigen und ihre Würde wahren, doch egal, ich habe zu essen, habe einen schwarzen Mantel und einen karierten Schal, den ich zur Uniform trage, mir ist vielleicht kalt, wenn ich an der Ecke stehe, aber ich friere nicht durch, Frau Nowotny hat mir sogar fingerlose Wollhandschuhe besorgt, dadurch werden mir die Hände nicht steif vor Kälte, und ich kann die Pfennige leichter abzählen.

Abends, wenn ich einschlafe, träume ich von den Gesichtern der Passanten, eins nach dem anderen, und von meinen Worten, «Entschuldigen Sie bitte, möchten Sie vielleicht eine Zigarre? Wer möchte eine Zigarre? Bester Tabak! Nur zwanzig Pfennig, neuer Preis, Qualität wie vor dem Krieg!». Ich träume von den Pfennigen, die ich in das verschnürbare Säckchen lege.

Dann stehe ich wieder an der Straße und weiß nicht, ob ich träume oder dastehe. Es schneit, ich lasse mir den Schnee aufs Gesicht rieseln und lecke ihn von den Lippen, ich bin zehn Jahre alt, gehe zu der normalen Volksschule in Nieborowice, für normale Kinder, es ist November, und der erste Novemberschnee fällt, ich stehe auf der Straße und halte das Gesicht in den Himmel, kneife die Augen zu und lecke mir die Flocken vom Mund, und genauso stehe ich jetzt mit zugekniffenen Lidern da und spüre die Schneeflocken auf meinem Gesicht schmelzen, dann spüre ich, wie jemand meine Zigarrenkiste berührt, öffne sofort die Augen, aber es ist schon zu spät, ein Junge, vielleicht so alt wie ich damals, in jenem Augenblick, der mich heimgesucht hat, ein vielleicht Zehnjähriger in kurzer Hose, Socken und Schirmmütze hat zwei Zigarren geraubt und läuft die Kaiserstraße runter, ich bin ja kein Idiot, ich versuche nicht einmal, ihm nachzurennen, stehe nur da, vierzig Pfennig ärmer, die ich Frau Nowotny werde erstatten müssen. Die Menschen gehen, sie gehen an mir vorbei, einer nach dem anderen, die Stadt, eben noch geduckt in Furcht vor revolutionärer Gewalt, so wie der Hund vor dem erhobenen Knüppel, steckt langsam die Schnauze aus der Hütte und beschnuppert die neue Wirklichkeit. Die Soldaten- und Arbeiterräte für sich, Ebert für sich, die Revolutionären Obleute für sich, die Sozialdemokraten, Spartakusbündler, Hindenburg, die Armee, die Revolution, jeder für sich, die Stadt kocht, sie gärt, die Leute flüstern, auf den Versammlungen wird geschrien, dabei müssen die schweigenden

Millionen, die nicht auf Versammlungen gehen, diese Millionen müssen auch leben. Lastkraftwagen mit roten Flaggen rollen durch die Stadt, voller schnauzbärtiger Soldaten, Arbeiter und Matrosen der roten Volksmarinedivision, die im Neuen Marstall in der Nähe des Schlosses einquartiert ist, um die Revolution zu schützen. Andere rattern mit Spiralfederrädern über das Pflaster, darauf finster behelmte Offiziere in sorgsam geputzten Uniformen, häufig Kavallerieuniformen der Garde-Kavallerie-Schützen-Division, einer konterrevolutionären Einheit aus Freiwilligen dieser Gardedivision und Offizieren der kaiserlichen Marine, einer Einheit, die sich gerade in Berlin sammelt und, wie es in der Kneipe heißt, die inzwischen mein zweites Zuhause ist, irgendwo draußen vor der Stadt stationiert ist, in Wannsee oder in Lichterfelde, und nur darauf wartet, die Revolution niederzuschlagen. Blusen neuen Schnitts auf diesen Lastern, gemischt mit Teilen der alten Kavallerieuniformen, hier eine Ulanenjacke, dort Reitstiefel, Husarentressen, Überreste von dem, was die Schützengräben von einem Tag auf den anderen veralten ließen und zu einer lächerlichen Reminiszenz vergangener Zeiten machten.

An den Mauern unheilvolle Plakate, die nichts Lächerliches haben.

Garde-Kavallerie-Schützen-Division in Berlin einmarschiert.
Berliner! Die Division verspricht euch, nicht eher die
Hauptstadt zu verlassen, als bis die Ordnung endgültig
wiederhergestellt ist.

Eine schreckliche Drohung liegt in dieser Ankündigung, die Ordnung wiederherzustellen, sogar ich verstehe das, der ich kein Revolutionär bin. Ich sehe Arbeiter und Matrosen und Soldaten in abzeichenlosen Uniformen, wie sie sich vor den nachts geklebten Plakaten versammeln und lautlos konzentriert lesen und verstehen, zusammengedrängt in kleinen Gruppen, die breiten Arbeiterrücken dicht aneinandergedrängt, gebeugte Rücken, gebückt wie beim fernen Donner eines bevorstehenden Artillerieangriffs, die Leute sind innerlich gespannt und ihre Körper ebenso, in Erwartung des bevorstehenden Kampfes.

Als ich sie sehe, verkrampft sich mein leerer Magen. Ich will nicht kämpfen, will nie mehr eine Waffe in der Hand halten, Waffen sind nutzlos, Waffen schützen nicht, im Gegenteil, eine Waffe zieht die Gefahr geradezu an. Granaten fielen auf mich, weil ich im Gurthalfter eine Pistole trug, deshalb auch wollte mich bei meinem letzten Sturm der Engländer mit dem Bajonett durchbohren.

Ich will so weit weg wie möglich vom Krieg sein, doch die bedrohlichen Plakate und die Wiederherstellung der Ordnung lassen ahnen, dass Krieg und Kampf mir folgen und mich in Berlin einholen werden. Im Neuen Marstall hat irgendein Marinekapitän den provisorischen Anführer der Volksmarinedivision, Paul Wieczorek, mit einem Kopfschuss getötet, aber der Versuch der Befehlsübernahme ist gescheitert. An der Spitze der Division steht der frühere Leutnant Dörrenbach.

Im fernen Westen zieht unsere geschlagene Armee sich hinter die im Waffenstillstand vereinbarte Linie zurück, nicht nur die konterrevolutionäre Division rückt in die Stadt ein, auch solche wie ich strömen zurück und solche, die der Krieg körperlich oder seelisch schwerer getroffen hat. Die ohne Beine, Arme und Gesicht kommen zurück und die ohne einen Kratzer mit weit aufgerissenen Augen, die losbrüllen vor Angst, wenn sie die Straßenbahn über die Schienen holpern hören, auch Wütende kehren zurück, Verbitterte, die wie Asteroiden durch die Straßen von Wedding, Moabit, Kreuzberg und Friedrichshain irren auf der Suche nach ihren Sonnen, um diese dann, angezogen von der Gravitation des Charismas, zu umkreisen, hungrig und zornig, und diese Sonnen finden sich, revolutionäre Tribünen auf den Ladeflächen der Lastkraftwagen, die zur Rache aufrufen, zum Aufbau des Sozialismus, oder finstere Offiziere mit gebrochenem Herzen, kranker Seele und auf Hochglanz polierten Stiefeln, die die wahren Patrioten zum Aufbau des neuen Deutschland aufrufen, an den einen Lastern rote Sterne, Hammer und Sichel, an den anderen Totenköpfe, Hakenkreuze, Blitze.

Geschlagene Soldaten kehren heim in die Stadt, aber auch das Leben kommt zurück. Im Zirkus Busch gibt es abwechselnd mit den Delegiertenversammlungen Zirkusprogramm, der *Oberon* wird gespielt, in den Zeitungen werden die *Söhne des Volkes* in den Kammerlichtspielen am Potsdamer Platz angekündigt, angeblich ein dänischer Film, darüber, dass Sozialisten und Demokraten sich gegen die bolschewistische Gefahr vereinen sollten. Angeblich, denn ich gehe nicht ins Kino, habe kein Geld dafür.

An Mauern und Zäunen kleben auch andere Plakate:

Achtung, Cholera!

Achtung, Typhus!

Arbeiter und Soldaten! Brüder, schießt nicht!

Zeitungsanzeigen, wo sich englische Kriegsgefangene melden sollen, von der Front heimkehrende Ärzte geben die Wiedereröffnung ihrer Praxis bekannt. Was für eine Anzeige sollte ich aufgeben? Leutnant Alois Pokora, Philosophiestudent an der Schlesischen Friedrich-Wilhelms-Universität zu Breslau, ist nach vier Jahren im Felde zurück im Zivilleben und weiß wirklich nicht, was er anfangen, welche Praxis er wiedereröffnen soll, hat ja vorher keine Praxis gehabt, hat kein Geld, kein abgeschlossenes Studium, hat auch keine Nächsten außer dir, Agnes, und diese Nähe ist wie die zwischen Rasiermesser und Halsschlagader.

Da steht also Alois Pokora an der Straße und fragt: «Möchten Sie vielleicht eine Zigarre?», und blickt ins Bodenlose, die Vergangenheit fern, entwertet vom Krieg, der Krieg entwertet vom Waffenstillstand, die Zukunft leer, es gibt keine Zukunft oder vielleicht doch, nur ist darin kein Platz für Herrn Niemand, für Herrn Ex-Leutnant Alois Pokora, der aus dem Nichts kam und zu niemandem gehört, nicht einmal zu dir, Agnes, nicht einmal zu dir.

Auf den Straßen die Straßenbahnen und die von kleinen Dampflokomotiven auf Hochbahnen gezogenen Waggons der Stadtbahn und Gesichter, Hüte und Schirmmützen, Soldatenmützen, Damenhüte, Bérets und Kopftücher und Gesichter, Gesichter, Gesichter, Gesichter, schnauzbärtige und glatte, schöne und hässliche, böse und gute, voller Angst und voller Zorn, alle gelblich und ausgezehrt, zu weite Kleider, die Wangenknochen vorstehend unter eingefallenen Augen, denn in Berlin herrscht Hunger.

Hunger und die Spanische Grippe. Viele Passanten bedecken Mund und Nase mit provisorischen Masken und gehen so, gesichtslos. Auch ich sollte mein Gesicht bedecken, es wäre ja komisch, nach vier Jahren Schützengraben am Fieber zu sterben, ich tue es aber nicht, weil ich nicht genug Energie habe, so eine Maske aufzutreiben. Durch die Fensterscheiben sehe ich, wie in Restaurants elegante Herren in Vorkriegsanzügen nach dem Verzehr des Ersatzessens sorgfältig das dunkle Brot in Papierservietten wickeln und es für später in die Tasche stecken. Sollte irgendein am menschlichen Unglück gemästeter Spekulant nicht aufessen, landet trotzdem nichts auf dem Müll, die Kellner verzehren alles.

Durch die Straßen zieht der große Beerdigungszug der Opfer der Revolution des neunten und zehnten November, einer Revolution, die ich im Krankenbett verschlafen habe, da gehen Soldaten in Pickelhauben mit Schutzüberzug, gehen unter roten Fahnen, da gehen Arbeiter, und ich stehe da mit meiner Zigarrenkiste.

«Komm mit uns, Kamerad, schließ dich an, Bruder», sagen sie.

Und ich: «Ich kann nicht, ich verkaufe Zigarren – kauft Zigarren, Genossen, raucht, solange ihr könnt, die, die ihr zu Grabe tragt, können nicht mehr rauchen, also tut es für sie.»

Geld, Zehn- und Zwanzigpfennigstücke aus Nickel, silberglänzende Fünfer und Kupfermünzen, die Zwei- und Einpfennigstücke. Einmal bekomme ich ein silbernes Markstück, ein abgemagerter Mann, der tuberkulös ins blutige Taschentuch hustet, kauft fünf Zigarren, ich stecke die Münze in die Hosentasche, gesondert, nicht mit dem übrigen Geld, vielleicht hat er sich mit dieser Mark den Tod gekauft. Ich sollte ein Loch reinbohren und sie am Hals tragen, als Medaillon, als silberne Todesmünze.

Manchmal kurze Wortwechsel, auch solche wie «Nieder mit dem Kaiser!». Oder ganz andere, wenn ich zum Beispiel sehe, dass jemand mit dem alten Regime sympathisiert und ich auf sein Mitleid hoffen kann, hole ich das Eiserne Kreuz aus der Tasche, erzähle vom Wehrdienst, dann sind die Reaktionäre entsetzt, wie die Welt vor die Hunde gegangen ist, da steht ein Offizier an der Straße und verkauft

Zigarren, nichts wird wieder so sein wie früher, denn die alte Welt ist weg.

Am zweiundzwanzigsten November, dem zehnten Tag meiner Händlerlaufbahn, kommt der Winter, die Temperatur fällt gegen null, erster Schnee rieselt, und einer, der – da bin ich sicher – den Kaiser mehr liebt als seine eigenen Kinder, bärtig ergraut, Veteran des vorherigen Krieges, wie er sagt, ein weiterer Veteran des Krieges meines Tatuleks, ist so erschüttert vom Niedergang des preußischen Offiziersethos, dass er mir alle Zigarren abkauft, er zahlt dafür, dass ich die Offiziersuniform, die ohnehin nicht die sauberste ist, an diesem Tag nicht weiter dadurch beflecken muss, dass ich zigarrenverkaufend an der Straße stehe.

Meine Uniform mag gedemütigt sein, ich in dieser Uniform bin es jedenfalls nicht, denn erstens war diese Uniform in den letzten vier Jahren nie mehr als ein Kleidungsstück für mich, sie ist nie für mich zu einer zweiten Haut geworden wie für andere, und zweitens gibt es mich hier, an dieser Straßenecke, in dieser Uniform gar nicht.

Alois Pokora ist nicht gedemütigt, denn er ist gar nicht da, er steckt nicht in der befleckten Uniform eines Leutnants des Schlesischen Pionier-Bataillons Nr. 6, auf der Straße steht die leere Hülle von Alois Pokora, ein zigarrenverkaufendes Püppchen kann man nicht demütigen. Und Pfennig ist Pfennig, Mark ist Mark, hört Alois die Stimme seines Tatuleks. Wer den Pfennig nicht ehrt, ist des Talers nicht wert.

Alois Pokora nimmt das Geld des jetzt gut mit Tabak versorgten Veteranen, geht äußerst zufrieden ins Pilsator-Eck, rechnet mit Frau Nowotny ab, freut sich sehr über den Gewinn und lacht insgeheim über den alten Esel. Soll er sich dorthin scheren, wo, wie wir alle hoffen, am Ende auch Kaiser, Könige und Fürsten, Grafen und Freiherren hinkommen, nämlich in die Hölle oder wenigstens in den Orkus des Vergessens.

Die Kneipe ist heute voll, das übliche Publikum, viele Gesichter kenne ich schon, da sind die Herren Stauber und Galuschka, da sind ein paar ausgemergelte kleine Beamte, solche, die man nicht mit Monokel sieht, die Jackenärmel durchgescheuert, die Hosen an den Knien ausgebeult und abgewetzt. Ein paar Frauen sind auch da, normale, aus dem Volk, natürlich keine Damen, die Damen sitzen hinter Schloss und Riegel zu Hause, hinter geschlossenen Fensterläden, und fürchten, dass solche wie wir – genauso denke ich von mir, als ein Teil dieses «wir» – zu ihnen nach Hause kommen und ihnen wegnehmen, was ihre Ehemänner und Väter in Jahrhunderten zusammengestohlen haben. Auch der alte Offizier ist abwesend, der mich so empört angesehen hat, als ich das erste Mal hier war, ich habe ihn schon länger nicht gesehen, vielleicht wollte er, da das Kaisertum ausgestorben ist, auch selbst nicht mehr leben und hängt jetzt in Galauniform mit durchschossenem Kopf vom Kabinettstuhl, was ich ihm von Herzen wünsche. Solche wie den braucht die Welt nicht mehr.

Wir trinken, es lebe die Revolution! Die Revolution ist mir wurscht, daran habe ich gestern noch geglaubt, aber ich trinke, weil ich mich vereint fühle mit denen, die sich über die Revolution freuen, vielleicht ist das nicht meine Freude, aber ich freue mich mit ihnen, verstehe selbst nicht, was ich fühle und denke, weiß nicht, auf welcher Seite ich bin, aber ich trinke, so selten ist Gelegenheit dazu, und es schmeckt mir, ich trinke sehr gern, habe im Leben wenig getrunken, hab mir das selten leisten können, am meisten trank ich wohl gegen Ende des Studiums, als ich schon Geld verdiente und mein damaliger Freund Dionizy Braun auf seiner Studentenbude Empfänge organisierte, die polnische Dionysien hießen und die seine Vermieterin ohne weiteres gestattete, sie kochte sogar für uns, und zwar aufwendig, Eisbein, Braten, Beefsteak Tartar, Schinken, und alle aus unserem Kreis sahen darin den schlagenden Beweis dafür, dass Dionizy mit seiner Zimmerwirtin körperlich verkehrte. Die Witzeleien hatten kein Ende.

Damals trank ich am meisten, später kam der Krieg, da trank ich so gut wie nichts mehr. Deshalb trinke ich jetzt gern, ich kann es mir ja wieder nicht leisten, aber Frau Nowotny gibt allen einen aus, schenkt billigen Schnaps ein.

Wir trinken, die Tür geht auf mit einem Krachen, das sofort etwas Außergewöhnliches signalisiert, zwei Männer kommen in die Kneipe gerannt, zart gebaut und eher klein, beide mit dünnem Schnurrbart, man sieht auf den ersten Blick, dass es Zwillinge sind. Ich glaube, sie schon irgendwo gesehen zu haben. Sie tragen schöne, dunkle Zweireiher, hochgeknöpfte, gestreifte Jacketts, Hosen mit Manschetten, weiße Hemden mit steifen Kragen, die Krawatten rot und blau, beide gepunktet, nur in der Krawattenfarbe unterscheidet sich ihr Aufzug, denn beide haben auch elegante Schuhe unter den weißen Filzgamaschen und identische Trenchcoats, so wie ich sie an gefallenen englischen Offizieren gesehen habe; die von den Zwillingen sind aufgeknöpft, mit wehenden Schößen. An den Ärmeln der Trenchcoats rote Binden. Auf den Köpfen weiche Homburger, die sie nicht absetzen, denn sie haben Waffen in den Händen, und ein bewaffneter Mann setzt auch drinnen die Kopfbedeckung nicht ab, sagte unser Sportlehrer am Königlich Katholischen Gymnasium in Gleiwitz, vor zehn Jahren sagte er das, gar nicht lange her und doch so lange.

«Alle zur Roten Burg», schreit einer von ihnen. Rote Burg, so nennen die Berliner das Polizeipräsidium. Der Zwilling hat ein Kavalleriegewehr in der Hand, eleganter Revolutionär.

«In der Roten Burg werden weiterhin politische Häftlinge festgehalten, immer noch, zwei Wochen nach der Revolution», schreit der zweite und fuchtelt mit der Pistole. «Alle zum Präsidium! Los, los, los!»

Irgendwie kenne ich ihre Gesichter, weiß nicht, woher, verstehe auch nicht, warum keiner von ihnen wie ein Revolutionär aussieht, ihre Anzüge sind teuer und schick, kein Ersatz, bestimmt Vorkriegssachen mit Ausnahme der Trenchs, denn vor dem Krieg trug man so was nicht, aber woher sie beide solche schönen englischen Trenchcoats haben, ist mir unklar, niemanden auf unserer Seite der Front hatte ich bisher in solchen Mänteln gesehen.

Die Worte der Zwillinge fallen wie Funken auf trockenes Gras, die Kneipengäste sind sofort Feuer und Flamme, ich ebenfalls, alle Zweifel verfliegen, ich zögere nicht mehr, überlege nicht, was die Revolution für mich bedeutet, ich brenne wie die anderen, brenne, weil ich die schwarzen Augenringe meines Tatuleks und meiner Brüder sehe, erinnere mich, was meine Mamulka vor dem Lohntag des Vaters anstellen musste, um die ganze Familie durchzubringen, erinnere mich an jede Demütigung, jeden Spott. Armer Teufel, Würstchen, Simpel, Lump, Landei, Wasserpolacke.

Irgendwo tief in mir, in Kopf und Herz, weiß ich, dass dir das gar nicht gefallen würde, Agnes, dieser plötzliche Eifer, unüberlegte Leidenschaft hast du nie geschätzt, nicht einmal 1914, als ich auf einer ähnlichen Woge der Begeisterung mich freiwillig gemeldet habe; dass ich zur Armee ging, hieltest du für richtig, aber dass ich glaubte, der plötzlich erwachte patriotische Enthusiasmus könnte mein Herz entflammen, gefiel dir nicht, so wie es dir auch nicht gefallen hätte, dass ich jetzt mit allen «Nieder mit dem Kaiser» schreie, aus ebenso vollem Herzen, wie ich seinerzeit dem Kaiser die Treue geschworen habe.

Und nur Frau Nowotny schreit nicht.

Aber die übrigen Gäste, ich, die Herren Stauber und Galuschka, wir alle rennen raus, alle rufen «Los, zur Roten Burg, los, los!». Wir laufen raus in den Schnee, der auf dem Straßenpflaster aufweicht, unters schwache Licht der Laternen, jede dritte ist an, die Zwillinge mit ihren Waffen vorneweg, wir rennen die Kleine Frankfurter Straße hinab, aus der städtischen Schule, an der wir vorbeikommen, läuft ein älterer Mann heraus, der aussieht wie jeder Pedell auf der Welt, die Hände umkrampfen ein altes Gewehr, und ich bin sicher, er will uns die Stirn bieten, letzter loyaler Untertan des Kaisers, der alte Pedell wird sich gegen den aufrührerischen Mob stellen und mit dem Namen des Kaisers auf den Lippen fallen, treuer Paladin, da ruft er «Nieder mit dem Kaiser!», und zieht mit uns, mit unserem Zorn und unserer Wut, vermutlich bin nur ich darüber erstaunt, weil die Schuldiener mir als Fundament der alten Ordnung erschienen, weniger wankelmütig als die preußischen Junker, eher hätte ich hier einen Offizier mit Monokel erwartet als einen Pedell.

Der aber läuft mit uns, beim Straßenbahnreparaturwerk biegen wir in die Kaiserstraße ab und wissen, tagsüber würden wir schon die roten Türme des Präsidiums sehen, die Straße lebt, Leute kommen aus anderen Ecken gelaufen, und man hört erste Schüsse. Vom Dach des Präsidiums hämmert ein Maschinengewehr.

Beim Geräusch der Schüsse duckt sich etwas in mir und macht sich klein, die revolutionäre Flamme erstickt unter Kaskaden klebriger Schützengrabenangst.

Ich habe Angst und laufe trotzdem weiter, so wie ich durch den flandrischen Schlamm gelaufen bin. Ich habe keine Waffe. Jemand versucht, mir ein Gewehr in die Hand zu drücken, ich will aber kein Gewehr, ich schubse ihn weg, ich will Teil der Masse sein, will zuschauen, will gemeinsame Emotion in der Menge, aber niemanden töten, nur zusehen, dabei sein, meine Persönlichkeit in der Masse aufgehen lassen.

Ameise will ich sein, Teil des Ganzen.

Die Menge trägt mich vor die erhabenen roten Mauern des Präsidiums, plötzlich erinnere ich mich, wie ich Berlin im Urlaub 1915 besuchte und jemand, ein Kamerad aus dem Fähnrichkurs vermutlich, Berliner, mir sagt, das sei das zweitgrößte Gebäude in der Hauptstadt, nach dem Schloss. Warum fällt mir das jetzt ein? Die mit Schusternägeln beschlagenen Sohlen meiner Schuhe rutschen auf Schnee und nassem Pflaster, ich falle, sie laufen an mir vorbei, ich sehe, wie sie den Haupteingang stürmen und in das von den grünen Helmen der Türme gekrönte Ziegelgemäuer eindringen, wie sie Polizisten in Pickelhauben zu Boden stoßen, drinnen spärlicher Schusswechsel, Fensterglas splittert aufs Pflaster, man hört Gebrüll und Trampeln.

Ich gehe nicht rein, gucke nur wie gebannt zu. Vom Alexanderplatz kommt ein klobiger Laster auf Spiralfederreifen angedonnert, darauf Matrosen der Volksmarinedivision. Schüsse.

Ich lehne an der Wand, mit offenem Mund, und schaue. Ich sehe, wie einer der ins Präsidium stürmenden revolutionären Soldaten plötzlich hinfällt, seine Beine knicken ein, als wären in einem Sekundenbruchteil alle Muskeln erschlafft, und ich weiß, das kann nur eins heißen: Kopfschuss. Wenn jemand in Brust oder Bauch getroffen wird, fällt er ganz anders, nur nach einem Schuss ins Stammhirn fällt der Mann auf diese charakteristische Weise, wie eine Stoffpuppe.

Drei Matrosen ziehen einen Polizisten aus dem Präsidium, der sich mit Händen und Füßen wehrt, sie werfen ihn die Stufen zum Haupteingang runter, auf der Straße gerät er unter die Stiefel der wütenden Menge, kriegt Tritte ab, rappelt sich auf, und als es etwas lichter um ihn wird, flieht er, zuerst auf allen vieren, danach im Laufschritt. Niemand rennt ihm nach.

Die Revolutionäre führen die dort festgehaltenen politischen Häftlinge heraus. Das schließe ich aus dem Triumphgeschrei und daraus, dass die Leute, ganz perplex, nur mit Hose und Hemd bekleidet, in senkellosen Schuhen auf den Schultern vivatierender Matrosen der Volksmarinedivision herausgetragen werden.

Auf dem Dach des Präsidiums meldet sich wieder das Maschinengewehr, die tragbare Nullachtfünfzehn bellt in kurzer Folge, die Kugeln schlagen im Pflaster und in die Wand ein, so nahe, dass die Steinsplitter mein Gesicht verletzen. Ich weiß, ich muss mich aufraffen, weglaufen, Deckung suchen, alles in mir ist Wille, steh auf, Alois, steh auf, lauf, geh in Deckung, aber ich spüre, dass mich eine Kraft an dieses Pflaster fesselt, an die Wand, rechts von mir sehe ich ein Souterrainfenster, gebogenes Eisengitter, Bossenwerk, auf dem Pflaster eine zerknüllte, nasse Zeitung, etwas in mir sagt, bleib sitzen, Alois, bleib sitzen, warte ab, bis die nächste Serie dich endlich erwischt, bis du endlich an der Reihe bist, nach all den Jahren, und ich sehe dich geradezu vor mir, Agnes, so wie ich dich damals sah, dieses eine Mal, da du mir gestattetest, dich nackt zu sehen, geöffneter Schlafrock, noch eine Serie, nun weiter entfernt, Gewehrschüsse auf Straßenhöhe, Klirren von zerschossenem Glas, ich höre meinen Schrei, mein Geheul, dabei bin ich das gar nicht, etwas in mir schreit, mein Mund ist weit aufgerissen, daraus kommt ein Brüllen, aber nicht ich bin es, der brüllt, ich presse meine Hände aufs Gesicht, von der verwundeten Stirn rinnt ein Faden Blut, und dieser Schrei kommt aus mir heraus wie das Blut, ohne mein Zutun.

Ich bin ganz Schrei.

4

NIEDER MIT DER WELT

Ich schreie. Keine Welt, kein Ich, nur Schrei. Ich schlage die Hände vors Gesicht.

Jemand fasst mich an.

«Kriegskrankheit», sagt jemand, diese Stimme kenne ich, sie dringt durch die Schreie, die Schüsse, denn jemand spricht diese Worte sehr nah, dicht an meinem Gesicht.

«Ich kenne ihn. Das ist dieser kleine Offizier mit den Zigarren von Frau Nowotny», antwortet die gleiche und doch andere Stimme. «Vermutlich verwundet.»

Ich kann wieder etwas sehen, im schwankenden nächtlichen Licht erkenne ich unter den Krempen der Homburger die Gesichter der eleganten Zwillinge, die bewaffnet ins Pilsator-Eck gestürzt sind.

«Nehmen wir ihn zu uns», sagt der Zwilling mit roter Krawatte, und wieder habe ich den Eindruck, ich hätte die beiden schon irgendwo gesehen.

Der Zwilling mit blauer Krawatte zögert. «Sicher?»

«Sicher. Schon damals, am ersten Tag, fand ich ihn ungewöhnlich», sagt der Zwilling mit roter Krawatte, «weißt du noch?»

Ich weiß nicht, wovon er spricht, die Worte dringen kaum durch Alois Pokoras Angst.

«Er ist verwundet, er blutet. Nehmen wir ihn mit, er ist ein guter Mensch», sagt er.

Ich, ein guter Mensch?, wundere ich mich, schweige ... nur ein schwächelnder Schrei löst sich aus Alois Pokoras Mund, eine Art Röcheln. Hinter diesem Schrei, diesem Röcheln, bin ich, sehe sie an, ihre Gesichter, ich scheine mich überhaupt nicht unter Kontrolle zu haben, fühle mich wie ein Gegenstand.

«Er gefällt dir, gib's zu», sagt der Zwilling mit blauer Krawatte.

«Meinetwegen», gibt der andere zu. «Ist das vielleicht verboten? Ja, er gefällt mir.»

Sie packen mich unter den Armen. Der Zwilling mit roter Krawatte zieht ein Tuch aus der Jackentasche, wischt mir das Blut vom Gesicht.

«Nur ein Kratzer, mehr nicht», sagt er, will mich beruhigen wie ein Kind, dabei bin ich doch ganz ruhig.

Mein Mund, Alois Pokoras Mund, schreit, der Schrei wird zu einem Winseln, immer leiser, aber nicht ich bin es, der winselt, ich bin ja ganz ruhig.

«Ruhig, ruhig, Mensch. Ruhig.»

Der Zwilling mit der blauen Krawatte zieht einen Flachmann aus der Trenchcoat-Tasche. Reicht ihn mir. «Trink, trink, das ist Likör mit Morphin, wird dich beruhigen.» Ich trinke hastig, das süße Getränk brennt mir in der Speiseröhre, brennt im Magen, Wärme breitet sich in mir aus, der Zwilling nimmt mir die Flasche von den Lippen. «Es reicht, reicht, nicht zu viel.»

Sie führen mich, wir gehen, ich weiß nicht, wohin ich gehe, frage mich, ob ich die Schachtel mit den Zigarren in der Kneipe gelassen oder sie unterwegs verloren habe, wir biegen um die Ecke, die Geräusche der Revolution werden leiser, Alois Pokoras Mund schreit nicht mehr, die Zwillinge halten einen Einspänner an. Der unwillige Kutscher lässt sich erst durch eine Silbermark bewegen, sie packen mich auf den Rücksitz, neben mich setzt sich der Zwilling mit roter Krawatte, der Zwilling mit blauer Krawatte nimmt, das Gewehr in der Hand, neben dem Kutscher Platz.

Das Droschkenpferd ist so mickrig und hager, dass es eigentlich unmöglich eine Kutsche mit drei Passagieren ziehen kann, aber es schafft es doch, wir fahren los. Alle ordentlichen Pferde hat der Krieg verschlungen, in den Städten gibt es nur noch diese halbtoten, ausgezehrten Klepper und uns, die Tischabfälle des Krieges.

Wir fahren, ich bin kaum bei Sinnen, der Zwilling mit roter Krawatte umarmt mich fürsorglich, das hätte Alois Pokora stutzig gemacht, wenn er bei Sinnen wäre. Wir fahren über den spärlich erleuchteten Alexanderplatz.

Abgesehen von dem Aufruhr vor dem Polizeipräsidium, ist die Stadt nicht in Revolutionsstimmung, die Straßen sind leer, es ist zwei Uhr nachts, wie die wieder funktionierende Uhr am Platz zeigt, ich dämmere ein, sehe aber noch, dass wir am Schloss und am Neuen Marstall vorbeikommen, weiter Unter den Linden, zur Rechten huscht das Café Victoria vorbei, in dem inzwischen geschlossenen, wie mir Frau Nowotny sagte, Hotel Victoria, mit einem Mal verschwinden Droschke und Zwillinge, und mir fällt ein, wie ich dort abgestiegen bin, 1917 muss das gewesen sein, als du mir schriebst, Agnes, du würdest mich vielleicht in Berlin treffen wollen, damals war meine finanzielle Situation besser als jemals zuvor, als Zugführer und Leutnant verdiente ich gut dreihundert Mark, zahlbar im Voraus an jedem Ersten des Monats. Mein Tatulek und die Brüder verdienten in der Grube nicht einmal ein Drittel davon und mussten damit auch noch ihre Familien unterhalten. Ich hatte dreihundert Mark monatlich für mich allein, mietete ein Zimmer erster Klasse in diesem kleinen Hotel, in der Hoffnung, du würdest mich dort besuchen, Dummkopf, Dummkopf, Dummkopf, denke ich jetzt, als wir am Hotel vorbeikommen und mir die Peinlichkeit von damals einfällt, wie konnte ich so dämlich sein und glauben, du würdest mich in diesem Zimmer besuchen?

Ich verbrachte dort ganze sieben Urlaubstage und wartete auf Nachricht von dir. Einen Tag vor meiner Abreise kam dann ein Telegramm, du könntest nicht kommen, es täte dir leid. An jenem Abend ließ ich mich im Victoria volllaufen, erzählte meine Lebensgeschichte einem tags zuvor kennengelernten Polen aus Posen, der geschäftlich in Berlin war und mir zuredete, ich müsste unbedingt ins Bordell gehen, nur eine andere Frau könnte meinen Kummer lindern. Betrunken, wie ich war, willigte ich ein, der Pole klatschte in die Hände, ich stand auf, fiel hin, und der hilfreiche Ober brachte mich auf mein Zimmer, mehr aus Sorge um die Ehre meiner Uniform als um das Wohl ihres Inhalts, des betrunkenen Alois Pokora mit gebrochenem Herzen.

Auf Höhe des Victoria biegt die Droschke in die breite Friedrichstraße ein, und mit dem Hotel verschwindet auch die Erinnerung an jene Woche ohne dich, der Kutschenklepper schnaubt, stolpert, der Kutscher flucht halblaut und peitscht die hageren Flanken des Pferdes, wir kommen an Mietshäusern vorbei, an Zigarrengeschäften mit sogar heute erhellten Schaufenstern, am Stahlviadukt, auf dem die S-Bahn fährt, und halten links an der verglasten, überkuppelten Halle des Bahnhofs Friedrichstraße.

Ich schlafe erneut ein und bin wieder in den Schützengräben, führe meinen Zug durch das Labyrinth der feindlichen französischen und englischen Gräben, der Feind kann überall sein, auf dem Kopf trage ich einen Helm, ansonsten bin ich nackt, was sollen die Franzosen oder Engländer denken, wenn sie mich hier nackt sehen? Das Labyrinth der Schützengräben ist in Wirklichkeit die Enfilade eurer Gleiwitzer Wohnung, Agnes, ich bin nackt, gehe in den Salon, in dem, wie ich schon vorher weiß, dein Vater sitzt, und dein Mann und Pfarrer Scholtis, meine Mamulka, mein Tatulek, meine Brüder, die Schwester, sie alle warten, dass ich hereinkomme, aber ich bin doch nackt, habe nur einen Helm auf dem Kopf, und ich höre dein Lachen, doch nicht du bist es, die lacht.

Ich erwache.

«Du hast geträumt, lieber Freund», sagt der Zwilling mit roter Krawatte zu mir. «Du hast etwas geträumt und geweint.» Er umarmt mich. «Gleich sind wir da, wir gehen in unsere Bar, dort werden wir dich stärken, uns um dich kümmern.»

Noch immer frage ich nicht, warum. Warum wollt ihr euch um mich «kümmern», gute Leute? Warum für mich sorgen? Womit habe ich das verdient? Mir fällt Frau Nowotny ein, die bestimmt auf mich wartet, sie macht sich Sorgen. Ich beschließe, am Morgen zu ihr zu gehen.

«Wird die Bar um diese Zeit noch geöffnet sein?», frage ich mit schwacher Stimme.

«Die Mikado-Bar ist immer offen», sagt der Zwilling. «Jedenfalls für uns.»

Wir fahren nach rechts, Puttkamerstraße, der Zwilling mit blauer Krawatte lässt den Kutscher vor der Hausnummer 15 halten, er zahlt. Wir steigen aus, die Bar befindet sich in einem Mietshaus mit eleganter Fassade, das Fenster aus Milchglas, die Tür steht offen, wir treten ein.

Drinnen schüttere Beleuchtung, die Finsternis wird nur von einigen Lämpchen auf kleinen runden Tischchen zerstreut. Die Einrichtung ist ganz im orientalischen Stil gehalten, wie sie einige Jahre vor dem Krieg sehr modisch war. Du mochtest diesen Stil sehr, Agnes, nachdem dein Vater 1910 bei einem Unfall gestorben war, hast du deine Gleiwitzer Wohnung entsprechend neu möbliert, bestimmt hängen bei dir immer noch die Lampions, die den japanischen hier ähneln.

Die gemütlichen Logen sind durch künstliche Perlschnüre voneinander getrennt, an der Wand Tapeten mit Bambusmotiven, unter der Decke allerlei Zierrat, da hängen orientalische Girlanden, alles im Übermaß. Zwischen diesen Dekorationen ein gutes Dutzend Gäste, am Klavier sitzt eine Gestalt in langem, glänzendem Kleid, silbrig wie Fischschuppen, raucht eine Zigarette in einer langen Spitze und spielt leise einen traurigen Tango.

Als wir eintreten, drehen sich alle Augen zu uns. An den Tischen sitzen Männer in Frauenkleidern, es gibt auch zwei wie Männer angezogene Frauen, mehrere extravagant gekleidete Jungs erwarten uns trotz der späten Stunde, was sollte man um drei Uhr morgens auch sonst erwarten. Alle taxieren uns einen kurzen Moment, niemand ist erschrocken von den Waffen in den Händen der Zwillinge, sie wenden sich wieder ihren Angelegenheiten zu, das heißt den leisen Tischgesprächen, manchmal sieht man eine Hand auf einer anderen, ein fülliger Herr im Dreireiher sitzt mit einem Jungen, der sein Enkel sein könnte, und legt diskret die Hand auf ein Knie dieses Jungen, der eher gelangweilt ist, während der Alte sich ganz erregt in die eigenen Verführungskünste hineinsteigert. Neben ihm an dem runden Tischchen sitzt ein ganz junges Mädchen im violetten Samtkleid mit weißem Spitzenkragen, Stil Oberschülerin aus gutem Hause, ein Mädchen, das sich unter keinen Umständen hier aufhalten sollte. Sie tut es dennoch, hat dunkles, altmodisch zurückgebundenes Haar und liest eine Zeitschrift, die ich nicht kenne, mit dem Titel *Der Eigene*. Sie hebt den Blick von ihrer Lektüre und schaut mich an, so wie du es oft tust, mit weit auseinanderstehenden, hellen Augen, aus denen ich Überdruss und Tristesse lese.

Wir treten ans Klavier.

«Guten Abend, Baronin», sagt der Zwilling mit blauer Krawatte zu der Pianistin und stellt das Gewehr ab.

Die Baronin beendet ihren Tango und wendet sich erst dann, nach einer kurzen Pause, an uns. Es ist ein Mann, gut gebaut, im Dekolleté des Kleids steckt eine behaarte Männerbrust. Das Gesicht ist stark geschminkt, wie für die Bühne, die Lippen karminrot, die Augen kräftig schwarz nachgezogen.

«Eher guten Morgen», sagt die Baronin leise. «Wen bringt ihr mir hier, Kinder?»

«Einen Offizier, Baronin», sagt der Zwilling mit blauer Krawatte.

«Einen deutschen Offizier», sagt die Baronin, und mir wird klar, dass ich protestieren muss.

«Ich bin aus Oberschlesien», sage ich und höre, wie mir die Stimme zittert. «Ich heiße Alois Pokora.»

«Pole also», sagt die Baronin, spürbar interessierter, und ich weiß nicht, was ich darauf antworten soll.

«Nein, einfach aus Oberschlesien», sagt Alois Pokora.

«Er kann unserer Sache nützen, Baronin», sagt der Zwilling mit roter Krawatte. «Er geht sonst vor die Hunde. Verkauft Zigarren auf der Straße, übernachtet bei dieser Frau Nowotny aus der Kneipe nicht weit vom Präsidium.»

«Na gut», sagt die Baronin und erhebt sich vom Klavierstuhl. Sie ist größer und kräftiger gebaut als ich, etwa fünfzig Jahre alt.

«Setzen wir uns, trinken wir, reden wir.» Ich ziehe den schmuddeligen Mantel des seligen Ewald aus und setze mich ans Tischchen. Die anderen gucken nicht mehr, nur das Mädchen mit dem Magazin wirft ab und zu einen Blick herüber. Die Baronin legt eine Grammophonplatte auf, damit die Stille die Gäste an der Bar nicht irritiert, stellt eine Flasche Pfirsichschnaps auf unser Tischchen, offenbar Vorkriegsware, kein Ersatz, die Zwillinge setzen sich ebenfalls, nehmen die Hüte ab, und darunter kommen ihre ziemlich kurz geschnittenen, aber eindeutig weiblichen Haare zum Vorschein. Anschließend nehmen sie die dunklen Schnurrbärte ab.

Plötzlich erkenne ich sie, jetzt weiß ich, warum ihre Gesichter mir bekannt vorkamen.

Ich habe sie gesehen, als ich das erste Mal ins Pilsator-Eck kam. Die Zwillinge saßen dort damals in Frauenkleidern, und jetzt erkenne ich in ihren Gesichtszügen etwas sehr Weibliches, was die Homburger gleichsam verbargen.

Sie sehen, dass ich sie erst jetzt erkenne, und amüsieren sich köstlich.

«Wir sind Revolutionäre», sagt die Baronin. «Wir wollen das alte Deutschland vernichten. Deutschland muss sterben, damit wir leben können.»

Das war der letzte Satz, den mein guter Hamburger Kiesel gesagt hat, erinnere ich mich, aber er ist tot, und Deutschland lebt immer noch.

Die Baronin schenkt Schnaps ein, der Zwilling mit roter Krawatte zieht den Flachmann mit Morphinlikör, reicht ihn mir, ich trinke Schnaps und Likör, alles dreht sich in meinem Kopf, allmählich beruhige ich mich.

«Deutschland muss sterben, damit wir leben können», wiederholt die Baronin. «Es darf kein Deutschland der preußischen Junker mehr geben, kein Deutschland der Kapitalisten, kein christliches, kriegslüsternes Deutschland. Wir wollen Deutschland, Preußen, vernichten, den deutschen Adel zertreten, die Fürsten, Grafen, Barone und Baroninnen wie mich, wir wollen die deutsche Armee vernichten und diese ganze militärische, preußische Tradition, wollen auf die Porträts des Kaisers scheißen, den Holzhindenburg mit seinen Nägeln verbrennen, der Arbeiterklasse an die Macht verhelfen, uns mit der Revolution in Russland verbinden, die Welt verändern, eine neue Welt haben. Eine, in der ich in diesem schönen Kleid über die Straße gehen kann, wenn ich Lust dazu habe. Ich und jeder Schwuli hier. Eine Welt der wahren Freiheit, nicht dieser falschen, liberalen, deutschen Freiheit, nein, der wahren Freiheit. In der die Menschen von der Macht, von Geld und Kapital befreit sind. In der jeder wird lieben können, wen er will. Also Offizier warst du, ja?»

«Ja», sage ich, «ich habe den Sturmzug im Schlesischen Pionier-Bataillon Nr. 6 geführt, in den der 11. Infanterie-Division zugeteilten Kompanien. Vier Jahre in den Schützengräben. Ich war in der Champagne, war bei La Bassée, habe einen Fahnenjunkerkurs absolviert, dann wieder in die Gräben, Somme und Roye-Noyon, Arras, danach in diesem Jahr wieder an die Somme, und auf dem Rückzug zwischen Cambrai und Saint-Quentin standen wir zwischen Oise und Serre, dort bekam ich einen Splitter ab. Hätte ich keinen Stahlhelm getragen, hätte es mir den Schädel zerfetzt, aber ich hatte einen, deshalb bin ich nur bewusstlos geworden, und sie haben mich hierhergebracht, ins Hinterland.»

Ich höre meine plötzlich veränderte Stimme, ich spreche mit anderer Stimme, wenn ich diese französischen Namen korrekt ausspreche, die ich so oft auf meinen Karten und denen des Stabes gesehen habe, mit den kleinen, sargähnlichen Quadraten zur Bezeichnung von Kompanien und Zügen. Ich spreche mit anderer Stimme, nicht mit Stolz oder mit dem besonderen Stolz, mit dem ein Verurteilter die Werkzeuge überstandener Foltern aufzählt.

«Das heißt, Offizier, fronterfahren, dazu Sturmtruppen?», staunt die Baronin, und ich verstehe nicht, warum sie so verwundert ist. «Du siehst nicht nach einem Sturmsoldaten aus.»

Ich sei Offizier in einer Pioniereinheit gewesen, das hätte ich ja schon gesagt, und bei dieser Antwort mache ich eine Geste, zeige auf das Pionierschwarz der Waffenfarbe auf meinen Schulterstücken, bis mir einfällt, dass mich der Kurzsäbel des revolutionären Matrosen dieser Schulterstücke beraubt hat, die Geste erstarrt lachhaft auf halbem Weg, «und ich habe einen Sturmzug in unserem Bataillon geführt, doch war dies ein provisorischer Sturmzug, kein offizieller».

«Schon gut, schon gut, Junge, mich interessiert nur, ob du dich in Taktik auskennst», sagt die Baronin, «in der Durchführung von Angriff und Verteidigung, der Ausbildung der Soldaten.»

«Ja, sicher. Die Offizierskurse habe ich mit besten Noten abgeschlossen, aber erst der Krieg hat mir das alles beigebracht, im Krieg sieht alles anders aus als auf dem Papier.»

«Na siehst du. Ich kam nicht bis zum Krieg. War Rittmeister im Regiment der Gardes du Corps, aber dort musste ich nach der Harden-Eulenburg-Affäre unehrenhaft weg, mich hat das sehr verletzt, ich zählte etwas im Liebenberger Kreis und gebe ehrlich zu, dass ich erst damals anfing, Deutschland zu hassen. Als es mir persönlich unrecht tat. Solange es andere betraf, störte mich das nicht.»

«Liebe Baronin», unterbricht sie der Zwilling mit roter Krawatte, «jeder von uns ist der Sache der Revolution aus irgendeinem gewöhnlichen, menschlichen Grunde ergeben, dafür braucht man sich nicht zu schämen. Wir alle kommen blind wie Katzenjunge auf die Welt, jedem werden die Augen irgendwann geöffnet.»

«Da bin ich doch anderer Meinung», erwidert die Baronin. «Früher war ich eine von diesen gewöhnlichen, konservativen Tunten, denen das Doppelleben ganz recht war, ich hatte eine Frau, drei Kinder, einen Säbel, Uniform und ein Schloss in Hessen, alles hatte ich. Wie dieser Dicke hier», die Baronin zeigt auf den fülligen Gentleman, der den Jungen verführt.

«Der geht nach Hause, wenn er sein Ding mit dem Kindchen gemacht hat, zurück zu Frau und Kindern. Ich hatte Geld und mehr frische und willige Rekruten, als ich überhaupt ficken konnte, ich gehörte zu den Mächtigen dieser Welt, ich konnte alles haben. Sogar aus der Affäre kam ich irgendwie raus, mein Name gelangte nicht in die Zeitungen, wer Bescheid wusste, der wusste Bescheid, aber ein öffentlicher Skandal blieb der Familie erspart, vertuscht hat das mein Onkel, nicht für mich, für mich empfand er nur Abscheu, aber für den guten Namen, die Ehre von Regiment und Uniform. Sie zwangen mich, das Regiment zu verlassen, aber ich konnte mich retten, konnte abtauchen, nach einiger Zeit hätte ich vielleicht sogar zur Armee zurückgekonnt, zu einem weniger bedeutenden Regiment, aber je mehr mein Onkel angewidert die Sache vertuschte, Journalisten und Polizisten bestach, desto weniger wollte ich mich noch retten und schwor mir bei allem, was mir heilig ist, also bei gar nichts, dass ich nie wieder eine Uniform anziehen würde. Mit der Uniform legte ich auch alles andere ab, Kaiser, Armee, Geld, Familie, den ekelhaften Onkel, meine Kinder, meine Gesellschaftsklasse, das ganze frühere Leben, ich habe nichts mehr. Nackt wie der heilige Franziskus bin ich aus diesem Leben rausgekommen, und jetzt bin ich frei, ich will dieses Leben der Freiheit widmen und werde es tun.»

Ich höre gespannt zu, und die Baronin verfolgt meine Reaktion aufmerksam.

«Hast du etwas gegen meinen Lebensstil, mein Kleid, meine Entscheidungen?», fragt sie.

«Nein, überhaupt nicht», antworte ich ehrlich, und die Baronin hört, dass ich es ehrlich meine.

Ich habe nichts dagegen, auch wenn ich bei meiner katholischen Erziehung auf einem katholischen Gymnasium natürlich etwas dagegen haben könnte. In der Secunda und Prima erklärte uns Pfarrer Peter lustvoll die fürchterlichen Folgen der Sodomie, ich habe das nie allzu ernst genommen, mehr angesprochen hat mich, was zu dem damals aktuellen Harden-Eulenburg-Skandal der Doktor Hirschfeld zu sagen hatte, der übrigens an derselben Fakultät wie ich Philosophie studiert hat, nur zwanzig Jahre früher.

«Ich stimme dem Doktor Hirschfeld in der Frage des Paragraphen 175 zu», sage ich zur Baronin, aber was zählt schon meine Meinung in irgendeiner Frage, was kümmert es die Welt, ob ich zustimme oder nicht ...?

Die Baronin winkt ab. «Ach, Hirschfeld, wir kennen uns natürlich gut, ich schätze ihn sogar, aber er begreift nicht, dass wahre Freiheit absolut sein muss. Sehr edel von ihm, dass er Selbstmorde unter den Schwulen verhindern will, doch was ist mit den Arbeitern, die sich aus Not und Hunger umbringen? Was mit den Gefallenen im Krieg, den Hirschfeld am Anfang, 1914, begrüßt hat?»

«Das habe ich auch getan», erwidere ich. «1914 bin ich als Freiwilliger in den Krieg gezogen. Vermutlich sogar aus den gleichen Gründen, aus denen Hirschfeld den Krieg begrüßt hat, ich wollte allen beweisen, dass ich ein guter Deutscher bin, dass ich diese Ehre verdient habe. Hirschfelds Deutschtum war fragwürdig, denn er ist Jude, meines war und ist ebenfalls fragwürdig, denn bei uns zu Hause wurde mit den Eltern Polnisch gesprochen.»

«Natürlich, verstehe ich sehr gut», sagt die Baronin und streckt sich auf ihrem Stuhl wie ein träges Kätzchen, schenkt mir ein breites Lächeln. «Deshalb muss Deutschland sterben. Schon zu viele Leute haben für Deutschland Dummheiten und Gemeinheiten begangen. Deshalb fragte ich, ob du Pole bist, mein Junge. Willst du kein Pole sein? Aus meiner Sicht ist jeder Grund, Deutschland zu vernichten, gut genug. Das hat jetzt Priorität.»

«Ich will kein Pole sein», sage ich und wundere mich über meine eigenen Worte.

Ich erinnere mich plötzlich an das Gesicht von Braun-Towiański, als er mir in seinem raffinierten Deutsch darlegte, Pole sein bedeute, die Enge der deutschen Identität abzulegen, jener kleinbürgerlichen, zwanghaften Ordnung zu entfliehen, zu einer geistig entwickelten, himmelstürmenden, spirituellen Identität zu finden.

«Ich will kein Pole sein», sage ich noch einmal, «das ist keine ernst zu nehmende Sache für ernst zu nehmende Menschen, deren ganzes Polen da.»

«Das wird doch gerade erst von eurem Piłsudski gegründet, von Piłsudski und diesem Korfanty, der sogar Reichstagsabgeordneter hier war», sagt der Zwilling mit blauer Krawatte.

«Das ist kein seriöser Staat, das ist ein Saisonstaat», erwidere ich. «Es kann zwischen Deutschland und Russland keinen ernst zu nehmenden Staat geben. Es ist kein ernst zu nehmender Staat», wiederhole ich und merke, dass ich schon ein bisschen unsicher spreche, Wörter und Gedanken verkleben mir, verwirren, verknäulen sich.

«Und du, du bist ein ganz Ernstzunehmender, oder?», spöttelt die Baronin mit einer Stimme, die ich hasse, dieser Stimme eines Adligen. Sie merkt das wohl, denn sie wechselt Thema und Ton.

«Polen», sagt die Baronin, «ist ein wandelndes Paradox. Einerseits steht die polnische Sache weiterhin im Konflikt mit den Interessen des autokratischen, zaristischen Russland. Das macht sie fortschrittlich. Andererseits steht die Frage der polnischen Unabhängigkeit im krassen Widerspruch zu den Interessen der internationalen Arbeiterklasse, geht sie doch mit einer eher feindseligen Haltung zur russischen Revolution einher, trennt die Arbeiterklasse Russlands von der unseren, die besser organisiert und mächtiger ist. An der Spitze der polnischen Konterrevolutionäre, der polnischen Weißen, steht gleichwohl der Sozialist Piłsudski, der doch einmal mit der Zweiten Internationalen verbunden war. Um diese Paradoxa können wir uns später kümmern. Die Zeit dafür kommt noch. Jetzt ist es für uns erst einmal völlig akzeptabel, wenn Sie Pole sein wollen.»

«Aber ich will nicht», sage ich, obwohl ich immer noch das Gesicht und die Worte Braun-Towiańskis vor Augen habe. Früher habe ich mich dafür interessiert, ich gehörte dem Polnischen Kreis an der Universität Breslau an, aber das war einmal, in einer anderen Welt, vor dem Krieg. In der Welt damals habe ich auch Fußball in der Studentenmannschaft gespielt, was soll's, Fußball interessiert mich heute auch nicht mehr. Diese Welt ist untergegangen.

«Wir haben Sie hierhergeholt», sagt der Zwilling mit roter Krawatte, «weil die Baronin die Rote Volksgardekompanie aufstellt.»

«Ist das etwas anderes als die Volksmarinedivision?», frage ich, ich kenne mich nämlich in den Nuancen der Berliner Revolution nicht aus. Schließlich bin ich nur Zigarrenverkäufer, woher soll ich wissen, ob die im Neuen Marstall stationierte Volksmarinedivision nicht eine Art Rote Garde geworden ist?

«Ja, etwas völlig anderes.» Die Baronin lächelt breit. «Erstens wissen wir noch nicht, wo die Loyalitäten der Volksmarinedivision liegen. Beim Rat, bei Ebert oder vielleicht bei den Revolutionären Obleuten. Was passiert, wenn Ebert ihre Auflösung befiehlt, wissen wir auch nicht. Dörrenbach ist nicht zu trauen. Der ist ein Abenteurer. Unsere Rote Garde dagegen wird nur eine Loyalität kennen – die zur Revolution.»

«Ja, zur Revolution», stimmt der Zwilling mit roter Krawatte zu. «Aber wir haben keine ausgebildeten Offiziere. Und Sie als Sturmoffizier könnten, sagen wir, unsere Leute ausbilden. Sie für den Kampf schulen.»

«Also zum einen das», sagt die Baronin. «Und zweitens ist die Volksmarinedivision doch ein bunter Haufen, weißt du. Von wegen Disziplin. Eher Masse. Die Rote Volksgarde dagegen wird nicht so viele Mitglieder haben, wir nennen sie zwar Kompanie, aber Leute wird sie nicht mehr zählen als ein Zug, das reicht. Das soll unsere rote Sturmtruppe sein, absolut loyal, gehorsam, effektiv, für punktgenaue Einsätze. Wie an der Front.»

«Denn wissen Sie», schaltet sich der Zwilling in Blau ein, «uns fehlen solche Leute. Sowohl Mannschaft als auch Offiziere. Wir zwei kommen mit der Nullacht, dem Gewehr und Messer zurecht, aber das ist etwas anderes, nicht die Armee. Leute wie Sie gehen zu den Freikorps. Die sind noch immer verblendet, verstehen Sie, Herr Leutnant. Deshalb sind Sie für uns so wertvoll, vorausgesetzt, Sie glauben an die Revolution, Herr Pokora.»

«Ich glaube an gar nichts», erwidere ich völlig ernsthaft. «Ich glaube einzig, dass die Welt Chaos ist, ein Märchen, erzählt von einem Dummkopf, voller Klang und Wut, das nichts bedeutet.»

«Mir genügt das», zuckt die Baronin mit den Schultern, «und Shakespeare ist immer eine lohnende Lektüre, er hat schließlich alles gewusst.»

Sie erhebt sich und beginnt, um vier Uhr morgens an der Bar auf und ab zu gehen, eine Hand hinter dem Rücken, die andere mit der Zigarettenspitze vorm Gesicht. Sie geht auf und ab, ich lausche, aber mit immer wieder nach unten sinkendem Kopf.

«Du bist ein Wanderer, der zum Nichts drängt, so wie ihr alle, die der Krieg ausgespuckt hat, die er nicht gefressen und dann ausgeschissen hat. Deshalb glaubst du, als Ausgespiener, der dem Maul der Bestie entkommen ist, an das Nichts. Denn das ist etwas anderes als ‹Ich glaube an nichts›, mein Lieber. Was du sprichst, auch wenn es dir selbst nicht klar ist, ist ein Glaubensakt, nicht sein Fehlen. Du glaubst an das Nichts, so wie ihr alle. Ihr seid aus diesem schrecklichen Krieg zurück, der euch angetrieben hat, und könnt jetzt nicht mehr stehen bleiben. Nach allem, was ihr gesehen habt, ihr Zeugen dieses schrecklichen Opfers, werdet ihr einen Sinn in diesem Nichts suchen, und die Mehrheit von euch wird untergehen. Wird untergehen, weil sie sich an das klammert, was am einfachsten ist, da kommen irgendwelche völkischen Scharlatane wie von Lanz oder von Sebottendorf, die sich beide dümmlich als Adlige ausgeben, erzählen euch von dem großen Unrecht, das Deutschland angetan wurde, von den ungerechten Bedingungen des Waffenstillstands und des Friedens danach, den die Alliierten Deutschland aufzwingen, denn es kommt gewiss noch schlimmer, der Friede wird bitter und schwer zu schlucken sein. Und all die edelmütigen Jungs mit der klaffenden inneren Leere, die nur das Töten gelernt haben und das Töten lieben, werden ihr leeres Herz mit etwas füllen wollen, und da kommen dann diese Offiziere, die die Freikorps organisieren, mit flammendem Blick und sagen einfach: An Deutschland sollst du glauben, denn Deutschland, also auch du selbst, ist verraten worden, ihr seid verraten.»

Die Baronin bleibt vor mir stehen, schaut mich aus blassblauen, hellen, scharfen Augen an. Sie schaut und zeigt mit der erloschenen Zigarette in der Spitze auf mich.

Dann spricht sie weiter. «So wird jeder dieser Jungs sich fühlen, als sei er in den Mutterschoß zurückgekehrt, sicher und ruhig, und wird bereitwillig für alles sterben, was ihm dieser charismatische Offizier oder völkische Scharlatan einredet, im Grunde wird sein Tod ein Tod für nichts sein. Er selbst wird denken, er wäre gegen die Kapitalisten der Entente gestorben, in Wirklichkeit wird er für ihre Sache sterben, fett von Dollars werden sie sich an seinem Tod und seinem Blut vollfressen, auch an dir, Junge, wenn du weiter so mit deinen Zigarren an der Straße stehst, verstehst du?»

«Ich verstehe.»

«Sie werden sich den Bauch vollschlagen, denn unter diesem verlausten Mantel werden sie deine Offiziersuniform entdecken und dir etwas Besseres geben als das Leben, das du hast, selbst wenn es einfach nur der Tod wäre, der Tod für nichts und wieder nichts. Und weißt du, was nach dem Tod kommt, Junge?»

«Nein.»

«Nichts.» Die Baronin steckt sich die Zigarrenspitze zwischen die Lippen, zündet sie mit einem zur Hälfte geteilten Streichholz erneut an, kommt zu mir herüber und legt mir die Hand auf die Schulter. «Was für ein dürres Hühnchen du bist», sagt sie. «Siehst du, was du hier im Leben hast, ist alles, was es gibt. Es gibt keine Belohnung im Himmel. Aber es kann eine Belohnung auf Erden geben, die einzige, mit der du rechnen kannst. Ich will nicht, dass du diesen Majoren oder Obersten ins Netz gehst, die mit diversen Plakaten solche wie dich rekrutieren.»

«Besser, ich gehe in Ihr Netz, Baronin?», frage ich.

«Besser in unser Netz, ja. Dann wird es in deinem Leben etwas Wichtigeres geben als Leere. Stimmst du zu?», fragt sie, obwohl sie weiß, dass ich es tue.

So hast du manchmal auch gefragt, Agnes. Selbst wenn du die Antwort ganz sicher wusstest, hast du doch gefragt, weil du diese offensichtliche Antwort brauchtest, du wolltest sie hören aus meinem Mund, so als sollte ich mir selbst mein Grab schaufeln.

«Hast du vielleicht von diesem Bolschewiken namens Radek gehört? Karl Radek? So ein Jude aus Polen. Er sprach kürzlich sehr schön davon, bei einer Versammlung auf dem Schlossplatz, wie nach der Schlacht bei Jena Gneisenau und Scharnhorst ...» Die Baronin bricht ab und schaut mich forschend an. «Du weißt, wovon ich spreche, oder? Jena, Auerstedt?»

«Vierzehnter Oktober 1806», antworte ich automatisch und habe das Gefühl, plötzlich wieder im Geschichtsunterricht am Gymnasium zu sein, gleich würde es zur Pause klingeln und der Rüpel über mich herfallen. Ich sehe unseren Lehrer vor mir, wie er Linien und Pfeile an die Tafel zeichnet, die uns die Bewegungen der Truppen Napoleons, Davouts, des Fürsten Hohenlohe und anderer veranschaulichen sollen, und plötzlich, wenn auch etwas verzögert, weil ich stumpf vor Erschöpfung und Alkohol bin, fühle ich mich irgendwie pikiert, gekränkt, sowohl durch die Frage als auch durch meine andressierte Gymnasiastenreaktion.

«Vor dem Krieg habe ich Philosophie in Breslau studiert, zwar nicht zu Ende, aber dumm bin ich trotzdem nicht», sage ich ärgerlich.

«Ach, Pardon», die Baronin winkt ab, «heutzutage sind die jungen Leute meist völlig ungebildet, man weiß nie, wie man mit ihnen reden soll, Pardon. Aber zurück zu Radek, er erzählte dort auf dem Platz, wie Gneisenau und Scharnhorst sich nach der Schlacht von Jena gefragt hätten, wie Deutschland sich von dieser furchtbaren, demütigenden Niederlage erholen, wie Deutschland sich retten könne, und sie verstanden, dass der einzige Ausweg war, das deutsche Bauerntum aus der Versklavung zu holen, die Bauern zu befreien. Was sie auch taten.»

Ich verdrehe leicht die Augen über diese banale Feststellung, doch die Baronin ignoriert meine vorsichtige Geste.

«Und so wie Deutschland damals durch die Befreiung der Bauern gerettet wurde, sagte Radek auf dieser Versammlung, so könne jetzt eine wirtschaftlich wahrhaft befreite

Arbeiterklasse Deutschland erretten. Mir ist klar, warum er das gesagt hat, Junge. All denen, die in diesen viereinhalb Jahren ihre nächsten Angehörigen für Deutschland verloren, die gehungert, sich zu Tode gerackert haben, all denen, denen es Beine und Arme abgerissen hat, kann man nicht sagen, sie hätten sich für etwas geopfert, was zu erhalten sich nicht lohnt. Deshalb sage auch ich ihnen das nicht. Ich bin kein Volkstribun. Würde ich dort so auftreten, wie ich mich kleide, dann würden sie mich auslachen, schlagen, wegjagen. Würde ich dort in dem Aufzug auftauchen, den sie für angemessen halten, und ihnen sagen, dass Deutschland sterben muss, dann würden sie mich ausbuhen, denn dafür müssten sie ihr ganzes bisheriges Leben in Frage stellen. Aber jemandem wie dir, Junge, kann ich die Wahrheit sagen. Schließlich bist du Philosoph.»

«Ich hab nicht abgeschlossen», will ich einwenden. «Ich konnte nicht zu Ende studieren, weil ...»

Die Baronin winkt ab, lässt sich nicht unterbrechen. «Deutschland muss sterben, damit eine neue, bessere Welt entstehen kann. Stimmst du zu? Willst du den Weg gehen, den ich dir hier aufzeige?»

Ich stimme zu, nicke, breite die Arme aus, stimme zu und signalisiere zugleich meine Ratlosigkeit, stimme zu, was bleibt mir übrig.

Die Zwillinge klatschen beide wie auf Kommando in die Hände, freuen sich wie Backfische. Dann verstummen alle drei und sehen mich an, als wäre jetzt ich an der Reihe, etwas zu sagen, dabei habe ich nur klebrigen, lauwarmen Lehm im Kopf.

«Ist das hier, diese Mikado-Bar, ist das so was wie eine Revolutionszentrale?», frage ich blöde, gemartert von Gefühlen und Angst, von Alkohol und Morphin, frage nur, um Initiative zu beweisen und nicht alles gedankenlos hinzunehmen.

Sie lachen, alle drei. «Das Mikado eine Revolutionszentrale? Das ist eine Bar für normale, reiche Schwule, für Tunten, die hier ihre Strichjungen finden. Sieh dich doch um, Mensch. Ist das vielleicht eine konterrevolutionäre Gesellschaft, denen geht sogar Doktor Hirschfeld sonst wo vorbei. Guck, Junge, ich habe hier *Den Eigenen* abonniert, die erste Zeitschrift für sexuelle Befreiung, die auch für die Aufhebung des Paragraphen 175 eintritt; hat eine dieser Tunten auch nur mal nach dem Heft gegriffen? Das Thema sollte sie doch interessieren. Nein. Nur dieses Mädchen dort, aber die kommt aus einer ganz anderen Welt. Dietrich heißt sie, ist noch keine achtzehn und schon hundertmal klüger als die alten Schwuchteln hier. Aus der wird mal was, merk dir den Namen.»

Ich bin so erschöpft, dass ich mir gar nichts merke. Ich betrachte das bescheiden gekleidete Mädchen, das gerade den Kopf zurückwirft und sich mit einer gar nicht zu ihm passenden Geste eine Zigarette ansteckt. Die Baronin fährt fort.

«Abgesehen von ihr sind alle hier in ihrer eigenen Scham gefangen, Junge, sie hassen sich selbst. Ich und die Zwillinge sind die einzigen Revolutionäre hier. Einmal kam die Polizei her, um zu prüfen, ob hier nichts Amoralisches geschieht, deshalb habe ich am Ende die Toilettentüren aushängen lassen, siehst du», zeigt sie mit der Zigarettenspitze.

Ich drehe mich um, die Klos haben tatsächlich keine Türen, das finde ich bizarr und irgendwie geschmacklos.

«Die Klos haben keine Türen, damit dort niemand ficken kann, verstehst du. Dies hier ist eine anständige Schwulenbar, hier können alte Tunten ihre Katzenfänger, ihre Strichjungen kennenlernen, ficken sollen sie woanders.»

«Warum treffen wir uns dann überhaupt hier?», frage ich verständnislos. Schläfrig vom Morphin, kann ich mich kaum noch auf dem Stuhl halten.

«Guck mich an, Dummchen. Na, mach schon», sagt die Baronin.

Also gucke ich.

«Sehe ich aus wie ein Revolutionär?»

Ich sehe einen gut gebauten Mann mit behaartem Brustkorb und kräftigen Armen, gut geschnittenem Kleid, stark geschminkt. Die wenigen Revolutionäre, die ich in den letzten zehn Tagen gesehen habe, Matrosen, Arbeiter mit harten Händen, roten Streifen auf den Ärmeln der groben Leinjacken, Soldaten, sie alle sahen völlig anders aus.

«Wenn hier Pabst reinkommt», sagt die Baronin, «oder seine Leute von der Garde-Kavallerie-Schützen-Division oder welchen furchteinflößenden und gefährlichen Namen sich diese Einheit jetzt gegeben hat, wen werden sie hier finden? Eine alternde Tunte im Kleid. Eine alternde Tunte im Kleid kann man mit einem verächtlichen Prusten abtun, die braucht man nicht an die Wand zu stellen und zu erschießen, um sie anschließend in den Kanal zu werfen. Braucht man nicht. Aber ich glaube, du musst dich hinlegen, Junge, oder?»

«Ja, muss ich», flüstere ich und merke, wie mein Kopf von seinem Gewicht nach unten gezogen wird, als hätte es die gesamte Schwerkraft nur auf ihn abgesehen.

«Nehmt ihn mit, Kinder, legt ihn hin, sucht ihm anständige Sachen und gebt ihm was zu essen. Kümmert euch um den Jungen.»

Die Zwillinge nehmen mich unter den Armen und führen mich wie einen Betrunkenen, dabei bin ich gar nicht so betrunken, wir gehen in das Hinterzimmer der Bar, eine schmale Treppe führt in den ersten Stock, ein Flur, zwei identische Türen rechts und links, der Zwilling mit roter Krawatte zieht ein Schlüsselbund aus der Jacke, öffnet die Tür zur Nummer 7, führt mich hinein, schaltet das elektrische Licht ein. In dem Zimmerchen steht ein Bett mit gusseisernem Kopfteil, ziemlich breit, am anderen Ende das Fenster, an dem ein grüner Plüschsessel und ein Cafétischchen stehen, darauf ein leinengebundenes Buch, neben dem Bett ein Spiegel, der Schrank, ein kleines Waschbecken und ein Eisenofen, daneben ein kleiner Vorrat Kohle im Kohlkastle, wie es in Schlesien heißt. Auf dem Holzfußboden ein orientalischer Teppich, an der Wand eine alte japanische Zeichnung, vor einem hellen, mit japanischen Schriftzeichen bedeckten Paravent kopuliert ein wütend dreinblickender Samurai, ein japanisches Schwert am Gürtel, mit einem als Frau verkleideten Jungen, aus dem über dem Geschlecht geöffneten Kimono ragt ein Büschel dünner und seltsam langer Haare hervor. Alles von guter Qualität, anders als bei Frau Nowotny oder in meinem Elternhaus, ganz anders.

Der Zwilling heizt den Ofen an, der andere führt mich ans Bett, ich setze mich schwer.

«Was für ein Geschlecht hast du denn nun eigentlich?», frage ich, und die Frage ist mir sofort peinlich.

«Welches würdest du dir denn wünschen?», fragt der Zwilling mit roter Krawatte lächelnd und zieht mir die Schuhe aus.

Ich antworte nicht. «Und wie heißt du?»

«Ich heiße Salmakis», erwidert er, da liege ich schon im Bett. Eine Woge der Begierde geht durch mich, nicht vom

Schritt her, dort keine Reaktion des Körpers, aber irgendwo in Bauch und Kehle spüre ich, dass ich mir etwas wünsche, etwas, den Körper von jemandem, Haut, all das, was ich nie kennengelernt habe, gemischte Körper gehen mir durch den Sinn, jungenhafte, männliche, weibliche Rundungen, knackige Jungshintern und weibliche Brüste, flache Bäuche, muskulöse und zarte, weiche wie dein Bauch, Agnes, Haarbüschel im männlichen Schritt, die vom heißen Duschwasser zu kleinen, schwarzen Locken verkleben, an meinem Körper gerade mal ein paar Haare, ich bin vierzehn, und dann wieder dein Bauch, so nah an meinen Lippen, Agnes, dann die schweren, fetten Hüften und der Hintern einer Zimmerwirtin in Breslau, ich sehe durch die angelehnte Tür, wie sie nackt im Waschzuber steht, gebückt, und sich mit einem großen gelben Schwamm wäscht, ich weiß, dass ich nicht gucken sollte, nicht ihretwegen, sondern deinetwegen, Agnes, und tue es doch.

Mit dieser Begierde schlafe ich ein. Ich spüre die Hände der Zwillinge auf meinem Körper, sie berühren mich rein und mütterlich, ich denke an meine Mamulka, Mamulka hat dein Gesicht, ich höre das Feuer im Ofen knacken, das Licht geht aus, ich habe den Geruch von auf dem Blech geröstetem Brot in der Nase, bin sieben Jahre alt, Tatulek ist nicht da, Mamulka und ich sitzen in der Küche, und Mamulka sagt: «Komm schon, Söhnchen, komm, ich mach dir ein Stück Brot auf dem Blech, mit Knoblauch und Salz.»

«Schlaf, Junge, später wirst du an die Arbeit müssen.» Der Geruch verschwindet.

Ich schlafe ein, spüre aber, dass ich ein Haar im Mund habe, will es rausziehen, das Haar nimmt kein Ende, es ist kein Haar, sondern ein dünner Faden, der mir aus dem Rachen und aus dem Bauch kommt, ich ziehe, spüre ihn in mir drin, ziehe trotz des Würgereizes weiter daran, der Faden ist einen Meter lang, sogar länger, schließlich kommt etwas Größeres durch Rachen und Kehle, am Ende des Fadens hängt ein Stück zusammengeknülltes Papier, feucht vom Speichel, ich wickle es auseinander, auf dem Zettel steht in meiner Handschrift eine Nachricht von Gott, in der dieser mir mitteilt, welche Abscheu er für mich empfindet. Hass und Abscheu, das weiß ich, ohne die Worte oder Buchstaben zu sehen.

«Steh auf, Alois», sagt einer der Zwillinge. «Steh auf, es ist Zeit.»

Ich öffne die Augen, es ist hell. «Du hast lange geschlafen, das ist gut so, heute ist Sonntag, da darfst du schlafen, aber jetzt musst du aufstehen.» Ich weiß nicht, welcher der Zwillinge zu mir spricht. Es wird wohl Salmakis sein, sicher bin ich nicht. Er trägt ein schlichtes Wollkleid, die Haare sind gelöst, auf dem dunklen Kleid eine Perlenschnur. Der andere Zwilling sitzt im Herrenanzug an der Wand, und ich meine immer noch ein Haar im Mund zu haben. Ich ziehe es heraus, es ist ein langes Frauenhaar, Gott gab und gibt es weiterhin nicht. Somit auch keine Nachricht von ihm.

«Zieh dich an, wir frühstücken unten, in der Bar. Hier ist ein Mantel, damit du nicht in diesem zivilen rumlaufen musst», er reicht mir einen schweren Feldmantel, neueres Modell, von 1915, noch aus guter, dicker Wolle, feldgrau, mit dunkelgrünem Kragen, ohne Schulterstücke, dafür mit rotem Armstreifen am linken Ärmel. Die Größe scheint zu stimmen.

«Oder willst du vielleicht lieber eine Lederjacke», fragt der Zwilling im Anzug, und ich glaube auf einmal, dass er Salmakis ist, nicht der im Kleid. Er steht auf und zeigt mir eine *Litewka*, einen zweireihigen Uniformrock aus schwarzem Leder, der bis über den halben Oberschenkel reicht. Während des Krieges haben die Fahrer so etwas getragen, ein bisschen nach dem Vorbild der zivilen Chauffeure, Taxifahrer und anderer. Die Schulterstücke sind ebenfalls abgetrennt, am Kragen noch blaue Aufschläge, am Ärmel eine ebensolche rote Binde wie am Mantel.

«Die Jacke passt besser zu einem Revolutionär. In Russland laufen alle Bolschewiken in solchen Lederjacken rum. So kleidet sich der neue Mensch.»

Ich zögere. Mir ist nicht ganz klar, warum, aber die banale Entscheidung zwischen Stoffmantel und Lederjacke erscheint mir folgenschwer. Wähle ich die Jacke, erschießen sie mich. Wähle ich den Mantel, hängen sie mich auf. Im Stoffmantel wird mir wärmer sein, aber das Messer gleitet unter die Rippe. Die Jacke aus dickem Leder wird mich vor dem heimtückischen Messer schützen, aber ich sterbe darin an Unterkühlung.

Am Ende bitte ich um die Jacke, im Grunde aus Eitelkeit. Sie sieht besser aus als der Mantel. Außerdem ist sie aus echtem Leder, kein Ersatz, und echtes Leder ist heute eine Seltenheit, seltener sogar als der beste Gabardinestoff. Gern würde ich beide Kleidungsstücke nehmen, wenn es sie schon umsonst gibt, ich gehe aber davon aus, dass sie, wenn das möglich wäre, nicht die Konjunktion «oder» gewählt hätten, es gibt nur die Alternative. Also entscheide ich mich für die Jacke, denn sie ist seltener, somit wertvoller. Ich habe Kleidung nie besondere Aufmerksamkeit geschenkt, bis ich eines Tages verstand, dass Kleider Leute machen, sie machen den Menschen zu dem, der er sein möchte oder kann. Elegant wurde ich so nicht, nicht nur weil mir das Geld dafür fehlte. Ich hasste es, Geld für Kleider auszugeben, wusste aber, dass das nötig ist, ohne dunklen Ausgehanzug, ohne hellen Sommeranzug und andere für konkrete Anlässe würde ich nie zu dem werden, der ich sein wollte.

Doch wollte ich das überhaupt? Wollte ich aufs Gymnasium gehen, dann Philosophie studieren, die alten Griechen bei Professor Baumgartner pauken, habe ich dieses ganze Leben gewollt, Agnes, das mir durch Pfarrer Scholtis ermöglicht wurde? Ich wollte überhaupt keinen dunklen Anzug für gesellschaftliche Anlässe und musste ihn doch kaufen, so wie ich zu den Vorlesungen gehen, Nachhilfeunterricht erteilen, mich patriotisch begeistern und mich freiwillig melden, auf den Kaiser schwören und mich um Zulassung zum Offizierslehrgang bemühen musste. Ich ziehe meine Uniform an, die Bluse auch, ziehe die Jacke darüber, die Schützengräben haben mich die Kälte hassen gelehrt. Die Zwillinge gucken mir zu, ich ziehe die Schuhe an, knöpfe die Ledergamaschen zu, stehe auf, wir gehen runter, in der Bar ist es leer und kühl, die Baronin, in einem einfacheren Tageskleid unter der Pelzstola, erwartet uns an dem gedeckten Tisch.

Auf dem Tisch Lebensmittel, die ich seit langem nicht gesehen, geschweige denn gegessen habe, Rührei auf Speck, ein dickes Stück Wurst, ein Laib Weißbrot, eine Kanne Kaffee, den ich schon von draußen rieche, mehrere Flaschen Bier.

«Komm, Junge, iss, du hast einen langen Tag vor dir», sagt die Baronin, also setze ich mich, ich bin sehr hungrig, esse schnell und gierig, niemand außer mir isst. Alle drei warten, bis ich aufgegessen habe. Erst dann reicht mir der Zwilling in Frauenkleidern, über denen er jetzt eine schicke, kurze Schaffelljacke trägt, einen Gürtel mit großem Holzholster, aus dem der runde Handgriff einer Mauser mit eingravierter roter Neun ragt, was bedeutet, dass diese Version der Riesenwaffe mit zehnschüssigem, schachtelartigem Magazin vor dem Abzug die gleiche Munition verschießt wie die Standard-Armee-Parabellum. Das Holster kann, wenn man es aus dem Ledergurtzeug herausnimmt, als Kolben dienen. Es ist ein normaler Gürtel für Mannschaftsgrade. Daran hängt noch eine Patronentasche für zwei Ladestreifen.

«Ich will keine Waffe», sage ich. «Ich hab genug geschossen. Eine Waffe bringt Unglück. Eine Waffe schützt niemanden», füge ich auf Polnisch hinzu. «Eine Waffe tötet den, der sie trägt, und ich will nicht sterben, noch nicht.»

«Da hast du mal recht», gibt die Baronin zu, «wenn Pabsts Leute oder andere von diesem Schlag dich mit einer Waffe erwischen, erschießen sie dich auf der Stelle. Trotzdem brauchst du eine Pistole. In dieser Arbeit geht es nicht ohne.»

Ich lehne ab. Die Baronin schüttelt unzufrieden, aber doch irgendwie neugierig den Kopf. «Na gut.» Die Pistole nimmt der Zwilling in Frauenkleidern.

«Macht euch fertig. Das Automobil wartet schon.»

Ich ziehe die Jacke an, knöpfe sie zu, setze meine Mütze ohne kaiserliche Kokarde auf. Am Arm habe ich die rote Binde. Wir treten hinaus auf die Puttkamerstraße. Vor der Bar steht ein kleiner Doktorwagen, das heißt ein Opel Zweisitzer mit 4/8 PS, der bis wenige Jahre vor dem Krieg produziert wurde. Doktorwagen wurde er genannt, weil er wegen seines maßvollen Preises und der stabilen Konstruktion das Lieblingsauto der Provinzärzte für ihre Hausbesuche war, es war auch das erste Auto, das so häufig auf den Straßen zu sehen war, dass es kein Aufsehen mehr erregte.

Dein Vater, Agnes, hat sich so einen Opel einen Monat vor seinem Tod gekauft, und ich habe ihn einmal, im Jahr

1910, als ich schon in Breslau studierte, damit paradieren sehen, mit dir oder deiner Mutter, die Autos eigentlich hasste, fuhr er die Wilhelmstraße hinunter, der kleine Motor tuckerte fröhlich, und Herr Novack war sehr stolz, bis er auf der Landstraße von Gleiwitz nach Zabrze an dem Bahnübergang gleich hinter dem Gleiwitzer Stadtwäldchen die Gewalt über das Fahrzeug verlor. Er konnte nicht rechtzeitig bremsen, und der Zug von Breslau nach Oświęcim riss ihn mit seiner Frau, die ihr ganzes Leben lang unter seiner Fuchtel war und Autos hasste, in Fetzen. Ich hätte sogar selbst in diesem Zug sitzen können, denn es war der, mit dem ich zu dir fuhr, nach Gleiwitz, allerdings mit der frühen Verbindung, die Gleiwitz um zwölf Uhr achtundzwanzig erreicht, deinen Vater tötete dagegen ein späterer Zug, was keine besondere Bedeutung hat, das Ereignis an sich jedoch wurde zur lokalen Sensation, in den Gleiwitzer Zeitungen wurde groß darüber berichtet, und der *Wanderer* widmete ihm sogar einen halbseitigen Artikel über die Gefahren der Automobile. Niemand allerdings schrieb über die Gefahren, die Geschütze und Maschinengewehre mit sich bringen.

Natürlich ging ich zur Beerdigung meiner Wohltäter; du selbst hast mich nicht benachrichtigt, Pfarrer Scholtis musste es tun. Man hätte glauben können, dass der Tod deiner Eltern dich weit weniger aufwühlte als die lokalen Journalisten, keine einzige Träne hast du bei der Beerdigung vergossen und mir beim Leichenschmaus sogar mehrmals zugelächelt, daran erinnere ich mich. Damals warst du dreiundzwanzig.

Was der Kaufmann und Bauunternehmer Gustaw Novack dir bedeutet hat, davon konnte ich mich später überzeugen, als ich nach der Beerdigung in der nun leeren Wohnung übernachtete; du hattest mein altes Zimmer noch nicht vermietet. Weil ich besorgt um dein Ansehen war, hatte ich Bedenken, allein mit dir in der Wohnung zu bleiben, du hast sie in den Wind geschlagen, meine dummen Vorurteile, und mir mit einer Stimme, die es mir eisig lustvoll den Rücken hinunterlaufen ließ, befohlen, den Mund zu halten und in meinem alten Zimmer zu schlafen. Später in der Nacht habe ich gehört, wie du schluchzt, ja beinahe heulst vor Verzweiflung, und wagte am Ende, an deine Zimmertür zu klopfen, auf das Klopfen verstummte dein Schluchzen, zwei Sekunden später ging die Tür einen Spalt auf, du wischtest dir die Tränen ab und sagtest, da ich so unverschämt gewesen sei, deine Trauerruhe zu stören, müsse ich den Rest der Nacht auf Knien vor deinem Schlafzimmer verbringen. «Und zwar ab sofort!» Ich kniete nieder, du hast die Tür zugemacht, und ich kniete bis zum Morgen, hörte dich weinen, und in mir geschah so viel, Agnes, meine ganze Liebe zu dir pulsierte in dem Schmerz, den ich in deinem Weinen spürte, wir waren uns wohl nie so nah wie damals, als du mir erlaubtest, dir durch die Tür beim Weinen zuzuhören.

«Was ist los mit dir, Schatzi?», fragt der Zwilling und reißt mich, der ich immer noch auf das Automobil starre, das sich nur durch die Farbe von dem deines Vaters unterscheidet, aus meinen Gedanken. Jenes war schwarz, dieses hier, das an der Puttkamerstraße auf mich wartet, hat eine rot lackierte Motorabdeckung. Der andere Zwilling, der in Damenkleidern, hat die Kurbel gedreht, und der kleine Motor des Doktorwagens rattert lärmend los.

Das Auto ist klein, kurz, mit einer ziemlich schmalen Sitzbank, es hat nicht einmal eine Frontscheibe. Der Kühler und die vier mächtigen Scheinwerfer sind aus Messing, am Auto deines Vaters glänzten sie, hier haben sie Grünspan angesetzt und sind matt, auch das geschwungene Opel-Logo am Kühler ist aus Messing. Ich denke daran, wie rasch Automobile altern. Als ich geboren wurde, hatte noch niemand in Schlesien etwas von Autos gehört, heute, acht Jahre nachdem dein Vater in der Wilhelmstraße damit angegeben hat, wirkt dieser Liliput schon ziemlich aus der Zeit gefallen. Der Zwilling in Frauenkleidern, ich entscheide, dass es doch Salmakis ist, setzt sich ans Lenkrad. Ich kann nicht fahren, auch wenn ich jetzt eine Chauffeurjacke trage.

«Einsteigen, Mensch!»

Ich steige ein. Vor meinen Füßen liegt der Gurt mit der Pistole, ich rühre sie nicht an. Ich will keine Waffe anfassen. Es ist kalt, Schnee rieselt auf Pflaster und Bürgersteige, an den Mauern schmilzt die dünne Schicht langsam weg.

Salmakis reicht mir ein kleines weißes Stoffstück mit vier Bändchen. Ich begreife nicht gleich, wozu das dienen soll. Salmakis lächelt, hat genau so eins in der Hand, bedeckt damit Mund und Nase und bindet die Bändchen zu.

Ich verstehe – natürlich, die Grippe.

«Am stärksten ging sie im Sommer um, in Berlin gibt es den Bazillus nicht mehr», sagt Salmakis, «aber egal, besser das Gesicht verdecken. Schließlich sind wir Revolutionäre.»

Ich setze die Maske auf, binde die Bändchen zu. Der Zwilling in Männerkleidern legt ebenfalls die Maske an und stellt sich auf das Brett zwischen den Kotflügeln, einen Sitzplatz für ihn gibt es nicht. In der Hand hält er ein Gewehr.

«Los, wir fahren!»

«Wohin?», frage ich.

«In den Wedding, Mann, in den roten Wedding!»

Es geht los, holpernd über das Kopfsteinpflaster, zum Glück hat der kleine Doktorwagen noch Vorkriegsreifen aus Gummi auf den hölzernen Speichenrädern, wir biegen in die Wilhelmstraße ab. Auf der Straße mischt sich Revolutionsgärung mit normalem Leben, Passanten, rebellierende Matrosen, Soldaten und Arbeiter, Menschen auf der Jagd nach einem Stückchen Brot, ausgemergelte Pferde, nur wenige Automobile, denn es mangelt an Benzin. Ab und zu dröhnt eine große, geschlossene Limousine oder ein Landaulet mit geschlossenem Verdeck und Vorhängen vorbei, bestimmt Regierungsfahrzeuge.

Der kleine Doktorwagen hat zweifellos den Vorteil, dass er wenig verbraucht, jedenfalls drückt Salmakis ordentlich aufs Gas, wir rasen, rutschen über den Schnee, linker Hand zieht die Reichskanzlei im vormaligen Palais Radziwiłł vorbei. Ich erinnere mich, wie Braun-Towiański mir stolz erzählte, dass die Reichskanzlei im Palais Radziwiłł untergebracht ist, und ich diesen Stolz damals ebenso wenig verstehen konnte wie heute. Vor dem Palais ein Posten der Regierungstruppen, rausgerissene Pflastersteine, Gräben auf Bürgersteig und Fahrbahn, zwei dicke Kühlrohre, die die Läufe der Maschinengewehre mit einem Wassermantel umgeben. Ich fürchte, sie könnten schießen, wenn sie unsere roten Armbinden sehen, aber nein, ich ernte allenfalls finstere Blicke.

Vielleicht würden sie sich uns sogar gern anschließen, statt zu schießen. Wir fahren weiter, kommen an anderen Ämtern vorbei, dem für Auswärtiges, dem für Inneres, dem Kronprinzenpalais, dem Hirn der niedergerungenen Bestie, in dessen Kreislauf ich ein rotes Blutkörperchen war, auf der anderen Seite die italienische Botschaft, auf der Straße Revolution. Auf Höhe des Hotels Reichshof, gleich vor der englischen Botschaft und in der Nähe der Kreuzung Unter den Linden, ein Straßenauflauf.

«Fahr langsamer», sagt der Zwilling in Männerkleidern,

der andere tut das. Eine Traube von Menschen, die besser gekleidet sind, als man es sonst auf der Straße sieht, umringt einen Herrn mit Melone, gezwirbeltem Schnurrbart, Koteletten und Monokel im Auge, der aufs Haar dem Würstchenhändler gleicht, der früher beim Hotel Victoria stand, aber natürlich ist er das nicht, dieser hier ist zweifellos nie im Leben irgendeiner ehrbaren Arbeit nachgegangen, davon zeugen die elegant gestreiften Hosen und das graue Jackett, der satte, dicke Bauch und die weichen, weißen Hände. Auf der Krempe und dem Deckel der schwarzen Melone sammelt sich Schnee und schmilzt.

«Deutschland, Vaterland», schreit der Redner, «Kaiser, Gott, unsere unbesiegte Armee», und währenddessen kleben drei Halbwüchsige Plakate an die Mauer des Kultusministeriums gegenüber der Botschaft, auf denen ein Ertrinkender zu sehen ist, der verzweifelt die Hand nach dem kaiserlich schwarz-weiß-roten Rettungsring ausstreckt, auf dem die Buchstaben DNVP stehen.

Unter dem hübschen Bild der Name der Partei: Deutschnationale Volkspartei. Ich höre ihn zum ersten Mal, doch die patriotischen Phrasen aus dem Rednermund lassen keinen Zweifel an der Haltung der Partei.

Salmakis bringt das kleine Auto zum Stehen. Ich sehe die Pistole zu meinen Füßen, will sie nicht anrühren.

Eine Weile hören wir der Rede noch unbeachtet zu, erfahren, dass die DNVP noch nicht entstanden ist, aber entstehen muss, um alle patriotisch denkenden Deutschen zu vereinen und das Vaterland gegen Sozialisten, Demokraten, Bolschewisten und den zügellosen, rebellierenden Mob zu verteidigen, auch gegen die Juden, die ohne Zweifel hinter allem stehen, ewige Feinde des Guten und Schönen.

Neben der schmalen Sitzbank unseres Automobils, bei

Salmakis' linkem Oberschenkel, befindet sich eine Gummibirne, von der ein langer Schlauch zu der eingewickelten Messinghupe führt, Salmakis drückt die Birne, die Hupe tut, was sie tun soll, und alle drehen sich zu uns um, mir verkrampfen sich vor Angst die Eingeweide, die Zwillinge sind freudig erregt, wie Windhunde vor einem Rennen.

Die gut gekleidete Menschenansammlung bemerkt unsere roten Armbinden, das Fehlen der kaiserlichen Kokarde an meiner Mütze, ein böses Raunen ertönt wie von einem hungrigen Tier, das erwacht, aber die Menge bemerkt auch das Gewehr in der Hand des auf der Schwelle zwischen den Kotflügeln stehenden Zwillings, der mit kindlichem Grinsen in die Luft schießt.

Zwei Sekunden brauche ich, um zu verstehen, wozu wir angehalten haben und warum er in die Luft schießt.

Ich schaue über die Schulter, zwischen dem Posten an der Reichskanzlei und uns liegen etwa zweihundertfünfzig Meter, was ist, wenn die MGs losbrettern, ohne Rücksicht auf die hier versammelten Menschen?

Unbeeindruckt von dem vereinzelten Schuss rückt die Menge langsam auf uns zu, und ich begreife, warum Salmakis, statt sie zu umfahren, zu hupen, damit die Leute auseinandertreten, verlangsamt und schließlich angehalten hat.

Er hat das getan, damit ich die Pistole nehme, ich sehe, ich habe keine andere Wahl, wenn ich ihnen nicht mit der Pistole drohe, fallen sie über uns her, ziehen uns aus dem Auto, also bücke ich mich, greife nach dem Holster mit der Waffe, ziehe die Pistole heraus, das metallische Schnappen des Sicherungshebels klingt wie ein zufallender Sargdeckel, schieße in die Luft und ziele auf die Menge. Ich habe eine schwarze Lederjacke und eine Mauser in der Hand, und jetzt soll er sprechen, der Genosse Mauser.

Ich reiße mir die Stoffmaske vom Gesicht, «Weg, weg», rufe ich, um den Sinn der Mauser zu erklären. Salmakis lacht und hupt, die Menge tritt auseinander, Salmakis legt den Gang ein, gibt Gas, die Reifen rutschen im matschigen Schnee, wir fahren los, lassen die wütend hinter uns herbrüllenden Herrschaften aus dem Mittelstand hinter uns, wir überqueren Unter den Linden, fahren dann auf der Marschallbrücke über die Spree und dann einfach immer geradeaus, vorbei an der Charité, über den Luisenplatz, dahinter nach rechts, der Motor tuckert, ich lege die Pistole nicht mehr aus der Hand, das hölzerne Kolben-Holster habe ich in die Öffnung im Griff geschoben.

«Verflucht noch mal, verflucht», grummle ich, «verflucht.» Wieder bin ich eine Leiche geworden. Ich kann nicht sagen, was in mir vorgeht, ob Zorn oder Freude.

Ich bin eine Leiche, bin ein Revolutionär, bin der Tod, Salmakis brüllt über den Motorenlärm, hupt, singt die Internationale, und ich singe jetzt mit. «Wacht auf, Verdammte dieser Erde, die stets man noch zum Hungern zwingt!»

Wir kommen an den Gardekasernen vorbei, fahren die Strecke, die ich zu Fuß gegangen und später mit Frau Nowotny mit der Tram gefahren bin, zum Zigarrenverkaufen, jetzt sitze ich in einem revolutionären Automobil, habe eine schwarze Lederjacke, eine Pistole und fühle, wie der Zorn uns trägt, jetzt weiß ich es, ich bin wütend. Bin eine wütende Leiche.

Ich bin jetzt der rasende Zorn meines Tatuleks, nur dass ich diesen Zorn herauslasse, erklingen lasse mit den Worten der Internationale, und mir wird klar, dass Leere und Scham in mir nur maskiert haben, was ich wirklich fühle. Hass.

Ich schieße in die Luft. «Das Recht wie Glut im Kraterherde nun mit Macht zum Durchbruch dringt!», rufe ich.

Ich bin Hass und Zorn, Zorn und Hass.

Ich hasse den Rüpel, der mich auf dem Gymnasium schikaniert hat, weil ich schwächer und ärmer war als er, ich hasse Smilo von Kattwitz, der mich mit herrschaftlicher Geste vor diesen Schikanen beschützt hat, mit einer Geste, die mich kleiner machte als die Schläge und die Spucke des Rüpels, ich hasse Pfarrer Peter, der mich den Katechismus lehrte wie einen Idioten, hasse meine Professoren und Kommilitonen von der Universität Breslau, hasse die Besitzer der Gruben, in denen mein Vater wie auch meine Brüder ihre Gesundheit ließen für nichts, ich hasse die Obersten und Generäle, denn sie waren es, die solche wie mich und meine Brüder in langen Reihen in die Schützengräben schickten, mit einer Bewegung des Jetons auf der Karte Zigtausende Menschen töteten, deren Leben nichts bedeutet, so wie meins. Ich hasse die Bischöfe, die unsere Transportwaggons nach Frankreich weihten. Hasse Kaiser und Könige, Bismarck, Hindenburg und Ludendorff, hasse Max von Baden und jeden, der ein «von» im Namen hat, hasse alle, die Automobile und Bedienstete haben. Am meisten aber hasse ich die Bürger in Vorkriegskleidern, -mänteln und -hüten, an denen wir in der Chausseestraße vorbeikommen. Sie haben einen einzigen Traum, die Wiederherstellung der Ordnung, sie wollen nur, dass die Welt wieder in ihre alten Bahnen zurückkehrt, auf denen sie dann im bequemen Pullman erster Klasse fahren, während solche wie mein Tatulek und meine Brüder Kohle schürfen für den Kessel der Dampflokomotive, die diesen Waggon zieht, oder ihre Körper als Schwellen unter die glatten Gleise der alten Welt legen, wo jeder seinen Platz kennt und solche wie ich ihr ganzes Leben lang beweisen müssen, dass sie die ihnen bezeigte Gunst verdient haben.

«Vergiss nicht, Junge, was für ein Glück du hast, dass du zur Schule gehen darfst. Vergiss nicht, Junge, wie viel du deinen Gönnern verdankst. Welche Gunst dir zuteilwurde.»

«Heer der Sklaven, wache auf!», schreie ich, als wäre ich mit dem Kopf aus dem Wasser aufgetaucht, wäre erwacht nach dem langen, langen Schlaf, der mein ganzes bisheriges Leben war, kalte Luft und Schnee peitschen mein Gesicht, ich schreie, und plötzlich verlangsamt sich alles.

Die ganze Welt verlangsamt sich, denn schneller als mein Bewusstsein reagiert mein endokrines System und pumpt Adrenalin ins Blut, trainiert im Schützengraben, wo mein Körper auf die Gefahr reagieren lernte, noch bevor diese vom Bewusstsein registriert wurde, nur deshalb bin ich vermutlich noch am Leben.

Ich hebe also die Pistole an die Schulter, noch ehe mir klarwird, was ich sehe, und das sind zwei Personen in Stahlhelm und grauer Uniform, einhundertfünfzig Meter vor uns kommen sie hinter dem letzten Gebäude der Garde-Füsilier-Kasernen hervor, der eine hat ein kurzes Kavalleriegewehr in der Hand, der andere ein riesenhaftes, zweischüssiges Gewehr auf einem Zweibein, das im letzten Kriegsjahr eingeführte Tankgewehr gegen die englischen Panzer, das gewöhnlich länger war als der bedienende Schütze selbst.

Sie werfen sich zu Boden, schon schieße ich auf sie, ein paar Passanten suchen Zuflucht in den Toren der schönen, hellen Mietshäuser an der Chausseestraße, gegenüber den Kasernen, ich schieße, habe aber keine Chance, auf diese Entfernung aus dem fahrenden Auto zu treffen, ich schieße, um sie am Boden zu halten, die Zwillinge wissen nicht, warum, sie begreifen erst, als die Straße zwischen Kasernen und Wohnhäusern von einem Donnern erschüttert wird, der Detonation des gewaltigen panzerbrechenden Geschosses.

Sie sind nicht im Krieg gewesen, in den Gräben, sie haben die Gefahr nicht rechtzeitig erkannt.

Einem ungeübten Schützen vermag das Tankgewehr das Schlüsselbein zu brechen, dieser hier ist geübt, er trifft mit dem ersten Schuss aus einhundertfünfzig Metern und zertrümmert Kühler und Motorblock unseres Automobils. Der Zwilling mit Gewehr springt während der Fahrt ab, gerade noch rechtzeitig, denn Salmakis vollführt ein heftiges Lenkmanöver, der Doktorwagen dreht ab, aus dem beschädigten Kühler spritzt Wasserdampf, Benzin entflammt, die schmalen Reifen verlieren die Bodenhaftung, gleiten über den Schnee, das Automobil kippt, ich merke, dass ich von der Sitzbank falle, fliege, auf dem Straßenpflaster einen Purzelbaum schlage. Zum Glück waren wir nicht sehr schnell, ein guter Radfahrer hätte den Doktorwagen überholen können, ich purzele, lasse die Pistole nicht fallen und bin plötzlich wieder im Schützengraben, plötzlich wieder im Krieg, wortloses Grauen, stimulierend wie eine Droge, erfüllt meinen ganzen Körper, die Muskeln entspannen und lockern sich erst wieder, wenn wir zurück in der Etappe sind, abgelöst werden. Ich lande auf dem Bauch, Visier auf 150, Kolben an die Schulter, ich ziele sorgfältig, schieße, noch einmal und noch einmal. Die Patronenhülsen klimpern übers Pflaster. Im Augenwinkel sehe ich Damenschuhe. Fünf Meter von mir entfernt steht eine ältere Dame und gafft, als wäre hier nicht Krieg, recht hat sie, hier ist kein Krieg, das hier ist die Revolution.

Hinter mir schießt der Zwilling mit dem Gewehr, und einer von uns trifft, der Soldat mit dem Tankgewehr schreit auf und windet sich auf der Straße, der andere springt hoch und rennt weg, lässt die Panzerwaffe und den verwundeten Kameraden zurück.

«Los, los, los!», schreie ich, es ist nicht sicher hier, wir müssen weg, «los, los, los!». Wir laufen, fünfhundert Meter weiter ist schon der Wedding, der rote Wedding, dort werden wir in Sicherheit sein. Wie in den Schützengräben laufen wir, wie im Krieg, und trotzdem unter dem Blick von lauter unbeteiligten Gaffern. Ich laufe, komme außer Atem, laufe weiter.

«Heer der Sklaven, wache auf!», rufe ich, trunken vor Zorn.

«Nimm dieses große Gewehr!», schreit Salmakis, doch ich weiß, das schaffen wir nicht, mit der schweren Waffe kommen wir nicht weg. Natürlich, klar, sie wäre der Revolution von Nutzen, könnte Motoren zerschießen und die Fahrer der Lastwagen von Pabst töten, diese Laster mit aufgemalten Totenköpfen, Kreuzen und Hakenkreuzen, aber mit dem schweren Gewehr entkommen wir nicht, sie holen uns ein; wir müssen leicht sein und schnell.

Ich laufe zu dem verwundeten Soldaten, sehe seinen Stahlhelm, sehe, wie er kriecht und eine Blutspur im Schnee hinterlässt. Er hört meine Schritte, dreht sich auf den Rücken, will zum Holster am Gürtel greifen, kriegt es nicht auf, ich schieße zweimal von nahem, treffe ihn in die Brust, er regt sich nicht mehr. Aus der Nase läuft ihm Blut in den buschigen Schnauzbart. Seine Uniform ist grau wie die meine, das Band des Eisernen Kreuzes, die Schulterstücke, wie im Graben üblich, umgedreht, um die Regimentsnummer nicht zu verraten, Gardelitzen und Feldwebelrangabzeichen am Kragen, und plötzlich sehe ich, ich weiß und fühle, dass ich einen deutschen Soldaten getötet habe, meinen Bruder, mich selbst, ich bin es, der dort liegt, auf dem Pflaster. Seine Hände sind grob und abgearbeitet, ein Soldat wie ich, ohne «von und zu», ein Landwirt, Bergarbeiter oder Handwerker, in die Uniform gesteckt, und ich habe ihn getötet. Der Verschluss meiner Pistole ist geöffnet, ich habe alle Patronen verschossen und bin selbst offen und leer wie die Pistole, die ich in der Hand halte, hielt, denn sie rutscht mir aus den Fingern und fällt aufs Pflaster.

Dabei ist Leben doch Leben. Ich habe schon getötet, seit vier Jahren praktiziere ich das Töten und bin erst von diesem Tod hier betroffen, dem Tod eines Menschen, der mich töten wollte, mehr noch als die Engländer und Franzosen in Flandern.

Es ist dumm, dumm, dumm, und doch sind Zorn und Wut aus mir gewichen, verschwunden, als hätte es sie nie gegeben. In mir ist Leere, Leere, die du hinterlassen hast, Agnes, ich muss sie mit etwas füllen, ich habe nur Zorn und Hass ...

Salmakis kommt angelaufen, mit dem Gürtel und dem Geschirr für den Holzkolben und der Patronentasche, er hebt die Pistole auf, legt sie mir in die Hände. «Komm», sagt er, «komm, egal. Du hattest keine Wahl. Komm. Wir müssen weiter.»

In mir ist nichts als Hoffnungslosigkeit, ich möchte auf die Knie gehen, so wie vor deiner Tür und dennoch anders, möchte auf die Knie gehen und tue das, die Knie im aufweichenden Schnee, möchte hier so bleiben und warten, bis Pabsts Leute oder gewöhnliche Regierungssoldaten kommen, die rote Armbinde auf meiner Lederjacke sehen, mir ohne viel Federlesens den Lauf an den Hinterkopf setzen und tun, wozu ich selbst nicht den Mut habe, träumend, immer und ewig nur träumend von dir, Agnes, aber sogar diese Hoffnung gebe ich auf, also gut, Salmakis, ich stehe auf, wenn du mir schon hochhilfst, binde mir den Gürtel um, drücke zehn Patronen ins Magazin, und gut, nehmen wir auch das Tankgewehr, zu zweit, der Tod dieses Jungen wird nicht vergebens gewesen sein, wir schenken der Revolution ein Panzerabwehrgewehr, wenn wir schon das Auto verloren haben. Töten können sie mich genauso gut morgen.

Salmakis und ich packen das lange Gewehr, ich am Verschluss, Salmakis am Lauf, und los geht's, wir laufen, der Zwilling mit dem Gewehr voraus, so gern wäre ich wieder Hass, Zorn und pure Freude, wie vor einem Augenblick. «Heer der Sklaven, wache auf», würde ich gern rufen, aber erst einmal müsste ich selbst erwachen.

Ich blicke zurück, sie verfolgen uns nicht. Wir gehen langsamer. Ich atme tief, die frostige Luft stinkt nach dem Rauch billigster Kohle und kratzt im Hals. Den roten Wedding betreten wir mit einer Panzerabwehrwaffe, ohne Automobil, doch die Revolution ist im Gang, und ich möchte, dass sie auch in mir geschieht, Agnes, in meinem Herzen so wie auf den Straßen Berlins.

Graue Mauern, Schnee auf dem Straßenpflaster, rote Flaggen, rote Armbinden, der Himmel grau, eisern, tief über unseren Köpfen.

Eine Welt ist gestorben, die andere noch nicht geboren, die ausgemergelten Menschen ringsum auf einmal vereinzelt und einsam, herausgelöst aus dem Gerüst der gesellschaftlichen Ordnung, die Menschen hungern nach dieser Ordnung, doch wir sind gekommen, sie zu zerstören.

Vier Jahre lag ich sterbend in den Schützengräben und bin nicht gestorben. Anfangs dachte ich, ich tue etwas Würdevolles und Großes, du, Agnes, warst die einzige mir bekannte Person, die den Krieg von Anfang an für eine Dummheit hielt, später habe ich dann begriffen, an was für einem Riesenirrsinn ich da teilnehme, und nur eins hatte noch Bedeutung für mich: nicht zu sterben, und das gelang mir. Danach lag ich in der Finsternis, die nur von verschwommenen, nebelhaften Erinnerungen an das Feldlazarett, die Zugfahrt, menschliche Stimmen aufgehellt wurde; danach war ich Zigarrenverkäufer, der alles verloren hatte, aber jetzt ist das vorbei. Jetzt wird meine Existenz einen größeren, äußeren Sinn bekommen.

Ich will jemand anders sein, als ich bin.

Ich will jemand sein, der mehr wert ist als ich.

Ich will deiner Liebe wert sein, Agnes.

Immer hast du mich zu jemand Besserem gemacht. Hast mich hochgetragen. Mich vor Herausforderungen gestellt. Warst fordernd. Warst grausam, ja, aber in dieser Grausamkeit verbarg sich die Liebe, die du mir nie gestanden hast, an der ich dennoch nie zweifelte.

Ich will deiner würdig sein, Agnes.

Du als Erste hast mir gezeigt, dass man gegen die Welt leben kann und niemand zu schwach dafür ist. Du warst ein neunzehnjähriges Fräulein aus gutem Hause, von dem nichts als gute Manieren, schöner Gesang, mäßig gutes Klavierspiel verlangt wurden, mäßig, denn Virtuosin zu sein, wäre schon anstößig gewesen. Geboren in einer wohlhabenden Bürgerfamilie, hattest du alles und konntest nichts. In der Welt, die nun untergegangen ist, wurde dein Leben geplant, du warst mit diesem Plan nicht einverstanden. Du liebtest deinen Vater und hattest doch den Mut, auf deine Art zu leben. Hattest den Mut, zu denken, zu lesen und zu sagen, was du willst. Als du Gottrops Werben nachgabst und ihn heiratetest, als ich aus dem Seitenschiff der evangelischen Kirche mitansehen musste, wie du ihm all das gelobtest, wofür ich die ganze Welt hingegeben hätte, was ihn dagegen offenbar wenig beeindruckte, pochte statt des

Herzens eine brennende Wunde in meiner Brust; aber sogar damals habe ich dich verstanden.

Gottrop war gut zu dir und dir völlig ergeben, nach dem Tod deiner Eltern hattest du wenig Geld, die Geschäfte deines Vaters liefen nicht gut. Du brauchtest jemanden, der das vom Vater geerbte Unternehmen übernimmt, jemand völlig von deinem Willen Abhängigen, der dir das Leben garantiert, das dir vorher dein Vater garantiert hatte.

Das konnte nicht ich sein. Ich war deiner nicht würdig. Besaß keinen Pfennig. Mein Tatulek und die Brüder malochten doch in der Grube.

Ich will deiner würdig sein, Agnes. Mein Leben wird Sinn bekommen, meine Klasse, meine Herkunft, meine gesellschaftliche Position werden mich nicht mehr bestimmen, ich werde es sein, der die Wirklichkeit um mich herum definiert.

Wir gehen, kommen am Gaswerk und der Kirche am Weddingplatz vorbei, Ecke Dalldorfer Straße hängen wir uns an die Plattform der gelbgrünen Straßenbahn und fahren ein paar Haltestellen, ohne Fahrkarte, dafür mit Pistolen. Die Blicke der Zwillinge lodern, ihre Wangen sind ganz gerötet, sie summen vor sich hin.

An der Kreuzung Schererstraße springen wir ab, die Zwillinge sagen, es ist nicht mehr weit. Schließlich stehen wir vor dem Haus Nummer 17 in der Prinz-Eugen-Straße.

Ein gewöhnliches Berliner Mietshaus, Parterre und vier Stockwerke, zwei Eingänge, geschmacklos eklektischer Zierrat, wie vor vierzig Jahren üblich, ganz oben ein ziemlich scheußlicher Erker im neugotischen Stil. Die Zwillinge führen mich ins Haus, sie haben den Schlüssel zum Tor, durch das wir direkt auf den Hof gelangen. Auf dem Hof Leute in Uniform und Zivil, rote Armbinden, an den Mützen rote Kokarden. Fünfzehn Männer, drei Frauen, alle in Männerkleidung, keine vornehmen Gesichter oder Hände. Sie essen Suppe aus Feldgeschirr. Manche stehen, wärmen sich die kalten Hände an den Schüsseln mit dampfendem Essen, andere sitzen auf Stühlen oder Kisten, drei hantieren an der zweirädrigen Feldküche, die ohne Pferd und Vorbau dasteht und deren Schornstein raucht, aus dem Kessel duftet es nach Erbsensuppe aus Erbswurst, die kenne ich nur zu gut aus den Schützengräben, wie oft gab es das als Verpflegung, diese getrocknete und in Wurstform gerollte Paste aus Erbsenmehl, Speck, Zwiebeln und Gewürzen, die aufgerissene Papierverpackung wirft der Koch gerade ins Herdfeuer. Daneben aufgebockte Gewehre, auf Zweibeinen zwei leichte Maschinengewehre mit Patronengurten in runden Trommeln. Der Anzahl entnehme ich, dass die Einheit, die zuvor großsprecherisch Kompanie genannt worden war, in Wirklichkeit ein nicht sehr stark besetzter Zug ist.

«Das ist Genosse Alois Pokora», sagt Salmakis und erzählt von mir, als formulierte er eine Anzeige fürs *Berliner Tageblatt*: Bergmannssohn, vier Jahre in den Schützengräben, Leutnant im Pionierregiment, führte einen Sturmzug und so weiter. «Heute hat er seine Kaltblütigkeit in Straßenkämpfen bewiesen, als die Konterrevolutionäre unser Auto zerstörten, auf der Fahrt von Mitte in den Wedding.»

Alle schauen mich an, ich bin verlegen.

Salmakis spricht weiter: «In unserer Roten Garde gibt es keine Offiziere, wohl aber Anführer, und Ex-Leutnant Alois wird unsere Kompanie führen, selbstverständlich in Absprache mit dem Soldatenrat und unter seiner Kontrolle, Genosse Pokora wird auch für die Schulung der Kompanie zuständig sein. Quartier und Proviant bekommt er natürlich hier, auf dem Dachboden, gemeinsam mit der Mannschaft, denn in der neuen Welt wird es keine preußischen Junker mehr geben, alle werden gleich sein. Und jetzt erteile ich das Wort dem Genossen Pokora.»

Und Genosse Pokora hat keinen Schimmer, was er sagen soll, ein Dutzend Augenpaare sind in der Stille auf ihn gerichtet, also räuspert er sich und beginnt mit einem gedehnten «Also ...».

Keines der Gesichter zeigt ein aufmunterndes Lächeln, alle sind streng und ernst, Männer und Frauen gleichermaßen, ich spüre, dass mit jeder Sekunde der winzige Vertrauensvorschuss schwinden kann, den sie mir nach Salmakis' Einführung vielleicht gewähren.

Schließlich sage ich etwas Unsinniges, Salmakis schlägt vor, dass ich mit den Grundlagen anfange, ich weiß nicht recht, nach welchen Grundlagen die Schulung einer solchen Truppe erfolgen soll, wie aus den hier gesammelten Waffen zu schließen ist, handelt es sich wohl um eine Kampfgruppe. Was ist unser Ziel? Verteidigen oder angreifen, irgendwo Wache halten oder auf dem Lkw herumfahren und Konterrevolutionäre abknallen?

Da kommt mir eine nicht gerade glänzende Idee, da die Gewehre hier aufgebockt stehen ... «Wer war an der Front?», frage ich. Die Hälfte der Hände hebt sich. «Wer kennt sich mit Waffen aus?» Drei Viertel. Ich frage mich, ohne diesen Zweifel laut zu äußern, ob in Berlin, in das mit jedem Tag mehr Veteranen auf unterschiedlichen Wegen heimkehren, nicht ein gutes Dutzend Leute mit Kampferfahrung für diese angebliche Eliteabteilung zu finden waren, bis mir einfällt, wer der Anführer und Ausbilder dieser Einheit ist.

Ich, der kleine Alois Pokora, gerade mal Leutnant, siebenundzwanzig. Was soll man da von der Mannschaft erwarten. Im Übrigen, Genossen, sind wir hier alle Mannschaft.

Ich beginne also auf der Stelle mit der Schulung. Uns bleibt keine Zeit. Erst die Mauser, Trockenübung. «Wir werden ja hier wohl nicht schießen?», frage ich Salmakis, und der bestätigt. Ich zeige also die grundlegenden Operationen, Laden, Entladen, Sichern, Entsichern, Zielen, Schießen. Ich erzähle, bemühe mich um eine einfache und konkrete Sprache ohne Militärjargon. Fürs Erste reicht das. Es ist keine schwer zu bedienende Waffe. Dann das Gleiche mit dem sehr viel komplizierteren leichten Maschinengewehr MG 08/15, «hier der Patronengurt, eine halbe Kurbeldrehung, noch eine halbe», und so weiter, «hier der Kühlerstöpsel, hier der Schlauch».

Alles Weitere ergibt sich irgendwie, auch wenn ich nicht ganz sehe, wie meine Schützengraben- und Pioniererfahrung in der Stadt von Nutzen sein soll. Jedenfalls gucken sie nicht mehr ganz so abweisend, eine hübsche Brünette, älter als ich, um die dreißig, mit frischen runden Wangen, lächelt mir sogar zu, und ihr Lächeln ist eine willkommene Abwechslung nach den von Zorn und Misstrauen verschlossenen Gesichtern. Sie heißt Greta, Genossin Greta. Bestimmt ein Pseudonym, aber egal. Die Genossin Greta gefällt mir sehr, am meisten gefallen mir ihre freundlichen Blicke, ihr Lächeln.

Dann Essen, und anschließend gehen wir auf den Dachboden, Quartier beziehen. Ich bin ganz durchgefroren, aber jemand hat zwei Flaschen miesen Korn, Salmakis trägt jetzt Männersachen, also vielleicht ist es Salmakis oder der andere Zwilling, der einige Laib Brot und ein paar Fleischkonserven der Armee bringt, wir essen, trinken Korn und sinken bald auf die Strohsäcke, wer kann, deckt sich mit seinem Mantel zu, denn auf dem Boden ist es kalt, trotz des kleinen Öfchens, wir gehen schlafen, Salmakis und der andere Zwilling gemeinsam mit uns. Ich finde zum Glück eine Decke und bin plötzlich beruhigt, das ist die Welt, das Leben, wie ich es kenne, wie ich es gewohnt bin, Übungen, gemeinsames Nachtlager, Pflicht, Tagesordnung.

In der Nacht kommt der Feldwebel zu mir, dem ich bei den Garde-Füsilier-Kasernen zweimal in die Brust geschossen habe, beugt sich über mich wie eine Frau, die mich küssen will, der Rand seines Stahlhelms überschattet mein Gesicht, sein Schnurrbart berührt meine Lippen. Der Feldwebel reißt den Mund auf, und aus der klaffenden Höhle ergießt sich ein Blutstrom auf mich, überflutet mir Nase und Rachen, ich ersticke, ertrinke, er hält mich an den Armen fest, ich kann mich nicht rühren.

«Genosse Alois, wachen Sie auf», sagt der Feldwebel, und als ich die Augen öffne, sehe ich den Genossen Salmakis über mir, er hat nur ein Hemd an, Herrenhemd, zu lang, fast bis zu den Knien, und hält eine Petroleumlampe, «Genosse Alois, Sie haben im Schlaf sehr geschrien.»

Schade, dass es nicht die Genossin Greta ist, denke ich enttäuscht und wundere mich in der nächsten Sekunde über diesen Gedanken.

«Ich habe von dem Mann geträumt, den ich gestern getötet habe, bei der Straßenschießerei», sage ich, und Salmakis erwidert: «Das war doch ein Konterrevolutionär, ein Lakai des Großkapitals und der Monarchie.»

«Es war ein Mensch», sage ich, «und ich habe ihn getötet.»

«Aber Sie haben doch früher auch Menschen getötet, Genosse Alois, im Krieg, in den Schützengräben. Finden Sie, das ist etwas anderes?»

Darauf habe ich keine Antwort. Ich glaube schon, dass es etwas anderes ist, aber das Argument, es sei deshalb anders, weil dieser Feldwebel ein Deutscher war, will mir nicht über die Lippen. Schließlich ist der Internationalismus die solide Basis von Arbeiterbewegung und Revolution.

Ich habe keine Antwort, also schweige ich.

Salmakis dreht den Docht in der Lampe herunter, legt sich neben mich auf den Strohsack, schlüpft unter meine Decke und küsst mich auf den Mund. Ich bin entsetzt. «Aber Genosse Alois, kleinbürgerliche Vorurteile gelten hier nichts», sagt Salmakis, ich aber denke an dich, Agnes.

Du hast nie gesagt, dass du Treue von mir erwartest. Ich selbst habe entschieden, dass ich niemanden will außer dir. Natürlich hatte diese Entscheidung am Anfang keinerlei Gewicht, zumindest bevor ich nach Breslau zog, denn als armer Gymnasiast in Gleiwitz war ich für die Frauen so gut wie unsichtbar, deshalb ergab sich meine Treue zu deiner Kühle von allein, sie bedurfte keiner Anstrengung.

In Breslau änderten sich die Dinge, meine Studentenmütze, der hohe Wuchs und die einigermaßen regelmäßigen Gesichtszüge machten mich oberflächlich interessant für Wäscherinnen, Haushälterinnen, Kneipenwirtinnen oder Verkäuferinnen, besonders die jüngeren, die auf eine schnelle und leichte Möglichkeit zum gesellschaftlichen Aufstieg erpicht waren, die meisten von ihnen verloren aber nach kurzem Gespräch das Interesse, denn sie entdeckten etwas Schwaches an mir. Eher geneigt waren ältere Frauen, doch ich hatte zu viel Angst, du könntest mich nach meiner selbstauferlegten Treue fragen, und lügen würde ich doch nie können. Niemals habe ich dich belogen, Agnes. Der Akt selbst schreckte mich weniger als die Notwendigkeit, ihn später gestehen zu müssen. Nur so viel Entsagung war in meiner Treue zu dir, Agnes, und seiner Konsequenz, der körperlichen Reinheit, wie unser Religionslehrer am Gymnasium, Pfarrer Peter, das nannte; er unterschied fein säuberlich Unreinheit in Gedanken, in Taten und in Absichten.

Salmakis hält mich für jemand anderen, als ich bin. Die Zwillinge haben mich schwach gesehen, als verfrorenen Tabakhändler auf der Straße, aber gestern auch als Sturmsoldat, als Straßenkämpfer, als Ausbilder der Revolutionäre, jemanden vom Format eines bolschewistischen Kommissars in Lederjacke, jemanden, der mit der Pistole ein Schloss oder ein Parlament stürmen wird, jemand, der dem Kaiser am Galgen den Hocker unter den Füßen wegtreten wird.

Dabei bin ich gar nicht so jemand. Ich bin der kleine Alois Pokora, geboren in Nieborowitz, OS, im Jahre 1891, Sohn von Anton und Paulina Pokora, alle meine Gerechtigkeiten gleich einem unflätigen Kleide, Salmakis Bewunderung ganz unverdient, so wie sie mir beide Eisernen Kreuze unverdient gaben, ich war doch niemals mutig oder heldenhaft, wollte nur überleben, habe Franzosen und Engländer getötet, damit sie nicht mich töteten und damit ich selbst nicht wegen Feigheit vorm Feind erschossen werde.

«Jetzt kannst du dich überzeugen, welches Geschlecht ich habe», flüstert Salmakis, «wenn das für dich so wichtig ist.»

«Erst einmal würde ich gern erfahren, welcher von den Zwillingen du bist», flüstere ich zurück, aber Salmakis sagt, das sei bedeutungslos, denn sie seien eins.

«Also wie lautet der andere Name?»

Er lacht. «Es gibt nur einen Namen. Wir beide sind Salmakis.» Er führt meine Hand unter sein Hemd, und unter dem Hemd ist Salmakis kein Junge, er hat mädchenhafte Brüste.

«Dann sag mir wenigstens, wie alt du bist», sage ich, und Salmakis antwortet:

«Tausend.»

«Na gut, wie heißt du dann, Salmakis ist doch nicht dein richtiger Name.»

«Er könnte richtiger nicht sein, Genosse Alois.»

Er küsst mich, ich erwidere den Kuss, Entschuldigung, Agnes, kannst du mir verzeihen? Ich erwidere den Kuss.

Ich höre ein Geräusch in der Nähe und erstarre, es wäre hochnotpeinlich, wenn jemand mich in dieser Situation ertappen würde, ich versuche uns zuzudecken, Salmakis löst sich von meinen Lippen und lacht ganz leise, während eine andere oder vielleicht die oder der erste Salmakis unter meine Decke schlüpft und nun vier Hände meinen mageren Körper betasten und ich zwei Paar Lippen küsse und beide mich liebkosen, ich ihre Körper berühre, deren Form weiblich und doch nicht weiblich ist, sie haben etwas federnd Jungenhaftes, kaum tastbare Brüste, harte Hüften. Es sind ganz andere Körper als deiner, Agnes, dein Körper, an den zu denken ich jetzt die Frechheit habe, jetzt, da schließlich die Lust über meine Angst siegt, über meine Scham und Sorge und da mein Körper reagiert, wie er soll, alles in den Händen der Zwillinge, und mir nun zum ersten Mal in der Nähe eines anderen Menschen geschieht, wie mir bisher ausschließlich in der Einsamkeit geschah, bin ich selig und traurig zugleich, plötzlich verlangt mich nach ihrer Haut, nach diesem Geschmack, ich suche ihre Lippen, und Salmakis sucht meine, und ich fange ein bisschen an zu weinen, mein Körper zittert, die Salmakis schmiegen sich an mich, dann führen sie auch schon meine Hände und zeigen ihnen, was zu tun ist, sie stöhnen für mein Gefühl etwas zu laut, aber etwas sagt mir, dass mich das nicht scheren soll, dann schlafen wir ein, am nächsten Morgen öffne ich die Augen, und Salmakis sind immer noch bei mir, an meine Seiten geschmiegt. Plötzlich ist es mir peinlich, dass der Rest meiner neuen Mannschaft nicht mehr schläft und mich und die beiden Salmakis unter einer Decke sieht, während sie selbst mit ihrer Morgentoilette beschäftigt sind.

Das Schamgefühl schnürt mir die Eingeweide zusammen, wie immer, wenn ich Hohn oder Beschimpfung gewärtige, doch nichts dergleichen tritt ein. Sogar die Genossin Greta lächelt mir zu, als wäre nichts passiert.

Zum ersten Mal habe ich einen anderen Körper als meinen eigenen berührt und bin plötzlich sehr enttäuscht. Sollte ich nicht als jemand ganz anderes erwachen, wenn ich schon meine Reinheit verloren habe?

Ich möchte vor dir auf die Knie fallen, Agnes, und dich um Verzeihung bitten für das, was geschehen ist, das, was ich getan habe, aber als ich mich anziehe, mich zum Frühstück vorbereite, verstehe ich, dass du gar nicht angewidert wärest von mir. Vielleicht würdest du sogar finden, dass ich endlich jemand werde.

«Morgen machen wir mehr», flüstert mir der eine Salmakis ins Ohr, als er sich von meinem Lager verzieht. «Sie werden zufrieden sein, Genosse Alois. Wir finden einen angenehmeren Ort. Doch jetzt an die Arbeit, das Schwert ist zu wetzen, für den bewaffneten Arm unserer Revolution.»

So wetze ich dieses Schwert den ganzen Tag, versuche meine Stellungskriegerfahrung auf die Realität der Straßenkämpfe zu übertragen.

In der Nacht geschieht, was die Salmakis versprochen haben, in einem kleinen Zimmer, in einer der Wohnungen des Mietshauses, das uns als Quartier dient, beim gedämpften Licht der Petroleumlampe, geschieht es zweimal und dann noch einmal, und der kleine Alois Pokora ist durch diesen Verlust der Tugend kein größerer Alois Pokora geworden, nichts in ihm hat sich verändert, am Morgen bin ich derselbe Alois Pokora wie zuvor, nur dass ich dir auf perfide Weise besser zu genügen meine, Agnes.

Die Salmakis kündigen mir am Morgen an, das sei noch nicht das Ende unserer Abenteuer, und ich frage mich, was sie mir wohl noch zeigen könnten. Tagsüber fällt mir auf, dass die Genossin Greta mich nicht mehr anlächelt, sie scheint verletzt zu sein, meidet meinen Blick, und ich begreife, sie ist ganz einfach eifersüchtig, und verstehe, dass ich zum ersten Mal der Gegenstand von jemandes Eifersucht bin.

Die Revolution bekommt mir.

Am nächsten Tag fährt ein mächtiger Viertonner der NAG, das heißt Neue Automobilgesellschaft, vor dem Haus in der Prinz-Eugen-Straße vor, qualmend wie eine ganze Dampflok, die Ladefläche mit hohem Bretterverschlag und auf der Ladefläche ein Holzgasgenerator, eine äußerst nützliche Apparatur angesichts der Tatsache, wie schwer Benzin zu bekommen ist. Rauchwolken steigen aus dem Auspuff des Generators. Dem Führerhaus entspringt die Baronin in lederner Chauffeurjacke und verkündet bestens gelaunt, dass die Rote-Volksgarde-Kompanie ab jetzt motorisiert sei, sie habe diesen Lastwagen bei der Führung der Volksmarinedivision abstauben können. Wir schmücken den Laster mit roten Fahnen und fahren hinaus aus der Stadt, in den Wald, dort veranstalte ich Schießübungen für meine Kompanie. Die Salmakis sorgen für Verpflegung, das Essen ist spartanisch, Militärproviant, aber erstaunlich üppig vorhanden, ich esse hier bestimmt besser als in den Schützengräben. Täglich erhalten wir außerdem ein Viertel Schnaps pro Kopf und zehn gute Zigaretten.

Die Salmakis halten ihr neues Versprechen, in den Nächten geschehen Dinge in unserem Zimmerchen, von denen ich nicht zu träumen wagte und ganz gewiss nicht glaubte, sie können mir selbst geschehen. Ich beginne zu verstehen, was die Salmakis damit meinten, als sie sagten, sie hätten kein Geschlecht. Sie sind keine Frauen, trotz der weiblichen Biologie, es sind aber ganz sicher auch keine Männer, das ist vielleicht der Grund, warum ich keine Scham vor ihnen empfinde, so wie ich es vor jeder Frau und überhaupt vor jedem Menschen täte. In unserem Zimmerchen probiere ich auch von dem weißen Pulver, das ich vorher nicht kannte. Die Salmakis sagen, es sei Kokain. Wir lecken es vom Papier oder ziehen es durch die Nase, so wie mein Tatulek gelegentlich Tabak geschnupft hat, das Pulver ist bitter, und diese Bitterkeit schmeckt mir gut, sie regt mich an, und auch wenn mein Körper danach auf Zärtlichkeiten nicht so reagiert, wie er sollte, befriedigen mich die Salmakis. Die Dinge, die zwischen uns geschehen, erfordern von mir keine ständige männliche Leistungsfähigkeit.

So vergehen die revolutionären Tage. Ich bin immer ruhiger, immer entschlossener. Habe eine Aufgabe und ein Ziel. So ähnlich war es wohl, als ich mich 1914 freiwillig meldete, zum ersten Mal im Leben hatte ich den Eindruck, dass ich der Sache diene, der ich dienen will, ich fühlte, dass ich durch diesen Dienst ein guter Deutscher werde, und mir schien damals, trotz meiner Kontakte zu Braun-Towiański und des Interesses am Polentum, ein guter Deutscher zu sein wäre die vornehmste, Alois Pokora zugängliche Daseinsweise.

Jetzt vergeht die Zeit für mich anders. Meine Pflichten lassen es nicht zu, dass ich sie an Grübeleien und Selbstmitleid verschwende. Wie Tatulek immer sagte: «Hast du

Kummer, such dir Arbeit.» Das hier ist jetzt meine Arbeit. Wenn ich nicht mit meiner kleinen Kompanie übe, dann versuche ich, Vorschriften zu verfassen, gestützt auf die mir bekannten Militärreglements, die Baronin hat mir Handbücher über Taktik und Strategie kommen lassen, doch es gibt eine Tätigkeit, die ich ablehne: die politische Aufklärung meiner Genossen. Als die Baronin bei einem Besuch nach dem Grund fragt, rede ich mich mit Unkenntnis heraus, doch sie lässt sich nicht abwimmeln. «Du hast doch Philosophie studiert, du musst Hegel und Marx kennen.»

«Das tue ich in der Tat. Um aber unsere Genossen aufzuklären, müsste ich an das glauben, was ich zu vermitteln habe.»

Die Baronin fragt zunächst sehr argwöhnisch, ob ich denn kein Marxist sei.

«Ich weiß nicht, wer ich bin, nicht einmal, wer ich nicht bin», erwidere ich, «ich glaube an die Revolution und dürste danach, glaube dagegen kein Wort von dem, was in den Büchern geschrieben steht, ob in der Bibel oder im *Kapital*. Ich glaube an nichts und dürste doch nach Revolution. Genügt das nicht?»

«Fürs Erste genügt es», sagt die Baronin. «In diesem Stadium. Doch dieses Stadium wird enden. Falls oder eher – wenn die Revolution siegen sollte, dann werden auch andere Dinge zählen.»

«Betrachten wir das doch als eine Art revolutionärer, atheistischer Pascal'scher Wette», schlage ich vor.

«Meinetwegen», sagt die Baronin, und das erinnert mich an das Gespräch mit Religionslehrer Peter am Ende der Gymnasialzeit, in der Prima, als Smilo von Kattwitz fragte, was jemand tun solle, der der Gnade des Glaubens nicht teilhaftig ist, jemand, der kein Fünkchen Gottesglauben in sich finden kann, und Pfarrer Peter antwortete, dieser jemand müsse so leben, als würde Gott existieren, und alles werde gut.

Damals fragte ich nicht nach, obwohl ich dachte, Moment mal, welcher Gott ist denn da gemeint in dieser Pascal'schen Wette, der katholische, protestantische oder vielleicht der muslimische Gott, Zeus oder die blutigen Götter der Azteken? Schließlich würde jeder von ihnen, selbst wenn er nicht existierte, seinen nicht gläubigen Bekennern in der Pascal'schen Wette ganz andere Taten abverlangen.

Bei Pfarrer Peter habe ich nichts gesagt, ebenso wie jetzt bei der Baronin.

Vielleicht bringt uns die Baronin deshalb am letzten Novembertag Gäste, eine Frau und einen Mann, als wir, erschöpft von den Übungen, auf unserem Dachboden ausruhen. Es ist ein seltsames Paar, ich erkenne sie nicht auf Anhieb.

Beide sind um die fünfzig, beide eher klein. Die Frau ist untersetzt und hinkt leicht, hat semitische Züge, eine große Nase und durchdringende, ruhige Augen. Gekleidet ist sie eher altmodisch, ihrem Alter angemessen. Der Mann trägt einen zweireihigen Mantel, er hat das Gesicht eines bescheidenen, untergeordneten Beamten, Nickelbrille und einen schwarzen Schnurrbart.

Die Baronin kündigt an, es werde jetzt speziell für die Rote Volksgarde einen politischen Vortrag geben, der unser Klassenbewusstsein und unser Verständnis für die Ziele unserer Revolution stärken und vertiefen soll. Die Redner seien die Genossen Rosa Luxemburg und Karl Liebknecht.

«Ja, das sind sie», flüstern meine Genossen und Genossinnen, wir sammeln uns um sie, Salmakis stellt eine leere Handgranatenkiste hin, damit die Genossin leicht erhöht in unserer Mitte stehen kann. Liebknecht hilft ihr hinauf, und sie beginnt zu sprechen.

«Genossen und Genossinnen. Wie ich hörte, wird hier die elitäre Faust der Revolution geschmiedet. Eine derartige Faust braucht unsere Revolution. Dank solch einer Faust haben wir am neunten November das Schandjoch abgeworfen, wir, das deutsche Volk, verraten auf den Schlachtfeldern Flanderns, wir, verraten von blutbesudelten, preußischen Kriminellen und ihrer Blutgier, dem Moloch zum Fraß vorgeworfen. Wir haben dieses Joch abgeworfen, als Genosse Liebknecht unsere sozialistische Republik ausrief.»

Wir klatschen alle, kurze Bravorufe, der Genosse Liebknecht verneigt sich, etwas verlegen vom Beifall, wie es sich gehört, Luxemburg fährt fort.

«So haben wir also den Kaiser verjagt, doch denkt daran, Genossen und Genossinnen, der Kaiser und die anderen Hohenzollern waren nichts weiter als Lakaien der imperialistischen Bourgeoisie und des Junkertums», stellt Luxemburg fest und sucht die ganze Zeit den Blickkontakt mit den Zuhörern, sie spricht nicht sehr laut, aber sicher, und um diese Sicherheit beneide ich sie.

«Die Schuld am Krieg trägt die Bourgeoisie», sagt Luxemburg, «die deutsche Bourgeoisie ebenso wie die französische, englische oder russische, dieser unersättliche Baal des internationalen Kapitals, hungernd nach millionenfachen Menschenopfern. Der Krieg, der so viele unserer Brüder weggerissen, der Krieg, der vielen von uns vier Lebensjahre und viele Angehörige geraubt hat, ist der Grund, dass die Bourgeoisie ihr moralisches Recht auf ihre Existenz als Klasse verwirkt hat.»

Luxemburg redet weiter, und ich denke, dass sie mich an dich erinnert, Agnes. Nicht vom Aussehen natürlich, aber von ihrer inneren Kraft, ihrem Charisma her, der Selbstsicherheit. Ihr Deutsch ist schlechter als deines, natürlich, man hört, dass es ihre zweite Sprache ist, aber nur am Akzent und der Aussprache, denn sie formuliert ganz durchsichtig und klar, Sätze wie mit dem Skalpell gezogen.

Ich sehe sie an, erinnere mich an die letzte Nacht und daran, dass ich von dir geträumt habe, Agnes. Am Morgen hatte ich den Traum vergessen, jetzt kehrt er mit voller Kraft zurück, eine plötzliche Rückblende, du warst nackt in meinem Traum, aber dein Körper ähnelte nicht deinem wirklichen, ich sah dich älter und größer, stärker, kräftiger gebaut, du warst eine Frau, eine Frau in ihrer Blüte, doch dein Körper war zugleich auch männlich, ich wiederum war viel kleiner als du, ganz nackt und offen für dich, und ich weiß noch, wie du mich in diesem Traum genommen hast, wie ein Mann eine Frau nimmt, du warst rau und entschlossen, deiner Sache sicher, und ich habe mich dir hingegeben, war ruhig, unbesorgt, aufgehoben in deiner Fürsorge und Liebe. Nichts anderes habe ich erträumt, nichts anderes mir gewünscht, als mich dir hinzugeben, Agnes.

Daran denke ich, während ich dieser jüdischen Revolutionärin zuhöre. Ich denke an dich.

Der Traum mochte natürlich viel mit der Realität meiner erotischen Beziehung zu den beiden Salmakis zu tun haben, mit der Nacht für Nacht fortschreitenden esoterischen Initiation, den neuentdeckten Wegen der körperlichen Lust, und dabei wurde ich als immer derselbe wach, als Alois Pokora, für den vor seinem neunzehnten Lebensjahr kein Mädchen einen Blick übrig hatte. Keines außer dir, Agnes.

Erst jetzt verstehe ich, was meine Beziehung mit dir war und vielleicht immer noch ist.

Rosa Luxemburg sagt weiter, dass jeder, der seine Pflicht gegenüber der Gesellschaft erfüllt, ein menschenwürdiges Leben führen muss: «Der Hunger kann keine ewige Drohung sein, die wie ein Damoklesschwert über den Häuptern der Arbeiterklasse schwebt, der Hunger sollte nur eine Strafe für Faulenzer und Nichtstuer sein. Nur wer nicht arbeitet, soll auch nicht essen. Nur in einer solchen Gesellschaft lässt sich der Hass zwischen den Menschen ausrotten. Nur in einer solchen Welt können wir sicher sein, dass es nie wieder Krieg gibt.»

Sie hat Feuer, und ich glaube, ihre Worte könnten meinem Tatulek sehr gefallen, wenn er denn vor lauter Zorn nur für irgendetwas offen gewesen wäre, der Zorn umgab meinen Tatulek wie ein undurchdringlicher Panzer. Auch dir würden sie sicher gefallen, Agnes, deinem unter der Hülle der anständigen Bürgertochter verborgenen revolutionären Temperament.

«Die moralischen Fundamente der kapitalistischen Gesellschaft sind Monotonie, Egoismus und Korruption», sagt Luxemburg und hebt dabei die Faust, als spräche sie zu Hunderten oder Tausenden von Menschen und nicht zu unserem Häuflein. «Die moralischen Fundamente des Sozialismus sind ein kompromissloser Idealismus, der für das öffentliche Wohl eintritt, strikteste Selbstdisziplin und wahre Solidarität der Massen.»

Ja, strikteste Selbstdisziplin, das müsste meinem Tatulek gefallen. Maß der Menschlichkeit waren für ihn das Leid, das der Mensch sich zuzufügen vermag, Grausamkeit und Skrupellosigkeit gegen sich selbst.

Der Mensch war für meinen Tatulek nur in der Pflicht ein Mensch. Jenseits der Pflicht war er für meinen Tatulek nichts als ein Tier.

Auch dir müsste das Wort «Selbstdisziplin» in Rosa Luxemburgs Mund gefallen, Agnes. Oft habe ich dieses Wort von dir gehört. Oft im Zusammenhang damit, dass mir diese Selbstdisziplin abgehe und du mich daher disziplinieren müsstest, ich erinnere mich daran, erinnere mich an die Strafen, die du verhängt hast und denen ich mich ohne ein Murren fügte. «Du musst dich beherrschen, Alois, wenn du jemand sein willst. Und wenn jemand diese Selbstdisziplin, wie ich sie besitze, nicht von Natur aus besitzt, gibt es keinen anderen Weg zur Selbstbeherrschung als Belohnung und Strafe, mein lieber Junge.» Dabei zücktest du die Rute.

«Bei den bürgerlichen Revolutionen war Gewalt unvermeidlich», sagt Luxemburg, und ich sehe sie einen Augenblick mit der Rute in der Hand. «Gewalt war unvermeidlich zum Beispiel bei der Französischen Revolution, doch die Revolution des Proletariats verabscheut die Ermordung von Menschenwesen. Sie verabscheut sie und braucht sie nicht, denn die Revolution des Proletariats kämpft nicht gegen Einzelne, sondern gegen Institutionen. Hat sie auch deshalb nicht nötig, weil sie keine naiven Vorurteile hegt, die bei ihrer unvermeidlichen Enttäuschung in blutige Rache umschlagen.»

An dieser Stelle würde ich gern fragen, was wir dann mit den Gewehren und MGs sollen, lasse es aber, habe nicht den Mut dazu.

«Es wäre illusorisch, zu glauben, die Welt, in der wir leben, könnte sich friedlich ändern. Imperialisten und Kapitalisten werden im Kampf gegen das Proletariat vor nichts zurückschrecken. Himmel und Erde werden sie in Bewegung setzen. Werden das Dorf und die Bauern gegen die Stadt und die Arbeiterklasse mobilisieren, die ungebildeten proletarischen Massen gegen die sozialistische Avant-garde, werden heftigsten Widerstand leisten. Und diesen Widerstand müssen wir mit allen Mitteln brechen.»

Jetzt verstehe ich natürlich, wozu wir Gewehre und MGs brauchen, weiß nur nicht, wie Brechung des Widerstands mit allen Mitteln mit der Abneigung gegen die Ermordung menschlicher Wesen zu vereinbaren ist.

«Den Widerstand müssen wir mit allen Mitteln brechen», fährt Luxemburg fort, «und wir werden ihn brechen, mit eiserner, gnadenloser Faust. Der konterrevolutionären Gewalt setzen wir die proletarische entgegen. Die Gefahr der Konterrevolution wird beseitigt sein, wenn wir die besitzenden Klassen entwaffnen und das Proletariat bewaffnen. Das Weitere möge Genosse Liebknecht ausführen, ich bin erschöpft.»

Die Luxemburg steigt mit Hilfe ihres Genossen von der Kiste. Nun ergreift er das Wort.

«Wie die Genossin Luxemburg schon sagte, wäre es eine Illusion, zu glauben, die Kapitalisten könnten die Macht in ehrlichen Wahlen abgeben», sagt Liebknecht. «Deshalb ist unser Programm einfach und konkret. Gemeinsam mit der Genossin Luxemburg werden wir es in einigen Punkten darlegen.» Er nimmt eine maschinengeschriebene Seite aus der Tasche, rückt die Brille zurecht und beginnt zu lesen.

«Erstens die vollständige Entwaffnung der Polizei, aller Offiziere, nicht proletarischer Soldaten und aller Angehörigen der herrschenden Klasse. Zweitens Konfiszierung sämtlicher Waffen und Kriegsmaterialien durch die Arbeiter- und Soldatenräte. Drittens Bewaffnung aller erwachsenen Arbeiter männlichen Geschlechts und Bildung einer Roten Garde als kaserniertem Teil der allgemeinen Miliz, zum ständigen Schutz vor der Konterrevolution. Weiter, viertens, Aufhebung der Autorität von Offizieren und Sergeanten. Die Militärhierarchie wird ersetzt durch Vorgesetzte, die von den Räten der Soldatendelegierten gewählt werden und jederzeit wieder abberufen werden können. Fünftens Entfernung aller Offiziere und jener, die als Freiwillige zur Armee gegangen sind.»

Als ich das höre, platzt etwas in mir. Ich stehe auf, unterbreche Liebknecht und sage, dass ich Sohn eines armen Bergmanns aus Oberschlesien bin. Habe das Gymnasium absolviert, in Breslau studiert und bin anschließend freiwillig zur Armee gegangen, habe einen Fahnenjunkerkurs besucht und bin Offizier geworden. Habe als Leutnant im Pionier-Bataillon Nr. 6 gedient. «Wenn ihr mich entfernen und entwaffnen wollt, dann bitte schön.»

Ich knöpfe das Holster mit der Pistole vom Gürtel ab, knalle es theatralisch auf den Tisch. In mir kocht ein Zorn, der eben noch nicht da war.

«Ihr könnt mich sogar erschießen», fahre ich immer sicherer fort. «Nicht ich brauche die Revolution», sage ich und staune über meine eigenen Worte, die Worte strömen weiter, aus mir heraus, aber gleichsam ohne mich, als spräche aus mir gar nicht mein eigener Zorn.

«Die Revolution braucht mich, nicht ich die Revolution», wiederhole ich. «Ich bin ein Nichts. Ein Niemand. Ich bin meiner Gesellschaftsklasse völlig entfremdet und in keiner höheren, überhaupt keiner anderen angekommen. Herausgerissen aus Familie, Kirche, Bergwerk, Pfarramt, herausgerissen aus dem Dorf, verpflanzt in die Städte, wo ich nie Wurzeln schlug. Herausgerissen aus Schlesien, verschlungen vom Krieg, der mich hier, in Berlin, wieder ausgeschissen hat, einer kalten, grausamen und gleichgültigen Stadt, in der ein Menschenleben nichts gilt. Habt ihr Durkheim gelesen, Genossen, oder Hegel und Marx, das alles? Ich bin ein Nichts und brauche nichts, weder Staat noch Revolution noch Ordnung. Ich bin die reine Anomie. Das Chaos. Ein Märchen, erzählt von einem Dummkopf, voller Klang und Wut. Also erschießt mich, bitte schön. Ihr verliert ein kriegsgeübtes Hirn, das man für jede beliebige Sache einsetzen kann, Hauptsache, man gibt ihm einen Sinn, einen Handlungsgrund. Würdet ihr einen Minenwerfer wegwerfen, der der Revolution dienen kann, nur weil er zuvor von den Imperialisten benutzt worden ist? Würdet ihr ein Automobil verschmähen oder ein Pferd, weil es zuvor von einem Grafen geritten wurde? Ich bin kein Mensch mehr. Was Mensch in mir war, haben meine Kameraden am Gymnasium zertreten, geblieben ist ein Tier, dressiert in Schützengräben, ein Werkzeug bin ich, für euch oder sonst jemand, nur lasst mich nicht ungenutzt.»

Liebknecht guckt die Baronin verdutzt an.

«Ganz bestimmt ist die Situation hier eine andere», sagt Liebknecht, «der Genosse hat sicher ... Und Durkheim natürlich, Shakespeare auch», fügt er unsinnig hinzu. «Arbeiterherkunft, die besten Funktionäre schließlich ... Sogar der Genosse Lenin ...»

«Genosse Pokora, bitte, nehmen Sie das nicht persönlich», unterbricht die Baronin ihn resolut. «Das ist eine zu individualistische Sichtweise. Unser Programm richtet sich an die Massen, es kann nicht in jedem Einzelfall Anwendung finden. Doch die geschichtliche Logik ist unerbittlich, und ihr Motor sind nun einmal die Massen, nicht die Einzelnen, wie herausragend sie auch sein mögen. Schließlich bin auch ich eine ehemalige Aristokratin und habe Herz und Seele dennoch der Revolution gewidmet, habe meine Klasse aufgegeben und will einzig dem Proletariat dienen.»

Erst jetzt fällt mir auf, dass Liebknecht, anders als die

Luxemburg, die Baronin mit kaum verhohlenem Ekel ansieht, ihr aber dennoch sehr genau zuhört.

«Genau, das ist es», greift Liebknecht ihre Worte auf. «Man darf nicht individualistisch an die Welt herangehen. Gestattet, Genossen, dass ich auf unser Programm zurückkomme, das Programm des Spartakusbundes», und sie reden weiter, abwechselnd, Liebknecht und Luxemburg, über die Aufhebung der Reichsstaaten und die Bildung einer vereinten sozialistischen Republik, in der es keine Lokalparlamente und Stadträte mehr geben wird, denn deren Zuständigkeiten werden von den Arbeiterräten und ihren Komitees übernommen.

Sie reden, aber ich höre nicht mehr zu. Ich nehme die Pistole vom Tisch, werfe sie auf meinen Strohsack, trete an die kleinen Fenster im zentralen Erker, die auf die Straße hinausgehen, schaue auf die verschneiten Berliner Dächer, die schwarzen, im klebrig nassen Schnee staksenden Krähen und grauen Tauben.

Liebknecht und Luxemburg beenden ihre Rede, ernten Applaus, ich klatsche nicht und drehe mich auch nicht um, bis sie weg sind. Mir passt ihr Programm, mir würde wahrscheinlich jedes Programm zum Sturz der alten Welt passen, ich kann mich dafür töten lassen, aber die beiden will ich nicht mehr sehen. Mir gefällt, was sie sagen, aber sie selbst sind auch nicht anders als alle, als Tatulek, die *Rechtoren* am Gymnasium, der Rüpel, Smilo und Braun-Towiański. Ich lese aus ihren Augen keine Anerkennung, und das Einzige, woran mir liegt, ist, dass jemand in mir den Menschen anerkennt, den du erahnt hast, Agnes. Ich möchte, dass jemand mich so akzeptiert, wie ich bin, und nicht versucht, mich nach seinem Gutdünken umzumodeln.

Dann gehen wir alle raus, die Baronin verkündet, dass es

jetzt ein Erinnerungsphoto geben wird. Salmakis fährt unseren Lastkraftwagen vor, der Laster als Symbol der Moderne, wir wiederum blicken mutig in die Zukunft, soll die alte Welt sterben. Wir nehmen die Waffen und stellen uns vor dem Fahrzeug auf, rote Flaggen, die auf der Photographie nur grau sein werden, so wie unsere Armbinden, wenigstens meine schwarze Lederjacke wird so glänzen, wie sie es jetzt tut. Die Baronin stellt ein Stativ auf, darauf montiert sie eine hölzerne Balgenkamera, wir posieren, niemand lächelt, alle sehen sehr furchteinflößend aus, Luxemburg und Liebknecht in der Mitte, wir zu ihren Seiten wie die Leibgarde, bis über die Ohren bewaffnet. Die Baronin ruft: «Jetzt alle still halten», der Verschluss klackt, sie wechselt die Bildplatte, klickt noch einmal, fertig. Wir verabschieden uns, heben die geballte linke Faust, dann organisiert meine kleine Kompanie ein Besäufnis, an dem teilzunehmen ich keine Lust habe. Ich will auch nicht mit Salmakis schlafen, wühle mich auf meinem Strohsack in die Decke und schlafe ein trotz des Gebrülls der Kompanie und der Akkordeonklänge, um am nächsten Morgen meine revolutionäre Arbeit fortzusetzen.

Die Zeit fällt in sich zusammen, sie schrumpft so wie damals, als ich in den Schützengräben lag.

Häufig fahren wir mit unserem gasgetriebenen NAG-Laster durch die Straßen Berlins, geschmückt mit roten Fahnen, auf dem Dach des Fahrerhauses zwei bedrohlich starrende leichte Maschinengewehre, das Aggregat qualmt zum Himmel, als würden wir eine Dampflok fahren. Wir sichern Streiks und Demonstrationen, ein paar Mal höre ich mir die gleiche Rede von Liebknecht an, zweimal höre ich die Luxemburg reden und gehe so gut wie möglich politischen Verwicklungen aus dem Weg, wachsende Spannungen zwischen den regierenden Sozialdemokraten, dem Spartakus, den Revolutionären Obleuten und Räten, das ist nichts für mich. Ich weiß, wem ich diene. Ich weiß, dass Ebert und die übrigen Sozialdemokraten Angst vor uns Spartakusleuten haben, sogar mehr als vor den Vertretern der alten Ordnung, sie fürchten auch die Matrosen der Volksmarinedivision, die im Marstall logieren und die revolutionäre Regierung schützen sollen, die aber fragt sich immer besorgter, ob die Matrosen nicht zu sehr dem Spartakus zuneigen, womöglich die Ebertregierung stürzen und Liebknecht zu einem Revolutionsführer nach Lenin'schem Vorbild machen wollen. Die Stadt brodelt von solchen Diskussionen, unsere Reihen tun es auch. «Hat Liebknecht den Mut und die Entschlossenheit des großen Lenin? Oder sollte eher die Luxemburg die Revolution anführen?» – «Die Massen werden nie auf eine polnische Jüdin hören. Liebknecht, nur Liebknecht, eine Frau kann nicht an der Spitze der Revolution stehen.» – «Liebknecht hat nicht das Charisma Lenins, guckt ihn euch doch an!» Sie schreien trinkend, trinken schreiend, ich wende mich von diesem Gezänk ab. Niemand mehr sagt, dass der Feind die alte Ordnung ist, Kaiser, Kapital und Magnaten, jetzt sind die Feinde Ebert und Noske, gut, meinetwegen, ich glaube das aufs Wort. Nieder mit Ebert! Debatten interessieren mich nicht, obwohl die vier Jahre Schützengraben doch mein Philosophiestudium nicht aus mir herausgespült haben, ich könnte mitdebattieren, intellektuell bin ich auf der Höhe, nur kommt mir das alles so banal, überflüssig und dumm vor. Jedes Argument und Konterargument.

Eines Abends halte ich es nicht mehr aus, als sie auf unserem Dachboden im Wedding darüber streiten, ob es eine Chance gibt, dass der Sozialismus auf friedlichem Wege siegt, und ob nach der Revolution noch Wahlen werden stattfinden müssen oder ob Parlamentarismus und Demokratie nur Illusionen sind, die die besitzende Klasse zur Verblendung des Proletariats benutzt. Ich unterbreche sie, diese Leute, deren Namen ich mir gar nicht merken will, es sind nicht meine Leute in dem Sinne, wie Kiesel oder Gusinda aus meinem Zug es waren: «Maul halten!», unterbreche ich sie. «Wie lange kann man sich das anhören, ihr schnattert hier wie im Debattierclub. Wisst ihr überhaupt, wie eine ganze Kompanie, ein ganzes Bataillon aussieht, nachdem es im Artillerieangriff zerrieben worden ist? Wisst ihr, wie im Schlamm faulende Körper aussehen, was Gas bewirkt?»

Sie sagen nichts, ich weiß, dass mein Protest dumm ist, aber ich kann es nicht lassen.

Die Revolution, die einzige Revolution, an die ich glauben kann, ist die übermenschliche, unausgesprochene Kraft, ist der Körper einer Bestie, die ihre Fesseln abschüttelt. Eine solche Revolution wittere ich, wenn wir immer häufiger die königlichen Ställe unweit des Schlosses besuchen, wo die Matrosen der Volksmarinedivision stationiert sind. Wenn ich sehe, wie fünf Genossen eine Rokoko-Schnitzkommode aus der Zeit des Alten Fritz aus dem Stall tragen, dann schieße ich «Vivat» in die Luft, und die Matrosen antworten mir mit fröhlichen Rufen. «Es lebe die Revolution!»

Was früher ihnen gehörte, gehört heute uns! Das ist meine Revolution. Ich würde gern jedes Flittchen aus gutem Hause im teuren Kleid vergewaltigen, es ihr und ihrer Familie heimzahlen für alle in düsteren Winkeln der Wohnung betatschten Dienstmädchen, für alle im Heu vergewaltigten Mägde, für ihre Kinder, die ausgeschabt oder mit Gewalt einem Bauernknecht untergeschoben wurden, nebst reichlich Mitgift. Würde gern alles Geld der Welt stehlen und verbrennen, damit es nicht mehr da ist. Mit dem Bajonett jedes Gemälde aufschlitzen, das mehr wert ist, als alle Pokoras dieser Welt in allen ihren Leben zusammen verdient haben. Kann ein Gemälde mehr wert sein als mein ganzes Leben, das meines Tatuleks, meines jung verstorbenen Opas?

Ich sehe, wie sie diese Gemälde heraustragen, alte Sättel, rot bezogene Stühle, und sie über den Schlossplatz tragen, sie am Neptunbrunnen absetzen und sich ausruhen. Sollen sie sie doch lieber verbrennen, stattdessen verkaufen sie sie irgendwo, meinetwegen, ich sehe, wie sie irgendwo ausgegrabene glänzende Reitstiefel anprobieren, Livree oder rote Lederhandschuhe überziehen. Wie sie wilde Tollereien veranstalten, Frauenkleider anziehen, das beschissene antike Cembalo aus dem Fenster schmeißen. Nieder mit der Welt! Mir gefällt das alles sehr, und ich sehe die schreckliche, revolutionäre Energie langsam wachsen, sehe sie brodeln, die Vorahnung von wilder, revolutionärer Gewalt, die ich fürchte und begehre.

So wie dich, Agnes.

Tief aus den Eingeweiden knurrt die Bestie der Geschichte, wenn unserem mit roten Fahnen geschmückten Laster die Läufe der Maschinengewehre in den zwei Rundtürmchen der gepanzerten Wagen der Garde-Kavallerie-Schützen-Division folgen, und sie grollt lauter, wenn die Ketten des eroberten englischen Tanks mit dem klangvollen Namen Whippet über das Berliner Straßenpflaster donnern, mit hohem, mit MGs gespicktem Aufbau, auf der Panzerung wieder die Totenköpfe der Garde-Kavallerie-Schützen-Division.

Nach dem Waffenstillstand kommen immer weitere Regimenter nach Berlin zurück, noch in Reih und Glied, kommen Gardedivisionen, Kavalleristen mit Stahlhelm und Lanzen, die in den Schützengräben einen feuchten Dreck nutzten, unter schwarz-weiß-roten Bannern kehren sie in die Kasernen zurück, defilieren vor dem Brandenburger Tor, begrüßt vom Volksbeauftragten Ebert auf eichenlaubgeschmückter Tribüne. Neben Ebert stehen General Lequis und Oberbürgermeister Wermuth, als hätten wir alle nicht die größte Niederlage in der Geschichte Deutschlands erlitten, stehen stramm, sitzen auf gestriegelten Pferden, und ich sehe sie und weiß, das ist nicht mehr meine Armee. Ich war einer von ihnen, aber ich bin es nicht mehr, gehöre eher zu den anderen, den Wütenden, Rebellierenden, die ebenfalls auf allen möglichen Wegen heimkehren, bewaffnet und unbewaffnet, in Zügen, Kutschen, zu Pferde und zu Fuß, sie lassen die revolutionäre Energie weiter anschwellen, immer mehr hungrige und wütende Menschen sind auf der Straße; ich dagegen gehe eines Abends in der letzten Adventswoche mit der Baronin ins Kino, als stünde die Welt nicht kurz vor dem Einsturz. Heute trägt sie Männerkleidung, um kein Aufsehen zu erregen, wir fahren mit der Tram zum sternförmigen Potsdamer Platz, in den Kammerlichtspielen werden die *Söhne des Volkes* gespielt, und die Baronin behauptet, diesen Film müsse ich gesehen haben. Gerade ich.

Ich gucke mir das an, bin das dritte Mal im Leben im Kino, zum ersten Mal in so einem langen Film. Lieber hätte ich mir etwas von Pola Negri angesehen, zum Beispiel den *Gelben Schein*, der von der Prostitution im jüdischen Warschau handeln soll, das finde ich irgendwie spannender, aber die Baronin bleibt stur, also gehen wir in die *Söhne des Volkes.* Das Publikum ist unübersehbar revolutionär, Arbeiter und Arbeiterinnen, ein paar Soldaten mit roten

Kokarden, Straßenmädchen am Arm, im Film hingegen drei Brüder, vermutlich die titelgebenden Söhne des Volkes, und die Untertitel erläutern, dass es um Helmuth geht, den Intellektuellen, Zeitungsredakteur, vom sozialdemokratisch-Ebert'schen Typ, eher reformorientiert. Weiter um Waldo, den Schmied, einen Bolschewiken, der die blutige Revolution will, und um Oskar, einen behinderten Uhrmacher, Einzelgänger ohne feste politische Ansichten. Helmuth heiratet die Tochter eines reaktionären Industriellen gegen den Willen ihres Vaters; der von seinem Bruder aufgehetzte Oskar unternimmt erfolglos – weil behindert – ein Attentat auf einen Führer der konservativen Partei, mehr Erfolg hat er beim Selbstmord in der Gefängniszelle, wo er sich am Handtuch aufhängt. Waldo, beeinflusst von einem russischen Revolutionär, der an Radek erinnert, führt die bewaffneten Radikalen auf die Barrikaden, da stimmen wir im Kinosaal revolutionäre Rufe an, schießen sogar ein paar Mal an die Decke, der Putz rieselt, Querschläger pfeifen, und der Pianist hört einen Augenblick auf zu spielen, dann buhen wir Waldo aus, weil er der Gewalt plötzlich entsagt und Helmuth, der sich auf einmal auf die Seite der Regierung schlägt, um Vergebung bittet; Helmuth wiederum warnt, stumm die Lippen bewegend, vor den Gefahren des Bruderkrieges, er steht auf den Ruinen seines Hauses, darüber informiert der Abspann des Filmes.

Wir buhen noch eine Weile, der Pianist sucht erschrocken das Weite, die Baronin und ich gehen als Erste, sie schlägt vor, noch einen zu trinken, hier zum Beispiel, im Café Eins; ich schlage das Pilsator-Eck vor, die Baronin ist einverstanden, also gehen wir ins Pilsator-Eck, bestellen einen Schnaps, es ist nur ein Ersatz, wer weiß woraus destilliert, wir trinken ihn trotzdem, und die Baronin fragt mich, ob ich mich eher mit Helmuth oder mit Waldo identifiziere. «Mit keinem von beiden», antworte ich ohne Umschweife, «denn ich bin Bergarbeitersohn, und wenn ich entscheiden müsste, mit wem ich mich identifiziere, wäre das Oskar, denn nur er versteht, dass die Welt keinen Sinn hat.»

Frau Nowotny taucht erst nach einer Weile hinter der Theke auf, sie ist erfreut, mich zu sehen, aber ich merke auch, dass sie mir das abschiedslose Verschwinden übelnimmt und dass diese beiden Emotionen in ihr kämpfen. Am Ende obsiegt die Freude, Frau Nowotny setzt sich zu mir und der Baronin, holt echten Schnaps hervor und unterhält sich mit uns über die Revolution. An den Wänden des Pilsator-Ecks hängen neue Spartakusplakate, Frau Nowotny fragt mich, ob ich Weihnachten mit meiner Familie verbringe. «Ich habe keine Familie», antworte ich, was nicht stimmt und doch wahr ist, denn es gibt meine Familie, irgendwo dort wird mein Tatulek sein, das Grab meiner Mamulka, an dem sich meine Brüder und die Schwester versammeln, also existiert sie schon, aber es ist nicht meine.

Daher fragt Frau Nowotny, ob ich nicht Heiligabend zu ihr kommen wolle, zum Abendessen und zur Bescherung, ich könnte bis Weihnachten bleiben, Revolution hin oder her, schließlich sei das Christkind auf die Welt gekommen, und das müsse man irgendwie begehen, sie habe ein paar Kartoffeln für Salat und könnte sogar eine Weihnachtsgans besorgen. Abendessen am Heiligabend würde sie hier in der Kneipe begehen, in der Wohnung sei kein Platz, vielleicht wollten wir kommen, die Zwillinge seien auch eingeladen. Mit einem Seitenblick frage ich die Baronin, was sie davon hält, so als wäre sie meine Kommandantin, was sie ja nicht ist, sie stimmt mit einem Nicken zu, also sage ich zu, ich komme, es ist ja schließlich nur noch eine Woche hin.

Dann kehren wir in unser Quartier in der Prinz-Eugen-Straße zurück, widmen uns wieder der revolutionären Arbeit, schützen Versammlungen, ich halte Übungen in den Wäldern vor Berlin ab, unser Laster geht kaputt, wird aber rasch repariert. Während ich meinen Gardisten beibringe, wie sie die Schusssektoren des Maschinengewehrs einstellen, denke ich an die Weihnachtsfeiern im Elternhaus zurück, an die bittere Hanfsuppe, grüne Heringe, bescheidene Geschenke unter dem Christbaum, etwas großzügigere bei Pfarrer Scholtis, bei dem ich mehrmals während meines Studiums in Breslau eingeladen war, später die jammervollen Heiligabende im Schützengraben, Weihnachtslieder, kleine inoffizielle Waffenstillstände und dieses eine Mal, als wir mit ein paar Leuten, darunter Kiesel und Gusinda, in der Heiligen Nacht mit einem Stück Bettlaken am Stock den Schützengraben verließen und eine Viertelstunde später zwischen den feindlichen Linien standen, im Niemandsland, im Kreise mit einigen Engländern, unseren Schnaps anboten und sie ihren Rum und ihren Whisky und gemeinsam *Stille Nacht* sangen, sogar die Hände haben wir uns gereicht zum Abschied.

Einige Kameraden legten Wert darauf, wenigstens alle zwei Jahre Heimaturlaub zu Weihnachten zu bekommen, mir war das egal, deshalb sind diese Weihnachten jetzt die ersten seit 1913, die ich nicht im Schützengraben verbringen werde; auf den Abend mit Frau Nowotny freue ich mich, als wäre ich plötzlich gewollt, niemals zuvor habe ich mich gewollt gefühlt, weder zu Hause noch auf dem Gymnasium noch an der Universität noch bei dir, Agnes.

Ich war nicht gewollt, niemand hat mich je erwartet. Ich war es einfach nicht wert. Und jetzt wollen mich die Zwillinge, mit denen mich eine seltsame erotische Liaison voller Leidenschaft, Zärtlichkeit und Sanftheit, aber ohne Gefühle verbindet, auch ohne die Eifersucht, die mich bei dir, Agnes, immer brennend heiß versengte. Die Liebesgymnastik mit den Zwillingen macht mich nicht zu einem anderen, als ich bin, der kleine Alois Pokora, nur die Liebe zu dir hat mich über mich selbst hinauswachsen lassen.

Tagsüber ist die wachsende Spannung deutlich zu spüren, immer mehr Bewaffnete zeigen sich auf den Straßen, Regierungssoldaten reißen an strategischen Punkten das Pflaster auf und heben flache Gräben aus, in denen sie dann angstvoll hocken, daneben schwere Maschinengewehre auf flachen Vierbeinen, von Planen verdeckt, um die Passanten nicht zu irritieren, und ein Stück weiter schon ärmliche Weihnachtsstände, Ersatzsüßigkeiten, Kinderspielzeug, Automobile und Flugzeuge, Weihnachtsbäumchen und Tannenbaumschmuck, duftender Glühwein und Lebkuchen und gleich dahinter auf einem an zwei Stangen befestigten Bettlaken: *Halt! Wer weitergeht, wird erschossen!* Die Stangen in den Pfoten von finsteren Kerls mit Stahlhelm und weißen Armbinden.

Einen Tag vor Heiligabend habe ich meine neuen Leute, die Baronin und die Zwillinge, schon satt, will mal allein sein und gehe in eine namenlose Arbeiterkneipe im Wedding, unweit der Wohnung von Frau Nowotny, bestelle ein Bier, ein bisschen Geld habe ich, denn die Baronin zahlt uns einen kleinen Sold, da fällt mir plötzlich ein, dass ich heute Geburtstag habe, einen Tag vor Heiligabend. Ich habe schon lange nicht mehr daran gedacht, habe schon ewig nicht Geburtstag gefeiert, war immer allein. Jetzt feiere ich und bestelle aus dem Anlass noch ein Bier und eine Bockwurst zum Wucherpreis, immerhin mit einem Stück trockenem Brot, nehme mir die Abendausgabe des *Berliner*

Tageblatts, und auf einmal, zum ersten Mal nach so vielen Jahren, bekomme ich schmerzhaft Heimweh, denn auf der ersten Seite der Zeitung steht groß die Schlagzeile: *Die Vorgänge in Oberschlesien*. So lange hatte ich nicht an meine Heimat gedacht.

Ich lese den Artikel, in Oppeln sollen Beratungen zur Gründung eines selbständigen oberschlesischen Freistaates stattgefunden haben.

Ich bleibe an diesem Satz hängen, etwas entzündet dieser selbständige Freistaat in mir, nie zuvor habe ich auf diese Art an Oberschlesien gedacht. Schlesien war ein Gefängnis für mich, eine Provinz, in der es deutsche Fabrikbesitzer und gebrochen Polnisch sprechende Bergarbeiter wie meinen Tatulek und meine Brüder gibt, und wenn man aus einer Familie wie der meinen kommt, ist der höchste Traum, von einer Gruppe in die andere zu wechseln, als eine Art neuer Godulla, der von einem neuen Ballestrem bemerkt und gefördert wird. Die Kehrseite dieses Traums war, einem wie Braun-Towiański zu erliegen, sich den polnischen Agitatoren anzuschließen, jetzt, wo dort irgendwo angeblich etwas wie Polen entsteht, was ich, ganz in der Revolution aufgehend, kaum wahrgenommen habe. Dabei war mir ja klar, was all diese Zuwanderer aus Großpolen oder die *Poloki* aus Galizien von jemandem wie mir halten, am schlimmsten waren die aus Großpolen, mit ihrem korrekten Polnisch, ihrem Hass auf alles Preußische. Sie betrachteten jemanden wie mich als Wilden, als Beute, die sie sich mit preußischer Intelligenz schnappen können, dieser verhassten, aber ihnen ebenbürtigen Intelligenz. Für niemanden sind wir je ein selbstbestimmtes Subjekt gewesen, auch ich selbst habe mich nie als solches gesehen, und nun plötzlich auf der Titelseite der wichtigsten Berliner

Tageszeitung die Worte: *Oberschlesien, ein selbständiger Freistaat.*

Ich bitte den Kneipenwirt um eine Schere, er hat keine, deshalb schneide ich mir diesen Artikel mit der Grabenschere aus, die ich seit kurzem bei mir trage, und höre hinter mir Salmakis Stimme, der erregt fragt, ob ich wahnsinnig geworden sei, hier beim Bier gemütlich Zeitungen auszuschneiden, während unsere ganze Kompanie zum Marstall gerufen wird, Krise, die Matrosen der Volksmarinedivision haben Otto Wels festgenommen, den unsere *Rote Fahne* nie anders als «Bluthund Wels» bezeichnet, die sozialdemokratischen Volksbeauftragten werden in der Kanzlei festgehalten, und wir müssen hin, den Marstall unterstützen, sonst holt der Imperialistenlakai Ebert regierungstreue Truppen, um die Matrosen mit Gewalt hinauszuwerfen. Und diese Matrosen wollten sich jetzt in Leibgarde Liebknecht umbenennen! Ob ich betrunken sei?

«Ich trinke gerade mal das zweite Bier», erwidere ich, Salmakis reicht mir ein Blättchen Papier mit weißem Pulver, ich schnupfe das Kokain wie Tabak, der bittere Geschmack rinnt mir den Rachen hinunter, das Herz schlägt schneller, und mit den Alkaloiden rollt jetzt auch revolutionäres Feuer durch meine Adern.

Wir laufen aus der Kneipe, meine Pseudokompanie sitzt schon auf der Ladefläche des Lasters, auf dem Dach des Fahrerhäuschens MG und Tankgewehr, wir fahren, Unter den Linden beschießen uns bewaffnete Zivilisten, gut gekleidet, irgendeine Bürgerwehr, verfluchtes Bürgervolk, ganz ähnlich, vielleicht sogar identisch mit denen auf der DNVP-Versammlung, wir erwidern das Feuer aus den Maschinengewehren, werfen uns an die Ränder und hätten sie zerschlagen, wäre da nicht ein Panzermobil mit großem weißem Totenkopf auf dem Kühlergrill vom Tiergarten an das Brandenburger Tor gekommen und hätte uns aus zwei Maschinengewehren beharkt, unterstützt durch das Gewehrfeuer von Schützen, die bis nach oben aufs Tor geklettert sind und uns aus der Deckung der Quadriga beschießen. Unser Ziel ist der Schlossplatz, hier brauchen wir uns nicht zu verkämpfen, wir laufen durch die überdachte Passage der Kaisergalerie, unser Automobil mit Salmakis am Steuer biegt in die Friedrichstraße ein, gibt uns Feuerschutz, dort springen wir wieder auf die Ladefläche, löchern zur Abschreckung mit den MGs die Mauern der Dresdner Bank und der Sankt-Hedwig-Kirche und fahren zum Marstall, auf den Schlossplatz, dort beginnt eine wilde Jagd, vom Schlossplatz geht es wieder ans andere Ufer des Kupfergrabens, gemeinsam mit zwei echten Matrosenkompanien nehmen wir das Gebäude der Kommandantur ein, verlassen es wieder, von gegenüber wird auf uns geschossen, aus dem alten barocken Zeughaus, sie ballern auf uns aus diesen Fachwerkmauern, also erwidern wir das Feuer, graue Gestalten in Stahlhelmen stürzen die Treppen des Zeughauses herunter, auf dem Zeughausplatz nähern sich von den Linden her, feuerspeiend, gepanzerte Automobile, wir beschießen sie mit Maschinengewehren und unserem Tankgewehr, meine Kompanie zerfällt, löst sich auf in der Masse der Matrosen der Volksmarinedivision, wir ziehen uns auf den Schlossplatz zurück, es gibt keine Befehle, keine Führung, chaotisches Gerenne auf den Straßen, jemand fällt, ich springe über die Leiche, schieße mit der Pistole, es ist schon dunkel, ich renne in der Menge, wir nehmen das Schloss ein, liefern uns einen Schusswechsel im Pfeilersaal, einem Prachtraum in den Gemächern der Königinmutter, das vervielfachte Echo der donnernden Schüsse macht mich taub, ich schieße selbst, um mich herum splittern Fensterscheiben, ich renne, gebe keine Kommandos, kämpfe nur, zerbrochene Möbel, ich verstecke mich hinter einem Barockstuhl, menschliche Exkremente an den Wänden, runtergerissene Vorhänge, mit dem Bajonett zerschlitzte Gemälde, und mich freut diese Zerstörung, freut die Revolution, mit jeder splitternden Scheibe höre ich die alte Welt einstürzen, in Schutt und Asche zerfallen. Dann endet die Schießerei allmählich, aber einzelne Schüsse halten uns wachsam, die Regierungstruppen sind in der Nähe, wir bereiten unsere Positionen vor, verteilen Munition, Kaffee und Brot, ich sehe den Divisionsbefehlshaber Dörrenbach ohne jedes Rangabzeichen, dafür mit roter Armbinde, wie er unermüdlich durchs Schloss läuft, Befehle gibt, Schussfelder festlegt, die Leute drücken eifrig Patronen in die grobleinenen Gurte, andere legen diese Gurte in die Trommeln der leichten Maschinengewehre, wieder andere schlafen im Stahlhelm an der Wand, die Hände auf dem Gewehr.

Ich will nicht schlafen, gehe zu den Salmakis, sie halten gemeinsam Wache an einem der Fenster, ich erbitte mehr Kokain und bekomme es, treibe mich dann im Schloss herum, helfe Sandsäcke füllen, mit denen wir die Schlossfenster schützen, jemand gibt mir einen Krug Bier und ein Stück Blutwurst, ich esse, obwohl ich keinen Appetit habe. In einem der Gemächer finde ich eine alte barocke Rüstung, setze mir zum Spaß statt der Mütze die Sturmhaube mit Nasen- und Nackenschutz aus dem siebzehnten Jahrhundert auf, die Matrosen amüsieren sich köstlich, zwei Betrunkene markieren im Licht der Petroleumlampen einen Fechtkampf mit Hellebarden. Bis zum Morgen bleibe ich wach, endlich tagt es, und im ersten Tageslicht sehen wir, wie viele Männer der Verräter Ebert gegen uns zusammengezogen hat, gegen die Revolution, die Regierungstruppen stürmen, dringen ins Schloss ein, wir kämpfen in den Gemächern ohne Plan und Verstand auf unserer oder ihrer Seite, jeder ist auf sich selbst gestellt, ich richte mir eine sichere Position ein und schieße auf jeden, der mit weißer Armbinde vor mir vorbeiläuft, dann laufe ich selbst, Gemächer, Treppen und die Tunnel der Korridore, Kaiser, Könige, Kurfürsten und Fürsten schauen mich von den Porträts an, ich zerschneide ihnen die Gesichter mit dem Grabenmesser, die Regierungstruppen dringen in den Weißen Saal ein, wir beschießen sie von der Galerie, auf dem Schlossplatz ziehen schwere Minenwerfer auf, wie wir sie in den Schützengräben einsetzten, kurze, dicke Läufe mit zwei Rohrrückläufen, Kaliber fünfundzwanzig Zentimeter, geringe Reichweite und große, detonierende Geschosse, die Minenwerfer nehmen das Schloss und den Marstall unter Beschuss, wir erwidern das Feuer, unsere und ihre Geschosse zerfetzen altes Fachwerk, zerfetzen die Fenster, die Tapisserie, Gemälde und Möbel, ich schieße mit der Pistole und denke an die Guillotinierung der Könige und Kaiser dieser Welt, ich bin Spartakus, der den römischen Sklavenhalter auf seinem Latifundium tötet, bin ukrainischer Kosack, bin Jakub Szela, der den Hof seines polnischen Herrn niederbrennt, bin ein Jakobiner, der Ludwigs weißen Hals aufs Schafott bettet, aber in Wahrheit bin ich nur der kleine Alois Pokora, der mit der Pistole auf andere kleine Jungs in Stahlhelmen und grauen Uniformen schießt, doch das ist tief in mir verborgen, äußerlich bin ich Genosse Pokora, trage eine schwarze Chauffeurjacke aus echtem Leder, habe eine rote Armbinde, wir drängen die Soldaten aus dem Schloss, kämpfen auf dem Platz mit ihnen, sie suchen Deckung hinter dem Neptunbrunnen, also schießen wir auf Neptun, aus einem Fenster des Schlosses hämmert unser Tankgewehr und zerstört ein gepanzertes Automobil, das mit MG-Feuer versuchte, uns in das Schloss zurückzutreiben, das Automobil steht in Flammen, nun fährt ein gepanzerter Wagen der Matrosen aus dem Marstall heraus, mit rotem Stern auf der Seite, jetzt ist es sicher und beharkt die Regierungssoldaten mit MGs, Menschen ergießen sich auf den Schlossplatz, immer mehr Menschen, sogar Frauen und Kinder, viele schließen sich uns an, sogar neue Polizisten schließen sich an, immerhin ist seit dem Umsturz des neunten November Eichhorn von der USPD Polizeikommandant in Berlin, und am Ende erlöschen die Kämpfe, wie soll man schießen in einer Menge von Bewaffneten und Unbewaffneten, Hüten, Mützen und Helmen, am Ende führen wir die Zivilisten hinaus, noch ein paar vereinzelte Schüsse, und wir haben gesiegt, die Volksmarinedivision hat gesiegt, ich sehe ein paar von meinen Leuten, wir schießen in die Luft und rufen «Nieder mit Ebert!», «Nieder mit der SPD!».

Ich bin trunken von Nacht, Kampf und Sieg, wir siegen auf ganzer Linie, das schönste Weihnachten, das ich im Leben hatte, keines der Geschenke, die ich im Leben bekommen habe, war schöner als dieser Sieg über meine ehemaligen Kameraden in Feldgrau, nicht einmal der grüne Bleihusar, den ich vor Jahren von meiner Mamulka zum Geburtstag bekommen hatte, war so schön wie dieser Sieg unserer kleinen Revolution.

Der Balkon, auf dem der Kaiser seine Kriegsreden gehalten hat, ist von Kugeln zerlöchert.

Über dem Eingang des Schlosses hämmern Matrosen das große goldene Hohenzollernwappen herunter, es fällt, stürzt aufs Pflaster und zerspringt in kleine Stücke; das war's mit der alten Welt.

Es ist ein schönes Fest trotz der Gefallenen, wir sammeln die Toten aus den Schlossgemächern, vom Platz, von dem wir die Soldaten verdrängt haben, Schnapsflaschen tauchen auf, jemand reicht mir eine, ich trinke ihn mit Wasser verdünnt.

Unser Sieg kam so schnell, dass wir es sogar zum Heiligen Abend schaffen, die Dämmerung bricht rasch herein, ich habe kein Auge zugetan, verlasse das Schloss, das ist ja hier nicht die Armee, sondern die Revolution, hier wird man nicht erschossen für eigenmächtige Entfernung von der Truppe, hier herrscht das Chaos der Freiheit, also gehe ich zu Fuß in Richtung Pilsator-Eck, an der Ecke Elisabeth- und Kleine Frankfurter Straße überquere ich die Kurfürstenbrücke und sehe, dass der von Gewehrkugeln arg zersiebte Sockel des Großen Kurfürsten mit rosa Flugblättern beklebt ist. Ich halte ein, lese ein solches Flugblatt im letzten Dezemberlicht.

Kameraden, Genossen! Der Frieden zu Heiligabend, den nach vier Jahren Krieg jedes Kind und jede Frau so sehr ersehnten, ist von den Leuten des Spartakusbundes, die sich vor niemandem verantworten müssen, zerstört worden. Die heimtückischen Aktionen dieses Elements führen zur Ermordung ehrlicher Bürger, zur Zerstörung der Ordnung, zum Ende des Rechtsstaates und der Beseitigung des Privateigentums! Das Vaterland ist in Gefahr! Genossen! Errichten wir eine geschlossene Front gegen die bolschewistischen Wirrköpfe der Spartakusgruppe! Vereinigen wir uns in unserer Unterstützung für die Regierung!

Das Flugblatt amüsiert mich geradezu: Sehe ich doch, dass die alten Sozialdemokraten, gestandene Bürger, Angst vor mir haben! Ich erinnere mich, wie stolz ich vor wenigen Wochen war, dass jemand wie Ebert, ein Mann aus einfacher Familie, ohne «von» im Namen, Staatsoberhaupt werden konnte; von diesem Stolz ist nichts übrig, jetzt ist mir klar, dass Ebert einer ist wie ich, einer, wie ich es war, ein Mann aus dem Nirgendwo, ein Niemand, jemand, der alles daransetzt, von den wahren Herren und Herrschern dieser Welt anerkannt zu werden, ein Diener des Molochs, wie Luxemburg sagte, wie jeder, der für diesen Krieg war, im Grunde ein Bruderkrieg.

Und jetzt, Agnes, haben Leute wie er Angst vor mir, dem kleinen Alois Pokora, Sohn des Hauers Anton Pokora aus Nieborowitz, OS, Angst vor meinen perfiden Aktionen, obwohl ich keiner Organisation angehöre, ich bin die geballte Faust des Spartakus, bin sein Schwert und sein Schild. Angst vor mir haben Ebert und Scheidemann, Angst haben der große Kurfürst selbst und sein Stahlross auf dem Denkmal, an dessen Sockel die Flugblätter kleben.

Auf der anderen Seite des Flusses nichts von Revolution. Auf der Königstraße fahren die Straßenbahnen, ich springe in eine hinein und sehe, dass die Menschen von meiner schwarzen Lederjacke, der roten Armbinde und der Pistole am Gürtel erschrocken sind. Die Angst erzeugt Respekt. Mir wird plötzlich klar, dass in diese Straßenbahn gleich auch Regierungssoldaten oder, schlimmer noch, die von Pabst einsteigen könnten oder eine reaktionäre Bürgerwehr, vernünftiger wäre es, die Binde zu verstecken, die Pistole auch, und sich als Zivilist in der Stadt zu bewegen, der kleine Alois Pokora hätte das getan, der Genosse Pokora legt die Armbinde nicht ab.

Ich glaube, du wärest stolz auf mich, Agnes, mehr als damals, als ich das erste Mal in Offiziersuniform zu dir kam, in der Uniform der Armee, gegen die der Genosse Pokora heute kämpft.

Am Alexanderplatz springe ich aus der Tram, kaufe an den ärmlichen Weihnachtsbuden ein paar Ersatzsüßigkeiten, ein Päckchen Ersatzkaffee und Handschuhe aus Ersatzleder als Geschenk für Frau Nowotny, vom Alex gehe ich zu Fuß und stehe schon bald vor dem Pilsator-Eck, dessen schmutzige, halbhoch mit Brettern vernagelte Schaufenster mich fast schon wie ein Zuhause anmuten. Über dem Eingang zwei rote Banner.

In der Kneipe steht ein Weihnachtsbaum, der Stammtisch ist mit kleinen Geschenken vollgestellt und mit Essen, weiß Gott wo aufgetrieben, da gibt es Wurst, Kartoffelsalat, Lebkuchen, am Stammtisch sitzen die Baronin in Herrenkleidung, aber geschminkt, Herr Galuschka, der sie argwöhnisch mustert und leise auf dem Akkordeon spielt, und Herr Stauber, griesgrämig und schweigend. Ich lege die Waffen ab, am Festtisch sitzt man schließlich nicht bewaffnet. Frau Nowotny, festlich im dunklen Kleid, schenkt Bier aus dem Jugendstilzapfhahn nach, daneben ein Topf mit duftendem, wenn auch ziemlich dünnem Glühwein, bald nach mir kommen die Salmakis, ebenfalls in Herrenkleidung, so sind wohl die Zeiten, schließe ich, sie verlangen nach Herrenkleidung, so wie der Morgen nach dem Jackett und der Abend nach Smoking oder Frack, wie mich Towiański in Breslau gelehrt hat.

Wir setzen uns alle, die Baronin reicht mir ein Weihnachtsgeschenk, einen mit rotem Band umwickelten Umschlag. Ich öffne ihn, darin ist unser Photo mit Luxemburg und Liebknecht, ich stecke es in die Jackentasche, Galuschka spielt *Stille Nacht*, etwas unbeholfen, aber immerhin, wir singen. In der Kneipe sind acht Personen, die ich nicht kenne, und trotzdem fühle ich mich so aufgehoben und heimisch wie seit den letzten Weihnachten zu Hause nicht oder wie gar nie, nicht einmal mit meinen Brüdern und der Schwester, meiner seligen Mamulka und dem vermutlich noch lebenden Tatulek. Ich esse und trinke, als die Kneipentür aufgeht, ich drehe mich um, da ich mit dem Rücken zur Tür sitze, doch dort ist niemand zu sehen, was mich wundert, eine Sekunde lang frage ich mich, ob das nur ein Luftzug war, Galuschka spielt nicht mehr, deshalb kann ich dieses feine Zischen hören, das ich unfehlbar erkenne, schließlich habe ich es in den letzten Jahren Hunderte Male vernommen. So zischt der brennende Zünder einer Stielhandgranate, wenn man die im Handgriff verborgene Schnur zieht, Hunderte Granaten habe ich auf diese Weise entsichert und geworfen, und ich weiß, dass die Granate in viereinhalb Sekunden explodiert, das Zischen des Zünders wie das Pfeifen der Lehrerrute kurz vor dem brennenden Schmerz im Gesäß des Gymnasiasten Alois Pokora, entsetzlich durch das Wissen um den unausweichlichen Schmerz, viereinhalb Sekunden Warten auf das Unvermeidliche.

Die Eingeweide ziehen sich zusammen, noch bevor das Zischen ins Bewusstsein dringt, «Granate!», schreie ich, in der Hoffnung, dass der, der die Granate hält, keine Fronterfahrung hat und sie sofort wirft, ich werfe mich nach hinten, auf den Rücken, mache eine Rolle, um die Granate vielleicht zurückschleudern zu können, manchmal gelang das in den Schützengräben mit den eiförmigen Handbomben der Engländer, aber der, der die Granate hält und jetzt in den Türrahmen tritt, weiß, was er tut, denn er wartet zwei Sekunden ab und wirft sie erst dann, schreit «Nieder mit

Liebknecht!». Ich verstecke mich hinter der Bar, die Granate fällt auf den Boden.

Detonation.

Der Knall raubt mir für einen Moment das Gehör und den Atem. Ich versuche mich aufzurappeln, es klingelt in den Ohren, dennoch kann ich hören, wie sie hereingelaufen kommen, sehe die hohen Kavalleriestiefel, wo ist meine Waffe, sie stürzen herein, ich stehe auf, sehe die Baronin auf dem Boden liegen, ihr Arm ist am Ellbogen abgerissen, er hängt nur noch an Hautfasern, das Gesicht ist schwarz, sie stirbt, ihre Beine zucken, ich schreie, die Salmakis saßen an der Wand und versuchen jetzt, blutend, unter dem Tisch hervorzukommen, Frau Nowotny liegt bewusstlos auf dem Boden, doch sie atmet, Herr Galuschka ist tot, das Akkordeon in zwei Teile zerrissen, Herr Stauber hinter dem Tisch blutet aus Nase und Ohren, aber er lebt.

Soldaten, Gewehrkolben, Kavalleriestiefel mit Sporen, zwei Offiziere, die ich anhand der besseren Stiefel von der Mannschaft unterscheiden kann, Nullachter in den behandschuhten Händen, als ich hochwill, stößt mir jemand den Kolben ins Rückgrat, ich sehe, wie ein Offizier im Stahlhelm der liegenden Baronin in den Kopf schießt, für alle Fälle, Parabellum in der Hand, ein Schuss seitlich in den Schädel, ein kurzer Krampf durchzuckt die Baronin und aus.

«Ist das nicht Freiherr von Watter?», fragt der Mörder, statt sich diese Frage vor dem Schuss zu stellen. «Der mal Rittmeister bei der Garde war?»

Der andere Offizier dreht die Baronin mit dem Fuß auf den Rücken. «Ja, ist er. Wie ist der nach der Harden-Eulenburg-Affäre verschwunden?»

«Hier also ist er gelandet. Jedenfalls hätten wir das nicht hier tun sollen», sagt der andere Offizier, und eine Sekunde lang meine ich, diese Stimme zu kennen, verstehe dann aber: Das ist die Stimme aller preußischen Offiziere, elegant, tadellos, trocken, männliches Deutsch, das ich früher erfolglos nachzuahmen versuchte, dieser Eindruck von Sicherheit und Verantwortung in jedem Wort.

«Na egal. Diesen Kauz mit abgerissenem Arm hätten wir sowieso nicht mitnehmen können», antwortet der erste und sieht sich um. Die Soldaten im Stahlhelm durchsuchen die Kneipe rasch und geschickt, stürmen ins Magazin, demolieren dort alles, was sich demolieren lässt.

«Hier sind sie nicht, Herr Oberleutnant. Dort ist niemand mehr.»

«Verdammt! Siehst du, Dummkopf, warum hast du ihn gleich erschossen! Dieser Schwuli wusste vielleicht, wo sie sind», sagt der andere Offizier.

Der Mörder der Baronin kommt zu mir, ich presse mein Gesicht zu Boden.

«Wo ist die Luxemburg? Wo ist Liebknecht?»

Gern hätte ich die Wahrheit heldenhaft verheimlicht und wäre gestorben, ohne die Tribunen der Revolution zu verraten, stattdessen weine ich nur und sage die Wahrheit: «Ich weiß nicht, ich weiß nicht, ich weiß nicht.» Denn ich weiß es nicht.

Der erste Offizier packt ihn am Arm, «Lass doch, Idiot, das ist ein Straßenjunge, ein Niemand. Nicht mal die Bolschewiken sind so blöd, jedem zu erzählen, wo sie sind. Bringen wir dieses Flintenweib und die Käuze dort raus und fahren, los, los, los, Männer», befiehlt er, zwei fassen mich unter den Armen und schleppen mich raus auf die Straße, werfen mich auf die Ladefläche eines Lasters, neben mir beide Salmakis, die verwundete Frau Nowotny, brutal aus ihrer Ohnmacht geholt, Stauber schreit, er sei kein Bolschewik, jemand tritt ihm ins Gesicht, Herr Stauber spuckt Zähne, über uns setzen sich Soldaten, die Gewehrläufe bohren sich in unsere Schultern, die Offiziere springen ins Fahrerhaus, und los! Der Laster fährt los, die stählernen Spiralfederreifen scheppern auf dem Pflaster.

Ich versuche, den Kopf zu heben, doch ein beschlagener Soldatenstiefel drückt ihn sofort wieder auf die Ladefläche.

Das ist die Logik des Bürgerkrieges, die unerbittliche Logik eines innerstaatlichen Konflikts, anders als die strengen Gesetze des vorwärtswalzenden Artilleriesturms an der Front. Deshalb weiß ich nicht, wohin wir fahren, und weiß es doch. Wir fahren zu meinem Ende.

Das ist mein letzter Weg, auf den Brettern eines Lastwagens, während Absatz und Sporen eines Kavalleriestiefels mir im Nacken sitzen. Das Ende.

Vier Jahre lang lebte ich ununterbrochen in der Nähe des Todes und lernte bald, ihn nicht zu fürchten. Später begann ich, den Tod herbeizuwünschen. Nicht den Selbstmord, zu dem ich, wie du mir gezeigt hast, Agnes, unfähig bin, sondern einen mich erwartenden Tod. Ich suchte ihn nicht, dieser Wunsch beeinträchtigte nicht meinen Selbsterhaltungsinstinkt, aber ich erwartete ihn, beinahe so wie dich, den unvermeidbaren Tod, und nun ist er da, Agnes, ich bin auf meinem letzten Weg und fürchte mich, fürchte mich so, als würde ich fallen, als würde ich die Kugel sehen, die auf meinen Kopf zufliegt, und muss plötzlich daran denken, dass eines der mit mir fahrenden Gewehre auf diesem Lastwagen eine Patrone im Magazin hat, deren Kugel für meinen Kopf oder meine Brust bestimmt ist.

Salmakis weint, ich strecke langsam die Hand aus, sie erlauben mir, Salmakis' Kopf zu berühren. «Nicht weinen», flüstere ich, «nicht weinen», und weine selbst.

Ich will nicht sterben, Agnes.

Ich würde gern noch ein bisschen leben. Nicht unbedingt lange, aber ein bisschen. Nur um dich noch einmal zu sehen, um vor dir zu knien, Agnes, und, wenn du es mir erlaubst, den Kopf zu heben, die nackte Haut deines Bauchs zu sehen, zwischen den Schößen des seidenen Schlafrocks.

Ich weine.

Sie lachen. Witzeln. «Nieder mit Liebknecht.»

«Nieder mit den Bolschewiken.»

«Nieder mit der Revolution.»

«Es lebe Deutschland.»

Frau Nowotny weint nicht, ich sehe im Augenwinkel ihren Kopf, vom Stiefelabsatz heruntergedrückt, zusammengekniffene Lippen, die schiere Wut.

Ich weine. Ich brauche dich, Agnes. Ich liebe dich, Agnes. Verzeih, dass ich dich enttäuscht habe, Agnes.

Die Salmakis weinen. Ich ertaste ihre Haare auf dem dreckigen Boden. Stauber wiederholt leise immer wieder, dass er kein Bolschewik sei, er war nur eben in der Kneipe. Einer der Soldaten schreit: «Zu Heiligabend kann nur ein Bolschewik in der Kneipe statt zu Hause bei der Familie sitzen», sie lachen, Stauber stöhnt, er habe keine Familie, seine Frau sei gestorben, Kinder hätten sie nicht gehabt und deshalb. Sie lachen.

Wir verlassen die Stadt. Fahren in die Nacht.

Mindestens eine Stunde sind wir unterwegs, biegen auf einen Feldweg ab, der Laster hüpft und schüttelt sich.

«Anhalten. Aussteigen! Raus! Los, los, los!»

Die Soldaten in den sporenbewehrten Kavalleriestiefeln springen vom Lastwagen, dann ziehen sie uns herunter. Scheinwerferlicht, Lichtung, Bäume, dünner Schnee auf dem Gras, die Soldaten stellen uns ins Licht der Lasterscheinwerfer, ich bin geblendet, jemandes Hände knöpfen meine schwarze Lederjacke auf und reißen mir die Jacke herunter, mitsamt der roten Armbinde, ich stehe im Hemd da.

«Wie heißt ihr?», frage ich Salmakis. «Jetzt könnt ihr es mir sagen. Das ist doch nicht der richtige Name. Ihr könnt nicht beide den gleichen Namen haben. Das ist nicht der richtige.»

«Das ist genau der richtige Name», antwortet Salmakis mit zitternder Stimme. «Der einzig richtige.»

Sie stellen uns in einer Reihe auf, Frau Nowotny, dann die beiden Salmakis, dann Herr Stauber, dann ich, Alois Pokora. Alois Pokora erwartet, dass jetzt ein Zug Soldaten zur Exekution antritt, doch ein solcher Befehl ergeht nicht. Sie stehen da, die Gewehre in der Hand.

«Hört zu, verfluchte bolschewistische Hunde», sagt der Offizier. «Ihr seid der Garde-Kavallerie-Schützen-Division in die Quere gekommen. Pech für euch. Jetzt kriegt ihr, was jeder Bolschewik verdient hat. Diskussionen mit euch bringen nichts, nur Kugel in den Kopf. Mit Bolschewiken redet man nicht, auf Bolschewiken schießt man. Revolution wird es hier keine geben. Hier ist Deutschland. Es ist kein Hass auf euch, der uns antreibt. Kein Hass ist in uns, nur Liebe, Liebe zum Vaterland, Liebe zu den Waffengenossen und der Uniform, die so erniedrigt wurde und auf die ihr spuckt. Aber Hass auf euch, nein, unseren Hass habt ihr nicht verdient. Ihr seid nicht einmal Menschen. Ein englischer Tommy oder irgendein Franzose steht uns näher, vor ihm haben wir Respekt, denn er kämpft für sein Vaterland, ihr dagegen, Verräter, Parasiten, ihr verdient weder Respekt noch Hass. Wir schießen auf euch, aber wir tun das mit Widerwillen, wir schießen nicht auf Menschen, sondern so, wie wir im Schützengraben auf Ratten geschossen haben.»

Alois Pokora würde gern in Würde sterben. Alois Pokora hat sein ganzes Leben lang darum gekämpft, dass die Welt seine Würde anerkennt, deshalb würde er jetzt ungern all das verlieren, Alois Pokora würde gern sterben wie die Helden von Karl May, dessen Bücher er in seiner Jugend gelesen hat, wie der Indianer, dessen Würde eine Niederlage niemals Abbruch tut und der Leid und Tod mit stoischer Ruhe erträgt. Alois Pokora möchte sein wie die Grenadiere Friedrichs des Großen, die stundenlang ohne Murren unter Artilleriefeuer ausharrten, wenn der König nun einmal wünschte, dass ihr Regiment sich an ebendiesem Ort befinde. Alois Pokora würde gern wie die ersten Christen sterben, die ihrem Glauben nicht einmal im Maul der Löwen entsagten.

Der Oberleutnant öffnet die Klappe des Holsters, zieht die Artillerie-Parabellum mit langem Lauf, prüft das Magazin, zieht das Kniegelenk des Verschlusses zurück, lässt los, als der Verschluss schnappt, unheilvoll klingt dieses Schnappen, und Alois Pokora durchzuckt ein furchtbarer Schauer bei dem Geräusch. Der Offizier tritt auf Frau Nowotny zu.

«Ihr seid die schlimmsten, die schlimmsten unter den Bolschewiken, ihr Flintenweiber, ihr besudelt alles, was die deutsche Frau sein sollte, Reinheit und Scham, ekelhafte, dreckige Tiere seid ihr. Ich habe gesehen, wie ihr die Frontheimkehrer verhöhnt habt, habe gesehen, wie solche wie du, Hure, beim Anblick unserer Helden den Rock gehoben und sie mit dem Anblick ihrer Hintern entehrt haben.»

Frau Nowotny hört sich diese Rede schweigend, mit gesenktem Kopf an, und als der Oberleutnant fertig ist, hebt Frau Nowotny den Kopf und spuckt ihm ins Gesicht.

«Ein Tier, ich sagte es, ein Tier, ein Stück Vieh!», schreit der Oberleutnant, hebt die Pistole und schießt ihr in die Stirn, wischt sich die Spucke ab. Frau Nowotny sackt leblos in sich zusammen. Salmakis hebt die linke Faust, ruft: «Nieder mit ...», kommt aber nicht zum Ende, weil der Offizier ihm in den Kopf schießt, und Alois Pokora erfährt nie, wem oder was er den Niedergang verkünden wollte. Der andere Salmakis presst die Lippen zusammen, schweigt, dritter Schuss. Stauber wimmert vor Angst, «Ich bin kein Bolschewik, meine Herren, ich bin ein ganz gewöhnlicher Trinker, nur deshalb war ich dort, ich flehe Sie an», und sein Schließmuskel versagt. Er hat sich in die Hose geschissen, simpel und einfach. Die Soldaten lachen, der Offizier schießt ihm in die Stirn, hält sich dabei den Mund mit einem Taschentuch zu, jetzt bin ich an der Reihe, Alois Pokora.

«Töten Sie mich nicht», fleht Alois Pokora. Er hört seine Worte, wundert sich darüber, denn das hat er nicht erwartet, Alois Pokora wundert sich über seine Worte und schämt sich dafür, aber seine Angst ist größer als die Scham. «Töten Sie mich nicht», fleht er, weinend, «denn mit mir geht eine ganze Welt.» Der Oberleutnant lacht.

Alois Pokora kniet nieder, erst auf ein Knie, dann aufs andere. «Bitte», fleht er, «töten Sie mich nicht, ich muss sie noch einmal sehen», weint Alois Pokora. «Ich muss Agnes noch einmal sehen. Töten Sie mich nicht.»

Der Offizier lässt sich bitten, und Alois Pokora versteht, solange er fleht, wird der Offizier nicht schießen. Er versteht, dass dieser kleine Augenblick des Triumphs, und sei es über jemand so Kleines und Schwaches wie Alois Pokora, für diesen Offizier nach der Niederlage im Krieg wertvoll ist; nachdem uns die Franzosen, Engländer und sogar die Amerikaner gedemütigt haben, die ja angeblich überhaupt nicht zu kämpfen verstanden und uns dennoch besiegt haben, unseren Hunger, unsere Patronengürtel aus Textilersatz mit ihren Schiffen und Kanonen besiegt haben. Nach dieser Demütigung will der Offizier den Augenblick auskosten, da kniet dieser kleine Bolschewik vor ihm und winselt um Gnade, besiegt. Wenn dieser kleine Bolschewik auf den Knien besiegt ist, dann ist nicht er besiegt in seiner eleganten Uniform und den gewichsten Reitstiefeln.

Alois Pokora greift langsam in seine Hosentasche, zieht den alten Orden heraus. «Hier, bitte, töten Sie mich nicht, schauen Sie, ich habe das Erste Kreuz erster Klasse, ich war Offizier.» Alois Pokora reicht dem über ihm stehenden Offizier den Orden, der weicht angewidert zurück, nimmt aber das Kreuz, schaut es sich an und wirft es in den Schnee. Ich taste im Schnee danach, finde das Kreuz, höre nicht auf zu reden. «Ich war in der Champagne», sage ich, sagt Alois Pokora, «war bei La Bassée, an der Somme und bei Roye-Noyon, bei Arras, dann wieder an der Somme, bei Cambrai und Saint-Quentin, und dann wurde ich verwundet», ich flehe, «töten Sie mich nicht, ich bin aus einem Dorf bei Gleiwitz, mein Vater ist Bergmann, ich war verwundet», Alois Pokora greift nach jedem Strohhalm, der den Offizier gnädig stimmen könnte. Alois Pokora will leben. «Töten Sie mich nicht, ich war am Kopf verwundet, lange bewusstlos, bin im Bethanien aufgewacht, ich habe in Breslau Philosophie studiert, bitte, töten Sie mich nicht.»

«Vieh», zischt der Offizier. «Bolschewikenvieh.» Er hebt die Pistole an Alois Pokoras Stirn. Alois schließt die Augen.

Adieu, Agnes.

«Warte!», schreit jemand. «Warte!»

Das ist der andere Offizier. Er stand am Lastwagen. Jetzt

kommt er näher. Alois Pokora sieht seine Silhouette, die dunkle Gestalt vor dem Scheinwerferlicht. Der Offizier kommt näher. Er trägt eine vorzüglich sitzende Uniform mit den Abzeichen des Kavallerie-Rittmeisters, Kavallerie-Breeches, hohe Stiefel, der Mantel über die Schultern geworfen, Lederhandschuhe, in der Rechten eine Reitgerte, im Auge das Monokel, die Mütze nonchalant schief sitzend, aber nicht übertrieben. An der Uniform Orden, die Eisernen Kreuze beider Klassen, das erst kürzlich eingeführte Verwundetenabzeichen, am Hals das Pour-le-Mérite-Kreuz, der alle Türen öffnende Blaue Max, ein deutscher Offizier wie aus dem Bilderbuch.

«Alois? Alois Pokora? Bist du's? Das ist nicht möglich», sagt er.

Alois Pokora hört seinen Namen, er weiß nicht, wer zu ihm spricht, aber da er seinen Namen hört, greift er danach wie nach der allerletzten Chance: «Ja, das bin ich, Alois, ich heiße Alois Pokora, aus Nieborowitz, Oberschlesien. Töten Sie mich nicht, meine Herren. Ich bin kein Bolschewik, überhaupt nicht, sie haben mich gezwungen, ich hasse die Bolschewiken, nieder mit Liebknecht! Ich habe das Eiserne Kreuz erster Klasse, hier.»

Der Kavallerie-Rittmeister geht auf Alois Pokora zu, fasst ihn am Kinn, hebt es, dreht sein Gesicht ins Licht. «Alois, mein Gott. Alois. Du bist es wirklich. Du warst Offizier? Hast das Kreuz erster Klasse bekommen? Und bist Bolschewik geworden?»

Alois Pokora weiß nun, vor wem er kniet, wer da sein Gesicht mustert.

«Alois, erkennst du mich? Ich bin es, Smilo. Mein Gott, Alois.»

«Smilo.»

Smilo Walther Hinko Oskar Constantin Wilhelm Freiherr von Kattwitz.

«Den töten wir nicht», sagt Smilo. «Das ist ein Schulkamerad vom Gymnasium.»

«Ein Scheißbolschewik ist der, Herr Kapitänleutnant, Schulkamerad oder nicht», faucht der Oberleutnant. «Die Befehle waren klar.»

Ich begreife nicht, weshalb er den Rittmeister mit dem entsprechenden Rang aus der Kriegsmarine anspricht.

«Er kommt mit uns», sagt Smilo, «und zwar lebend, hörst du, Müller? Ich nehme ihn mit. Keine Diskussion», sagt Smilo, und Alois Pokora weiß unter Tränen, dass er leben wird, der Ton des Kavallerieleutnants Smilo von Kattwitz lässt Alois Pokora sicher sein, dass sie ihn nicht erschießen werden, ganz gleich, wie boshaft der andere faucht. Alois Pokora erinnert sich gut an diesen Ton, es ist der gleiche, mit dem Smilo von Kattwitz zu dem empörten Besitzer der Rassetaube sprach, die er und Alois Pokora über den Feldern bei Gleiwitz geschossen hatten, vor dreizehn Jahren.

Smilo lässt Alois Pokoras Kinn los, Alois Pokora fällt hin, ich falle mit dem Gesicht in den feuchten Schnee, genau neben seine Stiefel, richte mich auf den Ellbogen auf. Stecke das Eiserne Kreuz zurück in die Hosentasche.

«Auf geht's», sagt Smilo. «Nach Hause.»

5

VIELLEICHT BLEIBST DU, ALOIS?

Die Federung des Automobils quietschte auf jedem Schlagloch, der Motor brüllte wie ein hungriger Drache, die im Kofferraum und auf den Seitenbrettern gelagerten Kanister mit kostbarem Benzin, insgesamt dreihundert Liter, schepperten. Alois Pokora saß, will sagen, ich saß, eingehüllt in eine Schaffelljacke auf dem rechten Rücksitz, als wäre ich der Ehrenfahrgast des mächtigen Mercedes 82/200 mit Landaulet-Aufbau, Textildach und roter Karosserie, unter dem sich ein Flugzeugmotor des Luftschiffs Zeppelin verbarg; Zeppeline hatte Alois Pokora ein paar Mal gesehen, als sie flogen, um London zu bombardieren. Aus den Seiten des roten Motorgehäuses traten opalisierende Schläuche aus, vier an jeder Seite, und führten zu dem knatternden Auspuff, durch die halboffene Kabine zog eisiger Wind, da half das dicke Schaffell nicht, ich zitterte vor Kälte, aber der Fahrer dachte gar nicht daran, anzuhalten.

Natürlich war Alois Pokora kein Ehrenfahrgast, ich war ein Niemand, war nur der kleine, wehrlose Sohn des Hauers Anton Pokora, Alois Pokora, der die vier Jahre im Schützengraben allein deshalb überlebt hatte, um irgendwann dich noch einmal zu sehen, Agnes.

Am Lenkrad dieses Behemoths der Automobile saß Smilo von Kattwitz, der den Fahrtwind und das Dröhnen des Flugzeugmotors überschrie, um zu erzählen, dass das Automobil kurz vor dem Krieg in der belgischen Firma D&E Snutsel Père & Fils montiert worden war, doch Alois Pokora war das ganz egal, auch dass das Auto einen weiblichen Namen trug, auch all die Zahlen, die ihm nichts sagten, warum hätte er sich für Autos interessieren sollen, noch dazu für solche speziellen, die Leuten vom Schlage eines von Kattwitz gehörten, vergleichbar mit der Jagd, mit Schlössern, Tennis oder erotischen Perversionen.

Das war nicht Alois Pokoras Los, das war nicht mein Los, Agnes.

Nach der Exekution fuhren wir mit dem Laster der Garde-Kavallerie-Schützen-Division zu den Kasernen zurück, in denen die Division lag, gingen aber nicht einmal hinein, denn von Kattwitz' rotes Auto stand schon startbereit, Smilo warf mich geradezu von der Ladefläche des Lasters auf den Rücksitz und gab mir eine Schaffelljacke. Aus der Kaserne kamen drei Offiziere, verabschiedeten sich lakonisch und trocken, sehr männlich, reichten sich die Hand, salutierten, niemand erkundigte sich nach dem erbärmlichen Fahrgast auf dem Rücksitz. Wir umfuhren die Stadt, nahmen in dieser Heiligen Nacht zunächst die miserable Straße nach Lübben, dann weiter nach Cottbus. Smilo sprach in einem fort, wir hatten uns nicht gesehen, seit ich zum Studium nach Breslau gegangen war, er aber erzählte anfangs ausschließlich von seinem Auto, von Hubräumen und Aufhängungen, ich verstand nichts oder so gut wie nichts, für von Kattwitz dagegen schien es die interessanteste und wichtigste Sache auf der Welt zu sein. Als wäre kein Krieg gewesen, als hätte er mich nicht vor der Erschießung gerettet, sondern einfach gestern einen alten Kumpel getroffen, dem er unbedingt von seiner neuen Anschaffung berichten muss.

Als stünde die alte Welt noch.

Er redete bestimmt auch deshalb, weil er jedes Mal, wenn er Benzin aus dem Kanister in den Tank füllen musste, nach einem silbernen Fläschchen griff, aus dem er, ohne mir davon anzubieten, ein weißes Pulver konsumierte, bestimmt Kokain.

Ich war wie betäubt von dem Schmerz, den ich so gut kannte, den ich gewohnt war, mit dem ich die letzten vier Jahre gelebt hatte. Er kam immer, wenn ein Gefährte starb. Nachdem Kiesel gefallen war, so wie viele andere vor ihm, betäubte mich der gleiche Schmerz wie jetzt, da mir noch die Schüsse in den Ohren dröhnten, mit denen die Freikorpsler Frau Nowotnys Schädel und den der beiden Salmakis zerschmettert hatten, und wenn ich die Augen schloss, sah ich immer noch den abgerissenen Arm der Baronin vor mir, und ich weiß, dass mich dieses Bild bis ans Ende meiner Tage verfolgen wird, so wie Kiesel, an die Wand des Grabens gelehnt und mit bluttriefenden Stümpfen dort, wo die Sprengfalle ihm die Beine abgerissen hat.

Als es tagte, fuhren wir an Cottbus vorbei. Die Straßen waren völlig leer, Weihnachten begann.

Neben seinem Fläschchen mit dem weißen Pulver hatte Smilo auch belegte Brote vorbereitet, Weißbrot mit echtem Schinken und gelbem Käse, mit Butter und sogar Senf, er hatte außerdem noch drei Thermoskannen mit Kaffee und einen Kasten Bier, deshalb fuhren wir ohne Pause. Brote, Kaffee und Bier bot er mir großzügig an, und ich aß, zwar ohne Appetit, aber ich aß, so wie man es im Schützengraben gewohnt war. Wenn es was gab, wurde gegessen.

Als Smilo das Thema Auto erschöpft hatte, ging er im fließenden Wechsel zu der Erzählung über, wie er in der Kaiserlichen Marine auf dem Kreuzer «Derfflinger» gedient hatte, wo er an dem Gefecht auf der Dogger Bank und an der Skagerrakschlacht beteiligt gewesen war, dort wurde er schwer verwundet und mit dem Pour le Mérite ausgezeichnet, befördert, um dann zum Dienst auf den Luftschiffen der Marine zu wechseln, mit denen er über der Ostsee und Nordsee Patrouille flog; weiter befördert wurde er bis zum Rang eines Kapitänleutnants, was bei der Anrede des Offiziers gemeinhin zu einem «Herr Kaleun» schrumpfte; später bombardierte er London und Liverpool mit dem Zeppelin und stieg als Pilot noch später vom Zeppelin auf die Gotha-Bomber um, um schließlich, am Ende des Krieges, zu der Riesenflugzeug-Abteilung 501 versetzt zu werden. «Superschwere Bomber, wundervolle Maschinen, mein lieber Alois, dort wurde ich Kommandant der gigantischen Zeppelin-Staaken, mit der wir mit zehn Mann Besatzung in mondhellen Nächten über London flogen, und was das für traumhafte Nächte waren, die Schleifen der Themse dienten uns als Kompass und Karte zugleich, der Wind, das Motorengeheul, die fast undurchdringliche Dunkelheit, das Schwarz der Nacht und das Silber von Mond und Meer.»

Die Bombardierung Londons habe ihn einige Überwindung gekostet, fuhr er fort, schließlich habe er in dieser Stadt einige schöne Jahre vor dem Krieg verbracht und immer ein großes Sentiment für die Engländer gehabt, doch natürlich stehe das Vaterland immer, immer an erster Stelle, auch wenn man bestimmte englische Sitten annimmt, wie braune Tweedanzüge beim Landaufenthalt oder den Nachmittagstee mit Sandwiches. «Deutschland kommt dennoch immer zuerst.»

Ich fragte leise und unsicher, was er in London vor dem Krieg getan habe, und da geriet er so richtig ins Erzählen. Nach dem Abitur sei er mit seiner Mutter für zwei Jahre nach Italien gefahren, sie wohnten in Rom, was er dort nicht alles erlebt und gesehen hatte, dann zogen sie nach Neapel, danach nach Palermo, von Palermo brachen sie zu einer Fahrt auf der Privatyacht eines Freundes der Familie auf, übers Mittelmeer, er sah Alexandria, Jerusalem und Istanbul, später verbrachten sie einige Zeit in Paris, und dann nahm er ein Studium in Cambridge auf, das er abbrach, und als die Vorkriegsspannung allzu spürbar wurde, kehrte er in die Heimat zurück und trat der Kriegsmarine bei, und dann eben der Dienst auf der Derfflinger, danach die Luftschiffe und Bomber, später, nach dem Waffenstillstand, trat er, weil er weiterkämpfen wollte, der Garde-Kavallerie-Schützen-Division bei, daher die Uniform des Kavallerie-Rittmeisters, er ziehe es allerdings vor, mit dem alten Marine-Rang angeredet zu werden, Herr Kaleun, einmal Mariner, immer Mariner, obwohl zwischendurch auch Flieger und, wenn man so wolle, Kavallerist, aber nicht zu Pferde, und jetzt diese Begegnung!

Ich fragte damals, Alois Pokora fragte, warum Smilo jetzt, nach alledem, nach Schlesien zurückkehre.

«Was für eine Frage», antwortete der tapfere Smilo von Kattwitz rhetorisch. «Liest du keine Zeitung, lieber Spielkamerad aus unbeschwerten Jahren? Im *Berliner Tageblatt* schrieben sie von einer Konferenz, Oberschlesien, ein selbständiger Freistaat, das kann man doch nicht durchgehen lassen, dass sie unser Vaterland vierteilen, es ist eine Frage unserer Ehre, der Ehre von uns Schlesiern, dass unsere Heimat nicht vom Reich abfällt, das ist doch wohl klar. Oberschlesien ist uraltes deutsches Land. Und um Gottes willen darf es nicht den Polen in die Hände fallen, sowieso ist es eine exzentrische Idee, dass die Polen einen eigenen Staat haben sollen, das ist doch ein Volk von Aufrührern, die einzig dazu fähig sind, gegen ihre Regierung aufzubegehren, zugegeben, schön und romantisch das alles, aber es liegt doch in der Natur des Aufrührers, dass er zur Machtausübung unfähig ist, denn dann müsste er ja quasi gegen sich selbst handeln, was für ein Führer kann das schon sein, ihr Bolschewik Piłsudski da.»

Ich erwiderte nichts, Alois Pokora hatte nichts in sich, was er diesen Worten entgegensetzen konnte. Woraus hätte ich Kraft schöpfen sollen, ich hatte doch so lange deine Stimme nicht gehört, Agnes, so tief war ich gefallen und war errettet worden.

Zur Mittagszeit des Weihnachtstages erreichten wir Breslau, fuhren zuerst durch Deutsch Lissa, es kam kurz Leben in mich, als Smilo mit seinem Überautomobil durch die Kastanienallee fuhr, wo in der Nummer 3 in einer Villa der Geheimrat Professor Hillebrandt wohnte, bei dem Braun-Towiański und ich Sanskrit studierten und den Rigveda interpretierten. Wir kamen mit der Bahn dorthin, vom Freiburger Bahnhof, fuhren auch mit der Bahn zurück und diskutierten dabei gewöhnlich über Hillebrandts Vorlesungen. Vom Sanskrit habe ich keine Ahnung mehr, erinnere mich aber, wie mitreißend Hillebrandt von den Sitten der alten Indogermanen zu erzählen verstand, den hellhaarigen Steppenreitern, die Europa, Persien und Indien Feuer und Schwert brachten, um auf den Brandruinen zu errichten, was wir heute als die große europäische Zivilisation bezeichnen. Mich interessierte das damals nicht sonderlich, aber Braun-Towiański behauptete, es gebe nichts Wichtigeres als das Altertum unserer großen polnischen Art des Slawentums, die seiner Meinung nach den urindoeuropäischen Wurzeln am nächsten stand (nicht den Indogermanen, dieser Terminus sei inkorrekt und folge dem großdeutschen Chauvinismus, wie er immer hinzufügte), denen die Slawen und ganz besonders die von gewissen iranischen Einflüssen geprägten Polen zweifellos am nächsten standen, und in den Polen verwirkliche sich diese uralte indoeuropäische Kultur am besten.

Das waren gute Jahre.

Ich musste an die polnischen Dionysienspiele in der Breslauer Wohnung von Dionizy Braun in der Angerstraße denken, gegenüber der Synagoge und gleich neben dem Polizeipräsidium, was wir damals ungemein lustig fanden, unsere polnischen Treffen fanden direkt vor der Nase der preußischen Polizei statt; dort sprachen wir nicht nur Polnisch, wir sprachen auch über polnische Fragen, lasen exotische polnische Literatur; ich erinnere mich an einen großen Streit über Brzozowskis *Flammen*, von dem die Herren Polen entweder begeistert waren oder sich abgestoßen fühlten, Letzteres die eher konservativ Denkenden, ich dagegen hörte mir diese Diskussionen an und empfand sie, als ich den Roman dann gelesen hatte, eigentlich nur befremdlich. Die Hauptfigur, ihre innere Zerrissenheit, ihre Lebensentscheidungen ließen mich ziemlich kalt. Von Kaniowskis Abenteuern las ich ebenso interessiert wie von den Abenteuern Winnetous, beide, der Indianer ebenso wie der Pole, kamen mir gleichermaßen exotisch vor.

Ich sagte damals, das könne nur jemand spannend finden, der sich als Abkömmling aus der Welt der Reichen über das schwere Los von Bauer und Arbeiter neigt. All meine Zuhörer exaltierten sich über diese angeblich originelle Sichtweise, Dionizy bat sogar, ich solle darüber einen Artikel für den *Wahren polnischen Glauben* schreiben, was ich nicht tat, denn mich langweilte schon damals dieses Polenspielen, das war unseriös und überflüssig wie die Kriegsspiele kleiner Jungs, ich hatte dieses Polen auch deshalb satt, weil meine Gefährten aus dem konspirativen polnischen Kreis es immer als Herausforderung darstellten, als ein Ideal, das sie, die Posener, Warschauer aus Kongresspolen oder Lemberger, auf ganz natürliche Weise repräsentieren, während ich erst dazu aufschließen, mich bemühen und anstrengen musste. So wie ich bei Pfarrer Scholtis bemüht war, meinem Deutsch noch den letzten Hauch von slawischem Akzent abzuschleifen, so bekam ich in der Breslauer Wohnung in der Angerstraße zu hören: «Was ist das für ein Kauderwelsch, sprich bitte mal ordentlich Polnisch, als Pole musst du das höchste Kulturniveau repräsentieren, polnisches Nationalbewusstsein bringt Pflichten mit sich, als Pole wirst du zum Träger einer großen Tradition, der Tradition unserer Väter, das erlegt einem polnischen Intellektuellen Verpflichtungen auf, deren er nicht entsagen kann; die Verpflichtung, die Fackel der Aufklärung zum Volk zu tragen, die Geringen im Geiste intellektuell und moralisch zu bessern.»

Ich begriff sehr wohl, dass ich genau so einer war. Keiner von ihnen, sondern ein Teil des Volkes, ausgewählt, so wie ein Pferde- oder Hundezüchter die Besten seines Wurfs auswählt. Jedes Zeichen der Höflichkeit oder des Wohlwollens von ihnen war eine Demütigung, wies mir eine niedrigere Stellung zu, machte mich abhängig, am übelsten aber war die Nonchalance, mit der sie von ihrer Hochachtung vor dem einfachen Mann erzählten, schließlich gebühre jedem, noch dem einfachsten Menschen Achtung.

Das war meine letzte Begegnung mit Dionizy, wir trennten uns nicht einvernehmlich. Dionizy war sehr enttäuscht, am Ende geradezu wütend. Ich sagte ihm, dass ich nach Gleiwitz fahre, um dich zu sehen, Agnes, um mich von meiner Familie zu verabschieden, um dann als Freiwilliger zur Armee zu gehen, denn das sei ich Kaiser und Vaterland schuldig. Heute ist es mir eine geradezu physische Pein, dieses «Kaiser und Vaterland schuldig», genauso habe ich es gesagt. Dionizy erklärte damals, ich sei mein Leben eher Polen schuldig, das er hier repräsentiere, ich widersprach, und er konnte nicht gut mit Widerspruch umgehen. Seit damals bin ich ihm nicht mehr begegnet und weiß nicht, wie es ihm ergangen ist, doch nach allem, was ich weiß, muss es aufwärtsgegangen sein, denn Dionizy setzte als gegeben voraus, dass ihm nur das Beste gebührte, eine universale Eigenschaft aller Menschen seiner Klasse.

Darin ähnelten er und Smilo sich wie ein Wassertropfen dem anderen, auch Smilo ging stillschweigend davon aus, dass ihm das Beste zustand. Wir fuhren von der Frankfurter Straße nach Breslau hinein, die Straßen waren wegen der Feiertage fast leer. Smilo fuhr jetzt Umwege und schlug Haken. Als ich nach dem Grund fragte, erwiderte er, er müsse sicher sein, dass niemand uns folgt. Die Bolschewiken hätten Juden zu ihren Diensten, wer weiß, welche Telegramme und Telefonanrufe stattgefunden hätten, als wir Berlin verließen.

Ich widersprach dieser Logik nicht, ich hatte ja nicht das Recht, mit ihm zu diskutieren. Am Marktplatz bog er nach links ab, erreichte den Universitätsplatz, da sah ich meine Universität, so lange war ich nicht hier gewesen, beinahe als kennte ich diesen Ort gar nicht, dabei habe ich hier die beste Zeit meines Lebens verbracht. Oder vielleicht war es doch bei Pfarrer Scholtis im Pfarrhaus am besten, bevor ich in das Konvikt zog? Schwer zu sagen. Hier, in Breslau, bin ich irgendwie Mensch geworden. Wir fuhren über die Neue Sandstraße, dann an der Kathedrale vorbei, wo Smilo überraschend nach rechts in die Adalbertstraße einbog, wieder über die Oder, auf den Lessingplatz, wir kamen am Regierungsgebäude vorbei, dann wieder nach rechts, An der Ohle, wieder die neue Brücke über die Oder und in die Kaiserstraße, wo in der Hausnummer 88 Professor Kabitz wohnte, der langweiligste Dozent, der Pädagogik unterrichtete, was mich als Nachhilfelehrer hätte interessieren sollen, aber das tat es nicht. Smilo fuhr weiter in die Tiergartenstraße, wir kamen an der Klinik vorbei, über die Alte Oder, dann an der Jahrhunderthalle und raus aus der Stadt. Während ich an ihnen vorüberfuhr, ließ ich die so vertrauten Fassaden der Mietshäuser, die Villen und Parks und die wenigen Passanten fast emotionslos hinter halbgeschlossenen Lidern an mir vorbeitreiben, als wäre in mir drin nicht Alois Pokora, als hätte ich in dieser Stadt nicht fünf recht passable Jahre verbracht, hätte nicht Denken und Lesen gelernt, Braun-Towiański kennengelernt, der mir ganz neue Welten des Polentums eröffnete, hätte nicht fasziniert und abgestoßen zugleich die Vorlesungen des Scholastik-Spezialisten Baumgartner gehört, hätte ein Leben gelebt, das mir nicht bestimmt war, weit entfernt vom Staub und Schweiß des Bergwerks, ich sehe diese verschlafene, weihnachtliche Stadt so, als hätte es dieses Leben nie gegeben, als wären die Schützengräben nicht darauf gefolgt, sondern hätten es vollständig ersetzt, als wäre der Leutnant Pokora an die Stelle des Studenten und Nachhilfelehrers Pokora getreten, hätte ihm für treue Dienste gedankt und ihn ins Nichts befördert, seinen Körper und seine Identität übernommen.

Nur du, Agnes, und die Erinnerung an dich bleiben unangetastet.

Endlich verließen wir die Stadt, kamen durch Ohlau und fuhren, fuhren, fuhren immer weiter. Smilo goss immer mal wieder Benzin nach, schnupfte weißes Pulver aus dem Fläschchen, trank Bier und Kaffee, pinkelte am Straßenrand, chauffierte, goss erneut Benzin nach, ab und zu auch Öl in den Motor und Wasser in den Kühler, ich dagegen fühlte, wie mir die Finger und Zehen kalt wurden.

Ich schwieg, Smilo redete, erzählte von seinen zahlreichen Abenteuern, von Frauen, die ihn verführen wollten und bei denen er standhaft blieb, schließlich werde er den Leib eines deutschen Adligen nicht mit den Leibern irgendwelcher hergelaufener Weiber besudeln, werde nicht wertvolle Lebensenergie vergeuden, indem er seinen Samen in schmutzige, verhurte Schöße lege, er wolle eine Familie gründen, die Schwester eines würdigen Waffengefährten ehelichen, eine, die um die Pflichten der deutschen Frau weiß und deren Blut und Ehre von ihrem Bruder garantiert werden, eine reine und gesunde Frau, die ihm einen Sohn schenkt, eine Frau, die eine echte deutsche Mutter sein werde und deren Schoß rein ist.

«Kann eine Frau rein sein, die einen Mann verführt? Solche Frauen, selbst aus höheren Kreisen, sind keinen Deut besser als diese Flintenweiber, diese lüsterne alte Sau Luxemburg, all die dreckigen, haarigen, geifernden, triefenden Arbeiterinnen, schamlos, unhygienisch, rockraffend, nach Schweiß und Unflat stinkende, keifende Schlampen, die alles Gute und Schöne hassen.»

Ich fragte darauf, ob er eine konkrete Dame im Sinn habe, bei dieser Familiengründung, worauf Smilo antwortete, eine konkrete nicht, doch habe er gehört, dass zum Beispiel Hermann von Goltz zwei Schwestern habe, und das sei ein guter Waffenkamerad, sie hätten zusammen auf der Derfflinger gedient, oder auch jemand aus der Luftwaffe, ein paar ehrenhafte Waffengefährten dort hätten Schwestern oder wenigstens eine Cousine, es könne ja durchaus auch eine Cousine sein. Aber so ein Rittmeister Theweleit, mit dem er in den Luftstreitkräften gedient habe, habe eine viel jüngere Schwester, er habe sie mal erwähnt, ein gesundes, gehorsames und stilles Mädchen, und Theweleit sei ein großartiger Kamerad, ein guter Deutscher, als Soldat tapfer bis zur Selbstaufgabe, er sei von der Kavallerie zur Luftwaffe gekommen und habe die Manieren und die Bravour eines Kavalleristen beibehalten, der wäre ein phantastischer Schwager.

Ich schwieg und fror, innerlich leer. Als von Kattwitz von London sprach, fiel mir der englische Leutnant mit dem abgerissenen Kopf ein, auf den ich im Schützengraben bei La Bassée gestoßen war. Er trug ein Heft mit dem Titel *Prufrock and Other Observations* in der Uniformtasche, von Eliot. In Breslau hatte ich eifrig Englisch gelernt, dennoch kam ich nur mit Mühe durch den ersten Vers, vielleicht habe ich ihn deshalb so gut behalten und ihn am Ende ganz auswendig gelernt, denn das Einzige, wovon man im Krieg genug hat, ist Zeit, der Schützengraben bedeutet vor allem eins – Warten. Ich nutzte diese Zeit, indem ich Gedichte auswendig lernte, und jetzt hallten mir diese Worte durch den Kopf, ich murmelte sie sogar halblaut vor mich hin:

And I have known the eyes already, known them all –
The eyes that fix you in a formulated phrase,
And when I am formulated, sprawling on a pin,
When I am pinned and wriggling on the wall,

Then how should I begin
To spit out all the butt-ends of my days and ways?
And how should I presume?

Das Heft habe ich später dir gegeben, Agnes, erinnerst du dich? Als ich Gleiwitz und dich das letzte Mal besuchte.

Die Stummel meiner Tage und Taten, meines Lebens Stummel, die ich ausspucke, an die Wand gespießt von Augen, Blicken, die ich so gut kenne. Diese Zeilen klangen mir deshalb so eingängig, weil sie genau auf mich passten. Und die Blicke, die mich an die Wand spießten, gehörten Smilo von Kattwitz.

Smilo von Kattwitz indes fuhr, goss Benzin nach, pinkelte am Straßenrand, aß Brote, nahm Kokain, trank Kaffee und Bier, lenkte und redete.

Ich fragte, wohin wir führen. Zu einem Jagdhaus in den Wäldern beim Gut des Herzogs von Ratibor, mit dem der Onkel verschwägert sei und Smilo dadurch natürlich auch, denn seine Tante, die Schwester des Vaters, habe einen anderen Cousin geheiratet und so weiter und so weiter, die Aufzählung der Verwandtschaftsbeziehungen brauchte Zeit, denn Smilo war jemand, dessen Position im gesellschaftlichen Raum durch Verwandtschaften und Verschwägerungen definiert und verortet war, während Alois Pokora undefiniert und ortlos blieb, wer hätte ihn definieren sollen, der Hauer und Hintersass Anton Pokora, mein Vater, oder der Hintersass Johann Pokora, mein Großvater, oder dessen Vater Wentzel, ihre ganze Existenz beschränkte sich auf die körperliche Arbeit, der sie das ungewöhnliche Privileg verdankten, nicht Hungers sterben zu müssen, nicht viel anders als die Grubenpferde, die unter Tage die Kohlewagen ziehen und genauso verzwergen und erkranken.

Als wir Breslau hinter uns gelassen hatten, gab Smilo mir eine kleine weiße Pille.

«Davon schläfst du ein», sagte er. Ich schluckte sie, obwohl ich nicht schlafen wollte.

Das Einzige, was mir fehlt, bist du, Agnes, und nie habe ich mich weiter von dir entfernt gefühlt als jetzt, auf dem Rücksitz des Automobils von Smilo von Kattwitz, obwohl ich dir im geographischen Sinne näher kam, wir näherten uns ja Gleiwitz immer mehr. Wenn du denn wirklich in Gleiwitz bist, ich hatte ja so lange keinen Kontakt zu dir.

Geographisch also nähere ich mich dir und weiß doch, Agnes, dass ich dir in Berlin viel näher war, in der schwarzen Jacke des Revolutionärs mit der roten Armbinde, als ich die Angriffe auf das Schloss und die vormaligen königlichen Ställe zurückschlug. Als Revolutionär war ich deiner würdig, ich war so, wie du mich sehen wolltest. Stark, entschlossen, aktiv, mit einem Ziel im Blick, das du respektiertest, das mehr dein Ziel war als meines, denn du warst doch immer eine Anarchistin in der perfekten Tarnung einer Kleinbürgerin, immer hast du gewollt, dass diese Welt, die dir ja eigentlich nicht den schlechtesten Platz zum Leben zugewiesen hat, untergeht und in Flammen auflodert, schon deshalb, weil sie es gewagt hat, dir überhaupt etwas zuzuweisen. So, wie ich noch vor kurzem, noch gestern war, in den Straßen des Wedding, auf dem Schlossplatz, war ich dir nah, weil deiner würdig. Auf dem Rücksitz des Automobils, eingemummelt in eine Schaffelljacke von Smilo von Kattwitz, am Leben einzig dank seiner Gnade, bin ich jemand geworden, den du verachten musst, ein Stück Lehm, aus dem du all die Jahre einen Menschen zu formen versucht hast. Ich würde dir jetzt nicht unter die Augen treten wollen, dir nicht einmal den kürzesten Brief oder ein Telegramm schreiben. Ich habe es nicht verdient.

Ich schluckte die Pille, der Schlaf kam unmerklich, schwarz und traumlos, plötzlich war ich weg, hörte auf zu sein, und nichts Besseres konnte mir passieren.

Ich erwachte von der Stille – Smilo hatte das Auto abgestellt, vielleicht war es auch erst seine Stimme, die mich weckte, als er sanft sagte: «Steh auf, Alois, wir sind da», oder etwas ähnlich Banales, dessen Bedeutung mich erreichte, während die Worte noch an der Kuppel meines Schlafes abprallten, ich blieb stumm, bis ich eine menschliche Stimme hörte und fühlte, dass ich untergehe.

Ich sah mich um. Wir standen vor einer stattlichen Fachwerkvilla mit zahlreichen Erkern und Giebeln, umgeben von einer soliden Ziegelmauer mit schmiedeeisernen Gittern, unter altem Baumbestand, dessen nacktes Gezweig sich wie windbewegtes Spinnengewebe vor dem mondschimmernden Himmel abzeichnete. Die Fenster waren gelb erleuchtet. Aus dem Stall weiter hinten auf dem Anwesen kam leises Pferdewiehern. In der Nähe ertönte basstiefes Hundegebell, irgendwo weiter entfernt das wilde Gejaule weiterer Hunde.

Ich war durchgefroren, spürte Finger und Zehen nicht mehr, hatte Kopfschmerzen, Gaumen und Zunge waren mir völlig ausgetrocknet.

Wir stiegen aus, und kaum hatten meine Füße den Boden berührt, kamen drei riesige Hunde auf uns zugelaufen, schwarze Deutsche Doggen mit gestutzten, abstehenden Ohren. Sie sprangen sofort an Smilo hoch, der jeden von ihnen mit Namen begrüßte und zauste. «Ja, guten Tag, Mars, lieber Zeus, guten Tag, Ares.» Die kalbsgroßen Tiere schmiegten sich an ihn wie ans gute Herrchen, das er gewiss auch war.

«Komm, du sollst meine Freunde kennenlernen», sagte er und riet mir dann noch, nichts von meiner unseligen bolschewistischen Episode zu sagen. Ich wollte protestieren, Smilo, wollte ich sagen, beleidige bitte meine Intelligenz nicht, ich bin doch kein Idiot, natürlich werde ich das nicht vor deinen Freunden herausposaunen, ich kann doch wohl einschätzen, wo ich mich befinde. Das wollte ich sagen, doch stattdessen log ich und sagte mit zittriger Stimme, ich sei doch nie, niemals Bolschewik gewesen, ich log wie Petrus, als er Christus verleugnet, log, als würde ich immer noch im Schnee knien, den Lauf der Parabellum am Kopf, ein Feigling, der deiner nicht würdig ist, Agnes.

«Hier, zieh das über, du kannst da nicht im Schaffell rein und auch nicht im bloßen Hemd», sagte Smilo und griff, weiter mit den Hunden tändelnd, ins Auto, um mir eine Offiziersbluse im Feldschnitt zu reichen, mit den Schulterstücken des Leutnants und einem Ordensband am Knopf. «Steck dir dein Eisernes Kreuz erster Klasse da an, schließlich hast du es dir verdient, sie werden dich gleich ganz anders behandeln. Sie ist von einem gefallenen Kameraden, so gut wie ungetragen, und der Rang stimmt.»

Ich tue, was er sagt. Wir gehen zum Jagdhaus, die Hunde folgen, Smilo tritt ein wie der Hausherr, drinnen brennen überall elektrische Lichter, durch den Flur gelangen wir in das geräumige Raucherzimmer, die dunklen Holzwände sind mit Trophäen behängt, den Schädeln von Hirschen und Wisenten, Wildschweinhauern, Rehgehörn, über der zweiten Tür, denn der Raum liegt in einer Zimmerflucht, hängt ein großes Elchgeweih, in der Ecke am flackernden Kamin steht ein ausgestopfter Bär, daneben ein Klavier.

An den Wänden Ledersofas. Auf den Sofas und am Klavier sitzen junge Männer, insgesamt sieben, alle zwischen zwanzig und dreißig, wenigstens sehen sie so aus, drei in Uniform, vier in Zivil, gut frisiert, glatt rasiert, alle sehr gut aussehend, schwer zu sagen, ob diese Schönheit eine Sache der Vererbung oder der Erziehung ist, der guten und reichlichen Ernährung, des von schwerer Arbeit verschonten Körpers, der Manieren, früh erlernter Gewohnheit, für all das zu sorgen, was ich mir auf dem Gymnasium und später beim Studium in Breslau mit solcher Mühe aneignen musste, das Schneiden und Polieren der Fingernägel, das Rasieren beim Barbier, der danach Balsame in die Haut massiert, die ich mir nie leisten konnte, oder das regelmäßige Haareschneiden bei einem teuren Friseur.

Alle sehen sehr gut aus, ähnlich wie Smilo, und alle scheinen genau hierherzugehören, auf diese Ledersofas, mit einer Zigarre in der Hand oder mit einer erlesenen Pfeife, die nach englischer Mode im Mundwinkel hängt, oder mit Gläsern, rund wie die vom Zeppelin abgeworfenen Bomben, auf deren Boden ein Fingerbreit Cognac schwappt.

Am Klavier sind zwei: Einer, brünett, spielt, der andere lehnt elegant mit dem Ellbogen auf dem Instrument und singt ein Schubertlied zu Goethe in sehr hohem Kontertenor, leicht und unangestrengt.

«Es war ein König in Thule, gar treu bis an das Grab.»

Er hat gerade angefangen, bricht ab, als wir eintreten, alle stürzen von den Sofas auf, um Smilo von Kattwitz zu begrüßen, ich werde zunächst ignoriert.

Dann stellt Smilo mich vor. «Meine Herren, Leutnant Alois Pokora, ein Freund, wir kennen uns noch vom Gymnasium in Gleiwitz, er stammt aus einer sehr bescheidenen Familie, aber dafür braucht sich natürlich niemand zu schämen, schämen sollten wir uns unserer Entscheidungen, nicht der Familie, in der wir zur Welt kommen. Alois ist ein guter Kamerad, er hat wie wir alle sein Blut vergossen, hat sein Deutschtum und seinen Mannesmut bewiesen, wie es sich gehört, und sich damit jedem guten Deutschen gleichgestellt. Alois, darf ich dir meine Freunde vorstellen?»

Freiherr Soundso, Graf von Sowieso, Rittmeister Derundder, aus dem und dem Regiment, Kreuze, Orden, Abzeichen, Husaren-Totenköpfe, auf Ärmel und Mützen genäht, irreguläre Abzeichen auf den Schultern, Schnüre, Lederflicken im Stil der Sturmtruppen, modisch auf die Knie tadelloser Breeches genäht, Wickelgamaschen, geschnürte Bergschuhe oder Kavallerie-Schaftstiefel, Monokel, eine schwarze Augenbinde, eine künstliche Hand, den Grafen Soundso kenne er von der Bomber-Schwadron. «Er hat die Hand bei einem Angriff verloren, im Feuer eines englischen Jägers, wir haben die Mission trotzdem fortgesetzt.»

«Ach, Smilo, übertreib nicht, der Jäger hat mich einfach angeschossen, und die Hand ist mir nicht dort oben abgefallen, sie musste mir erst danach im Lazarett abgenommen werden, der Schlächter im OP ist gefährlicher für den deutschen Soldaten als jeder Feind.»

Sie lachen, klopfen sich auf die Schulter, jemand reicht mir eine Zigarre, jemand anders einen Cognacschwenker, als wäre ich ihnen ebenbürtig und hätte all das so wie sie verdient, aber das ist ja nicht wahr, ich bin nur der kleine Verräter Alois Pokora, bin kein guter Deutscher, war ein Bolschewik. «Setz dich, Junge, hier, erzähl, wo hast du gedient?» – «Bei dem Schlesischen Pionier-Bataillon Nr. 6.» Sie alle in den angesehensten Garderegimentern, Kavalleristen, Flieger, ich natürlich Pionier, in einem Regiment, das auf sich hält, hätte die Armee gar nicht zugelassen, dass jemand anders als ein preußischer Junkersohn das Kommando auch nur über einen Zug bekommt, das ist nicht der *esprit de corps*, anders bei den Pionieren, der schweren Artillerie, beim Nachschub, in wenig angesehenen Branchen kann sogar jemand wie ich, Bergmannssohn mit Notabitur, Offizier werden.

Ich setze mich zu ihnen, sie spielen und singen wieder Schubert, ich trinke weitere Cognacs, Smilo sitzt auch bei uns, seine Hände zittern, sein Atem geht schnell, ich weiß nicht, wie lange wir gefahren sind, lange jedenfalls, ich weiß nicht, wie viel Kokain er geschnupft hat, aber wenig war es nicht.

Der Pianist hört schließlich auf zu spielen, der Sänger zu singen, Beifall, Fachsimpelei, Terzen, Harmonien, «Hier fehlt mir doch eine halbe Oktave» – «Schönen Klang hat das Klavier, weich, geradezu geschaffen für romantische Lieder», aber ich sehe schon vorher, dass sie allmählich auf das eigentliche Thema kommen, als wüssten hier alle ganz genau, wann man konkrete Dinge ansprechen darf.

Von Schubert kommen sie auf die Situation in Berlin, deshalb spricht jetzt Smilo, der im Sessel fläzt, Mars oder Ares hat ihm den schwarzen Kopf auf die Knie gelegt, ein anderer liegt zu seinen Füßen, während er mit einer von Schlaflosigkeit und Drogen leicht zittrigen Stimme von den fünftausend russischen Bolschewiken erzählt, von denen fünfundsiebzig Prozent Juden sind, in geheimen Zügen aus Russland eingeschmuggelt von einem gewissen Karl Radek, und diese Juden in deutscher Uniform zetteln den Aufruhr an; ich weiß, dass das nicht stimmen kann, ich habe bei meinem ganzen Aufenthalt in Berlin keinen einzigen Bolschewiken aus Russland getroffen, doch was soll's, ich darf ja nichts sagen, und selbst wenn ich dürfte, Smilo von Kattwitz weiß ganz einfach, dass es so ist; die Situation, in der deutsche Arbeiter und Soldaten eine Revolution anfangen, unter dem Druck jahrzehntelanger Ausbeutung und dieses schrecklichen Krieges, des Hungers schließlich – das alles übersteigt sein Fassungsvermögen. Ebenso gut könnte ich von ihm verlangen, sich einen eckigen Kreis vorzustellen oder den Geschlechtsverkehr der eigenen Eltern.

Das konnte nur jemand Fremdes gewesen sein.

«Doch verzagt nicht, Brüder, Waffengefährten, Hauptmann Pabst von unserer Gardedivision ist schon tätig und wird nicht ruhen, bis er diese alte Sau Luxemburg und ihren Knecht Liebknecht erwischt hat, das weiß ich sicher», sagt Smilo, denn er ist ein tatkräftiger und energischer Mann. «Also macht euch keine Sorgen um Berlin, Kameraden. Macht euch Sorgen um unsere Heimat, Oberschlesien.»

Zustimmendes Raunen geht durch das Raucherzimmer, eine der Doggen, Zeus oder Mars, hat den Kopf gehoben und gebellt, um sich so der hier versammelten Blüte der deutschen Jugend anzuschließen.

«Die feindseligen Absichten dieses ephemeren Saisonstaates, dieses Abfallprodukts des Niedergangs Russlands, liegen auf der Hand. Sie werden nicht einhalten, bis sie dem geplagten Deutschland dieses Kleinod entrissen haben, mitsamt unseren Bergwerken, Hütten, mit allen Gütern, die wir im Schweiße unseres Angesichts dem Berg entrissen, durch den gewiss bis heute der mythische Berggeist aus den Sagen des hiesigen, seiner Herkunft nach vielleicht slawischen, in seiner überwiegenden Masse jedoch durchaus preußen- und kaisertreuen Volkes wandelt!»

Ich sitze zusammengesunken und gucke auf meine Schuhspitzen, habe schon den ganzen Cognac ausgetrunken und hätte Smilo gern gefragt, wen er mit diesem «wir» meinte, so viel sei schließlich sicher, dass keiner der hier Versammelten, auch nicht ihre Väter oder Brüder, jemals unter Tage war oder sich je mit körperlicher Arbeit befleckt hat, Sport vielleicht, Sport immer gern, Tennis spielen sie, den in den letzten Jahren populär werdenden Fußball ja nicht, aber doch keine Arbeit, dabei klang es aus seinem Munde so, als würden sie die Kohle aus der Erde holen, sie, die sich überhaupt nicht als Teil von uns, dem Volk, fühlen. Das hätte ich gern gefragt, tue es aber natürlich nicht.

Im Übrigen bin ja auch ich kein Teil mehr von uns. Ich gehöre nicht zu uns. Auch zu ihnen gehöre ich nicht. Ich gehöre zu niemandem. Smilo aber fährt fort. «Jeder, der in den Schützengräben des Westens war, weiß, welches Ansehen die schlesischen Regimenter genossen, welch guten Ruf der schlesische Soldat besaß. Nein, dieses Völkchen bringt keine großen Helden hervor, keine überragenden Strategen, auch keine todesmutigen Kavalleristen im Husarenstil, aber einen besseren Infanteristen als den Schlesier findet man nicht. Vielleicht etwas zaghaft im Angriff, beweist er sich in der Verteidigung stur und verbissen, zu seinen wichtigsten Vorzügen jedoch gehört der Gehorsam. Der Schlesier ist gehorsam. Erzogen in der technischen Welt der Hütten und Bergwerke, die ohne ausgefeilte und streng befolgte Hierarchie nicht funktionieren würde, geht dem slawischen, katholischen Schlesier ganz jener anarchistische Charakter des polnischen Kleinadels ab, dem Schlesier ist der Befehl heiliger als Gott, und die Arbeit, der Befehl regieren den Schlesier so, wie die komplizierten Systeme von Zahnrädchen und Scheibchen den Automaten regieren. Der letzte Krieg hat uns gezeigt, dass die Zeiten des individuellen Heldentums vorbei sind, das weiß jeder, der die Schützengräben kennt», sagt er.

Und ich würde gern sagen, lieber Smilo, ich will nicht deinen persönlichen Mut und den Wert deines Dienstes am Vaterland in Frage stellen, du hast ja anfangs in der Marine gedient, später bei den Zeppelinen und in der Bomber-Schwadron, aber du weißt doch nicht mehr von den Schützengräben als das, was du in der Zeitung gelesen hast.

Doch ich sage nichts. Smilo dagegen sehr wohl, Smilo spricht weiter; mit leiser Stimme, der alle konzentriert lauschen, spricht er davon, dass der letzte Krieg uns gezeigt habe, dass die Masse zählt, der gut organisierte millionenfache Soldatenorganismus, «und in solch einem Krieg ist nun gerade der schlesische Gehorsam, verbissen und rücksichtslos, von viel größerem Wert als kavalleristisches Draufgängertum. Wir alle wissen, dass das Maschinengewehr die Kavallerie von den Schlachtfeldern unserer Zeit gefegt hat; bis die Automobile sich stärker verbreiten, wird man vielleicht noch weiterhin beritten zur Schlacht erscheinen müssen, aber kämpfen werden wir immer und ausschließlich zu Fuß oder im Panzer. Doch genug davon, meine Herren. Der Schlesier, gehorsam, selbst wenn es ein Schlesier slawischer Abstammung ist, stellt für unser Vaterland wertvolles Menschenmaterial dar. Um es richtig einzusetzen, bedarf dieses Material der Führung, und das ist die Aufgabe von unsereins. Um sie erfüllen zu können, müssen wir zuerst die Polacken von hier verjagen, richtig?».

Beifall. Hundegebell.

«Meine Herren!» Jetzt spricht er nicht mehr leise. Jetzt steht er schon, hält eine Rede wie ein römischer Tribun, die Rechte erhoben, die Linke auf dem Herzen. «Meine Herren! Ausgestattet mit sämtlichen Vollmachten des Kommandeurs der Garde-Kavallerie-Schützen-Division, General Heinrich von Hofmann, erkläre ich hiermit die Gründung des Freikorps Kattowitz, einer absolut freiwilligen Einheit, bewaffnet und ausgerüstet aus dem Vermögen meiner Familie, deren Offizierskorps Sie, meine Herren, bilden werden und deren Mannschaft wir nun in Breslau, in Oppeln, in Groß Strehlitz, in Brieg und im gesamten Industriebezirk anwerben werden. Möge unser Freikorps, so wie andere, zum Keim einer neuen deutschen Armee werden, einer Armee von Soldaten, die in Feuer und Blut getauft sind, die ihre verlorenen Waffenbrüder hundertmal beweint haben, einer wahrhaft männlichen, von weiblicher Weichheit unverseuchten Armee, der Krieg hat uns jede Schwäche für die Frauen ausgetrieben, für Wesen, die die Schützengräben nicht kennengelernt haben und also nicht verstehen, was in Flandern oder am Skagerrak Menschsein, Brüderlichkeit, Männlichkeit für uns bedeutet haben! Heil, Kameraden!»

«Heil, Herr Kaleun!»

Alle stehen inzwischen, also stehe auch ich auf, sie rufen «Heil», Heil im altgermanischen Gruß, mir ist zum Kotzen, vor Erschöpfung und Ekel, das ist schon was, stimmt's, Agnes? Wärst du, da sie mich ekeln, wenigstens ein bisschen stolz auf mich?

Sie trinken, schenken auch mir ein, weitere Flaschen Cognac, ein von dem Geschrei verschreckter Diener in Livree schaut herein, ein Alter mit grauem Backenbart, und wird hinausgescheucht, Smilo stimmt eine neue Strophe des alten Liedes an, und alle singen: «So führe uns, du bist bewährt; in Gottvertrau'n greif' zu dem Schwert! Hoch Wilhelm! Nieder mit der Brut! Und tilg' die Schmach mit Feindesblut!»

Ich singe nicht. Zu mehr Widerstand bin ich nicht fähig. Ich würde ihnen gern sagen, dass dieser Wilhelm, den sie hier so sinnlos hochloben, nach Holland abgehauen ist, aber ich lasse es.

Dann nimmt Smilo mich am Arm. «Komm, wir gehen schlafen, morgen geht's auf Reiterjagd. Aber erst muss ich dir was zeigen.»

Er führt mich durch den Flur, vorbei an einem Glasschrank voller Jagdgewehre und Stutzen, dann auf grünem Läufer eine Treppe hinunter, an ausgestopften Fasanen und Raubvögeln vorbei.

«Komm, gleich gehen wir schlafen, aber ich muss dir wirklich erst noch was zeigen.»

Wir gehen in den Keller, auf Steintreppen, Smilo schaltet das elektrische Licht an, nackte Glühbirnen, die Kabel auf den Wänden, wir kommen durch einen langen Korridor, Smilo öffnet eine Metalltür, schaltet eine weitere Glühlampe an, wir betreten einen niedrigen, muffig riechenden Raum. An den Wänden Regale mit langen Reihen mit Schimmel und Spinnweben bedeckter Weinflaschen, auf der einen Seite zwei große Fässer, die andere Seite des langgezogenen Raums ist aufgeräumt. «Guck», sagt Smilo stolz. Auf dem Boden liegen Kisten, mir bekannte Kisten, von der Armee-Abnahme markiert, er öffnet eine, darin, auf Stroh gebettet, konservierte Gewehre, kurze Kavalleriewaffen, Modell 98a, daneben Kisten mit Munition, mit Granaten, an der Wand eine lange Reihe leichter Maschinengewehre 08/15, ein Stapel Stahlhelme, fünf konservierte schwere Maschinengewehre, leichte Minenwerfer vom System Lanz, Körbe voller Gürtel und Ladegurte aus gutem Leder, wie ich es seit zwei Jahren nicht gesehen habe. «Wir haben hier die Waffen und die volle Ausrüstung einer Sturmkompanie, Alois. Für alles hat mein Vater bezahlt, das ist offiziell aus Heeresbeständen gekauft, alle Eingeweihten wissen, dass die Polacken nicht klein beigeben werden, sie werden versuchen, uns ein Stück von Schlesien zu entreißen, dann werden die Alliierten bestimmt den Rückzug unserer Truppen verlangen, uns bleibt nichts anderes übrig, aber wir, Alois, werden bleiben, und kein polnischer Hund wird seine Pfote auf etwas legen, was uns gehört. Keinen einzigen Mantelknopf, keine Gamasche geben wir her, stimmt's?»

«Stimmt», pflichte ich blass bei.

«Großartig, Alois, großartig. Ich bin so froh, dass du mir zustimmst, du, Sohn dieses Landes, Salz dieser Erde. Alle haben immer gesagt, es gibt keine besseren Soldaten als die Schlesier, das weißt du, nicht wahr?»

Ich weiß, dass mir solche Schmeicheleien schon lange gleichgültig sind, und dennoch, als wir die Treppe wieder hochsteigen, ist mir irgendwie warm, so als hätten mir seine Worte gutgetan.

Im ersten Stock lässt er mir den Vortritt in ein kleines Schlafzimmer, darin zwei Betten mit riesigen, bauschigen Federdecken, zwei Nachttischchen und ein kleiner Bücherschrank mit einigen Dutzend in Leder geschlagenen Büchern, ein Sessel. Smilo trinkt den Cognac aus der Flasche und fällt in Uniform, ohne die Stiefel auszuziehen, aufs Bett; bevor er noch richtig gefallen ist, schläft er schon.

Ich bin nicht schläfrig. Ich nehme ihm die Flasche aus der Hand, nehme selbst einen großen Schluck, ziehe ihm die Schaftstiefel aus, muss ordentlich daran ruckeln, er wird nicht einmal wach davon, ich decke ihn mit dem Federbett zu und lege mich auf das andere Bett. Ich nippe am Cognac und denke an dich. Ich weiß nicht, wo wir sind, aber wir sind nicht weit von dir, das weiß ich, wenn ich jetzt losgehen würde, könnte ich dich bis zum Morgen finden, Agnes. Aber das werde ich nicht tun, denn ich bin deiner nicht würdig.

Schade, dass du mich nicht beim Spartakus gesehen hast, als ich zum ersten Mal im Leben nicht für das Land, nicht für den Kaiser, sondern für Menschen wie mich gekämpft habe, meinen Vater und meine Brüder, mich selbst.

Langsam schlafe ich ein und schlafe, bis mich ein Jagdhorn und Smilos Rufe wecken. Es ist Morgen.

«Aufstehen, Alois, wir reiten zur Jagd, zur echten Soldatenjagd, wie die alten germanischen Krieger, steh auf!»

Ich bin wie betäubt, stehe aber auf. Smilo rasiert sich vor dem Spiegel, pfeift vor sich hin, seltsam frisch, vermutlich nicht zuletzt unter dem Einfluss des Kokains. «Im Schrank ist was zum Anziehen, nimm was Warmes, es ist knackender Frost, wir reiten auf Hirschjagd.»

«Reiten?», protestiere ich schwächlich, «ich kann mich ja kaum im Sattel halten.»

«Quatsch nicht, du bist Offizier, also kannst du reiten, rasier dich, in fünf Minuten ist Frühstück, dann Appell, wir sammeln uns, und los, ich brauch dich dort.»

Also rasiere ich mich, nehme mir eine kurze Schaffelljacke und einen Gürtel dazu, eine Pelzmütze und Handschuhe, nehme das alles mit, gehe nach unten, alle frühstücken gemeinsam, bei Tisch bedient einzig der Alte, den ich gestern gesehen habe, keine Frauen, Überfluss auf der Tafel, Rührei mit Speck, Weißbrot, echter Kaffee in Kannen, Wurst, phantastische gelbe Butter, frische Milch, getrocknete Früchte, Käse, und alle fressen, vertilgen dieses Essen in gargantuesken Mengen, ich tue es ihnen gleich, mustere sie insgeheim, die heute teils militärisch, teils zivil gekleidet sind. Nach dem Frühstück geht die ganze Gruppe raus, die Pferde sind schon gesattelt und wegfertig.

Ich habe Angst.

Einige Male habe ich im Sattel gesessen, das schon, zuerst

hat mir Braun-Towiański in Breslau das Reiten beigebracht, die Pferde waren aus dem Stall eines mit seiner Tante verwandten Grafen, sie eine geborene von Lewaldt-Powalska, alter pommerscher Adel, vielfach verheiratet mit der preußischen Aristokratie. So ritten wir auf den Pferden des preußischen Grafen im Scheitniger Park, später hatte ich Reitunterricht bei der Fahnenjunkerausbildung in Döberitz, aber in Kriegszeiten war für Vergnügungen der gehobenen Art keine Zeit mehr, diese Welt war untergegangen, erstickt unter Eisenregen und MG-Salven, ich konnte vielleicht galoppieren und mich im Trab aus dem Sattel heben, aber als Braun-Towiański, übrigens ein vorzüglicher Reiter, mir zu erklären versuchte, worauf der fliegende Wechsel des Beins im Galopp beruht, verlangte er meiner bodenständigen Vorstellungskraft zu viel ab. In Döberitz war ein alter Major für das Reiten zuständig, Kavallerist, Husar, der nur die Hände über dem Kopf zusammenschlug, was nun alles Offizier wurde, und als er meinen linkischen Umgang mit dem Pferd sah, wollte er erst recht nichts mit mir zu tun haben, in diesen paar Unterrichtsstunden war ich deshalb ganz auf den Stallknecht angewiesen, der mir geduldig vorführte, wie das Pferd zu satteln und abzusatteln ist, und auf einen erschöpften Wallach, der sich nur mit Mühe zu einem müden Galopp zwingen ließ.

Hinter den zur Jagd geschmückten Pferden halten Diener die Hunde, mittelgroße braune Bracken mit quadratischen Mäulern, langen Schwänzen und Schlappohren, es sind mehrere Dutzend, sie jaulen erregt, bellen und springen unruhig, ahnen gewiss, was für ein Abenteuer ihnen bevorsteht. Damit wissen sie mehr als ich.

Smilo trägt eine kurze Pelzjacke und hohe Sporenstiefel, am Gürtel hat er ein Jagdmesser und einen längeren

Hirschfänger mit vergoldeten Köpfen und Parierstangen, die Handgriffe aus Horn. Er weist mir mein Pferd zu, eine große braune Stute, nach meiner unsicheren Einschätzung ein Vollblut, ich trete heran, weiß noch, dass man das von der linken Seite tun sollte, setze den Fuß in den Steigbügel, greife nach dem Schweif, stoße mich ab, und Pech – im Sattel sitze ich nicht.

Alle lachen.

«Kameraden, schämt euch», sagt Smilo. «Leutnant Alois Pokora hat vier Jahre in den Schützengräben verbracht, er ist der Sohn eines einfachen Bergmanns, ich möchte nicht wissen, wie ihr einen Minenwerfer oder eine Granatengarbe bedienen würdet, nicht jeder muss sich mit allem auskennen, ein guter Deutscher aus unserer Klasse ist zum Respekt für jeden verpflichtet, sogar einen Menschen bescheidener Herkunft, besonders jemanden, der sich durch eifriges Lernen und harte Arbeit nach oben kämpft. Nach dem letzten Krieg ist dieses Lachen unangebracht.»

Sie schweigen, mir wäre lieber, sie würden lachen. Ich würde gern weg von hier, raus aus dem Orbit der Nachsichtigkeit von Smilo von Kattwitz, aber ich kann nicht.

Beim dritten Mal komme ich endlich in den Sattel. Ich richte mich dort ein, rufe mir in Erinnerung, wie man die Zügel hält, suche Halt in den Steigbügeln, und wenn ich an Gott glaubte, würde ich darum beten, dass mir weitere Reinfälle erspart bleiben.

Smilo besteigt einen mächtigen friesischen Hengst, der im Widerrist bestimmt einen Meter achtzig misst, mit zottligen Fesseln, das Fell glänzend schwarz wie Kohle. Ich kenne mich nicht aus mit Pferden, aber auf solchen Rössern stellte ich mir die Ritter Heinrichs des Frommen vor, als sie bei Liegnitz der tatarischen Horde gegenüberstanden, und von solch einem Ross muss den Herzog selbst ein tatarischer Pfeil heruntergeholt haben, ein solches Ross muss in der Nähe gestanden haben, als die Steppenreiter dem Herrscher den Kopf abschnitten.

Von dem zum Anwesen führenden Tor kommt, begleitet von vier Bracken an langen Leinen, ein Mann geritten, den ich nicht kenne, dessen Gesicht, Jägerkleidung und Manieren klar besagen, dass er hier als Jagdmeister in Diensten steht. Er reitet an von Kattwitz heran, flüstert ihm etwas ins Ohr, Smilo lächelt zufrieden.

«Mein Meuteführer hat einen Hirsch aufgespürt, wir ziehen sofort los, meine Herren! Das wird eine wahrhaft germanische Jagd, wie sie uns Männern aus Stahl, uns kampfgehärteten germanischen Kriegern geziemt. Wir ziehen keine bunten Fräcke an wie die Franzosen oder Engländer, wir sind doch keine Bande von Hampelmännern, wir sind Soldaten, die graue Uniform steht uns am besten. Mir nach, Kameraden! Los, los, los!»

Wir brechen auf, der Jagdführer und Smilo voran, dann die Meuteführer mit den Hunden, wir hinterher, einstweilen im Schritt, meine Eingeweide verkrampfen, vier Jahre Schützengraben habe ich überlebt, und jetzt habe ich Angst, vom Pferd zu fallen, mir den Hals zu brechen, das Tier könnte mit mir durchgehen und ich mich noch lächerlicher machen, als ich schon bin. Die Stute schnaubt leise, ich merke, wie ihre Flanken sich weiten, wenn sie Luft holt, wir fallen in einen Trab, zum Glück reiten wir hintereinander, meine Stute wird wissen, was zu tun ist und wo es langgeht, und ich lerne wieder, mich rhythmisch aus dem Sattel zu heben.

Der Wald liegt schneeverweht und starr im Frost, viel eisiger als gestern, der Schnee knirscht unter den Hufen, die erhitzten Pferde dampfen nun, Wolken fahren aus ihren Nüstern, wir reiten jetzt auf einem Waldweg, erreichen eine Lichtung, der Jäger zeigt die Stelle, an der die Bracken gestern bei der Erkundung den Hirsch gewittert haben. Wie der Jäger wissen konnte, dass das gerade ein Hirsch war, bleibt mir ein Rätsel, doch jedes Fach hat seine eigenen Geheimnisse, daran habe ich mich gewöhnt. Mein Tatulek und die Brüder konnten so über das Bergwerk reden, dass ich ihnen nicht einmal annähernd folgen konnte. Professor Hillebrandt erging sich beim Sanskrit-Unterricht in komplizierten etymologischen Ausführungen, er fand gemeinsame, urindoeuropäische Wurzeln sanskritischer, germanischer, slawischer und lateinischer Wörter, sprach von der ersten Lautverschiebung, kannte Geheimmethoden, die es ihm erlaubten, den Klang ausgestorbener Sprachen zu ermitteln. Andere können offenbar Hundegebell verstehen.

Der Hund an der Spitze der Meute schlägt plötzlich an. Smilo bringt sein Pferd zum Stehen, derweil bellt schon die ganze Meute, von Kattwitz gibt ein Handzeichen, der Jäger spielt eine Fanfare auf dem Horn, die mir einen Schauer über den Rücken laufen lässt, dann lassen sie die Hunde von der Leine, die jagen in den Wald, tobend vor Blutgier, wir beritten hinterher, im Galopp. Mir fällt ein, was Braun-Towiański beim Reitunterricht sagte, klemm dir das Pferd zwischen die Knie, im Galopp musst du mit dem Pferderücken mitgehen, wie wenn du eine Magd rannimmst, für mich natürlich kein sehr hilfreicher Vergleich.

Wir galoppieren den Hunden nach, vor uns sehe ich rötlich grau das Hirschfell schimmern, ein stattliches Geweih, dort ist das Opfer unserer Hunde, ich ducke mich dicht an die Mähne, um Zweigen auszuweichen, sehe im Augenwinkel, wie vor unserer Meute andere Tiere auseinanderspritzen, weglaufen, Hirschkühe oder Rehe, womöglich auch ein Wildschwein, aber die Hunde interessieren sich nur für genau diesen Hirsch, der durch den Wald jagt, Haken schlägt, plötzlich die Richtung ändert, ohne dass die Hunde ihm nur einen Schritt von der Seite weichen oder wir den Hunden. Die Jäger blasen im Galopp die nächsten Fanfaren, ich wiederum hoffe nur, von den Hufen der anderen Pferde verschont zu bleiben, falls ich aus dem Sattel fliege. Smilo von Kattwitz stößt fröhliche Rufe aus, die Hufe dröhnen, Zweige peitschen Pferdeschultern und -schädel und mich. Ich sehe, wie ein Hund aus der Meute ausbricht, der Meuteführer in Jagdkleidung will ihn zurücktreiben, der Hund widersetzt sich, der Meuteführer zieht einen alten Revolver aus dem Halfter und schießt aus dem Sattel des unter ihm tänzelnden Pferdes der Bracke zweimal in den Kopf. Ein kurzes Jaulen und vorbei, das haben wir hinter uns. Wir weiter mit der ganzen Meute, dem Hirsch nach ohne Rast, Kilometer für Kilometer, kreuzen einen Weg und wieder hinein in den Wald, vor uns ein Flüsschen, noch nicht zugefroren, die Distanz zwischen der Hundemeute, uns und dem Wild hat sich beträchtlich verringert, der Hirsch läuft auf steifen Beinen, er schwächelt, stürzt sich ins Wasser, der Jäger spielt eine andere Fanfare, wir fliegen fast über den Fluss, und meine Stute wirft mich dabei beinahe aus dem Sattel, ich verliere einen Steigbügel, kralle mich im letzten Augenblick in der Mähne fest, ziehe mich in den Sattel hoch, finde den Bügel wieder, wir reiten, der Hirsch ändert die Richtung, stolpert einmal, die Hunde beißen ihn in die Fesseln, noch läuft er, fällt schließlich erschöpft in den Schnee, blutend, die Hunde fallen ihn an, bellen, doch auf ein Signal der Jäger treten sie ein paar Schritte zurück. Wir halten an, unsere Pferde dampfen, ganz feucht von der

Anstrengung, atmen schwer, mir läuft der Schweiß über den Rücken, Smilo springt aus dem Sattel und zieht den Hirschfänger mit nicht sehr langer, vielleicht einen halben Meter, glänzender Klinge aus der Scheide.

Der Hirsch blickt Smilo aus großen, dunklen, angstvollen Augen an, aber ob man die Angst aus den Augen der Tiere lesen kann oder ob wir sie nicht selbst hineinlesen, weil wir wissen, dass das Tier sich fürchten muss? Die Läufe des Hirsches zittern, er versucht auch, den von einem großen Geweih gekrönten Kopf zu heben, doch sieht man, dass die Muskeln keine Energie mehr haben, Smilo tritt heran und sticht ihm den Hirschfänger in die Brust, das heißt in die Herzkammer, bis zur Parierstange, das Wild bebt, hebt den Kopf und stirbt, Smilo zieht den Hirschfänger heraus, Blut rinnt auf den Schnee.

Mir wird anders. Ich steige aus dem Sattel, mit schwachen Knien. Ich kann das nicht mitansehen, wende den Blick ab und muss es doch, muss hinsehen. Wenn Tatulek ein Schwein schlachtete, tat mir das Schwein nicht leid, der gehetzte Hirsch aber hat etwas, in dem ich mich selbst wiedererkenne, gehetzt, von einem Kinnhaken niedergestreckt in einem Hauseingang unweit des Gymnasiums in Gleiwitz.

Die Fanfaren spielen, das muss die Halali-Melodie sein, Braun-Towiański hat mir einmal von der Jagd erzählt.

Smilo wischt den Hirschfänger am Fell des Tieres ab, steckt ihn in die Scheide zurück, zieht ein Jagdmesser mit kurzer Klinge, schneidet die Haut am rechten Vorderlauf des Hirsches auf, zieht sie dann ab, seine Hände und die Schaffelljacke sind von Blut befleckt, die Fanfaren spielen weiter, Smilo hebt das blutige Stück wie das Banner des Sieges in die Luft, alle klatschen, ich weine. Smilo kommt zu mir, hockt sich neben mich. «Dafür habe ich dich immer geliebt, Alois, für dein gutes und reines Herz, großartig, dass du Mitgefühl mit diesem würdevollen Tier hast, dass so schrecklich enden musste, zu Tode gehetzt. Das ist das Gesetz der Natur, Alois. Das ist die Pflicht des deutschen Kriegers, jagen, so wie unsere Vorfahren jagten, sie durchstreiften die dichten, dunklen Wälder Urgermaniens mit Speeren, lauerten dem Auerochsen und dem Bären auf.»

Ich wische mir die Tränen ab. Die Jagdmeister zerlegen den Hirsch, schneiden ihm den Kopf ab, öffnen die Bauchhöhlen, aus denen sich dampfende Innereien in den Schnee ergießen, es riecht auf einmal nach Kot.

«Du bist ja ganz durchgefroren, Alois, komm, wir werden dich aufwärmen, bevor wir damit die Hunde füttern, denn dieses Fleisch gehört ihnen, nicht uns, nach so einer Hetzjagd ist es auch übersäuert und wäre für Menschen ungenießbar.» Er hebt mich von den Knien auf, gibt den Jagdmeistern ein Zeichen, die tragen einen kleinen Klappstuhl herbei, stellen ihn vor dem offenen Bauch des Hirsches auf, Smilo führt mich dorthin, fasst mich zärtlich an den Schultern, setzt mich auf den Stuhl, dann kniet er nieder, zieht mir Stiefel und Fußlappen aus, krempelt die Hosenbeine hoch und steckt meine verfrorenen Füße in die offene Bauchhöhle des Hirsches, mir ist, als steckte ich sie mitten in die Essenz des Lebens hinein, und ich fühle, wie mir die Tränen übers Gesicht laufen.

Ich habe Menschen in so kleine Fetzen gerissen gesehen, dass man nicht erkennen konnte, aus welchen Körperteilen die blutige Schmiere bestand, die ich mir aus dem Gesicht wischte, nur die Stiefel und die Stummel der Unterschenkel, immer noch in Gamaschen, waren geblieben.

Ich bin durch Schlamm gekrochen, in dem menschliche Körper verwesten, habe mein Gesicht in diese Körper gedrückt, um nicht wie sie zu sterben, ihr Geruch hielt sich viele Tage in der Uniform.

Ich habe Menschen gesehen, die von einem Granatsplitter zerschnitten worden sind wie von einer riesigen Guillotine, sauber und präzise. Eine Hälfte des Menschen, Schuhe, Beine, Hose, der Arsch, das Glied, ein Stück vom Bauch hier, der Brustkorb mit den daraus hervorquellenden Eingeweiden daneben, die Augen weit aufgerissen, der Mund nach Luft schnappend wie bei einem aus dem Wasser geholten Fisch, die Hände da unten nach dem Rest des Körpers tastend, und jetzt sitze ich auf einem Klappstuhl und wärme mir die Füße an der schwindenden Lebensenergie eines toten Hirsches auf.

Die Hunde heulen, kläffen, springen, erregt wie wir in den Gräben nach siegreichem Sturm, wenn wir die blutigen Bajonette zurücksteckten und die eroberten englischen Unterkünfte nach Brot, Konserven und Alkohol durchsuchten.

Von Kattwitz befindet, dass meine Füße aufgewärmt genug seien, hilft mir, sie aus dem Hirschbauch zu heben, das Blut mit Schnee abzuwischen, die Fußlappen zu wickeln und die Stiefel anzuziehen, klopft mir auf die Schultern, der Jagdmeister bläst zum Aufsitzen, ich hieve mich in den Sattel und schaffe es diesmal beim ersten Versuch. An Smilo von Kattwitz' Sattel hängt ein langer Hautstreifen, die Jagdtrophäe, am Sattel eines der Jäger der Hirschschädel mit Geweih, die Jäger lassen die Hunde los, die sich jaulend auf das Hirschaas stürzen, sich hineinbeißen und es in Stücke reißen. Langsam, im Schritt, reiten wir zurück zum Anwesen, eine Flasche Wodka kreist, ich nehme tiefe Schlucke davon, der Alkohol hat immer gut geholfen gegen mein Schamgefühl. Smilo plaudert freundschaftlich mit mir, und ich sehe, dass seine Vertraulichkeit, die offen bezeigte Nähe mich vor der Abneigung der übrigen Freikorpsler schützen; dank der Freundschaft, die mir Kapitänleutnant Smilo von Kattwitz erweist, behandeln sie mich wie ebenbürtig, aber das teuflische Detail ist dieses «wie».

Als wir ankommen, begrüßen uns mit bellendem Bass die schwarzen Doggen, wir steigen ab, die Stalljungen, die untereinander in unserer Sprache, zu den Herren dagegen in gebrochenem Deutsch reden, nehmen uns die Pferde ab, führen sie in den Stall, wir dagegen begeben uns mit den Doggen in den Landsitz, setzen uns, so wie wir sind von der Jagd, nach Pferd und eigenem Schweiß stinkend, die Hände nur kurz abgespült, an den Tisch im Esszimmer, unter die Hirschgeweihe an den Wänden. Der Tisch ist überreichlich gedeckt, wie ich es seit Jahren nicht gesehen habe, Fleisch unterschiedlichster Art, darunter ein im Ganzen gebratener kleiner Frischling, eine Gans und zwei Enten, Schüsseln voller dampfender, mit Butter übergossener Kartoffeln, weiße und schwarze Klöße, Buchweizengrütze, Terrinen mit Hühnerbrühe, Flaschen mit ungarischem Wein und Schnaps, Streuselkuchen und echter Kaffee auf dem Tischchen daneben.

Smilo von Kattwitz, den alle mit Herr Kapitänleutnant anreden, nimmt an der Stirnseite des Tisches Platz, mir weist er den Stuhl zu seiner Rechten zu. Wir essen. Smilo schneidet den gebratenen Frischling mit dem Hirschfänger an. Smilos Kameraden bringen Toasts aus: auf den ungeheuren Erfolg unserer Sache, auf das Vaterland, auf die Bruderschaft, auf die Gesundheit unserer Väter und Mütter, auf dass Deutschland ewig lebe, danach singen wir Lieder, patriotische, Burschenschafts- und Studentenlieder, danach erheben sich zwei Freikorpsler, ein großer, athletisch gebauter Blondschopf mit Namen von Goltz und ein kleinerer, stämmig gebauter Brünetter, dessen Namen ich nicht verstanden habe, mit schwarzer Augenklappe, ziehen sich bis auf die Unterhose aus und treten zum Ringkampf an, die muskulösen Arme um Schultern und Taille des Gegners verschränkt, verschwitzt, Kopf an Kopf, die Hände schieben sich weiter auf der Suche nach festerem Halt, Wange an Wange, die gespannten Muskeln der Rücken und der Gesäßbacken, die übrige Gesellschaft feuert spontan beide Kämpfer an, ohne in gegnerische Lager zu zerfallen. Nach einer Viertelstunde siegt der Brünette mit der Augenklappe, er legt seinen Gegner auf die Schulterblätter. Der besiegte Blonde steht auf, der Brünette reicht ihm die Hände und küsst ihn auf die Stirne, sie drücken sich innig, und ein weiteres Paar Freikorpsler tritt zum Ringkampf an.

Ich bekam Angst, jemand würde sich mit mir messen wollen. Beugte mich zu Smilo, flüsterte ihm ins Ohr: «Smilo, ich will nicht ringen, ich kann das nicht.» Ich habe Angriffe auf befestigte Positionen ausgeführt, bin durch Drahtverhaue gedrungen, habe Minenwerfer mitgeschleppt, Granaten in Schützengräben geworfen, aber vor dem Ringen habe ich Angst, ich würde mich nicht mal bis zum Gürtel ausziehen, meinen mageren Brustkorb und die mickrigen Arme zeigen wollen bei diesen trainierten Kraftprotzen.

Smilo legt mir die Hand aufs Knie. «Keine Sorge, geliebter Alois. Niemand wird dich hier zu irgendetwas zwingen.»

Die Freikorpsler kehren halbnackt an den Tisch zurück, sie ziehen sich nicht wieder an, trinken Wein, umarmen sich und singen, und ich sehe, dass zwischen ihnen eine echte, intime, tiefe Bindung besteht, so als wären sie alle ein einziger durchtrainierter Körper, eine einzige Waffe, miteinander verbunden; so wie im Gewehr der stählerne Lauf, die Patronenkammer und der Verschluss mit dem hölzernen Lager, so verbinden sich ihre Körper und Geister zu einer unausgesprochenen Gemeinschaft.

Auch ich trinke, aber vorsichtig, weil ich Angst habe, langsam und maßvoll, die anderen saufen sich voll. Zwei schlafen schon auf dem Tisch, zwei sind verschwunden, zusammen rausgegangen, Smilo wirkt völlig nüchtern, jedoch umarmt er mich und flüstert, ihm sei nicht gut, ich solle ihn ins Schlafzimmer bringen. Ich habe jedes Zeitgefühl verloren, die Wanduhr zeigt, dass es schon früher Morgen ist, fünf Uhr, wenn auch noch dunkel.

Also gehen wir, steigen Arm in Arm die Treppe hoch, betreten das Schlafzimmer. Smilo schließt die Tür hinter sich und klebt sofort mit seinen Lippen an den meinen, fasst meine Arme an, mein Gesäß, dann tritt er zurück, zieht sich das Hemd über den Kopf, die Stiefel hat er längst abgestreift, noch während des Festmahls, jetzt zieht er Hose und Unterhose aus und steht nackt vor mir, lässt sich von mir ansehen. Er ist schön, ebenmäßig gebaut, der Körper ist schlank, aber muskulös, mit den langen, gestreckten Muskeln eines Sportlers und beinahe unbehaart, abgesehen von dem rabenschwarzen Gebüsch im Schritt. Er ist auch sichtbar erregt.

Smilo von Kattwitz' Körper ist unberührt geblieben von der Kontinentalblockade, unberührt vom Krieg, Smilo ist gut genährt, gut gebaut, drahtig, ist kein Knochengerippe in einem Sack aus Haut, wie ich.

Er blickt mir in die Augen und beginnt zu reden. «Ich habe niemanden je geliebt, Alois, nur dich. Seit ich dich im Jahre 1902 kennenlernte, weißt du noch? Damals hatte dich dieser fürchterliche Kerl geschlagen, ich weiß nicht mehr, wie er hieß, dieser Apothekersohn, er hat dich schikaniert, und ich habe dich verteidigt, erinnerst du dich? Ich habe dich verteidigt, weil ich auf Anhieb verliebt in dich war, vom ersten Tag an, du bist nämlich ganz ungewöhnlich, du bist so liebenswert, Alois. Nie wieder bin ich jemandem wie dir begegnet. Dann verloren wir uns aus den Augen, es war Krieg, aber nie habe ich aufgehört, an dich zu denken. Dir war meine Liebe wohl nicht einmal bewusst, nicht wahr?»

Ich bin niemandes Liebe wert.

Doch er tritt an mich heran, küsst mich auf den Mund, ich erwidere den Kuss nicht, wehre ihn aber auch nicht ab. Er nimmt meine Hand und führt sie an seinen Schoß, und plötzlich sehe ich in diesen großen blauen Augen etwas, was ich dort nicht erwartet hätte.

Ich sehe ein Flehen.

Herr Kapitänleutnant Smilo Walther Hinko Oskar Constantin Wilhelm Freiherr von Kattwitz bettelt um meine Liebe. Ein schöner Offizier, Flieger, reich und adlig, hat alles und bettelt dennoch um eines, um meine Liebe, etwas, worum nie zuvor jemand bei mir gebettelt hat, denn niemand brauchte sie.

Ich nehme die Hand von seinem Schoß, denn ich habe plötzlich etwas begriffen, was ich vorher nicht geahnt hatte, ich, ein von niemandem geliebter Mensch, begreife, dass Smilos von mir unerwiderte Liebe mir Macht über ihn gibt.

Plötzlich verstehe ich dich besser, Agnes. Liebe ist Krieg.

In meinem Körper nimmt die Erregung ebenfalls zu, ja, ich könnte mit von Kattwitz gehen, so wie ich mit Salmakis ging, mich stört sein Geschlecht nicht, ich bin leicht betrunken, satt gegessen, die Aussicht, die Nacht neben einem warmen Körper zu verbringen, die Aussicht auf Berührung, auf Haut an Haut, das alles scheint mir sehr verführerisch, es spielt keine Rolle für mich, dass es die Haut eines Mannes ist, zumal eines so schönen wie Smilo.

Ich erinnere mich an ihre Körper, die Körper der Salmakis, an den Geruch ihrer Haut, ihren Geschmack, erinnere mich, wie ich die beiden aus bizarrem Winkel sah, als man mich über den Schnee zog und ihre Körper im Scheinwerferlicht des Lasters lagen, rote Pfützen Blut. Salmakis, Frau Nowotny, die Baronin, Kiesel, andere Kameraden, seit 1914, Menschen, mit denen ich Schulter an Schulter geschlafen habe, in einem Schützengraben, und der Tod eines jeden war mir der Tod eines Bruders, alle, die ich verloren habe.

Meine Mamulka. Ich werde sie nie vergessen, werde sie alle bei mir tragen, immer.

Smilo greift mit ebenso sanfter wie entschlossener Geste nach meinem Hemd, versucht es mir auszuziehen. «Lass mich mich um dich kümmern, Alois, Lieber, lass mich», fleht er.

Ja, ich könnte ihn lassen, ich habe Lust darauf, aber dann würde ich die Macht verlieren, die er mir unversehens gegeben hat und die ich mehr brauche als seine Berührung.

Ich rücke von ihm ab.

«Nicht heute, Smilo. Ich muss jetzt gehen.»

«Ich bitte dich, Lieber, Alois, bleib bitte, ich flehe dich an», und er fällt vor mir auf die Knie, umschlingt meine Beine, ich fühle mich mächtig und befreit, fühle, dass ich es ihm jetzt all die Jahre herrschaftlicher Gunst heimzahlen kann, die mich vor den Fäusten und Demütigungen durch den Rüpel schützte und mir noch vor kurzem durch einen geheimen Wink des Schicksals das Leben gerettet hat, um mich zugleich zu einem kleinen, schwachen, mickrigen, herrenlosen Hund zu machen, der ein gnädiges Herrchen gefunden hat.

«Ich muss los, Smilo. Ich nehme diese Schaffelljacke mit, auch ein Pferd werde ich mir nehmen.»

«Aber du kommst zurück, Alois, du kommst zu mir zurück?»

«Vielleicht, aber jetzt muss ich los. Gib mir eine Pistole, ich will hier nicht ohne Waffe unterwegs sein, meine Mauser habt ihr mir in Berlin weggenommen.»

Plötzlich finde ich Kraft, zu erwähnen, was für ein Bolschewik ich war.

Smilo erhebt sich von den Knien, versucht mich zu umarmen, ich weiß, dass ich ihm das nicht erlauben darf, ich muss, ich kann, ich sollte ihm Hoffnung geben, muss aber auch kalt, eisig bleiben, all das habe ich von dir gelernt, Agnes. Smilo steht auf, holt ein Holster mit Gürtel aus der Nachttischschublade, «hier, Alois, meine Parabellum, eine gute Waffe», ich nehme sie, ziehe die Schaffelljacke an, straffe sie mit dem Pistolengürtel. Es ist die Marineversion der Pistole, mit längerem Lauf, das erkenne ich an der Größe des Holsters. «Willst du einen Stutzen oder ein Gewehr?», fragt er.

«Danke», sage ich, «ich bin kein Jäger, die Pistole reicht.»

Smilo öffnet das Schlafzimmerfenster und ruft nach draußen, «Karlik, komm doch mal», mit hörbar deutschem Akzent, aber in unserer Sprache, ich wundere mich, dass er sie beherrscht, nie habe ich ihn so sprechen hören, «Karlik, sattle die Zora für Herrn Pokora, das ist ein gutes Pferd», ruft Smilo dem Stallknecht zu, dann schließt er das Fenster und wendet sich mir zu.

«Nimm alles, Alois. Was du willst.»

«Ich wusste nicht, dass du Wasserpolnisch sprichst», wundere ich mich auf Deutsch. Smilo zuckt mit den Schultern. «Hat man vom Kindermädchen mitbekommen, anders konnte man sich mit den Bediensteten gar nicht verständigen, jeder zweite von denen kann nicht richtig Deutsch.»

«Zu mir hast du nie in unserer Sprache gesprochen.»

«Vielleicht bleibst du, Alois? Bleibst du?»

«Ich muss gehen.»

Er setzt sich aufs Bett, verbirgt das Gesicht in den Händen, und ich bin eisig, so eiskalt wie die im Frost knarrenden Bäume im Wald um das Jagdhaus. Keine Wärme ist in mir, kein Mitgefühl, keine Rührung, nichts.

«Auf Wiedersehen, Smilo», so viel Hoffnung lasse ich ihm. «Gib mir noch von deinem Kokain.» Das tut er sofort.

«Hast du Geld?», fragt er. «Nein.» Er drückt mir etwas in die Hand, viel Geld, Hundert- und Fünfzigmarkscheine. «Ich will nicht.» – «Nimm, nimm.» – «Ich brauch es nicht.» – «Nimm.» Ich stopfe es mir in die Taschen, habe ja kein Portemonnaie. Ich gehe raus, die Treppe runter, gehe durch den Speisesaal, wo zwei Waffengefährten, Freikorpsler, in liebender Umarmung verschlungen sind, Rücken- und Schultermuskulatur gespannt, der Schweiß rinnt über die Haut, ich schaue einen Augenblick zu, sie beachten mich nicht, ich trete hinaus in den Frost, es ist noch dunkel, ich gehe in den Stall, der Bursche sattelt mir eine mittelgroße braune Stute mit weißem Stirnpfeil.

«Seien Sie gut zu ihr, mein Herr, bitte», sagt er auf Deutsch mit hartem Akzent.

«Wo geht es nach Pilchowice?», frage ich in unserer Sprache. «Und bitte nicht Herr, Junge, ich bin genauso ein Mensch wie du.»

Er lächelt, nickt, glaubt mir nicht. «Ich werde es Ihnen zeigen», antwortet er auf Deutsch. Wir gehen raus, er führt mir das Pferd hinaus, hält mir den Steigbügel, als ich mich ungelenk in den Sattel schwinge, doch gelingt es mir im ersten Anlauf. Er zeigt mir den Weg. «Reiten Sie dort entlang, an die fünf Kilometer Waldweg und dann die Straße, die Straße nach rechts, da kommen Sie nach Groß Rauden, wo das Schloss des Herzogs von Ratibor ist.»

«Gut, von Rudy weiß ich dann schon», antworte ich.

«Aber passen Sie auf die Wölfe auf, bitte. Haben Sie eine Lampe?»

Habe ich nicht, deshalb bringt er mir eine kleine, flache, elektrische Lampe und einen Sack Pferdefutter, eine Ringwurst, eine Flasche Wodka. «Das ist für Sie, für unterwegs, die Lampe stecken Sie unter die Jacke, sonst geht bei dem Frost die Batterie aus.»

«Aber Wölfe, Junge? Was sagst du da ...»

«Aber ja, mein Herr, wirklich, mein Wort darauf, ich habe letzte Woche das Heulen gehört», fährt er auf Deutsch fort, mit diesem unschönen schlesischen Akzent. «Niemals hat es hier Wölfe gegeben, ich weiß, bestimmt seit dem Dreißigjährigen Krieg oder der Typhusepidemie Ende der Vierziger, aber jetzt sind sie da, wirklich. Etwas ändert sich in der Welt, Herr Pokora. Die Welt wandelt sich. Die alte ist tot, die neue noch nicht geboren, die Form der Welt zerläuft, sie ist weich geworden wie geschmolzener Teer, weich und zähflüssig.»

«Woher weißt du solche Sachen, Junge?», frage ich verwundert.

Er zuckt mit den Schultern. «Weiß ich eben, Herr Pokora. Hier gibt es eine große Bibliothek, der Herr erlaubt mir zu lesen, da lese ich, wenn die Herrschaften gerade mal nicht da sind. Wir sitzen dann hier und haben viel Zeit. Herr Smilo wird sich bestimmt freuen, er hat Ihnen seine beste Stute gegeben, Zora ist ein wunderbares Reitpferd, passen Sie auf sie auf.»

Das werde ich tun, obwohl ich nicht richtig weiß, wie man auf ein Pferd aufpasst, Tatulek hat nie ein eigenes

Pferd gehabt, für den kargen Morgen Land lohnte sich kein Pferd, ich knöpfe die Lasche des Holsters ab, kontrolliere das Magazin der Marine-Nullacht, stecke sie zurück, knöpfe sorgfältig zu, klemme die Fersen in die Pferdeflanken und reite durchs Tor des Jägerhofes, hinaus in die winterliche Nacht. Die schwarzen Doggen begleiten mich bis zum Tor, weiter gehen sie nicht.

Der Wald, wiewohl alt und dicht, ist von einem gleichmäßigen Wegenetz durchschnitten oder Brandschutzschneisen, das kann ich nicht unterscheiden, jedenfalls ist das kein Urwald, es ist schlesischer Wald, der Grubenstempel und Verschalungen für die Bergwerke liefern soll, und dass der Herzog von Ratibor bei Gelegenheit Jagden veranstalten kann, ist umso besser für ihn, schlechter nur fürs Damwild.

Der beißende Frost zog mir das Gesicht und die Lippen zusammen, trotzdem überfiel mich nach einer Stunde zu Pferde eine furchtbare Schläfrigkeit, ich zog also die Zügel an, Zora blieb widerstandslos stehen, dann zog ich mir mit den Zähnen die Handschuhe aus, die Hände wurden sofort froststarr, aber in Handschuhen kam ich nicht an das weiße Pulver aus Smilos Fläschchen. Jetzt schnupfte ich, zog den bitteren Staub in die Nase, spürte, wie es mir den Rachen hinabrann, klemmte das Pferd zwischen die Waden, und weiter ging's.

Kurz darauf bekam ich einen furchtbaren Stuhldrang. Ich dachte erst, er würde vergehen, dann musste ich doch vom Weg in den Wald einbiegen, leuchtete mir mit der Taschenlampe, denn die Sonne war noch nicht aufgegangen, stieg vom Pferd ab, band die Zügel an einen Baum, den Gürtel mit der Nullachter hängte ich daneben an einen Zweig und hockte mich hin, wobei mir fast der Hintern abfror.

Während ich hockte, hörte ich das Heulen. Im ersten Moment dachte ich, das wäre eine Sinnestäuschung gewesen, und ignorierte es; als ich fertig war, zog ich mir mit fast schon steifen Fingern die Hose hoch, knöpfte die Hosenträger zu, legte Uniformbluse, Schaffelljacke, Gürtel mit Pistole und Handschuhe wieder an, dann ging ich zum Pferd, schaffte es ungeschickt in den Sattel und war froh, dass niemand mir zusah; da hörte ich das Heulen erneut, schon etwas näher. Zora schnaubte unruhig, ich kehrte also auf den Weg zurück, trieb die Stute zum Trab an, bald darauf zu einem legeren, versammelten Galopp, und wir ritten, beide in Angst, die Stute und ich.

Vier Jahre lang hatte ich in den Schützengräben ausgeharrt, geduckt unter der englischen und französischen Feuerwalze, horchte, wie sich der anrollende Artilleriebeschuss unseren Gräben näherte, wenn die Feuermeister des Feindes die Einstellungen an den Zielvorrichtungen der Kanonen änderten und die Feuerlinie um weitere Hunderte Meter verschoben, wie sie im Feuerschritt über unsere Gräben und uns selbst darin hinwegschritten. Ich robbte, in den Schlamm gepresst, unter einem Gewölbe von MG-Salven, unter Stacheldrahtverhau und lebte, als wäre ich unzerstörbar, als könnten sämtliche Geschütze, Aeroplane, Maschinengewehre, Pistolen mir kein Haar krümmen. Und jetzt habe ich Angst vor Wölfen, als wäre ich fünf Jahre alt und hörte Märchen, die uns Mamulka erzählte.

Nach einer Viertelstunde im Galopp erreichten die Stute und ich, beide trotz des Frostes schweißnass, eine befestigte Straße. Die Straße erkannte ich noch immer nicht, obwohl ich wusste, dass ich nicht weit von den Orten sein konnte, in denen ich meine Kindheit verbracht hatte. Die Straße nach rechts geht nach Groß Rauden, hatte der schlaue Stallknecht doch gesagt.

Ich war einmal in Groß Rauden gewesen, in Rudy Wielki, wie es in unserer Sprache heißt, wir waren zusammen mit der Kleinbahn von Gleiwitz gekommen, um die gotische Kirche zu besichtigen, damals war ich in der Prima, es muss also im Herbst 1908 gewesen sein, vor gut zehn Jahren, ich wartete am Bahnhof auf dich, so wie du es mir befohlen hattest, du kamst mit zwei Freundinnen, und bevor ich bei der Begrüßung überhaupt irgendetwas sagen konnte, hast du gefragt, ob ich schon Joseph von Eichendorffs *Lerche* auswendig gelernt hätte. Beschämt gab ich zu, dass ich zu müde gewesen sei, ich hätte für wichtige Prüfungen gelernt, du hast mich gar nicht ausreden lassen, hast mir verboten, dich anzusprechen, und ließest mich beim Spaziergang drei Schritte hinter dir gehen. Deine Freundinnen haben gekichert, und wir stiegen in die Kleinbahn, in der du während der ganzen Fahrt kein Wort zu mir gesagt und mich auch nicht angeschaut hast, nur aus dem Fenster hast du geguckt.

Nach der Kirchenbesichtigung gingen wir im Park des Schlosses des Herzogs von Ratibor spazieren, dafür hattest du eine Sondergenehmigung, denn dein Vater machte irgendwelche großen Geschäfte mit dem Gut von Ratibor und Corvey, wir gingen also über weiße Kieswege, dann hast du dich auf eine Bank gesetzt und mir befohlen, vor dir niederzuknien, am helllichten Tage im Park, wo jeden Augenblick ein zufälliger Spaziergänger auftauchen konnte.

Ich kniete nieder, langsam zwar und unwillig, aber ich tat es, schließlich hattest du das gewünscht. Dann hast du deinen Fuß ausgestreckt und mir befohlen, deine Schuhspitze zu küssen, auch das habe ich nach kurzem Zögern getan.

Ich verstehe, ich verstehe wirklich, warum ich damals zu alledem bereit war, jedoch begreife ich heute nicht mehr, warum du wolltest, dass ich vor dir niederknie, warum du wolltest, dass ich deine Schuhspitze küsse.

Nie habe ich dir erzählt, was der Rüpel am Gymnasium mir antat und wie das alles endete. Ich habe auch selbst später nicht mehr daran gedacht, eigentlich bis zu dem Augenblick, als der englische Granatsplitter mich in die Finsternis beförderte und ich so viel Zeit ganz allein mit meiner Vergangenheit verbrachte.

Ich habe dir nicht davon erzählt, aber ich glaube heute, du hast es irgendwie gewusst. Damals schien mir das klar und einfach. Wenn jemand wie du das Bein hebt und mich seinen Schuh küssen lässt, bedeutet das, dass dort mein Platz ist, du, Agnes, gehörst zur besseren Art Mensch, ich zur schlechteren. Dass nicht alle Menschen den gleichen immanenten Wert haben, das lag für mich auf der Hand.

Heute weiß ich, dass es nicht wahr ist, du bist ein Mensch genau wie ich, und dennoch würde ich auch heute das Gleiche tun, wenn du es mir befehlen würdest, denn dies ist das Bett, das unsere Liebe sich gegraben hat, durch diese Hohlwege fließt sie. Heute verstehe ich nicht, warum du das damals jemandem antatest, der nie, von niemandem, Liebe erfahren hatte, immer getreten wurde, geächtet in der Schule, entfremdet zu Hause, im Grunde ein Obdachloser, einsam und schwach. Wusstest du das nicht? Warst du dir dessen nicht bewusst?

Ist es möglich, dass du falsch gehandelt hast, dass jemand wie du, Agnes, falsch gehandelt hat, und würdelos? Ich kann diesen Gedanken nicht akzeptieren, auch wenn du erst neunzehn warst, als wir uns kennenlernten, was sind neunzehn Jahre, die Jugend besitzt eine Art natürlicher Grausamkeit, aber du nicht, Agnes.

Ich ritt nach rechts und weiter die Straße entlang, hörte kein Heulen mehr, war mir nicht sicher, ob ich es mir nicht auch vorher nur eingebildet hatte, deshalb ritt ich im Schritt, um Zora ausruhen zu lassen. Als es tagte, erreichte ich mehrere Gebäude, drei Ziegelhäuser, die wie Förstereien aussahen, auf der anderen Straßenseite in einiger Entfernung ein Wirtschaftsgebäude.

Das Ortsschild mit dem Namen Neu Barrach sagte mir nicht viel. Vor der Försterei stand ein älterer Mann in Försteruniform, mit buschigem, völlig ergrautem Schnauzbart, fegte ohne Eile den Schnee vom Weg. Ich grüßte ihn höflich in unserer Sprache.

«Hilf Gott», er antwortete bemüht und feierlich, «ja, gebe der Herrgott, wohin jagt es Sie hin auf diesem Pferd, Herr?» Ich will keine langen Erklärungen abgeben, bin völlig durchgefroren. «Ich reite nach Nieborowitz», antworte ich und frage, ob das der Weg nach Rudy sei. «Ja, ja, sicher, nach Rudy, Gott mit Ihnen, aber nach Nieborowitz nicht über Rudy, sondern durch den Wald, diesen Weg hier, über Barglowka und Wielepole.»

Er zeigte mir den Waldweg, und ich fragte besorgt nach Wölfen. Er schaute mich verwundert an, dann lachte er laut, meinte wohl, ich scherze: «Sie machen Witze, der Herr!»

Gedemütigt von diesem Lachen, drehte ich mich um, warf ihm noch ein «Mit Gott!» hin und ritt weiter, herunter von der Straße. Sollte das Geheul, das ich gehört hatte, nur eine Täuschung gewesen sein? Mir war die eigene Angst peinlich. Ich erreichte Barglowka, und da geschah etwas Seltsames mit mir, denn ich sah Häuser, die ich erkannte, aber seit Jahren nicht gesehen hatte. Das letzte Mal muss das 1901 oder 1902 gewesen sein, als ich in der Pfarrei in Pilchowitz wohnte, noch ehe ich aufs Gymnasium ging, oder vielleicht in der Sexta?

Nein, das war, bevor ich aufs Gymnasium kam, bevor der Rüpel den Jungen vernichtete, der ich vorher gewesen war, bevor er ihn auffraß, verdaute und ausschiss, mich, den Alois Pokora, der ich bis heute bin. Damals ging ich oder ging vielmehr jener unschuldige und irgendwie glückliche Junge durch die Wälder in der Umgebung von Pilchowitz und stellte sich vor, er sei ein Indianer aus den Büchern von May, er besaß sogar einen Bogen aus Haselholz und eine Schnur und ein Stirnband mit einer schwarzen Rabenfeder, die er im Wald gefunden hatte; in der Tasche trug er den grünen Husaren, seinen größten Schatz, und damals schien mir die Welt ein schöner Ort zu sein, der viele Wunder barg, so wie die Schatulle mit Einlegearbeiten im Deckel und innen einer Spieluhr, in der meine Mamulka ihre kleinen Schätze versteckt hielt, ein wenig Schmuck, ein paar Briefe, Korallen, getrocknete Blüten. Den Schlüssel dazu trug sie immer um den Hals, nur manchmal, als ich noch klein war, hob sie mich auf die Knie und ließ mich mit ihr zusammen die Schätze betrachten. Wenn ich durch die Wälder strich und mit dem Bogen schoss, kam mir die Welt wie diese Schatulle vor, doch bald stellte sich heraus, wie sehr ich mich geirrt hatte, die Welt war in Wirklichkeit eine Latrine voller Scheiße.

Von Barglowka aus ritt ich durch den Wald und kam auf weiße, von lockerem Schnee bestreute Felder, die zum Pilchowitzer Gut gehören, über den Schnee weiter nach Wielepole, einen aus wenigen roten Wirtschaftsgebäuden bestehenden Weiler, gruppiert um eine Wegscheide mit Holzkreuz und einen Teich, ich machte an diesem Kreuz halt, sah mich um, nirgends eine Menschenseele. Das letzte Mal war ich hier gewesen, als ich noch in der Pfarrei wohnte. Damals musste ich vor Einbruch der Dunkelheit zurück, jetzt bin ich frei, muss nichts, habe Geld, ich weiß nicht einmal, wie viel, jedenfalls viel, ich könnte in irgendeine Herberge gehen, mir ein warmes Zimmer nehmen, eine Mahlzeit, ich könnte es mir leisten, finde es nicht einmal peinlich, dass mir Smilo das Geld geschenkt hat, verliebt in mich, wie er ist, schließlich stammt sein ganzer Reichtum aus dem Schweiß und Blut von meinesgleichen, wie meinem Tatulek und den Brüdern, aller Reichtum dieser Welt ist irgendjemandem gestohlen worden. Was sind im Vergleich dazu die paar hundert Mark, mit denen er sich die Hoffnung auf meine Rückkehr erkaufen wollte?

Ich fragte Zora: «Na, wo lang reiten wir, mein Pferdchen?»

Ich war zurück aus dem Krieg und wusste nicht, wohin.

Ich bin siebenundzwanzig Jahre alt, bald würde dieses schreckliche und seltsame Jahr 1918 zu Ende gehen.

Ich reite nach Hause, dem einzigen, das ich je hatte. Dem Pfarrer Scholtis will ich nicht begegnen, deshalb reite ich über Leboschowitz und Birawka Mühle.

Seit 1914 war ich nicht mehr in der Gegend gewesen. Einige Male war ich nach Gleiwitz gefahren, Ende April 1918, als ich dich das letzte Mal sah, Agnes, aber ich bin extra nicht aus der Stadt nach Nieborowitz gefahren, ich wollte nichts mehr wissen, nichts mehr sehen.

So ritt ich dahin, und alles, die verschneiten Wälder und Felder, die zugefrorenen Bäche, schien mir wie in der Zeit stehengeblieben zu sein, als wäre ich in die Vergangenheit zurückgekehrt, und zwar nicht ins Jahr 1914, als ich das letzte Mal in meinem Elternhaus war, sondern zur Jahrhundertwende, als ich noch ein ganz normaler Pokora-Bengel war, als hätte der Winter diese Zeit zurückgebracht, die irgendwo jenseits der Jahreszeiten eingefroren war.

Unterwegs begegneten mir ein paar Menschen, die nach den Weihnachtsfeiertagen zur Arbeit oder zum Einkauf eilten, ich erkannte sogar ein altes Weiblein, die Tante eines Kameraden von der Volksschule, mich erkannte natürlich niemand, sogar wenn ich mit «Grüß Gott» in unserer Sprache grüßte; man guckte erstaunt, zum einen, weil dieser Junker zu Pferde Schlesisch sprach, und zum anderen, weil er grüßte wie ein einfacher Mensch und nicht wie der Herr vom Schloss, den sie sahen, jemanden auf einem guten Pferd, in Militärhosen, Reitstiefeln, in teurer Schaffelljacke und dazu noch mit einem Pistolenholster am Gürtel.

Schließlich kam ich auf die Straße nach Gleiwitz, nunmehr endgültig durchfroren, und sah die Kurve mit der dort abgehenden Straße, an deren Ende kurz vor Deutsch Zernitz ein niedriges rotes Ziegelhaus stand, gedeckt mit soliden Schindeln, mit zwei die Eingangstür symmetrisch flankierenden Fenstern und einer grünen Laube mit durchbrochener Holzfassade, das Haus meines Tatulek und meiner Schwester, meiner Brüder.

Ich ritt immer langsamer, ich hatte wieder Angst, schon wieder.

Warum hatte ich sie nicht besucht, ihnen nicht einmal geschrieben seit 1914, keinen Brief, kein Telegramm, kein Wort davon, dass ich lebe, dass es mir gut geht? Wovor musste ich fliehen, Mensch aus dem Nirgendwo, aus dem Nirgendwo ins Nichts. Ich bog in die Nieborowitzer Straße ab und überquerte die Gleise der Kleinbahn, mit der ich so oft gefahren war. Ich ritt durch meinen Heimatort, ein unbekannter, älterer Mann verbeugte sich und zog die Mütze, verbeugte sich vor mir, dem kleinen Alois Pokora, wie vor einem Herrn. Etwas weiter vor einem kleinen Kolonialwarenladen standen im Frost drei junge Männer, deren

Gesichter unter den Radlermützen mir bekannt vorkamen, deren Vor- und Zunamen ich aber nicht mehr wusste. Sie hatten keine Wintermäntel, trugen nur Jacken über den Pullovern, Schals, rieben sich die Hände und berieten sich flüsternd. Mir warfen sie einen hasserfüllten Blick zu, und ich verstand diesen Blick, ich selbst hätte mich ebenso angesehen, wenn ich mich im Spiegel gesehen hätte.

Ich ritt wortlos an ihnen vorbei. Das letzte Stück legte ich im Schritt zurück, langsam, so wie Braun-Towiański es mich gelehrt hatte, damit das Pferd trocknet, besonders im Winter – und erblickte endlich mein Elternhaus.

Gedrungen stand der Ziegelbau da, als hätte nichts sich geändert, die Eingangstür verdeckt in der niedrigen, durchbrochenen Laube, deren Farbe abblätterte, die Dachschindeln von Schnee bedeckt, die Fensternischen grün gestrichen.

Steif und froststarr vom weiten Weg stieg ich von Zora ab, band die Zügel an den Zaun, lockerte die Sattelgurte und ging zur Tür, wobei ich noch das Holster mit der Nullacht nach hinten schob, um den, der mir öffnen würde, nicht zu erschrecken.

Ich klopfte. Hörte eine mir unbekannte Frauenstimme, «Ana, geh, es klopft. Ana, wo bist du?», schreit die Frau und nähert sich der Tür. Öffnet.

Sie ist etwa vierzig, bäuerlich gekleidet, wie alle Frauen ihres Alters hier, hat ein großes, reizloses Gesicht, dünnes, glatt nach hinten gekämmtes und zu einem Dutt zusammengestecktes Haar, kalte, graue Augen, sehnige, arbeitsgewohnte Hände und eine Rundung unter dem Leibchen und der Schürze, vielleicht ist sie schwanger.

Sie misst mich mit dem Blick, von der Pelzmütze, die ich in diesem Augenblick absetze, über die straff gegürtete

Schaffelljacke, die Uniformhose bis zu den Reitstiefeln, bemerkt auch das an den Zaun gebundene Pferd.

«Sie sind dieser Alois, oder?», fragt sie auf Schlesisch. «Was willst du?»

Ich weiß nicht, was ich sagen soll, ich weiß ja nicht, wozu ich heimgekehrt bin.

Vielleicht, weil man irgendwann einmal in sein Elternhaus zurückmuss, wenn auch nur für einen Moment. Das kommt auf jeden zu, und für mich war es jetzt vielleicht Zeit.

Die Frau bittet mich nicht herein, sie steht in der Tür wie der Damm, der meinen Eintritt in ihr Leben und das Haus verhindern soll, da taucht plötzlich im Flur hinter ihr ein städtisch gekleidetes Mädchen mit kurzgeschnittenem Haar auf, in dem ich sofort Ana erkenne. Meine Schwester ist viel schöner, als ich sie in Erinnerung hatte.

«Alois!», ruft sie und läuft auf mich zu, «Alois ist aus dem Krieg zurück», ruft sie freudig, schiebt das auf der Schwelle stehende Weib beiseite und wirft sich mir um den Hals, herzt mich, ich weiß nicht, wann sich das letzte Mal jemand bei meinem Anblick so gefreut hat, ich kann mich nicht an eine so reine, gute Umarmung erinnern. «Alois, ich habe so lange gewartet, warum hast du nicht geschrieben, komm, komm rein, aber ich wusste, dass du lebst, dass du kommen würdest, sie haben mir nicht geglaubt, aber ich wusste es.»

Die Frau in der Tür macht widerwillig Platz und lässt mich in den Flur, Ana zieht mich zur Küche, schiebt mich fast hinein, ich setze die Pelzmütze ab und knete sie in den Händen, um etwas zu tun.

Tatulek sitzt am Tisch, Hosenträger, hochgekrempelte Hemdsärmel, sehnige Unterarme, silbergrauer Kaiserschnauzer. Die Pfeife zwischen den Zähnen ist längst erloschen, in den Händen hält er eine Zeitung, den *Ober-*

schlesischen Wanderer, Samstagsausgabe, also muss heute Samstag sein, vielleicht auch Sonntag, ich weiß es nicht, auf der Titelseite die Schlagzeilen «Fortdauer der Krise, die Matrosen Herren des Schlosses», noch vor wenigen Tagen war ich dort bei ihnen, war Herr auf dem Kaiserschloss.

«Tatulek, Tatulek, sieh nur, Alois ist aus dem Krieg zurück.» Ana ist gerührt, erregt, glücklich.

Tatulek hebt nicht den Blick zu mir, tut so, als wäre er in den vermeintlich wichtigen Artikel vertieft, vielleicht ist er tatsächlich vertieft. Erst nach langen Sekunden, in denen ich so dastehe, legt Tatulek die Zeitung auf den Tisch, neben das Glas mit Sauermilch. Auf dem Tisch liegt außerdem die Samstagsausgabe des *Katholiken*, schon gelesen, in der Mitte zusammengefaltet, auf der ersten Seite die Schlagzeilen: *Agitation für ein Pogrom an den Polen, Das Schicksal der Oberschlesier und Elsässer unter den Deutschen*, wie fern ist mir diese Welt inzwischen.

Tatulek sieht mich an, lächelt nicht, das kommt nicht in Frage.

Ana läuft aus der Küche, ruft weiter im Flur: «Gustel! Tōnik! Kommt! Alois ist zurück!»

Tatulek ist gealtert, dünner geworden, unter dem Kinn ein lockerer Sack wie bei einem alten Geier, die Falten der schlaffen Haut an Wangen und Hals von grauen Stoppeln bedeckt.

In der Küche hat sich nichts verändert, die Anrichte, die weißen Porzellangefäße für Nahrungsmittel und Gewürze stehen dort, wo sie immer gestanden haben, Salz, Pfeffer, Zimt, Kümmel, das weiße, blau bestickte Tuch mit dem in runden Buchstaben geschriebenen Satz: *Aus deinem Zuhaus tratsche nichts hinaus*, der Herd ist heiß, auf der Platte rösten ein paar Scheiben Brot, an der Wand eine Kaffeemühle, ein

Knoblauchzopf, am Ende ein Kohlenkasten und ein flacher Schemel zum Feuermachen.

Hinter mir kommen Tōnik und Gustel in die Küche, die Brüder, mit denen mich am wenigsten verband, denn Mamulka brachte sie auf die Welt, als ich nicht mehr hier wohnte. Für sie muss ich so etwas wie ein entfernter Cousin gewesen sein oder ein Onkel, jedenfalls kein Bruder. Als ich sie das letzte Mal sah, waren sie zwölf und neun, beide sind groß geworden, besonders Tōnik, den ich als dünnen Jungen in Erinnerung habe, jetzt ist er ein Mann, größer als ich, mit breiten Schultern und muskelbepackten Unterarmen, die aus den aufgekrempelten Ärmeln des geflickten Hemdes herausschauen. Sie gucken mich argwöhnisch an, unsicher, beide zornig, auch wenn ich sehe, dass Gustel selbst nicht zornig ist, sondern eher Tōniks Zorn nacherlebt. Ich strecke ihnen die Hand zur Begrüßung hin, so begrüßen sich Männer. Gustel drückt meine Rechte, ich würde ihn gern an mich drücken, habe aber nicht den Mut. Tōnik gibt mir nicht die Hand. Er sagt nichts, guckt nur mit großer Abneigung.

Jemand fehlt hier, wird mir bewusst.

«Wo ist Isidorek?», frage ich. Er müsste etwa neun sein, denke ich.

«Letztes Jahr gestorben an der Spanischen Grippe», antwortet Vater trocken. Ich höre seine Stimme zum ersten Mal seit viereinhalb Jahren. «Und du, was willst du, wozu bist du hier?»

«Darf ich mich setzen?», frage ich zurück. Dass Isidorek letztes Jahr gestorben ist, löst keine Gefühle in mir aus. Ich habe ihn so gut wie nicht gekannt, er war im Dezember 1909 auf die Welt gekommen, als ich schon in Breslau studierte, ich habe ihn vielleicht fünf oder sechs Mal im

Leben gesehen. Ich bin ein sehr schlechter Mensch, denke ich plötzlich, was mich sehr erstaunt, denn ich war seit langem zu der Überzeugung gekommen, dass der Krieg alle moralischen Unterschiede aufhebt, es gibt keine guten und schlechten Menschen mehr, nur noch lebendige und tote. Und dennoch fühle ich mich als schlechter Mensch, der es nicht verdient hat, überhaupt in irgendeinem Elternhaus am Tisch zu sitzen.

«Na, setz dich», erlaubt Tatulek. Ich knöpfe den Gürtel mit der Nullacht auf, ziehe die Jacke aus. Ana nimmt ihn mir ab, hängt ihn in den Flur, ich sitze jetzt in der Uniformbluse da. Die Frau, die mir die Tür geöffnet hat, betritt die Küche. Sie bleibt neben Tōnik und Gustel stehen und gibt durch ihre ganze Haltung und ihren Blick zu erkennen, dass sie es am liebsten sähe, wenn ich sofort verschwände.

«Das ist Maryjka, wir haben vor zwei Jahre geheiratet, und sie ist guter Hoffnung», teilt mir Tatulek das Offensichtliche mit.

Mir liegt die Frage auf der Zunge, ob er nicht schon genug Kinder hat, ich verkneife sie mir.

«Maryjka, eine Flasche Wodka.»

«Was, willst du jetzt mit dem Findling Wodka trinken?», meckert Maryjka.

«Das ist kein Findling, das ist Paulines Sohn, wie die alle», sagt Tatulek.

«Findling, lauter Findlinge», grummelt Maryjka halblaut, nimmt aber doch die Flasche aus der Anrichte, aus genau demselben Fach, in dem der Wodka immer gestanden hat, nimmt also die Flasche und zwei Gläschen. Tatulek gießt Wodka ein, nicht viel, einen Fingerbreit jedem, reicht Maryjka die Flasche zurück, die sie wieder in den Schrank stellt.

Ana führt zwei Jungs in die Küche, dem Aussehen nach

fünf Jahre alt, das Haar so blond, dass es schon fast weiß ist, helle Haut, Sommersprossen, große hellblaue Augen, und mir wird plötzlich klar, das sind die Jungen, die meine Mutter getötet haben. Sie sind nicht identisch, es sind zweieiige Zwillinge, aber sie sehen sich ähnlich.

«Das sind Pyjter und Paulek», sagt Ana. «Das ist euer Bruder, Alois. Sagt guten Tag.»

Ängstlich verstecken die Jungs sich hinter dem Mädchen.

«Findlinge, alles nur Findlinge», murrt Maryjka und nimmt das Brot vom Blech. «Immer nur essen, scheißen, aber dass sie was im Haus tun könnten, das fällt ihnen nicht ein, nein, alles bleibt an mir hängen.»

Sie stellt das Brot auf den Tisch, zusammen mit ein wenig Butter, Salz und gehäuteten Knoblauchzehen.

«Das alles kostet nur Geld», jammert sie weiter, und plötzlich haut Tatulek mit der offenen Hand auf den Tisch, dass die Gläser hochspringen. «Maul halten, Alte, sonst schmeiß ich dich aus dem Haus.»

Maryjka verstummt, Ana lässt die Jungs los, die aus der Küche laufen. In der Stube nebenan hört man einen Säugling schreien, laut und durchdringend.

«Jetzt haben mir die Rotzbengel auch noch das Baby aufgeweckt», knurrt Maryjka und hakt schon im Gehen den Büstenhalter auf, woraus ich schließe, dass mein Vater es geschafft hat, ihr schon zwei Kinder zu machen, von denen das erste noch gestillt wird, so mächtig ist sein Zorn, der Zorn gegen die Welt, dass er sogar die natürliche Barriere gegen die Empfängnis durchbricht. Tōnik und Gustel stehen weiter an der Wand, Tōnik hat die Arme auf der Brust verschränkt, als wollte er mir zeigen, dass er sich von mir nichts wegnehmen lassen wird. Was das sein sollte, weiß ich nicht, das Erbteil von meinem siebzigjährigen Vater, dem

Kindermacher, Bergarbeiter in Rente, der dazu einen Morgen unfruchtbaren Landes besitzt?

«Na, dann erzähl», sagt Tatulek. «Geschrieben hast du ja nicht.»

«Ihr habt auch nicht geschrieben», erwidere ich.

«Was gab's da schon zu schreiben», stellt Tatulek trocken fest. «Erzähl.»

Also rede ich. Kurz. Schützengräben, Pionier-Bataillon Nr. 6, Ausbildung in Döberitz, Fähnrich, dann Beförderung zum Leutnant, zwei Eiserne Kreuze, dann Spital in Berlin.

«Dort in Berlin soll ja Revolution sein und die Bolschewiken», sagt er und schaut dabei nicht mich an, sondern aus dem Fenster hinaus.

Ich bestätige. Er fragt weiter, ob die Herren geprügelt werden.

«Das weiß ich nicht», sage ich. «Nicht so, wie ich mir das vorstellen würde.»

«Nehmen sie den Herren die Fabriken weg?»

«Noch nicht, sie kämpfen noch um die Macht in der Stadt. Ebert und Noske werden niemandem Fabriken wegnehmen. Aber wir vom Spartakusbund», sage ich großspurig, «wir würden sofort alle Fabriken verstaatlichen», sage ich, und es ist mir gleich darauf peinlich, ich hab mich vergaloppiert, im Eifer zu viel erzählt, Idiot, ich habe es nicht verdient, mich als Spartakus zu bezeichnen, besitze ja nicht mal einen Parteiausweis, niemand hat mich aufgenommen, ich stehe auf keiner Mitgliedsliste.

«Dann bist du jetzt nicht nur preußischer Offizier, sondern auch noch Kommunist, beim Spartakus?», fragt Tatulek, und ich kenne diesen Ton, kenne ihn gut, so ernsthaft und zugleich so spöttisch, der Ton absoluten Misstrauens nicht nur gegen mich, sondern gegen jeden unserer gesellschaftlichen Klasse, der sich, wie ich, einbildet, er könnte jemand anders sein. Der Ton meines Tatuleks entwertet mein Abitur, mein Studium, meinen Offiziersgrad, selbst meinen Beitrag zur Revolution, er macht sie unwirklich. Dass jemand wie ich ein anderes Leben als unter Tage führen könnte, staubfreie Luft atmen, das ist undenkbar, so undenkbar, dass ich, wenn ich nun tatsächlich ein solches Leben führe, ein Herrenleben, dies nur als Hochstapler tun kann. In Wirklichkeit habe ich bestimmt kein Abitur, habe nicht Philosophie in Breslau studiert, war kein Pionier-Leutnant, es ist strukturell unmöglich, dass jemand wie ich wirklich Abitur hat oder Offizier war. Mein kläglicher Versuch, zu beweisen, dass ich ein anderes Leben führen kann, indem ich dieses Leben faktisch führe, enttarnt mich als erbärmlichen, infantilen Betrüger.

«Dann bist du jetzt nicht nur preußischer Offizier, sondern auch noch Kommunist?», sagt Tatulek, und im Grunde stimme ich ihm zu, das klingt ja absurd. So als wäre ich fünf Jahre alt, würde mir Vaters Lederhelm aufsetzen und die Karbidlampe nehmen und sagen: «Schaut her, ich bin Hauer!» Oder noch besser, würde mit dem Holzsäbel fuchteln und rufen: «Schaut, ich bin ein Krieger!» Im Alter von fünf Jahren hätte ich damit ein nachsichtiges Lächeln ernten können, aber ein erwachsener Alois Pokora, der sich als Offizier oder Kommunist ausgibt, ist nicht mehr entzückend, ist nur noch ein erbärmlicher Hochstapler und wird immer Hochstapler bleiben, eine Witzfigur aus dem Nirgendwo.

Ich reagiere nicht auf die Provokation, lasse sie unwidersprochen stehen und frage nach den Geschwistern.

«Karlik und Konrad sind tot», sagt Vater in einem Ton, als teilte er mit, sie seien zur Kirmes nach Pilchowitz gefahren. «Tot, gefallen im Krieg.»

«Wo?», fragte ich.

«Na im Westen, in Frankreich.»

«Aber wo genau?»

Tatulek weiß es nicht.

«Sie waren beide im 22. Regiment und sind beide bei Armentières gefallen, dort war ein Gemetzel», sagt Tōnik mit der Inbrunst des Zorns, so als wüsste er wirklich, was das heißt, und es wäre meine Schuld, als hätte ich sie in die Feuerwalze oder zum Sturmangriff geschickt.

«Was reißt du ungefragt das Maul auf?», knurrt Tatulek, «einen Scheißdreck hast du gesehen.»

Karlik war sechs Jahre jünger als ich, und ich passte oft auf ihn auf, solange ich noch zu Hause wohnte, ich tat das gern, und Mamulka lobte mich dafür, ich fand seine kindliche Art zu reden lustig, ließ ihn mit meinem grünen Bleihusar spielen und achtete darauf, dass er ihn nicht in den Mund nahm, meine größte Sorge war im Übrigen, dass er ihn verbiegen könnte, und nicht, dass ihm selbst etwas passierte. Ich weiß noch, wie er geweint hat, als Mamulka mich zur Pfarrei begleitete, zu Pfarrer Scholtis. «Geh nicht weg, Lojzik, geh nicht!»

Konrad weinte damals nicht. Wir waren beinahe wie Zwillinge, er war ein Jahr älter als ich, stand mir von allen Brüdern am nächsten. Ihm habe ich es zu verdanken, dass mir in der Volksschule in Nieborowitz nicht das zustieß, was mein Leben am Gleiwitzer Gymnasium bestimmte. Als ich 1914 nach Hause kam, war Konrad in der Armee, er wohnte damals nicht mehr bei den Eltern. Das letzte Mal müssen wir uns 1912 oder 1913 gesehen haben, als ich kurz zu Besuch kam, er erzählte mir von der Arbeit in der Grube, davon, dass er sich bemühte, Hauer zu werden, denn als Schlepper könne man Weib und Kinder nicht anständig unterhalten, er warb damals um ein Mädchen aus Pilchowitz, es war Sommer, wir tranken Bier im Garten der Wirtschaft von Paul Nowak und wussten, verstanden beide, was uns trennte. Konrad fragte mich aus, wie viel ich verdiene, er sah meine anständige Kleidung, ich erzählte ihm von den Nachhilfestunden, er fragte, ob ich eine feste Stelle anstrebe, ich sagte, ich überlegte, für Zeitungen zu schreiben, vielleicht sogar auf Polnisch, und er, ob man denn davon leben könne. Dann erinnerten wir uns gemeinsam an irgendwelche Dummheiten aus der Kindheit. Das Mädchen aus Pilchowitz, sie hieß Draga, heiratete er einen Monat vor Kriegsausbruch, obwohl er immer noch Schlepper war, aber ihm blieb keine Wahl, sie war schwanger, das erfuhr ich, als ich das Haus in Nieborowitz das letzte Mal aufsuchte, bei diesem Besuch habe ich ihn nicht gesehen.

Ich erinnere mich, dass wir uns 1913 herzlich voneinander verabschiedeten, einander noch nahestanden trotz allem, was uns trennte. Briefe haben wir uns nie geschrieben, Konrad mochte das nicht, und ich begriff nach den ersten Monaten an der Front und dem Brief von Pfarrer Scholtis, in dem er mir trocken mitteilte, dass Mamulka im Kindbett bei der Geburt von Paul und Peter gestorben sei, dass der einzige Mensch auf der ganzen Welt, mit dem ich so etwas wie Nähe aufrechterhalten könnte, du bist, Agnes.

Und plötzlich sind sie weg, als wären sie eben erst gestorben. Sie hatte ich doch vor Augen, als ich mir die Heimkehr vorstellte, sie in erster Linie, vielleicht sogar mehr als Ana. Meine Brüder, der kleine Karlik und der große Konrad, waren tot, verschlungen vom Krieg, der auch mich verschlungen hätte, wäre der Splitter fünf Zentimeter näher eingeschlagen.

Ich frage, was mit den anderen ist.

«Francek ist letzte Woche aus dem Krieg zurück, er war im Westen. Hõnsik ist nach Russland geschickt worden und noch nicht zurück, aber hat geschrieben, dass er schon unterwegs ist. Er war bei Riga. Erich war kurz bei der Armee, dann hat die Grube Anspruch auf ihn angemeldet, er hat ja schon zwei Kinder. Keiner weiß, was mit Wilik ist, der letzte Brief kam vor zwei Monaten.»

Francek und Hõnsik, die Ältesten, standen mir nie nah. Als Kind habe ich zu ihnen aufgeschaut, doch beide ähnelten zu sehr ihrem Vater, um mir auch nur die geringste Aufmerksamkeit zu schenken; es kränkte sie am meisten, wenn Tatulek sie genauso behandelte wie den restlichen Nachwuchs. Der vier Jahre jüngere Wilik und ich haben uns nie besonders gemocht, als Knirps störte er mich beim Spielen und machte meine wenigen Spielsachen kaputt, ohne nur annähernd so süß zu sein, wie Karlik es war. Mit Erich hatte ich ein gutes und vertrautes Verhältnis, fast so wie mit Konrad. Als Kinder standen wir drei uns am nächsten, doch das hörte auf, als Pfarrer Scholtis meinen Tatulek überredete, mich aufs Gymnasium zu schicken, das hat etwas in Erich verändert, er hasste mich seither, ohne dass ich wusste, warum. Es war ja schließlich keine Eifersucht, er beneidete mich nicht um das Leben, das ich führen sollte, es muss etwas anderes gewesen sein.

«Na dann hört mal», sagt Vater, «wenn der große Herr Alois Pokora hier nun angeblich als Offizier aus dem Krieg zurück ist, hoch zu Ross, die Pistole gegürtet wie ein Räuber, dann sollen heute alle kommen, wir wollen feiern.»

Ich protestiere schüchtern und leise. «Ach wozu, ist nicht nötig.»

«Sei still», sagt Tatulek, «vier Jahre warst du weg, kein Wort hast du geschrieben, jetzt wird getrunken», danach schickt er Tōnik los, er sollte meine Brüder Francek und Erich holen und auch bei Hōnsik vorbeigucken, ob er vielleicht schon zurück sei, und dann sollten sie kommen, mit ihren Frauen und Kindern, dann ruft er Maryjka und wünscht sich, dass in einer Stunde hier eine Feier vorbereitet ist. «Hier sind fünfzig Mark, geh und kauf, was notwendig ist, Wodka, Brot, Wurst, was es so gibt.»

Maryjka ist wütend. «Was kauf ich dafür, man kriegt doch jetzt gar nichts, haben wir zu viel Geld, wozu so viel ausgeben, nur weil dem Findling plötzlich eingefallen ist, dass er einen Vater hat? Und meine Kinder, was ist mit denen, wer zahlt denen, nur immer alles für diese Findlinge, nur die kriegen's. Wenn ihr eine Feier wollt, dann geht doch zu Bernatzky, dort gibt's Wodka und Eisbein zu fressen.»

Tatulek haut erneut auf den Tisch, bei Mamulka hat er das nie getan.

«Maul halten, Alte, in einer Stunde will ich das alles fertig haben, wozu habe ich zwei Weiber im Haus, sicher nicht, um in Wirtshäuser zu gehen, Ana wird dir helfen, und du, Gustel, lauf zum Pfarrer in Pilchowice, sag, dass Alois wieder zu Hause ist, soll er auch kommen und ihn sehen.»

Ich bin völlig starr, als hätte Tatulek mich, Alois Pokora, Leutnant mit zwei Eisernen Kreuzen, gelähmt wie eine Kobra ihr Opfer, ich würde gern sofort gehen, aufs Pferd steigen und irgendwohin wegreiten, in Pilchowitz gibt es viele Übernachtungsgelegenheiten, es gibt ein Hotel, es gibt Gasthäuser, ich könnte ein Zimmer im Hotel Zur Post nehmen. Als ich in Pilchowitz war, konnte ich mir das nie leisten, jetzt habe ich Geld von Smilo von Kattwitz, könnte mir ein warmes Zimmer nehmen, bei Nowak oder bei Jendritzki eine Flasche Wodka kaufen, mich ins Bett legen, lesen, an dich denken, Agnes. Aber wozu überhaupt die vier

Kilometer bis Pilchowitz reiten, hier im Gasthaus von Tony Bernatzky auf der anderen Seite der Straße nach Gleiwitz, fünf Minuten entfernt, gibt es im ersten Stock auch Zimmer, in denen ich absteigen könnte.

Ich könnte jeden Augenblick gehen, aber ich tue es nicht.

Ich war imstande, Smilo von Kattwitz' Liebe zurückzuweisen, aber ich schaffe es nicht, das Elternhaus zu verlassen, das nicht mehr mein Elternhaus ist, seit ich zehn Jahre alt war, immer heimatlos, nichts verdanke ich meinem Tatulek, seit vier Jahren sage ich mir das immer wieder, seit dem Moment, als ich erfahren habe, dass Mamulka gestorben ist, umgebracht von den Zwillingen Pyjter und Paulek.

Tatulek heißt mich hier warten, bis alle da sind, dann steht er auf und geht raus, an der gebückten Haltung und der Art, wie er sich den Bauch hält, sehe ich, dass er zum Abort geht.

Hinter ihm geht die schwangere Maryjka, die weiter jammert und ihr übliches Mantra aufsagt: «Findlinge, kostet alles Geld, immer nur ausgeben, nichts sparen, und ich muss die Kinder großziehen. Und diese Zicke hier, so mondän gekleidet, würde am liebsten nur tratschen, bald wird sie uns die Kerle ins Haus holen, Miststücke wie sie selbst.»

Ich würde gern gehen, abhauen, aber ich tue es nicht, weiß nicht, wie ich mich verhalten soll, hier bin ich nicht genug zu Hause, um mich auszuziehen und es mir bequem zu machen, bin wie ein Wildtier in der Falle, wie ein von Jagdhunden umzingelter Hirsch.

Ana kommt in die Küche, setzt sich nah zu mir an den Tisch. Schaut mich an, als wäre ich von den Toten auferstanden, das ist ja tatsächlich so.

«Warum hast du überhaupt nicht geschrieben? Nicht einmal mir.»

Ana versteht, warum ich Tatulek nicht geschrieben habe, das ist klar, aber sie versteht nicht, warum ich ihr nicht schrieb. Ich verstehe es, kann es ihr aber nicht erklären, das ist unmöglich. Vielleicht, weil ich ein böser, unwürdiger, niederträchtiger Mensch bin, vielleicht habe ich deshalb nicht geschrieben.

«Hier ist es schrecklich, seit Tatulek sich dieses Weib genommen hat», sagt Ana. «Sie hasst uns, alle. Mich, Tōnik, Gustel, auch die Kleinen. Als Isidorek krank war, hat sie ihn nicht angerührt, sie hat ihr eigenes Kind genommen und ist zur Mutter gezogen, bis er gestorben war. Tatulek macht sich nichts daraus.»

«Und was macht Tatulek überhaupt so? Trinkt er? So viele Kerle fangen an zu trinken, wenn sie in Rente gehen.»

«Tatulek sitzt da und zürnt, das ist alles. Trinken tut er nicht so viel, das kostet Geld.»

«Warum hast du nicht geschrieben, Lojzik? Warum bist du kein einziges Mal gekommen? Ihr habt doch Urlaub gekriegt? Bist du wirklich Offizier?»

Ich nehme ihre Hand. «Woher kannst du so gut Polnisch?», frage ich.

«Ich spreche auch ganz gut Deutsch», sagt sie.

«Das ist schön, aber woher?»

«Ich habe es gelernt. Mamulka hat es mir beigebracht, solange sie lebte, aus Büchern, Und später habe ich es selbst gelernt.»

«Mamulka?», wundere ich mich. Ich kann mich nicht erinnern.

«Ja Mamulka, weißt du nicht, wie gut Mamulka Deutsch sprach?»

Nein, ich kann mich nicht erinnern, aber das heißt nichts. Hat Mamulka wirklich gut Deutsch gesprochen?

«Ich will nicht so ein Leben wie sie», sagt Ana. «Ich will ein wirkliches Leben, wie wirkliche Menschen, wie du, ich möchte richtige Kleider, Kleider machen Leute, richtig, aber sprechen muss man dazu auch anders. Ich weiß noch, wie du aus Breslau zu uns kamst, in so schönen Anzügen, so klug, so sanft, so gut, nicht wie die anderen. Nicht so grob, so rücksichtslos wie sie, so als hätten sie dir auf diesem Gymnasium oder an der Universität beigebracht, dass man nicht grausam sein soll wie jeder hier, nicht so stur und stumpf, sondern dass man auch empfindsam sein kann.»

«Das war vor dem Krieg, Ana. Das ist lange her. Diesen Jungen gibt es nicht mehr.»

«Ich würde gern weg von hier. Muss gar nicht weit sein, irgendwo bei der Luisengrube oder nach Kattowitz. Irgendeine Arbeit finden, weißt du. Mein eigenes Leben führen, wie die in der Stadt. Tanzen gehen. In die Lichtspiele, Pola Negri sehen. Ins Café gehen. Hier, wenn ich allein in das Wirtshaus von Bernatzky gehen wollte, auf einen Kaffee, würde mich der Wirt hochkant rausschmeißen und noch Tatulek petzen, dass ich mich rumtreibe.»

«Warum gehst du dann nicht weg?», frage ich.

«Na wegen der Jungs», sagt Ana. «Dieses Weib sorgt überhaupt nicht für sie, und sie sind erst fünf und haben niemanden außer mir. Tatulek kümmert das nicht. Er gibt zwar Geld, rührt aber keinen Finger, kuschelt nicht mit ihnen, küsst sie nicht. Sie haben nur mich. Ich kann sie mit der nicht allein lassen, die bringt es fertig und lässt sie verhungern. Tōnik und Gustel kommen zurecht, die sind beschäftigt, aber die Bengel nicht, sie kennen doch das Leben gar nicht. Diese Frau hasst uns alle, sie hat alles aus dem Haus geschmissen, was von Mamulka war, außer ihren Kleidern, wenn sie ihr gefallen, die nimmt sie.»

«Was tut er den ganzen Tag?», frage ich.

«Im Sommer gräbt er auf dem Acker rum, im Winter sitzt er in der Küche und guckt aus dem Fenster, und immer wütend auf alle und auf alles, zu jeder Jahreszeit. Er liest deutsche und polnische Zeitungen und flucht auf die Deutschen, die Polacken, den Kaiser, Ebert, die beschissenen Korfanty-Leute, die Bolschewiken, die Armee, die Priester, den Papst, die Kirche, die Bergwerke, Fabriken und Hütten, und am Ende versündigt er sich so am Herrgott, dass Maryjka anfängt zu heulen, was dann schon wieder lustig ist.»

Ich drücke sie an mich.

«Hilfst du uns, Lojzik?»

So lange hat niemand mehr Lojzik zu mir gesagt. Braun-Towiański sprach mich mit «Herr Alojzy» an, was unpassend war, da ich weder Herr noch Alojzy bin, ich bin Alois, früher einmal Lojzik, und fühle, dass Ana mit diesem alten, nicht mehr gebrauchten Namen jemanden hervorruft, der seit langem tot ist.

«Ich weiß nicht, Ana», sage ich und rieche ihre Wärme und den Seifengeruch ihres kurzgeschnittenen Haars, spüre ihren schönen, entwickelten Körper und schäme mich sofort für diese Gedanken, wie kann ich so von meiner Schwester denken. «Ich habe ein bisschen Geld, das kann ich dir geben», sage ich und fühle sofort eine Beklemmung, denn kann ich ihr dieses Geld wirklich geben? Wovon werde ich selbst leben, soll ich betteln gehen? Oder dich, Agnes, um ein Darlehen bitten, das ich dir ja nie werde zurückzahlen können?

«Es geht nicht um Geld, Lojzik. Das heißt nicht nur. Nicht alles kann man kaufen. Hilf uns, ich will nicht, dass Tatulek diese beiden Jungen so verdirbt, wie er uns alle verdorben hat.»

Maryjka kommt in die Küche zurück, murmelt in einem fort ihr Hassgebet herunter: «Findlinge, verfluchte Mistkerle, Wodka saufen, das können sie, und ich muss malochen, und mein Kind, was ist damit? Die Findlinge juckt's im Arsch, und der, der sitzt nur da und raucht Pfeife, liest Zeitung und flucht, Findlinge, elende Mistkerle.» Ich verstehe jetzt, dass sie den gleichen Gott oder die Göttin ehrt wie mein Tatulek, die schreckliche, giftig grüne Göttin des ohnmächtigen Zorns. «Mistkerle, Findlinge», so betet sie, legt währenddessen im Herd nach, rüttelt an der Glut, damit die verbrannte Asche nach unten in den Behälter fällt, danach legt sie einige Kohlenstücke auf das brennende Holz, setzt im großen Topf Wasser für die saure Mehlsuppe auf, gibt Gewürze dazu, einen Rindsknochen, einige mickrige Kartoffeln.

Dann kommt Tatulek und beginnt sein Mantra: «Der Herr kommt hoch zu Ross und lässt sein Pferd dann erst mal einfach stehen, ja, dafür gibt's ja die Stallknechte, oder? Wenn der Wachtmeister bei den Ulanen gesehen hätte, dass ich ein Pferd so stehen lasse, wäre ich geflogen. Das Pferd kann man doch dort im Schuppen unterbringen, wo der Hammel war, Hafer habe ich, gib ihm das nur nicht sofort, und kein Wasser, sonst kriegt's eine Hufentzündung, was ist das für eine Schlamperei, ein Pferd so zu behandeln.»

Ich bin sieben Jahre und höre das Gemecker meines Tatuleks: «Hast den Hühnern nichts hingestreut, du Flasche, und meine Schuhe sind nicht geputzt», und ich spüre den gleichen Schreck wie damals, wieder versagt, wieder nicht getan, was ich sollte, ich springe auf, der Leutnant des Pionier-Bataillons Nr. 6 springt auf, Zugführer Alois Pokora, ausgezeichnet mit zwei Eisernen Kreuzen, läuft in bloßer Bluse beim Frost aus dem Haus und bringt das Pferd zum

Hinterhaus, in den großen Schuppen, wo Platz für das Tier ist, löst die Bauchgurte, nimmt den Kavalleriesattel und die Satteltaschen ab, hängt sie am Holzverschlag der Box auf, in der Tatulek den Hammel hielt, nimmt das Zaumzeug ab und legt das Halfter an, das von Kattwitz' weitsichtiger Stallknecht in die Satteltasche gepackt hat, wischt das struppige, nasse Winterfell unter dem Sattel mit einem Strohwisch ab und bindet das Halfter mit einem Stück Gurt so fest, dass das Pferd sich in dem engen Schuppen nicht drehen kann.

Ich komme ins Haus zurück. Die Mehlsuppe kocht schon, Ana hilft Maryjka widerwillig in der Küche, schneidet getrocknetes Gemüse, Vater sitzt am Tisch und steckt sich seine bemalte Keramikpfeife an, die schon Urgroßvater Wentzel Pokora gehört hat, was er, wenn er in Stimmung war, gern erzählte, das hat er mir vermutlich nur einmal erzählt, vor langer Zeit an dem Geburtstag, als ich von Mamulka den grünen Husaren bekommen habe. Ich weiß noch, dass es damals im Haus noch keinen Strom gab, Petroleumlampen brannten, auf dem Tisch in der Stube stand mein grüner Husar, Tatulek schmökte diese Pfeife und erzählte, dass Urgroßvater Wentzel, geboren im achtzehnten Jahrhundert, seit seinem achtzehnten Lebensjahr im 2. Schlesischen Husarenregiment gedient habe, unter dem Befehl von Andreas von Witowski, einem polnischen Adligen, der preußischer Offizier wurde, den Pour le Mérite bekam für die Verteidigung Oberschlesiens gegen die Polen vor einhundertvier Jahren, und als die napoleonischen Polen ihm das Oberst-Patent anboten, habe er erwidert, er habe Polnisch schreiben verlernt und könne nur mit dem Säbel antworten. Tatulek erzählte das mit einem Stolz, der mir unerklärlich war, er erzählte es, als würden Stolz und

Ehre des von Witowski dank der Tatsache, dass sein Urgroßvater im selben Regiment diente, irgendwie auf Wentzel Pokora, Hintersasse aus Nieborowitz, abfärben, fast so, als wäre von Witowski der Held dieser Geschichte, und es wäre seine Pfeife, die Tatulek jetzt raucht, dabei weiß ich ja jetzt, dass mein Tatulek nicht an solche Sachen glaubte und sehr wohl verstand, dass das Wort «Dienst» bei dem rasch avancierenden von Witowski, der, selbst Pole von Herkunft, Oberschlesien gegen die Polen verteidigte, und bei dem Gefreiten Pokora ganz unterschiedliche Dinge bezeichnete. Der Dienst des Gefreiten Pokora ähnelte dem des Reitpferdes, auf dem dieser Pokora in seiner grünen Uniform eine sehr gute Figur gemacht haben soll, mehr als dem Dienst eines von Witowski.

Urgroßvater war angeblich sogar bei Waterloo, er hat gegen Napoleon und die satanischen Franzosen gekämpft und wurde hundert Jahre alt, er verließ dieses Tal der Tränen im Jahre 1895, überlebte seinen Sohn, meinen Großvater, um fast dreißig Jahre. Ich erinnere mich noch an ihn, er wohnte damals bei uns zu Haus auf dem Altenteil, meine Erinnerung ist verwaschen wie ein mit Wasser übergossenes Aquarell, aber die alten, runzligen, mit Flecken übersäten Hände sehe ich noch vor mir, darin die Pfeife, und den grauen, vom Rauch vergilbten Schnurrbart und wie er sagt: «Mensch und Baum und Reh, alles das Gleiche.»

Das könnte ja alles auch ausgedacht sein. Vom Großvater oder von Tatulek oder von beiden. Jetzt aber ruht die Pfeife in der Hand meines Tatuleks, gleichfalls Veteran, schon die dritte Generation der Pokoras in preußischen Diensten, mein Urgroßvater bei Waterloo, mein Tatulek als Ulan bei Sedan, nur mein Großvater Johann hat es in keinen Krieg geschafft, dafür ging er als Erster in der Familie ins Bergwerk malochen und hat dort sein Leben gelassen, erdrückt von einem Grubenstempel im Schacht Carnall in der Königin-Luise-Grube, zu einer Zeit, als die Kohle noch über den Erbstollen zu Barken im Kanal geflößt wurde.

Gustel und Tõnik kehren zurück, klopfen den Schnee ab. Erich und Francek kommen mit Frauen und Kindern, Pfarrer Scholtis kommt auch. Wilik ist noch nicht aus dem Krieg in Russland zurück. Von Hõnsik nach wie vor keine Nachricht.

Maryjka jammert. Ana schneidet weiter Gemüse, Pyjter und Paulek schleichen sich in die Küche, Maryjka vertreibt sie mit dem nassen Lappen, grausames Klatschen auf Kinderrücken. Ana läuft den heulenden Bengeln nach und flucht auf Maryjka.

Ich nehme den *Wanderer* und ernte einen verächtlichen Blick von Tatulek, weiß nicht, ob er mir nicht zutraut, diese Zeitung zu lesen, oder mich ihrer für unwürdig hält, aber ich lasse mich davon nicht abbringen. Den *Katholiken* rühre ich nicht an.

Ich lese die Korrespondentenberichte über den Aufruhr in Berlin, der Autor schreibt entsetzt von bürgerkriegsähnlichen Kämpfen, als wüsste er nicht, dass sich in den Schützengräben Flanderns genauso Brüder gegenüberstanden wie in unserer Revolution, vielleicht noch mehr. Er erwähnt sogar das Wappen der Hohenzollern, das vor meinen Augen vom Schlosseingang abgeschlagen wurde. Ich empfinde so etwas wie Stolz, überlege eine Sekunde, ob ich Tatulek den Artikel zeigen, ihm sagen soll, dass ich dabei war, wie sie das Wappen runterholten, dass ich mir Schießereien mit den Reaktionären geliefert, in schwarzer Lederjacke unsere Revolution verteidigt habe, ein echter Spartakusmann, halte mich aber rechtzeitig zurück, ich weiß ja, wie er reagieren würde, und mir fällt ein, was danach kam, die Granate im Pilsator-Eck, die Waldlichtung, ich auf den Knien um mein Leben flehend, daher sage ich kein Wort.

Auf der letzten Seite des *Wanderers* Mitteilungen über die Versammlung der Deutschen Demokratischen Partei und Anzeigen von Menschen, die aus dem Feld, das heißt aus dem Krieg, zurück sind und ihre Tätigkeit wieder aufnehmen, genau solche wie in Berlin. Ein Arzt, ein Flügelstimmer, ein Musiklehrer, ein Zahnarzt. Ein Oberleutnant der Reserve, im Zivilleben Bauaufsichtsinspektor, sucht nach einer Lebensgefährtin, bitte nur ernst gemeinte Zuschriften mit Photo, das aber zurückgegeben wird. Ich sollte vielleicht auch so eine aufgeben, Leutnant Alois Pokora, aus dem Felde zurück, weiß nicht, was er will.

Ich weiß nicht, was ich anfangen soll, werde schließlich kein Kind zeugen, suche keine Lebensgefährtin, denn die Einzige, die ich mir in dieser Rolle vorstellen kann, bist du, Agnes, doch deiner bin ich nicht würdig, und das ist ein viel größeres Hindernis als die Tatsache, dass du Herrn Heinrich Gottrop geheiratet hast.

Es klopft an der Tür.

Sie kommen herein.

Tatulek und ich gehen von der Küche in die Stube, in der sich nichts verändert hat, seit ich von zu Hause weggezogen bin, da steht also das hohe schmale Bett, in dem die Kinder schliefen, die nicht gerade auf dem Strohsack in der Küche lagen, da ist die Chaiselongue, der runde Tisch und die vier Stühle, alte Arbeit von hier, keine Fabrikstühle, sondern in stundenlanger Arbeit von irgendeinem Ahnen geschnitzt, vielleicht von Johann Pokora oder von Wentzel, vielleicht von einem noch älteren, gefertigt in österreichischen Zeiten, wer weiß, grob und schief, mit ungleichen, knorrigen Beinen, aus den massiven Lehnen herausgeschnittenen Herzchen, obwohl, der Tisch ist schon neu, städtische Arbeit, die Tischdecke noch von Mamulka gehäkelt, darauf eine Vase, an der Wand die Almaria, eine hölzerne Kiste, in der Mamulka die gebügelten Decken, Handtücher und Bettwäsche aufbewahrte, daneben der Kachelofen, in dem Maryjka gerade Feuer macht, dahinter ein längst nicht mehr benutztes Spinnrad und eine neue Nähmaschine von Singer, die ich hier nie zuvor gesehen habe, vielleicht aus Maryjkas Mitgift, an der Wand drei kolorierte Photographien, zwei zeigen Mamulka und Tatulek, Mamulka in bäuerlichen Gewändern mit dem Rosenkranz in der Hand, Tatulek im Gehrock, auf dem dritten ebenfalls Tatulek, in Ulanenuniform aus der Zeit von Sedan, blau mit roten Aufschlägen, gerahmt von einem breiten Streifen, auf den die Insignien des Ulanenregiments «von Katzler» (Schlesisches) Nr. 2 gemalt sind, zahlreiche Lanzen und Eisenkreuze und darunter auf Polnisch *Zur Erinnerung an den Kriegsdienst*, des Weiteren zwei ausgeblichene Öldrucke, einer zeigt Maria, die Augen zum Himmel aufsehend, der andere einen Jesus, der gerührt sich selbst betrachtet, wie er auf einem noch wieder anderen Öldruck an der gegenüberliegenden Wand die Kindlein zu sich kommen lässt und sie auf seine Knie setzt. Neben Jesus mit den Kindlein der Grubenpickel meines Tatuleks und eine vernehmlich tickende Pendeluhr, die immer nachging und dies, vermute ich, auch jetzt noch tut; an der niedrigen, balkengestützten Bohlendecke zieht sich rund um die Stube ein langer Rahmen mit einem nur zu Feiertagen benutzten Service aus der Mitgift meiner Mamulka nebst einigen bemalten Ziertellern, die sie zu Lebzeiten dazugekauft hat, einigen kleinen Vasen und Schüsseln sowie gemusterten Tassen. Das alles hing hier an den Wänden und stand auf den Regalen, als ich noch in diesem Haus wohnte. Neu sind einzig die elektrische Deckenlampe, die es noch nicht gab, als ich in dieser Stube schlief, sie kam später, 1913, als ganz Nieborowitz elektrifiziert wurde, sowie Militärphotos meiner Brüder, aber nur von denen, die nicht aus dem Krieg zurückgekehrt sind, also Karlik, Konrad und Wilhelm, genannt Wilik. Auf Wiliks Photo kein schwarzes Band, auf Konrads und Karliks dagegen schon.

Wir setzen uns.

Da sind also Erich und Francek Pokora mit ihren Frauen, Franceks Frau heißt wie du, Agnes, wie Erichs Frau heißt, weiß ich nicht mehr, das zeugt schlecht von mir, ich weiß, ich kann es nicht ändern. Mit ihnen ist die zahlreiche Nachkommenschaft gekommen, meine Neffen und Nichten, eingemummelt in Schaffelljacken, rotbäckig vom Frost, hellhaarig, wie man sieht, wenn die Mütter ihnen die Wollmützen absetzen, jedes setzt sich, wo es gerade steht, auf das Bett, auf die vom Tisch abgerückten Stühle, auf die Chaiselongue; die üblichen Gespräche, «Was für ein Frost», «Was für ein Frost», «Wer ist denn hier zu Pferde?», «Wo kriegt man heute Butter zu kaufen?», die Brüder reichen mir die Hand zur Begrüßung, «Alois, so viele Jahre nicht gesehen», aber mehr auch nicht, die Kinder fangen ein bisschen an zu toben, da knallt Anton Pokora, mein Tatulek, die flache Hand auf den Tisch. «Was soll der Krach, Weiber und Kinder raus in die Küche!»

Meine Schwägerinnen verschwinden sofort, nehmen den Nachwuchs mit, Maryjka setzt den Männern und mir Teller mit saurer Mehlsuppe und Kartoffeln vor, auf den Tisch stellt sie zwei Flaschen Wodka und verschwindet ebenfalls, nur Ana und Tõnik bleiben, stehen an der Wand, nahe am Ofen.

«Wisst ihr, dass hier jetzt Polen sein wird», sagt Tōnik. «Ich war auf so einer Versammlung von den Polen, und dort hieß es, Deutschland gibt es nicht mehr, das sind jetzt die Bolschewiken, und hier wird Polen sein, die Gruben werden uns gehören und die Hütten, und es wird nicht mehr so sein, dass der deutsche Ingenieur oder Steiger uns mit dem Stock schlägt.»

«Verflucht, Tōnik, du bist so was von dumm», lacht Franceк ihn aus. «Was für ein Polen, irgendwelche Fremden, Lumpengesocks, die Deutschen werden diese Gruben nie freiwillig rausrücken, das sind Riesenvermögen, Junge.»

«Aber dort hat einer von denen gesagt, nicht die Deutschen haben das aufgebaut, sondern wir, durch unsere Arbeit», verteidigt sich Tōnik, und ich sehe, dass es Vater ärgert, dass der Sechzehnjährige hier Diskussionen anzettelt.

«Und was sind wir, Polen vielleicht?», lachen Francek und Erich übers ganze Gesicht. «Was für einen Blödsinn dir diese Korfanty-Leute in den Kopf gesetzt haben. Bei uns in der Grube arbeiten Polen, und ich sage dir, wir sind ganz andere Menschen als die.»

«Aber ...», versucht Tōnik einzuwenden, doch Tatulek knurrt.

«Maul halten, Bengel, und raus hier, aber sofort», Tōnik senkt den Kopf und geht, Tatulek guckt noch vielsagend, aber Ana hält diesem Blick stand und rührt sich nicht aus der Stube. Tatulek gibt klein bei.

«Wird mir der Bengel hier mit Politik anfangen, verflucht ...»

Pfarrer Scholtis tritt in die Stube im langen schwarzen Mantel mit Pelzbesatz am Kragen und schwarzem Birett mit Quaste, das er mit feierlicher Geste abnimmt, als käme er vom Weihnachtssingen. Der Pfarrer ist gealtert wie alle, kleiner geworden, irgendwie geschrumpft, zur Erde gebeugt, er sieht älter aus als seine sechzig Jahre. Frohsinn hat er nie ausgestrahlt, jetzt wirkt er noch trister, wie gezeichnet von einer Trauer und einer Hoffnungslosigkeit, wie unser Religionslehrer auf dem Gymnasium gesagt hätte, wie sie dem Christenmenschen nicht ansteht.

Der Pfarrer legt den Mantel ab, Francek springt auf, nimmt ihm Kleidung und Birett ab, trägt sie in den Flur, kommt zurück, der Pfarrer nimmt Platz, die Gespräche verstummen, und eine Stille tritt ein, die vermutlich nur mich verlegen macht.

Der Pfarrer sieht mich an, mustert mich von den Füßen bis zum Kopf, wie ich hier auf dem Stuhl sitze, in meinen Reiterstiefeln, Uniformhose, der zufälligen Offiziersbluse neuen Modells mit dem Band des Eisernen Kreuzes zweiter Klasse und Orden Erster Klasse und den Schulterstücken des Leutnants, wenn auch nicht der Infanterie, sondern der Pioniere.

«Na, dann erzähl mal, Alois, was passiert ist in diesen vier Jahren, wenn du schon nicht schreiben konntest», sagt Scholtis schließlich.

Also sage ich das Gleiche, was ich Tatulek gesagt habe, Schützengräben, Pionier-Bataillon Nr. 6, Ausbildung in Döberitz, Fähnrich, dann Beförderung zum Leutnant, zwei Eiserne Kreuze, dann verwundet, Spital in Berlin.

Der Pfarrer nickt.

«In Berlin bin ich der Spartakusgruppe beigetreten», sage ich, leicht geflunkert, aber diese kleine Lüge gibt die Wahrheit besser wieder, als wenn ich versuchen würde, mein seltsames und undokumentiertes Verhältnis zur Revolution zu beschreiben. «Ich habe an den Weihnachtskämpfen um Schloss und Marstall teilgenommen.»

Ich rechne damit, den Pfarrer mit diesen Worten zu provozieren, doch der nickt nur anerkennend, und ich wundere mich.

«Seht her, der große Herr Lojzik ist jetzt Kommunist geworden», lacht Francek.

Er ist schon fünfunddreißig und sieht nicht aus wie ein Bruder von mir, sondern wie irgendein Onkel, rissige Haut an den Händen, Runzeln auf der Stirn und um die Augen. Er trägt eine Militärhose, wuchtige Infanteristenstiefel, dazu ein zu großes Ziviljackett, ein kragenloses Hemd; die gefütterte Winterjacke und die Schaffellmütze hat er im Flur gelassen, und er stellt mir die Frage in dem misstrauischen Ton meines Tatuleks, der mich auf der Stelle zum Hochstapler, Scharlatan, Usurpator macht.

Ich gehe nicht darauf ein. Esse Mehlsuppe. Wir trinken Wodka.

Nach dem vierten Gläschen blickt Erich mich herausfordernd an und fragt, ob ich jetzt als Kommunist nicht gern den Herrgott lästern würde. Mir fallen die biblischen Metaphern ein, die Luxemburg in ihren Reden verwendet hat, und ich antworte, schließlich habe Jesus im Evangelium die Händler aus dem Tempel geworfen und gesagt, man könne nicht Gott und dem Mammon gleichzeitig dienen, der Arbeiter sei seines Lohnes würdig und leichter gehe ein Kamel durch ein Nadelöhr und so weiter.

Pfarrer Scholtis schmunzelt in sich hinein.

Erich schweigt kurz und sagt dann, ich sei keine Spur besser als sie. Francek fügt hinzu, ich hätte lauter Scheiße im Hirn von meinem ganzen Studium. «Aufgeblasener Gockel.»

Der Pfarrer schweigt. Tatulek schenkt wieder Wodka ein.

«Wozu bist du überhaupt gekommen?», fragt Francek, trinkend, fragt, ob es mir ums Geld gehe, das solle ich mir aus dem Kopf schlagen, hier besitze niemand auch nur einen Groschen. «Vier Jahre lang kein Wort, und kommt plötzlich an, der Herr Offizier, Orden, denkst du, du kannst uns jetzt hier rumkommandieren?»

«Er kommandiert doch gar nicht», protestiert Ana in ihrem besten Polnisch, «er ist hier, weil wir seine Familie sind und das hier sein Elternhaus.»

«Was reißt du das Maul auf, verfluchte Göre! Und red nicht so ausländisch, bist nicht besser als er!»

«Ich konnte nicht schreiben», sage ich. «Das, was dort geschah ...»

«Meinst du, wir waren nicht im Krieg? Tatulek war bei Sedan. Bei den Ulanen!»

«Genau, bei Sedan», nickt Vater nachdrücklich und ruft: «Maryjka, mehr Wodka!»

Der Pfarrer hebt die Hand. «Leute, gebt Ruhe. Hauptsache, Alois hat den Krieg überlebt, ihr habt den Krieg überlebt, der Krieg ist zu Ende, und wir alle sitzen wohlbehalten und gesund zusammen.»

«Nein, nicht alle sitzen hier, Karlik und Kōnrad nicht», sage ich.

Maryjka kommt rein, wütend, bringt die nächste Flasche Wodka. «Und wozu sauft ihr so viel davon?», meckert sie dumpf. Sie räumt die Teller ab.

Tatulek, schon leicht betrunken, antwortet, er werde ja wohl noch feiern dürfen, wenn sein Sohn aus dem Krieg heimkehrt, oder?

Erich erwidert, als er aus dem Krieg gekommen sei, habe niemand deshalb Wodka getrunken, worauf Tatulek sagt, weder Erich noch Francek seien ja als Offiziere mit Medaillen heimgekehrt, und das sei schon ein Unterschied, Offizier oder Mannschaft.

Erich ist zutiefst getroffen und sagt nichts mehr, er tut mir leid, dabei höre ich jetzt plötzlich, dass Tatulek stolz auf mich ist, der Alkohol hat einen Riss in den Panzer gemacht, in dem Tatulek sich sonst fest verschloss.

«Ein Unterschied?», fragt Francek mit leiser und umso fürchterlicherer Stimme. «Den Unterschied, dass dieser Scheißer zur Schule gegangen ist und dann nach Breslau, zum Studieren, da konnte er natürlich für den Offizier lernen.»

Ich habe Angst vor ihm, antworte aber dennoch. Dass sie keine Ahnung hätten, wie schwer ich es auf dem Gymnasium hatte, ich hätte ja damals nicht einmal ordentlich Deutsch gesprochen; ich bin so aufgeregt, dass ich jetzt sogar ins Deutsche wechsele, so kann ich meine Gedanken leichter ausdrücken, ich weiß, dass alle es verstehen, Tatulek spricht überhaupt sehr gut Deutsch, also sage ich auf Deutsch, wie schwer ich es hatte, wie ich schikaniert wurde, wie einsam ich war, wie viel ich lernen musste, und dann auf der Universität das Gleiche, nichts ist mir da in den Schoß gefallen.

«Schwer hattest du's, du Scheißer?», fragt Francek, immer noch mit dieser leisen, fürchterlichen Stimme. «Schwer, ja? Als ich vierzehn war, da ging ich in der Kohlenwäsche malochen, mit den Frauen aus Zabrze. Weißt du, blöder Affe, was das ist, in der Kohlenwäsche zu arbeiten? In diesem Schlamm, dem Dreck? Vierzehn Jahre war ich alt. Und als Tatulek dem Wodka verfiel und sie ihn aus der Grube schmissen, wer musste da für alle ackern? Ich und Hõnsik, damit Mamulka fünf Pfennig fürs Brot hatte.»

Tatulek bekommt plötzlich weiche Züge bei der Erinnerung an diese furchtbaren Zeiten, und ich mache mir klar, dass ich nichts davon weiß, nicht weiß, dass es so eine Zeit gegeben hat, dass Tatulek getrunken hat und seine Arbeit verlor und dass Francek und Hōnsik das ganze Haus unterhalten mussten.

«Weißt du noch, wie ich zu dem Juden in Pilchowice ging, Essen auf Pump kaufen?», fragt Erich. «Und wie ich darauf achten musste, ob gerade Perl oder Jottkowitz im Laden war, denn Perl gab niemandem etwas, Jottkowitz dagegen hatte ein gutes Herz. Mamulka schickte mich hin, weil dieser Jottkowitz bei Kindern immer anschrieb; auch wenn es immer Geschrei gab, das sei jetzt das letzte Mal, gab er dann doch was. Aber was für eine Schande das war, die Pokoras haben nichts zu essen, weil Vater trinkt, erinnerst du dich. Zwei Jahre bin ich nach Delbrück zu dieser Kohlenwäsche gelaufen, barfuß, im Winter in Holzschuhen, weil wir kein Geld für Stiefel hatten.»

Erich fragt mich weiter, er lässt nicht locker, fragt natürlich rhetorisch, ob ich mir vorstellen kann, was es für einen Vierzehnjährigen heißt, zwanzig Waggons Kohle pro Schicht zu beladen. Für ganze siebzig Pfennig Tagelohn. «Sieh her», sagt er und streckt mir die Hände her, deren Innenflächen von Narben gezeichnet sind. «Das ist von der Schaufel, denn der Hauer passte auf, dass vollgeladen wird, bis mein ganzer Schaufelstiel blutig war. Und danach zu Fuß von der Arbeit nach Hause. Und du, Kerl, willst uns erzählen, dass du es schwer hattest, weil du ordentlich studieren musstest?»

«Mistkerl, du hattest zu essen, du hast im Warmen geschlafen, der Pfarrer hat für dich bezahlt, und du sagst, dass du es schwer hattest», faucht Francek. «Dich hat Vater nicht mit dem Stock geprügelt, wenn er betrunken war.»

Nichts weiß ich davon, nichts. Jetzt begreife ich, dass ich, als Mamulka mich zur Pfarrei zu Scholtis begleitete, dieses Haus verlassen und nie zurückgeschaut habe. Während meiner kurzen Besuche habe ich mich nie für das Leben dort interessiert, habe nur mit den jüngeren Geschwistern geredet, die älteren Brüder waren zu beschäftigt. Und jetzt, wo sie darüber sprechen, fallen mir plötzlich Situationen ein, ja, tatsächlich, das muss so gewesen sein, bestimmte Einzelheiten, denen ich früher keine Beachtung schenkte, verbinden sich zu einem Ganzen.

Pfarrer Scholtis glättet die Wogen und erinnert daran, dass der alte Pokora sich nach zwei Jahren aus den Fängen der Sucht befreien konnte und wieder in der Grube anfing. Tatulek fügt hinzu, er sei nur für ein halbes Jahr zum Schlepper degradiert worden, danach sei er wieder Hauer und sogar Schießhauer geworden, nüchtern sei er schließlich der Beste in der Arbeit gewesen, Wodka habe er nie wieder angerührt, bis zur Rente, und auch jetzt trinke er wenig. Und aus solchem Anlass sei das keine Sünde.

«Lasst ihn doch alle in Ruhe», pflichtet Ana dem Pfarrer bei. «Jeder hat was durchgemacht, jeder sein Kreuz zu tragen. Wir sollten uns kein Urteil anmaßen.»

Tatulek kippt das nächste Gläschen Wodka und pflichtet Ana und dem Pfarrer jetzt plötzlich bei, als hätte er sich im Innersten gewandelt. «Leutnant bleibt jedenfalls Leutnant», sagt er. «Das ist was anderes als Mannschaft.»

Mein Tatulek ist stolz auf mich, stelle ich erneut fest und schäme mich geradezu der Wärme, die mich dabei durchströmt. Nie hatte er nur eine Spur von Güte für mich, schreit etwas in mir, nie ein gutes Wort, keine Geste, Zärtlichkeit, nichts, und nun auf einmal ist er stolz auf mich, gar nicht mal auf mich, sondern auf meine Offiziersschulterstücke und die Eisernen Kreuze, und in mich ergießt sich, als wäre ich ein geprügelter Hund, eine Wärme, mir ist plötzlich so, als hätte ich wieder einen Vater.

Maryjka kommt aus der Küche zurück, sie trägt einen Teller mit Brot und ein paar Stücken Ersatzwurst.

«Wenn ihr mich zur Schule geschickt hättet statt in die Grube als Schlepper, dann wäre ich auch Leutnant», zischt Francek leise. «Aber für uns gab's ja so was nicht. Und ich bin nicht dümmer als er.»

«Ja, hmm», erwidert der betrunkene Tatulek, und Grausamkeit liegt in seiner trunkenen Stimme. «Du bist ja sogar für den Hauer zu blöd, zehn Jahre als Schlepper arbeiten, wo gibt's denn so was, und willst Leutnant sein.»

Francek beißt getroffen die Zähne zusammen, er ballt die Fäuste, wagt aber nicht, zurückzuschnauzen.

«Maryjka, bring mehr Wodka!»

«Verflucht, Anton, ich kann das nicht mehr hören», knurrt Maryjka. «Das ist ja nicht mal dein Junge.»

«Was?»

Pfarrer Scholtis bekommt einen Hustenanfall.

«Was hast du gesagt, Weib?»

Maryjka knallt den Teller mit Brot und Wurst auf den Tisch. Ich sehe, etwas in ihr ist gerissen, sie guckt plötzlich anders, mit einem anderen Gesichtsausdruck, etwas ist raus. Das stille Mantra der gejammerten Wut genügt ihr nicht mehr.

«Wie lange soll ich mich mit diesen Findlingen noch plagen? Und meine Kinder sind was Schlechteres? Die wollen immer nur fressen, ich hab sie nicht zur Welt gebracht, warum soll ich sie füttern, warum muss ich mich um diese Kuckucksjungen kümmern?»

Ich sehe sie wachsen, vom Zorn angestachelt, sehe ihre

Angst, doch sie weiß, sie hat eine Grenze überschritten, den Rubikon übertreten, es gibt kein Zurück mehr. Weitergehen ist das Einzige, was ihr bleibt.

«Was redest du, Alte?», fragt Tatulek und erhebt sich schwankend vom Stuhl.

«Was ich rede, was ich rede, alle im Dorf wissen, dass die alte Pokora mit dem Pfarrer geschlafen hat, der Sohn ist ihm doch wie aus dem Gesicht geschnitten, alle haben darüber gelacht, dass der alte Pokora als Einziger nichts davon weiß. Du Hanswurst, warum hast du gedacht, dass der Pfarrer den Sohn zur Schule schickt?»

Tatulek, plötzlich ganz blass, starrt sie mit aufgerissenen Augen an, Pfarrer Scholtis steht auf, und ich löse mich plötzlich von mir selbst, als schwebte ich und betrachtete mich selbst und alle anderen von oben.

Pfarrer Scholtis. Mamulka. Pfarrer Scholtis.

«Maul halten, Ziege, halt's Maul!», schreit Erich, und Tatulek erhebt sich plötzlich vom Stuhl und wirft sich auf den Pfarrer.

Der Pfarrer ist größer und jünger als Vater, doch der Zorn des alten Pokora detoniert wie eine Artilleriegranate, Tatulek wirft den Pfarrer zu Boden und traktiert ihn mit den Fäusten, ich weiß, dass ich etwas tun sollte, reagieren, dem Pfarrer beistehen, aber ich kann nicht, denn ich habe mich von mir selbst getrennt.

«Hau ihn, hau den Scheißkerl», feuert der betrunkene Francek den Vater an, amüsiert, als wäre er wieder in der Schule und beobachtete die Prügelei von Kameraden. Pfarrer Scholtis hält schützend die Hände über den Kopf, doch Vaters Hiebe sind hart.

«Tatulek, lasst ihn!», schreit Ana, und ich bin weg, weggetreten von mir selbst, habe meinen Körper verlassen und befinde mich woanders, mein Körper ist in Ohnmacht erstarrt, unbeweglich, mein Leben eine Lüge.

Tōnik stürzt mit meiner Nullacht in die Stube. «Raus mit euch», schreit er, «raus! Ein Preuße bist du, nicht unser Bruder, raus, raus!»

Tatulek lässt von dem Pfarrer ab. Er atmet heftig, zieht schwer die Luft in seine Staublunge. Maryjka ist selbst erschrocken über den Weg, den sie gewählt hat und von dem es kein Zurück gibt. Ich bin sicher, sie fragt sich gerade, ob Tatulek sie, schwanger und mit dem kleinen Kind, auf die Straße setzen wird. Francek und Erich, betrunken, lachen wie im Zirkus, die ganze Grausamkeit aller Pokora-Generationen offenbart sich in diesem Lachen, sie lachen über mich, lachen über Tatulek, lachen über den Pfarrer und über sich selbst, über die ganze Welt. Ana weint voller Angst.

«Raus, raus, Scheißkerl, du!», schreit Tōnik, mein Bruder, jedenfalls Halbbruder, und ich sehe, dass die Pistole, mit der er auf meinen Kopf zielt, gesichert ist, das charakteristische Rechteck aus hellem Metall blockiert den Verschluss an der linken Seite der Pistole, über der Sicherung sehe ich die weißen Buchstaben GESICHERT, ich könnte sie ihm wegnehmen, aber ich brauche keine Drohung, um von hier wegzugehen, brauche auch diese Pistole nicht und das Pferd, ich ignoriere Tōnik, helfe mit Ana dem Pfarrer auf die Beine.

«Gehen wir», sage ich, er blutet aus der Nase, ich lege dem Pfarrer seinen schwarzen Mantel um, wir verlassen die Stube, in der eine von meiner Mamulka gestrickte Decke auf dem Tisch liegt und an der Wand ihr Ebenbild hängt, ich nehme meine Schaffelljacke, wir gehen raus. Vor meinem Elternhaus steht ein kleiner schicker, zweirädriger Wagen, bespannt mit einer schmächtigen Stute, jetzt unter einer Decke. Der Pfarrer wischt sich das Blut vom Gesicht, setzt das Birett auf, hüllt sich in den Mantel, zieht die Decke vom Pferd, ich würde gern helfen, doch er lässt mich nicht. Wir nehmen wortlos auf dem Kutschbock Platz, der Pfarrer schnalzt, die Stute trabt los, wir fahren schweigend. Mein Pferd, also Zora, die ich von Smilo bekommen habe, soll erst einmal dortbleiben, bei den Pokoras.

Wir erreichen die Gleiwitzer Landstraße, biegen rechts ab, die Stute läuft in flottem Trab, dann in Nieborowitzer Hammer wieder nach rechts, die Straße nach Pilchowitz. Als wir ankommen, dunkelt es schon, ich erkenne den Barockturm der Pilchowitzer Kirche, wir halten vor dem Pfarrhaus. Scholtis schweigt, ich auch.

Schweigend helfe ich das Pferd abspannen und versorgen, die Kalesche stellen wir in die Scheune, ich reibe die kleine Stute mit Stroh ab. Wir kommen ins Pfarrhaus, dort gibt es schon Strom, ich wasche mir die Hände am Waschbecken, weiß nicht, was anfangen mit mir.

«Frau Greta ist letztes Jahr gestorben», sagt Scholtis auf Deutsch, als wollte er ihr Andenken ehren, da die Frau Hauswirtschafterin den Klang slawischer Dialekte doch hasste. «Noch kurz vor ihrem Tod hat sie nach dir gefragt, so stolz war sie, dass du Offizier geworden bist.»

Ich habe nur ein Schulterzucken dafür, was geht mich des Pfarrers Wirtschafterin an.

«Ist das wahr?», frage ich auf Polnisch, und da er schweigt, wiederhole ich die Frage mit Nachdruck auf Deutsch. «Ist das wahr?»

Er nickt, und plötzlich begreife ich, ja, Pfarrer Scholtis muss mein Vater sein, die Ähnlichkeit ist ja frappierend. Wie hatte ich das übersehen können, wenn sogar Maryjka es weiß?

«Deine Mutter war eine ganz ungewöhnliche Frau», beginnt Scholtis. Ich höre ihm schweigend zu. «Sie war intelligent, stark, klug. Ohne jede Bildung, abgesehen von der Volksschule, wusste sie mehr und verstand die Welt besser als all die feinen Damen aus der Stadt, deren Horizont nicht über das neue Kleid und den Hut hinausgeht. Ganz zu schweigen von deinem Vater.»

«Meinst du dich oder Pokora?», frage ich.

«Im Grunde uns beide, sie war klüger als Pokora und als ich. Ich habe mich sehr rasch in sie verliebt, sie auch in mich, du bist ja jetzt siebenundzwanzig und wirst das verstehen, nicht wahr?»

Jetzt wird mir klar, dass Pfarrer Scholtis keinen Schimmer von meiner seltsamen Beziehung zu dir hat, Agnes. Ich weiß nicht, ob er sich überhaupt erinnert, dass du existiert hast, vielleicht geistert ihm eine Erinnerung durch den Kopf, dass der Mann, bei dem ich ein Zimmer bekam, als ich des Konvikts verwiesen wurde, eine Tochter hatte, aber er kann nicht wissen, was uns verbindet. Ich wiederum weiß nichts über meine Mamulka und Scholtis, der, wie sich herausstellt, mein biologischer Vater ist und eigentlich noch mehr, denn ihm habe ich es zu verdanken, dass ich zur Schule gehen und studieren konnte.

«Leider bin ich ein Feigling», sagt Scholtis. «Als Pauline feststellte, dass sie schwanger war, mit dir, da wusste sie irgendwie, dass ich der Vater sein musste, sie wusste das, obwohl sie Pokora die ehelichen Pflichten nie abschlug. Als ich eifersüchtig war, sagte sie, sie würde in der Minute aufhören, in der ich sie aus diesem schrecklichen Haus hole, aus diesem schrecklichen Dorf, aus diesem schrecklichen, verdammten Schlesien. Ich war nicht bereit dazu, denn ich bin ein Feigling. Sie hatte Mut. Sie war dazu bereit, Pokora zu verlassen, deine älteren Brüder zurückzulassen und wegzufahren. Als sie verstanden hatte, dass ich der Vater ihres künftigen Kindes sein muss, tauchte sie bei mir auf mit einem Koffer, demselben Pappkoffer, mit dem du zehn Jahre später hier erschienst, und sagte, ich solle packen, sie habe fünfzig Mark, ich hätte bestimmt auch noch Geld, notfalls könnte ich ja die Pfarrkasse plündern, und wir sollten sofort nach Gleiwitz fahren und den Zug nach Berlin nehmen, sie würde arbeiten und ich endlich einer anständigen Beschäftigung nachgehen, Beamter werden oder Verkäufer, niemand müsse wissen, dass ich Pfarrer war, wir beide treten zum lutherischen Glauben über, sie wird sich irgendwie von Pokora scheiden lassen oder auch nicht, dann leben wir eben in wilder Ehe oder fahren von Berlin weiter nach Amerika. Sie wusste, dass ich davon träumte, von einer Flucht, wusste, dass ich nie Pfarrer hatte werden wollen, noch im Priesterseminar den Gottesglauben verloren hatte, und hoffte wirklich, dass ich packen und einfach mit ihr wegfahren würde. Wir hätten ein anderes Leben haben können, du, sie, ich. Berlin ist eine große Stadt, wir hätten darin untertauchen können. Oder wirklich nach Amerika fahren und ein ganz neues Leben beginnen.»

«Warum hast du es dann nicht getan?», frage ich. «Wenn sie schon bereit war, alles aufzugeben. Was hielt dich hier?»

Scholtis senkt den Kopf, er blickt auf seine Hände hinab. Tränen laufen über sein Gesicht, doch er schluchzt nicht. Er zieht die Nase hoch.

«Weil ich ein Feigling war, erstens. Das bin ich nach wie vor. Und zweitens habe ich ihr nicht geglaubt. Ich war nicht sicher, ob sie wirklich von mir schwanger ist und nicht von Pokora. Und der Gedanke, dass du nicht von mir wärst, dass ich das Kind eines anderen großziehen sollte ...»

«Du bist ein Idiot», sage ich auf Polnisch. «Was macht es für einen Unterschied, von welchem Samen ich bin?»

«Du hast recht», sagt er. «Es macht keinen Unterschied. Ich bin ein Idiot. Ich hätte fahren sollen, aber ich habe gekniffen. Als ich ihr das sagte, drehte Pauline sich um, ging nach Nieborowitz zurück und hat sich nie wieder von mir anfassen lassen. All deine Brüder und deine Schwester habe ich getauft und bei jedem Mal geweint. Ich habe nie aufgehört, Pauline zu lieben.»

Nun schluchzt er, und auch mir drängen die Tränen in die Augen, aber ich werde nicht weinen.

«Was nun?», frage ich schließlich. «Wenn Pokora etwas ausplaudert oder so?»

«Keine Angst», erwidert Scholtis. «Pokora plaudert nicht, er hat nicht den Mut, die Leute reden auch so schon, und selbst wenn, wir sind in Schlesien, Pfarrer ist Pfarrer, mir wird nichts passieren. Ich werde weiter so leben, bis ich im Ruhestand in irgendein Pfarrhaus versetzt werde und dort meine letzten Tage verbringe.»

«Und ich, was soll ich tun?», frage ich.

«Leb ein normales Leben», sagt Scholtis. «In der Stadt, nicht hier. Ich gebe dir Geld, du mietest dir ein Zimmer oder eine Wohnung in Gleiwitz, wir finden eine gute Stellung im Amt für dich, an irgendeiner Schule oder sogar am Gymnasium, Pfarrer Peter vom Gymnasium fragt ständig nach dir, irgendwas findet sich bestimmt, und wenn du Arbeit hast, regelt sich alles andere von selbst, du triffst ein gutes Mädchen aus der Stadt, selbst wenn du eine Anzeige im *Wanderer* aufgeben musst, schließlich bist du Offizier, hast das Eiserne Kreuz erster Klasse, Veteran, du bist jemand, mehr als ich im Leben je gewesen bin.»

Darauf zucke ich nur mit den Schultern. «Du hast keine

Ahnung, wovon du sprichst, Mensch. Hast keine Ahnung, was ich gesehen habe, was mit mir passiert ist, keine Ahnung, was mit der Welt los ist. Nichts verstehst du.»

«Du hast recht, bestimmt hast du recht», weint Scholtis, «ich verstehe nichts. Ich bin nur ein feiger Pfaffe, der deine Mutter sehr geliebt hat, und du bist das Einzige, was von ihr geblieben ist. Warum hast du nicht geschrieben? Ich habe mir solche Sorgen gemacht, habe sogar versucht, zu Gott zu beten und zum Teufel, dass du überleben sollst, diesen furchtbaren Krieg, mein Sohn, jede Nacht habe ich geweint, dass du nur überlebst, warum hast du nicht geschrieben? Ich hatte mit Ana abgemacht, dass sie mir Bescheid gibt, sobald irgendwas wäre, und immer wenn ich sie sah, bekam ich Angst, sie könnte mir gleich sagen, dass du gefallen bist. Warum hast du nicht geschrieben?»

«Und du, warum hast du nicht geschrieben? Du kanntest doch meine Feldpostadresse.»

«Als deine Mutter gestorben war, glaubte ich, ich dürfte das nicht, ich hätte kein Recht mehr auf dich.»

«Welches Recht kann man auf einen anderen Menschen haben?», frage ich. «Welches?»

Er sagt nichts mehr, weint, die Tränen mischen sich mit dem Blut aus der Nase, die der alte Pokora ihm eingeschlagen hat, schließlich steht er auf und bewegt sich ängstlich, ungelenk zu mir, Schritt für Schritt, als balancierte er auf einem Seil, vorsichtig, und am Ende, als er schon ganz nah ist, umarmt er mich und drückt mich an sich und weint. «Mein Sohn, mein kleiner Sohn. Alles wird gut, mein Sohn, alles wird gut.»

Ich stoße ihn weg, der Zorn lodert in mir.

«Wie konntest du mich das ganze Leben lang belügen, all die siebenundzwanzig Jahre?»

«Ich musste es tun», weint er, «Pauline hat das verlangt, das war ihre Entscheidung, ich konnte nicht anders.»

«Das ganze Dorf hat es gewusst und nur mein Tatulek nicht?», frage ich wütend.

«Deshalb musste ich dich aus dem Dorf wegbringen, du gehörst nicht hierher, das ist nicht dein Platz. Alles wird gut, mein Sohn.»

Ich stoße ihn fort.

Das kann man nicht verzeihen, ebenso wenig wie ich den Vater wiederbekommen kann, den ich nicht hatte.

6

KEINE ABRUPTEN BEWEGUNGEN

Ich habe dich vergessen, Agnes.

Für einen Augenblick von einigen hundert Tagen habe ich geglaubt, ich könnte ein normales, gewöhnliches Leben führen, besser als das, zu dem ich geboren bin. Ich glaubte sogar, ein solches Leben wäre mein Traum, und nach all den Jahren, näher oder ferner von dir, immer aber im Schatten deiner, wenn auch fernen, Gegenwart, im Schatten deiner Existenz, habe ich dich am Ende ein bisschen vergessen, wenn ein Vergessen überhaupt möglich ist. Ich wusste noch, dass du einmal existiert hast, doch du begleitetest meine Gedanken nicht ständig, so wie früher, unaufhörlich, und als ich dich allein an dem Tisch im Café Kaiserkrone in der Wilhelmstraße sitzen sah, wusste ich, dass ich einer Illusion aufgesessen war, seit zwei Jahren und mehreren Monaten ein und derselben Illusion.

Ich gehöre nicht in dieses Leben. Dieser ordentliche Anzug von einem Schneider mit dem für einen Schneider originellen Namen «Schneider» steht mir nicht zu. Weder dieser hohe Kragen steht mir zu noch der Filzhut noch die Schuhe noch das Portemonnaie mit den Mark, die heute nur noch ein Zehntel des Wertes besitzen, den sie damals hatten, als ich um die Jahreswende 1918/19 nach Schlesien kam. Ich gehöre nicht in dieses Leben. Mir gebührt nicht die Frau, die an meiner Seite steht, als ich dich bemerke, Agnes, und die neben mir den Griff des Kinderwagens hält, in dem mein Sohn Karliczek sitzt. Er ist vor kurzem ein Jahr alt geworden und kann schon so schön sitzen.

Ich gehöre nicht in dieses Leben.

Es ist das Jahr 1921, und du siehst so schön aus, schöner, als ich dich in Erinnerung hatte, dabei habe ich dich seit dem zwanzigsten April 1918 nicht gesehen, du bist schon vierunddreißig, doch nie zuvor habe ich dich so schön, so reif, ernsthaft, auf ein Buch konzentriert gesehen, du hältst es in der ausgestreckten Rechten, und ich sehe, du trägst keinen Ehering.

Noch hast du mich nicht bemerkt. Es ist Sonntag, warm und der erste Mai, die Sozialdemokraten sind auf die Straße gegangen, von der Wilhelmstraße sind große Gruppen festlich gekleideter Arbeiter mit roten Flaggen nach Zatorze und dann durch die Bergwerkstraße, durch das Industrieviertel in Richtung Waldschloss gezogen, wo ein Fest mit Tänzen und Konzerten der Gesangvereine stattfinden soll, auf den Straßen mischen sich Lieder und schlesische Rede mit dem Deutschen, alles ausgewogen und in großer Ordnung, da ist keine revolutionäre Energie, und ich weiß, dass ich dieser Welt nicht mehr angehöre. Meine Frau fragt, ob wir auch dorthin gehen wollen, mit allen anderen, ich zögere, möchte dort lieber nicht gesehen werden. Nachdem die Sozialdemokraten die Prachtstraße unserer Stadt verlassen haben, folgen ihnen langsam die ehrbaren Bürger, zum Spaziergang, längst in Frühlingsanzügen, die schweren Mäntel sind in die Schränke gewandert, Volksabstimmung hin oder her, Polen, Deutschland, alles egal an diesem Frühlingssonntag, wenn man nach der Messe spazieren geht, sich in Feiertagskleidung zeigen will, die Jungs in Marineanzügen, die Mädchen in Strohhüten mit langen Bändern. Ich habe sogar einen Kreissägehut aufgesetzt, und du, Agnes, trägst ein Kreppkleid, violett, sehr schlichter, enger Schnitt neuester Façon, Frühjahr 1921, aus Seidenchiffon, modern, nämlich so kurz, dass das Kleid, wenn du die Beine übereinanderschlägst, fast dein ganzes Knie im Seidenstrumpf freilegt, für so etwas hätte man vor dem Krieg sogar dich aus dem Café geworfen.

Doch die Zeiten haben sich geändert, alles hat sich geändert.

Bevor sich im Hotel Lomnitz in Bytom die Korfanty-Anhänger einnisteten, gab es dort ein angenehmes Restaurant, das ich häufig besuchte, um mich zweimal die Woche dem Rausch zu ergeben, denn nirgends in Schlesien konnte man sich damals so gut amüsieren wie dort, und das Trinken war meine Abwechslung vom gewöhnlichen, normalen Leben, das ich angeblich so sehr brauchte. Dort war deutlich zu sehen, wie sehr die Zeiten sich geändert hatten, deutlicher vielleicht als auf den Straßen Berlins, denn im Lomnitz kotzten uniformierte Offiziere in Palmenkübel, um danach bewusstlos in der Eingangstür zu liegen, und anderntags erwartete sie dafür nicht das Militärgericht; sie schämten sich auch nicht, sich in Uniform mit Damen fragwürdigen Rufes zu treffen, einmal habe ich im Lomnitz einen Oberleutnant mit Orden am Hals des Waffenrocks gesehen, mit Monokel und makellos gestutztem Oberlippenbärtchen, von der Hüfte abwärts jedoch nackt, der schamlos mit einem an den Flügel gelehnten Mädchen kopulierte, auf dem ein Fähnrich eine flotte Melodie spielte.

Noch zu Kriegszeiten wäre er dafür auf der Stelle degradiert worden, jetzt aber, nun ja, die Zeiten haben sich geändert, und ich, wie ich da in der Wilhelmstraße in Gleiwitz stand und dich, Agnes, sah, an einem Tischchen in der Kaiserkrone, begriff, dass mein gewöhnliches, normales Leben in diesem Augenblick zu Ende war.

Ich erinnere mich, wie ich beschloss, dass ich so ein gewöhnliches, normales Leben haben würde. Das war am siebzehnten Januar 1919 in Gleiwitz.

Ich ging nicht sofort nach Gleiwitz. Zuvor, am Samstag nach Weihnachten, noch im Jahr 1918, hielt es mich vor Wut nicht mehr bei Scholtis. Ich knallte mit den Türen, verließ das Pfarrhaus und schrie wütend, ich wolle ihn nicht mehr kennen, sie sollten mich alle in Ruhe lassen. Ich bereute, dass ich Tõnik meine Pistole gelassen hatte, nicht weil er sich vielleicht etwas antun könnte, sondern weil ich jetzt gern in die Fenster des Pfarrhauses geschossen hätte, auf dass das Glas splittert wie die Scheiben des Berliner Schlosses beim schönsten Fest meines Lebens, als ich am meisten Mensch war.

Ich kam also an der Kirche vorbei, wohin ich als kleines Kind mit meiner Mamulka und dem alten Pokora, an den ich nicht mehr als meinen Vater dachte, gegangen war, vorbei an der Pilchowitzer Volksschule, bog nach links ab und kam auf die Hauptstraße, die unbefestigt und daher normalerweise verschlammt ist, nun aber weiß-braun von gefrorenem, mit Dreck und Pferdeäpfeln vermischtem Schnee. Einige Laternen an den Gebäuden warfen ein schütteres, gelbes Licht auf die zentrale Kreuzung von Pilchowitz.

Wäre ich geradeaus gegangen, in Richtung Stanitz, so

hätte ich rechts das frühere Palais der Wengerskys, der Gründer von Kirche und Kloster, gesehen, in dem heute die Verwaltung des Gutshofs Pilchowitz untergebracht ist, links wiederum das Lehrerseminar. Vor dieser Einrichtung hat mich Pfarrer Scholtis bewahrt, der hartnäckig darauf bestand, dass ich das Gymnasium besuche und damit in Breslau studieren konnte.

Wäre ich heute glücklicher, hätte mein Leben anders ausgesehen, wenn ich statt des Gymnasiums das Pilchowitzer Seminar besucht hätte? Ich wäre dort mit meinesgleichen unterrichtet worden, hundert Schüler aus nicht viel besseren Familien als der meinen, aber ob sich nicht auch dort ein Rüpel gefunden hätte, der eine unverzeihliche Schwäche in mir gewittert hätte und genau wie der andere die Zähne in diese Schwäche geschlagen hätte, um nicht mehr loszulassen, niemals loszulassen? Das Seminar hätte ich 1911 abgeschlossen und damit, wie Pfarrer Peter einmal gesagt hat, als wir das erste Mal zum Gleiwitzer Gymnasium fuhren, einen handfesten Beruf gehabt. Was wäre schlecht daran gewesen, den heiligen Messen mit der Orgel einen feierlichen Rahmen zu verleihen? An Gott brauchte man dazu offenbar nicht zu glauben, wenn Pfarrer Scholtis ohne den geringsten Glauben Hostie und Kelch erhob.

Vielleicht wäre ich glücklicher. Ich hätte ein gutes, einfaches Mädchen gefunden, hätte geheiratet, wäre ins Zentrum von Pilchowitz oder eines anderen Städtchens gezogen, wo gerade eine Lehrerstelle für mich frei geworden wäre, hätte die Kinder von anderen erzogen und auch ein paar eigene gemacht.

Vielleicht war es für so ein Leben noch nicht zu spät?

Wäre ich rechts abgebogen, so wäre ich an mehreren zwanzig, dreißig Jahre alten zwei- oder dreistöckigen Mietshäusern vorbeigekommen, erbaut anstelle der strohgedeckten Hütten, die an der Straße lagen und leicht zurückversetzt den kleinen, rechteckigen Pilchowitzer Marktplatz umgaben, auf dem eine kleine Messe die Würde dieses gottverlassenen Nests ein Stück weiter über das Niveau eines normalen Dorfes hoben. Am Marktplatz lag das Kaufhaus Hübner, an der Straße, die zum Hotel Zur Post und dem Laden von Jottkowitz führte, in dem, wie ich einen Tag zuvor erfahren hatte, meine Brüder hatten anschreiben lassen, als der alte Pokora trank.

Der Weg nach links führt ins Dorf Wilcza, dort steht das eindrucksvolle Klostergebäude mit einem Spital und einem großen Garten auf dem Hof, dann die Kreuzung mit der Straße nach Nieborowitz und dann der Kleinbahnhof – das war's auch schon, der Ort, in dem ich ein ruhiges Organisten- und Lehrerdasein hätte führen können. Ich war leicht betrunken und sehr erschöpft, deshalb ging ich quer über die verschlammte Straße zu dem Gasthaus Jendritzki, genau gegenüber vom Brüderspital, der verschlafene Besitzer erkannte weder den Sohn des alten Pokora in mir noch den Bastard des Pfarrers, das Gespött des ganzen Dorfes, denn ich sprach ihn auf Deutsch an. Ich nahm mir eine Flasche Schnaps und ein Zimmer im ersten Stock, begab mich unverzüglich dorthin und legte mich mit der Flasche ins Bett, nachdem ich zuvor von Kattwitz' Geld gezählt hatte. Ich besaß fünfhundert Mark, damals, vor zwei Jahren, war das schon viel weniger als vor dem Krieg, aber immerhin noch zehnmal so viel wie heute, wenn ich heute an deinen Tisch treten und dich zu einem üppigen Abendessen mit Wein in der Altstadt einladen würde, Agnes, zum Beispiel Zum Eiskeller in der Tarnowitzer Straße, so müsste ich gewiss etwa fünfhundert Mark dafür hinblättern.

Vorausgesetzt natürlich, du würdest mit mir ausgehen wollen.

Damals, vor zwei Jahren, waren fünfhundert Mark ein hübsches Sümmchen für jemanden wie mich; berücksichtigt man die Kriegsinflation, entsprach dieser Betrag ungefähr meinem Monatssold als Leutnant, ich konnte dafür also ein Zimmer in der Stadt mieten und einige Zeit davon leben, aber was danach? Und wenn ich mir auch noch einen anständigen zivilen Anzug zulegen wollte ...

Ich betrank mich so, dass ich einschlief, am nächsten Morgen weckte mich ein Klopfen, draußen hörte ich Pfarrer Scholtis fragen, ob er hereinkommen könne.

Ich ließ ihn ein, so wie ich war, in Unterhose und Hemd.

Er nahm das Birett ab, lief eine Weile im Zimmer auf und ab wie ein Hund, der eins mit dem Knüppel abgekriegt hat, mit eingeklemmtem Schwanz und angelegten Ohren, ein bisschen aber auch, als wollte er sich diesen Raum erschließen, er verschob zum Beispiel Krug und Schüssel am Waschbecken, kratzte sich den Kopf und setzte sich auf den einzigen Stuhl im Zimmer. Ich setzte mich aufs Bett.

Er begann damit, dass er meinen Zorn verstehe, aber er habe keine andere Wahl gehabt; er habe Geld für mich und bemühe sich um eine Stellung für mich, ich würde eine Wohnung in Gleiwitz finden und könnte ein normales Leben führen.

Was für ein normales Leben?, jault es in mir auf. Ich und ein normales Leben?

«Du hättest mich bei ihnen lassen können, bei den Pokoras, wozu hast du mich aufs Gymnasium geschickt, ich war überhaupt nicht schlauer als meine Brüder. Das ganze Leben steckte ich in einem Panzer. Als ich das eine Jahr bei dir im Pfarrhaus verbracht habe, war ich glücklich, aber so wie in einem Ferienlager. Es war nicht das wahre Leben.»

«Ich konnte es dir damals nicht sagen, das verstehst du doch», fing er wieder an, aber ich fuhr ihm ins Wort.

«So richtig lebendig habe ich mich nur in den paar Wochen in Berlin gefühlt. Ich fühlte, dass mein Leben zum ersten Mal mir gehörte. Zum ersten Mal hob ich den Kopf, ich war keine schlechtere Art Mensch mehr. Und ich fühlte, dass ich vielleicht lieber wäre wie sie, wie Rosa Luxemburg, wie Liebknecht, lieber so wie sie leben würde, erhobenen Hauptes.»

Scholtis erwiderte mir demütig, immer noch wie mit eingezogenem Schwanz, als wollte er sich für mein ganzes Leben entschuldigen, ich solle mich nur von der Politik fernhalten. Geschossen und politisiert hätte ich genug, jetzt könne ich ein bisschen leben. Nutzen daraus ziehen, dass ich dem Vaterland gedient, dass ich studiert und mich auf dem Gymnasium abgerackert habe. In der Stadt wohnen, nicht in so einem Loch hier, sondern in Gleiwitz, Stellung und Wohnung fänden wir schon.

Ich war da nicht so sicher, bis zu besagtem siebzehnten Januar 1919. Ich wusste nichts anzufangen, trank, trieb mich sinnlos durch die eiskalten Straßen, saß einsam in Wirtshäusern herum, bis die Stellung sich tatsächlich fand, eine ganz gewöhnliche, schon eine Woche nach meiner doch recht zufälligen Ankunft in Schlesien. Der Neffe meines alten Religionslehrers auf dem Gymnasium, Pfarrer Peter, war Produktionsleiter in der Fabrik von Kullrich in Gleiwitz, Bahnhofstraße 17, die den stolzen Namen *Paul Kullrich Dampf-Seifenfabrik* trug.

Wir gingen zu dritt dorthin, die zwei Geistlichen und ich, noch immer war ich wütend auf Scholtis, dieser Zorn wird mir wohl nie vergehen, aber eine Arbeit, besser gesagt ein Einkommen, brauchte ich auch. Ich trug noch Uniform beziehungsweise das, was von ihr übrig geblieben war, mit den an meine Bluse gehefteten Eisernen Kreuzen. Der leitende Neffe erwartete uns schon an der Tür, an der ein Rekrutierungsplakat der Deutschnationalen Volkspartei prangte, was mir nicht besonders gefiel, jedoch begaben wir uns gemeinsam mit dem Leiter in ein eichenholzgetäfeltes und mit einem Schreibtisch ausgestattetes Arbeitszimmer; es hatte die Größe einer kleinen Wohnung. Der Fabrikbesitzer saß hinter diesem Schreibtisch, auf dessen makelloser Platte nichts als eine grüne Filzunterlage, ein Halter mit Füllfeder, ein Tintenfass und ein Kissen zum Trocknen der Tinte ruhten. Er war ein hochgewachsener und ausgetrockneter Mann, das knochige Kinn so von einem derart gestärkten weißen Kragen gestützt, dass dieser auch als orthopädischer Kragen hätte dienen können. Nach meinen Qualifikationen, die ich ja auch gar nicht besaß, fragte er gar nicht weiter; stattdessen zog er über die Juden, die Sozialisten, die Bolschewiken, die Scheißpolen, Franzosen und Volksverräter her; er bat um Frontberichte über das Heldentum unserer Soldaten. Er selbst, Jahrgang 1858, war zu jung, um vor Sedan gekämpft zu haben, und zu alt für diesen Krieg, was er als Leutnant der Reserve außerordentlich bedauerte. Also erzählte ich ausgedachte Geschichten, die Herrn Kullrich derart erhitzten und erregten, dass er den Phonographen anleierte, eine Platte mit Militärmärschen auflegte, die wir gemeinsam anhörten, wobei er glücklich im preußischen Schritt in seinem Kabinett auf und ab marschierte und mit dem Arm fuchtelte, als hielte er den Stab des Tambourmajors.

Wir brachten anschließend einige Hochrufe auf den Kaiser aus, worauf Reserveleutnant Paul Kullrich erklärte, es werde ihm eine Ehre sein, Herrn Leutnant Alois Pokora, zwiefach ausgezeichnet mit dem Eisernen Kreuz, eine Stelle als Buchhaltergehilfe anzubieten.

Ich gestand ehrlich, dass ich keinen blassen Schimmer von Buchhaltung hätte, Herr Kullrich winkte ab, jemand, der französische Schützengräben gestürmt, einen Zug geführt habe, der werde mit der Buchhaltung bestimmt im Schlaf fertig. Für den Anfang bot er mir siebzig Mark wöchentlich, mehr als ich brauchte, Pfarrer Scholtis gab mir dazu tausend Mark für Kleidung und Einrichtung – sobald ich eine Wohnung gefunden hätte.

Ich mietete ohne große Mühe ein geräumiges Zimmer mit eigenem Flur, recht hübsch eingerichtet, mit elektrischem Licht, fließend Wasser und eigenem Kohleofen, für den die Wirtin, Frau Czogalla, die Kohle selbst herzuschaffen versprach, wenn ich dafür bezahlte.

Die Wohnung lag im ersten Stock eines gelben Mietshauses in der Kirchstraße 1, Ecke Wilhelmplatz, gegenüber der Gleiwitzer Synagoge. Gleich um die Ecke in der Pfarrstraße befand sich eine hochtrabend «Bierpalast» genannte Schänke, die mit einem Palast nichts gemein hatte. Herr Kullrich schickte mich mit einer Empfehlung zu dem Besitzer, Herrn Hörner, und der bot mir nach der Lektüre der Empfehlung sofort einen Nachlass als Kriegsheld, kaum dass ich erklärt hatte, ich würde nun täglich bei ihm zu Mittag essen – nachdem ich die Küche von Frau Czogalla einmal gekostet hatte, wollte ich nicht mehr zu Hause speisen. Der Besitzer der Bierschänke lud mich auch zu den im Bierpalast stattfindenden Parteiversammlungen der DNVP ein, der Kullrich und er angehörten; ich brachte in Erfahrung, wann diese Versammlungen stattfanden, aber nur, um zu diesen Zeiten nicht im Bierpalast aufzutauchen.

Meine Arbeit nahm ich gleich nach Dreikönig auf; sie war einfach und langweilig, ich musste den ganzen Tag lang mit Füllfeder, Buntstiften, Geodreieck und Lineal hantieren und lange Zahlenspalten füllen, in denen die angekauften und verbrauchten chemischen Zutaten beziffert wurden. Nach der Arbeit hatte ich viel Zeit für mich, daher gab ich eine Anzeige im *Wanderer* auf, Leutnant d. Res. Alois Pokora, Absolvent der Philosophie, erteilt Nachhilfe in polnischer und deutscher Literatur, Gesellschaftswissenschaft und Philosophie, zwar etwas hoch gegriffen, aber dann ohnehin egal, weil niemand sich darauf meldete. Mich bekümmerte das nicht sonderlich, denn ich hatte die Nachmittage wieder für mich und Zeit genug, um zu Hause zu bleiben, den Ofen anzuheizen, mich daran zu setzen und aus der flachen Schnapsflasche zu nuckeln sowie Romane zu lesen. Mehr brauchte ich nicht zum Glück, jedenfalls eine Zeitlang.

Ich legte mir ordentliche Wintersachen zu, einen Mantel, mehrere Hemden und Krawatten, zwei Hüte, Schuhe. Kullrich bot mir von sich aus fünfhundert Mark Vorschuss, damit ich mich einkleiden und auf Vordermann bringen könne, so abgerissen könne ich ja nicht auf der Arbeit erscheinen, daher begab ich mich in die Schneiderwerkstatt Johann Dworatschek in der Wilhelmstraße 34, der Meister nahm meine Maße und nähte alles Notwendige. Ich sei so dürr, sagte er, und dass er mir größere Stoffreste aufheben wolle für den Fall, dass sich mein Zustand verbesserte und die Kleider geweitet werden müssten, und tatsächlich, bald darauf begann ich zuzunehmen. Delikatessen konnte ich mir nicht leisten, aber die gewöhnliche Verpflegung, um körperlich wieder in gute Verfassung zu kommen, sehr wohl.

Am siebzehnten Januar begab ich mich zum Bierpalast, wo Herr Hörner als Tagesgericht Kartoffelsalat mit Brathering servierte, schließlich war Freitag, allerdings bereicherte besagter Hering den Salat nur in homöopathischen Dosen. Ich spülte das einfache, aber sättigende Gericht mit drei Bieren der Brauerei Scobel herunter und griff am Zeitungsständer nach der Ausgabe des *Wanderers*, die ich wie jeden Tag überfliegen wollte, um mich dann in meine nahegelegene Wohnung zu begeben, den Ofen zu heizen und mich der Lektüre zu widmen.

Die Zeitungen las ich täglich, neugierig hauptsächlich auf die Ereignisse in Berlin; ich verfolgte, wie die Weihnachtskämpfe, an denen ich selbst teilgenommen hatte, allmählich in einen Streik übergingen und dann in Straßenkämpfe ausarteten; ich las von der Besetzung der Redaktion des *Vorwärts*, von Demonstrationen, las unklare und widersprüchliche Berichte über die schwankende Haltung der Revolutionskomitees, davon, dass die Volksmarinedivision die Unterstützung der Revolution verweigerte, und stellte mir vor, wie ich in den Zug nach Berlin steige, in wenigen Stunden würde ich am Schlesischen Bahnhof aussteigen, meine alten Genossen aufsuchen und wieder Teil dieser großen, wunderbaren Kraft werden, die die Welt verändern will. In den Zeitungen las ich auch davon, was in Königshütte passierte, von den Streiks, von den Marburger Jägern, die mit Maschinengewehren zwanzig Spartakusarbeiter am Blücherplatz töteten, und dennoch hatte ich das Gefühl, dass die Straßen Berlins mir näher waren als die Straßen von Königshütte, ich fühlte mich Berlin näher als den Arbeitermassen, in denen, wer weiß, auch meine Halbbrüder gestanden haben mochten.

Am siebzehnten Januar las ich auf der Titelseite des

Wanderers die schreckliche Schlagzeile: *Liebknecht und Rosa Luxemburg erschossen. Das Ende Liebknechts und Rosa Luxemburgs*, und sofort standen sie mir beide vor Augen, dort auf dem Dachboden in Wedding, als ich die Pistole auf den Tisch knallte und sagte, meinetwegen sollten sie mich erschießen, und wie die Baronin mich in Schutz nahm. In Berlin, gar nicht lange her, wollte ich noch leben, wollte kämpfen, siegen, wollte die Welt verändern und war sogar bereit, für die Sache zu sterben.

Damals lebte ich zum ersten Mal für etwas, mein Leben hatte einen Sinn, all das ist spurlos verschwunden. Ich besitze nicht einmal die Photographie, die ich von der Baronin bekommen habe, sie ist zusammen mit meiner Lederjacke bei der Erschießung verschwunden, genau wie die Baronin, die Salmakis und Frau Nowotny.

Ich las den ganzen Artikel, fand darin vertraute Orte und Situationen, die Garde-Kavallerie-Schützen-Division, das Hotel Eden, den Tiergarten, in dem ich mich herumtrieb, bevor Frau Nowotny mich unter ihre Fittiche nahm. Und erschreckende Sätze: «einen wuchtigen Schlag über den Kopf», der Fluchtversuch, ich stellte mir vor, wie der Schädel dieses schmächtigen Mannes platzt, und spürte Angst in mir aufsteigen. Ich musste an Smilo von Kattwitz denken, der seinen Kameraden versicherte, Pabst von der Gardedivision werde nicht ruhen, bis er die alte Sau erwischt hat. Die Leiche wurde nicht gefunden, aber da das alles im Hotel Eden im Tiergarten geschah, hat man sie gewiss in den Landwehrkanal geworfen, ich stellte mir ihren stämmigen Körper in dem altmodischen Kleid vor, ohne Hut, wie sie bäuchlings in dem grauen, schmutzigen Wasser treibt.

Und ein Gedanke ließ mich erstarren: Was wird, wenn er das erfährt? Wenn mein Arbeitgeber, Herr Paul Kullrich,

Fabrikbesitzer, DNVP-Anhänger, erfährt, dass ich ein Spartakusmann war?

Aber war das wirklich ich?

Und wie hätte er es erfahren sollen, den Alois von damals gibt es nicht mehr, er ist jetzt jemand völlig anderes.

Was hat der über sein Bier und den verschmierten Mittagsteller gebeugte Buchhaltergehilfe Alois Pokora im dunklen Anzug und verschwitzten Hemd, der heute zweimal vom Hauptbuchhalter zusammengestaucht wurde für Fehler bei der Aufstellung der Mengen von Seifenverpackungspapier, was hat dieser plump werdende Pokora mit dem ausgemergelten Genossen Pokora gemein, der in Lederjacke, die Mauser am Gürtel, selbst Liebknecht zu widersprechen wagte und von Liebknecht und Luxemburg recht bekam, was hat der Buchhalter Pokora mit dem Anführer der revolutionären Abteilung der Roten Volksgardekompanie gemein, mit dem Genossen Pokora, der den Sturm auf das Königsschloss anführte, Seite an Seite mit Matrosen und Spartakuskämpfern auf Konterrevolutionäre schoss, was mit dem Pokora, der mit den schönen Salmakis ins Bett ging, Wesen aus einer anderen Welt, die jenen anderen Pokora liebten, ihn begehrten und bewunderten?

Nichts.

Mit dem Alois Pokora, der auf einer Waldlichtung bei Berlin im Schnee kniete, schon mehr.

Auf die Nachricht vom Tod Liebknechts und Luxemburgs hätte der wackere Revolutionär, Genosse Pokora, noch mehr in revolutionärem Eifer, in Rachedurst entflammen sollen, er hätte aus der Gleiwitzer Schankwirtschaft rennen, ein paar Soldaten der in Schlesien stationierten sächsischen Regimenter zusammensuchen sollen, deren Disziplin desaströs war, die revoltierenden, mit dem Kommunismus sympathisierenden Soldaten verkauften sehr gern Waffen und Vorräte und schlugen jene Kameraden auf der Straße, die noch vor den Offizieren salutierten, solche also hätte er finden müssen, Waffen von ihnen kaufen oder noch besser einige anwerben, lokale Zellen des Spartakus finden, sich anschließen, womöglich Enteignungen durchführen, mit der Waffe in der Hand Lastkraftwagen ausrauben, vielleicht das Jagdschlösschen überfallen, in dem von Kattwitz sein Freikorps organisierte, die Reaktionäre auf einer Lichtung erschießen, in der Nacht, im Licht der Automobilscheinwerfer, in den Keller gehen, die dort gelagerten Waffen und Vorräte requirieren, auf einen Lastkraftwagen laden und nach Szarlej fahren oder nach Delbrück oder nach Königshütte, die Bergarbeiter und Hüttenarbeiter bewaffnen, Direktionen, Post- und Landratsämter, die Redaktion des *Wanderers* besetzen, auf dem Gleiwitzer Rathaus die rote Flagge hissen.

So hätte der Revolutionär in der schwarzen Kraftfahrer-Lederjacke reagiert, der Buchhaltergehilfe Pokora dagegen schwitzt nur reichlich, auch wenn der Bierpalast gar nicht gut geheizt ist, aus Kohlemangel, wie Herr Kullrich sich empört, denn die Kohle gehe überwiegend in den Export nach Österreich, Polen, dann ins Reich, dann in die Industrie und erst ganz am Ende zu den lokalen Verbrauchern.

Daran denkt jetzt der Buchhalter Pokora, an die Kohlewirtschaft, nicht an die Revolution, und daran, dass seine Brüder ja doch ausplaudern könnten, ihr nicht ganz zurechnungsfähiger Halbbruder Alois Pokora habe gesagt, was für ein großer Spartakuskämpfer er sei.

«Nur fernhalten von der Politik», bat Pfarrer Scholtis, der unaufhörlich um meine Gunst warb, unaufhörlich um Verzeihung bat für die siebenundzwanzig Jahre Lügen, und der

Buchhaltergehilfe Pokora stimmte ihm trotz seines immer noch lebhaften Zorns vorbehaltlos zu. Finger weg von der Politik. Fern von den Versammlungen der Deutschnationalen Volkspartei, fern von den polnischen Vereinen, fern von der Polnischen Sozialistischen Partei und ihrer *Arbeiterzeitung*, die jetzt wieder erschien und die ich dem Jungen, der sie auf der Straße für zehn Pfennig verkaufte, verschämt abnahm, damit mich nur niemand mit dieser Zeitung, die nicht nur polnisch, sondern auch sozialistisch war, auf der Straße sah, auch möglichst fern von den Spartakusleuten, den Bolschewiken, den deutschen Liberalen und Demokraten von der Deutschen Demokratischen Partei; die Zeitungen waren voll Parteiwerbung, denn am neunzehnten Januar sollten Wahlen stattfinden, in den polnischen Zeitungen wurde zum Boykott aufgerufen, in den deutschen wetterten die Publizisten, wer nicht wählen gehe, gebe dem blutrünstigen Polen seine Stimme, der nur darauf lauere, sich unsere alte deutsche Heimat anzueignen; die Unabhängige Sozialdemokratische Partei Deutschlands versicherte im *Wanderer* den Arbeitern und Soldaten, die Revolution sei ihre Sache und ihr Werk, darunter veröffentlichte die DNVP eine Zeichnung, auf der ein in Lumpen gehülltes Skelett, soll sagen «Die Revolution», mit einer Handramme zur Verlegung von Straßenpflaster einen Handwerker mit Schürze totschlägt, Letzterer als «Mittelstand» bezeichnet, darunter eine lange Liste von sozialistischen Lügen, die der deutsche Patriot in dieser Anzeige entlarvte.

«Nur fernhalten von alledem», dachte ich damals, Finger weg von den Wahlen, an denen ich nicht teilzunehmen gedachte, keineswegs aus Solidarität mit der polnischen Sache, sondern weil ich mit dieser Welt allgemein nichts zu tun haben wollte.

Bei den Wahlen in Gleiwitz gewannen die Sozialdemokraten, im umliegenden Kreis die Katholische Volkspartei des Priesters Ulitzki, die die Losung «Schlesien den Schlesiern» vertrat, die mir ganz gut gefallen hätte, wenn ich mir nur ein Fünkchen politischen Instinkts bewahrt hätte; das war nicht der Fall. Alles, was ich wollte, war im Warmen sitzen, Schnaps schlürfen und Romane lesen. Wenn es dafür notwendig war, arbeiten zu gehen, in langen Spalten Packpapier in Riesen, Lauge und Talg in Litern zu addieren, gut, dann tat ich das eben. Herr Kullrich, wütend, dass die Sozialdemokraten gewonnen hatten, fragte mich am Montag nach der Wahl, ob ich gewählt hätte.

«Selbstverständlich», log ich, schließlich sei es um unsere Heimat gegangen und kein anständiger Veteran könnte anders als für die DNVP stimmen, was sich insofern für mich bezahlt machte, als ich sofort eine Lohnerhöhung von zehn Mark bekam.

Das Einzige, was mir zusetzte, war die Einsamkeit. Pfarrer Scholtis hätte mich womöglich gern öfter gesehen, doch er hatte als Pfarrer viel zu tun, und mit meinen Geschwistern, vielleicht mit Ausnahme von Ana, wollte ich nichts zu tun haben und unterhielt deshalb keinen Kontakt mit ihnen; im Bierpalast saß ich allein am Tisch und verbrachte die Nachmittage allein. Ich suchte nicht nach Gesellschaft, suchte nicht nach Kameraden, meine Kameraden waren in Flandern geblieben, in den Schützengräben. Und wenn jemand überlebt hat, wie ich, und heimgekehrt ist, so ist er nicht mehr der Gleiche wie der, den ich dort, in den Gräben, kannte. Die Liebe war dortgeblieben, im flandrischen Schlamm, daher suchte ich keine Gesellschaft, empfand aber eine Art Phantomschmerz, sehnte mich nach etwas, das ich nicht benennen konnte. Bisweilen dachte ich an deinen Bauch,

Agnes, an das Haarbüschel darunter, daran, was ich gesehen hatte, als ich vor dir kniete und du nackt über mir standest, daran, wie ich damals deinen Fuß geküsst habe, aber an dich denken – nein. Ich dachte an deinen nackten Körper. Versuchte ihn aus dem Gedächtnis zu zeichnen, doch die Hand wollte mir nicht gefügig sein, als wäre sie mehr an Pistolengriff und Handgranatenstiel gewöhnt, so wenigstens stellte ich mir das vor, ein bisschen nach dem Vorbild der ersten Kriegsromane, die ich in der Buchhandlung Neumann erwarb, Gleiwitzer Presse- und Druckerei-Potentaten, Besitzer des *Oberschlesischen Wanderers.*

Als ich am zwanzigsten Januar nun diese Zeitung zur Hand nahm, um mich mit den Wahlergebnissen vertraut zu machen, stellte ich erleichtert fest, dass die politischen Erklärungen, Anzeigen und Wahlaufrufe die Spalten nicht mehr vermüllten. Mir fiel die Anzeige jenes Oberleutnants ein, der, aus dem Felde heimgekehrt, eine Lebensgefährtin suchte. Auch ich konnte doch eine solche aufgeben, jetzt, da wieder Platz in der Zeitung war. Jetzt, da ich dich an dem Tisch in der Kaiserkrone sehe, erst jetzt begreife ich, dass ich damals an deinen nackten Körper dachte, ohne an dich selbst zu denken. Ich dachte oft an die glatte Haut der beiden Salmakis, an ihre Berührung, die Küsse, den Geruch, den Weg, den die Zwillinge mich führten und der mir zuvor gar nicht bewusst gewesen war; auch das war der Wunsch, der Phantomhunger nach dem Unbekannten.

Jemand wie der Rüpel oder mein ungehobelter, grober Bruder Francek hätten gewiss gesagt, was ich brauche, sei eine Frau, jeder Kerl muss eine Alte im Bett rannehmen, sonst dreht er durch, und bestimmt hatten sie recht, doch außer dem gewöhnlichen, nicht sublimierten Trieb war da mehr, etwas anderes, Erhabeneres.

Jedenfalls stellte ich mir meine Bedürfnisse und mich lieber auf diese Art vor.

Ich tippte also mit zwei Fingern auf der Büroschreibmaschine eine Anzeige: «Leutnant der Reserve, ausgezeichnet mit dem Eisernen Kreuz zweiter und dritter Klasse, studierter Philosoph» – das war leicht übertrieben – «in Stellung als Buchhalter, aus dem Felde zurückgekehrt, sucht nach einer ehrlichen und bescheidenen Lebensgefährtin; Mitgift wird nicht erwartet. Antworten mit Photo bitte an die Redaktion, das Photo wird zurückgegeben.» Das getippte Blatt zog ich aus der Maschine, faltete es doppelt und schämte mich.

Ich hatte dich vergessen, Agnes. Hatte es jedenfalls versucht.

Etwas in mir war verändert, seit der nicht vollendeten Exekution, seit meiner Befreiung von Smilo von Kattwitz, seit ich in mein Elternhaus zurückgekehrt war, so als würde ich immer weitere unvollendete Kapitel meines Lebens abschließen wollen, um dann ein neues zu öffnen, in dem natürlich für eine Beziehung wie zwischen uns beiden kein Platz war. Die Geschichte mit dir war die einzige, die ich noch nicht abgeschlossen hatte. Und nach ihrem Abschluss verlangte mich mehr als nach dir selbst. Der Wunsch nach einem Ende wurde dringender als die Sehnsucht.

Ich fürchtete, dir zufällig auf der Straße zu begegnen, bezahlte deshalb einem Botenjungen aus Kullrichs Fabrik zehn Mark, der Taugenichts begab sich wie ein abgebrühter Detektiv in dein Haus, befragte eines der geschwätzigen Dienstmädchen und fand ohne Mühe heraus, dass die Gottrops nach Stettin gezogen waren, wo Herr Gottrop das Angebot bekommen hatte, die Kanzlei seines kinderlos verstorbenen Onkels zu übernehmen. Die Wohnung hatten sie behalten, niemand war dort eingezogen, auch kämen sie nie hierher, alle Möbel seien mit weißen Laken bedeckt.

Mir schien damals, Agnes, dass die einzige wahre, weil unerfüllte Liebe meines Lebens nur dieses Ende finden konnte. Ich war seltsam erleichtert, nämlich zugleich so verzweifelt, als wärest du gestorben. Aber erleichtert, doch.

In dieser Verzweiflung schlief ich eine ganze Nacht nicht, trank und schluchzte bis zum Morgen. Dann stand ich vom durchgeschwitzten Bett auf, zog mich an und verließ die Wohnung. Die mit der Verzweiflung einhergehende Erleichterung erlaubte es mir, den Mantel anzuziehen und noch vor der Arbeit die Redaktion des *Wanderers* aufzusuchen, die sich in einem eleganten Eckhaus unweit meiner Wohnung befand, an dem Platz vor der ältesten Gleiwitzer Kirche, der Allerheiligenkirche. In der Redaktion Gewusel wie in einem Termitenbau, Menschen zerkauten Informationen und schieden den Brei der Zeitungsnachrichten aus. Ich fragte nach den Kleinanzeigen und gab dort die tags zuvor getippte Anzeige auf, ein unhöflicher Journalist oder vielleicht Angestellter fragte, ob ich in der Anzeige nicht erwähnen sollte, dass ich gern einen trinke, da ich hier um acht Uhr morgens mit einer Schnapsfahne wie ein Pole auftauche.

«Maul halten», sagte ich zu ihm, «du sprichst zu einem Kriegsveteran, du Lump», zahlte die zwanzig Mark und ging zur Arbeit.

Am nächsten Tag erschien die Anzeige in der Zeitung, mir war unbehaglich, als ich sie beim Mittagessen im Bierpalast studierte, so als müsste jedermann Bescheid wissen und bei meinem Anblick denken, da ist dieses Menschlein, diese bemitleidenswerte Person, die über eine Anzeige nach einer Frau sucht, wie peinlich, wie peinlich. Anschließend ging ich spazieren, trotz der Kälte trug es mich in die Gegend meines früheren Konvikts und des Gymnasiums, kein einziges Mal war ich dort gewesen, obwohl ich schon drei Wochen in Gleiwitz wohnte, das ja nicht Berlin ist, sondern eine Kleinstadt, vom Konvikt zu meiner Wohnung an der Kirchstraße Ecke Wilhelmplatz sind es vielleicht vierhundert Meter. An den Mauern hingen schmuddelige Wahlplakate, DNVP, Demokraten, normale Sozialisten und Unabhängige, aber auch von den Korfanty-Anhängern und polnischen Sozialisten, die zum Wahlboykott aufriefen; Reklame der Lichtspielhäuser, amerikanische Filme, mir war kalt trotz der Wintersachen, die Ohren froren mir unter der Hutkrempe ab, und einen Hut musste ich tragen, für einen Buchhaltergehilfen ziemte es sich nicht, eine Wollmütze über den Ohren zu tragen, und eine Pelzmütze konnte ich mir nicht leisten. Ich schaute den Gymnasiasten zu, versuchte zu erraten, wer von ihnen wie ich sei und wer wie der Rüpel, doch es passierte nichts, was mir so einen Schluss ermöglicht hätte.

Ich lebte und fühlte mich so, als lebte ich nicht.

Jeden Tag versuchte ich dich zu vergessen, Agnes.

Nach einer Woche ging ich in die Redaktion des *Wanderers*, um zu erfahren, ob jemand auf meine Anzeige geantwortet hätte. Ich achtete darauf, nicht nach Schnaps zu riechen, war auch vorbereitet auf die demütigende Auskunft, dass niemand geantwortet hätte, aus welchem Grunde hätte sich auch eine Dame für einen Reserveleutnant in der Stellung eines Buchhaltergehilfen interessieren sollen. Doch lagen dann fünf Antworten für mich da, drei mit beigefügtem Photo.

«Die da antwortet auf alles, eine verzweifelte alte Jungfer», sagte derselbe Mensch wie vor einer Woche und musterte mich von oben bis unten, strafte und verurteilte mich mit diesem Blick und zog die Nase hoch, als wollte er feststellen, ob ich nicht wieder nach Wodka rieche. Ob er etwas gerochen hat, weiß ich nicht, nüchtern war ich jedenfalls nicht.

Ich nahm die Briefe und Photographien mit in die Wohnung und sah sie durch. Geschrieben hatten mir fünf Frauen im Alter von achtzehn bis siebenunddreißig, eine sehr Vermögende, eine Witwe, zwei Photos zeigten gutaussehende Frauen in eher züchtigen Kleidern der Vorkriegsmode, und eine zwinkerte in die Kamera. Zum ersten Mal im Leben sah ich eine Photographie, auf der eine Frau nicht ernsthaft guckt, sondern lächelt und eine Miene zieht.

Sie war die Tochter eines Eisenbahners, der Vater in Flandern gefallen, also nicht vermögend, wie ich mir denken konnte, doch suchte ich kein Geld, ich suchte Gesellschaft. Der Brief war kurz, in sehr korrektem, aber etwas unbeholfenem Deutsch geschrieben. Die Absenderin ermunterte zu einer Antwort und bat, bei fehlendem Interesse das Photo zurückzuschicken.

Lange lag ich in der Nacht bei Licht im Bett, die Photographie in der einen Hand, mit der anderen mich selbst berührend, zum ersten Mal seit langer Zeit ohne Schuldgefühl, wofür hätte ich mich schuldig fühlen sollen, wenn doch weder Gott noch du, Agnes, da waren?

Ihr schrieb ich als Erster am nächsten Tag zurück, erstand in der Buchhandlung Neumann hochwertiges Papier und einen günstigen Füllfederhalter, antwortete elegant, dass ich für die Antwort danke und wenn das geschätzte Fräulein sich mit mir treffen wolle, so werde ich am Sonnabend um neunzehn Uhr in der Konditorei Wrak am Marktplatz warten; dort lade ich das Fräulein gern zu Kaffee und Kuchen ein. Ich würde einen dunklen Anzug tragen und Hermann Hesses Roman *Knulp* in Händen halten; dies erwähnte ich, um mich interessant zu machen und dezent daran zu erinnern, dass ich die Fakultät Philosophie an der Universität Breslau zwar nicht so, wie in meiner Anzeige erwähnt, aber eben doch abgeschlossen hatte.

Vor dem Krieg war es unpassend, ein unbekanntes Mädchen zu ehestiftenden Zwecken in ein Café einzuladen, aber es war ja nach dem Krieg, und niemand scherte sich um so was.

Bei Wrak am Markt erschien ich eine Stunde früher, mit dem Buch, kam aber nicht zum Lesen, denn das Herz schlug mir wie kurz vor dem Sturmangriff. Wovor ich Angst hatte, weiß ich nicht, am liebsten hätte ich mir einige große Wodkas reingepfiffen, fürchtete aber, sie könnte von der Alkoholfahne abgestoßen sein, also ließ ich es bleiben, bestellte nur einen Kaffee und wartete, und die Stunde wurde mir so lang wie die Stunden vor dem Sturm, und dann kam Fräulein Emma Szczygiel, hübscher und moderner gekleidet als auf der Photographie, lächelte übers ganze Gesicht, setzte sich neben mich an den Tisch und blieb an meiner Seite.

Das Café verließen wir erst, als es zumachte; wir aßen je ein bescheidenes Stück Kuchen und tranken Getreidekaffee, denn echten gab es nicht, dann je ein Gläschen Wodka und spazierten anschließend durch die Stadt, ohne den Frost zu spüren, später begleitete ich sie zur Tür des Mietshauses, in dem sie mit ihrer Mutter und zwei Schwestern wohnte, auch wenn es weit war, sie wohnte in der Paulstraße, im Industrieviertel, nicht weit von der Hütte und den Eisenbahnreparaturwerkstätten, in einer eindeutigen Arbeitergegend.

Wir unterhielten uns anfangs auf Deutsch, aber als ich zugab, dass Deutsch meine zweite Sprache ist und dass ich Polnisch und auch Schlesisch spreche, ging sie erleichtert zu Letzterem über, bemühte sich noch manchmal zu so etwas wie korrektem Polnisch, um nach dem Wodka auch das aufzugeben.

Vor dem Haustor gab sie mir ein Küsschen, und wir verabredeten uns zu einem erneuten Treffen, ich lud sie zu mir ein, am nächsten Samstag in meiner Wohnung.

Am Montag brachte ich die übrigen Photos zur Redaktion des «Wanderers» zurück, anschließend dachte ich fünf Tage lang an sie und schrieb ihr täglich lange Briefe, in denen ich von meinem Leben erzählte, allerdings nicht viel vom Krieg und der Revolution erwähnte.

Emma Szczygiel antwortete mir in sehr viel kürzeren Briefen, auf Deutsch, in denen sie davon schrieb, wie sehr sie sich freue, mich kennengelernt zu haben, und dass sie ihre Schwestern nicht besonders möge, und auch von ihrem Vater, der ganz lieb gewesen war und fast gar nicht trank, und dass sie jeden Tag Sehnsucht nach ihm habe. Am Sonnabend zahlte ich meiner Zimmerwirtin zehn Mark extra, damit sie meine Wohnung gründlich sauber schrubbe, denn ich erwarte Damenbesuch.

Emma war natürlich keine Dame, sondern ein einfaches, gutes Mädchen. Als Frau Czogalla in ihrem viereckigen Deutsch losschrie, dieses Haus sei kein Bordell und sie wünsche keine Schlampenbesuche, gab ich weitere fünf Mark, hieß sie die Klappe halten und tun, was ich sage – plötzlich zeigte sich, dass die Wirtin diese Sprache sehr gut verstand, und meine Wohnung war bald auf Hochglanz gebracht.

Emma kam an diesem Abend und blieb über Nacht – weil zuvor der Krieg gewesen war, in dem ihr Vater gefallen war, und dieser Krieg die alte Welt gefressen hatte, mitsamt den im Schlamm aufgelösten Jungs, mit meinem lieben Kiesel, der Krieg hatte jene Welt gefressen, in der eine Emma aus hunderterlei Gründen, vor allem, was werden die Leute sagen, nicht bei mir hätte übernachten können. So aber blieb sie.

Selbst vor dem Krieg hatten besagte Gründe vor allem für die bessere Gesellschaft gegolten, aber wer waren wir, eine verwaiste Eisenbahnertochter und ich, ein Niemand von nirgendwo in einer gnädig zugestandenen Stellung ohne gesellschaftliche Kontakte. Die Empörung der Zimmerwirtin kostete fünf Mark, das konnte ich mir leisten, Emmas Körper war dafür zierlich, warm und glatt, sie hatte kleine Brüste, an denen ich mich ausweinte, während sie mir übers Haar streichelte und sagte: «Ja, Lojzik, ja, weine nicht mehr, denn ich liebe dich mehr als die ganze Welt, hier sind wir beieinander, mehr brauchen wir nicht.»

Ich war glücklich, zumindest glaubte ich das, Agnes. Vielleicht ist das ja auch kein Unterschied; wenn ich es glaubte, war ich wirklich glücklich, als ich mit ihr unter der Federdecke lag und sie mir ihr Leben im Gleiwitzer Hüttenviertel erzählte, ähnlich dem meinen in der Zeit, bevor ich aufs Gymnasium kam, wenn ich über ihr Haar strich und sie sagte, auf der ganzen Welt gebe es nur uns beide.

Gegen Ende Januar fragte Herr Kullrich mich nach Einzelheiten meines Wehrdienstes aus. Ich glaubte, er wolle wieder von Heldentaten hören, schmückte deshalb meine Erzählungen gern nach Kullrichs Vorlieben aus. In meinen Geschichten wurden die flandrischen Schützengräben zu Schauplätzen gewagter Ausfälle und Sturmangriffe, Jagden und Manöver, ich konnte mir ja denken, dass Kullrich überhaupt nichts von Menschenmassen hören wollte, die sich in Schlamm verwandeln, oder von der anrollenden Feuerwalze der Artillerie, bei der es keine Helden und keine Feiglinge, keine Offiziere und Gemeinen gibt, überhaupt keine Menschen, nur von Splittern zerriebene Masse. Davon also sprach ich nicht, denn es war egal, lieber flunkerte ich Kullrich etwas vor, als langweilige Zahlenkolonnen in den Firmenbüchern zu addieren, vielleicht rechnete ich auch mit einer erneuten Gehaltserhöhung, schließlich hatte ich jetzt konkrete Pläne in Bezug auf Emma.

Herr Kullrich bot mir tatsächlich eine Erhöhung an, und zwar eine große, ich sollte nun schon hundert Mark wöchentlich verdienen, eine interessante Perspektive, zumal bei der zunehmenden Teuerung und den Versorgungsmängeln, ich nahm also dankend an, doch auf dieses Versprechen folgte eine patriotisch motivierte Bitte.

Im Januar, noch vor den Wahlen, waren deutsche Industrielle in ihrer Sorge vor den Korfanty-Anhängern, den Polen aus Kongresspolen und den Spartakusleuten auf die Idee gekommen, ihr Stückchen alte Welt zu retten, und hatten zu diesem Zweck das Oberschlesische Freiwilligen-Korps OFK gegründet, das sich vor allem aus Freiwilligen des örtlichen Mittelstands rekrutierte, die nicht unbedingt in der regulären Armee dienen wollten, die zu Recht im Ruf revolutionärer, wenn nicht gar bolschewistischer Umtriebe stand. Alois Pokora rechnete sich, wie man annehmen muss, diesem Mittelstand zu, vielleicht den unteren, niedersten Schichten, aber immerhin.

Dieses ganze Freiwilligen-Korps interessierte mich natürlich nicht im Geringsten, ich wollte mein Geld auf anständige Weise verdienen, abends Romane lesen und nachts mit der warmen, süßen Emma unter einer Decke liegen. Leider besaß Herr Kullrich ein ausgeprägtes Gespür für patriotische Pflicht, und da er selbst zu alt für das OFK war, bot er an, mich für die Zeit meines Dienstes von allen Arbeitspflichten zu befreien, wenn ich bereit wäre, die Grenzen des Vaterlandes quasi an seiner statt in diesem Korps zu verteidigen, mein Gehalt würde in voller Höhe weitergezahlt. Ich hatte dem Vaterland meine Schuld und Pflicht schon getan, das war auch ihm klar, doch mit meiner Zusage würde ich zugleich unter Beweis stellen, dass ich der gute Deutsche und Patriot bin, für den er mich halte, trotz meiner, sagen wir, bescheidenen und doch irgendwie polnischen Herkunft. Und die dort bräuchten bestimmt erfahrene und zugleich ergebene und patriotische Offiziere wie mich. Herr Kullrich würde bereitwillig auch meine Ausrüstung und die einem Offizier angemessene Uniform finanzieren.

Ich konnte weder eine irgendwie geartete polnische Herkunft noch patriotische Gefühle in mir entdecken, doch verstand ich sogleich, dass sich hinter dem schmeichelhaften Vorschlag eine stillschweigende Erpressung verbarg, und da ich keine neue Arbeit suchen wollte, blieb mir nichts übrig, ich musste der Erpressung nachgeben.

Emma weinte sehr, aber als intelligentes Mädchen begriff sie, dass ich keinen Ausweg hatte. Zwar sagte sie, ich würde ganz sicher eine andere Arbeit finden, aber ich hatte genug von meiner einsamen Suche auf kalten Straßen und war keineswegs sicher, dass ich eine andere Stelle finden würde. Ich meldete mich freiwillig, Kullrich bezahlte die maßgeschneiderte Uniform, den Mantel, hohe Stiefel und eine Parabellum, ja er besorgte mir sogar ein Kavallerie-Reitpferd, damit ich mich würdig präsentieren konnte. Wieder trug ich eine Waffe, wieder eine Pistole im Holster am Gürtel, und war keineswegs froh darüber. Zugeteilt wurde ich dem in Toszek stationierten 3. Bataillon, die schlesische Industrie sicherte uns Waffen und Munition, mich machte man, da ich bei den Pionieren gedient hatte, zum Führer eines Unterstützungszuges mit Mörser. Sofort nach der Vereidigung vor dem Rathaus mit zwei Türmen auf dem Marktplatz von Toszek wurden wir an die polnische Grenze in Kattowitz verlegt und in den Räumen einer Volksschule untergebracht.

Die Lebensverhältnisse waren anständig, alle logierten wir unter einem Dach, zusätzlich gab es zehn Mark täglich für jeden Soldaten, mein Sold war doppelt so hoch, auf einmal verdiente ich also ganz hervorragend, hundertvierzig Mark im Korps und hundert Mark wöchentlich als beurlaubter Mitarbeiter von Herrn Kullrich. Brieflich bat ich Emma, eine größere Wohnung zu suchen, die sie nach einiger Zeit auch fand, drei Zimmer in der Oberwallstraße 30, einmal in der Woche traf ich mich in Gleiwitz dort mit ihr, zog jedoch vorher zivile Sachen an, denn unbegleitet in Uniform durch die Straßen zu laufen, war keine gute Idee.

Die Wohnung vermietete ein fülliger Herr namens Golombeck, offenbar aus ärmlichen Verhältnissen stammend, aber mit hohen Ansprüchen. Er achtete peinlich genau auf bürgerliche Formen und war sehr auf sein Deutschtum bedacht, wenn auch eher in der liberal-demokratischen Version, nicht im Stil der DNVP, gleichwohl war er sowohl auf meinen Front- als auch den Freiwilligendienst sehr stolz. Bei unserer ersten Begegnung erzählte er mir, dass sein Name, Golombeck, keineswegs vom polnischen Gołąb, das heißt Taube, stamme, denn sein Urgroßvater sei aus Italien nach Schlesien gekommen und habe ursprünglich Colombus geheißen, wie der Entdecker Amerikas. Emma sagte mir später, sie kenne die Cousins von Golombeck sehr gut, sie hießen einfach Golombek, ohne «c», sprächen schlecht Deutsch, malochten in der Grube, sie hätte nie von einem italienischen Urgroßvater gehört, und die ganze Siedlung lache über dieses «c», wenn auch hauptsächlich vor Neid, denn Herr Golombeck hatte Bäcker gelernt, und sein Geschäft lief so gut, dass er sich das Mietshaus kaufte. Sie nannten ihn den «Herrn mit ce-ka», und genauso – Herr Mitceka – nannten auch wir beide bald unseren Vermieter.

Die Disziplin in der Abteilung war miserabel, vom ganzen Zug hatte ich als Einziger wirkliche Fronterfahrung, manche waren überhaupt nie in der Armee gewesen, Kindsköpfe, andere schon, aber in der Etappe oder bei den Besatzungstruppen im Osten, ausnahmslos alle verzärtelt, Jungchen aus gutem Hause, meiner Verachtung konnten sie sicher sein. Ich entdeckte auch bald, dass in Kattowitz eine große Nachfrage nach Waffen bestand, die die Korfanty-Anhänger in Großhandelsmengen für gutes Geld kauften und die Einheiten der regulären Armee bereitwillig verkauften; daher begann ich bei diesen Transaktionen zu vermitteln und verdiente damit zusätzlich gutes Geld, musste mich nur vor dem Kompanieführer, Hauptmann Perl, einem erfahrenen Frontoffizier aus vermögender jüdischer Kaufmannsfamilie, hüten, der als getaufter Jude sein Deutschtum um jeden Preis unter Beweis stellen wollte, ähnlich wie Golombeck, nur aus anderen Gründen, und der mit seinem Patriotismus alle übertraf. Hätte er von meinen Geschäften mit den Polen erfahren, er hätte mich vielleicht vors Kriegsgericht gestellt. Zum Glück war er außergewöhnlich dumm und nicht sehr wachsam, deshalb konnte ich meine Geschäfte unbemerkt abwickeln.

Zu den Treffen mit den Korfanty-Leuten ging ich in Zivilklamotten, ich redete Schlesisch mit ihnen, wenn sie aus

Schlesien kamen, häufiger aber begegnete ich polnischen Aktivisten aus Großpolen und Galizien, mit denen sprach ich Polnisch; sie lobte mein reines Polnisch, fragten mich nach meiner Familie aus, und dann hieß es, schau mal einer an, ein einfacher Bursche aus einer Bergmannsfamilie und spricht so schön Polnisch, hat die Schule besucht, radebrecht nicht in diesem scheußlichen Dialekt. Mir war alles recht, solange sie zahlten, sollten sie in mir meinetwegen sehen, wen sie wollten; wenn sie zahlten, war ich auch Pole für sie. So vermittelte ich den Verkauf von über einhundert Mausergewehren, vierzig Pistolen und Revolvern unterschiedlichen Typs, zehn 08/15, mein größter Erfolg jedoch, durch den ich fast siebenhundert Mark verdiente, war die Abwicklung eines sowohl für die Käufer als auch für mich erfreulichen Verkaufs einer Feldkanone vom alten Modell 96, ohne Rohrrücklauf. Die Korfanty-Leute freuten sich kindisch, ich dagegen eröffnete in Gleiwitz ein Bankkonto, auf das ich das verdiente Geld einzahlte, sehr froh bei dem Gedanken an das langsam, aber stetig wachsende Guthaben, mein kleines Kapital, mit dem ich irgendwann etwas Gewitztes anstellen, es vervielfachen, investieren würde. Emma versuchte mir klarzumachen, dass alles teurer wird, langsam, aber sicher, und es deshalb keinen Sinn habe, Geld auf der Bank liegen zu lassen, lieber irgendwo einen Hof kaufen oder ein Haus, etwas Greifbares. Ich dagegen wollte kein Bauer werden wie mein Großvater, und das Geld verschaffte mir große Genugtuung.

Ich gab nicht viel davon aus, gemeinsam mit anderen Offizieren des OFK besuchten wir ab und zu das Hotel Lomnitz in Beuthen, wo ich nur zum Trinken hinging, käufliche Frauen brauchte und mochte ich nicht, ich hatte ja Emma, so als hätte ich ein bisschen von der Treue, die ich jahrelang dir gehalten habe, auf sie übertragen, denn wenn Emma auch sonst nicht mit dir mithalten konnte, Agnes, in der körperlichen Liebe vergalt sie es mir freigebig.

Im März brach in ganz Schlesien ein Generalstreik aus, wir wussten nicht einmal, ob von den Korfanty-Leuten ausgelöst oder doch eher von den Spartakusanhängern, jedenfalls wurde die Lage plötzlich brenzlig, scharfe Munition wurde verteilt, und wir wurden gegen die protestierenden Bergleute auf die Straße geschickt. Als ich sah, auf wen ich da schießen sollte, wusste ich sofort, ich würde weder den Abzug drücken noch den Schießbefehl erteilen, denn die Menschen, gegen die wir kämpfen sollten, waren wie meine Brüder, sie ähnelten jenen Leuten, mit denen ich Arm in Arm gegen die Freikorpsler in Berlin gekämpft hatte, was mir heute fern und unwirklich vorkam, dabei war es tatsächlich passiert, irgendwann; außerdem ging ich davon aus, dass viele von ihnen zu Hause Gewehre und Nullachter aufbewahrten, die ich ihnen verkauft hatte.

Dass ich meine Träume von damals für den Traum vom bürgerlichen Wohlstand aufgegeben hatte, bedeutete nicht, dass ich nun auf meine alten Träume schießen wollte. Im April quittierte ich den Dienst mit der Notlüge, meine Verlobte Emma sei schwanger und ich müsste heiraten. Ich mimte dabei Verzweiflung darüber, dass ich den Dienst für das Familienleben quittieren musste.

Hauptmann Perl hielt mir einen langen Vortrag über die verderblichen Konsequenzen unmoralischen Verhaltens und darüber, dass ein Offizier Vorbild für seine Soldaten sein müsse und so weiter, dann entließ er mich aus dem Dienst, Herr Kullrich empfing mich mit offenen Armen, da ich nun – seiner Meinung nach – meinen Teil abgedient hatte und er allen erzählen konnte, wie er einen tapferen

Offizier zur Grenzverteidigung ausgerüstet und losgeschickt hatte.

Ich kehrte ins ruhige Leben zurück. Ließ mir einen Schnurrbart stehen, nicht diesen großen Kaiserschnauzer, sondern modern, elegant, über der Oberlippe kurz geschnitten. Ende April stellte sich heraus, dass meine Notlüge wahr geworden war, Emma war tatsächlich schwanger, im Mai heirateten wir daher in bescheidenem Rahmen in der alten Allerheiligenkirche, bevor ihr Bäuchlein sich unter dem Kleid abzuzeichnen begann. Ich lud alle meine Geschwister ein, es kam aber nur Ana mit den kleinen Pyjter und Paulek, die zu diesem Anlass bezaubernd herausgeputzt waren. Auch Pfarrer Scholtis kam, weigerte sich jedoch, uns zu trauen, das tat der Vikar der Pfarrei, es kamen auch Herr Kullrich, Emmas Mutter und ihre Schwestern, Emma trug ein schlichtes dunkles Kleid, ich war in Zivil, Herr Kullrich war gekränkt, er hätte mich gern in der Uniform gesehen, für die er sich so in Unkosten gestürzt hatte, ich aber fühlte eine wachsende Abneigung gegen Uniformen. Bei Volkmann ließen wir ein Hochzeitsphoto aufnehmen, standen sehr ernsthaft da, ich im dunklen Gehrock und Hemd mit steifem Kragen und teurer, weil seidener Krawatte und bescheidener, weil dunkler, dareingesteckter Nadel; Emma im erwähnten dunklen Atlaskleid nach städtischer Façon mit eleganter Kopfbedeckung, die ich nicht benennen kann, den Blick geradeaus gerichtet, auf etwas, das weit entfernt sein musste, weit vor dem Fenster des Objektivs, Emmas linke Hand auf meinem rechten Unterarm, auf dem Bildhintergrund romantische italienische Ruinen.

Das war mein Leben, Agnes, lange Rubriken in den Büchern, das Rechenbrett, das ich schließlich fließend beherrschen lernte, eine nette Wohnung, eine gute, junge Frau, deren Sinnlichkeit wie durch ein Wunder weder die Pfaffen noch die Volksschullehrer noch die Gesellschaft hatten verderben können, deshalb war unser körperlicher Verkehr, glaube ich, sehr befriedigend für uns beide, und zum ersten Mal im Leben begann ich zu verstehen, wie wichtig die Leidenschaft ist, wie sie die Menschen einander näherbringt, sie verbindet, vereint. Genau das muss Liebe heißen, also ja, ich liebte und wurde geliebt, Agnes, in meinem Leben eines grauen, graublauen Menschen mit Schlips, in bescheidener Stellung, mit einem bescheidenen, guten Leben, von dem ich nicht mehr verlangte.

Mich verlangte nicht nach Reichtümern, denn ich kannte so wie Emma die Not. Ich träumte nicht davon, ein Auto oder eine Villa zu besitzen oder nach Italien oder London zu reisen, wie Smilo in seiner Jugend, meine Emma brauchte so etwas auch nicht.

Von der Politik hielten wir beide uns fern, möglichst weit. Ich begann sogar die Zeitungen zu meiden, sowohl die polnischen wie die deutschen, denn sie schrieben alle das Gleiche und unterschieden sich nur darin, dass erstere die Deutschen beschuldigten, letztere die Polen. Dafür lasen wir sehr viel, hauptsächlich Reiseromane für Jugendliche, denn daran fand Emma, die nie aus Schlesien herausgekommen war, das größte Vergnügen. So sahen dann unsere Abende gewöhnlich aus, nach dem Abendbrot saßen wir im Salon, das heißt, ich saß mit einem Buch in der Hand, Emma hatte ihren Kopf auf meine Knie gelegt, ich las vor, und wenn sie einschlief, trug ich sie auf den Armen ins Schlafzimmer.

Zu Hause redeten wir Schlesisch, auf der Straße oder im Restaurant Deutsch, mit dem Kind wollten wir auch gleich Deutsch sprechen, um ihm die Erniedrigungen zu ersparen, die wir für unseren ungelenken slawischen Akzent im Deutschen von der Welt erfuhren, den ich vollständig abgelegt hatte, Emma nicht ganz, und sie bat mich oft, sie zu verbessern, wenn sie etwas falsch aussprach.

Ein gesellschaftliches Leben führten wir so gut wie gar nicht. Der alte Pokora ließ uns durch Ana wissen, wenn er mich noch einmal irgendwo sehe, dann werde er mich mit der Nullachter erschießen, die ich bei ihm gelassen hatte. Häufig besuchte uns Ana mit Paulek und Pyjter. Drei Monate vor Emmas Niederkunft schlug ich Ana vor, meine Halbbrüder zu nehmen und zu uns zu ziehen, Emma könnte Gesellschaft und Hilfe beim Kind gut brauchen, und beide mochten sich von Anfang an.

Für Ana kam dieser Vorschlag überraschend, aber sie nahm an. Auch ich war überrascht. Ich hätte nicht gedacht, dass ich nach alledem noch etwas wie Nähe zu meinen Geschwistern empfinden würde, das zeigte sich ganz unerwartet.

Drei zusätzlich zu stopfende Mäuler belasteten meine Finanzen erheblich, aber wir machten aus, wenn unser Kind geboren und etwas größer wäre, die Kleinen zur Schule gingen, dann würde Ana eine Arbeit finden und unseren Haushalt aufbessern. Der alte Pokora widersetzte sich keinen Augenblick, er war sogar erfreut.

Wilik war nicht aus dem Krieg zurückgekehrt und hatte kein Lebenszeichen gegeben, niemand wusste, was mit ihm war, seine Frau Klara war, wie ich von Ana erfuhr, am wütendsten über das Fehlen einer amtlichen Bestätigung, weil sie ohne Todeserklärung nicht noch einmal heiraten konnte. Interessenten hatte sie einige, denn so hässlich Klara auch war, sie konnte als Mitgift ein gutes, gemauertes Haus in Pilchowice und zehn Morgen nicht allzu schlechten Bodens einbringen, viele erschienen zur Brautwerbung bei ihr, doch sie konnte nichts tun, solange Wiliks Schicksal nicht geklärt war.

Hōnsik hingegen, an dem ich früher nicht besonders hing, kehrte aus dem Krieg zurück. Jetzt stellte sich heraus, dass er den Kontakt zu mir suchte. Ein paar Mal gingen wir auf ein Bier, ich hatte keine große Lust, mit der Kleinbahn nach Pilchowitz zu fahren, tat es aber auf sein Bitten doch, wusste ja auch, dass keiner meiner übrigen Brüder und auch nicht der alte Pokora in Pilchowitz in die Schankwirtschaft gingen, so saßen wir bei Nowak und unterhielten uns leise über den Krieg, darüber, was niemand je verstehen wird, der nicht dort gewesen ist. Ich erzählte ihm von meinen damaligen Kameraden, von Kiesel, Gusinda, von Sturmangriffen und den Possen, die wir in der Etappe trieben, Hōnsik revanchierte sich mit ähnlichen Geschichtchen, berichtete auch viel über seine Familie, mehr als ich bei meinem einzigen Nachkriegsbesuch im Elternhaus, der solch schicksalhafte Folgen zeitigte, erfahren hatte.

Den jüngeren Brüdern Tōnik und Gustel habe jemand ganz fürchterlich den Kopf verdreht, sagte er, jung und dumm, wie sie waren, und sie bedauerten, für den Krieg zu jung gewesen zu sein, weil sie ihn für ein phantastisches Abenteuer hielten. Zudem hatte ihnen jemand weisgemacht, in Polen werde es keine Kapitalisten geben, in Polen werde jeder Bergmann Aktien seiner Grube besitzen, das heiße dann Genossenschaft, und jeder Hauer werde so viel verdienen wie der Steiger bei den Deutschen und der Schlepper mehr als der Hauer heute, Tatulek sei nicht in der Lage, sie im Zaum zu halten, besonders jetzt, da sie von Mamulka und dem Pfarrer erfahren hatten, fingen sie fürchterlich an zu trinken, trieben sich herum, und irgendwelche Korfanty-Leute mussten sie in die Politik hineingezogen haben, Militärübungen und all das. Francek und Erich seien sehr für die Deutschen, denn Erich sei im Krieg mehrere Wochen in Warschau gewesen und behaupte, so einen Saustall habe er noch nie gesehen und die ganze polnische Wirtschaft sei keinen Pfifferling wert, deshalb verbäten sie sich dieses politische Gefasel über Polen, doch Tōnik und Gustlik, die Rotznasen, könnten sie nicht unter Kontrolle halten, weil sie mit ihren eigenen Kindern beschäftigt seien.

Ich konnte da nicht helfen, wollte es nicht einmal versuchen, Hōnsik erwartete das auch gar nicht von mir. Wenn wir auf ein paar Bier zu Nowak gingen, kam es mir so vor, als träfen wir uns nicht wie Brüder, höchstens wie Cousins, die zwar irgendwelche fernen Kindheitserinnerungen teilten und somit ein Thema für freundliche Gespräche hätten, aber daraus erwuchs nicht die Nähe, die Brüder meiner Ansicht nach besitzen sollten. Ich bedauerte das gar nicht, Geschwister hatte ich eigentlich nicht mehr gehabt, seit ich 1901 zu Scholtis ins Pfarrhaus gezogen war.

Hōnsik war auch der Einzige, mit dem ich über Politik redete; zum Streit kam es dabei nie. Er war politisch sehr gebildet, wusste viel, verstand viel, was mich überraschte, schließlich war ich es, der Philosophie studiert und Hegel und Marx gelesen hatte, nur hatte ich eben auch schon viel vergessen, Hōnsik konnte statt der Belesenheit mit Leben und einer Intelligenz aufwarten, die mir schärfer zu sein schien als meine eigene.

Vielleicht hätte er aufs Gymnasium und die Universität gehen sollen, nicht ich.

Alles, was ich brauchte, war dieses graue, kleine Leben, das Emma und ich führten. Einmal im Monat gingen wir in die Lichtspiele, sahen uns amerikanische Filme an, bisweilen tranken wir ungarischen Wein von Troplowitz, Emma mochte den süßen lieber, also kaufte ich süßen, und plötzlich schien das ganze Leid, das Gymnasium, Universität, der Krieg, alles schien einen Sinn gehabt zu haben, schließlich war mir dafür jetzt dieses kleinbürgerliche Leben vergönnt, in dem ich keine Härte und Grausamkeit gegen mich und die Welt beweisen musste, nicht wie der alte Anton Pokora sein musste, wie sein Vater Johann, wie der hundert Jahre alt gewordene Wentzel Pokora, dabei war keiner von ihnen ein böser Mensch gewesen, sie waren lediglich das Produkt ihrer Epoche, die Welt hatte sie zur Grausamkeit, zur Härte, zur Rücksichtslosigkeit geschliffen und hatte das durch ihre eigene Grausamkeit getan, schmerzhaft und erfolgreich – ich dagegen konnte glücklich sein, in meinem eigenen kleinen bürgerlichen Glück, einem Glück inmitten der gesellschaftlichen Krise, der Teuerung, der allgemeinen Anomie, glücklich wider die Welt und wider die Geschichte.

Zum ersten Mal kam mir damals der Gedanke, dass vielleicht darin der Sieg im Kampf um die Würde liege, den ich mein ganzes Leben geführt hatte, seit ich aufs Gymnasium gegangen war. Nicht in der Größe, nicht in Träumen von großen Tagen, nicht in diesem schrecklichen Krieg, der mich nachts häufig schreiend aufwachen lässt, Emma drückt dann meinen Kopf an ihre Brüste, ich weine, und sie fragt, wer war dieser Kiesel oder Gusinda, ich sage es ihr nicht, nichts sage ich ihr, sie fragt auch nicht weiter, umarmt mich nur und lässt mich weinen, also nicht in großen Taten, nicht in Träumen von Reichtum, nicht flammenden politischen Reden, nicht den Berliner Barrikaden des Spartakus, nicht in den Reihen der Korfanty-Anhänger oder den deutschen Fanatikern der DNVP, sondern hier, auf unserer Ottomane, im Wohnzimmer, bei Romanlektüre am warmen Ofen, oder in unserem Ehebett, bei Emmas Körper habe ich meine Würde gefunden, eine kleine, bescheidene, in der ich abgetragene Kleider eher flicke, statt sie wegzuwerfen, eine durchgescheuerte Hose zum Schneider gebe, also nicht die Würde des großen Herren, nicht die Würde eines Herrn Kullrich, eher eine, von der ich meinem Kind nicht viel werde hinterlassen können. Aber doch Würde. Ruhe und Glück. Saubere Kleidung und saubere Fingernägel, keine Augenringe vom Kohlenstaub. Ein Hut statt der Arbeitermütze.

An den Abenden setzte ich mich bisweilen an den kleinen Sekretär in unserem Schlafzimmer und schrieb an dich, Agnes, Briefe, die ich nie abzuschicken gedachte und nie abgeschickt habe, ich notierte Taten und Worte, die aus der Vergangenheit, aus dem Krieg, und die späteren, aus Berlin, und noch frühere, aus Breslau, ich schrieb viel über die sonderbare Verbindung, die zwischen uns besteht, sogar jetzt, da wir uns nicht mehr kennen. Ich schickte diese Briefe nicht ab, vernichtete sie aber auch nicht, ich verschloss sie in der Schublade des Sekretärs mitsamt meinem ganzen, früheren Leben. Das war alles, was mir von diesem Leben geblieben war, mehr verlangte ich auch nicht.

Im jetzigen Leben keine großen Taten. Die großen Taten bleiben in der Schublade verschlossen. Keine Politik. Keine abrupten Bewegungen. Kein Ruhm. Grauer Anzug, grauer Hut, leise Stimme, redliche Arbeit, keine Exzesse, abgesehen davon, dass ich gelegentlich irgendwohin ausgehe, zum Lomnitz in Bytom fahre, mich mit einem Bier in die Ecke setze und die lebenstollen Menschen beobachte, Offiziere und Nutten, ich hatte sogar das Fläschchen mit Kokain von Smilo noch, rührte es aber nicht an, versteckte es mit der Pistole in der Schublade, ich brauche weder Pistole noch Kokain, sitze also da mit einem großen Krug Scobel, spreche niemanden an, den aufdringlichen Prostituierten sage ich, ich hätte kein Geld, obwohl die käufliche Liebe nach dem Krieg günstiger geworden ist; die Nutten haben kein Interesse an armen Schluckern, die dürfen weiter mit ihrem Bier in der Ecke sitzen und zusehen, wie die Nutten tanzen, die Offiziere saufen, die Weiber betatschen, zuhören, wie sie die Tastatur des verstimmten Flügels malträtieren, wie sie singen, an die Decke schießen. Niemand interessiert sich für den kleinen, bescheidenen, grauen Pokora, nein, ich will weder wie sie sein noch zu ihnen gehören, will keine Uniformen, will die Phantasieabzeichen der Freikorpsler nicht, diese Löwen- und Hirschköpfe, Totenköpfe, Blitze, Kreuze, Hakenkreuze, Königskronen und Anker, das reizt mich überhaupt nicht, mich reizt die Nacht mit meiner Emma, ihre kleinen Brüste und der wachsende Bauch, die Zärtlichkeit ihres Atems. Nicht die Härte des alten Pokora.

Ich war glücklich, schien mir, Agnes, aber als ich dich an dem Tischchen in der Kaiserkrone sah, war meine ganze Überzeugung von der kleinen Würde, vom stillen Leben, von Anonymität und Rückzug in den Schatten erschüttert, denn wenn du hier saßest, welches Recht hatte ich dann auf so ein Leben, ein Dasein im Unsichtbaren?

Im Sommer brachen Streiks aus, dann kam es in Mysłowitz zu Massakern, Soldaten töteten Bergarbeiter, die Streiks wurden heftiger, Hörsing verhängte den Belagerungszustand, unsere kleine Seifenfabrik streikte nicht, denn Kullrich entlohnte, auch wenn er ein großdeutscher Hohlkopf war, das Dutzend Arbeiter, das er beschäftigte, sehr anständig und behandelte es geradezu väterlich, was natürlich auch etwas von grausamer Erniedrigung hatte, aber in Verbindung mit dem guten Lohn ließ sich diese Erniedrigung ertragen, Würde ist Luxus. Selbst jemand, der Philosophie fast zu Ende studiert hatte, jemand mit Abitur, gebildet, der zwei tote Sprachen so einigermaßen und zwei lebende etwas besser beherrschte, ausgerechnet Feindessprachen, Französisch und Englisch, sogar jemand wie ich, dem die Würde nicht vor Generationen schon in die Wiege gelegt worden war, kann sich Würde nur zu besonderen Anlässen leisten, so wie eine Flasche guten Wein, die ich natürlich auch nicht jeden Tag trinke.

Die Streiks wurden zu bewaffneten Zusammenstößen, zum Glück alles weit weg von Gleiwitz. Nicht nur die Korfanty-Anhänger lieferten sich Schusswechsel mit dem Grenzschutz, auch der schlesische Spartakus schoss auf Polizisten, doch mich lockte die Revolution nicht mehr. Ich las in der Zeitung von einem Arbeiter, der bei einem Streit mit einem anderen Arbeiter die Pistole zog, aus Versehen abdrückte und einen elfjährigen Jungen tötete. Die Leute wollten den fahrlässigen Totschläger greifen, der aber flüchtete in seine Wohnung und schoss von dort auf die Belagerer, bis jemand eine Handgranate in die Wohnung warf.

Als ich das gelesen hatte, wickelte ich meine Pistole in ölgetränkte Lappen und Wachspapier und versteckte sie tief hinter dem Ofen. Ich wollte keine Waffe tragen, auch wenn die Zeiten so unsicher geworden waren, dass jeder Waffe trug, der sich das leisten konnte, viele auch Granaten. Kullrich saß sogar am Schreibtisch seines Fabrikbüros mit dem Revolver im Lederhalfter unter der Achsel, ähnlich wie mein Bruder Hõnsik, der Tõnik die Pistole zum Glück weggenommen hatte und ohne die Nullacht nicht mehr aus dem Haus ging. Auch ich hätte es wohl so halten sollen, aber ich wollte anders leben. Normal. Nicht die Pistole einstecken, wenn ich aus der Wohnung musste.

Im Laufe dieser Augusttage, an denen die Unruhen anhielten, wetterte Herr Kullrich in einer Tour gegen die verfluchten Polacken, und mir blieb nichts übrig, als gefügig zuzustimmen. Seine Tiraden quälten mich nicht deshalb, weil sie gegen die Polen gerichtet waren, mich quälte vielmehr der Ton seiner Stimme und dass er sich einbildete, er wüsste, wovon er sprach.

Als die Unruhen abflauten, kam Hōnsik zu uns – zu uns, so dachte ich schon von Ana, den Zwillingen, Emma und mir – und sagte, Gustlik sei zum Aufstand gegangen und sie hätten ihn genommen, er sei in Bobrek und später in Szopienice gewesen, wo die härtesten Kämpfe stattfanden, sie hätten ihn, den Vierzehnjährigen, zum Botengänger gemacht, weil er groß gewachsen war und behauptete, er sei siebzehn, dort habe er einen Brustschuss erhalten und sei gestorben, mit vierzehn Jahren.

Die Beerdigung fand auf dem Friedhof bei der Holzkirche in Żernica statt, dort besuchte jetzt auch der alte Pokora die Messe, der Scholtis aus verständlichen Gründen mied.

Zur Beerdigung kam der Pfarrer natürlich nicht, der alte Pokora hätte sich gewiss mit den Fäusten auf ihn gestürzt, so aber stand er nur da, gebeugt über dem Grab, gleichgültig, grausam, neben dem Priester von Żernica im Trauerornat.

Ich empfand keinen Zorn mehr auf ihn, als ich ihn so sah. Nicht einmal in Gedanken nannte ich ihn noch Tatulek, obwohl, wenn ich überhaupt einen Tatulek gehabt habe, dann war es der alte Pokora, nicht der Pfarrer, der mich ein Jahr bei sich wohnen ließ und dann in die Welt hinausschickte. Dass der alte Pokora mich nicht vor dem

Rüpel gerettet hätte, ist ihm nicht anzulasten, es ist nicht seine Schuld, denn er lebte selbst in einer Welt, die von den diversen Rüpeln dieser Welt eingerichtet und regiert wurde. Pfarrer Scholtis gehörte schon einer anderen Schule an, Pfarrer Scholtis hatte sich dem Ozean der Grausamkeit entrissen, die Menschen wie der alte Pokora oder meine Brüder atmeten wie Luft, Pfarrer Scholtis hätte wissen müssen, dass man Leid lindern, Leidende trösten, Wunden versorgen kann. Es hätte genügt, den Jesus des Evangeliums zu hören, selbst wenn er nur ein Mensch gewesen sein mochte, es genügte, sich auf diese helle Seite der Menschheit zu berufen, die der alte Pokora, meine Brüder, meine Vorfahren nicht hatten kennenlernen können, erzogen von Grausamkeit, in Grausamkeit, zur Grausamkeit. Und Pfarrer Scholtis hatte dennoch nichts unternommen.

Der Gang von Nieborowice zum Friedhof von Żernica verlief ruhig, das Pferd mit schwarzem Federbusch, der billige Leichenwagen, hinter dem Sarg der alte Pokora, Tōnik, gleichsam zerbrochen, gebeugt unter der Schuld, dass der Rotzlöffel seinetwegen zu den Korfanty-Leuten gegangen war, dann Ana mit den Kleinen, die mit uns in der Kleinbahn gekommen war, Hōnsik, Francek und Erich dahinter, dann ihre Familien, und das war's, acht waren übrig von allen Geschwistern.

Die grausame Gleichgültigkeit des alten Pokora. Wie viele Kinder hatte er verloren? Martha und Simon waren als Säuglinge gestorben, ich weiß noch, wie Mamulka litt und er Pfeife rauchend auf der Veranda saß, hat er damals gelitten? Später Konrad und Karlik im Krieg, die Benachrichtigungen kamen per Post, dann der kleine Isidorek, den die Grippe dahinraffte, und dann verlor er ja auch noch mich, auf vielleicht noch schmerzlichere Art als die anderen, dann der vermisste Wilik und jetzt dieser vierzehnjährige Junge mit der Gewehrkugel in der Brust.

Der Zug zum Friedhof also verlief ruhig, die Messe ebenfalls, der Pfarrer von Żernica predigte auf ausdrücklichen Wunsch des Vaters auf Deutsch, was einige Unruhe auf den hinteren Kirchbänken hervorrief, die von der Autorität des Pfarrers unterdrückt wurde. Die Predigt enthielt kein Wort über die Politik, was zum Verstummen der Unruhe beitrug, die mir unbekannten Leute in den hinteren Bänken sahen nicht danach aus, als hätten sie sich großdeutsche oder zentristische Agitation einfach so angehört.

Zum Aufruhr kam es erst auf dem Friedhof, als der Pfarrer und die Ministranten nach dem Aufsagen der lateinischen Formeln ihres Weges gingen, dann nämlich rollten diese Leute, etwa zehn, die in den hinteren Bänken gesessen hatten, die weiß-rote Flagge aus und stimmten die Rota an.

Das war zu viel für den Alten: «Maul halten, Hurensöhne!», brüllte er, und Francek und Erich stürzten sich mit den Fäusten auf die Korfanty-Leute, weitere Trauergäste taten es ihnen nach, Cousins, Ehemänner von Cousinen, Verwandte und Verschwägerte. Die Übermacht der Angehörigen von August Pokora war erdrückend, einer der Korfanty-Leute zog die Pistole, woraufhin auch Francek und Erich das taten, mehrere Schüsse fielen, ich warf meine Emma und mich zu Boden, deckte sie mit dem eigenen Leib, und auch wenn das Benehmen der verfluchten «großen Polacken» natürlich eine krasse Unverschämtheit war, trieb mich allein die Sorge um meine Frau um. Ich wollte nicht mitprügeln, wollte nicht schießen, ich hatte nicht einmal die Waffe bei mir, was bei der Beerdigung eines Opfers von polnisch-deutschen Unruhen äußerst kurzsichtig war, ich hätte die Waffe mitnehmen müssen, wer bei Verstand war, verließ das Haus nicht unbewaffnet, aber ich wollte nicht. Ich wollte mein graues Leben beschützen, meine Emma, den Inhalt dieses Lebens, meine Emma und das Kind in ihrem Bauch, meinen Traum vom grauen Leben.

Auf der Beerdigung gab es trotz der Schießerei zum Glück keine Opfer, die Korfanty-Leute waren bald vertrieben, sie drohten, sie würden wiederkommen, woran ohnehin niemand zweifelte, dann würde sie schon jemand verjagen.

Auch ich kam wieder.

Vier Tage nach der Beerdigung fuhr Ana nach Niebo-rowitz und erfuhr, dass Tōnik von zu Hause weggelaufen war und einen Brief hinterlassen hatte, in dem er erklärte, er sage sich von der ganzen Familie los, die er für Verräter an der heiligen polnischen Sache halte, Augusts Blut sei nicht umsonst geflossen und er werde über die Grenze gehen, nach Polen, nach Szczakowa, werde dem 2. Bytomer Schützenregiment beitreten und sie würden hierher zurückkommen, unter weiß-roten Flaggen, dann würden wir alle, Knechte der Deutschen, dumm dastehen.

Emma blieb zu Hause, Ana und ich nahmen die Zwillinge und fuhren zum alten Pokora, in mein Elternhaus. Ich fand ihn in der Laube, wie immer, so als wäre wieder das Jahr 1900 und ich neun Jahre alt, käme mit dem Bündel von Fibel und Schulheften von der Volksschule in Niebo-rowitz zurück, und er säße da mit der Porzellanpfeife des Urgroßvaters Wentzel Pokora, rauchte billigen Tabak und hätte den Tod eines weiteren Sohnes zu beklagen.

Wir hatten uns all diese Monate nicht gesehen, nur einmal von weitem auf dem Friedhof, doch jetzt merkte ich, dass ich mit ihm sprechen wollte. Als ich eintraf, jagte er mich nicht fort, ich fragte, ob ich mich setzen dürfe, er lud mich mit vager Geste ein. Ich nahm auf der grünen Laube gegenüber von Anton Pokora Platz und hatte keine Ahnung, was ich sagen sollte, deshalb schwieg ich. Ana war in der Küche beschäftigt, kam gleich darauf mit einer Flasche Schnaps und drei Gläschen, setzte sich neben Vater, schenkte ein, verteilte die Gläser.

Mir war ordentlich bange, er könnte sie jetzt anbrüllen, fortjagen, wegen des Schnapses, weil sie sich selbst eingegossen hatte, weil sie nicht gefragt hatte und endlich dafür, dass sie es gewagt hatte, sich zu den Männern zu setzen, ihr an den Kopf werfen, sie wohne hier nicht mehr, all das hätte ihm ähnlich gesehen, doch er ließ es.

Maryjka schaute zur Tür heraus, der alte Pokora verscheuchte sie mit dem Blick und saß weiter da.

Lange sagte er kein Wort. Er trank den Schnaps in kleinen Schlucken, rauchte Pfeife und schwieg, also schwiegen auch wir. Ich weiß nicht, woher Ana wusste, dass dies ein bedeutender Moment war, aber sie wusste es; sogar die Bengel, Pyjter und Paulek, merkten bei dieser nicht alltäglichen Versammlung in der Laube etwas und spielten ruhiger, gingen raus und saßen, statt sich wie üblich mit Stöckern zu traktieren, mucksmäuschenstill auf der Bank vor dem Schweinestall, flüsterten sich nur ab und zu etwas ins Ohr.

Ana goss nach, diesmal trank der alte Pokora auf einen Zug aus und begann zu sprechen.

«Ich habe dies Pferd von dir damals verkauft», sagte er, wie zur Entschuldigung.

«Das war gar nicht mein Pferd», antwortete ich, «es ist sowieso egal. Egal.»

«Ich hab gewusst, dass du nicht von mir bist», sagte er. «Nicht dass ich mir sicher gewesen wäre, aber ich hab's gewusst. Schenk mal noch Schnaps nach.»

Ana gießt ein, Pokora trinkt aus und redet weiter, wechselt ins Deutsche, als wollte er in dieser Sprache Distanz zu sich selbst gewinnen, das sei eine gemeine, grausame Welt, in der uns zu leben bestimmt ist, sagt er; wir alle leben seit jeher in der Lüge, er wisse doch, dass es Gott nicht gibt, dass der Kaiser ein Schweinehund und Dummkopf war, die Sozialdemokraten Gauner, Deutschland überhaupt Scheiße, Polen noch größere Scheiße, er habe überhaupt gar nicht heiraten wollen, niemanden, wollte einfach nur Strauchdieb werden, sich rumtreiben, saufen, nicht in der Grube arbeiten, die fünfzehn Jahre nach dem Krieg habe er verschiedene Arbeiten angenommen, auch mal ein bisschen geklaut oder randaliert, aber dann kam sie, Pauline, geborene Magnor, meine Mutter, sie war völlig anders als all die Mädel, die vorher waren, so jung, er war schon siebenunddreißig damals, schon ein fertiger Mensch, aber er habe sich verliebt in dieses aufgeweckte Mädchen und sie sich in ihn, denn auch er war anders als all die Rotzlümmel, aber heiraten wollte er gar nicht, sie auch nicht, sie war vielleicht das einzige Mädchen im ganzen Kreis, das nicht heiraten wollte, aber es war so, sie wollte mit ihm abhauen, auswandern, nach Amerika, nach Berlin oder wenigstens nach Zabrze, zur Arbeit in der Fabrik, nur weg aus diesem Dorf, weg von diesen Blicken, vom Pfarrer, von allen hier, wo jeder jeden kennt, er dachte sogar darüber nach, er war nicht grundsätzlich dagegen, aber wie das so ist, sie wurde schwanger, es war ein warmer September, sie gingen ins Heu, und er liebte sie so, dass er dachte, jetzt müsse er sie aber heiraten. «Sie selbst wollte gar nicht. ‹Anton›, sagte sie, ‹das macht nichts, gehen wir von hier weg, und wenn es nur nach Zabrze ist, es muss nicht Amerika sein, pfeif auf alles hier›», plötzlich fällt er wieder ins Schlesische, «‹pfeif darauf›, sagte sie, ‹komm, wir gehen weg, Arbeit hast du, für ein Zimmer wird es reichen, ich gehe notfalls als Kohlewäscherin.› Weißt du, sie war schwanger und wollte in die Kohlenwäsche.» Er sieht uns nicht an, als er das sagt, schaut irgendwo in die Luft, wir schweigen, Ana gießt den nächsten Schnaps ein, der alte Pokora wechselt wieder ins Deutsche: «Ich habe gedacht, es muss so sein, und wir haben geheiratet, heute weiß ich nicht mehr, warum, wozu, ich hätte doch tun können, worum sie mich bat, ich weiß nicht, ob sie mir das je verziehen hat, und ich hab mich irgendwie so in mir verschlossen, sie vor mir, ich vor ihr, und Nähe gab es zwischen uns nur, wenn ich ihr diese Kinder machte, also machte ich das, die Kinder kamen zur Welt, und sie war immer weiter weg. Es wundert mich nicht, dass sie mit diesem Pfarrer ... Ich bring ihn um, wenn ich ihn erwische, aber wundern tut es mich nicht. Er hat ihr zugehört, ich nicht. Und ich wollte euch alle lieben, aber wann sollte ich das tun, nach der Schicht? Kann ein Zugochse lieben, nachdem er seine Last geschleppt hat? Ich bin ja kein Mensch, ich bin ein Ochse. Dreißig Jahre lang war ich Ochse, niemand kann mir diese Jahre zurückgeben. Aber ich habe es versucht. Ich habe versucht, das Richtige zu tun, das ganze Leben habe ich es versucht, nur denke ich jetzt, ich habe mich geirrt. Als er dich auf dieses Gymnasium geschickt hat, der Pfarrer, da habe ich gedacht, wenigstens du kommst hier raus.»

Ana legt ihm die Hand auf den Arm, er schüttelt sie nicht ab.

«Ich wollte dir ja ein Tatulek sein, ich wusste nur nicht, wie», sagt er.

Die Tür öffnet sich mit einem Krachen, Maryjka stürzt auf die Laube heraus. «Ich halte das nicht mehr aus, wieder dieser Bastard hier, wieder wird geschwätzt und Wodka getrunken.»

Ana steht plötzlich auf, springt von der Bank und zischt sie flüsternd an: «Verschwinde, Weib, sonst dreh ich dir den Hals um und deinem Balg auch.» Auch Ana hat die Grausamkeit gelernt, so wie wir alle. Maryjka zieht sich geschlagen zurück, doch der alte Pokora sagt jetzt nichts mehr.

Ich weiß, dass ich nicht länger bleiben sollte. Stehe auf, strecke ihm die Hand hin, er drückt sie, ohne aufzustehen, und ich sehe, dass sein Brustkorb plötzlich zu beben beginnt, der alte Pokora weint, aber nach innen, ich sollte das nicht mit ansehen, ich stehe auf und gehe.

Das war im Sommer, danach kam der Winter, wir feierten Heiligabend mit Ana, den Zwillingen und Emma, die schon einen riesigen Bauch hatte, und wir waren glücklich, danach kamen die Zwanzigerjahre.

Am zehnten Januar 1920 trat der Versailler Vertrag in Kraft, und Emma brachte einen Sohn zur Welt. Die Geburt war schwer, Ana half bei allem, Emma brauchte lange, um zu Kräften zu kommen, doch der Junge war gesund, und ich empfand nichts, als ich ihn das erste Mal sah, rein gar nichts. Mag sein, dass ich mich freute, dass mein normales Leben um eine Facette bereichert war, nun war ich Vater, Väter sind angesehen, mein Arbeitgeber gratulierte mir zur Geburt des Jungen, den wir Karl nannten, ich sagte niemandem, nicht einmal Emma, dass das zu Ehren des ermordeten Liebknecht war, ich sagte mir das im Stillen, anderen sagte ich, das wäre nach meinem im Krieg gefallenen Bruder, mein Sohn selbst wusste natürlich nicht einmal, dass er einen Vornamen hatte, er lag einfach nur neben meiner Frau im Bett und bewegte die Händchen, die Finger so dünn wie bei einem Frosch. Emma zerfloss in Liebe zu ihm, ich versuchte, den Hauch irgendeiner Rührung in mir zu entdecken, wurde aber nicht fündig.

Im Januar zog sich unsere Reichswehr auch aus Schlesien zurück, und die Entente marschierte ein, Italiener und Franzosen.

Ich wollte mir zuerst ansehen, wie unser Heer abmarschiert. Die Menschen auf den Straßen weinten, voller Angst, jetzt könnte Piłsudski kommen und polnische Verhältnisse einführen. Ich weinte nicht, aber auch mir war nicht ganz wohl in meiner Haut.

Dann ging ich, um die Alliierten einmarschieren zu sehen. Emma bat mich, das nicht zu tun, ich ging trotzdem und versprach ihr, auf mich aufzupassen, auch wenn ich kein Teilnehmer, nur grauer Zeuge sein wollte. Ich konnte weder Emma noch mir selbst dieses Bedürfnis, diesen Wunsch erklären, doch er blieb drängend.

In Gleiwitz marschierten französische Alpenschützen ein, mit großen dunklen Bérets auf dem Kopf, in blassblauen Uniformen, die ich zum ersten Mal von so nahem sah, anders als durch Kimme und Korn der Pistole. Sie marschierten mit langen, geschulterten Gewehren, mit Rucksäcken, in Gebirgsstiefeln, die französischen Helme an den Gürtel geschnallt.

So oft war ich vom Gleiwitzer Bahnhof nach Westen gefahren, um auf diese Menschen in blauer Uniform zu schießen, jetzt marschierten sie hier durch die Wilhelmstraße, unter den Fenstern deiner Wohnung, Agnes, und ich dachte nicht an dich, sondern daran, dass ich keinen Hass auf sie empfinde, nicht die Bitterkeit der Niederlage wie so viele andere Gleiwitzer, die den Franzosen zuschauten. Viele suchten ihre Bitterkeit zu mildern, indem sie über die dummen Froschfresser lachten, die ihre Alpenjäger nach Haute-Silésie schickten, als wenn es hier Berge gäbe.

Dann, am vierten Februar, als General Gratier nach Gleiwitz kam, sah ich, wie er am Bahnhof von einer polnischen Delegation mit weiß-roten Fahnen begrüßt wurde, eine bodenlose Unverschämtheit, die den Franzosen darüber täuschen sollte, mit was für einer Stadt er es zu tun hatte; und dass Gleiwitz eine durch und durch deutsche Stadt war, ließ sich nicht leugnen, der «slawische Dialekt» (wie Kullrich unsere Sprache nannte) war nur in den Vororten zu hören, niemals in der Wilhelmstraße.

Die «großen Polen», die die Franzosen am Bahnhof begrüßten, machten die Gleiwitzer wütend, ganz unabhängig davon, welche Sprache sie benutzten, Knüppel kamen zum Einsatz, in der Wilhelmstraße brachen richtige Unruhen aus, vor der polnischen Volksbank waren Mädchen, vermutlich aus einem der Dörfer bei Gleiwitz, jedoch in Krakauer Trachten gekleidet, und begrüßten die französischen Schützen mit Kusshand und Blumen, was besonders die männliche Jugend zur Weißglut brachte, nach ihren Mützen zu urteilen, vor allem hiesige Gymnasiasten. Sie verjagten die Mädchen, beschimpften sie als polnische Huren, zerrissen die Transparente, und in der Volksbank schlugen sie die Scheiben ein. Mir gefiel das nicht, ich beobachtete die Vorfälle aus sicherer Entfernung, zwischen Gaffern wie mir, die von Neugier angezogen waren, ohne sich einmischen zu wollen. Auch ich hatte nicht vor, mich einzumischen. Diese Zeiten waren vorbei.

Dann warf jemand eine Flasche, der französische General Gratier bekam im offenen schwarzen Packard die Flasche an den Kopf, es gab einen Tumult, daher zog ich mich eilig zurück; wenn ich in den vier Jahren in Frankreich nicht getötet worden war, wäre es albern gewesen, hier in irgendeiner Straßenschießerei ums Leben zu kommen. Als Reaktion auf die Unruhen verhängten die Franzosen in Gleiwitz den Belagerungszustand, verboten öffentliche Versammlungen, das Heraushängen von Flaggen, Singen von patriotischen Liedern und Tragen von Abzeichen, die eine politische oder Volkszugehörigkeit verraten; darüber beschwerten sich alle, mir kam das zupass, denn in so einer Welt wollte ich ja gerade leben, einer Welt ohne Versammlungen, ohne patriotische Lieder und ohne Banner.

Herr Kullrich fluchte von morgens bis abends auf die Franzosen, ließ seinen Sekretär ein großes Transparent mit der Aufschrift *Nieder mit Frankreich* malen, das er über dem Eingang zu seinem Kabinett aufhängte, in Innenräumen waren Transparente grundsätzlich nicht verboten, er kam auch gern an meinen Schreibtisch und ließ sich in barocker Weitschweifigkeit darüber aus, wie ungerecht das Schicksal sei, dass ein Kriegsheld, Veteran wie ich, es jetzt hinnehmen muss, dass die schmutzigen Stiefel des Feindes und polnischer Verräter durch die Straßen seiner Heimat stapfen; ich stimmte natürlich zu und sagte, es sei scheußlich und kaum zu ertragen, es gelang mir sogar, drei Tage bezahlten Urlaub zu bekommen, damit ich meine durch den Anblick der französischen Uniformen zerrütteten Nerven sanieren konnte. An diesen Tagen ließen Emma und ich den wenige Monate alten kleinen Karl bei ihrer Mutter und fuhren mit der Kleinbahn nach Groß Rauden, wir verbrachten zwei Nächte in einer Pension, tagsüber gingen wir im fürstlichen Park spazieren, durch den ich einst mit dir, Agnes, gegangen war.

Als ich zurückkam, war Herr Kullrich dermaßen besorgt über meinen Zustand, dass er mich, wie er feierlich verkündete, als Mitglied in die DNVP eingetragen hatte, ich verdiente die Mitgliedschaft in dieser Partei, der einzigen, die das nationale Interesse wirklich vertritt, hier sei der Parteiausweis, die Mitgliedsbeiträge habe er zwei Jahre im Voraus für mich entrichtet, dafür gab es einen Nachlass. Ich zuckte mit den Schultern, steckte den Ausweis in die Tasche, fest überzeugt, dass ich nie auf eine Parteiversammlung gehen würde, was ich auch gleich sagte und mit meinen frontgeschädigten Nerven begründete.

Ein paar Tage später nahm Herr Kullrich hastig das antifranzösische Transparent ab, denn der Gleiwitzer Stab der französischen Truppen hatte ihm fernmündlich den Besuch eines französischen Hauptmanns angekündigt, der für die Versorgung zuständig war und Interesse am Ankauf einer größeren Partie Qualitätsseife für die Kasernen zeigte. Der Hauptmann kam, Kullrich empfing ihn mit ausgesuchter Höflichkeit, servierte ihm ein Gläschen Schnaps und unterhielt sich in gebrochenem Französisch mit ihm, wobei er in höchsten Tönen den Frieden zwischen unseren beiden großen Nationen rühmte, einen Frieden, der Europa die dringend nötige Zeit schenke, um zu Entwicklung und Wohlstand zu kommen, wenn da nur die verfluchten Bolschewiken und Polen Ruhe geben wollten ...

Politische Gespräche interessierten den Hauptmann nicht, die Seife aber kaufte er und stellte weitere Aufträge in Aussicht, falls die Partie in guter Qualität und fristgerecht geliefert werde. Das geschah. Das Transparent *Nieder mit Frankreich* kehrte nie mehr an die Wand zurück, denn die Mark war nur noch zweieinhalb Vorkriegs-Pfennige wert, der französische Hauptmann dagegen zahlte in Dollar. Kullrich lud mich eines Tages ein, bei einem Abendessen zu dolmetschen, das er für den französischen Hauptmann im Restaurant Zum Eiskeller geben wollte, nicht weit von unserem Betrieb, an der Ecke Tarnowitzer- und Bahnhofstraße, wo unsere Fabrik lag. Beim Abendessen sprach er wieder vom Frieden, und als der Hauptmann, betäubt vom Schnaps, ausfiel, erzählte Herr Kullrich mir davon, dass er ein geborener Kulik sei und seinen Nachnamen geändert habe, damit niemand auf die Idee käme, ein Oberschlesier könnte kein guter, echter Deutscher sein, er könne sogar noch polnische Kirchenlieder. Mir riet er auch zu einer Namensänderung, zum Beispiel zu «Pock», «‹Alois Pock›, klingt ein bisschen österreichisch, aber anständig deutsch, besser als dieses slawische ‹Pokora›, auch wenn es ein bisschen an die ‹Pocken› erinnert, diese Krankheit», amüsierte er sich ganz köstlich. Als er das mit dem Namen erzählte, legte er rührselig betrunken den Arm um mich und sang dann auf Polnisch *Kiedy ranne wstają zorze – Wenn das Morgenrot aufgeht*, am Ende schlief er am Tisch ein, und ich tat am anderen Tag so, als hätte das ganze Gespräch nicht stattgefunden.

Im Mai 1920 kam Wilik aus dem Krieg zurück.

Was empfand ich, Agnes, als ich erfuhr, dass Wilik, über den alle schon das Kreuz gemacht hatten, doch lebt? Ich empfand Freude, das als Erstes, aber wenn ich an ihn dachte, hatte ich nicht den erwachsenen Mann vor Augen, der er als Fünfundzwanzigjähriger schließlich schon war.

Das letzte Mal hatte ich ihn 1913 gesehen, denn als ich mich von allen verabschieden ging, beim Kriegsausbruch, war Wilik nicht mehr da, 1913 war er achtzehn, während ich, als ich Hõnsiks Telegramm «Wilik lebt, komm heute auf ein Bier zu Nowak» bekam, an den Wilik dachte, den ich am besten kannte, den sechs-, vielleicht siebenjährigen Knirps mit Stubsnase und hellem, fast weißem Haar, der barfuß draußen herumlief, als Mamulka mich zu Pfarrer Scholtis brachte.

Ich besaß im Mai 1920 schon ein Rad, eine Victoria 12, leider immer noch mit Spiralfederreifen, denn die waren gerade billig zu kriegen, auch wenn die Mehrheit schon normal auf Gummireifen fuhr, ich schwang mich also auf dieses Rad und fuhr mit scheppernden Stahlbandrädern die Straße nach Rybnik und dann nach Pilchowitz, in die Schenke von Nowak, wo schon meine Brüder, nur zwei, auf mich warteten – Hōnsik und Wilik.

Wilik war ausgemergelt und blass, der Kopf kahl geschoren, dazu hatte er noch ein blaues Auge.

Er umarmte mich herzlich, als hätte sich die Sympathie, die Hōnsik für mich hegte, auch auf ihn übertragen. Wir setzten uns, bestellten Bier, und Wilik sprudelte los und wollte gar nicht wieder aufhören. Das Auge hatte ihm ein Typ geschlagen, den er in Pilchowitz in seinem Ehebett angetroffen hatte, zusammen mit seiner Frau. Sie dachte, Wilik wäre gefallen, fühlte sich also nicht einmal schuldig. Sogar Wilik gab ihr recht, schwerlich hätte man ihr einen Vorwurf machen können, er selbst hatte nach vier Jahren Ostfront keine Lust, nach Hause zu gehen, denn diese Klara war hässlich und abstoßend, er hatte sie nur wegen der zehn Morgen guten Bodens und wegen des Ziegelhauses geheiratet, dorthin zog es ihn nicht eben zurück, an der Ostfront war er in Riga, dort tote Hose, während er noch Lust auf Kampfhandlungen hatte, deshalb kehrte er nach der Demobilisierung nicht gleich nach Pilchowitz zurück, saß in Kattowitz, trat den Korfanty-Anhängern der Polnischen Wehrorganisation POW bei und schlug sich in Mysłowice bei den Augustunruhen, die er unbeirrt als Aufstand bezeichnete.

Seiner Frau nahm er es nicht übel, dass er sie mit einem Kerl im Bett erwischt hatte, dieser Kerl aber hatte ihm ein Auge blau geschlagen, er war groß und tobte wie ein Stier, gewiss deshalb, weil er sich um dieser zehn Morgen willen so sehr mit dem hässlichen Weibsstück im Bett abgeplagt hatte, und jetzt waren diese zehn Morgen pfutsch. Wilik hatte in der POW bei den Korfanty-Leuten viel gelernt, zum Beispiel, wie man jemanden unbemerkt verfolgt, solche Einsätze gab es viele in Kattowitz und Umgebung, Verfolgungsjagden mit Pistole und Messer auf den Straßen, und da ihm das blaue Auge nicht gefiel, ging er dem Kerl nach.

Er ging durch Pilchowitz in Richtung Bargłówka, und als sie an Wielepole vorbei waren und in den Wald kamen, holte Wilik den großen Kerl ein, beschimpfte ihn, und als dieser Wilik daraufhin auch das andere Auge blau schlagen wollte, zog Wilik die Mauser aus dem Jackett und erschoss den Typen, denn wenn auch die Frau nichts dafür konnte, dieser Schweinehund hatte das verdient, und wir beide, Hōnsik und ich, stimmten ihm gern darin zu. Die Zeiten waren so, dass die Polizei andere Sorgen hatte als einen Erschossenen im Wald, alle gingen davon aus, dass das politische Abrechnungen waren, denn der Weiler Wielepole zum Beispiel war sehr arm, auch sehr propolnisch, dagegen das nicht weit entfernte Pilchowice ganz für Deutschland, denn in Pilchowice gab es ein Lehrerseminar, ein Pfarramt, ein Hotel, mehrere Pensionen und Läden, in Wielepole dagegen nichts, und die Leute in Pilchowice waren der Ansicht, wenn hier Polen wäre, dann würden die armen Schlucker als Wielepole kommen und alles wegschleppen, wie die Spartakisten.

Nach dem Aufstand beziehungsweise den August-Unruhen war Wilik mit den übrigen Aufständischen über die polnische Grenze nach Sosnowiec gegangen, und da er als informeller Adjutant einem gewissen Pronobis diente, übrigens ein Namensvetter von mir, wurde er zusammen mit Pronobis in Sosnowiec verhaftet.

Hōnsik und ich fragten, warum die Polen ihn verhaften sollten, wenn er doch in ihrem Aufstand gekämpft hatte, worauf Wilik erwiderte, das sei, weil er und Pronobis die Wahrheit ausgesprochen hätten, dass nämlich der polnische Staat sie, die Aufständischen, verraten habe, dass die polnischen Adligen und Offiziere den Schlesier verachten und die Mittel veruntreuten, die für die Verpflegung der POW-Kämpfer bestimmt waren. Als sie das sagten, habe ein gewisser Żymirski oder Żymierski, Wilik konnte sich nicht erinnern, jedenfalls ein Offizier, der aus Warschau zum Stab der POW geschickt worden war, sie sofort verhaften lassen und anfangs im Arrest in Sosnowiec, in einer leeren Zelle, festgehalten, wo sie auf dem nackten Boden schlafen mussten; dann seien sie nach Tschenstochau gebracht und dort den ganzen Winter im Militärarrest gehalten worden, im Frost, ohne Decken, überall Wanzen und Läuse, Brot hätten sie überhaupt nicht bekommen, nur eine dünne Suppe, dazu Dresche vom Wärter aus nichtigem Anlass. Doch dann seien Pronobis und er geflohen, als sie zum Lager in Krakau gebracht wurden, hätten die Bretter im Waggon gelockert und seien am Bahnhof Trzebina weggelaufen, zurück nach Schlesien, wo sich herausstellte, dass Pronobis' Frau, hochverdiente Aktivistin des Vereins der Polinnen und des Vereins zur Soldatenfürsorge in Bytkowo, auch verfolgt wurde, dort habe Wilik Pronobis ein bisschen geholfen, der habe ihm einen Anzug und eine Pistole gegeben, damit Wilik ihn beschütze; jetzt habe er freibekommen und beschlossen, seine Frau zu besuchen, und das sei jetzt eben so ausgegangen, aber er habe etwas Interessantes für uns. Nämlich eine Broschüre mit dem Titel *An meine Heimatgenossen*, die von niemandem anders als Alojzy Pronobis unterzeichnet war.

Wir tranken sechs Scobel-Bier jeder, aßen Eisbein trotz des Freitags, worauf Wilik erklärte, er habe nicht vor, hier auf seinen Morgen Land zu sitzen, das sei kein Leben mehr für ihn, er werde jetzt mit diesem Pronobis für die vollständige schlesische Freiheit kämpfen, denn das sei ein mutiger und respektabler Kerl, er sei seinerzeit nach Berlin gefahren, habe Liebknecht getroffen und um Unterstützung für ein freies Schlesien gebeten, vergeblich, habe dann das Gleiche bei Ebert erwirken wollen, doch die roten Deutschen wollten die schlesische Industrie ebenso wenig abtreten wie die kaiserlichen, deshalb versuchte Pronobis das im roten Warschau zu erstreiten, bei Archiszewski, bei Daszyński, mit dem Erfolg, dass sie ihn hinter Gitter brachten, zusammen mit ihm selbst, Wilik Pokora.

Wilik futterte für drei, stopfte sich die zitternde, fettuntersetzte Schwarte des Eisbeins in den Mund und rief betrunken, die polnischen und deutschen Sozialisten hätten Oberschlesien verkauft und er, Wilik Pokora, werde nicht eher ruhen, bis er gemeinsam mit Pronobis ein freies Schlesien erkämpft habe, unter der Schutzhoheit der Entente; wenn Danzig frei sei, das nichts als seinen Hafen habe, dann könne auch Oberschlesien frei sein, mit unserer ganzen Industrie und allem anderen.

Da kam Herr Nowak und sagte, Wilik solle sich mit dieser Politik aus seiner Gastwirtschaft verziehen, das bringe nur Ärger, worauf Wilik Herrn Nowak sofort eins aufs Maul schlug, und als Herr Nowak ausholte, um es ihm zurückzugeben, zog Wilik die große Mauser und drohte Herrn Nowak, was zur Folge hatte, dass einige Heimattreue, die in den Gästezimmern logierten, bewaffnet die Treppe herunterkamen und mit Gewehren auf uns zielten, woraufhin auch Hōnsik seine Parabellum zog. Ich hatte keine Waffe, versteckte mich deshalb unter der Bank, zum Glück kam es nicht zu einer Schießerei, es blieb bei den Drohgebärden, und ich musste wieder einmal an Pfarrer Scholtis' Rat denken, mich nicht in die Politik einzumischen.

Ich mischte mich auch gar nicht ein, lebte mein Leben mit Emma, Wilik traf ich nicht allzu oft, aber die Broschüre, die er uns mitgebracht hatte, hob ich auf, und was in dieser Broschüre von Pronobis stand, was im *Willen des Volkes* oder dem *Bund* geschrieben stand, gefiel mir sehr, denn dort war von der Verfassung eines Freistaates Oberschlesien die Rede und davon, dass Oberschlesien den Oberschlesiern gehöre und nicht den deutschen und polnischen Hakatisten, ich erkannte darin einen Raum der Würde, an dem ich teilnehmen, dem ich angehören könnte, sogar die Zweisprachigkeit beider Zeitungen entsprach mir, das waren schließlich meine beiden Sprachen. Es handelte sich hier um eine andere Art von Würde als die, die ich auf den Straßen Berlins zu erkämpfen versuchte, zum ersten Mal schien mir eine Würde möglich, die ich mit jemandem teilen könnte. Ich stellte mir vor, in so einem Freistaat wäre ich mehr bei mir, jedoch wagte ich nicht, die Sitzungen des Bundes der Oberschlesier zu besuchen, schließlich hätte jemand das Kullrich petzen können, der sicherlich nicht begeistert davon gewesen wäre, und die Arbeit beziehungsweise ihr Ergebnis, mein Lohn, war für mein kleines, graues Leben wichtiger als alles Politisieren.

Alles ging an mir vorbei. Ohne mich töteten die Korfanty-

Leute Teofil Kupka vom *Willen des Volkes*, und ich dachte wieder, dachte sogar laut, beim Abendessen mit Emma, «Ja, von alledem muss man sich fernhalten»; ohne mich fanden Hetzjagden und Schießereien statt, polnische und deutsche Demonstrationen, Rangeleien mit den Franzosen; die Volksabstimmung ging an mir vorbei, dann der Sieg in dieser Volksabstimmung und der ganze bedeutungslose Rest, während ich Tag für Tag zur Arbeit ging, über den Büchern saß, anschließend nach Hause, zu Frau und kleinem Sohn, und manchmal stellte ich mir vor, wie Emma, sagen wir im Jahr 1955, eine Anzeige im *Wanderer* aufgibt, in der es – auf Deutsch natürlich – heißt, der Reserveleutnant, Träger des EK II. und I. Klasse, Oberbuchhalter Alois Pokora, geliebter Ehemann, Vater und Großvater, sei nach kurzer Krankheit gestorben, was die Trauernden hiermit verkünden; sogar Herr Kullrich würde eine eigene Todesanzeige mit Danksagung für den langjährigen aufopferungsvollen Mitarbeiter veröffentlichen.

Weiter reichten meine Träume nicht.

Emma und ich lebten ein Leben, das erzählt zu werden nicht lohnt, ein anderes Leben wollte ich nicht, ich glaubte sogar, es noch weiterführen zu können, doch jetzt sitzt du, Agnes, an diesem Tisch in der Kaiserkrone, und ich weiß, dieses mein Leben ist zu Ende.

7

DU HAST KEINE MACHT MEHR ÜBER MICH

Ich habe nicht mehr an dich gedacht, Agnes, und jetzt sitzt du hier, an einem Tisch in der Kaiserkrone, in diesem sogar für das fortschrittliche Jahr 1921 unerhört kurzen Kleid aus Seidenchiffon, ein Bein übers andere geschlagen, vor dir ein Glas Sekt, obwohl, vielleicht ist es doch eher Champagner, Sekt mochtest du nie, also vermutlich Champagner, daneben eine Tasse Kaffee, in den Händen hältst du ein in grünes Leinen geschlagenes Buch, es ist gewiss dieses Bändchen Rilke, das du so geliebt hast.

Drei Jahre hatte ich dich nicht gesehen.

«Geh nach Hause, Emma», sage ich zu meiner Frau.

Emma fragt, was los ist. «Wir wollten doch zum Fest auf dem Waldschloss?»

«Ich hab doch gesagt, nein, schön blöd würde ich dastehen, wenn jemand Kullrich zutragen würde, dass ich auf dem Maiumzug war.»

«Alois, es geht überhaupt nicht um den Maiumzug.»

Sieht Emma schon, was passiert ist, weiß sie schon, dass meine Illusion eines normalen Lebens hier gerade zerplatzt?

«Es geht um diese Frau. Wer ist das?», fragt Emma.

«Niemand», lüge ich, «geh nach Hause, bitte.»

«Ich gehe nicht nach Hause, sondern auf das Maifest im Waldschlösschen. Immer bin ich dort gewesen, es ist nicht weit von uns, wir sind alle hingegangen. Schon im letzten Jahr waren wir nicht dort, weil Karlchen zu klein war, aber in diesem Jahr will ich hin. Ich will die Chöre hören. Karlchen mag Lieder. Und ich will, dass du mitgehst. Wir trinken Bier, essen Bockwurst, hören Musik. Singen vielleicht auch mit.»

«Ich kann nicht, Emma, ich will nicht, habe Angst, jemand könnte mich bei Kullrich verpetzen, und ich verliere die Arbeit, wovon sollen wir dann leben, Mädchen?»

Emma weiß, dass ich lüge, dreht sich wortlos um und geht, schiebt den Kinderwagen mit meinem Erstgeborenen Karl. Sie geht nicht nach Hause, sondern in Richtung Bahnhof, folgt den Grüppchen mit roten Flaggen, geht aufs Fest. Ich bleibe.

Du hast mich noch nicht bemerkt, also trete ich an deinen Tisch, ich weiß nicht, was ich sagen soll, also sage ich nichts Besonderes, plötzlich gelähmt und stumm, du hebst den Blick von deinem Buch und siehst mich jetzt, musterst mich kurz, vielleicht zwei Sekunden, dann legst du das Buch weg, ohne den Blick von mir zu wenden. Kein Lächeln.

«Setz dich», sagst du.

Ich setze mich.

Du hebst die Hand im Seidenärmel, winkst dem Kellner.

«Bestell dir was», sagst du.

Ich bitte um ein Glas Schnaps.

Der Kellner bringt ein geriffeltes Kristallglas, stellt es vor mir hin, schenkt Schnaps ein, und ich weiß, dass Alois Pokora, dreißig, Leutnant d.R., Ritter des EK II. und I. Klasse, Hilfsbuchhalter in der Seifenfabrik von Paul Kullrich, wohnhaft in Gleiwitz an der Oberwallstraße 30, verheiratet mit Emma, geborener Szczygiel, und Vater des kleinen Karl Pokora, Alois Pokora, dessen ruhige, kleinbürgerliche Existenz eine im schweren, zwanzigjährigen Kampf um die Würde erkämpfte Trophäe sein sollte, ich weiß, dass dieser Alois Pokora nicht mehr existiert.

Mein Leben ist eine Lüge. Meine Frau Emma, ihr guter, süßer Leib, ihre stille und warme Liebe, die mir den Sohn Karl geschenkt hat – Lüge. Unsere kleinen Abende über den Büchern, mit einer Flasche süßen Weins, unsere Liebe im Dunkeln – alles Lüge.

«Ich hatte mich gefragt, ob ich dich hier treffen würde», sagst du. «Ich hatte sogar damit gerechnet. Nun trink doch jetzt diesen Wodka.»

Ich leere das Glas und spüre nichts vom Geschmack des Alkohols, so als hätte der Kellner mir Wasser eingeschenkt, doch ich weiß ja, ich trinke Alkohol.

Ich sage nichts, du hast es mir ja nicht erlaubt. Ich bin der Junge, den du vor vielen Jahren vor deiner Schlafzimmertür knien und dir beim Weinen zuhören ließest.

«Komm morgen Abend in meine alte Wohnung», sagst du, «komm um acht. Und zahl für uns, du siehst so aus, als könntest du dir das endlich leisten.»

Du stehst auf, nimmst deine kleine Handtasche und gehst, über die Wilhelmstraße, um in dem Tor des Hauses zu verschwinden, in dem ich früher gewohnt habe.

Ich zahle und gehe nach Hause. An den Häuserwänden hängen noch Reste der Volksabstimmungsplakate, zum Teil abgerissen, natürlich haben wir beide, Emma und ich, für Deutschland gestimmt, haben die polnischen Stimmzettel demonstrativ vor dem Wahllokal weggeworfen, damit Herr Kullrich sehen konnte, dass wir heimattreue Deutsche sind. Ich hätte übrigens auch aus eigenem und freiem Willen für Deutschland gestimmt, es gab ja die Option für den Freistaat Oberschlesien nicht, und der Mensch, der ich eben gerade noch war, vor dem Gespräch mit dir, hätte nicht für Polen stimmen können, für Polen hätte nur ein schmutziger Bergmann oder Arbeiter stimmen können oder ein Spartakusanhänger, so jemand wie meine Brüder, nicht der Hilfsbuchhalter und Leutnant der Reserve Alois Pokora.

Meine Brüder stimmten auch für Deutschland in der Gewissheit, dass Polen keine Arbeit für sie haben würde, doch das alles hatte jetzt überhaupt keine Bedeutung mehr. Ich stimmte nicht aus Überzeugung für Deutschland. Als im *Wanderer* die flammenden Aufrufe an alle «Heimattreuen Landsleute» erschienen, fühlte ich mich nicht angesprochen, ich war keinem Vaterland und keiner Heimat treu, seit Anfang des Jahres las ich Zeitungen wie den *Bund* nicht mehr, was ich ohnehin nur zu Hause tat, niemals hätte ich mir erlaubt, eine Freistaats-Zeitung in der Gastwirtschaft oder auf der Arbeit aufzuschlagen. Die deutsche Propaganda im *Wanderer* und die polnische im *Katholiken* oder der *Arbeiterzeitung* beleidigten sogar eine so bescheidene Intelligenz wie die meine, ich stimmte am Ende für Deutschland, weil sich das so gehörte für jemanden, der in die gesellschaftliche Klasse aufsteigen wollte, in die ich strebte; meine polnisch geschriebenen Texte für die polnische Presse in meinen Studentenjahren verdrängte ich gründlich. So war das, jetzt dagegen waren die Staatsraison, die Stadt Gleiwitz, Polen, Deutschland, Korfanty, Kupka, Pronobis, Urbanek, die Volksabstimmung, die Heimattreuen, Separatisten, der empörende Londoner Plan zur Rückzahlung der Kriegsreparationen – aber all das spielte keine Rolle mehr, Agnes, weil du in mein Leben zurückgekehrt warst.

Die Stadt verschwimmt mir vor Augen, die Menschen verlieren ihre Gesichter, Mauern, Hüte, Mützen, Bérets, die Uniformen der französischen Alpenschützen an der Ecke Wilhelmstraße und Marktplatz, die roten Maiflaggen, jemand grüßt mich, ich erwidere den Gruß nicht, gehe vor mich hin, vorbei an meinem Gymnasium und dem Konvikt, steige hinab auf die grünenden Felder, über die Smilo von Kattwitz und ich geschlendert sind, vorbei an der Ziegelei und erreiche schließlich den Fluss, meine Schuhe sind schon ganz verdreckt, ich setze mich ans Ufer und kriege keine Luft, als würde mein Brustkorb von einem schrecklichen Schraubstock zusammengedrückt, als wäre ganz in der Nähe eine Artilleriegranate explodiert, die der Luft allen Sauerstoff entzieht, die Trommelfelle platzen lässt, und wir werfen uns auf den Boden des Schützengrabens, ohne einen Kratzer, aber betäubt, schnappen mit aufgerissenen Mündern nach Luft wie Fische, die aus dem Wasser geholt wurden.

Ich weiß nicht, wie lange ich dort sitze, weiß nicht, wann ich aufstehe, gehe zurück nach Hause, bleibe schließlich stehen vor dem Mietshaus, das noch vor kurzem mein Zuhause gewesen ist, die Treppe, die Wohnungstür, Emma ist schon vom Fest zurück, bestimmt mit der Straßenbahn. Sie sitzt im Wohnzimmersessel, in dem grünen Kleid, das ich so mag, und ich sehe, sie hat geweint. Karlchen spielt mit Bauklötzen auf dem Teppich, und ich kann mir nicht länger vormachen, dass ich dieses Leben verdient hätte.

«Wo warst du?»

«Am Fluss.»

«Wer war diese Frau?»

«Niemand.»

«Lüg nicht, Alois. Ich bin nicht dumm.»

Nein, Emma ist nicht dumm. Emma hat nur Volksschule, Emma war bei reichen Leuten im Dienst, sie hat mir nächtelang erzählt, wie sie dreimal den Dienst quittiert hat, weil die Pfoten der Hausherren zu klebrig waren, im Dienst bei reichen Leuten hat Emma sich die Manieren dieser Leute angeeignet, hat auch sehr schön Deutsch sprechen gelernt, hat alles gelernt, was man wissen muss, um sich auf dem Abendessen bei Kullrichs, zu denen wir zweimal eingeladen waren, weder vor den Gastgebern noch den anderen Gästen zu blamieren, Emma, ideal für jemanden wie mich, der über seinen Stand hinausgehoben, aber von bescheidener Herkunft ist, ein Mädchen aus gutem Hause hätte mich ja nicht geheiratet, Emma aber suchte bei mir nicht den gesellschaftlichen Aufstieg, Emma liebte den in mir, der ich war.

«Du hast eine Zartheit, die ich nie bei irgendeinem anderen Mann erlebt habe», sagte sie. «Du schämst dich nicht, vor mir zu weinen. Du hasst alles Gewalttätige und Heftige. Sprichst leise. Bist fürsorglich und gut, deshalb liebe ich dich, nicht deshalb, weil du ein gutes Gehalt bei diesem Kullrich hast, das Gehalt kannst du jeden Augenblick verlieren, die Sanftheit und Güte, die in dir sind, verlierst du nicht, es sei denn, du fängst an, zu viel zu trinken, aber das wirst du nicht, glaube ich», sagte sie. «Denn der Schnaps vermag Güte und Sanftheit abzutöten, viele Male habe ich das gesehen. Deshalb trink ruhig, jeder muss sein Vergnügen haben, also wenn du das magst, dann trink, aber nicht zu viel.»

Ich trinke nicht zu viel.

«Ich habe Angst, Alois», sagt Emma, und ich habe nicht den Mut, ihr die Wahrheit zu sagen; ich sage nur, ich hätte Kopfschmerzen, ich müsste ein Nickerchen machen, gehe in unser Schlafzimmer, lege mich aufs Bett und liege da mit weit geöffneten Augen, höre Emma mit Ana reden, weiß aber nicht, worüber sie reden, starre an die Zimmerdecke. Ich höre mein eigenes Herz, höre das Ticken der Uhr und höre, wie Emma in der Wohnung herumwuselt, höre Karlchen weinen, das Weinen vergeht, schließlich schlafe ich ein, wache am anderen Morgen vor allen auf und gehe viel früher zu meiner Arbeit in der Seifenfabrik als sonst. Emma schläft noch, ich wecke sie nicht, in der Arbeit sitze ich länger als nötig, und ich denke nur an dich, Agnes.

Ich hätte nicht gedacht, dass du noch einmal in meinem Leben auftauchst, und jetzt bist du plötzlich da, bist wieder da, wieder stehe ich verständnislos vor diesem Leben. Habe ich dich geliebt, Agnes, oder habe ich dir nur die Ehre erwiesen?

Ich komme zurück von der Arbeit, Emma stillt Karlchen in der Küche, ich sage:

«Ich muss mich hinlegen, habe Kopfschmerzen.»

Emma sagt nichts darauf, ich lege mich hin, kann aber nicht einschlafen, trinke zwei Gläschen Schnaps, liege da und starre an die Decke, stehe schließlich auf, ziehe mich aus, wasche mich, ziehe den besten Anzug an, den ich habe. Als ich aus dem Schlafzimmer komme, steht Emma im Flur. Ana ist nicht da. Paulek und Pyjter, meine Halbbrüder, spielen im Kinderzimmer.

«Gehst du zu dieser Frau?»

Ich antworte nicht.

«Ich weiß, wer das ist, Alois. Ich bin nicht dumm.»

Ich schweige.

«Wenn du jetzt gehst, dann werden wir nicht mehr hier sein, wenn du zurückkommst. Weder ich noch Karlchen. Wenn du jetzt gehst, heißt das, du bist gar nicht der, für den ich dich gehalten habe. Ich habe dich liebgewonnen, weil du gut und sanft warst, ich versuchte zu verstehen, aber wenn du jetzt gehst, wenn du jetzt zu ihr gehst, heißt das, du bist dumm und böse und undankbar, und du verstehst nicht, dass wir ein gutes Leben haben, verstehst nicht, bist dumm wie ihr alle, so dumm und böse wie mein Vater, weil er meine Mama schlug, bevor er umkam, und ich bedauerte nicht im Geringsten, dass er tot war, denn er war böse, verstehst du?»

Emma spricht Deutsch, denn das sind wichtige Angelegenheiten, deshalb antworte auch ich auf Deutsch, auf Deutsch kann ich besser lügen.

Ich muss dorthin, muss das klären, es ist gar nichts, Emma, nur eine alte Geschichte.

«Lüg nicht, Lojzik. Lüg nicht. Lüg meinetwegen alle an, dich selbst, aber nicht mich.»

«Ich muss dorthin, Emma, denn sie ... Diese Frau, ich habe sie nie angefasst und auch jetzt nicht ... Das ist nicht so, es war nie etwas zwischen uns, verstehst du, Emma? Nicht in dem Sinn. Sie hat ja einen Mann, das ist wirklich nicht so. Ich will mich nur mit ihr unterhalten, mehr nicht, ihr verdanke ich, dass ich der bin, der ich bin, ich bin ihr das schuldig, Emma, ich will mich nur mit ihr unterhalten.»

«Wenn du jetzt gehst, Alois, werden wir nicht mehr hier sein. Ich bin nicht dumm. Ich werde hier nicht sitzen und zusehen, wie diese Frau in dein Leben zurückkehrt, wie sie sich in deinem Leben breitmacht. Wie sie dich nimmt, als wärst du ein Spielzeug, wie ein Pony oder einen Dackel, so ein Dämchen aus gutem Hause, wer sind wir denn für sie, menschlicher Abfall, du bist ein Spielzeug für sie, begreifst du? Ich bin nicht damit einverstanden, Alois. Ich habe auch meine Würde. Wir waren gut zueinander, ich und du. Ich weiß wirklich, wer sie ist, Alois, ich bin nicht dumm.»

Ich frage nicht, woher sie das weiß und ob sie es weiß oder nur vermutet, etwas zerreißt mich mittendurch, als würden Pferde mich auseinanderreißen. Ich trete auf sie zu, will sie anfassen, küssen, doch das ist so, als versuchte ich eine Granate in den Händen zu halten, deren Zünder schon zischt, als wollte ich sie so fest in meine Hände nehmen, dass sie nicht explodiert.

«Ich habe dieses Leben sowieso nicht verdient», sage ich, «das war kein wahres Leben, der Leutnant der Reserve, Ritter des Eisernen Kreuzes erster und zweiter Klasse, im Zivilleben Hilfsbuchhalter, Alois Pokora, Ehemann und Vater, wohnhaft in der Oberwallstraße 30, existiert nicht, es gibt ihn nicht und hat ihn nie gegeben, er ist nur eine Illusion, eine Lüge, Theater.»

«Ich – eine Illusion, Alois? Karlchen, nicht wirklich? Wir sind Menschen, Alois, nicht irgendein Spielzeug von dir, wir sind keine Theater- oder Lichtspielschauspieler, auch keine Figuren aus einem von deinen Romanen da, Figuren, mit denen der Autor machen kann, wozu er Lust hat, wir sind Menschen, Alois, du kannst uns nicht einfach so streichen, nur weil es dir zu eng geworden ist in deinem kleinbürgerlichen Leben. Glaubst du, du wärest zu gut dafür? Für so ein Leben? Zu gut für mich, für deinen Sohn? Du wärst zu etwas Höherem, Besserem berufen, Alois, weil du in Breslau studiert hast, weil dieser schlaue Pfaffe dir das Gymnasium bezahlt hat? Wir haben gut gelebt, normal, und du willst das jetzt kaputtmachen? Menschen wie du oder ich sollten dem Schicksal oder Gott danken dafür, dass ihnen so ein Leben zuteilward, denn die meisten von uns haben ein hundert Mal schlechteres. Und du willst das einfach streichen? Einfach so? Weil dir etwas Besseres zusteht, Alois? Weil du Knecht bei dieser bösen Frau sein willst?»

«Emma, ich gehe nur auf einen Besuch.»

«Lüg nicht, Alois. Ich weiß, wer sie ist.»

Emma schluchzt nicht, doch die Tränen laufen ihr über die Wangen.

«Wenn du gehst, Alois, werden wir nicht mehr hier sein, wenn du zurückkommst», wiederholt sie, und ich gehe, mir ist schlecht, ich habe kalte Hände, schwitze, aber ich gehe, denn du hast gesagt, dass ich am Abend zu dir kommen soll, also gehe ich, auch wenn ich weiß, dass Emma nicht scherzt.

Ich schließe die Tür hinter mir, laufe die Treppe hinab, ohne Licht zu machen, komme auf die Straße. Draußen steht Ana, nervös rauchend. Sie hält mich auf.

«Alois, was tust du, hast du den Verstand verloren? Du siehst aus, als hättest du den Belzebub gesehen. Meinst du, Emma redet das zum Spaß? Das ist kein kleines Fräulein aus der Stadt, mit dem du umgehen kannst, wie es dir gefällt. Sie schmeißt hin, eh du dich umgucken kannst.»

«Ich muss jetzt gehen, Schatz», sage ich, «ich muss wirklich.»

Ana zuckt mit den Schultern und schüttelt den Kopf.

«Ich hab gedacht, du bist nicht so ein Scheißkerl wie alle anderen, Alois. Emma hat recht.»

Ich höre ihr nicht zu, wende mich ab und gehe zu dir, Agnes, den Weg, den sogar mein Körper auswendig weiß, diesen Weg war ich zum Gymnasium gegangen, nachdem ich aus dem Konvikt hatte ausziehen müssen und zu dir gezogen war, jetzt ist alles anders, Alpenschützen mit Bérets,

Maschinengewehre an jeder Ecke, Plakate zur Volksabstimmung, Straßenbahnen, mehr Autos, viele schon mit Gummireifen, damals war ein Auto eine Rarität, die Welt verändert sich so rasch, aber Volksabstimmung hin oder her, Autos hin oder her, Straßenbahnen und die neuen, repräsentativen Mietshäuser an der Wilhelmstraße, alles unwichtig. Als ich aufs Gymnasium kam, stand die ganze linke Seite bis zur Bogenstraße leer, Gras wuchs dort, jetzt ist sie bebaut mit drei- und vierstöckigen Sezessionshäusern mit Türmchen, Stuck, Erkern, Mansarden und Dachfenstern, Frucht der Arbeit von Menschen wie meinen Brüdern und dem alten Pokora, jedoch nicht von ihnen bewohnt, sondern von jemandem, den ich in den letzten zwei Jahren ungeschickt nachzuahmen versuchte, an den Häusern unwichtige Schilder und Plakate, *Friseur, Weinhandlung Kantorowicz, Stimme für Deutschland!*, endlich bin ich da, der Hauseingang, Treppenhaus, Treppe, die Tür zu der Wohnung, in der ich drei Jahre verbracht habe, drei Jahre nah bei dir, Agnes.

Ich klopfe, du öffnest mir.

Du trägst denselben Seidenschlafrock mit japanischem Muster wie damals, als ich dich zum ersten Mal nackt sah, vor sieben Jahren, einige Tage nach dem Ausbruch des Krieges, der der alten Welt das Genick gebrochen hat. Der Schlafrock wird von einem Gürtel gehalten, darunter ist vermutlich nichts.

Ich weiß nicht, woher ich das weiß, aber ich weiß es sofort, ich spüre, dass du allein in der Wohnung bist.

«Komm rein», sagst du, drehst dich um und gehst in den Salon. «Komm mit.»

Ich trete ein. Die Möbel unter Bettlaken, gedämpftes Licht, Staub in der Luft.

Im Salon hast du nur einen Sessel abgedeckt, der Rest der Möbel ist weiter verhüllt. Du nimmst darin Platz, schlägst ein Bein über das andere, ich stehe vor dir.

«Auf die Knie.»

Worte wie Peitschenhiebe. Drei Jahre habe ich dich nicht gesehen. Ein Schauder läuft durch meinen ganzen Leib.

«Auf die Knie», wiederholst du, eine Stimme wie ein Messer, ich zögere kurz, schließlich könnte ich mich weigern, zwingen kannst du mich nicht, hast keine Pistole in der Hand, drohst mir mit nichts, dennoch gehe ich auf die Knie, warum? Will ich das? Ich gehe langsam, auf dem staubigen Fußboden, auf beide Knie und senke den Blick. Mein Herz pumpt das Blut mit solcher Kraft, dass ich den Puls in den Schläfen spüre, in der Stirn, im Hals, in der Brust.

«Drei Jahre, Alois», sagst du. «Drei Jahre und nichts, nicht mal ein Brief …? Warum hast du mir nicht mehr geschrieben? Glaubtest du, du könntest dich so von mir befreien? Wolltest du dich befreien von mir, wolltest weglaufen, Alois?»

Ich hebe den Kopf.

«Ich wollte …»

«Ich habe dir nicht erlaubt zu sprechen. Oder mich anzusehen.»

Ich schlage den Blick nieder, du schweigst, ich spüre deinen Blick, er brennt, brennt, brennt.

Wen siehst du, wenn du mich ansiehst, einen ziemlich großen, nicht sehr wohlgebauten, dreißigjährigen Mann mit aschgrauem Haar, das jetzt von der Brillantine gedunkelt ist, mit einem schmalen Oberlippenbärtchen, im gewöhnlichen grauen Anzug, einem Hemd mit steifem Kragen und dunkler Krawatte?

Du stehst auf, machst ein paar Schritte, stehst über mir.

«Ohne mich bist du ein Niemand, siehst du das nicht?», fragst du, dabei weiß ich, dass du gar keine Antwort erwartest. «Ich habe dich erschaffen, dank mir bist du jemand, dank mir konntest du jemand sein, und du entscheidest dich für das Leben an der Seite irgendeines ungehobelten Dings, das nicht mal richtig Deutsch spricht? Du machst ihr ein Kind? Der Hilfsbuchhalter Pokora? Wozu warst du in den Schützengräben? Wozu warst du in Berlin, mit Luxemburg und Liebknecht, in dieser Lederjacke, wozu? Wolltest du jemand sein? Nur ich konnte dich zu jemandem machen, doch vor mir bist du weggelaufen.»

Du stehst über mir, ich sehe deine Füße, wage es nicht, den Kopf zu heben, da packst du mein Kinn und hebst mein Gesicht, und ich sehe dich, sehe dich, als sähe ich dich zum ersten Mal, deine Brüste, wie sie sich unter der Seide des Schlafrocks abzeichnen, die weichen Linien deines Unterkiefers, dein kurzgeschnittenes Haar, das über die Ohren fällt, deine bösen Augen.

«Ich bin geschieden. Gottrop hat mich nicht verdient, er verdient meine Nähe nicht, meine Zuwendung, meinen Körper.»

Ich spüre die Wärme, als du das sagst, Agnes, so als würde deine Scheidung etwas Gutes für mich ankündigen, doch spüre ich das sehr tief, verdeckt unter der Angst, unter einem Zittern, das mich in furchtbaren Wellen durchläuft, mich, Ritter des Eisernen Kreuzes zweiter und erster Klasse, kniend vor einer Frau, vor der zu knien er keinerlei Grund hat.

«Möchtest du meinen Körper sehen, Alois?»

«Ja», antworte ich.

«Du musst es dir verdienen. Nach all diesen Jahren. Hast du mich vergessen?»

«Nie habe ich dich vergessen.»

«Und dennoch lebst du so, als wärst du ein Niemand. Als hättest du vergessen. Hilfsbuchhalter Alois Pokora. Nicht das habe ich von dir erwartet. Du hättest mehr erreichen können. Du hast mich enttäuscht, Alois. Maßlos enttäuscht. Was tust du, um meinen Körper zu sehen, Alois?»

«Alles», erwidere ich und spüre etwas in mir brüchig werden, brechen, als kletterte ich im Traum auf einen hohen Felsen und der Fels zerbrösele unter meinen Händen und ich stürzte in den Abgrund.

Du lachst auf einmal, lässt mein Kinn los, drehst dich um, gehst ein paar Schritte zurück.

«Alles, Alois? Wirklich alles? Nur um meinen Körper zu sehen? Weißt du, ich bin keine zwanzig mehr, und du bist nicht mehr der unerfahrene Jüngling, der du warst. Du hast dich verändert, Alois. Ich wette, du hattest in Berlin massenweise Frauen, und jetzt dazu dieses Mädel von hier, das du befruchtet und mit dem du dein kleinbürgerliches Nest gebaut hast, Kind, Arbeit, Buchhalterei, wie erbärmlich das alles. Und ich dachte, du trägst den Keim der Größe in dir, Buchhalter Pokora. Und jetzt willst du alles tun, um meinen Körper zu sehen. Du weißt doch, dass ich mich von dir nicht anfassen lasse. Wirklich alles?»

«Alles, Agnes», flüstere ich, «alles», flüstere mit Blick auf den Fußboden und wage den Blick nicht zu heben, ich bin hier und gleichzeitig schon nicht mehr.

Ich höre Seide rascheln, als du den Gürtel des Schlafrocks öffnest, höre, wie er von deinen Schultern gleitet, und ahne, dass du nackt über mir stehst, wieder, und wage es nicht, den Blick zu heben.

Ich verstehe die Gewalt nicht, die du über mich hast, Agnes, und erliege ihr doch, ohne zu verstehen, vollständig, gegen meinen Willen. Ich wollte vor dir knien, als ich auf dem Weg hierher war, jetzt will ich es nicht mehr und tue es dennoch.

«Du darfst gucken, Alois, aber nur für einen Augenblick.»

Ich schaue auf. Du stehst nackt über mir, und ich würde gern sagen: «Na und, habe viele nackte Frauen gesehen, Emma hat einen schönen Körper, schöner als deiner, Agnes», würde ich gern sagen, tue es aber nicht, weil ich dich nackt sehe.

Ich sehe dich an, und irgendwo unter der Aufregung, vor diesem Herzschlag wie vor dem Sturm ist da sogar etwas wie Neugier, ob dein Körper sich verändert hat. Hast du ein Kind geboren? Ich kann nichts feststellen. Du siehst schöner aus als das Bild, das ich mir vor Jahren eingeprägt habe. Hüften, Brüste, Bauch, die Linie deines Kiefers.

«Hast du genug?»

Du kommst auf mich zu.

Ich schüttele den Kopf. Du schlägst mit offener Hand ins Gesicht von Alois Pokora. Nie zuvor hast du Alois Pokora geschlagen.

«Schau weg», sagst du, und Alois Pokora senkt den Blick. Du gehst ein paar Schritte, hebst den Schlafrock auf, ziehst ihn über.

«Wie spät ist es?», fragst du.

Alois Pokora zieht meine billige Uhr aus der Westentasche, öffnet sie. «Es ist acht Uhr zweiunddreißig», sagt er.

«Sehr schön. Zieh dich aus», befiehlst du.

«Ausziehen?», fragt Alois Pokora dumm.

Du gibst ihm eine weitere Ohrfeige, nicht symbolisch, sondern richtig, heftig, dass mir der Kopf zurückfliegt, es brennt. Seit Heiligabend 1918, auf der Ladefläche des Lasters, der mich zur Erschießung fuhr, hat niemand mich geschlagen, niemand hätte es gedurft, ich hätte es nicht zugelassen, niemand kam auf die Idee, in dem stillen, grauen Leben im Unsichtbaren schlägt man sich nicht.

«Bist du dumm, Alois? Ausziehen, hab ich gesagt. Mach schon.»

Alois zieht also das Jackett aus, knöpft mit zitternden Händen die Weste auf, knöpft das Hemd auf, zieht es über den Kopf, streift die Schuhe aus, die Strümpfe, knöpft die Hose auf und zieht sie aus, steht in kurzen Unterhosen da.

«Alles», sagst du. «Vollständig.»

Hitzewellen durchströmen mich, zum ersten Mal im Leben ist mir, als sollte ich aus innerer Entrüstung ohnmächtig werden, mein Gesicht glüht, das Herz hämmert, Hände und Füße sind kalt und schweißnass.

«Ausziehen», fauchst du leise, «ausziehen, Hilfsbuchhalter Pokora, mach schon.»

Warum hast du solch eine Gewalt über Alois Pokora? Hast du dich in irgendeiner Weise für mich verdient gemacht, hast du mich so gut und großherzig behandelt, dass ich dir zum Dank gefügig und gehorsam sein müsste? Hat Alois jemals etwas von dir bekommen? Hast du den Keim von Größe in mir gesehen? Gespielt hast du mit Alois Pokora, wie man einen Pudel dressiert. Emma hatte recht, solche wie ich können nur Spielzeug sein für solche wie dich. Mehr als an mir warst du an der Macht interessiert, die du über mich hattest, und jetzt, wütend darüber, dass du sie vorübergehend verloren hattest, rächst du dich für die Jahre, in denen ich frei von dir war. All die Bücher, die ich las, um dir im Gespräch ebenbürtig zu sein, all die Diskussionen, in denen du mir zeigtest, wie wenig ich weiß, wie wenig ich bedeute, dieser raffinierte, hochgesteigerte Hohn, dann dein Ehemann, all das, was du mir angetan hast, Agnes, und ich verharrte in dieser Verehrung für dich, in dieser unbegründeten Achtung und verstehe das jetzt, ich verstehe es und kann mich dennoch nicht daraus lösen. So viele Jahre, fünfzehn Jahre meines Lebens in deinem Schatten, dein Gesicht in mein Gedächtnis gegraben, und nie habe ich mir die Frage gestellt, ob du meine Verbündete warst oder eher meine Feindin im Streben nach Würde, in dem Kampf, der mein Leben ist.

Noch eine Ohrfeige, mir brennt Alois Pokoras Gesicht.

Ich lasse die Unterhose runter, stehe ganz nackt, doch dich interessiert ja meine Nacktheit nicht, Agnes, dich interessiert nicht mein Körper, sondern allein meine Schwäche. Nackt bin ich nicht so, wie ich bei Emma nackt bin, die meinen schiefen Körper liebt, vor dir bin ich nackt, damit ich niedriger bin. Ich zittere, ich knie vor dir, zittere, du zaust mein Haar wie bei einem Hund, plötzlich bin ich froh, dass du mit mir zufrieden bist. Immer hast du das so gemacht, ich weiß noch.

«Und jetzt küss meine Füße, Alois. Erweise mir die Ehre, die mir gebührt. Tu es.»

Ich bücke mich und küsse deine Füße, Agnes.

«Und jetzt bleib so», sagst du, ich bleibe, mit dem Gesicht am Boden, die Lippen dort, wo soeben noch deine Füße waren, aber nicht mehr sind, du hast den Salon verlassen. Ich höre jemanden an die Tür hämmern.

«Pünktlichkeit!», rufst du fröhlich dem hinter der Tür zu, als du durch den Flur gehst, du öffnest die Tür, und dieser Jemand tritt ein, ich springe auf, kann ja nicht nackt mitten in deinem Salon knien, das wäre unerhört, ich sehe mich suchend nach meinen Sachen um, nicht da, also greife ich mir ein weißes, verstaubtes Laken von einem Möbel, hülle mich darin ein, will wegrennen, mich verstecken, vielleicht in meinem alten Zimmer, in dem danach Heinrich Gottrop gewohnt hat, schaffe es aber nicht, du kommst schon zurück, deine Füße und ein paar Schuhe auf den quietschenden Bohlen des Flures, schon kommt ihr herein, du und Dionizy Braun-Towiański.

Dionizy trägt zivile Breeches, die in hohen, vorn geschnürten Reiterstiefeln stecken, und eine Uniformbluse mir unbekannter Provenienz, die von einem breiten Offiziersgürtel mit Schulterriemen gehalten wird, am Gürtel das Holster, auf dem Kopf eine Rundmütze mit polnischem Adler.

Dionizy ist der Letzte, den ich hier erwartet habe, bei dir, ich weiß nicht, warum, schließlich habe ich selbst euch bekannt gemacht, als er mit mir von Breslau nach Gleiwitz fuhr.

«Wer sagt's denn, der Herr Alojzy Pokora», lacht Dionizy, er spricht Deutsch, und du stimmst in sein Lachen ein, weshalb lacht ihr über Alois Pokora, was hat er euch Böses getan?

Alois Pokora besteht aus nichts als Hass, Demütigung und ohnmächtiger Wut, Alois Pokora kennt diesen Zustand gut, noch vom Gymnasium, aber warum passiert Alois Pokora das jetzt, nach allem, was er erlebt, überlebt hat, nach den Schützengräben, nach Kiesels abgerissenen Beinen, nach dem Knien im Schnee, dem Gewehrlauf des Freikorpslers an der Stirn und nachdem er aus allem in ein normales Leben entkommen ist, in das kleine Leben mit Emma und Karlchen, die dort vielleicht noch warten, gar nicht weit entfernt, eine Viertelstunde zu Fuß, er müsste nur los, raus hier, die hier beiseitestoßen und rennen.

Doch er steht da, drückt das Laken an seine Brust, lächerlich und entblößt, und Dionizy wirft die Laken von zwei Stühlen, und ihr setzt euch, du, Agnes, sehr nah bei Dionizy, und er legt seine Hand auf deinen Schenkel.

«Ja, Alois», sagst du, «guck nicht so, er war mein Geliebter. Schon vor dem Krieg, als ihr 1913 nach Gleiwitz kamt, erinnerst du dich?»

«Ach, meine Liebe, das waren ganz andere Zeiten.»

Plötzlich fällt mir das alles wieder ein, wir saßen zu viert an einem Tischchen im Garten der Kaiserkrone, nicht weit von dem Tisch, an dem ich dich heute entdeckt habe, du, Dionizy, Gottrop und ich, Dionizy deklamierte Verlaine, und als Gottrop dich nach Hause begleitete, wollte Dionizy mich überreden, gemeinsam ins Bordell zu gehen, ich lehnte ab, und Dionizy verschwand irgendwohin.

Er kann doch damals nicht zu dir gegangen sein, Agnes, das glaube ich nie im Leben, wann war das, vor acht Jahren, in einer anderen Welt, wir trugen andere Sachen, spielten ganz andere Rollen in diesem Leben, auf einer anderen Bühne, und ich soll glauben, dass er zu dir gegangen ist und du ihm aufgemacht hast, niemals werde ich das glauben, ich weiß nicht einmal, ob ich diese Worte laut gesprochen habe oder ob sie mir nur durch den Kopf gingen.

«Na ja, das damals war nur eine Nacht, ich hatte mich gerade mit Gottrop verlobt, der hat mich aber nie angezogen, Dionizy dagegen besitzt diese gewisse Kraft, die mich fasziniert, vielleicht weil er Pole ist, das hat etwas Romantisches, danach haben wir uns viele Jahre nicht gesehen, wohl aber geschrieben.»

Ich merke, dass mir die Tränen über die Wangen laufen.

«Ach, weine nicht, Alois, das ist jetzt bestimmt schwer für dich, aber es ist nun mal so, Dionizy kam zu mir, weil er auf der Suche nach dir war, und obwohl acht Jahre vergangen sind, brennt noch immer die Luft zwischen uns, da hat sich nichts geändert, und da es nun keine Hindernisse mehr gibt ...»

«Meine Liebe, wir sind doch aber nicht hier, um über unsere Bettgeschichten zu sprechen», sagt Dionizy in seinem makellosen Deutsch, er spricht theatralisch, an Agnes gewandt, dabei bin ich der Adressat seiner Worte, «keine Bettgeschichten, obwohl, einmal hast du mir doch erzählt, dass unser lieber Alojzy in dich verliebt ist wie Severin von Kusiemski in Wanda von Dunajew, und ich habe das nicht geglaubt, ich dachte, solche Paraphilien wären Menschen von hoher Geburt und schwerer Verantwortung vorbehalten, die im Alkoven einmal die Last ihres Lebens ablegen, für kurze Zeit jemand anderem die Zügel überlassen wollen.»

«Nein, Alois ist ein ganz anderer Fall», antwortest du ihm, und ich fühle mich wie gelähmt, wozu spielt ihr dieses Theater vor mir, warum? Doch du fährst fort, Agnes.

«In der Situation, von der du sprichst, ist das Machtverhältnis in Wirklichkeit ein anderes, denn der von der Frau Gequälte befriedigt recht eigentlich seine Bedürfnisse, daher dient in Wirklichkeit sie ihm, sie erfüllt seine Bedürfnisse, nicht umgekehrt; Alois dagegen hat vor langer Zeit, als er mich zum ersten Mal im Leben sah, sehr gut verstanden, dass er meiner nicht würdig war und es nie sein würde, und ich habe verstanden, dass er alles für mich tun wird, Alois gewinnt kein Vergnügen daraus, er bekommt weder Belohnung noch Erfüllung. Willst du sehen, Dionizy? Dann schau.»

Du stehst auf, Agnes, dann zeigst du mit dem Finger auf den Fußboden vor mir und sagst: «Auf die Knie, Alois.»

Dionizy ist das peinlich, er wird unruhig. «Da übertreibst du jetzt, Agnes, es reicht», sagt er. «Du hast bewiesen, was du beweisen wolltest, aber ich brauche ihn, lassen wir jetzt mal die Bettgeschichten, Herr Korfanty wird diese getürkte Volksabstimmung nicht so durchgehen lassen, heute Nacht beginnen wir hier etwas Großes, und jemand wie er, ein Offizier, zweifach ausgezeichnet mit dem Eisernen Kreuz und zugleich einer von hier, ein Schlesier, ist für uns Gold wert, wenn nicht im Feld, dann zumindest auf dem Feld der Propaganda ...»

«Meinst du, Dionizy?», fällst du ihm ins Wort und lachst. «Meinst du, er kann euch irgendetwas nützen, dieser Buchhalter, ganz erstickt in kleinbürgerlichen Vorurteilen, einer, der so tut, als wäre er nicht da? Nicht einmal sein kleines graues Leben hat er vor mir zu verteidigen gewagt. Schau, Dionizy, was für ein Format dieser Mensch hat. Ich werde es dir vorführen: Auf die Knie, Alois, auf die Knie, ich werde dir erlauben, meine Füße zu küssen. Und dann wirst du zuschauen, wie wir ...»

Ich kann das nicht länger mit anhören.

Mit einem Mal tritt eine Kraft in mich, oder vielleicht tritt sie gar nicht in mich, sondern entflammt in mir, war vielleicht schon vorher in mir und explodiert jetzt nur mit größerer Macht als früher, mit einer Macht, die ich nicht kenne oder die ich einfach nur vergessen habe.

Warum, Agnes, habe ich dich all diese Jahre trotz deiner Grausamkeit geliebt?

Was habe ich von dir dafür bekommen?

Ich sehe meine in die Ecke geworfenen Sachen, lasse das Laken fallen, mir ist egal, dass ich nackt bin, ich greife nach meinen Kleidern –

«Auf die Knie!» –

schreist du, Agnes, aber ich höre nicht auf dich, ziehe die Unterhose an, alles andere, sehe weder dich noch Dionizy an, du kommst zu mir und schreist –

«Auf die Knie!» –

und ich höre die Angst in deinem Schrei, die Angst, ich könnte deinen Befehl verweigern, du versuchst mich zu ohrfeigen, ich fasse deine Hand im Flug, quetsche sie zusammen, «Das tut weh», zischst du, ich lasse los, stoße dich weg, es ist vorbei, Agnes, vorbei, du hast keine Macht mehr über mich.

Du hast keine Macht über mich, weil du nicht existierst.

Ja, schon, irgendeine Agnes Gottrop steht da vor mir, vierunddreißig Jahre alt, geschieden, wohnhaft da und da, wohlgeformter Körper, ebenmäßige Gesichtszüge, doch diese Frau hat nichts mit dir zu tun, Agnes, mit der Frau, die mich durch diese Jahre begleitet hat. Ich habe mir mein Bild von dir gemacht, so wie die Menschen es sich von Gott gemacht haben, nach ihrem Ebenbild, so wie sie das Absolute auf ihre Phantasien von guten und gerechten Vätern reduziert haben, so habe ich dich erschaffen, die Frau, die mich liebt und für mich sorgt, die Frau, bei der ich sicher bin, weil sie mich durch die Welt führt, stark wird sie sein und gerecht, wird mich wie ein Gott für das Gute belohnen, für das Böse strafen, in meiner Welt standest du für Gott, aber es gibt dich nicht, Agnes, da ist nur diese gelangweilte, reiche, verdorbene Spießbürgerin, die sich an dem Spiel mit dem schwachen, wehrlosen Jungen ergötzt hat, es erregte dich, dass du mich umsonst haben konntest, ohne etwas von mir zu brauchen, so wie ein Schoßhündchen, das auch einfach nur da ist.

Du hast keine Macht mehr über mich. Wie viele Eigenschaften habe ich dir verliehen? Wie offenherzig habe ich dir ungewöhnliche Intelligenz, Klugheit und Güte zugeschrieben, überall dort, wo du die Wahrheit über dich selbst verborgen hast, wollte ich Größe und Erhabenheit sehen.

Und plötzlich war es, als wäre ich zum Teich von Siloah gegangen und hätte mich gewaschen, ich war blind und bin sehend geworden, sehe dich so, wie du bist, dich und deine schicken Kleider, deinen ererbten Reichtum, deine Scheidung, verstehe schon, warum du zurückgekommen bist.

Durch meinen Körper dröhnt der Schlag des Herzens, tief innen aber bin ich ruhig.

Dionizy steht da, an die Wand gelehnt, sieht zu, wie ich die Schuhe anziehe, misst mich mit dem Blick, als wollte er mich einschätzen, mir ein Zeugnis ausstellen, Agnes ist wie von Sinnen, Agnes, plötzlich sprachlos, versteht nicht, was vor sich geht, versteht nicht, woher ich die Kraft habe, vor einem Augenblick habe ich doch noch vor ihr gekniet, nackt, ich verstehe es auch nicht, vielleicht habe ich diese Kraft einfach, weil ich an dich gedacht habe, Emma, an das Leben, das du mir gegeben hast, an unseren Sohn, daran, dass ich ganz einfach jemand Normales sein will, ein gewöhnlicher Mensch, ich habe ein Recht darauf. Dass ich in Armut geboren bin, heißt nicht, dass ich nur zwischen Armut und Größe wählen dürfte, ich kann so klein sein, dass ich fast nicht existiere, aber dennoch jemand sein und leben, ich habe mein ganzes Leben vor mir, ich will sehen, wie meine Kinder groß werden, und das darf ich.

Ich gehe.

«Du kommst zurück!», schreit Agnes. «Du kommst jetzt zurück und bettelst!»

Ich gehe raus, laufe die Treppe runter und weiß, dass ich nicht zurückkommen werde. Draußen lehne ich mich an die Wand und hole tief Luft, denn ich bin außer Atem. Ich ringe nach Luft, tief innen aber bin ich völlig ruhig.

Dionizy läuft mir auf der Treppe nach, «Alojzy, hör zu», er spricht polnisch, «hör zu, warte doch, ist mir doch völlig egal, was du da mit dieser übergeschnappten Deutschen hattest, ich habe ein wirklich ernsthaftes Angebot für dich, wir wissen, dass du im OFK warst, aber wir wissen auch, dass du unseren Leuten vom POW bei Ankäufen geholfen hast, wir wissen von diesen Gewehren und dem Geschütz, deshalb betrachten wir deinen Dienst im OFK im Grunde so, als wärst du unser Agent gewesen, deshalb habe ich diese Sache mit Alfons Zgrzebniok besprochen ...»

«Ich kenne keinen Alfons Zgrzebniok», lüge ich, denn natürlich kenne ich ihn, schon allein aus Pronobis' Broschüre, wo er ausgezeichnet beschreibt, was während des ersten Aufstands von Herrn Zgrzebniok los war.

«Was soll das heißen, Alois», er fasst mich am Arm, legt den Arm um mich, «wo warst du denn die ganzen drei Jahre, ich glaube nicht, dass du ihn nicht kennst, vielleicht willst du nicht, ich bin Abteilungschef beim Kommando zur Verteidigung des Plebiszits, jedenfalls brauchen wir dringend Leute wie dich, Frontoffiziere mit spezieller Ausbildung, du wirst Hauptmann, Major, was immer du willst, hier bahnt sich nämlich ein echter Krieg an, von Polen sind Waffentransporte unterwegs, du glaubst doch nicht, dass wir den Deutschen einfach so all die Bergwerke überlassen, nur weil sie das so abgestimmt haben. Es geht gleich los, heute Nacht, verstehst du, da wird ein bisschen gekämpft, die Deutschen haben hier nichts, sie werden auf die Alliierten zählen, aber die Alliierten werden keinen Finger krumm machen, die Franzosen sind auf unserer Seite, in einer Woche werden wir die Oderlinie erreichen, hier wird Polen sein, Alois, hier und in Oppeln, aber wir brauchen Leute wie dich, denk doch, wie gut du dastehen wirst, im neuen Polen wird es für diejenigen, die sich hier verdient gemacht haben, Posten und Ehren geben. Und weißt du, das wird kein richtiger Krieg, mit wem denn, mit diesen demoralisierten Schupos von der Abstimmungspolizei? Die werfen ihre Gewehre weg, wenn sie uns sehen, diesmal werden wir gut bewaffnet sein, es gibt Geschütze, Gewehre, MGs, Panzerzüge, das wird nicht so wie beim ersten Mal, aber auch nicht solche Grabenkämpfe, ein bisschen Hetze in den Straßen, Schusswechsel, du bist Pionier, wir können dich zu Oszek geben, du weißt, wer das ist, Robert Oszek, wirst bestimmt gleich wieder so tun, als kennst du ihn nicht, Matrose, ein echter Matrose, aber von hier, er richtet sich in Sosnowiec ein gepanzertes Fahrzeug her, und du könntest ...»

«Lass mich in Ruhe, lass mich in Ruhe!», schreie ich, stoße seine Hand von meiner Schulter, «lasst mich alle in Ruhe, ich will keinen Krieg, ich will leben, ich gehe jetzt nach Hause, das war ein Fehler, ich hätte hier überhaupt nicht herkommen sollen.»

«Alois, ich hätte dich so oder so gefunden, du bist für mich wertvoll, du bist wichtig für mich, Alois ...»

Ich drehe mich um, höre nicht mehr zu. Gehe die Wilhelmstraße hoch, Richtung Marktplatz, zu dir, Emma, um dir die Wahrheit zu sagen und dich um Verzeihung zu bitten, schließlich ist ja nichts passiert, ich habe dich nicht betrogen, habe sie gar nicht angefasst, fast nicht angefasst, ich bin der Hilfsbuchhalter Alois Pokora, Leutnant der Reserve, Ritter des Eisernen Kreuzes II. und I. Klasse, wenn mein Sohn groß ist, werde ich ihm vom Krieg erzählen, werde den Enkeln meine Orden präsentieren; und meine Enkel werden wunderbar Deutsch sprechen im Jahre 1950, ich werde fast sechzig sein, zu Heiligabend wird sich bei uns in der Oberwallstraße die ganze Familie versammeln, die Kinder mit ihren Familien, vielleicht werden sie mit fliegenden

Automobilen kommen, bestimmt sind bis dahin schon Autos erfunden, die wie Flugzeuge fliegen, da kommen also die Enkel angeflogen, es gibt einen Christbaum, Geschenke, die Kinder spielen mit den Sachen, mit denen die Kinder in dreißig Jahren spielen werden, mein Sohn Karl, groß gewachsen und schön, wird schon eigene Nachkommen haben, das alles kann passieren.

Dionizy schreit: «Lass doch jetzt mal, sei nicht blöd, die Angelegenheit ist ernst!» Aber er setzt mir nicht nach, und ich gehe fast blindlings, die Laternen leuchten, jemand spricht mich an, bestimmt halten sie mich für einen Betrunkenen mit meinem offenen Hemd, Krawatte und Kragen habe ich in die Tasche gesteckt, ich gehe nach Hause, wenn sie mir folgen, bis nach Hause, Emma, dann mache ich ihnen einfach nicht auf, lasse sie nicht rein, Agnes wird nicht kommen, aber wenn Braun-Towiański mir eine Sache aufdrängen will, die mich nichts angeht, mit der ich nichts am Hut habe, dann mache ich ihm nicht auf.

Ich überquere den Marktplatz, das ist meine Stadt, meine kleine Welt, niemand wird sie mir wegnehmen, das ist unsere Welt, Emma, deine, meine, Karlchens, wir brauchen kein Berlin, brauchen weder Deutschland noch Polen, uns reicht eine gewöhnliche Stadt, nicht klein, nicht groß, normal, so ein Gleiwitz wie meins, wo ich normal leben kann.

Mein Mietshaus, also nicht in dem Sinn, dass es mir gehörte, aber schon meins, weil ich eine Wohnung darin miete, in der du ganz bestimmt auf mich warten wirst, meine Emma, bestimmt wartest du noch mit unserem Sohn Karlchen, der so putzig und süß ist, so ein entzückendes Kerlchen, pummlig, gesund, das Haustor, der Hausmeister grüßt mich auf Schlesisch, «Grüß Gott, Herr Pokora», ich kann ihm das nicht abgewöhnen, er glaubt wohl, er dürfe nicht Deutsch zu mir sprechen, seit er gehört hat, wie Emma und ich Schlesisch miteinander reden, als wäre er uns ebenbürtig, mir ebenbürtig, ist er aber nicht, denn ich bin Offizier der Reserve, Hilfsbuchhalter Alois Pokora, der gleich seiner Frau Emma die ganze Wahrheit gestehen und in dieses gute, gewöhnliche, einfache Leben zurücktauchen wird, das er noch vor kurzem geführt hat, Sonntag ist Hochamt, es ist Allerheiligen, dann auf einen Kaffee zu Wrak oder ins Victoria oder woandershin, von mir aus zur Kaiserkrone, nach der Arbeit manchmal ein Bier im Bierpalast und danach stille, ruhige Abende, Karlchen schläft schon ganz gut durch, wir legen ihn in die Wiege und können etwas lesen, trinken süßen Wein von Troplowitz, den ich mir leisten kann, weil ich Mark verdiene, die Treppe, ich betrete die Wohnung und weiß Bescheid.

In der Küche sitzt nur Ana.

«Alois, brüll nur nicht rum, Pyjter und Paulek schlafen schon.»

«Wo ist sie?», frage ich.

«Sie ist weg, du Idiot», antwortet Ana auf Deutsch, Worte wie eine gehärtete Stahlklinge. «Weg, du Idiot, ich habe es dir gesagt. Ich habe nicht mal versucht, sie aufzuhalten. Sie ist nicht dumm. Sie hat deine Briefe an diese Frau gelesen, was hast du dir gedacht, Idiot, dass sie so blöd ist und dich aus unerklärlichen Gründen Briefe schreiben lässt, die dann in der Schublade verschlossen liegen, ohne da reinzuschauen? Sie ist von hier und heute, du Idiot, wo ist denn hier und heute Platz für großherrschaftliche Allüren wie eine Geheimkorrespondenz?»

«Wo ist sie hin?»

«Ich weiß nicht, Alois, und selbst wenn ich es wüsste, würde ich es dir nicht sagen. Ich werde jetzt Pyjter und

Paulek nicht wecken, aber morgen werden wir nicht mehr hier sein.»

«Was faselst du da, Ana, willst du auf die Straße, betteln mit den Jungs? Bist du wahnsinnig?»

«Ich gehe nach Nieborowitz, zurück nach Hause.»

«Und du glaubst, Maryjka und der alte Pokora nehmen dich mit offenen Armen auf?»

«Du bist keinen Deut besser als er, Alois. Vielleicht sogar schlechter. Du denkst nur an dich. Deine kleine Welt reicht dir, dir ist nur wichtig, wie du die Welt erfährst. Wie konntest du ihr das antun?»

Ich gieße mir Schnaps ein, ein ganzes Glas, trinke es auf einen Zug aus.

«Wie kannst du so reden, ich habe dich bei mir aufgenommen, unterhalte dich, ich arbeite, damit du was zu fressen hast, du und die Bengel und Emma und Karlchen ...»

«Ich weiß jetzt, wer du bist, Alois», sagt Ana. «Wie konntest du ihr das antun? Du bist nicht besser als Vater, keine Spur. Morgen werden wir weg sein, Alois.»

Ich nehme die Flasche, gehe ins Schlafzimmer und trinke, bis ich das Bewusstsein verliere.

Als ich am nächsten Morgen aufwache, ist es noch früh, fünf Uhr dreißig, gleich werde ich zur Arbeit gehen müssen. Ich öffne die Augen und weiß einen Augenblick lang nicht, wo ich bin, weiß nicht, was geschehen ist, dann steht mir alles in seiner ganzen Grauenhaftigkeit wieder vor Augen. Emma und Karlchen sind weg. Wegen mir. Sie ist weggegangen, und ich weiß nicht, wo ich sie suchen soll.

Ana, Pyjter und Paulek sind nicht mehr hier. Ich bin allein, nur ich und mein Kater.

Ich brühe mir einen Getreidekaffee und sehe nach, ob etwas zu essen da ist, nur altes Brot und Milch, ich zerbrösele Brot, gieße heiße Milch darüber, streue Zucker darauf, das wird mein Frühstück.

Dein Fehlen, Emma, und das Fehlen unseres Karlchens ist so wie der Verlust eines Beins oder Armes oder sonst eines Teils von mir – was da fehlt, hinterlässt eine große, blutige Wunde. Was habe ich getan, was habe ich getan, was habe ich getan ...? Warum habe ich es so weit kommen lassen, dass mir dieses Leben zerbrach, das ein für alle Mal geregelt schien, warum bin ich zu ihr gegangen, zu dieser Frau, die nichts Gutes für mich hatte, für die ich nur ein Spielzeug war, nicht mehr?

Ich rasiere mich mit zittrigen Händen, ziehe mich an, gehe raus. Einem Zeitungsjungen nehme ich den *Wanderer* ab, aus dummer Gewohnheit, ich nehme ihn immer und lese fast nie. Auf der ersten Seite der große Titel *Oberschlesien in Aufruhr*, weiter heißt es, der gesamte Bahnverkehr sei eingestellt und die Telefon- und Telegraphenleitungen durchschnitten, nein, das zu lesen geht über meine Kraft, sie werden dieses Schlesien irgendwie teilen, auch ohne dass ich lese, werden irgendwas den Polen abtreten, Rybnik und Pszczyna oder alles oder gar nichts, ich kann nicht mehr, hab keine Kraft mehr für diese Politik, soll endlich Schluss sein, sollen sie die Grenzen festlegen und Ruhe, niemand soll mehr mit dem Gewehr rumlaufen, soll die Polizei sich um Banditen kümmern, die Arbeiter entwaffnen, jetzt gibt es ständig Besäufnisse, gefolgt von Zank, vor dem Krieg wäre er mit den Fäusten ausgetragen worden, heute endet es mit Schießereien und Handgranaten. Soll das alles aufhören, soll eine normale Welt beginnen, in der der Hilfsbuchhalter Alois Pokora in Ruhe zur Arbeit gehen, von der Arbeit nach Hause zurückkehren, nach dem Mittag ein Gläschen Schnaps trinken und eine Zigarette rauchen, echten Kaffee trinken kann, eine ruhige Welt ohne irgendeine Agnes, nur Emma soll da sein, die Kinder, die Arbeit, lange Zahlenspalten, der Zahltag, am Sonntag die Messe, man muss überhaupt nicht an irgendeinen Herrgott glauben, obwohl, sogar das könnte ich, wenn es der Preis für die Ruhe wäre, für ein normales, würdiges Leben.

Ich komme ins Büro. Niemand arbeitet, alle stehen in Gruppen und reden darüber, ob die Polen nach Gleiwitz kommen oder nicht. Ich grüße und merke sofort, dass etwas viel Wichtigeres passiert sein muss als die Unruhen an der polnischen Grenze, sie wenden den Blick ab, gucken nach unten, schließlich nuschelt einer von ihnen, Kullrich erwarte mich in seinem Kabinett, also gehe ich, klopfe an.

«Herr Kullrich, hier Pokora ...»

«Herein!»

Ich trete ein, Kullrich sitzt an seinem Schreibtisch und guckt mich angewidert und wütend an. So etwas habe ich noch nie in seinen Augen gesehen. Jemand knallt hinter mir die Tür zu.

«Guten Tag, Herr Kullrich», sage ich unsicher.

«Guten Tag? Guten Tag?», brüllt Kullrich. «An die Wand und erschießen, von wegen guten Tag!»

«Aber Herr Kullrich ...»

«Ich habe dich in mein Haus eingeladen, du Bolschewik! Habe dir Arbeit gegeben! Dich als Freund betrachtet! Dich in die Partei aufgenommen! Du bist schlimmer als die Polen, du Spartakusler! Bestimmt spionierst du hier für sie, oder?»

«Aber Herr Kullrich, was für ein Bolschewik, wieso spionieren, nie im Leben habe ich, ich bin Kriegsveteran, ich ...»

«Was ist das dann, du verlogener Hund, was ist das?», schreit er und greift nach einer Photographie auf dem Schreibtisch, wirft sie mir vor die Füße.

«Na, guck genau hin, wer da auf diesem Photo ist.»

Ein Lastkraftwagen, rote Flaggen, Luxemburg, Liebknecht, beide Salmakis, all meine Gardisten und ich, in der schwarzen Lederjacke, mit einer großen Mauser am Gürtel.

Mir ziehen sich die Eingeweide so zusammen, dass ich es nicht länger aushalte, eine Welle der Übelkeit erfasst mich. Das Photo hatte ich vergessen, die Baronin hat es gemacht, und ich hatte vergessen, dass dieses Photo überhaupt existiert, ich hatte es in der Tasche der ledernen Chauffeurjacke, die man mir vor der nicht vollendeten Erschießung auf einer Wiese bei Berlin abgenommen hat, ich hatte vergessen, dass die Baronin existierte, und jetzt hält mein Arbeitgeber, der den Kommunismus hasst und als DNVP-Angehöriger das Reich liebt, ein wahrer Heimattreuer, Herr Kullrich, hält dieses Photo in der Hand. Ich kann nicht mehr, ich drehe mich um und kotze, kotze auf den Boden, erbreche das ganze Frühstück aus Kaffee, Milch und trockenem Brot. Kullrich brüllt etwas – «Du beschissenes Kommunistenschwein» –, er rupft am Holster unter seiner Achsel und kriegt endlich den alten Revolver Modell 1883 heraus, schießt in meine Richtung, trifft aber nicht, ich weiß nicht, ob er überhaupt treffen wollte, aber der Schuss bringt mich zu mir, er genügt mir als Kündigung, ich ergreife die Flucht, renne aus Kullrichs Kabinett, der schießt mir noch einmal hinterher, mein letztes Gehalt kann ich ganz offensichtlich vergessen, ich laufe durch den Flur der Verwaltung der Seifenfabrik, raus auf die Straße, schwer atmend, mit verknoteten Eingeweiden, alles habe ich verloren, alles.

«Guten Tag, Alois», höre ich hinter mir die Stimme von Smilo von Kattwitz.

Ich drehe mich um, ja, das ist er. Seit ich sein Jagdschlösschen vor zweieinhalb Jahren verlassen habe, habe ich ihn nicht gesehen, er hat nicht versucht, Kontakt mit mir aufzunehmen. Das kann nicht wahr sein, erst Braun-Towiański, dann er.

Mit aufgerissenem Mund starre ich ihn an, ohne ein Wort.

Da steht er, angezogen wie sie alle, ein bisschen militärisch, ein bisschen nicht, natürlich die Grabenbreeches, mit braunen Lederklappen auf Knien und Hintern, die typischen Hosen für den Schützengraben, aber nagelneu, Bergstiefel und hohe Gamaschen in einer ideal zu den Breeches passenden Farbe, bei einer Uniform aus der Zuteilung wäre das nie so, dafür ist die Jacke zivil, grün, Jägerfaçon mit drei aufgesetzten Taschen, dazu ein Tiroler Jägerhut mit Fasanenfeder und Saubart. Kein militärischer Gürtel und kein Holster, doch sind die unteren Taschen seiner Jägerjacke ausgebeult und schwer, in der einen steckt bestimmt eine Taschenpistole, in der anderen etwas Rundes, vielleicht eine englische Eierhandgranate.

Er tritt auf mich zu, legt mir die Hand auf die Schulter:

«Entschuldigung, Alois, ich weiß, das war brutal, aber mir war klar, dass ich dich aus dieser kleinbürgerlichen Existenz raushebeln musste. Vielleicht hätte ich ihm diese Photographie nicht geben sollen, aber ich dachte, du bist doch ein anderes Kaliber, du solltest nicht als Hilfsbuchhalter in einer Seifenfabrik arbeiten, verstehst du. Du brauchst so eine Arbeit nicht, die Welt steht in Flammen.»

Jetzt verstehe ich, woher Agnes von Berlin wusste, von der Revolution, von der schwarzen Chauffeurlederjacke.

«Komm, lass uns nicht auf der Straße reden, komm schnell, wir gehen zu Wrak, du weißt doch noch, dort waren wir während des Gymnasiums? Hast du die Zeitungen gesehen? Die Polen haben in der Nacht zugeschlagen.»

«Die haben bestimmt noch geschlossen», flüstere ich am Boden zerstört, so gut wie nicht mehr existent. Habe ich alles verloren? Alles?

«Komm, sie machen für mich auf, keine Sorge.»

Wir ziehen also zum Marktplatz, ich folge ihm willenlos. Das Wrak ist geschlossen, aber Smilo hämmert so lange gegen die Tür, bis der leicht zerzauste Kopf einer älteren Dame aus dem Fenster im ersten Stock schaut:

«Ach, Herr Major von Kattwitz, bitte kommen Sie herein, ich mache schon auf, ich mache auf», und tatsächlich lässt sie uns herein, schließt dann wieder ab, denn für andere ist erst ab zehn geöffnet.

«Für Sie wie üblich einen Schwarzen und einen doppelten Cognac, und für Herrn Pokora?»

Ich wusste nicht, dass sie mich mit Namen kennt, nicht nur vom Sehen, aber ja, es ist schließlich eine kleine Stadt, sie wächst, ist aber noch klein, ich wohne in der Nähe, arbeite, besser gesagt, arbeitete bei Kullrich, ein paar Mal war ich mit Emma hier, obwohl es eigentlich zu teuer ist für unsere kleinbürgerlichen Möglichkeiten.

«Für mich einen Kaffee», sage ich schwach, doch Smilo wirft ein:

«Für meinen Kameraden auch einen Cognac, er muss sich stärken», und ich habe nicht die Kraft zu protestieren, auch wenn ich nicht weiß, ob ich den Alkohol herunterbekomme.

Unsere Bestellung kommt. Ich trinke nicht.

«Du hast mir damals das Herz gebrochen, Freund», sagt Smilo mit weicher Stimme. Ich senke den Blick. Mein Triumph vor drei Jahren hat keine Gültigkeit mehr, er ist vertrocknet, verbraucht, nicht mehr aktuell.

«Du hast mir das Herz gebrochen, aber ich verstehe das.

Es mag schwer sein, diese Philister-Vorstellungen von der Liebe hinter sich zu lassen und zu verstehen, dass die Frau die wahre männliche Energie mit ihrer Feuchtigkeit vergiftet, dass sie recht eigentlich den Mann zerstört ...»

«Was erzählst du für Blödsinn, Smilo», unterbreche ich ihn leise.

«Schon gut, schon gut, lassen wir das Thema. Es ist ein anderer Grund, aus dem ich gezwungen war, dich dieser kleinen Erwerbsquelle zu berauben, dich aus dem kleinbürgerlichen Leben zu reißen. Ich bin jetzt Major in einer Sondereinheit. Streng geheim, ich kann dir nicht alles darüber sagen. Wir nennen uns Spezialpolizei des Oberschlesischen Selbstschutzes. Großartige Einheit, echter Kameradschaftsgeist. Wie dort, in den Gräben. Nur ausgesuchte Soldaten, aus diversen Freikorps, Marine-Brigade Erhardt, Freikorps Rossbach, die Elite der Elite.»

Ich trinke Kaffee, schlucke mit Mühe, der Magen immer noch von Würgereflexen verkrampft.

«Es stört uns überhaupt nicht, dass du Kommunist warst. Das heißt mich nicht, Hauenstein sagen wir davon besser nichts, oder wir sagen, du warst Sozialdemokrat, das ist akzeptabel, für den Spartakus stellt er dich sonst noch an die Wand, so ein Hitzkopf ist das, der gern mal einfach jemanden erschießen lässt, und das wollen wir doch lieber vermeiden. Also mich stört es nicht, dass du Kommunist warst, wichtiger ist für mich, dass du Erfahrung im Straßenkampf hast, dass du da ein ausgewiesener Praktiker bist, bei unserer Tätigkeit zählt das dann doch mehr als die Eisernen Kreuze aus den Schützengräben, das hier ist ein anderer Krieg, ein Krieg ohne Frontlinie, fast ohne Kavallerie, würde ich sagen, eher Stilett, Pistole und Bombe als Gewehr und Bajonett, verstehst du? Unsere Aufklärung findet die

Verschwörer, die Leute von der Polnischen Wehrorganisation, und wir überfallen sie und machen sie platt, es sei denn, mit Hilfe ihrer Agenten kriegen sie uns früher, letzte Woche habe ich fünf Leute verloren, weil unser Lokal in Cosel enttarnt wurde, sie haben eine Granate und eine Benzinflasche hineingeworfen, und meine Kameraden sind verbrannt, so eine Art von Krieg ist das, verstehst du?»

Ich nicke, höre kaum zu, versuche zu verstehen, wie mein Leben jetzt aussehen wird.

«Die Polen haben heute Nacht zugeschlagen. Wir haben einen von ihnen, haben ihn in die Mangel genommen, und er hat geplaudert, wir wussten ja auch vorher schon eine Menge, und ich muss leider feststellen, dass sie überlegen sind, sie haben den besser organisierten Untergrund, mehr Leute unter Waffen, aufhalten können wir sie nicht mehr ohne Verstärkung aus dem Reich, du weißt ja, die Franzosen sind auf ihrer Seite, wenn sie wollen, können sie sogar die Oder erreichen. Bevor Unterstützung aus dem Reich eintrifft, müssen wir mit den Kräften auskommen, über die wir hier verfügen. Die Polizei taugt nichts. Wir brauchen mehr Leute vor Ort, und du sprichst Polnisch und Wasserpolnisch, das ist ideal.»

«Smilo, lasst mich in Ruhe, lasst mich einfach in Ruhe», flüstere ich. «Ich will keinen Krieg. Hast du Agnes das mit Berlin gesagt ...?»

«Welcher Agnes?», fragt Smilo verlogen.

«Agnes Gottrop, geborene Novack. Du weißt sehr gut, wen ich meine, Smilo.»

«Ach, die Agnes, die von den Novacks, bei denen du ein Zimmer hattest, auf dem Gymnasium», sagt er, «kann sein, dass ich ihr irgendwas angedeutet habe, schon möglich, ich habe sie vor ein paar Tagen gesehen, sie hat mir ein Telegramm geschickt, dass sie nach Schlesien zurückzieht, und ja, wir haben uns getroffen. Sie hat mir sogar von deiner bizarren Neigung zu ihr erzählt. Aber zur Sache, Alois, ich brauche dich, und du hast hier ohnehin kein Leben mehr in der Stadt, als bekannter Spartakusmann findest du nie eine anständige Arbeit. Wenn Kullrich es weiß, wissen es morgen alle anderen, niemand wird einen Kommunisten anstellen, es sei denn im Bergwerk, aber dazu hast du doch nicht Notabitur gemacht und studiert, um wie dein Vater unter Tage zu schuften, nicht wahr? Und wenn du für uns arbeitest, wenn du einmal in diese Welt kommst, in diese Struktur, weißt du, dann garantiere ich dir, du wirst sie nie mehr verlassen. Das ist ein hartes Stück Brot, aber höchst aufregend, und trotz der Gefahren im Dienst wird dir absolute Sicherheit außer Dienst gewährleistet. Wir lassen die Kameraden nicht im Regen stehen.»

Er fläzt sich im Stuhl, süffelt seinen Cognac, jetzt um acht Uhr morgens, und lässt durchblicken, dass er mit Hilfe eines einzigen Photos mein Leben zerstört hat, weil er es konnte.

«Du hast mein Leben zerstört, Smilo.»

Er breitet die Arme aus. «Tja, mein Lieber, du selbst hast es zerstört, was für eine Idee war das, sich diesen Leuten anzuschließen, den Feinden von allem Guten, Schönen und Edlen, den Feinden Deutschlands und Europas. Es ist deine Schuld.»

«Du hättest zulassen sollen, dass sie mich erschießen», flüstere ich. «Ich hätte dort sterben können, mit ihnen. Mit Frau Nowotny. Mit den Salmakis, mit der Baronin. Ich habe diesen Augenblick eines guten Lebens nicht verdient, es wurde mir zu Recht weggenommen, oder ich selbst habe es mir weggenommen, um mich dafür zu strafen, dass ich auf dieser Waldlichtung nicht gestorben bin.»

Smilo beugt sich lächelnd zu mir. «Du hättest bei mir bleiben sollen, damals. Als wir aus Berlin gekommen waren. Ich hatte dir das Leben gerettet. Du warst mir das schuldig. Jetzt gehört dein Leben mir. Du gehörst mir.»

Ich stehe auf.

«Ich habe dich nicht darum gebeten. Du hättest mir das Leben nicht retten müssen. Ich brauchte das nicht. Und dies ist nicht das erste Angebot, das ich heute bekomme. Ich habe Braun-Towiański getroffen, ich kenne ihn noch vom Studium in Breslau, wir haben zusammen ...»

«Ich weiß, wer das ist», unterbricht er mich.

«Braun-Towiański will, dass ich zu ihnen komme, er leitet eine Abteilung in irgendeinem Kommando zur Verteidigung des Plebiszits, er will mich zum Hauptmann befördern.»

«Ja, sicher, weißt du, klar kannst du dich den Polen anschließen, wenn du plötzlich meinst, es sei besser für dich, Pole zu sein», sagt Smilo in einer rhetorischen Manier, als trumpfte er bei einer Universitätsdebatte mit Schopenhauer'schen Spitzfindigkeiten auf. «Aber was wolltest du dann mit Gymnasium und Studium, Pole hättest du, genau wie deine Familie, auch ohne all das sein können, du hättest das Konvikt verlassen und nicht wiederkommen können, niemand hätte dich aufgehalten. Hättest irgendwo als Schlepper anfangen können, aber du bist geblieben, du hast all die Demütigungen von diesem Bengel ertragen, ich hab vergessen, wie er hieß. Aber abgesehen davon glaubst du doch wohl nicht, dass sie hier gewinnen könnten ...? Sicher, jetzt kommen sie vielleicht bis an die Oder, angeblich haben ihre Terroristen dort Brücken gesprengt, aber kein anständiger Deutscher wird ruhig schlafen, wir ziehen los, die Freikorps ziehen los, alles kampferprobte Jungs, Oberland kommt, und die Polen kriegen Dresche von uns. Willst du dann auf ihrer Seite sein?»

«Ich will auf gar keiner Seite sein, Smilo.»

Er hört mir überhaupt nicht zu.

«Und wozu das, nur damit du jetzt wieder den Polen beweisen musst, dass du ein guter und anständiger Pole bist? Bei uns hast du das schon garantiert, du bist in unseren wahren deutschen Streit um die Form der Wirklichkeit eingetreten, warst vielleicht mal Spartakus, aber ein deutscher, vielleicht hätten wir dich dafür erschossen, aber als Deutschen. Überlass das Polesein deinen Brüdern, deinem Vater, die können das aus dem Handgelenk. Du hast viel Arbeit investiert, um ein Deutscher zu sein, ein wahrer Deutscher, wahrer sogar als die zum Deutschsein Geborenen, denn du hast dich freiwillig dafür entschieden.»

«Mein Vater und meine Brüder haben im Plebiszit alle für Deutschland gestimmt», antworte ich, «mein Vater hat bei Sedan gedient, bei den Ulanen, er hat das Eiserne Kreuz», sage ich und denke eine Sekunde lang etwas anderes, nämlich dass Smilo recht hat. Plötzlich finde ich das viel wichtiger als den polnischen Aufstand.

Nein, ich war nicht gefangen im Konvikt. Ich hätte gehen können, weglaufen, jederzeit, nicht in der Quinta oder Sexta, aber in der Quarta, als ich dreizehn war, hätte vor der Gewalt fliehen können, oder später, als ich zur Untermiete wohnte, ich hätte mir mein Leben durch eigener Hände Arbeit verdienen können, ich bin selbst schuld, dass ich geblieben bin, dass ich diese geistige Unbeugsamkeit, diese innere Würde nicht besaß, um Verantwortung für mich selbst zu übernehmen, selbst zu entscheiden, Subjekt, nicht Objekt, immer schon, seit Pfarrer Scholtis zu uns in die Küche kam und meinem Tatulek sagte ...

Jetzt muss ich hier auch nicht sitzen. Ich kann aufstehen, rausgehen, Subjekt sein. Das Ich.

«Ich werde nicht in dein Freikorps eintreten, Smilo. Ich bin kein Freikorpsler. Ich bin überhaupt niemand, weder Spartakusmann noch Korfanty, weder Demokrat noch Liberaler. Nicht einmal Alois Pokora bin ich, ich bin eine Brennnessel, aus fruchtbarem Boden herausgerissen, um nützlichen Pflanzen Platz zu machen. Ich gehöre nirgendwohin.»

«Spar dir das Selbstmitleid. Dein Leben gehört mir, Alois. Ich kann damit machen, was ich will.»

«Ich weiß, Smilo. Du hast mit meinem Leben gemacht, was du wolltest.»

«Dein Leben gehört mir, Alois. Du gehörst mir.»

«Das ist nicht wahr. Mein Leben gehört mir. Und in diesem meinem Leben will ich, Alois Pokora, dich nicht mehr sehen, nie mehr.»

«Wie du willst, Alois. Aber geh nicht mehr in diese Wohnung an der Oberwallstraße 30.»

Smilo lächelt freundlich, seine Stimme verrät keine boshafte Genugtuung.

«Geh nicht mehr in diese Wohnung an der Oberwallstraße 30, denn der Hausbesitzer, ein netter Bürger namens Golombeck, ist darüber informiert worden, dass bei ihm ein gefährlicher Spartakuskämpfer wohnt und er sofort die Schlösser austauschen soll, sonst wird er wegen Unterstützung der Bolschewiken angeklagt, du verstehst. Wir haben hier keine Truppen, die Hälfte der Abstimmungspolizei sind Polen, die andere Hälfte sind Feiglinge, Faulpelze und Drückeberger, aber in Gleiwitz gibt es genug Patrioten, dass Golombeck lieber nicht als Spartakusanhänger gelten möchte.»

Ich weiß nicht, ob er das getan haben kann, weiß nicht, ob das möglich ist, ich halte ihn nur nicht mehr aus, keinen Augenblick länger kann ich ihn ertragen, weder ihn noch dieses Café noch seine Stimme, ich muss raus, muss weg von hier, abhauen, drehe mich um, öffne die Tür, trete auf den Gleiwitzer Markt, hole Luft, Luft.

Drei französische Soldaten trinken Kaffee aus Blechbechern, sie sitzen an der Bordsteinkante neben einem mit Zeltplane bedeckten Maschinengewehr.

Es wird immer wärmer, der Mai hat begonnen, und mein Leben ist zu Ende.

Ich gehe zu dem Mietshaus, in dem meine Wohnung ist, steige die Treppe hoch, an der Tür werkelt Herr Golombeck am Schloss, ich will nicht mit ihm reden, ich nehme Anlauf und remple Herrn Golombeck mit der Schulter um, bevor er weiß, wie ihm geschieht, Herr Golombeck schreit, ich stürze in die Wohnung, die gut zwei Jahre lang mein Zuhause war, es nun aber nicht mehr ist, laufe in die Stube, greife hinter den Ofen, ziehe die in einen Lappen gewickelte Pistole und das Kokain heraus, das ich damals von Smilo bekommen und seither nicht angerührt hatte, ebenso wenig wie die Waffe.

Golombeck ist noch nicht vom Boden hochgekommen, er schreit, ruft nach Hilfe, doch damit hat es niemand eilig, ich renne nach unten, auf den Hinterhof, wenn die Züge nicht fahren, wird auch die Kleinbahn stillliegen, deshalb hole ich mein Armeerad mit Spiralfederreifen aus dem Schuppen und fahre, fahre nach Pilchowice, zu Scholtis, im Pfarrhaus werde ich Unterschlupf finden.

Die Hauptstraße kann ich nicht nehmen, das ist mir klar. Aus Richtung Sośnica sind Schüsse zu hören, sogar Artillerie, also beschließe ich, über die Feldwege zu fahren, ich muss bis zur Dämmerung warten, im ersten Hain werfe ich das Rad hin und lege mich in eine Bodenvertiefung unter einem Baum, es ist warm, die Sonne scheint, es wird noch alles gut, ich liege und schaue in den Himmel, Durst habe ich, aber nichts zu trinken, macht nichts, das halte ich aus.

Noch ist nicht alles zu Ende, weder den Polen noch den Deutschen muss ich mich anschließen, wenn es sich etwas beruhigt, gehe ich zu Wilik, damit er mich zu diesem Pronobis bringt, ich werde sagen, ich bin Veteran, Offizier, habe Erfahrung in Straßenkämpfen, will eine Kampfgruppe organisieren, wenn ich kein normales Leben mehr haben kann, gut, kämpfen kann ich, aber es soll dann wenigstens ein Kampf um etwas sein, was die kollektive Würde betrifft, an der ich Anteil habe. Das werde ich tun, so werde ich handeln, vielleicht gewinne ich auf diese Weise Emma zurück, die ich durch meine Dummheit verloren habe, das alles kann noch gelingen, ich bin erst dreißig Jahre alt.

Den ganzen Tag höre ich vereinzeltes Gewehrfeuer, bisweilen eine Salve vom Maschinengewehr und einzelnen Geschützdonner, vielleicht ist das die Feldkanone, die ich vor zwei Jahren an die Korfanty-Leute verkauft habe, der Gedanke daran lässt mich irgendwie schmunzeln. Ich denke auch an dich, Emma, und an unseren Sohn, daran, wie sehr ich euch enttäuscht habe und dass ich alles tun werde, um euch zurückzubekommen, aber jetzt muss ich mich verstecken, denn jetzt ist die Zeit des Revolvers, die muss ich abwarten, so wie Kaninchen und Hasen in den Furchen des Feldes es tun.

Es wird dunkel. Jetzt werde ich zum Pilchowitzer Pfarrhaus fahren, mich dort verstecken, die Spiralfederräder quietschen grauenhaft, aber ich fahre, jemand führt mich, oder etwas, vielleicht Gott. Eine Gestalt kommt mir entgegen, ich halte an, greife nach der Nullacht unter meiner Jacke, doch es ist ein Junge, ebenfalls auf einem Rad, er rast wie verrückt an mir vorbei, wortlos, ohne mich auch nur anzusehen, und ich weiß schon, das ist ein Botengänger, so wie mein Bruder Gustlik, ich fahre weiter, komme an Żernica vorbei, dort hinten irgendwo ist Nieborowice, ich aber will zum Pfarrer, ins Pfarrhaus, die Nacht ist so warm und so dunkel, vom Mond ist nur eine dünne Sichel geblieben, ich höre schießen und weiß, ich muss mich verstecken, diesen Aufruhr abwarten und dich finden, Emma, wegfahren, meinetwegen nach Berlin oder sonst wohin, aber zuerst muss ich dich finden. Ich fahre durch Leboszowice, die Brücke über die Bierawka, in der ich als Kind gebadet habe, Krebse haben wir dort gefangen, wenn in der Volksschule unterrichtsfrei war, dann sehe ich Lichter auf der Straße, fahre also sofort runter, werfe das Rad hin, lauere im Straßengraben, wie vor einem Artillerieangriff, sie laufen an mir vorbei, mit Taschenlampen und Gewehren, ohne mich zu bemerken, als sie weit genug weg sind, steige ich wieder auf und fahre, komme an der Gastwirtschaft von Nowak vorbei und fahre von hinten ans Pfarrhaus heran, laufe zur Tür und klopfe.

Pfarrer Scholtis öffnet nach einem längeren Augenblick. Er ist im Nachthemd und rückt die Nickelbrille auf der Nase zurecht.

«Was suchst du hier?», fragt er erstaunt, und ich antworte, flüsternd und stammelnd zugleich, dass ich in Berlin beim Spartakusbund war, enttarnt worden bin, mich irgendwo verstecken muss, Emma mich verlassen hat und ich allein bin, er solle mich hier im Pfarrhaus verstecken, bis alles abflaut. Der Pfarrer streckt den Kopf aus der Tür, vergewissert sich, ob uns niemand sieht, und ich sehe eine Frau durch den Flur huschen, die nur ein Bettlaken umhüllt. «Hör mal, Alois, ich kann dich hier nicht verstecken, wenn dich nun jemand gesehen hat, wenn das der Bischof erfährt, die Leute hier reden sowieso schon, ich kann wirklich nicht», sagt er flüsternd.

Plötzlich wird mir klar, warum ich auf das Gymnasium in Gleiwitz gehen musste und nicht aufs Lehrerseminar in Pilchowitz. Scholtis lag daran, dass ich weit weg bin. Was bin ich dumm.

Der alte Pokora hat wenigstens versucht, mir ein Vater zu sein, mir etwas zu geben; Scholtis, der mich gezeugt hat, hat mich in die Welt hinausgeworfen, ohne sich darum zu scheren, was für ein grausamer Ort diese Welt ist.

Fürchterlicher Zorn steigt in mir auf, lässt mich nach der Pistole greifen und auf den Pfarrer zielen.

«Na, willst du mich erschießen, Alois? Das wirst du doch nicht tun», sagt er leise, ruhig, aber ich sehe, er hat Angst.

Ich lasse die Hand mit der Pistole sinken. Sie war nicht mal durchgeladen, ich habe ohne Patrone in der Kammer auf ihn gezielt. Ich sage kein Wort, drehe mich um, stecke die Pistole hinter den Gürtel.

«Nimm's mir nicht übel», sagt der Pfarrer, ich hebe das Rad auf und fahre weg. «Alois, Alois, warte, versteh mich», höre ich ihn hinter mir, aber ich drehe mich nicht um.

Ich bin so dumm. Ich hätte gleich zum alten Pokora fahren sollen, zu meinem wirklichen Tatulek, der alte Pokora hätte mir Zuflucht geboten, wozu bin ich überhaupt zum Pfarrhaus gegangen, ich strampele also Richtung Straße nach Gleiwitz, um dann nach Nieborowitz abzubiegen, zu meinem Elternhaus, mein Herz pumpt, als wollte es mir den Schädel zersprengen.

Ich steige kräftig in die Pedalen des Rades, das quietscht

wie ein ganzes Federbett, wenn man seine Alte orgelt, und da treten sie auf die Straße, wenige Meter vor mir, in Zivil und in Uniform, Mützen, Gewehre, ich habe sie nicht gesehen, nicht gehört, denn das Rad hat so einen Krach gemacht, sie leuchten mit Taschenlampen.

«Halt, halt, verdammt, stehen bleiben», rufen sie, ich versuche, dran vorbeizukommen, aber sie sind zu nah, jemand packt mich am Jackett, ich verliere das Gleichgewicht, stürze hin, sie kommen angelaufen, Gewehrläufe an meiner Stirn. «Durchsuchen», sagt jemand in reinem Kongresspolnisch. «Ja, Jungs, bringt ihn her», sagen andere, sie heben mich auf, ich sage, ich bin ein einfacher Zivilist, sie hören nicht, mehrere Paar Hände durchsuchen mich.

«Er hat eine Pistole», schreit jemand. «Was bist du denn für ein Früchtchen?», sagt eine polnische Stimme. Sie suchen weiter, finden etwas in der Seitentasche meiner Jacke. «Was ist das?»

«Ich weiß nicht.»

Ein Ausweis ist das, sie leuchten mit der Taschenlampe, das ist der DNVP-Mitgliedsausweis, Kullrich hat mich eingetragen, ich erinnere mich, wie ich ihn in die Jackentasche gesteckt und dann vergessen habe.

«Oh Mann, zum Teufel, ein Scheiß-Heimattreuer, Herr Hauptmann, er hatte eine Pistole! Ein Spion! Ein deutscher Spion!»

Der mit der kongresspolnischen Stimme kommt näher, im Lichte der Taschenlampe sehe ich die abgewetzte blaue Haller-Jacke, er schaut sich den Ausweis an, ich sage etwas, höre meine eigenen Worte nicht, erkläre nur, dass das nicht meiner ist, ich habe solche Angst.

«Gefreiter Piontek, erschießen», sagt der Hauptmann und wendet sich von mir ab.

«Wie erschießen?», frage ich, sie hören nicht, führen mich zur Seite, ein stattlicher, dicker Bursche in Zivillumpen kommt zu mir, sein Gesicht huscht im Laternenlicht vorüber und kommt mir irgendwie bekannt vor, ist das der Rüpel?

Nicht möglich, nein, das kommt mir nur so vor.

«Wie jetzt, erschießen, Jungs, meine Herren, wieso erschießen? Ich bin Pole, Jungs», lache ich hysterisch, «was soll der Quatsch?» Ich weine, die Taschenlampen, der dicke Mann mit dem Gesicht des Rüpels hebt das Gewehr an die Schulter, ihm zittern die Hände, und ich schließe die Augen. Ich habe Angst.